ACTION

BAND 54

Matthew Betley

TREUE SCHWUR

Aus dem Amerikanischen von Philipp Seedorf

FESTA

Die amerikanische Originalausgabe *Oath of Honor*
erschien 2017 im Verlag Emily Bestler/Atria Books.

1. Auflage April 2018

Veröffentlicht mit Erlaubnis von Emily Bestler/Atria Books,
ein Unternehmen von Simon & Schuster, Inc., New York.
Lektorat: Alexander Rösch
Titelbild: Arndt Drechsler

ISBN 978-3-86552-651-9
eBook 978-3-86552-652-6

Dieser Roman ist allen bei Militär, Polizei und Geheimdiensten gewidmet, die gegen die unaufhörlichen Bedrohungen kämpfen, denen sich unser Land ausgesetzt sieht.

Euer Durchhaltevermögen, eure Hingabe und Opferbereitschaft sorgen dafür, dass wir in diesen dunklen Zeiten an unserem gewohnten Leben festhalten und sicher leben können. Wir werden uns nie denen unterordnen, die uns schaden und unsere Freiheit durch Totalitarismus und Angst einschränken wollen.

Euer Kampf ist gut und gerecht. Semper fi.

Prolog

Akutan Island
Golf von Alaska

Das 40 Meter lange Forschungsboot schaukelte im eisigen Wasser hin und her. Unterdessen verdunkelte sich der Himmel und die letzten Reste der Abenddämmerung verblassten. Der Regen fiel fast waagerecht und peitschte auf alles ein, was er traf. Der Wintersturm fegte gelegentlich eine Welle über die Reling und besprühte das Deck mit eisiger Gischt.

Es lag nur wenige Hundert Meter vor der Nordküste Akutan Islands vor Anker. Eine weise Entscheidung des Kapitäns, hier Schutz zu suchen, denn die dem Golf zugewandte Seite der Insel wurde erbarmungslos von Brechern heimgesucht. Zum Leidwesen der Crew waren die Naturgewalten nicht das Einzige, was es auf den Prototypen des Forschungsschiffs abgesehen hatte.

Von einem Ausguck, eingepfercht zwischen den Ritzen und Spalten einiger großer Felsbrocken an der Steilseite eines Kliffs, wurde ein militärisches Nachtsichtgerät auf das Wasserfahrzeug gerichtet. Dessen Besitzer starrte durch die Optik und anschließend auf die Leuchtzeiger seiner Uhr.

Noch ein paar Minuten, bis die Sichtweite auf unter 20 Meter absinkt. Es ist fast so weit.

Der Kommandant des Teams fühlte sich auf amerikanischem Territorium unwohl, doch seine Befehle kamen von ganz oben aus einer Hierarchie, die in offiziellen Berichten keine Erwähnung fand. Seine Leute gehörten nicht zu den formalen Streitkräften seines Landes, sondern wurden nur in extremen und seltenen Fällen mit Missionen beauftragt.

Er hinterfragte seine Anweisungen nicht. Bei seiner Berufung zum Kommandanten vor einigen Jahren hatte er als Erstes seine Moral und seine Objektivität über Bord geworfen. Allein Ergebnisse zählten. Bislang trübte noch kein Fehlschlag ihre Bilanz. Diese Nacht würde keine Ausnahme bilden.

An Deck des Schiffs war kein Lebenszeichen erkennbar. Die sechsköpfige Crew inklusive des Kapitäns und der beiden Forscher wartete unter Deck oder im Steuerhaus auf das Ende des Sturms. Für ihn und sein Team war das von Vorteil – das Wetter half, ihre Spuren zu verwischen.

Der Kommandant sprach leise auf Englisch in ein schmales, wasserdichtes Headset, dessen Bügel sich vom Ohr bis vor den Mund schlängelte. »Start in zwei Minuten. Letzter Check, ob Ausrüstung sicher befestigt ist. Funkstille bis zum Kontakt einhalten. Keinerlei Abweichungen vom Standardprotokoll.« Er wusste, dass er diesbezüglich nichts zu befürchten hatte, weil sein Team sich strikt an alle Vorgaben hielt. Allerdings hatten seine Vorgesetzten darauf bestanden, auf diesen Punkt gesondert hinzuweisen. Er legte größten Wert darauf, Befehle genauestens auszuführen. »Wolverine out.«

Der Regen wurde stärker. Die letzten Überreste der Dämmerung verblassten. Augenblicke später schlichen vier dunkle Gestalten geschickt über den steilen Abhang zu den aufgewühlten Wellen. Wie Schatten in der Nacht verschwanden sie spurlos in den Wassern des Golfs.

An Bord des Forschungsschiffs Arctic Glide

»Jack, wie lange soll dieser Mist noch dauern? Ich dachte, ich hätte mich an das Schiff gewöhnt, aber anscheinend nicht. Mir geht's total beschissen«, schimpfte Colin Davies, ein an North American Oil ausgeliehener Forschungsmitarbeiter. An Bord ging das Gerücht um, er sei so eine Art verrückter Wissenschaftler, der für die Regierung arbeitete, was er weder bestätigte noch dementierte. Er stand im Steuerhaus und mühte sich, das Gleichgewicht zu halten, während das Boot vor und zurück schwankte.

Ein zufriedenes Grinsen zeichnete sich im Gesicht des Kapitäns ab. Er verbrachte schon sein ganzes Leben in diesen Gewässern. Zu beobachten, wie eine Landratte – und so nannte er jeden, der nicht auf den Aleuten zur Welt gekommen war – auf seinem Schiff seekrank wurde, empfand er als große Genugtuung. *Obwohl dieses Baby in Wirklichkeit gar nicht dein Boot ist, oder, Jack?*, fragte er sich selbst.

»Soll in den nächsten zwölf bis 18 Stunden noch ein bisschen schlimmer werden. Danach dürfte der Sturm nachlassen. Ich denke, in etwa 24 Stunden sind wir zurück auf dem offenen Meer.« *Und wenn du nicht so ein verfluchtes Weichei wärst, wären wir jetzt noch da draußen.*

Nachdem er jahrelang mit einem Krabbenkutter von Dutch Harbor aus zur See gefahren war, hatte sich Jack Dawson eigentlich zur Ruhe gesetzt. Doch dann heuerte ihn North American für ihr jüngstes Forschungsschiff an, ausgestattet mit modernster Satellitentechnologie zum Aufspüren von Ölquellen. Es verfügte über netzunabhängige Standalone-Server und abgesicherte Netzwerke; speziell für diese eiskalten Gewässer gebaut, mit verstärktem Rumpf und leicht herabgezogenem Bug, um Eis nach unten vom Schiff wegzudrücken.

Die aktuelle Mission bestand darin, Kommunikationstechnologie, Navigationseinrichtungen und Instrumente zur Satellitenexploration unter wechselnden Wetterbedingungen zu testen. Der Kapitän wusste, dass Colin Davies einen Teil der Software mitentwickelt hatte – darum war er an Bord. Angeblich handelte es sich bei ihm um den guten Freund eines North-American-Vorstands. Umso mehr genoss Jack es, ihm ordentlich ans Bein zu pissen. *Eine Landratte und ein verkappter Schlipsträger!*

Colin nickte und wollte gerade etwas sagen, da erfasste ein abrupter Windstoß das Steuerhaus und eine Welle krachte seitlich gegen den Rumpf. Er verlor auf dem schwankenden Untergrund das Gleichgewicht. Im Fallen krallte er sich an der Rückenlehne des Co-Pilotenstuhls fest. Der Stuhl kreiselte wild auf dem Podest und schüttelte seine Hand ab, als wollte er sich über ihn lustig machen. Mit nach vorn gestreckten Beinen krachte er voll auf den Hintern.

Jack prustete los. »Na, macht's Spaß?«

»Verflucht!«, schrie Colin. Er kämpfte sich auf die Beine. »Ich geh mit Tom und dem Rest der Crew runter in die Kombüse. Genießen Sie den Sturm gefälligst allein.«

Jack beobachtete belustigt, wie Colin sich umdrehte und unsicher die steile Treppe von der Brücke zum Hauptdeck hinunterstieg.

»Ah, diese himmlische Ruhe«, raunte er. Er saß auf dem Stuhl und spähte nach draußen. Endlich Nacht. Er schaute dem wirbelnden Regen zu, der das Boot einhüllte, wechselte die Blickrichtung und spähte zum Heck, um sicherzugehen, dass das Mini-U-Boot auf dem offenen Achterdeck weiterhin fest vertäut war.

Eine Bewegung auf dem Hauptdeck, knapp unterhalb des Fensters, erregte seine Aufmerksamkeit. Er war ganz sicher, eine dunkle Gestalt in der Nähe der Luke zum Mittelschiff gesehen zu haben. *Wer zur Hölle ist an Deck gegangen, ohne mir Bescheid zu sagen?*

Als Jack Dawson zur Treppe ging, wurde die Luke geöffnet. Es folgte ein lautes Rauschen, während der Wind sich nach innen vorkämpfte. Schließlich schloss sich die Luke hinter dem leichtsinnigen Crew-Mitglied mit einem dumpfen Knall.

»Hey, wer von euch ist das?«, rief er. »Wenn jemand das nächste Mal in lebensmüder Stimmung ist und einen Spaziergang unternehmen will, sagt er mir gefälligst Bescheid, okay?«

Keine Antwort.

»Hörst du mich da unten?«

Weiterhin keine Reaktion.

Auf der Treppe erklangen schnelle, leichte Schritte. *Was zur Hölle?*

Jack trat an den oberen Treppenabsatz und lugte in die Dunkelheit. Was er sah, ließ ihn wie angewurzelt stehen bleiben und brannte sich in seine Netzhaut ein.

Ein Mann, kaum mehr als ein diffuser Schatten, stand auf den Stufen, den rechten Arm anklagend in seine Richtung gestreckt. Das Weiße in den Augen blitzte ihn aus der Dunkelheit an. Doch es waren nicht die Augen, die Jacks Aufmerksamkeit auf sich zogen; es war die schwarze Pistole, die der Mann in der Hand hielt. Ein furchterregender Umriss, der in einem langen Zylinder mit kleiner Öffnung endete. *O nein …*

Mit einem gedämpften *Wupp!* wurde die Waffe direkt auf ihn abgefeuert. Ein heftiger Schlag traf seine Brust. Der Stoß und die Schmerzen ließen ihn rückwärtstaumeln. Er prallte gegen den Stapel Funkausrüstung hinter dem Stuhl und ging zu Boden. Der Angreifer schob sich von oben in sein Blickfeld. Kapitän Jack Dawsons letzter Gedanke lautete: *Wer zur Hölle bist du?* Dann kam nichts mehr.

TEIL 1

DIE LETZTE GRENZE

UNALASKA, ALASKA

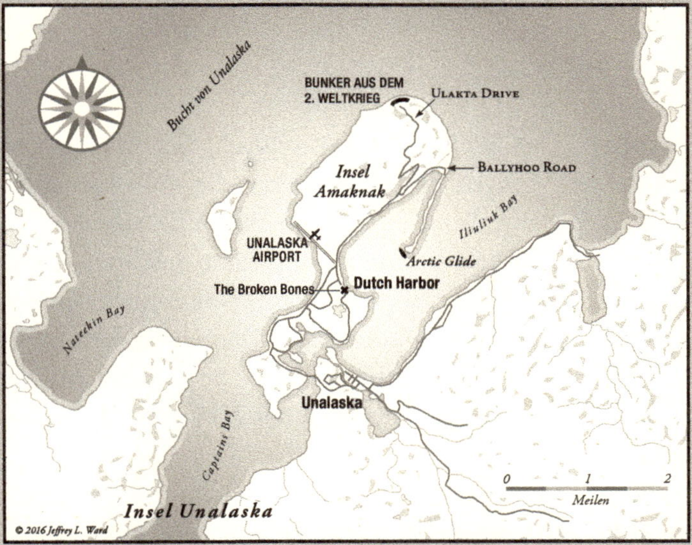

1

Khartum, Sudan

Namir Badawi blickte abwesend durchs Bürofenster und betrachtete in Gedanken versunken den Nil. Ein nachmittäglicher Sturm braute sich im Süden zusammen.

Seine schlanke Figur und die Glatze zeichneten sich vor der Scheibe ab, während die Wolkenformation in Richtung Präsidentenpalast zog. Seine Gedanken kreisten unterdessen um eine ganz andere Art von Sturm, der es aufs Herz seiner krisengeschüttelten Heimat abgesehen hatte.

Nach Kampfhandlungen, die seit fast vier Jahrzehnten andauerten, hielt der von Aufständen geplagte südliche Landesteil im nächsten Monat das entscheidende Referendum ab. Das Ergebnis ließ sich leicht vorhersagen. Namir hatte keinen Zweifel, dass die Menschen für die Unabhängigkeit stimmen würden. *Das tun sie in solchen Fällen immer. Selbst wenn es gegen ihre eigenen Interessen verstößt,* dachte er.

John Garang, der verstorbene Anführer der sudanesischen Volksbefreiungsarmee, hatte damit sein Ziel erreicht, auch wenn er es selbst nicht mehr erlebte. *Ich hoffe mal, du schmorst seit sechs Jahren in der Hölle für das, was du mit deiner selbstgerechten, scheinheiligen Propaganda angerichtet hast. Ein Helikopterabsturz … Nach all den kriegerischen Auseinandersetzungen fegt dich ausgerechnet ein Helikopter-Crash vom Angesicht der Erde.*

Namir klammerte sich nicht an die naive Hoffnung, dass der Süden seine Unabhängigkeit erklärte und anschließend die Kämpfe einstellte. Nicht in Anbetracht dessen, was an der Grenze auf dem Spiel stand. Unter dem fraglichen Landstrich verbargen sich wertvolle Ölreserven. Kein Friedensvertrag konnte weitere Grausamkeiten und weiteres Blutvergießen verhindern. Es war naiv, etwas anderes zu glauben. *Und ich bin nicht naiv.*

Trotz Ausrufung der Unabhängigkeit mussten sich die Sudanesen in der Region weiterhin mit der Vorstellung abfinden, unvorstellbares menschliches Leid zu ertragen.

Zusätzlich zum Krieg mit dem Süden schlug sich die aktuelle Regierung auch noch mit einem Aufstand herum, der 2003 begonnen hatte, als Anhänger der sudanesischen Unabhängigkeitsbewegung, unterstützt von der Darfur-Befreiungsfront, den Militärflughafen von Al-Faschir im West-Sudan angriffen. Sie hatten vier Mi-24-Kampfhubschrauber zerstört und den Großteil der auf der Basis stationierten Soldaten getötet.

Khartums Antwort erfolgte schnell und brutal in Form eines gnadenlosen Völkermords. Sie hatten die Dschandschawid-Milizen rekrutiert, um sich an jedem zu rächen, dem Kontakte zu den Rebellen nachgewiesen werden konnten.

Namir hatte persönlich mehrere taktisch erfolgreiche Operationen geplant und dabei bewusst eine hohe Zahl an Kollateralschäden und toten Zivilisten in Kauf genommen. Seine Methoden trafen auf große Gegenliebe bei jenen, die in der Befehlskette über ihm standen, letztlich auch beim Präsidenten selbst. Zur Belohnung erhielt er die Führungsposition in der Al Amn Al-Dakhili, der Organisation, die für die innere Sicherheit des Sudan zuständig war.

Leider mischten sich die internationalen Medien ein und leiteten einige der schrecklichen Bilder an die Vereinten Nationen und andere aufdringliche Organisationen. Namir sah sich daraufhin gezwungen, seine aggressiven Attacken zurückzufahren. Die Anklagen der UNO empfanden der Präsident und seine Berater als Witz und Beweis für die ineffektive Bürokratie und die Heuchelei, die in luxuriösen New Yorker Bürogebäuden kultiviert wurden.

Namir scherte sich weder um Politik noch um moralische Verurteilungen von außen. Glücklicherweise hatte sich die diplomatische Situation nach dem umfassenden Friedensvertrag mit dem Süden von 2005 und dem Abkommen mit der sudanesischen Befreiungsarmee in Darfur ein Jahr später wieder etwas beruhigt.

Als Leiter für innere Sicherheit war sein einziger Verantwortungsbereich klar umrissen: Schutz der Republik Sudan und ihrer islamischen Prinzipien. Genau diese beiden Punkte bereiteten ihm auch jetzt, während er auf seinen nächsten Termin wartete, Kopfzerbrechen.

Einem Klopfen folgte das Geräusch quietschender Scharniere, als die hohe, verzierte Tür zu seinem Büro im ersten Stock nach innen schwang.

»Sir, Ihr 14-Uhr-Termin ist hier. Soll ich ihn reinbringen?«, erkundigte sich eine junge weibliche Stimme.

»Ja, bitte, Alya. Danke.« Lächelnd nickte er seiner Sekretärin zu.

Er drehte sich erneut zum riesigen Doppelfenster um. Die Sturmwolken waren dunkler geworden. *Das ging schnell. Stürme gibt es Ende Dezember nur selten ...* Er trat von der Scheibe weg und wollte am Schreibtisch Platz nehmen, bevor sein Besucher den Raum betrat. Mitten in der Bewegung erstarrte er. Der Gast war bereits da.

Ein junger Chinese, der kaum älter als 25 wirkte, stand reglos vor ihm. Er trug dunkelgraue Hosen, ein weißes, kurzärmliges Polohemd – definierte Muskeln zeichneten sich unter den Ärmeln ab – und ein Paar eng geschnürte, makellos polierte schwarze Lederschuhe.

Beeindruckend. Ich hätte ihn hören müssen, dachte Namir. Jahrelange Ausbildung und Kampfeinsätze hatten seine Sinne geschult. Die letzte Person, die ihn auf diese Weise überrascht hatte, war mit einem Messer zwischen den Rippen in einem Fluss in Kenia gelandet. Bei der Erinnerung daran bogen sich seine Lippen nach oben.

»Major Lau, nehme ich an«, sagte Namir auf Englisch und trat mit ausgestreckter Hand auf den Jüngeren zu. Dieser schlug sofort die Hacken zusammen, streckte die Rechte zur Faust geballt aus und bedeckte sie mit der Linken. Dabei nickte er fast unmerklich.

»Direktor Badawi, Sir, es ist mir eine besondere Ehre, Ihre Bekanntschaft zu machen.« Seine Aussprache und Betonung war genauso zackig wie seine Erscheinung.

»Major Lau, danke für die respektvolle Begrüßung, aber bitte setzen Sie sich. Wir haben eine Menge zu besprechen.« *Sein Englisch ist so gut wie das von so ziemlich jedem Amerikaner, dem ich begegnet bin,* dachte Namir.

Der junge Mann ließ sich in einen Lederstuhl mit hoher Lehne und Blick aufs Fenster sinken. Seine Haltung wirkte weiterhin entschlossen, darauf angelegt, den Eindruck von grenzenlosem Selbstvertrauen zu vermitteln. Namir setzte sich ihm gegenüber auf einen zweiten Stuhl.

Er musterte den ausgebildeten Soldaten und Killer, einen Mann, der rasch durch die Ränge des Ministeriums für Staatssicherheit der Volksrepublik China aufgestiegen war. Das MSS war berüchtigt für seine harte, methodische Ausbildung. Es hatte in jüngster Zeit einige der skrupellosesten und erfolgreichsten Undercover-Agenten der Welt hervorgebracht. Der Mann in seinem Büro sollte angeblich einer der besten sein, die sie je ausgebildet hatten. Er zwang sich zu einem behutsamen Vorgehen.

»Major Lau, Ihre Bedingungen wurden akzeptiert. Mich interessiert nur noch die Timeline. Wie zeitig kann das Ganze durchgeführt werden? Das Referendum findet in wenigen Wochen statt. Ich möchte meinen Präsidenten nach Abschluss der gemeinsamen Mission direkt unterrichten. Die Details wird er nie erfahren – nur das Resultat. Aber das muss bald geschehen, sonst drohen Konsequenzen, die sich nicht beherrschen lassen. Verstehen Sie?«

»Absolut, Sir …« war alles, was Major Lau herausbekam, bevor Namir ihn unterbrach:

»Bitte, Major Lau, nennen Sie mich Namir. Diese Partnerschaft ist inoffizieller Natur. Es wird keine Aufzeichnungen über dieses Treffen geben, ebenso wenig wie von meinem Telefongespräch mit Ihrer Regierung oder anderen Begleitumständen. Andernfalls würde uns für den Fall, dass die Sache auffliegt, eine Verurteilung durch diesen nutzlosen Internationalen Gerichtshof in Den Haag drohen. Ich bin schon lange dabei und weiß, wer Sie sind. Ich denke, Sie wissen umgekehrt auch, wer ich bin. Wir sind beide Profis. Richtig?«

Major Lau atmete aus und entspannte sich ein wenig.

Ein gefährliches, aber aufrichtiges Lächeln erhellte sein Gesicht. »Wie Sie wollen, Namir. Bitte nennen Sie mich Gang. Ja, es gibt eine Timeline. Sollte alles wie geplant laufen – Sie und ich wissen, wie selten das der Fall ist –, werden wir lange vor dem Referendum eine Bestätigung haben und die Situation unter Kontrolle bringen. Wenn es so weit ist, dürfte Ihnen das garantierte Sicherheit verschaffen; ganz egal, was der Süden anstellt.«

»Wie bald können Sie anfangen?«, fragte Namir leise.

»Meine Männer sind vor Ort und haben mich informiert, dass die Software und das Equipment innerhalb der nächsten 24 Stunden beschafft sein müssten. Anschließend wird alles an einen sicheren Ort gebracht, und zwar auf dem Landweg, durch Gebiete, die wir kontrollieren, und im letzten Schritt direkt mit einem Privatflugzeug hierher.«

Namir hob die Augenbrauen, eine unausgesprochene Frage auf den Lippen.

»Die Lieferung wird keine elektronischen Spuren hinterlassen«, versicherte Gang, der die subtile Andeutung registriert zu haben schien. »Ich habe ein Team persönlich ausgewählt, das die Ware nicht aus den Augen lässt, sobald sie in Europa eintrifft. In spätestens fünf Tagen ist alles verfügbar.«

Gang erwähnte Namir gegenüber nichts von dem zweiten Team in den USA – einem Team mit einer anderen, aber ähnlich gelagerten Mission –, das bereits vor dem Einsatz absolute Funkstille einhielt. Das war auch gar nicht nötig, weil ihm dieser Aspekt der Operation deutlich mehr Bauchschmerzen bereitete. Die bevorstehenden Feiertage in Amerika und der allgemeine Fokus auf andere Bedrohungen des Homelands waren Schwächen, die er auszunutzen gedachte. Sobald er den Einsatzbefehl erteilte, gab es kein Zurück mehr.

»Wenn diese Operation erfolgreich verläuft«, meinte Gang, »und es gibt keinen Grund, etwas anderes anzunehmen – ich habe jedoch zur Sicherheit zusätzliche Vorkehrungen getroffen –, werden der Wohlstand unserer Länder auf Jahrzehnte gesichert und unsere finanzielle Sicherheit besiegelt und untrennbar miteinander verknüpft sein.«

Gang war zuversichtlich, was den Erfolg betraf, doch das allein genügte ihm nicht. Er wollte die USA auf internationaler Bühne blamieren. Die grenzenlose amerikanische Arroganz sollte unter dem Stiefelabsatz der chinesischen Technologie und Industrie regelrecht zermalmt werden. Eine neue Weltordnung bahnte sich an, unaufhaltsam wie ein Güterzug, und bescherte massive Veränderungen und Umschichtungen. Er spürte, wie sich die Wut in seinem Magen ausbreitete; ein Gefühl, das ihn stets heimsuchte, wenn er mit einer amerikanischen Flagge konfrontiert wurde, die er für ein heuchlerisches Symbol von Überfluss und Oberflächlichkeit hielt.

Namir nickte nachdenklich. Der Plan war solide und klar strukturiert. Der Präsident und sein erster Stellvertreter konnten glaubwürdig jede Beteiligung abstreiten, wenn etwas falsch lief. Und bei so vielen unbeeinflussbaren Faktoren wie bei dieser Operation konnte leicht etwas falsch laufen. *Der Ruhm gebührt nur denen, die mutig die Gelegenheit beim Schopf packen.*

Die Bühne war vorbereitet, die Darsteller standen auf ihren Positionen. Höchste Zeit, dass sich der Vorhang hob. »Wenn das so ist, Gang, lassen Sie uns anfangen.« Er grinste breit. Sein eigenes Lächeln wirkte ebenso verschlagen und gefährlich wie das des jungen Killers.

2

Unalaska, Alaska

Logan West verließ die Gulfstream des FBI und betrat das Rollfeld des Flughafens von Unalaska. Seine grünen Augen hatten gewisse Mühe, sich an das blendende Weiß des letzten Schneefalls anzupassen.

Der Sturm war in Richtung Süden weitergezogen, die Temperatur jedoch um 20 Grad gefallen. Bei diesem Wind fühlte es sich sogar noch kälter als minus 10 Grad an. Immerhin bildete sein kurz getrimmter brauner Bart eine dünne Barriere gegen die Kälte. Der Bart verdeckte auch die lange Narbe in der linken Gesichtshälfte – ein bleibendes Andenken an die Ereignisse vor zwei Jahren.

So viel zum Thema Skifahren in Colorado. Wegen des Einsatzbefehls hatte er den Trip nach Aspen abbrechen und Sarah allein zurücklassen müssen. Er lächelte bei dem Gedanken. Statt zurück nach Maryland zu fliegen, hatte sie beschlossen, den Rest der Woche zu bleiben.

»Sollte sich Dutch Harbor wieder mal als Jagd nach einem Phantom entpuppen, sag den Jungs vom FBI, sie sollen dich direkt zu mir zurückschicken. Dann beenden wir unseren Urlaub gemeinsam. Ich kann mir noch ein paar Tage freinehmen.« Mit einem ironischen Grinsen schob sie hinterher: »Wer sagt, dass ich nur mit *dir* Spaß haben kann?«

Diese Unabhängigkeit liebte er an ihr. Der Angriff auf ihr Haus vor zwei Jahren, der um ein Haar einen weiteren Krieg im Nahen Osten ausgelöst hätte – diesmal mit dem Iran –, hatte sie näher zusammengebracht und ihn außerdem in seinem Entschluss bestärkt, trocken zu werden. Seit diesem schicksalhaften Tag hatte er nichts mehr getrunken. *Und heute ist nur ein weiterer dieser Eins-nach-dem-anderen-Tage, genau wie sonst auch. Immer nach vorn blicken.*

Sein Gedankengang wurde von einem Schrei zur Linken unterbrochen. »Was zur Hölle ist hier los? Das FBI lässt mich Linie fliegen in einer lausigen Turboprop aus Anchorage – und du kriegst ihre Gulfstream? Immer bekommst du die Extrawürste, Bruder.«

Logan grinste, als er die kräftige Gestalt von John Quick auf sich zueilen sah. »Tja, was soll ich dazu sagen? Beim nächsten Mal kannst ja gern *du* dich fast von einem Größenwahnsinnigen mit Atombombe im Koffer umbringen lassen.«

»Immer langsam, Killer.« John hob in übertriebenem Protest die Hände und blieb neben Logan stehen. »Du scheinst zu vergessen, dass ich in die Luft *und* aus meinem Haus geflogen bin – buchstäblich. Ich mach mir Sorgen um deine selektive Erinnerung. Dein Kopf hat wohl ein paar Treffer zu viel eingesteckt.«

»Was du nicht sagst.« Logan schüttelte dem Freund die Hand und entdeckte im selben Moment den Polizeiwagen, einen Ford SUV, der genauso robust wirkte wie die windgepeitschte, öde Umgebung. »Ich sehe, du hast dich bereits mit den Einheimischen angefreundet.« Er nickte in Richtung Wagen.

»Das ist der Polizeichef persönlich. Ein netter Kerl, dieser Charlie Phoenix. Abgefahrener Name. Passt irgendwie zu ihm. Alles, was er weiß, ist, dass er ›zwei Beamte vom FBI‹ auf jede erdenkliche Weise unterstützen soll. Ich konnte ihm nicht mehr verraten, weil ich selbst nicht weiß, was zur Hölle eigentlich vorgeht. Also, was läuft diesmal?«

Nach der furchtbaren Attacke in Washington, D.C., bei der mehrere unschuldige Zivilisten und Cain Frost ums Leben kamen, der Gründer der größten privaten Security-Firma der Welt und Fast-Verursacher einer globalen Katastrophe, hatte der stellvertretende Direktor Mike Benson, ein enger Freund von Logan und einer der wenigen Menschen, denen er völlig vertraute, eine spezialisierte Einsatzgruppe beim Federal Bureau ins Leben gerufen. Logan und John fungierten als Hauptermittler.

Die Task Force Abel – auf Johns Vorschlag nach dem biblischen Sohn Adams benannt, der von seinem Bruder Kain erschlagen worden war – verfolgte seitdem mehrere Spuren parallel. Mit jedem Schritt, der sie näher an die Lösung dieses vertrackten Falls brachte, deckten sie neue verwirrende Einzelheiten über die Organisation auf, die hinter der Verschwörung zum Angriff auf den Iran steckte. Doch dann führten plötzlich alle Spuren ins Leere. Seit einem halben Jahr erzielten sie keine nennenswerten Fortschritte mehr. Das Justizministerium stand nicht näher davor, die Wahrheit herauszufinden, als am Tag der Attacke. Selbst die Geheimdienste rannten mit dem Kopf gegen die sprichwörtliche Wand.

Eine Auswertung aller Quellen hatte mehrere internationale Verbindungen zutage gefördert – möglicherweise zu einer ausländischen Botschaft in Brasilien, einem Waffenhändler in der Ukraine und sogar zu einem Rebellenführer in Uganda. Aber in keinem Fall gab es handfeste Beweise oder zumindest digitale Fingerabdrücke. Konkrete Anhaltspunkte lösten sich wie von Zauberhand in Luft auf. In den Hallen des Kongresses und im Weißen Haus redete man hinter vorgehaltener Hand schon von einer Verschwörung. Nach 20 Monaten gründlicher Recherche gab es nichts vorzuweisen, zumindest bis vor zwei Tagen nicht.

»Erinnerst du dich an den Mordanschlag in der Ukraine vor ein paar Jahren?«, begann Logan. »Der russische Dissident, der sich kritisch über den russischen Präsidenten äußerte? Er kam durch irgendeine exotische verstrahlte Substanz um. Der Attentäter wurde nie gefasst, aber jeder wusste, dass es ein Agent vom FSB gewesen sein musste.«

John zog zweifelnd die Augenbrauen hoch. »Ja, aber was hat das mit uns und dieser wunderschönen, abgelegenen Gegend zu tun?«

»Pass auf. Vor zwei Tagen landete ein Analyst der NSA einen Glückstreffer mit einer Handynummer, die aus einem CIA-Bericht nach dem Mordanschlag stammte. Nach der Tötung des Dissidenten spazierte offenbar ein Informant in unsere Botschaft in Kiew und behauptete, er sei ehemaliger KGB-Offizier und kenne den Verantwortlichen für den Hit in der Ukraine. Unsere Jungs überprüften das damals, aber er war Alkoholiker und fiel bei sämtlichen Tests durch.«

»Traue niemals einem Alkoholiker«, warf John ein und klopfte Logan brüderlich auf die Schulter.

»Mag sein«, sagte Logan. »Wie auch immer, der Sektionschef verfasste einen Bericht darüber, der die Runde bei den Geheimdiensten machte. Die Nummer vergammelte daraufhin in irgendeiner NSA-Datenbank, bis sie schließlich der Analyst zur Bearbeitung hervorkramte. Der nahm sich den Anruf vor zwei Tagen vor und stellte fest, dass er von der Küste Akutan Islands kam, der nächsten Insel nordöstlich von hier. Er wusste zwar, dass er von einem Boot ausging, fand aber nicht raus, von welchem. Also rief er die Jungs in Langley an und nach ein bisschen juristischem Gezerre, weil das Handy mit der entsprechenden Nummer inzwischen auf amerikanischem Boden angelangt war, stellten sie ihre eigenen Nachforschungen an. Dabei entdeckten sie, dass die Nummer im Zusammenhang mit einigen Geheimdienstberichten über eine geheime russische Spezialeinheit auftauchte. Die entsprechenden Berichte lasen sich wie Agentenromane. Mike erzählte mir, in einem davon wurde sogar unser kleiner Ausflug nach Südamerika im letzten Jahr erwähnt.«

John schüttelte den Kopf und erinnerte sich daran, dass die Task Force Abel nach Brasilien geschickt worden war, um einen angeblichen Schmugglerring auszuheben, der Verbindungen zu einem osteuropäischen Waffenhandel-Netzwerk unterhielt. »Also darf ich mich bei den Russen für diesen Urlaub bedanken?«

»Da bin ich mir nicht sicher, mein Freund, aber jetzt kommt's – der letzte Aufklärungsbericht deutete darauf hin, dass dieses Team hinter einer neuen Technologie im Besitz der US-Regierung her war. Ich kenne zwar keine Details, aber anscheinend stolperte jemand in D. C. über diese Telefonnummer. Kurz danach erhielt Mike einen Anruf von seinem Onkel, der ihn bat, uns zum Ermitteln hierherzuschicken.«

John sah sich um, dann fiel sein Blick wieder auf Logan. »Bruder, das ist eine Insel. Die Einheimischen würden doch sofort mitkriegen, wenn was Ungewöhnliches vorgeht. Selbst wenn bloß ein neues Boot anlegt, weiß jeder Fischer oder Krabbenfänger sofort drüber Bescheid.«

»Und wo, denkst du, finden wir solche Leute?«

John hatte sofort eine Antwort parat, legte jedoch erst eine dramatische Pause ein. »Großartig«, versetzte er sarkastisch. »Ich fliege die ganze Strecke nach Alaska, Heimat des Grizzlybären und des Weißkopfseeadlers, um mit dir zusammen in eine Bar zu gehen. Seit wann bist du noch mal trocken?«

»Ehrlich? Kommst du mir jetzt auf die Tour?« Logan grinste. »Du kannst mich mal.«

»Nein danke. Du bist nicht mein Typ. Deine Haare sind zu lang.« Er klopfte Logan auf den Rücken. »Also gut, dann lass uns mal einen heben.«

3

Im Broken Bones

Das Broken Bones, eine von nur drei Bars in Dutch Harbor, machte seinem Namen häufig alle Ehre. Obwohl die Stadt infolge von Dokumentarfilmen und Reality-TV-Shows, die das beschwerliche Leben in Alaska thematisierten, inzwischen als Touristenmagnet galt, wurde die Bar von Urlaubern sowie Produzenten und Kameraleuten der entsprechenden Formate des Discovery Channel gleichermaßen gemieden. Sie war vor allem für drei Dinge bekannt – Schlägereien, Saufexzesse, die jeden praktizierenden Alkoholiker stolz gemacht hätten, und eine besondere Abneigung gegen Leute, die nicht aus der Gegend stammten. Es gehörte zur inoffiziellen Politik der örtlichen Polizei, bei Verstößen beide Augen zuzudrücken, falls die Situation nicht zu sehr aus dem Ruder lief. Der letzte Besuch des Chiefs fand nach einem brutal eskalierten Kampf zwischen zwei Matrosen statt. Einer der beiden hatte dem anderen den Kiefer mit einem Fischknüppel gebrochen. Im Gegenzug wurde ihm die rechte Hand mit einem Krabbenhammer zertrümmert.

Der größte Vorteil der Bar bestand in ihrer Lage auf der Hafenseite der Gilman Road, direkt gegenüber einer Zahnarztpraxis, die von dem steten Zustrom an Patienten massiv profitierte. Ein beträchtlicher Prozentsatz dieser

Einnahmen landete direkt wieder in der Kasse des Broken Bones.

Chief Phoenix hatte Logan und John kurz nach Logans Ankunft zum Grand Aleutian Hotel chauffiert. Er bot an, sie auf der Insel herumzufahren, doch das lehnten sie ab und mieteten sich stattdessen einen Pick-up. Das Hotel bot diesen Service für seine Gäste an, da die Insel nicht groß genug für eine eigene Autovermietung war. Außerdem verriet man ihnen an der Rezeption Namen und Adressen der drei örtlichen Bars. Das Broken Bones stand ganz oben auf ihrer Liste.

Als Logan und John durch die Glasdoppeltür traten, kam es ihnen so vor, als wären sie in einer anderen Zeit gelandet. Sämtliche Unterhaltungen verstummten schlagartig. *Genau wie in einem Western,* dachte Logan. *Das wird lustig.*

Selbst jetzt am Nachmittag war die Bar relativ gut gefüllt und etwa die Hälfte der Plätze besetzt.

Der Tresen links vom Eingang nahm die gesamte Länge des Raums ein. Die gegenüberliegende Wand bestand vom Boden bis zur Decke aus Glas. In der Mitte verteilten sich relativ willkürlich mehrere hohe Tische mit Barhockern. Zwei Treppen an beiden Enden führten zu einem Kellergeschoss mit mehreren Tischnischen aus dunklem Holz entlang des Panoramafensters.

Durch das Fenster hatte man eine wunderbare Aussicht auf die größte Bucht von Dutch Harbor. Zwei Wasserstraßen dienten als Einfahrt zum Hafen. Fischerboote aller Größen lagen an Pfosten und Stegen entlang des Ufers vor Anker. Logan und John ignorierten die Stille und gingen zwischen den Tischen an erstaunt starrenden Gästen vorbei. Aus dem Augenwinkel bemerkte Logan einen Mann um die 60, dem der Mund beim Anblick der beiden Eindringlinge offen stand. Logan nickte ihm zu und ging weiter.

Sie gelangten zur Bar und wurden von einem kleinen, drahtigen Mann mit schulterlangen weißen Haaren begrüßt.

»Okay, Männer, es ist offensichtlich, dass ihr nicht von hier stammt, also lasst mich ehrlich sein«, meinte er. »Dieser Laden ist nichts für euch.«

»Logan«, sagte John, »was dagegen, wenn ich die Situation in die Hand nehme und unseren neuen Freund ins Bild setze?«

»Nur zu.« Logan machte eine einladende Geste. Dann verschränkte er die Arme vor der Brust und lächelte den Barkeeper an.

Dieser wurde unruhig. Etwas in den grünen Augen des Mannes versetzte ihn in Alarmbereitschaft. *Das wird nicht so laufen, wie ich dachte.*

»Sir, wie heißen Sie?«

»Will, aber alle nennen mich Willy, so wie den Killerwal.«

»Schön, Willy. Ich heiße John, und das hier ist mein Partner Logan. Ob Sie es glauben oder nicht, wir gehen für das FBI einer möglichen Bedrohung der nationalen Sicherheit nach, so verrückt sich das anhören mag.«

Willy bekam große Augen. »Sie wollen mich verarschen, oder? Hier kommt normalerweise niemand her. Nur diese Spinner vom Fernsehen und Touristen, die sehen wollen, wo die Show gedreht wird. Reden Sie von so was wie einem *Terroranschlag?*«, fragte er ungläubig.

»Willy, ich kann Ihnen nicht viel mehr sagen. Mich interessiert vor allem eins: Ist Ihnen oder einem Ihrer

Gäste seit dem Sturm etwas Ungewöhnliches aufgefallen?«

Logan verfolgte, wie John mit dem Mann sprach, und beobachtete gleichzeitig die Gäste im großen Spiegel über der Bar. An einem Tisch in der Mitte erhoben sich zwei groß gewachsene Kerle.

Großartig …

»Was meinen Sie mit ›ungewöhnlich‹?«, hakte Willy nach.

Die beiden anderen zwängten sich zwischen den Tischen durch und kamen näher. Schon hatten sie Logan und John fast erreicht.

»Mit ungewöhnlich meine ich …«, fuhr John fort, bevor Logan ihm ins Wort fiel.

»Wir haben Gesellschaft«, raunte er leise und nickte in Richtung Spiegel.

»Muss ja immer einen oder zwei geben, die Scheiße bauen, oder?«, fragte John mit fiesem Grinsen.

»Bei uns? Aber klar.« Beide drehten sich um.

John breitete die Arme zu einer Willkommensgeste aus. Die zwei Typen standen nun direkt vor ihnen. Der vor John musste knapp zwei Meter groß sein und wog mehr als 100 Kilo, eine ungesunde Mischung aus Fett und Muskeln. Seine schwarzen Haare trug er zu einem Pferdeschwanz gebunden, dazu kam ein Bart, der bis auf die breite, mit einem Harley-Davidson-T-Shirt bedeckte Brust hing.

Der zweite Mann hatte etwa Logans Größe und wirkte körperlich fitter als sein Partner. Die braune Mähne war in einer Art Hommage an die 50er nach hinten gegelt. Das glatt rasierte Gesicht verriet deutlich, dass er sich schon seit einigen Stunden Hochprozentiges hinter die

Binde kippte. Ein typisches Klischee. Ein wütender, vom Leben Enttäuschter, der jeden Vorwand nutzte, sich kurzzeitig vom öden, frustrierenden Alltag abzulenken. Logan kannte diese Stimmung. Er hatte sich früher oft so gefühlt, bevor er endlich trocken wurde und diese Leere in seiner Seele ausfüllte.

»Gentlemen, ich werd das mal so einfach wie möglich für euch beide gestalten«, erklärte John. »Wir kommen vom FBI und versuchen uns gerade mit diesem anständigen, ehrbaren Bürger zu unterhalten. Also, wollt ihr euch wirklich mit uns anlegen? Ich rate ernsthaft davon ab. Wenn ihr's riskieren wollt, wehr ich mich natürlich nicht gegen ein bisschen Training. Eure Entscheidung.«

John starrte den Bärtigen an. Jede Emotion war aus seinem Gesicht gewichen. Logan kannte diesen eiskalten Ausdruck nur zu gut.

Der Hüne drehte den Kopf nach links, behielt John aber weiter im Auge. »Glaubst du diesen Bullshit?« Er beugte sich vor und knurrte: »Ihr werdet es bereuen, durch diese Tür gekommen zu sein. Wie Willy schon sagte, wir haben was gegen Fremde, besonders gegen Zwerge wie dich.« Die letzten Worte trieften vor Hass.

Jetzt reichte es John. Die Zeit für Plaudereien war vorbei. Mit seinen 80 Kilo und 180 Zentimetern bewegte er sich unglaublich geschickt. Er und Logan reagierten gleichzeitig.

Blitzschnell packte John mit der Linken den Bart des Mannes. Kraftvoll riss er ihn nach vorn und setzte zu einer Körperdrehung an, während er das Gewicht nach unten verlagerte. Er vollendete die Drehung und zog noch kräftiger. Der Schwung ließ den anderen mit dem Kopf voran gegen den Tresen knallen.

Ein lautes *Krack!* schockierte die übrigen Gäste. Die Nase wurde von der abgerundeten Kante der Marmorplatte auf dem Tresen gebrochen. Blut spritzte auf die Bar und vorn auf sein Hemd. Er prallte zurück und John streckte beinahe beiläufig das linke Bein aus. Der Mann stolperte über Johns Knöchel und fiel rückwärts zu Boden. Der Aufprall nahm ihm die Luft. Benommen lag er auf dem Rücken und starrte an die Decke, wobei das Blut weiter aus seiner zertrümmerten Nase lief.

Logan ging weniger anmutig, aber nicht weniger effektiv vor. Er landete zwei Hiebe direkt im Gesicht seines Gegners, dem Ober- und Unterlippe aufplatzten. Überrascht taumelte dieser nach hinten und hob schützend die Arme.

Logan nutzte den entstandenen Abstand und brachte einen gedrehten Rückwärtskick an, der mit unheimlicher Wucht das Brustbein des Mannes traf. Der Tritt ließ ihn nach hinten fliegen und mit dem Rücken gegen einen Tisch schlagen. Er wollte vor Schmerz aufschreien, fand aber keine Luft, um einen Ton rauszubringen.

Logan wirkte leicht amüsiert, dass der Kerl wieder auf ihn zukam, schwankend, aber noch auf den Beinen. *Okay …*

Er machte einen Schritt nach vorn und versetzte ihm einen harten Schlag in den Magen. Die anderen Gäste zuckten erschrocken zusammen, als der zweite angriffslustige Einheimische mit dem Gesicht voran auf die Holzdielen knallte.

Stille breitete sich im Broken Bones aus. Alle waren schockiert über die brutale Zurschaustellung präzise angewandter Gewalt. Zwei der Ihren, denkbar mühelos erledigt. Sie funkelten die Eindringlinge an. John wartete nicht lange und ergriff das Wort.

»Ich habe gerade schon versucht, diesen beiden Gentlemen zu erklären, dass wir vom FBI kommen und es uns darum geht, ob jemandem etwas Ungewöhnliches aufgefallen ist. Eine neue Besatzung, die niemand kennt, ein neues Boot, egal was … Ich will ungern wiederholen, was sich hier gerade abgespielt hat. Falls ihr uns schnell loswerden wollt, schlage ich vor, dass einer von euch redet.« John blickte sich um und sah jedem der Anwesenden in die Augen.

»Was glaubt ihr, wieso wir zuerst hierher gekommen sind? Wir wissen, wer ihr seid und wie ihr tickt. Verdammt, wenn ich nicht gerade meinen Job erledige, lebe ich in Montana mitten im Nirgendwo, um in Ruhe zu jagen und zu fischen. Ich respektiere eure Art zu leben.« John spürte, wie sich die feindselige Atmosphäre ein wenig entspannte. »Wir wissen, dass ihr sofort mitkriegt, wenn jemand neu auf der Insel ist, jemand, der nicht von hier ist.«

Er legte eine kleine Pause ein, um seine Worte auf die alkoholumnebelten Anwesenden wirken zu lassen. »Glaubt es oder nicht, Leute, aber wir stehen auf derselben Seite. Also frage ich noch mal – ohne Umschweife –, weiß jemand was, das uns weiterhilft?«

Die Männer im Raum tauschten kurze Blicke. Logan sah Verständnis, Angst und Respekt aufflackern, alles auf einmal. Logan und John hatten ihrem Ansinnen Nachdruck verliehen und Mut und Entschlossenheit bewiesen.

Deswegen hatte er gegenüber dem Chief darauf bestanden, dass sie diese Sache allein durchzogen. Das Vertrauen von Männern wie diesen ließ sich oft nur auf diese Weise gewinnen. Die Männer von Dutch Harbor waren tough. Sie schätzten Härte und direkte Ansprachen.

Grummelnde Zustimmung machte sich im Raum breit, obwohl die beiden Einheimischen noch auf dem Boden lagen.

Nach einigen Augenblicken sagte ein Mann Ende 20, der in einer Tischnische am Fenster saß, leise: »Die *Arctic Glide.*«

Logan trat ans Geländer am Rand des Hauptraums und schielte zu ihm nach unten. »Tut mir leid, ich konnte Sie da hinten kaum verstehen. Was haben Sie gesagt?«

Der junge Mann schien beim Klang seiner eigenen Stimme zuversichtlicher geworden zu sein und wiederholte: »Die *Arctic Glide.* Ich denke, das ist das Boot, nach dem Sie suchen.«

4

Timothy Lawrence, in Dutch Harbor besser bekannt als Tough Tim, saß Logan und John gegenüber. Er war Matrose und Mechaniker auf einem der Krabbenboote der Stadt. Seine Härte und seine Belastbarkeit galten als legendär, selbst im vergleichsweise jungen Alter von 27. Unter den Krabbenfischern gehörte er damit schon zu den Veteranen.

»Ich hab in den letzten paar Jahren mehrere Fahrten auf Jack Dawsons Boot gemacht. Mein aktueller Job ist fast vorbei. Ich mag den Kapitän und seine Crew, aber ich hab nie so gut verdient wie als Mechaniker auf der *Glide,* wo sie die letztes Jahr getestet haben.« Er trank einen Schluck aus seinem halb leeren Krug Schwarzbier und betrachtete die beiden ehemaligen Marines.

»Als ich sah, wie Dawsons Boot nach dem Sturm vor zwei Tagen zurückkam und in der Bucht ankerte, ging ich rüber, um Hallo zu sagen. An Deck stand so ein brutaler Typ. Ich fragte ihn, wo Jack ist, und er meinte … jepp, das waren seine Worte: ›Er wurde beim Sturm am Kopf getroffen. Es geht ihm gut, aber er ruht sich unter Deck aus.‹ Ich hab mir erst mal nichts dabei gedacht. So ein Scheiß passiert da draußen ständig. Der Typ wollte mir seinen Namen nicht verraten. Er meinte nur, dass er in letzter Minute in Anchorage angeheuert hat, und fragte, ob er was ausrichten soll. Er hatte was Komisches an sich – wirkte unter Strom, ein bisschen wie Sie.« Der

Jüngere nickte in Logans Richtung. »Ich hab mir nichts dabei gedacht, bis Sie beide auftauchten.«

Logan zog eine Touristenkarte von Dutch Harbor heraus, die er vorhin an der Rezeption eingesteckt hatte. »Wo liegt die *Glide* vor Anker?«

Tough Tim strich die Karte glatt und deutete auf eine schmale, etwa eine Meile lange Landzunge, die in die Mitte der Iliuliuk Bay ragte. »An der letzten Anlegestelle da.« Er zeigte auf den westlichen Abschnitt der Landzunge. »Der Kerl an Deck sagte mir, dass einer ihrer Propeller kaputtgegangen sei und sie auf Ersatz warten. Er meinte, sie seien hoffentlich irgendwann heute wieder auf dem offenen Meer, wenn ich mich richtig erinnere.«

»Siehst du, was ich sehe?«, fragte John. Logan nickte. »Wenn sie noch dort sind«, fuhr John fort, »haben sie in alle Richtungen freie Sicht. Die merken sofort, wenn wir kommen.«

»Deswegen werden wir uns so unauffällig wie möglich nähern, als ob wir dazugehören. Je offensichtlicher, desto besser. Ich hab schon eine tolle Idee.« Logan lächelte John an.

»Logan.« John schüttelte den Kopf. »Ich hasse es, wenn du tolle Ideen hast. Normalerweise sterben dann Leute und etwas explodiert, in der Regel ganz dicht neben mir.«

»Da ist was dran, aber normalerweise sind das die Bösen«, konterte Logan trocken.

»Genau!« John schrie beinahe. »*Normalerweise* ...«

Tough Tim blieb ruhig am Tisch sitzen und verfolgte den Schlagabtausch. *Wer zur Hölle sind diese Typen?*

Logan und John verließen die Bar. Es wurde gefühlt jede Minute kälter. Der Himmel hatte ein stumpfes Grau angenommen. »Sieht nach Schnee aus«, fand Logan.

»Stimmt. Aber hey! Wir sind Kaltwetterkrieger, Kumpel. Endlich profitieren wir mal von dem ganzen Survivaltraining am MWTC.« John spielte auf das Mountain-Warfare-Trainingszentrum des Marine Corps im kalifornischen Bridgeport an. »Wir sind wie geschaffen für den Scheiß.«

Logan zog sein Handy aus der Tasche und wählte die private Durchwahl des Polizeichefs. Captain Phoenix meldete sich. »Chief, wir denken, die *Arctic Glide* ist das Boot, nach dem wir suchen. Es liegt in der Hauptbucht an der letzten Anlegestelle der kleinen Landzunge vor Anker.«

John hörte eine unterdrückte Stimme aus dem Hörer. Logan nickte.

»Verstehe. Keine Sorge. Das sollten wir selber hinkriegen. Treffen Sie uns einfach dort, wenn Sie es schaffen. Bis Sie kommen, wissen wir vermutlich schon mehr. Ich hoffe, bei Ihnen läuft alles glatt. Bis dann.«

John sah Logan fragend an. »Was ist los bei unserem örtlichen Kollegen?«

»Es gab einen Unfall in einem der Bunker aus dem Zweiten Weltkrieg. Die sind auf der Hauptinsel ein paar Meilen weiter südlich. Sie holen einen Mann raus, der vom Dach des Bunkers gestürzt ist. Verletzung am Rückgrat. Wird wohl einige Zeit dauern wegen des felsigen Terrains. Er will nachkommen, sobald er's schafft.«

»Na großartig! Wir sind also wieder mal auf uns gestellt.«

»So magst du's doch am liebsten, oder?«

»Eigentlich nicht.«

»Dachte ich mir fast. Also sollten wir uns lieber mal in Bewegung setzen, bevor diese Arschlöcher ihre Chance zum Abhauen nutzen. Uns geht eh langsam das Tageslicht aus.« Logan stieg auf den Fahrersitz des Pick-ups.

»Immer in Eile.« John öffnete die Beifahrertür. »Irgendwann wirst du noch einen Herzinfarkt kriegen. Du wirst alt. Schalt besser mal einen Gang runter.«

Logan spähte ungeduldig durchs Fenster auf der anderen Seite. »Fick dich! Rein mit dir in den Truck!«

5

An Bord der Arctic Glide

Der Wolverine hatte es eilig. Er stand auf dem Deck in der Nähe des Bugs und ließ den Blick über das Hafengelände und die nähere Umgebung schweifen. Jegliche Sentimentalität war ihm fremd, dennoch empfand er ein flüchtiges Gefühl, eine kurze Sehnsucht nach seinem Heimatland.

Die Gegend war rau und unwirtlich, geformt von unnachgiebiger Umwelt. Er empfand Respekt angesichts der formenden und gnadenlosen Kraft von Mutter Natur. *Wirst du etwa weich auf deine alten Tage?* Er schüttelte den Gedanken ab und konzentrierte sich auf seine Aufgabe – das Schiff auf das Ablegen in wenigen Minuten vorzubereiten.

Obwohl sie das einzige Boot auf der Halbinsel waren, hatte er sich in den letzten zwei Tagen wie auf dem Präsentierteller gefühlt, als schwimmende Zielscheibe. Natürlich hatte er sich genau deshalb für diesen Ankerplatz entschieden. Er bot den seltenen Luxus einer freien Sicht in alle Richtungen.

Was er dem neugierigen jungen Fischer gesagt hatte, stimmte: Ein kaputter Propeller hatte die Besatzung der *Arctic Glide* zum Warten gezwungen, bis das Ersatzteil aus Anchorage eingeflogen wurde. Sein Team hatte ihn mithilfe der Tauchausrüstung an Bord heute Morgen ausgetauscht.

Auch wenn es nicht Teil des ursprünglichen Plans gewesen war, zwei Tage für jeden sichtbar zu warten, hatte ihnen die Reparatur einen glaubwürdigen Vorwand geliefert, das neu angeschaffte Equipment von einem örtlichen Lieferdienst abtransportieren zu lassen. Die Peli-Koffer mit der ›Forschungsausrüstung‹ waren sicher in Anchorage eingetroffen, dort einem Versandunternehmen übergeben und über die USA weiterverschickt worden.

Er hatte die Tracking-Nummer vor Kurzem online gecheckt. Der aktuelle Status lautete ›unterwegs zum Ziel-Paketzentrum‹. Momentan befand sich die Fracht über dem Atlantik. Solange das Flugzeug nicht abstürzte, erreichte es in Kürze Europa. Der Rest war nicht sein Problem. Die Mission war fast erledigt. Nun wurde es Zeit, die Spuren zu beseitigen.

Sobald sie den Hafen verlassen hatten, war der Plan simpel: mit der *Arctic Glide* einen abgelegenen Ort in der Nähe einer der anderen Inseln ansteuern, sie mit der Crew an Bord auf den Grund der Beringsee schicken und zum Rendezvous-Punkt vor der Küste fahren, wo ein Tarnkappen-U-Boot auf ihre Rückkehr wartete.

Er machte die Leine an der Backbordseite los, trat auf den Pier, zog das schwere Tau hinter sich her und wickelte es auf, um es für das nächste Boot zurückzulassen. Nachdem er damit fertig war, ging er zur zweiten Festmacherleine. In diesem Moment hörte er, wie hinter ihm jemand etwas rief.

Er drehte sich um und sah sich einem Mann in dunkelblauem Mantel und olivgrünen Cargohosen gegenüber, der wild mit den Armen rudernd auf ihn zulief. Ungefähr 50 Meter weiter parkte ein blau-weißer Pick-up, auf dessen Seite ›Al's Bootsreparaturen & Dienstleistungen‹ stand. Eine zweite Person wartete auf dem Fahrersitz.

»Hey, Mister! Warten Sie eine Sekunde. Ich muss mit Ihnen über den Propeller reden! Moment mal!«

Der Maschinenvertrieb, bei dem wir den Propeller gekauft haben? Was soll das denn jetzt? Der Wolverine schaltete sofort in den Alarmmodus und sah sich den Mann, der auf ihn zukam, genau an, versuchte einzuschätzen, ob er eine Bedrohung darstellte. *Definitiv athletisch, bewegt sich schnell und leichtfüßig …*

Der andere erreichte ihn, beugte sich nach vorn, atmete schwer und blickte hinauf in sein Gesicht. Der Wolverine bemerkte eine Narbe in der linken Gesichtshälfte, teilweise verdeckt durch den kurzen Bart. Intelligente grüne Augen starrten ihn an.

»Gott sei Dank! Ich hab schon befürchtet, ihr Jungs legt ab. Dann hätt ich mich mit meinem Arschloch von Chef da hinten im Pick-up rumärgern müssen«, meinte er unterwürfig und schielte über die Schulter. »Sorry für den dramatischen Auftritt. Ich wollte euch bloß nicht verpassen.« Er machte eine Pause und schien erneut Luft zu holen. Dann streckte er die Hand aus. »Ich bin Tom Mackey von Al's Bootsreparaturen, wo ihr Jungs den Propeller gekauft habt.« Er deutete mit einer Hand in seinen Rücken. »Und ich hasse es, euch das zu sagen, aber es gibt ein Problem mit der Kreditkarte, die euer Mann benutzt hat.«

Der Wolverine schüttelte die Hand des Fremden. *Fest, selbstbewusst …*

»Ein Problem? Was für ein Problem?« Sein Englisch klang akzentfrei.

»Wir dachten, die Buchung sei normal durchgelaufen, aber nachdem ihr Jungs die Ware abgeholt hattet, stellte sich raus, dass durch den Sturm nicht alle Transaktionen sauber abgewickelt wurden. Sie blieben unterwegs hängen und kamen nie bei der Kreditkartengesellschaft an. Wundert mich nicht, wenn ich ehrlich bin. Diese Firmen wissen, wie sie einen bis aufs letzte Hemd ausziehen. Wie auch immer, die haben uns vor einer knappen Stunde angerufen und erklärt, dass die Karte noch mal durchgezogen werden muss. Ich hasse mich dafür – und entschuldige mich ausdrücklich –, aber gibt's eine Möglichkeit, dass Sie mir die Karte noch mal geben? Ich hab auch ein Lesegerät dabei.« Tom lächelte und hielt ein iPhone mit Aufsatz hoch.

Der Wolverine analysierte blitzschnell die Möglichkeiten. Die Geschichte klang glaubwürdig. Die körperliche Fitness und die wachen Augen des Typen machten ihn jedoch unruhig.

Damit blieben zwei Optionen: entweder Tom sofort zu erschießen und anschließend zu versuchen, den Mann im Pick-up an der Flucht zu hindern, oder mitzuspielen, die Kreditkarte zur Verfügung zu stellen und abzulegen, sobald Tom und sein Freund abgezogen waren. Er traf seine Entscheidung.

»Tom, ich bin Martin. Bitte kommen Sie an Bord. Wir gehen ins Steuerhaus und ich hole die Karte für Sie. Wenn wir fertig sind – das soll jetzt nicht unhöflich klingen –, müssen wir sofort los. Der Sturm hat uns im Zeitplan etliche Tage zurückgeworfen.«

»Ist klar. Ihr habt mich so bald wie möglich wieder vom Hals«, antwortete der Mann und ging mit ihm an Bord der *Arctic Glide*.

Die beiden Männer überquerten das Flachdeck. Tom beäugte neugierig ein Mini-U-Boot, das an einem Kran über der Deckmitte hing. Es war hellgelb gestrichen, so wie die meisten Untersee-Forschungsboote.

»Schönes Teil«, fand Tom. »Wofür benutzt ihr Jungs das, wenn ich fragen darf?«

Der Wolverine blickte über die Schulter, registrierte ehrliches Interesse in Toms Miene und sagte: »Selbstverständlich. Aber ehrlich gesagt kann ich Ihnen gar nicht alle Details erklären. Die Typen von der Ölgesellschaft haben es für die Unterwasser-Exploration genutzt. Die haben so viel Ausrüstung an Bord, dass ich Kopfweh kriege, wenn ich nur daran denke. Ich bin nur eine angeheuerte Aushilfe«, fügte er hinzu und lächelte Tom an.

»Kann ich verstehen.« Toms Interesse verlagerte sich auf die übrige Ausrüstung. »Ihr habt auf jeden Fall eine Menge Zeug«, kommentierte er mit Blick auf die drei Quadcon-Industriecontainer nahe dem Bug.

Sie erreichten den Eingang zum Steuerhaus. Der Wolverine hob den Riegel an und schob die schwere Tür auf. Er trat ein und stieg die Metallleiter hoch. Tom blieb dicht hinter ihm.

Ein lautes Klappern drang durch den engen, abgeschlossenen Raum. Der Wolverine drehte sofort den Kopf in Richtung des anderen, der ihm auf den Stufen folgte.

Tom hielt nach wie vor das iPhone in der Hand. Das Geräusch ging jedoch nicht von dem Mobiltelefon aus. Und dann sah es der Wolverine: eine Ausbeulung an der rechten Hüfte, unter der dunkelblauen Jacke mit dem Firmenlogo.

Waffe!, fuhr es ihm durch den Kopf. Er studierte das Gesicht des Mannes und identifizierte etwas weitaus

Beunruhigenderes in den grünen Augen, die in seine starrten. *Die Wachsamkeit eines Raubtiers, kalt und berechnend.*

Er reagierte, ohne zu zögern. Die trostlose Landschaft von Dutch Harbor, Alaska, verwandelte sich augenblicklich in ein Schlachtfeld. Eine Eventualität, auf die sich die Inseln im Zweiten Weltkrieg vorbereitet hatten, die aber nie eingetreten war – bis heute.

6

Nach einer halben Ewigkeit in diesem Geschäft hatte Logan West in dem Mann sofort das erkannt, was er auch war: einen ausgebildeten Agenten, der über ihm auf einer Treppe stand, reaktionsschnell und zu allem bereit. *Mal wieder Sabotage durch Murphy,* fluchte Logan und hatte ein *Murphys Gesetz*-Poster vor Augen.

Auf der Stiege ging es eng zu. Durch eine überhastete Körperdrehung war der Griff seiner Kimber Tactical II, Kaliber 45, gegen die Stahlwand gestoßen.

Logan schaute zu Martin, um abzuschätzen, wie er auf das Geräusch reagierte. Die Augen des Mannes wanderten erst zu Logans Hüfte, dann in sein Gesicht. Kein Zweifel, er hatte die Bedrohung sofort identifiziert.

Logan reagierte als Erster. Seine rechte Hand schoss unter die blaue Jacke und umfasste den Griff der Kimber. Blitzschnell, er machte damit jedem Revolverhelden im Wilden Westen alle Ehre, aber der Mann über ihm ließ sich ebenfalls nicht lumpen.

Als Logan die Pistole aus dem Holster befreite, schrie der Mann, den er gerade als ›Martin‹ kennengelernt hatte, etwas auf Russisch und verpasste Logan einen gezielten Tritt vor die Brust. Er ließ ihn die zwei Stufen hinabstürzen und auf den Boden knallen. Er zog den Abzug der Kimber, die bereits im Treppenschacht nach oben zielte.

Blamm! Blamm!

Die Schüsse klangen in der beengten Umgebung ohrenbetäubend laut. Funken stoben von der Decke, nur Zentimeter über dem Kopf des Gegners. Martin zog sich in die Sicherheit des Steuerhauses zurück. Logan fluchte. Er hatte gerade sämtliche taktische Vorteile eingebüßt. *Großartig ...*

Und es wurde noch schlimmer, als Logan aus dem sieben Meter langen Gang zu seiner Rechten rasch näher kommende Schritte vernahm. Drei Männer erschienen am Ende des Korridors und bewegten sich mit militärischer Präzision in seine Richtung. Der erste streckte eine kurze schwarze Maschinenpistole vor sich und zielte damit direkt auf Logan.

Der Amerikaner rollte sich mit einem Sprung nach links in Richtung offene Luke, als der Führende bereits das Feuer eröffnete. Kugeln prallten von Bodenbelag und Stahlrahmen ab, deckten ihn mit Funken und Metallsplittern ein.

Scheiße! Los! Los! Los! Er beendete die Hechtrolle und sprang durch die Öffnung, landete auf dem rutschfesten Untergrund des Decks und rappelte sich hoch. Er hielt nach einer Deckung Ausschau. Ihm blieben nur wenige Sekunden, bis die Männer mit den Waffen aufschlossen.

Zusätzlich zu dem Unterseeboot, das über dem Deck hing, gab es ein Bedienpult für den Kran direkt rechts von ihm. Mehrere kleine hölzerne Kisten standen etwas weiter links. *Nicht gut – die Kugeln gehen direkt durch.* Er brauchte etwas Solideres. Ohne sich umzudrehen, spurtete er über das Deck.

Deutlich in Unterzahl und schlechter bewaffnet als seine Gegner rannte er davon und betete: *Bitte, Gott, gib mir eine Chance.*

John hatte Logan durch die Scheibe des Pick-ups beobachtet. Al war im Laden und als Veteran von Operation Desert Storm sofort bereit gewesen, ihnen auf jede erdenkliche Weise zu helfen. Er war Realist und verstand, dass sich das Böse in der Welt weiterhin ausbreitete und eine ernsthafte Bedrohung darstellte. *Er hat uns sogar die schicken Jacken als Bonus gegeben,* freute sich John.

Als Logan den Mann erreichte, der gerade damit beschäftigt war, die *Arctic Glide* loszumachen, wurde John nervös. Der Mann wirkte selbstsicher und kräftig. Einer von *ihnen*. John hatte keinen Zweifel, dass der Mann denselben tödlichen Beruf ausübte wie sie beide.

Er vertraute auf seine Instinkte und rief sofort Captain Phoenix an, um ihm mitzuteilen, dass sie die *Glide* gefunden hatten und in ein paar Minuten vermutlich schlauer waren. Er deutete an, dass sie Unterstützung brauchten, und bat den Cop, sich zu beeilen.

Wenig überraschend erklang nur wenige Augenblicke, nachdem Logan außer Sichtweite verschwunden war, der charakteristische Lärm von Gewehrfeuer aus dem Inneren des Steuerhauses. Noch während sein Freund aus der Luke gestolpert kam und sich berappelte, hechtete John aus dem Pick-up und sprintete zum Boot. Seine M1911, ebenfalls Kaliber 45, hielt er in der rechten Hand, während er den Kiesweg entlangrannte.

John hatte gerade die halbe Strecke zurückgelegt, als drei Männer mit PP-2000-Maschinenpistolen aus dem Hauptteil des Schiffes kamen und auf dem Deck ausschwärmten. Sie schossen und bewegten sich wie eine Einheit. *So synchron bewegt man sich nur nach jahrelangem Training.*

Logan ging hinter zwei stählernen schwarzen Containern nahe dem Bug in Deckung.

John wusste, dass ihm nur ein paar Sekunden blieben, bevor die Männer ihn bemerkten. Nun gab es zwei Möglichkeiten – sich näher heranarbeiten, um das Angriffsteam besser ins Visier nehmen zu können, oder sofort zu schießen. Als das Team in Logans Richtung lief, wusste er, dass die Zeit zum Überlegen abgelaufen war.

Er kam auf dem losen Kies rutschend zum Stehen und ging aufs linke Knie, das rechte Bein streckte er hinter sich aus. Jemand schrie etwas auf Russisch und sah zum Steuerhaus. Der Mann, der sich Logan genähert hatte – es musste der Anführer sein –, brüllte etwas und zeigte auf ihn. *Ein bisschen zu spät, zumindest für einen von euch, ihr Arschlöcher ...*

Er zielte auf den Mann, der ihm am nächsten war, gerade als die beiden anderen Angreifer sich umdrehten und ihre Waffen auf ihn richteten. John zog schnell und geschmeidig den Abzug durch, als beide das Feuer eröffneten. Sein erster Treffer erwischte den Mann seitlich am Hals, aber John wartete nicht, um das Resultat zu bestaunen. Stattdessen warf er sich hinter einem Stapel Krabbenkörben mit 500 Kilo Fassungsvermögen in Deckung.

Die Kugeln der Gegner prallten von den riesigen Käfigen ab und schossen als Querschläger durch die Luft oder schlugen links und rechts neben John ein, der auf dem Boden kauerte.

Einen hab ich zumindest erwischt ... glaub ich. Weitere Projektile zwangen ihn, sich noch tiefer zu ducken.

Logan versteckte sich hinter den zweieinhalb Meter hohen Quadcon-Containern. Noch während er darüber nachdachte, in was für einer kniffligen Lage er sich befand, fragte er sich, wozu ein Erdölsuchschiff militärische Frachtcontainer brauchte.

Er war dankbar über die Deckung, die sie ihm boten, denn es handelte sich um die *einzige* Deckung im Bugbereich. Er konnte sich sonst nirgends verstecken. Das Angriffsteam hatte ihn in die Ecke gedrängt. Wenn er versuchte, das Dock zu erreichen, würde ihn der Beschuss der Automatikwaffen in Stücke reißen. Er überlegte kurz, von Bord zu springen, aber das eiskalte Wasser hätte ihn innerhalb von Minuten bewegungsunfähig gemacht, da er keinen Neoprenanzug unter der Kleidung trug. Ihm war nicht danach, in Kälte und Nässe zu sterben. Blieb nur eine Option übrig: kämpfen, bis ihm die Munition ausging, und dann erneut die Möglichkeiten durchgehen. *Wenn du dann noch lebst.*

Er spähte gerade lange genug um die Ecke des Quadcon, um zu sehen, wie zwei der Bewaffneten ihre Maschinenpistolen auf das Dock richteten. Der dritte Mann hielt die Waffe unverändert auf Logans Position gerichtet. Er schickte sich an, den Abzug zu betätigen.

Ich habe zu früh geschaut. Typischer Anfängerfehler, tadelte er sich. Dieser taktische Patzer könnte zugleich sein letzter sein.

Aus der linken Halsseite des Mannes spritzte plötzlich Blut, als eine Kugel durch seine Kehle und seine Halsschlagader drang. Der Gegner schwankte, es gelang ihm aber, noch einen Schuss aus der PP-2000 abzusetzen. Sein Körper schien für einen Moment in der Luft zu hängen. Eine sterbende, tanzende Marionette, umgeben von einem Funkenregen, der das Deck um ihn herum beharkte.

Doch dann war das Magazin leer, die Waffe ohne Munition, und der Angreifer kippte tot nach vorn.

Logan konzentrierte sich auf die beiden anderen Schützen, die ihr Feuer auf Johns Position richteten. Logan sah, dass sein Begleiter rund 50 Meter entfernt hinter einem Stapel Krabbenreusen kauerte. *Zumindest ist es jetzt ein fairer Kampf, wenn der Anführer nicht bei dem Spaß mitmischt.*

Logan hörte weiteres Geschrei auf Russisch und eine Salve von Schüssen, die in Johns Richtung abgegeben wurde. Dann startete – zu Logans Entsetzen – der Motor des Schiffes.

Er sah im gleichen Augenblick zum Steuerhaus, als der russische Kommandant ein Fenster öffnete und eine PP-2000 in Logans Richtung schwang. Er bellte seinen Männern knappe Befehle zu und drückte ab.

Über Logans Kopf wurden Löcher in den Quadcon gestanzt. *Er benutzt panzerbrechende Munition. Fantastisch.*

Logan warf sich flach auf den Boden, in der Hoffnung, die intensive Attacke unbeschadet zu überstehen. John musste allein klarkommen. Ihn plagten gerade ganz andere Sorgen – besonders falls ihn die beiden verbliebenen Männer in die Zange nahmen.

Ein Bild blitzte vor seinem geistigen Auge auf. Eine Erinnerung an ein Fußballstadion in Haditha. Er hatte dort Cain Frost bezwungen, den CEO der größten privaten Sicherheitsfirma der Welt, der zum Terroristen geworden war, nur um dann von zwei Aufständischen umstellt zu werden, während er versuchte, Cains Körper als menschlichen Schutzschild zu missbrauchen. Wäre John nicht rechtzeitig aufgetaucht, hätte Logan damals ins Gras gebissen. Der Unterschied zur jetzigen Situation: John war – *Gott sei Dank* – schon da und beide Seiten relativ ebenbürtig, wenn auch nicht, was die Feuerkraft anging.

Logans Gesicht befand sich nur Zentimeter vom Deck entfernt. Der Beschuss aus dem Steuerhaus verebbte und er riskierte einen kurzen Blick um die Ecke.

Der Mann im Zentrum schien sich nicht länger auf Logan zu konzentrieren. Stattdessen stürmte er das Deck entlang und Logan bekam mit, wie er über die rasch wachsende Lücke zwischen dem Schiff und dem Dock sprang. Er landete auf den Füßen und rannte weiter, kam nicht mal aus dem Tritt. *Er ist hinter John her.*

Der Gegner näherte sich einem Stapel Kisten parallel zu Johns momentaner Position, während der verbleibende Schütze ihm vom Deck aus Deckung gab.

Der Kugelhagel hatte John hinter den Krabbenfallen festgenagelt. Der zweite Mann tauchte hinter dem großen Stapel ab. *Was zur Hölle hat der Kerl vor?!*

Weitere Kugeln durchschlugen den Container. Logan robbte auf dem Bauch rückwärts, um möglichst wenig Zielfläche zu bieten. Das Schiff bewegte sich weiter vom Pier weg, der Anführer des Teams steuerte es gekonnt der offenen Bucht entgegen.

Logans verbliebene Optionen hatten sich auf eine reduziert: die Stellung halten und kämpfen. *Zumindest sind es jetzt nur noch zwei gegen einen, aber ich denke, das kann ich ausgleichen.* Sein letzter Blick auf das Deck hinter den Quadcons hatte ihn auf eine Idee gebracht; eine, die allerdings perfektes Timing voraussetzte.

Ihm war klar, dass er keinen direkten Angriff auf seinen Gegner wagen konnte. Eine Maschinenpistole in den Händen eines ausgebildeten Profis war ein tödliches Instrument, egal auf wen sie zielte. Logan grinste trotzdem und vollführte eine rasche Drehung, um über die raue Oberfläche zum hinteren Ende des angrenzenden Containers zu robben.

John war frustriert. Die anhaltenden Salven hatten ihn in der kompletten letzten Minute des Feuergefechts festgenagelt. Er tobte innerlich, erfasst von eisigem Zorn, den er wie eine Rüstung trug. *Okay, ihr Arschlöcher. Ihr betet besser, dass eine dieser Kugeln mich trifft, denn andernfalls bring ich euch alle um, egal wie.*

Der Beschuss verstummte. Die Ruhe wirkte fast wie ein Schock. Er schüttelte den Kopf, als wollte er blockierte Gedanken lösen. *Ich bin mir nicht sicher, ob das ein gutes Zeichen ist.*

John spähte um die Krabbenfallen herum und stellte fest, dass die *Arctic Glide* vom Pier ablegte. Von da, wo er stand, konnte er sehen, wie Logan auf dem Bauch auf die linke Seite des Quadcons zurobbte. Etwas stimmte nicht und dann wurde ihm klar, was – es war nur noch ein Schütze. *Wo ist der andere?*

Hinter einem großen Kistenstapel, etwa 40 Meter vor ihm, erwachte ein Motor dröhnend zum Leben. Einen Augenblick später kam ein dunkelblauer Ford F-350 Pick-up-Truck um die Kisten herumgeschossen. Die Reifen krallten sich in den Kies und er raste auf John zu. Der Fahrer zielte mit seiner PP-2000 aus dem Fenster und eröffnete das Feuer.

John warf sich zu Boden, um den Kugeln zu entgehen,

er achtete darauf, die Krabbenfallen zwischen sich und den schnell näher kommenden Pick-up zu bringen. Er sprang auf die Beine und ging hinter dem riesigen Stapel stählerner Fallen in Deckung. Der Ford rauschte an ihm vorbei. Der Fahrer feuerte seine verbleibenden Kugeln in Johns Richtung.

Der Pick-up nahm Tempo auf. Der Mann am Steuer verfolgte offensichtlich noch ein anderes Ziel. *Hat wohl nichts damit zu tun, mich umzubringen. Schätze mal, ich bin doch nicht so wichtig.*

John spähte zum Schiff. Es war bereits mehr als 150 Meter vom Anleger entfernt. Logan hatte sein Versteck hinter dem Container verlassen. Was immer auf dem Schiff passierte, er konnte von hier aus nichts für seinen Freund tun.

Er drehte sich um und rannte zum Pick-up, sprang hinter das Steuer und drehte den Zündschlüssel um. Der Motor sprang an, John ließ die Kupplung kommen, beschleunigte und schaltete hoch, um sein neues Ziel zu verfolgen. *Keine Sorge, ich hol dich schon ein. Dann klären wir das wie unter Männern.* Er lächelte grimmig. *Wenn ich so drüber nachdenke, bin ich eigentlich gar nicht in der Stimmung zum Reden.*

Er trat das Gaspedal durch und erhaschte im Rückspiegel einen kurzen Blick auf das Boot. Er starrte in seine eigenen stechenden Augen, die ihn aufforderten, sich lieber auf die Straße und den Ford zu konzentrieren, der seinen Vorsprung bereits deutlich ausgebaut hatte.

Keiner seiner Angreifer hatte mitbekommen, wie Logan auf die andere Seite des Containerstapels gerobbt war. Kugeln schlugen da ein, wo er sich eben noch aufgehalten hatte, und durchsiebten die Metallbleche an Stellen, die dann unweigerlich tödlich gewesen wären.

Von seiner jetzigen Position aus konnte Logan die Angreifer nicht sehen, aber das spielte keine Rolle. Wenn er es richtig kalkuliert hatte, befand sich der Mann gleich da, wo Logan ihn haben wollte. Er zählte die Sekunden im Kopf runter. *Fünf … vier … drei … zwei …*

Logan nahm hinter dem Quadcon eine halb kniende Stellung ein und gab mit der Kimber drei schnelle, präzise Schüsse ab.

Blamm! Blamm! Blamm! Logan war ein erstklassiger Schütze, konnte es mit den Besten aufnehmen. Alle drei Kugeln fanden ihr Ziel. Funken stoben über das Deck, gefolgt von einem hochfrequenten *Sssssss!*

Das gelbe Unterseeboot krachte aus zehn Metern Höhe auf das Deck. Während es fiel, machte Logan einen Schritt um die vordere Ecke des Containers, die Pistole erhoben und bereit für den letzten Angreifer.

Obwohl er mit einer enormen Ablenkung gerechnet hatte, übertraf der mächtige Knall, mit dem das Tauchboot aufschlug, was das gesamte Schiff zum Zittern brachte, seine Erwartungen noch einmal deutlich.

Der Bewaffnete war näher am U-Boot gewesen, als Logan vorausberechnet hatte. Er hatte geahnt, worauf Logan zielte, und versucht, zur Seite zu springen – allerdings den entscheidenden Moment zu spät.

Der vordere linke Ballasttank des U-Boots war auf die Beine des Schützen gekracht. Das enorme Gewicht hatte seine Knie zerschmettert und ihn mit dem Gesicht nach unten auf dem Deck festgenagelt. Er schrie vor Schmerzen und kämpfte verzweifelt darum, sich unter dem ganz persönlichen Briefbeschwerer hervorzuwinden.

Logan huschte in gebückter Kampfhaltung zu dem am Boden Liegenden, getrieben von der Absicht, ihn zu entwaffnen und am Leben zu lassen. Leider röhrte der andere vor lauter Qualen und Hass wie ein in die Enge getriebener Hirsch, als er Logan bemerkte. Die blanke Verachtung im Blick kannte er aus den Gesichtern von Männern, die im Sterben lagen. Männer, die mit einem letzten Aufschrei der Gewalt ihr Ende finden wollten, in Übereinstimmung mit dem Leben, das sie geführt hatten.

Der Mann sammelte seine verbliebenen Kräfte. Er angelte nach der PP-2000, die nur Zentimeter von seiner ausgestreckten Hand entfernt lag. Logan sah dem Mann direkt in die Augen, zielte und feuerte. Die Kugel erwischte seinen Widersacher in der rechten Schläfe und schleuderte ihm den Kopf zurück. Das Blut verteilte sich in einem hellroten Nebel über die Nase des gelben U-Boots. Tot brach er auf dem Deck zusammen.

Logan schielte zum Steuerhaus. Der Anführer des Teams beobachtete ihn. Verwunderung, vielleicht gemischt mit einem Hauch professioneller Anerkennung. Logan glaubte sogar, ein kleines Lächeln wahrzunehmen, war sich auf diese Entfernung jedoch nicht sicher. Ihm blieb keine Zeit, länger darüber nachzudenken, denn plötzlich entwand sich der Mann seinem Blick und verschwand im Schatten.

Du bist am Zug, dachte Logan. Entschlossen näherte er sich seinem letzten Ziel.

John konzentrierte sich auf die Straße und behielt den Ford im Auge. Der andere Fahrer manövrierte den Pick-up mit großem Geschick über die Landzunge, bis er die Insel erreichte und nach links abbog. John beschleunigte und folgte ihm.

Sekunden später driftete John um die Ecke auf die Hauptstraße, die parallel zum Ufer verlief. Bootswerkstätten, Lagerhäuser und andere Geschäfte, die der örtlichen Fischerei zuarbeiteten, säumten die rechte Seite. Zur Linken befand sich das offene Wasser der Bucht.

Zum Glück herrschte kaum Verkehr. *Ich bezweifle, dass es hier je so was wie Staus gibt. Genau der richtige Ort für mich,* befand er.

Er trieb den Pick-up ungeduldig an, bis die Tachonadel die 100er-Marke überquerte. Dann griff er zu Logans Handy und wählte die Nummer von Captain Phoenix. Er war erleichtert, dass der Polizeichef gleich beim ersten Klingeln ranging.

»Mr. West, wie geht's?«

»Hier ist John Quick, Chief. Am Dock kam es zu einem Feuergefecht. Logan befindet sich auf dem Boot, das gerade abgelegt hat. Ich verfolge einen weiteren Verdächtigen in einem dunkelblauen Ford. Ein Pick-up-Truck. Wir sind auf der Hauptstraße, die am Ufer entlangführt. Das ist ein Profi, aber ich hole langsam auf. Wo stecken Ihre Leute?«

Ein Moment der Stille folgte, während der Polizeichef die Informationen verarbeitete. »Es gibt momentan nur mich und einen meiner Männer. Der andere musste den verletzten Touristen ins Krankenhaus bringen. Sie sind auf der Ballyhoo Road, ich genau auf der anderen Seite der Insel. Bin unterwegs und in fünf Minuten bei Ihnen.«

Im Hintergrund hörte John Sirenen. Am Rande seines Gesichtsfelds rasten Ladenfronten vorbei. Plötzlich leuchteten die Bremslichter des Fords auf. Er verlangsamte die

Fahrt und das Heck brach beim abrupten Abbiegen aus.

»Scheiße«, fluchte John. »Chief, er ist gerade rechts in eine schmale Seitenstraße Richtung Hügel verschwunden.«

»Das ist der Ulakta Drive. Führt zum historischen Areal aus dem Zweiten Weltkrieg. Da oben gibt es nichts, außer alten Bunkern mit Blick aufs Meer. Steiles, unwegsames Gelände, vor allem direkt an der Küste.«

John dachte einen Moment nach. *Wieso hat das Boot abgelegt? Der Kommandant musste wissen, dass er nicht wieder in die Bucht zurückkann. Und der Kerl hier riskiert es, erwischt zu werden, indem er mit einem Pick-up flieht. Beide Fahrzeuge müssen ein konkretes Ziel ansteuern. Einen festgelegten Treffpunkt. Aber wieso einen Mann über Land schicken?* Er hatte keine Ahnung.

»Chief, gibt es da irgendwelche Höhlen, Grotten, einen Platz, an dem sich ein kleines Boot verstecken lässt? Der Kerl muss doch irgendwohin. Auf mich wirkt er nicht wie der Typ für ein Selbstmordkommando. Wir haben es mit Profis zu tun. Der stößt irgendwo wieder zum Rest des Teams.«

Stille folgte. »The Lookout«, verkündete der Polizeichef schließlich ungläubig. »Das ist ein verlassener Bunker, der seitlich in eine Klippe gehauen wurde, etwa 30 Meter oberhalb des Wasserspiegels. Es gibt einen kleinen Tunnel, etwa 100 Meter lang, der hinführt, aber der ist für Touristen gesperrt, weil es akute Probleme mit der Statik gibt.«

»Was befindet sich darunter?«, wollte John wissen.

»Nichts außer spitzen Felsen, wobei es einen kleinen Abschnitt gibt, der bis unter die Klippen reicht. Dort ließe sich vielleicht ein Boot verstecken. Es wäre wegen der Felsen vom Land aus nicht zu sehen. Aber es gibt keine Möglichkeit, vom Bunker zum Wasser zu gelangen.«

»Chief, diese Kerle sind clever. Ich garantiere, dass die einen Weg gefunden haben.« Der Ford vor ihm war hinter einer Kurve des sich schlängelnden Straßenverlaufs aus seinem Blickfeld verschwunden. *Shit.* »Wo ist der Eingang zu diesem Tunnel genau?«

»Den kann man nicht verpassen. Wenn man sich dem Wasser nähert, teilt sich die Straße. Fahren Sie nach links. Kurz danach endet sie in einer Sackgasse. Sie werden ein verschlossenes Tor sehen, dahinter die Zufahrt zum Tunnel.«

»Ich wette, das Tor ist nicht mehr verschlossen. Ich folge diesem Typen hinein. Er hat es eilig, und das bereitet mir ziemliche Kopfschmerzen.« Er machte eine Pause und fügte hinzu: »Wenn Sie hinkommen, stellen Sie das Auto ab und warten Sie draußen. Ich hab im Tunnel bestimmt keinen Empfang. Wenn ich rauskomme, geb ich Ihnen sofort Bescheid. Wenn jemand anderes aus der Röhre geschossen kommt, feuern Sie«, verkündete John ruhig.

»Verstanden, Mr. Quick. Passen Sie auf sich auf. Da drin ist es dunkel.«

John lächelte. »Genau wie ich es mag.« Er konzentrierte sich auf die gewundene Piste vor ihm. Der Chevy fuhr in eine Haarnadelkurve nach rechts. John sah die Verzweigung vor sich.

»Chief, ich bin jetzt an der Gabelung.« Er trat auf die Bremse, wählte die Abbiegung nach links und erspähte sofort das Ende der Sackgasse. Der Ford stand vor dem Tor, der Motor lief noch. Die Fahrertür stand offen. John sah eine Gestalt, die in den Tunneleingang floh. *Der kleine Wichser ist flink!*

»Ich bin da. Der Verdächtige ist bereits im Tunnel. Ich gehe ihm nach. Lege jetzt auf. Wir sehen uns hoffentlich bald.« Sein Finger schwebte noch einen Moment über der Auflege-Taste. »Wie schon gesagt, Chief, zögern Sie nicht. Wenn jemand außer mir aus dem Tunnel kommt, erschießen Sie ihn. Diese Typen sind ausgebildete Killer. Denen dürfen Sie keine Chance zum Reagieren geben. Verstanden?«

»Verstanden. Viel Glück, Mr. Quick.«

John trat auf die Bremse und kam schlitternd zum Stehen.

Showtime.

Der Wolverine kauerte in der Ecke des Steuerhauses und ging seine Möglichkeiten durch. Er konnte nicht nach unten gehen. Die Luke stand nach wie vor offen und der Mann an Deck bekäme in der Sekunde, in der er die Kabine verließ, freie Schussbahn auf ihn.

Das war kein Amateur. Der Mann mit den grünen Augen hatte Yuri eliminiert, kurz nachdem sein Partner Nikolai erschossen hatte. Die mussten von irgendeiner Bundesbehörde sein, vermutlich mit Special-Ops-Training – sie waren einfach zu gut. Er rechnete außerdem mit Verstärkung. Trotzdem musste er noch etwas erledigen, bevor er hier wegkonnte. *Deswegen muss ich ihn so schnell wie möglich killen.*

Eine weitere Tür führte aus dem Steuerhaus auf einen Steg in Richtung Bug. Wenn er sich darauf in Stellung brachte, konnte er die gesamte Brücke überblicken und auch den oberen Bereich der Treppe. Wer immer da draußen lauerte, er musste unweigerlich die Treppe hochkommen. Der Wolverine war ein geduldiger Mann. Er hatte einmal zwei Tage in einem Feld vor Grosny gewartet, um einen tschetschenischen Kommandanten aus mehr als 900 Metern Entfernung zu erschießen. Er wartete so lange, wie es eben nötig war.

Er schob die Tür zum Steg auf und drückte sie behutsam gegen die äußere Bootswand. Leise schlich er rückwärts. Kalter Wind zerrte an seiner Kleidung. Nachdem er hindurch war, legte er sich flach auf den Boden.

Die PP-2000 hielt er direkt auf den oberen Treppenabsatz gerichtet. Er wusste, er konnte auf diese Entfernung selbst mit geschlossenen Augen nicht danebenschießen. Der Wolverine zwang seinen Körper, zur Ruhe zu kommen, und bremste seinen Herzschlag mit purer Willenskraft. Sein Atem wurde ebenfalls langsamer.

Dieser Kampf wird rasch vorbei sein.

Minuten verstrichen. Das Boot schaukelte auf den Wellen, während es weiter in die Bucht hinausfuhr. Er hatte auf Autopilot geschaltet. Dieser steuerte das einprogrammierte Ziel an. Der Wolverine hörte nichts außer dem Röhren der Maschinen und dem Wind, der von der Geschwindigkeit des Bootes noch verstärkt wurde.

Er muss raufkommen. Das ist der einzige Weg. Er zwang sich, reglos zu verharren, um seine Position nicht durch eine Bewegung zu verraten. Das endete sonst wahrscheinlich tödlich für ihn. Er wusste, dass der Amerikaner darauf spekulierte. Auf einen Anfängerfehler.

Wumm!

Der Wolverine spürte, wie der Steg durch einen plötzlichen Aufschlag hinter ihm erzitterte. Ein Schatten fiel auf ihn, wurde vor ihm immer länger. *Unmöglich! Es gibt keine Möglichkeit, das Dach der Brücke vom Deck aus zu erreichen.* Und trotzdem hatte ihn sein Gegner überrascht. Entschlossenheit und Finesse des Gegners waren erstaunlich.

Jetzt bleibt mir tatsächlich nur noch eine Wahl, dachte er grimmig.

Logan hatte gewusst, dass der russische Anführer des Teams – zumindest hielt er ihn dafür, seit er mitbekommen hatte, wie dieser Befehle in dieser slawischen Sprache erteilte – sich nicht aus dem Steuerhaus locken ließ. Es wäre dumm gewesen, seinen taktischen Vorteil aufzugeben. Damit wurde Logans Aufgabe etwas erleichtert. Es genügte, die Brücke zu erreichen, ohne vorzeitig entdeckt zu werden.

Das Treppenhaus war der persönliche Schießstand seines Gegners. Deshalb galt es, um jeden Preis einen großen Bogen darum zu machen. Es musste einen Weg geben, die Brücke von außen zu erreichen und dabei unentdeckt zu bleiben. Zuerst war er ratlos gewesen – bis sein Blick den Kran streifte. Nach dem Herabstürzen des U-Boots war sein Ausleger zurück in Richtung Bootsaufbau geschwungen und ein paar Meter über dem Dach des Steuerhauses zur Ruhe gekommen.

Logan kletterte rasch das Gerüst hinauf und balancierte über den schmalen Strahlträger. Dabei bemerkte er die offene Tür im hinteren Bereich der Brücke und identifizierte darin die perfekte Stelle für einen Hinterhalt. Er sprang über den Zwischenraum auf das Dach und bemühte sich um eine geräuschlose Landung. Für einen Moment befürchtete er, der Feind habe ihn dabei beobachtet. Logan erstarrte, wartete, bis er sicher sein konnte, unentdeckt geblieben zu sein, und kroch so schnell über das Dach, wie er es bei diesem Wellengang fertigbrachte.

Als er die Kante erreichte, spähte er hinab auf den in liegender Haltung lauernden Russen, der die Waffe durch die Brücke auf das Treppenhaus gerichtet hielt. Da Logan sein vorheriges Ziel getötet hatte, war es seine Absicht, den Anführer des Teams lebend zu schnappen. Er ließ sich direkt hinter ihm auf den Steg fallen.

In der Hoffnung, eine tödliche Auseinandersetzung vermeiden zu können, sprach Logan leise. »Ich gebe dir eine Chance, bevor …« war alles, was er hervorbringen konnte.

Der Mann handelte ohne erkennbare Verzögerung, ließ die Maschinenpistole los, stieß sich mit den Armen ab und nach vorn, bevor er auf allen vieren halb durch die offene Luke schnellte.

Im Ernst?, fragte sich Logan, als er die Kimber zum Schuss hob. Er zögerte. *Wenn du ihn lebend willst, darfst du ihn nicht erschießen,* warnte eine innere Stimme. Logan West nahm sich den Einwand zu Herzen und gehorchte seinem Alter Ego – es hatte sich in der Vergangenheit wiederholt als zuverlässig erwiesen und sein Leben zu oft gerettet, um es leichtfertig zu ignorieren.

Logan steckte die Kimber ins Holster und machte zwei entschlossene Schritte auf den Russen zu. Ohne abzubremsen, platzierte er einen kräftigen Fußtreffer an die linke Hüfte und wurde mit einem schmerzerfüllten Stöhnen belohnt.

Unerwarteterweise bewegte sich sein Gegner weiter auf Händen und Knien durch die Tür. Logan folgte ihm ins Steuerhaus. *Ich muss das beenden,* wurde ihm klar, als er durch das Fenster lugte. Das Boot steuerte auf einen Punkt im Norden der Insel zu. Er wollte nicht herausfinden, welche weiteren Überraschungen die *Arctic Glide* für ihn bereithielt.

Logan griff nach vorn und packte seinen Gegner an den Schultern. Er wollte den Russen gegen die Kontrolltafel des Bootes hämmern, als dieser den Ellbogen in Richtung von Logans Gesicht stieß. Er drehte den Kopf nach rechts, um auszuweichen, doch sein Schädel wurde trotzdem getroffen. Ein allzu vertrautes Klingeln ertönte in seinem Ohr.

Logan rotierte in Richtung Beute, zog den linken Fuß nach hinten, hakte den rechten Arm um den linken des Gegners und blockierte so dessen Ellbogen. Er nutzte den Schwung der Bewegung und zog, während er gleichzeitig einen Judo-Hüftwurf ansetzte.

Der Mann, der sich selbst Martin genannt hatte, wurde von den Füßen gefegt. Logan warf ihn über die rechte Schulter, wo er auf den Boden krachte, ein Stück weiterrollte und am Fuße eines Server-Schranks an der Rückwand zum Liegen kam.

Der Russe schüttelte den Kopf, um sich zu berappeln.

Logan nutzte die Gelegenheit und landete einen kurzen Halbkreistritt ins Gesicht. Der Kick war meisterhaft ausgeführt, aber irgendwie gelang es dem anderen, ihn mit beiden Armen zu blocken. Er stieß sich vom Rack ab und katapultierte sich in Richtung von Logans Körpermitte.

Der Russe knallte Logan voll in den Magen und stieß ihn zurück. Logans Rücken kollidierte mit der Instrumententafel vor dem Stuhl des Kapitäns. Er spürte, wie sich dabei ein Regler verstellte. Das Boot beschleunigte.

Logan verschränkte die Finger und ließ die Fäuste brutal zwischen die Schulterblätter des Kontrahenten krachen. Er spürte, wie der Schlag den Russen aus dem Gleichgewicht brachte, und riskierte einen schnellen Blick nach hinten durchs Fenster.

O nein! Die Strömungen rings um die nördliche Seite der Insel hatten in Kombination mit der Geschwindigkeit des Bootes und dem Peitschen der Wellen den Kurs der *Arctic Glide* verändert. Zu Logans Entsetzen befand sich das Boot auf Kollisionskurs mit dem Eiland, raste direkt auf einen Vorsprung aus zerklüfteten Felsen am Fuß einer Klippe in 200 Metern Entfernung zu.

Uns bleiben höchstens 30 Sekunden, dachte er und stieß dabei ein Knie in den Magen des Russen. Er hoffte, ihn damit endlich in eine Ohnmacht zu befördern.

Doch dieses Glück war ihm nicht vergönnt.

John bewegte sich leise durch den Tunnel, achtete auf jedes Zeichen seiner Beute. Er hatte sich gezwungen, eine Minute zu warten, die Lider fest zusammengepresst, um sich an die dunkle und nasskalte Umgebung zu gewöhnen. Das war ein Kniff, den er schon in seinen Tagen beim Marine Corps eingesetzt hatte. Hoffentlich half er ihm auch diesmal.

Der Mann, den er jagte, besaß einen Vorsprung, aber eine Minute machte nicht viel aus, da seine Jagdbeute eine Taschenlampe verwendete, um sich den Weg durch den Tunnel zu bahnen. Als Verfolger durfte sich John diesen Luxus nicht gönnen, wenn er seine Position nicht preisgeben wollte. Es lief darauf hinaus, dass ihm die Zielperson am Ende des Tunnels auflauerte. *Mir bleibt nur eins: genau in den Hinterhalt reinzulaufen. Ganz toll!*

Die grauen Umrisse der Wände waren sichtbar, aber nur, wenn er direkt in die Finsternis starrte.

Ein kalter Luftzug blies durch den Tunnel. Das ferne Donnern der Wellen, die gegen felsige Klippen schlugen, drang an sein Ohr. Zum Glück übertönten die vielen Umgebungsgeräusche das leise Trippeln seiner

Oakley-Wanderschuhe. Sie ähnelten der Ausfertigung, die er in der Force Reconnaissance getragen hatte.

Im Tunnel wurde es langsam heller. *Fast am Ende …*

Er lief um eine Kurve und hörte zwei Stimmen, die sich in abgehackten Sätzen auf Russisch unterhielten. Eine leicht zu erkennende Sprache, deren Klang sich seit einem Trip nach Georgien, wo er geholfen hatte, das Militär der ehemaligen Sowjetrepublik auszubilden, dauerhaft in seinem Gedächtnis verankert hatte.

Direkt vor ihm beschrieb der Tunnel erneut eine Rechtskurve. Das Tosen des Ozeans war lauter geworden. John wusste, dass der Eingang des Bunkers hinter der letzten Biegung lag.

Er drückte sich eng an die schroffe, unregelmäßige Wand und bewegte sich behutsam auf die Biegung zu. Innerlich wappnete er sich für das Kommende. Er musste den Kopf um die Ecke strecken, um die Lage einzuschätzen – hoffentlich wurde er ihm dabei nicht weggeballert.

John hätte gar nicht so kurzfristig reagieren können. Ein lauter Knall erschütterte die relative Stille des Bunkers. Das Geräusch war charakteristisch. Wie ein schweres Buch, das auf einem Holztisch landete. Es folgten ein kurzer, überraschter Aufschrei und ein leiserer, dumpfer Schlag.

O nein, dachte John, nachdem sein Hirn die Geräusche zugeordnet hatte.

Anders als in Filmen machte eine Waffe mit Schalldämpfer nicht leise *Ssst* oder *Fupp.* Wie er aus Erfahrung wusste, nahm man es aufgrund der Explosion der Patrone in der Kammer und des Auswurfs der Patronenhülse wesentlich lauter wahr. Aber es war das zweite Geräusch, das ihm einen Schauer über den Rücken jagte. Der Klang eines Körpers, der auf den Boden schlug.

Jemand war gerade exekutiert worden.

Und dann hallte ein zweiter Knall gefolgt von einem weiteren dumpfen Aufschlag durch die Düsternis.

Jegliche Sorge um seine persönliche Sicherheit löste sich in Luft auf.

Was immer er über diese Söldnertruppe gedacht hatte, war wie weggewischt. Er kämpfte nicht gegen Soldaten, sondern gegen kaltblütige Killer. Gegen Henker, maskiert als Profis.

Er wusste nicht, wer starb, ging aber davon aus, dass es die Crew-Mitglieder der *Arctic Glide* sein mussten, die ihren Mördern in die Falle gegangen waren. Anders als damals im Irak, wo ihr Aufklärungs-Platoon zu spät kam, erlebte er diesmal hautnah den Anfang der Tötungen mit. Er beschloss, alles zu tun, um weitere Opfer zu verhindern.

Das Eis in seinem Blut verwandelte sich in Feuer, als ein vertrautes Gefühl die Oberhand gewann. Der Kampfrausch, den er mehrere Male in seinem Leben erlebt hatte, umhüllte ihn wie ein schützender Mantel und schärfte seine Sinne.

Ohne einen weiteren Moment zu verschwenden, stürzte er mit dem 45er-Colt im Anschlag um den letzten Knick, wobei er nach Blut und Rache dürstete.

Logans Schlag ließ den Russen in die Knie gehen, doch statt flach auf den Boden zu fallen, landete der Mann einen Schlag auf die Innenseite von Logans rechtem Knie. Es knickte durch den Schmerz ein. Fast wäre er hart auf das Deck geprallt.

Im Fallen besaß Logan die Geistesgegenwart, unter den Kopf des Gegners zu greifen und ihn in einen festen Würgegriff zu nehmen. Mit der Rechten schnürte er ihm die Luft ab und zog ihn mit aller Kraft nach oben.

Der Russe kämpfte verzweifelt, hämmerte Logan auf beiden Seiten in die Rippen und schnappte nach Luft. Logan schielte über die Schulter und verengte den Griff.

Die zerklüfteten Felsen füllten inzwischen den kompletten Sichtbereich aus. Logan blieben nur Sekunden, um eine katastrophale Kollision abzuwenden.

Der Widerstand des Mannes erlahmte. Betont schwach klatschte die Hand gegen Logans Hüfte. *Endlich!* Er verdoppelte seine Anstrengungen. Endlich erschlafften die Arme des Russen. Logan gab dessen Hals frei und befasste sich mit dem herannahenden Hindernis.

Das Boot befand sich nur noch 20 Meter von den Felsen entfernt. Er rammte den Gashebel in den Rückwärtsgang und riss das Steuer nach links herum. Der Aufprall stand unmittelbar bevor. In Schutzhaltung ließ er sich auf das Deck der Brücke fallen und stützte die Hände am Steuerpult ab. *Wir werden es nicht schaffen!*

Geschwindigkeit und Wucht des 40 Meter langen Wasserfahrzeugs schaufelten es mit tödlicher Zielstrebigkeit nach vorn. Dann drehte sich das Boot wie in Zeitlupe nach links – jedoch nicht weit genug, um die Klippen zu verfehlen.

Sie hatten gerade so weit beigedreht, dass die Steuerbordseite die Felsen mit einem gewaltigen metallischen Knirschen traf. Ein langes, schmerzhaftes Kreischen folgte, als der Rumpf unterhalb der Wasserlinie aufgeschlitzt wurde und überall an Bord die Alarmsirenen losschrillten.

Der Aufprall trieb Logan die Luft aus der Lunge.

Logan kämpfte um die Balance. Eigentlich hätte er eine Schadensanalyse vornehmen müssen, aber er wurde von den Füßen gefegt, als das Boot nach vorn schoss und sich abrupt von den zerklüfteten Felsen löste, die eine klaffende Wunde in den Rumpf gerissen hatten.

Erneut kämpfte er um sein Gleichgewicht. Endlich wurde das Boot langsamer, weil das Wasser mit gehörigem Tempo in die Abschnitte unterhalb der Wasserlinie eindrang.

Es war inzwischen weniger als 30 Meter von den Klippen entfernt und sank schnell, driftete dabei aber träge auf die Felswand zu. Knapp über den Wellen erspähte er einen schroffen Absatz. Logan kalkulierte, dass ihm weniger als zwei Minuten blieben, um von dem sinkenden Kahn zu entkommen.

Er inspizierte den am Boden liegenden Teamkommandanten – sein einziger verbliebener Verdächtiger – und wälzte den reglosen Körper herum. Leere Augen starrten ihm entgegen. Der Bewusstlose war gegen das untere Ende der Instrumententafel geschleudert worden. Sein Kopf hatte die Konsole getroffen, das hatte ihm das Genick gebrochen und ihn sofort getötet.

»Nicht gut«, murmelte Logan leise, weniger aus Sympathie für den Toten, sondern weil er damit seine letzte Informationsquelle verloren hatte.

Das Boot kippte bedenklich nach Steuerbord und wurde vom Gewicht des einströmenden Wassers nach unten gezogen. *Weniger als 90 Sekunden. Höchste Zeit, von diesem schwimmenden Sarg abzuhauen.*

Er rannte in Richtung Treppenhaus, musste aber noch eine Sache erledigen, bevor er das Wrack verlassen konnte.

Das Einzige, was John Quick das Leben rettete, war das Geräusch eines enormen Aufpralls und das nachfolgende Dröhnen von Metall, das widerwillig in eine neue Form gezwungen wurde. Er wusste nicht, was im Wasser unter ihm geschah, und es war ihm prinzipiell auch egal. Die Szene vor ihm beanspruchte seine komplette Aufmerksamkeit.

Alte und verwitterte Betonblöcke verstärkten einen großen rechteckigen Eingang, der von den Explosionen unter ihm erschüttert wurde. Hinter der Öffnung befand sich ein gewaltiger Raum, mindestens 30 Meter breit und 20 Meter tief. Der gesamte hintere Wandabschnitt verlief gekrümmt und wies auf Schulterhöhe eine knapp einen Meter hohe Öffnung im Beton auf, die sich über die komplette Länge erstreckte.

Zwei Leichen lagen auf dem Boden in der Mitte. Frisches Blut vermischte sich mit dem Schmutz und dem Staub des Bunkers. Ein Mann in schwarzer Kleidung stand daneben und richtete eine Pistole direkt auf Johns Stirn.

Ich bin erledigt, dachte er. *Ich wusste, dass es reiner Selbstmord ist, aber zumindest habe ich es versucht.* Zu seiner Überraschung stand der Gegner mit Blickrichtung zum Meer da. Der Lärm aus der Tiefe schien ihn abzulenken.

Hinter dem Bewaffneten erspähte John einen weiteren in der hinteren rechten Ecke. Er trug ebenfalls eine schwarze taktische Montur, hatte sich über einen Haufen zerstörtes Computerequipment gebeugt und hielt ein rundes Objekt in der rechten Hand, an dem er mit der linken zu zerren schien.

Jede Sekunde zählte, also ließ sich John aufs rechte Knie sinken und kümmerte sich zuerst um die direkte

Bedrohung. Der Mann mit der Pistole wollte sich gerade wieder in Richtung des Bunkereingangs drehen, als der 45er-Colt in dem begrenzten Raum losdonnerte.

Bumm!

Das erste Geschoss erwischte den Mann an der linken Seite des Kiefers, der in Fetzen aus Fleisch und Knochen zerplatzte. Auf grimmige Weise zufrieden mit der grausamen Wunde, die er ihm zugefügt hatte, feuerte John erneut und beendete gnädig die Pein seines Gegners. Der Körper des Killers brach zusammen, die Beine knickten nach links weg, der Oberkörper sackte nach rechts.

Der zweite Mann reagierte zu träge. Noch während er sich abmühte, das runde Objekt loszuwerden – John erkannte nun, dass es eine Art Brandgranate war –, zielte John und feuerte drei schnelle Schüsse nacheinander ab.

Bumm-bumm-bumm!

Alle drei trafen den Mann in die Brust, als er die Granate fallen ließ. In sitzender Haltung landete er auf dem Boden. Die Granate schlug direkt zwischen seinen Beinen auf und wackelte für einen Moment hin und her. Der sterbende Verdächtige starrte verblüfft darauf, als wäre er von der trägen Schaukelbewegung fasziniert.

Plötzlich hüllte ein gleißendes Leuchten den sterbenden Mann ein. John spürte eine Hitzewelle und wandte sich für einen Moment von der lodernden Mini-Supernova ab, die er in diesem Bunker entfacht hatte. Der Mann hatte den Sicherungsstift zu früh gezogen. *Pech gehabt, mein Lieber.*

Der Mann wimmerte, als die Thermit-Granate einen Strom aus geschmolzenem Eisenoxid und Aluminium entfesselte, der sich durch seine Kleidung fraß und den Körper verzehrte. Sekunden später verstummten die

Laute, während das 2000 Grad heiße Feuer Fleisch und Knochen verbrannte. Alles, was übrig blieb, war ein verkohlter Haufen menschlicher Reste.

Beißender Rauch zog aus der Öffnung in der Bunkerwand. Das blendend weiße Licht verdrängte die normale Dunkelheit des Bunkers. Johns Augen brannten aufgrund der Intensität. Die Helligkeit verschwand genauso schnell, wie sie gekommen war.

Nun schlug er die Augen auf und inspizierte das Blutbad, das er angerichtet hatte. Er schaute sich im Bunker um, nachdem der Rauch sich langsam verzogen hatte, und ging zu seinem ersten Opfer. Die Pistole trat er mit dem Fuß zur Seite, nur zur Sicherheit.

Mehrere kleinere Peli-Koffer stapelten sich an der hinteren Wand unter der Öffnung. In der rechten Ecke empfing ihn ein brennender Klumpen, eine groteske Statue, geformt aus dem zweiten toten Killer und einem Haufen geschmolzener Computerteile, die zu dicht an der Thermit-Granate gewesen waren. *Was für eine Schweinerei.*

Ein Stöhnen kam von einem der beiden Gefangenen, die Treffer aus nächster Nähe kassiert hatten.

John eilte zu dem Betreffenden und kniete sich hin. Man hatte ihm in die Brust geschossen. Blut sickerte aus einem Loch im dunkelblauen Parka. Sein Gesicht war aschfahl, Schweiß lief an der Stirn hinab. Seine Augen zuckten wild hin und her, erfüllt von einer Mischung aus Entschlossenheit und Aussichtslosigkeit.

Unglaublich, dass er noch lebt. John verdrängte den Gedanken und sagte: »Mein Name ist John Quick. Ich arbeite für das FBI und werde mich um Sie kümmern. Alles wird gut, aber zuerst muss ich mir Ihre Wunde ansehen.« Er wollte gerade den Reißverschluss an der Jacke des

Mannes öffnen, da packte dieser seine Hände und drückte sie fest. Er zwang John, seinem Blick zu begegnen, starrte ihm in die Augen und zog ihn näher zu sich heran.

Das beunruhigende Gefühl eines Déjà-vu überwältigte John. Er hatte etwas Ähnliches schon mal erlebt. Der Mann wusste, dass er starb, klammerte sich aber mit purer Willenskraft am Leben fest. Was immer er ihm sagen wollte – ein Geständnis, eine Erklärung, ein Gebet –, er würde zuhören. Wenn er ihn schon nicht retten konnte, denn dafür war er Sekunden zu spät eingetroffen, wollte er zumindest seiner letzten Botschaft lauschen und jeden erdenklichen Trost spenden, den er in diesen letzten Momenten anzubieten hatte.

John ließ sich bis auf wenige Zentimeter an das Gesicht des Mannes heranziehen. Er spürte, wie die Lebenskraft den anderen verließ. »Ich bleibe bis zum Ende bei Ihnen.« Er drückte ihm fest die Hände, um den Worten Nachdruck zu verleihen. »Ich lasse nicht los.«

Der Mann nickte und eine wortlose Verbindung entstand zwischen ihnen. Der Sterbende atmete tief ein, doch John konnte spüren, wie die Lebenszeichen erlahmten. *Nicht mehr lange.*

»Soll ich ein Gebet sprechen?«, fragte John. Manche Männer suchten in ihren letzten Sekunden oft Trost im Glauben. John fragte sich häufig nach dem Grund. Er hielt es für einen letzten verzweifelten Versuch, Vergebung für ein sündhaftes Leben zu erlangen, eine letzte Hoffnung, erlöst zu werden und den ersehnten Einlass in den Himmel doch noch zu erhalten.

Sein Gegenüber lächelte schwach und schüttelte den Kopf. John erwiderte die Geste und widmete ihm seine volle Aufmerksamkeit.

»Okay ... Eins verspreche ich Ihnen, mein Freund. Wir werden diejenigen finden, die für all das verantwortlich sind, und wir werden sie aufhalten. Darauf gebe ich Ihnen mein Ehrenwort. Man wird Sie nicht vergessen. Ich werde Ihren Tod rächen.«

Die Augen des Mannes weiteten sich. *Jetzt ist es so weit.* Und dann sprach er seine letzten Worte, flüsterte sie John direkt ins Gesicht.

»Sie ... müssen ... mit ... DARPA sprechen.« Er starb, während er Johns Hände umklammerte.

Quick bettete den Kopf des Toten behutsam auf den Boden und schloss ihm die Augen. Er faltete ihm die Hände über der Brust und stand auf.

Die Defense Advanced Research Projects Agency? Was zur Hölle hat die mit dem Ganzen zu tun?

Ein schabendes Geräusch aus der linken Ecke des Bunkers erregte seine Aufmerksamkeit. Wieder übernahmen seine trainierten Reflexe die Kontrolle. Er wirbelte auf dem Absatz herum, als er mit seinem M1911-Colt nach einem weiteren Ziel suchte.

Im Schatten einer Nische in der Wand stand Logan West. Er war völlig durchgeweicht und hielt seine Kimber in der einen und einen schwarzen Rucksack in der anderen Hand.

John ließ die Waffe sinken. »Wie ich sehe, bist du noch am Leben. Wie hast du das hinbekommen? Das Boot in die Luft gesprengt? Ich nehme mal an, du bist schuld, dass der ganze Berg gebebt hat. Subtile Auftritte waren ja noch nie dein Ding.« Er blickte nachdenklich auf den Toten und schob hinterher: »Danke übrigens. Hast sie gerade lange genug abgelenkt, um mir den Arsch zu retten und deren Schicksal zu besiegeln.«

Logan dachte über das Resultat der Aktion nach und sein Blick wanderte zu den beiden Leichen vor Johns Füßen. »Sie haben die Geiseln getötet.« Es war keine Frage, sondern eine Feststellung. »Diese Arschlöcher … Ich hoffe, du hast sie dafür büßen lassen, bevor du sie ins Jenseits geschickt hast.« Sein Blick fiel auf das Häufchen aus rauchenden Knochen und geschmolzenem Plastik auf der anderen Seite des Bunkers. »Sieht so aus, als hättest du das.« Er bemerkte den ernsten Ausdruck auf Johns Gesicht. »Hey, alles klar bei dir?«

John nickte. »Dieser Mann ist eben vor meinen Augen gestorben. Das war nicht das erste und vermutlich auch nicht das letzte Mal. Ich habe ihm in den letzten Momenten beigestanden. Verflucht, er hätte längst tot sein müssen.« Langsam schüttelte er den Kopf. »Zum Schluss hat er was ziemlich Unerwartetes gesagt.«

»Was denn?«

»Er meinte, wir sollen mit DARPA reden. Dann ist er gestorben. Kein Gebet. Kein ›Sagt meiner Frau, dass ich sie liebe‹ – nichts. Nur dass wir mit den Leuten von der Agency reden sollen. Was soll der Scheiß, Logan?«

Logan ging verschiedene Erklärungsansätze durch. Keiner davon schien ihm allzu plausibel. »Hast du mein Handy?«

»Ja, hab ich tatsächlich. Aber es liegt hinten im Pick-up. Wahrscheinlich haben es Captain Phoenix und seine Männer, falls sie inzwischen aufgetaucht sind.« Er stutzte. »Wieso?«

Logan antwortete ohne Umschweife: »Weil wir sofort Mike anrufen müssen. Lass uns gehen.« Er rannte auf den Tunneleingang zu. Seine nasse Gestalt verschwand in der Dunkelheit.

John folgte ihm. *Eine russische Spezialeinheit und dann auch noch DARPA, eine Behörde des Verteidigungsministeriums? Was immer das zu bedeuten hat, es kann nichts Gutes sein.*

7

Hangar 7, Unalaska Airport

Die Bilder waren verschwommen und verwackelt, von der Hauptstraße aus aufgenommen. Trotzdem ließ sich auf dem Video deutlich erkennen, was bei dem Schusswechsel auf dem Pier vorgefallen war. Der Kameramann hielt das Gerät überraschend ruhig, während er das wachsende Chaos filmte. Nachdem John die Verfolgung des Pick-up-Trucks aufgenommen hatte, behielt das Objektiv die fliehende *Arctic Glide* im Auge. Von ihrem Standort am Ufer aus fing die Kamera das hintere Deck des Bootes ein, wenn auch aus der Ferne.

»Jetzt kommt meine Lieblingsstelle«, meinte John zu Logan, als sie das Video auf einem großen Flatscreen mitten in der belebten, improvisierten Einsatzzentrale des Flughafens ansahen. Der Zoom kam gerade noch rechtzeitig, um einzufangen, wie das gelbe U-Boot aufs Deck krachte und den verbliebenen Schützen erwischte. »Autsch. Das hat bestimmt wehgetan.«

Logan schüttelte nur den Kopf über den morbiden Humor seines Freundes, während das Boot hinter der Halbinsel nach Norden verschwand, wenige Momente, bevor er dem verwundeten Schützen eine Kugel durch den Kopf gejagt hatte. *Gott sei Dank hat er unsere Gesichter nicht drauf. Nach den Ereignissen vor zwei Jahren wäre es das Letzte, was wir gebrauchen können.*

Der Kameramann war Produzent einer quotenstarken TV-Show, die während der Krabbensaison gedreht wurde. Sein Boot lag an diesem Morgen für Reparaturen im Hafen vor Anker. Er hatte gerade einen der Läden vor Ort verlassen, als die Schießerei losbrach.

Als die State Police und das FBI auf der abgelegenen Insel eingetroffen waren und am Flughafen eine Einsatzzentrale bezogen hatten, hatte er ihnen freundlicherweise sofort das Video gebracht. Nachdem juristisch wasserdicht festgehalten worden war, dass Logans und Johns Einsatz von Gewalt gerechtfertigt gewesen war, hatten die FBI-Techniker eine Kopie des Bildmaterials angefertigt und es auf weitere Hinweise untersucht. Das FBI verlangte, dass der Kameramann 24 Stunden wartete, bevor er damit an die Öffentlichkeit ging – ein Ansinnen, dem er nachkam. Trotzdem schaute sich Logan das Video innerhalb von weniger als 48 Stunden gefühlt zum hundertsten Mal an.

»Scheiß auf den Kerl«, schimpfte John. »Der hätte dich sonst mit einem breiten Grinsen umgelegt und an die Killerwale verfüttert.«

»Stimmt«, sagte Logan. »Die haben alle gekriegt, was sie verdienen, auch wenn es nicht schlecht gewesen wäre, einen von ihnen zu verhören. Egal, die Welt ist ohne diese Typen besser dran.«

Eines der verschlüsselten Telefone auf dem Tisch fing plötzlich an zu klingeln. Das digitale Zirpen veranlasste alle in der Kommandozentrale Versammelten, die Köpfe in die entsprechende Richtung zu drehen, Logan und John eingeschlossen.

D. C. – das muss Mike sein. Hoffentlich mit ein paar guten Neuigkeiten. Logan stand auf, als ein junger FBI-Agent ans Telefon ging.

»Roger, Sir. Ich hole ihn ans Telefon«, hörte er den Agenten sagen. Er drehte sich zu Logan. »Deputy Director Benson für Sie, Sir.«

In den letzten 24 Stunden hatten das FBI und die US-Küstenwache alle Leichen des Angriffsteams und der echten Crew der *Arctic Glide* geborgen. Das russische Team hatte die Männer getötet und unter Deck in einem der Lagerräume aufbewahrt.

Logan nahm das Mobilteil entgegen und schob es ans Ohr. »Mike, bitte sag mir, dass du was Genaueres weißt. Was hat es mit den letzten Worten von diesem Colin Davies über die DARPA auf sich? Damit muss es doch eine konkrete Bewandtnis haben. Uns gehen hier allmählich die Spuren aus.«

Die Nationalität des Angriffsteams war zwischenzeitlich bestätigt worden. Es waren tatsächlich Russen. Die CIA hatte eins der Teammitglieder identifiziert, einen ehemaligen FSB-Agenten, der sich angeblich vor einigen Jahren zur Ruhe gesetzt hatte, hielt sich bezüglich weiterer Einzelheiten jedoch sehr bedeckt. Die Spur der Waffen führte jedenfalls zu einem Schwarzmarkthändler in Südamerika, der mittlerweile unter der Erde lag. Das genutzte Kommunikationsequipment entsprach zwar dem Stand modernster Technik, war aber frei verkäuflich.

»Wir haben tatsächlich was, aber das ist zu heikel, um es am Telefon zu besprechen, selbst über ein verschlüsseltes. Du und John, ihr müsst auf direktem Weg zurückkommen«, drängte Mike.

»So wie bei ›Gehen Sie nicht über Los, ziehen Sie keine 200 Dollar ein‹?«, witzelte Logan. »Sarah wird ziemlich angepisst sein«, fügte er hinzu und dachte an seine Frau und die zerplatzte Hoffnung, ihr in Aspen noch für ein paar Tage Gesellschaft zu leisten.

»Ich ruf sie persönlich an, wenn du willst, aber ich brauch dich hier im Büro in D. C. um sieben Uhr morgen früh. Wir haben um 7:30 Uhr ein Meeting, da bring ich euch auf den neuesten Stand. Ich hab die Gulfstream der Agency zu euch geschickt. Ich weiß, ihr hinkt zwei Stunden hinter meiner Zeitzone her und es ist 14 Uhr bei euch. Das heißt, ihr fliegt die ganze Nacht und kommt nach der Landung direkt zu mir. Ich lasse euch abholen.«

Logan sah John an und senkte den Kopf in gespielter Verlierer-Pose. »John ist vermutlich noch angepisster als Sarah. Er war gerade dabei, sich in diese Einöde hier zu verlieben. Er wollte sogar einen der Bunker zur Sommerresidenz umbauen lassen, von dem leben, was der Boden abwirft, und sein eigenes landwirtschaftliches Manifest schreiben.«

John zeigte Logan den Mittelfinger als Antwort und formte mit dem Mund lautlos das Wort ›Arschloch‹.

»Richte John aus, es wundert mich, dass er überhaupt schreiben kann«, spielte Mike sofort mit. »Noch wichtiger – und das gilt auch für dich –, schlaft ein bisschen im Flieger. Ihr werdet es brauchen.«

»Alles klar, Mike. Sonst noch was, bevor wir abreisen?«

»Jetzt wo du es sagst … ihr habt nicht zufällig eure Pässe dabei, oder?«

»Nein. Meiner ist daheim in Maryland.« Er formte lautlos das Wort ›Pass?‹ in Johns Richtung, der sofort begriff, worum es ging, den Kopf schüttelte und ebenso lautlos ›D. C.‹ zurückgab.

»Johns Pass ist in D. C.«, ergänzte er. »Also findet die ›Logan-und-John-Show‹ demnächst auf internationaler

Bühne statt? Ich wollte schon immer mal als Spion rumziehen, so 'ne Art fieser 007.«

»Na, zumindest entspricht das grob deinem IQ«, erwiderte Mike schnippisch. »Wir sehen uns morgen.« Er trennte die Verbindung.

Logan hatte eine leichte Anspannung in Mikes Stimme wahrgenommen. *Er macht sich wegen irgendwas Sorgen.* Ein Blick zu John. »Ich frag mich, was da los ist. Mike wirkt angespannt.«

»Ich vermute, das wird er uns morgen verraten. Und, Logan, du wirst nie wie James Bond sein, eher wie Maxwell Smart.«

»Du musst einen immer runterziehen, was? All meine Hoffnungen und Träume zerstört …«

»Ich will nur nicht, dass du unerreichbaren Zielen hinterherrennst.« John lächelte. »Hey, Mann, ich sorg mich um dich«, betonte er.

»Danke. Vielleicht hast du sogar recht.« Er schwieg abwartend.

John biss an. »Und wieso, Logan?«

Logan grinste. »James Bond ist der totale Softie.«

»Du bist echt unglaublich.«

»Ich weiß. Komm schon, gehen wir zum Hotel und holen unser Zeug.« Er setzte sich in Bewegung und grübelte, welche Neuigkeiten in Washington auf sie warteten.

8

Präsidentenpalast
Khartum

Namir hatte sich das Video der Schießerei unzählige Male über Satellit auf Sky News angesehen. Der Mitschnitt war vor ein paar Stunden zum ersten Mal ausgestrahlt worden, aber laut Bericht von Gang hatte der Kampf vor mehr als zwei Tagen stattgefunden. Er hatte Gang nicht nach Einzelheiten über das getötete Team gefragt. Das musste er nicht. Er wusste, dass der andere grundsätzlich nur Profis engagierte. Mit anderen Worten: Wer immer die Amerikaner waren, sie mussten verdammt gut sein.

Es änderte nichts. Selbst wenn die Amerikaner ihnen auf die Schliche kamen, alles nahm bereits seinen Lauf. Das Team war erfolgreich gewesen. Die Ausrüstung befand sich in Europa und wartete darauf, auf dem Landweg zu einem privaten Flugplatz transportiert zu werden, den Major Lau ausgewählt hatte. Namir kannte die Details nicht und wollte sie auch gar nicht kennen. Je weniger er über den Transport der Ausrüstung erfuhr, desto besser.

Wichtig war nur, dass sie morgen in seinem geliebten Heimatland eintraf und die letzte Etappe der Reise in den Sudan antrat.

Und wenn sie erst da ist, schafft es niemand mehr, uns oder die Chinesen aufzuhalten. Weder die USA noch die internationale Staatengemeinschaft – niemand. Die haben nicht den nötigen Mumm.

Sein Handy klingelte. Es war Gang.

»Ich nehme an, Sie haben die Nachrichten gesehen?«, sagte Namir statt einer Begrüßung.

»Natürlich«, antwortete Gang knapp. »Völlig egal. Das Team hat seine Aufgabe erfüllt. Meinen Agenten in Europa liegen keinerlei Hinweise vor, dass die Amerikaner Bescheid wissen, dass wir es haben. Das Paket tritt heute Nacht die Reise zum Flugplatz an und dürfte morgen früh eintreffen.«

»Freut mich zu hören«, antwortete Namir.

»Spätestens übermorgen erfolgt der Weitertransport. Die Wetterbedingungen könnten das Ganze allerdings etwas verzögern.«

»So was kommt vor. Kleine Abweichungen, weiter nichts. Ich verlasse mich da ganz auf Ihre Fähigkeit, Ergebnisse zu liefern.«

»Sie können mir vertrauen«, versicherte Gang. »Ich habe noch nie eine Deadline bei einer Operation nicht eingehalten.« Er zögerte erst, dann fügte er hinzu: »Ich versichere Ihnen, wir werden erfolgreich sein. Ganz egal, welche Hindernisse sich uns in den Weg stellen, wir werden sie überwinden. Amerikas Status als Supermacht ist Geschichte, sobald unsere Länder mit den USA fertig sind. Das Öl wird uns gehören und Ihr Land wird in Reichtümern schwimmen wie nie zuvor.«

Der wird noch von was anderem motiviert als nur von chinesischem Nationalismus, dachte Namir. Er bemerkte die Leidenschaft und den Hass, die in der Stimme des jungen Mannes mitschwangen. *Für ihn ist es etwas Persönliches.*

»Davon bin ich überzeugt. Halten Sie mich auf dem Laufenden, falls sich irgendwelche Änderungen ergeben.«

»Das werde ich. Sollten Sie in den nächsten 24 Stunden nichts von mir hören, ist der Zeitplan nicht gefährdet. Ich gebe Ihnen ein Update, sobald das Flugzeug zum Weitertransport in Richtung Sudan abhebt.« Gang beendete das Gespräch.

Namir blickte aus dem Fenster auf das träge fließende Wasser des Nils, der sich bedächtig den Weg nordwärts durch sein Land bahnte und schließlich in den Nassersee mündete. Er betete, dass er die nächsten zwei Tage genauso geduldig wie der Fluss überstand. Denn gerade hatte der schwierigste Teil jeder Operation begonnen – das Warten.

Direkt nachdem er das Gespräch mit Namir beendet hatte, wählte Gang bereits eine andere Nummer. Der Anruf wurde beim dritten Klingeln angenommen.

»Hallo?« Die Stimme des Amerikaners klang vorsichtig und leicht verschlafen. An der Ostküste herrschte tiefe Nacht.

»Die Ausrüstung ist in Europa eingetroffen. Sie wird morgen weiter zu uns geflogen. Wir haben den letzten Abschnitt der Operation erreicht. Hat eure Regierung schon etwas in Erfahrung gebracht?«, erkundigte sich Gang.

»Nur dass das Team russisch war, aber das war ja Teil des Plans«, sagte der Amerikaner. »Wenn sie den Köder schlucken, ist euer Erfolg garantiert.«

»Gibt es etwas, das sie auf Ihre Spur lenken könnte?« Der Amerikaner gehörte zu den ranghöchsten Doppelagenten, die Gang während seiner Karriere beim

Geheimdienst begegnet waren. Wurde er enttarnt, drohten ähnlich katastrophale Konsequenzen wie beim Scheitern ihrer Hauptmission.

»Negativ«, antwortete der Amerikaner. »Das Team ist tot und mein Kontaktmann in Moskau nach Identifizierung des Teams abgetaucht. Was Außenstehende betrifft, ist er von der Bildfläche verschwunden, auch wenn er das Ganze ursprünglich eingefädelt hat. Was den Forscher betrifft, so konnte ich ihn überzeugen, dass wir erst mal einen Testlauf brauchen, bevor wir das Equipment tatsächlich einsetzen. Er hat seinen Vorgesetzten nichts erzählt, nachdem ich ihm versichert hatte, dass er von seiner Regierung zu gegebener Zeit mit unbegrenzten Forschungsmitteln belohnt wird. Ironischerweise war es ursprünglich seine Idee, aufgrund *seiner* Kontakte durch den Beraterjob, auf die *Arctic Glide* zurückzugreifen. Nachdem er nun ebenfalls zu den Opfern gehört, hätte es gar nicht besser laufen können.«

»Sehr clever«, fand Gang.

»Meine Spuren hab ich verwischt. Keine Sorge. Ich bin schon lange genug in diesem Geschäft. Aber in ein paar Stunden weiß ich mehr, dann treffe ich mich mit einigen der wichtigsten Akteure in diesem Spiel.«

»Bitte informieren Sie mich, sobald Sie wissen, wie der Plan Ihrer Regierung aussieht.«

»Das werde ich. Und jetzt schlafe ich weiter. Mir stehen einige ziemlich anstrengende Tage bevor«, verkündete der Amerikaner. »Ich lasse Sie wissen, wenn es etwas Neues gibt.«

»Sehr gut. Aber seien Sie vorsichtig«, betonte Gang. »Meiner Führung ist sehr daran gelegen, dass Ihre Position nicht kompromittiert wird.«

»Verstanden. Ich werde vorsichtig sein«, versprach der andere und legte auf.

Die falsche Fährte ist gelegt, dachte Gang. Blieb abzuwarten, ob die amerikanische Regierung darauf hereinfiel. Falls ja, garantierte es beinahe schon seinen Erfolg, selbst in diesem brutalen Business, in dem es außer Tod und Verrat keine Garantien gab.

TEIL 2

HÜTCHENSPIEL

WONJO BUHWAL

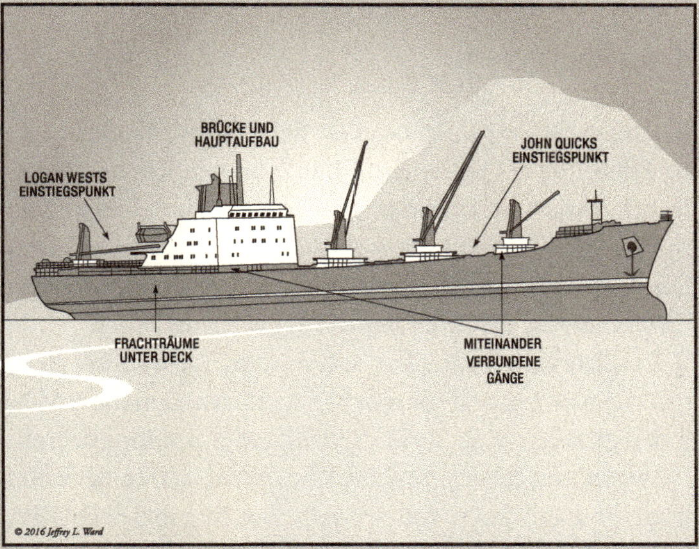

9

Arlington, Virginia

Als Mike Bensons gepanzerter SUV sie am Dulles International Airport mit einem Chauffeur abholte, wussten sie sofort, dass es sich um eine größere Krise handeln musste. Mike wirkte, als hätte er wenig geschlafen, und sagte auf der Fahrt zum DARPA-Hauptquartier, einem riesigen Ziegelbau mit getönten Fenstern, kaum ein Wort.

Er setzte sie erst darüber in Kenntnis, vor wem sie gleich sprechen sollten und für welche Organisationen diese Menschen arbeiteten, als sie in die Tiefgarage hinunterfuhren.

Logan und John saßen am Konferenztisch in der elften Etage und lauschten, während die Direktorin der DARPA, Dr. Anita Mackenzie, ihr Briefing fortsetzte.

Außer dem stellvertretenden Direktor des FBI, Mike Benson, nahmen an dem morgendlichen Meeting der stellvertretende CIA-Direktor, der nationale Sicherheitsberater und der Leiter der Tactical Technology Offices der Defense Advanced Research Projects Agency teil.

Ein durchtrainierter Mann Mitte 30 saß als Beobachter auf einem Stuhl an der Wand. Er hatte sich nicht vorgestellt, aber Logan hielt ihn für jemanden vom Militär, vermutlich von einer Abteilung für Undercover-Operationen. Selbst die langen schwarzen Haare, die er zurückgekämmt trug, konnten die typischen Merkmale eines professionell ausgebildeten Kämpfers nicht kaschieren.

Logan fiel plötzlich ein, dass er sich vor ein paar Jahren ebenfalls eine Zeit lang die Haare wachsen lassen und drei Monate nicht rasiert hatte. Er hatte an der Theke einer Bar in Baltimore gesessen, als eine sehr gut aussehende Frau neben ihm ein Gespräch mit ihm anfing. »Also, in welcher Abteilung der Streitkräfte werden Sie eingesetzt?« Er reagierte überrascht und erkundigte sich, wie sie auf die Idee kam, dass er beim Militär war. Sie beugte sich zu ihm und meinte nur: »Ich erkenne das immer. Egal was ihr anstellt, um es zu verbergen, es steht euch ins Gesicht geschrieben wie eine blinkende Leuchtreklame.«

Logan versuchte sich wieder auf die Besprechung zu konzentrieren und gab sich Mühe, die extrem technischen Aspekte des Briefings nachzuvollziehen. Die wichtigsten Punkte hatte er bereits mitbekommen, genauso wie die drohenden geopolitischen Auswirkungen und die Folgen für die nationale Sicherheit. *Ich hab's geahnt, dass sich die Geschichte zu einer Katastrophe entwickelt. Wie ich es hasse, wenn ich richtigliege.*

Mit auf der Herfahrt frisch rasiertem Gesicht wandte er sich an Doktor Mackenzie. »Ma'am, wollen Sie damit etwa andeuten, Sie hatten *keine Ahnung*, dass Colin Davies das Equipment auf dem Boot in Alaska testet? Wie bekam er es denn unbemerkt aus der Einrichtung heraus?«

Doktor Mackenzie seufzte und schob ihre tadellos manikürten Hände auf die Tischplatte. »Mr. West, die Einrichtung war nur eins von mehreren Computerlabors im näheren Umkreis von Washington. Mr. Davies – der kurz vor seinem Tod die Kontaktaufnahme mit unserer Behörde empfohlen hat – war der Leiter des ONERING-Programms und verfügte über unbeschränkten Zugang zu allen Bereichen der Einrichtung. Aufgrund der sensiblen Natur unserer Arbeit ist es nicht ungewöhnlich, dass Angestellte Ausrüstung von einer Einrichtung in die andere mitnehmen oder Rechner sogar vorübergehend zum Arbeiten mit nach Hause bringen.«

Logan zog die Augenbrauen hoch. »Doktor Mackenzie, diese Verfahrensweise sollten Sie vielleicht mal überdenken.« Der stellvertretende Direktor der CIA, Roger Brock, rutschte unruhig auf seinem Sessel hin und her.

Doktor Mackenzie reagierte ohne erkennbare Anzeichen, dass sie sich durch die Bemerkung beleidigt fühlte: »Mr. West, nicht alles, was wir tun, ist streng geheim. Im konkreten Fall handelt es sich bei ONERING jedoch um eines der sensibelsten und vertraulichsten Projekte, die wir entwickeln. Wir hielten es allerdings längst noch nicht für einsatzbereit, auch nicht für einen Testlauf unter realen Bedingungen.«

»Woher stammt eigentlich die Bezeichnung ONERING, Doktor Mackenzie?«, platzte John plötzlich heraus. Der Name des Programms machte ihn neugierig und es gelang ihm nicht länger, sich die Frage zu verkneifen.

»Aus *Herr der Ringe*, Mr. Quick. ›Ein Ring, sie zu knechten‹ oder so ähnlich.«

John starrte sie ungläubig an. »Sie haben eines Ihrer vertraulichsten Projekte nach J. R. R. Tolkien benannt?«

»Mr. Quick«, entgegnete Doktor Mackenzie, »Sie wären überrascht, wovon Projekte und Programme im Umkreis der Geheimdienste ihre Bezeichnungen ableiten. Mir ist schon so gut wie alles untergekommen, von Harry Potter bis zu Hello Kitty. Intelligente Menschen besitzen oft einen eher verdrehten Sinn für Humor.«

John sah Logan an. »Und ich dachte immer, unsere

Aufklärungsmissionen nach Biermarken zu benennen, sei eine clevere Idee. Lass uns damit aufhören.«

Colin Davies war in Johns Armen gestorben. Nachdem er aber von den Aktivitäten des Mannes und dem Bedrohungsszenario gehört hatte, das der Mann durch sein unverantwortliches Handeln erschaffen hatte, war er nicht mehr ganz so mitfühlend, was dessen Schicksal betraf. Er wandte sich erneut an Doktor Mackenzie: »Haben Sie konkrete Hinweise darauf, dass Davies es tatsächlich getestet hat? Verdammt, sind Sie überhaupt in der Lage, herauszufinden, ob er Tests durchgeführt hat?«

»Ich habe mit dem Direktor des NRO gesprochen«, antwortete Doktor Mackenzie. »Immerhin hat das National Reconnaissance Office die meisten unserer Aufklärungssatelliten in Auftrag gegeben. Auf Basis der Informationen, die ich ihm über ONERING gegeben habe, setzte er seine Leute darauf an. Wir haben das System mit einem GPS-Notfallsender ausgerüstet, um nachvollziehen zu können, wann es aktiviert wird. Falls derjenige, in dessen Hände es gefallen ist, den Sender gezielt deaktiviert hat, sind wir allerdings angeschmiert. Außerdem ist nicht vorgesehen, dass ein angesteuerter Satellit erfasst, von wo oder wie er kontrolliert wird. Wie der Direktor es so nett ausdrückte, und ich zitiere wörtlich: ›Meine Fresse, wieso haben Sie das bloß für so eine verfickt gute Idee gehalten?‹«

Doktor Mackenzie schüttelte den Kopf und starrte auf den Tisch. Keiner sagte ein Wort.

Endlich beugte Mike Benson seinen massigen Körper nach vorn. »John, das spielt keine Rolle. Was zählt, sind die begrenzten Informationen, die uns vorliegen, und wo wir damit stehen. Was noch beängstigender ist: Das russische Team hätte die Ausrüstung auf anderem Weg von der Insel geschafft, wenn der Propeller des Bootes nicht kaputtgegangen wäre. Die Tatsache, dass sie eine kommerzielle Frachtfirma beauftragt haben, statt die Reparatur abzuwarten, verrät mir, dass sie einen engen Zeitplan einhalten müssen.«

»Ich kann immer noch nicht glauben, dass sie dieselbe Kreditkarte benutzt haben, um das Equipment auszufliegen«, meinte Logan. »Das scheint mir ein ziemlicher Anfängerfehler zu sein.«

»Die haben bestimmt nicht mit einem Versagen der Technik gerechnet«, antwortete Mike. »Und sicher auch nicht damit, dass wir ihnen so schnell auf die Spur kommen. Zum Glück hat es geklappt, aber jetzt müssen wir ihnen leider doch hinterherjagen. Übrigens traf die Ausrüstung gestern spätnachts in Madrid ein.«

Jonathan Sommers, der nationale Sicherheitsberater des Präsidenten, schaltete sich ein. »Ich habe vor einigen Stunden mit Botschafter Santos telefoniert. Er hat persönlich mit dem Polizeipräsidenten von Madrid gesprochen. Von ihm wurde eine Spezialeinheit für eine Untersuchung in den Frachtbereich des Flughafens Madrid-Barajas geschickt. Laut ihren Computern ist die Ausrüstung knapp eine Stunde nach Ankunft abgeholt worden.« Er schielte auf die Uhr an seinem Handgelenk. »Das heißt, sie ist seit fünf Stunden mit unbekanntem Ziel unterwegs.«

John legte den Kopf in den Nacken und lachte schallend. Alle Augen richteten sich auf ihn und die Unterhaltung verstummte.

»Ladys und Gentlemen, Sie sind einige der intelligentesten Menschen, die die Regierung aufbieten kann – der nationale Sicherheitsberater des Präsidenten, die führenden Köpfe verschiedener mächtiger Agenturen. Trotzdem sitzen wir alle im selben Boot. Da ich den durchschnittlichen IQ hier ein wenig senke, lassen Sie mich mal sehen, ob ich das alles auf die Reihe kriege«, begann er.

Logan wusste, dass John wesentlich schlauer war, als er oft tat, und vermutlich genauso reaktionsschnell wie der Großteil des geschätzten Publikums, wenn es darum ging, eine Situation zu analysieren.

»Colin Davies leitete ein Programm zur Entwicklung einer bodengestützten Anti-Satelliten-Waffe, die theoretisch in der Lage ist, *jeden* Satelliten zu kapern, den sie anpeilt, um ihn zu kontrollieren, und das alles unbemerkt. Er soll mit diesem Prototyp einfach aus dem Labor in D.C. spaziert sein, zusammen mit fünf äußerst rechenstarken, verschlüsselten Laptops und einem Satellitenübertragungssystem der neuesten Generation? Und dann taucht er eine Woche später auf der *Arctic Glide* auf, was sie mit seinen Kontakten bei North American Oil erklären? Keiner weiß, ob er sein Equipment einem Probelauf unterzogen hat, was aber mittlerweile sowieso irrelevant ist, weil ein russisches Eliteteam für verdeckte Operationen ihn und die Crew getötet hat. Außerdem fiel die Erfindung dabei in fremde Hände und befindet sich nun irgendwo fünf Stunden entfernt von Madrid. Wir haben nicht die leiseste Ahnung, wer dahintersteckt oder was die neuen Besitzer mit dem System vorhaben. Die Möglichkeiten sind so endlos wie finster. Ist meine Zusammenfassung so weit korrekt?«

Vor allem Johns letzter Punkt hatte die Zuhörer zusammenzucken lassen. Alle wussten um das enorme Risiko für die nationale Sicherheit, wenn ein Feind der USA jeden Satelliten nach Belieben kontrollieren und für eigene Zwecke einsetzen konnte. Nicht nur für die Vereinigten Staaten, sondern für die weltweite Geheimdienst-Community eine fatale Vorstellung. Kompromittierte Systeme, gestohlene Informationen, Menschenopfer. Die Folgen ließen sich nicht mal ansatzweise einschätzen. *Das ist ein gottverdammtes Weltuntergangsszenario,* dachte Logan bei sich.

»Verflucht, und ich dachte, einen Krieg in Nahost zu verhindern, sei schwierig gewesen«, sagte John und blickte die Anwesenden nachdenklich an. »Also, was tun wir jetzt?«

»Ich glaube, die Frage kann ich beantworten. Wir fliegen nach Spanien«, erwiderte Logan. »Und ich glaube, der zurückhaltende Gentleman in der letzten Reihe« – er pausierte kurz und nickte in Richtung des schweigenden, sportlich aussehenden Langhaarigen – »wird unsere Begleitperson von der CIA sein. Richtig geraten?«

»Ich hasse es, wenn du so großspurig daherredest«, beschwerte sich John sarkastisch, während Doktor Mackenzie mit großen Augen ihren Schlagabtausch verfolgte. John bemerkte ihren Gesichtsausdruck und beschloss, sie zu beruhigen: »Keine Sorge, Doktor Mackenzie.« Er sah ihr direkt in die Augen. »Sie werden kaum bessere Leute finden, wenn es hart auf hart kommt.«

Der Mann mit den schwarzen Haaren lächelte. »Gut gemacht, Mr. West. Ich habe mich schon gefragt, wie lange ich noch hier sitzen muss.«

»Ich wollte schon früher eine Vermutung abgeben, fand dann aber, ich warte besser einen geeigneten Moment ab.«

Der stellvertretende CIA-Direktor, Roger Brock, verkündete: »Ladys und Gentlemen, bitte begrüßen Sie

Mr. Cole Matthews, Chef der Special Operations Group der CIA.« Das unter dem Kürzel SOG bekannte Einsatzteam bildete den verlängerten Arm des Geheimdienstes für brisante militärische Undercover-Aktivitäten in Übersee. Ein Mitglied dieser Gruppe steckte angeblich hinter der Gefangennahme von Khalid Scheich Mohammed, dem Mastermind hinter den Attacken von 9/11.

Bevor Logan es sich verkneifen konnte, platzte er heraus: »Hi, Cole. Danke, dass Sie uns davon erzählt haben. Kommen Sie bitte auch zu den nächsten Treffen.« Doktor Mackenzie starrte Logan verwundert an. »Nur ein bisschen Humor der Anonymen Alkoholiker, nichts, worüber man sich ... allzu sehr Sorgen machen müsste.« Er grinste, um seine Aussage zu unterstreichen.

Cole Matthews reagierte, indem er eine makellose Zahnreihe aufblitzen ließ, flankiert von einer kantigen Kieferpartie und einem markanten Gesicht. *Die Zähne eines Hais oder eines anderen Raubtiers,* fand Logan.

Mike Benson begriff, dass der formelle Teil des Treffens damit vorbei war. »Logan, John, seid nett zu ihm. Cole ist euer neuer Spielkamerad auf dem Schlachtfeld.«

Beide sahen Mike an und sagten gleichzeitig: »Danke, Dad.« Cole war der Einzige im Publikum, der lachte. *Zumindest hat er Sinn für Humor.*

10

Über dem Atlantik

Logan betrachtete die Schleierwolken, die unter dem Gulfstream-Jet dahinrasten. Selbst aus dieser Höhe konnte er ab und an den weißen Kamm einer Welle erkennen, gelegentlich sogar ein Schiff. Er lenkte seine Aufmerksamkeit zurück auf die beiden Männer, die ihn nach Madrid begleiteten. *Noch zwei Stunden. Ich hoffe, die Spur ist bis dahin nicht komplett kalt.*

»Die Russen, die das Equipment in Spanien abgeholt haben, müssen also Kontakte zur Mafia unterhalten«, griff Logan den Gesprächsfaden wieder auf. »Ich erinnere mich, dass ich etwas über zwei Großeinsätze gegen den russischen Mob gelesen habe, bei denen mehrere hochrangige Mitglieder festgenommen wurden.«

Cole Matthews nickte. »Richtig. Die spanische Regierung hat da einen gewaltigen Coup gelandet. Sie schnappten sich vier führende Köpfe der russischen Mafia und Dutzende Handlanger aus den mittleren und unteren Ebenen. Leider mussten sie dabei feststellen, dass die Russen fast jeden Bereich der Regierung manipulieren. Sie sind nach wie vor damit beschäftigt, diese Verbindungen zu kappen.«

»Man muss zumindest die Entschlossenheit der Spanier bewundern«, fand John. »Was ich bloß nicht verstehe: Wieso hilft die Mafia einem verdeckt operierenden russischen Team, das von der Regierung in Moskau gesteuert wird, bei der Umsetzung einer solchen Unternehmung?«

Cole verriet: »Bis vor Kurzem wunderten wir uns ebenfalls darüber. Dank dieses Trottels, der die ganzen Dokumente an Wikileaks weitergegeben hat, kennen wir jetzt die Antwort. So gern ich dem Typen eine Kugel in den Kopf jagen würde, weil er die Identität zahlreicher Agenten bei verschiedenen Diensten offengelegt hat, eins seiner Dokumente hat enthüllt, dass die russische Regierung *enge* Verbindungen zur landeseigenen Mafia unterhält. Wir wissen jetzt, dass Moskau diese Verbrecher vorschickt, wenn es seinen Interessen dienlich ist. Sowohl vor der eigenen Haustür als auch im Ausland.«

»Und ich dachte immer, die russische Regierung sei ein großer Fan von Demokratie und freiem Denken«, versetzte John ironisch. »Wissen Sie, für jemanden von der CIA sind Sie gar kein so übler Kerl.« Er sah zu Logan und dann wieder zu Cole.

»Wir hatten nicht immer die besten Erfahrungen mit der CIA«, schob er zur Erklärung hinterher. »Einer von euch hat uns 2004 in Falludscha in einen Hinterhalt gelockt – einen Hinterhalt, der zum gewaltsamen Tod des Großteils unseres Force-Recon-Platoons führte. Derselbe Agent unterstützte im Anschluss einen Größenwahnsinnigen, der einen weiteren Krieg in Nahost anzetteln wollte, um eine persönliche Rechnung mit der iranischen Regierung zu begleichen.«

Cole nickte. »Glauben Sie mir, Mr. Quick. Mir ist bewusst, was Mr. Carlson Ihnen, Ihrer Einheit und diesem Land angetan hat. Ich bin genauso angewidert von seinen verabscheuungswürdigen Taten wie Sie. Hätte Mr. West ihn nicht vor ein paar Jahren in Haditha getötet, wäre ich versucht gewesen, mich selbst unter der Hand darum zu kümmern, dass er seine Strafe erhält.« Er blickte zu Logan. »Zum Glück haben Sie mir das abgenommen.«

Cole wandte sich John zu. »Sie kennen mich nicht. Ich weiß, dass Sie mir nicht trauen. Ich mache Ihnen deswegen keinen Vorwurf. Ich täte es an Ihrer Stelle auch nicht. Allerdings kann ich Ihnen verraten, dass ich mehr als ein Jahrzehnt bei der Einheit in Fort Bragg gedient habe, die jeder in diesem Land vergöttert. Nachdem eine Mission komplett den Bach heruntergegangen war, entschied ich, auf meinen derzeitigen Job umzusatteln. Nennen wir es … persönliche Berufung.«

Logan stellte sich die Frage, was vorgefallen sein musste, um einen Agenten der Delta Force aus freien Stücken zum Verlassen seiner Einheit zu bewegen. Er wusste jedoch, dass er sie besser nicht laut stellte.

»Wichtig ist nur eins«, fuhr Cole fort. »Ich werde alles tun, um unser Land vor jeder erdenklichen Bedrohung zu schützen, egal von welcher Seite.«

John betrachtete den anderen einen Moment und zuckte dann die Achseln. »Damit kann ich leben. Ich dachte mir schon, dass ihr nicht alle schlechte Menschen seid. In Ihrem eigenen Interesse hoffe ich, dass Sie noch ein so guter Schütze sind wie zu Ihren Zeiten bei der Delta. Als Zivilist neigt man ja oft zu einer gewissen Verweichlichung.«

»Nach allem, was ich von Ihnen beiden gehört habe, sind Sie jedenfalls nicht verweichlicht. Weder aufgrund Ihres fortgeschrittenen Alters noch aufgrund des Zivilistenstatus.« Cole grinste.

»Gut gekontert, Mr. Matthews.«

»Seid ihr beiden fertig? Oder soll ich mich zu den Piloten setzen, damit ihr Händchen halten und kuscheln könnt?«, fragte Logan. Etwas kam ihm an der Beteiligung der Russen weiterhin komisch vor. »Also, was genau erwartet uns in Valdemoro?«

Cole sah John an. »Ist er immer so?«

John lachte. »Nur an einem guten Tag. Manchmal macht er *wirklich* ernst, und dann gibt es das volle Programm. In der Regel mit Explosionen, Geschrei und Toten.«

»Großartig. Also gut.« Cole verlagerte sein Gewicht im Sessel. »Kommen wir zum Geschäftlichen. Wir wissen, dass die russische Mafia noch immer über mehrere Netzwerke verfügt, die in Spanien operieren. Die sind ähnlich schwer auszurotten wie Küchenschaben.«

»Klar, aber man kann's immerhin probieren«, stellte John fest.

»Die spanische Polizei hat die Nummernschilder des weißen Kastenwagens, der das Equipment abgeholt hat, zu einem chinesischen Restaurant in Madrid zurückverfolgt.«

Logan unterbrach: »Chinesisch?«

»Es stellte sich heraus, dass es wie in allen großen Städten auch in Madrid eine relativ große chinesische Community gibt. Wie auch immer, die glaubten, die Spur zum Restaurant sei eine Sackgasse, bis sie bei ihrer Task Force gegen das organisierte Verbrechen nachfragten. Die wussten nämlich, dass der Laden für die Geldwäsche des chinesischen Mobs herhalten muss. Der Kopf dieser Yakuza hat außerdem eine Absprache mit einer Gruppe russischer Geschäftsleute getroffen, die zufällig im selben Distrikt ein illegales Casino betreiben. Die spanische

Polizei hat mit einer Einheit ihrer Spezialkräfte, des *Grupo Especial de Operaciones,* kurz GEO, eine Razzia in diesem Casino durchgeführt. Quasi deren lokale Variante des HRT-Geiselbefreiungsteams.« Cole fügte hinzu: »Soweit ich weiß, sind Sie beide bestens mit deren Arbeit vertraut.«

Der Kerl weiß eine ganze Menge über uns.

»Nach allem, was mir die Botschaft gesagt hat, waren weniger als zehn Minuten ›eindringliche Kommunikation‹ notwendig, bis der russische Mafioso, den sie im Casino geschnappt haben, die Position eines Unterschlupfs in Valdemoro preisgab. Am gleichen Vormittag sei von der Führung in Moskau ein Anruf gekommen, um die Abholung und Lieferung einer Fracht vom Flughafen Barajas zu arrangieren. Seine Männer erhielten demnach exakte Anweisungen, die Fracht abzuholen, nach Valdemoro zu bringen und weitere Befehle abzuwarten. Er meinte, er habe Moskau die Handynummern seiner Leute gegeben. Soweit er weiß, haben sie inzwischen ihre Instruktionen erhalten und sind aufgebrochen.«

»Großartig. Wissen Sie, wenn ich eins wirklich hasse, dann ist es Fangenspielen«, verriet Logan. Er wechselte das Thema. »Hat der GEO – oder sonst irgendwer, wo wir schon dabei sind – den Unterschlupf unter Beobachtung?«

»Das haben sie tatsächlich. Am Flughafen wartet ein Auto auf uns. Das wird uns direkt nach Valdemoro fahren. Der dortige Teamleiter ist angewiesen, uns auf jede erdenkliche Weise zu helfen.«

»Das findet der sicher richtig klasse«, ätzte John.

»Kommt drauf an, wie professionell er an die Sache rangeht. Meiner Erfahrung nach sind die genau wie wir. Quasi dasselbe in Grün«, sagte Cole.

»Stimmt.« Logan hielt ihm die rechte Hand hin. »Ich bin übrigens Logan und das ist John. Ich will nicht, dass unser Partner bei dieser Mission uns als ›Mr. West‹ und ›Mr. Quick‹ anredet. Klingt viel zu förmlich.«

Cole schüttelte ihm kräftig die Hand. »Und ihr nennt mich bitte Cole. Das ist übrigens sogar mein echter Name.«

»Gut zu wissen, dass du bist, wer du behauptet hast. Nach der kleinen Vorstellungsrunde pack ich mich erst mal eine Stunde aufs Ohr, bevor wir die Ausrüstung anlegen und landen.«

11

Hauptquartier der Policía Municipal
Valdemoro, Spanien

Logan studierte die kommerzielle Satellitenaufnahme auf dem iPad des Inspektors. Sie zeigte eine Farm am östlichen Rand des Stadtbezirks. Das Farmhaus lag mehr als 100 Meter von der nächsten Straße entfernt, mit einer Scheune und einer Garage in direkter Umgebung. Sanfte Hügelkuppen grenzten an das Grundstück. Auf den Feldern wurde Weizen angebaut – das gängigste Getreide in dieser verschlafenen Vorstadt. *Keine Deckung in irgendeiner Richtung. Keine Zugangsstraße.*

Inspektor Adan Antonio Romero, ein Mann Anfang 40, der seine dunkelbraunen Haare im Bürstenschnitt trug, schien Logans Gedanken lesen zu können. »Señor West, das Klima ist zu trocken, das macht es den Bäumen schwer zu überleben.«

Der Inspektor war Kommandant des GEO-Teams, das die Razzia in dem chinesischen Casino durchgeführt hatte. Seine Anweisungen von ganz oben ließen keine Zweifel. Er sollte die Amerikaner nach besten Kräften unterstützen. Den Truck um jeden Preis sicherstellen. Alle russischen Mafiamitglieder verhaften.

Er wusste nicht, was sich in dem Truck befand, aber Mitglieder seiner Regierung waren deswegen in Sorge. Mehr brauchte er nicht zu wissen. Als loyaler Staatsbürger diente er dem spanischen Monarchen und hatte geschworen, die spanische Verfassung zu verteidigen. Allein schon deshalb hielt er es für seine Pflicht, den neuen Freunden aus dem Ausland zu helfen.

»Ich hatte wenigstens auf ein bisschen Deckung gehofft«, gab Logan zu. »Das nächste Gebäude ist über eine halbe Meile entfernt.« Er zeigte auf eine industriell genutzte Lagerhalle mit niedrigem Zaun. »Wenn wir herausfinden wollen, wo der Lastwagen steckt, müssen wir jemanden lebend schnappen. Wenn die uns kommen sehen, löst sich diese Möglichkeit in Luft auf. Damit bliebe nur eine andere Option.«

»Und die wäre?«, fragte Cole.

»Ich weiß es«, sagte John und seufzte laut. »Du willst genauso reingehen wie in Dutch Harbor, was?«

Inspektor Romero fragte: »Was ist Dutch Harbor?«

»Offenbar haben Sie keine Nachrichten gesehen«, antwortete Cole in gespieltem Unglauben. »Entschuldigung, Inspektor. Das war ein schlechter Witz. Es ist kein *Was,* sondern ein *Wo*. Logan hat vor zwei Tagen ein Feuergefecht und die Verfolgungsjagd auf ein Boot ausgelöst, indem er sich als Mitarbeiter einer Handwerksfirma ausgab. Ich vermute, er hat bereits eine Idee.«

»Die hab ich, ja.« Logan holte tief Luft und packte seinen Plan auf den Tisch: »Ich gebe mich als Tourist mit einer Autopanne aus.«

Die anderen Männer musterten ihn schweigend, bis John nicht mehr an sich halten konnte: »Du willst mich wohl verarschen. Ein Tourist? Wieso nicht gleich ein Schild, auf dem steht ›Amerikanischer Cowboy und Gesetzeshüter. Schießt mir bitte in den Kopf.‹? Das ist viel zu durchschaubar.«

»Genau das ist der springende Punkt, John. Es *ist* offensichtlich, aber nur für uns. Wenn die Russen noch da sind, stehen sie unter Spannung und warten ungeduldig auf ihre Befehle. Die werden annehmen, dass jeder, der ihr Grundstück betritt, ein spanischer Polizist ist. Dass wir unsere Finger im Spiel haben, dürften sie kaum vermuten. Ein einsamer Amerikaner, besonders einer, dessen Auto vor ihrem Farmhaus eine Panne hat, erregt keinen Verdacht. Und wenn der Truck schon weg ist, werden die zurückgebliebenen Jungs noch weniger misstrauisch sein. Mit so was rechnen die nicht. Auf keinen Fall. Vor allem muss ich doch nur zur Vordertür kommen, ohne über den Haufen geschossen zu werden.«

Logan sah Inspektor Romero an. »Das ist Ihr Land. Sie kennen die Leute. Was meinen Sie?«

»Ich glaube, Señor West, Sie sind ein sehr tapferer und sehr törichter Mann.«

»Das hätte ich Ihnen auch sagen können«, raunte John.

»Aber«, fuhr der Inspektor fort, »es könnte funktionieren. Touristen gibt es überall im Land. Valdemoros Nähe zu Madrid sorgt dafür, dass hier eine Menge Pendler durchkommen. Es bildet eine Art … wie sagt man? … Tor zum Rest des Landes. Sie wären sicher nicht der erste Amerikaner, dem die Männer begegnen.«

Logan lächelte John triumphierend an. »Siehst du?«

»Freuen Sie sich nicht zu früh, Señor West. Damit die Sache funktioniert, müssen Sie trotzdem ziemlich überzeugend sein. Und wie sieht Ihr Plan aus, wenn Sie erst mal im Haus sind?«

»Ja, Schlaumeier, wie lautet dein Plan? Willst du sie höflich bitten, ihre Waffen abzulegen und mit erhobenen Händen rauszukommen?«

Logan studierte die Karte auf dem iPad, schob das Bild hin und her und setzte sich mit den örtlichen Bedingungen auseinander. »Das ist *genau* das, was ich vorhabe«, verriet er grinsend.

Anhand der Punkte, die sich Logan näher angesehen hatte, dämmerte Cole, was sein neuer Partner vorhatte. *Nicht schlecht, Logan. Gar nicht so schlecht …*

Selbst nach lokalen Wettermaßstäben war es ein milder Tag. Die Temperaturen bewegten sich knapp über der Zehn-Grad-Marke. In der Sonne war es noch ein wenig wärmer, als Logan die staubige Einfahrt zu dem abgelegenen Bauernhaus entlangschlenderte. Er hielt ein Handy ans Ohr und tat, als wäre er in eine angeregte Unterhaltung vertieft. In Wahrheit sprach er mit Inspektor Romero und gab Informationen in Echtzeit weiter. Sie hatten die Entscheidung getroffen, auf Funkgeräte zu verzichten, falls die Russen die Polizeikanäle überwachten.

Logan trug Jeans und eine leichte hellbraune Jacke über dem dunklen T-Shirt, dazu hellbraune Oakley-Wanderstiefel. Seine Kimber hatte er in einem Holster hinten am Gürtel befestigt und nach dem Vorfall auf der *Arctic Glide* sorgfältig gesichert. An einem Koppeltragesystem unter der Jacke verbarg er ein Mark-2-Messer in einer Scheide, zwei Zusatzmagazine und eine Blendgranate. Er hoffte, nichts davon zu brauchen.

Das weiße, mit Stuck verzierte Haus hatte ein graues Schieferdach. Fast schon ein Markenzeichen für spanische Gebäude, weil es die drückende Sommerhitze effektiv minderte.

Hinter ihm quoll Rauch aus der Motorhaube eines dunkelgrünen Seat Leon Sport, den er an der Hauptstraße nahe der Einfahrt geparkt hatte. Der Timer des Brandsatzes war so eingestellt, dass der Rauch innerhalb von zwei Minuten schrittweise nachließ, bis er ganz verschwand.

In vorgegaukelter Entrüstung rang er mit den Armen und blickte zurück auf sein Auto, während er ins Handy raunte: »Stehe 50 Meter vor dem Eingang. Kein Zeichen von Bewegung in Haupthaus, Garage oder Scheune. Bleiben Sie dran. Ich leg jetzt eine oscarwürdige Vorstellung hin.«

»Roger«, bestätigte Inspektor Romero.

»Er ist ein schrecklicher Schauspieler«, hörte Logan John im Hintergrund sagen. »Auch wenn er mal einen Mann davon überzeugt hat, dass er ihn ertränken wird. Man muss allerdings wissen, dass er ihn dabei unter Wasser gedrückt hat.« Logan grinste. *Hoffentlich bleibt mir so was diesmal erspart.*

Nachdem er die restliche Strecke zur Vordertür zurückgelegt hatte, rief er ins Telefon: »Wie schnell können Sie ein anderes Auto schicken? Ich muss in zwei Stunden in Madrid sein, um meine Verlobte zu treffen … Waaas? Das soll doch wohl ein Witz sein?!«

Er blieb auf dem schmalen Kiesweg vor dem Haus stehen und hob die Stimme, als er eine Bewegung in der überbreiten Doppelgarage wahrnahm. *Die Bastarde haben die ganze Zeit jemanden da drin versteckt. Der muss sich hintenrum reingeschlichen haben, als ich die Einfahrt raufkam. Das macht die Sache ein wenig interessanter.*

»Okay. Kein Problem. Ich bin zum nächsten Haus an der Ronda del Prado gegangen. Nummer 1403, wenn ich es richtig sehe. Ich klopf da jetzt an und frag, ob ich dort auf sie warten kann. Eine Stunde etwa, meinten Sie?«

Er lauschte.

»Hört sich gut an. Danke, Armando. Ich hoffe, Ihr Fahrer beeilt sich.« Logan tat, als ob er auflegte, behielt das Handy jedoch weiter in der Hand, als die schwarze Tür aufschwang. *Showtime …*

Logan drehte sich zum Haus und blieb wie angewurzelt stehen. *Verfluchte Scheiße. Das wird doch nicht so einfach, wie ich dachte.*

Ein junger Kerl, breit wie ein Schrank und wohl Anfang 20, füllte den Eingang komplett aus. Er war mindestens zwei Meter groß und trug ein schwarzes T-Shirt, unter dem sich wahre Muskelberge abzeichneten. Im Vergleich zu ihm wirkte Logan wie ein Zwerg. *Der muss mindestens 100 Kilo wiegen und ist total durchtrainiert. Vermutlich auf Anabolika. Toll, ein unberechenbarer Riese. Das hat mir gerade noch gefehlt.*

Der andere blickte Logan aus leeren Augen an, das schwarze Haar perfekt getrimmt, wie mit dem Lineal geschnitten. Jeder Friseur beim Marine Corps wäre vor Stolz geplatzt.

Logan hörte drinnen einen Fernseher, in dem ein Fußballspiel lief. Er konnte zwar nicht an dem Fleischberg vorbeisehen, bildete sich aber ein, weitere Bewegungen gehört zu haben. *Shit, sie sind mindestens zu dritt. Hat keinen Sinn, das Unvermeidliche länger rauszuzögern.*

»Hi, mein Name ist Mark«, sagte er freundlich. »Sprechen Sie Englisch?« Um überzeugender zu wirken, schickte er hinterher: »Ich hoffe wirklich, Sie verstehen mich. Irgendwas könnte an diesem beschissenen Tag ja mal nach Plan laufen.«

Keine Antwort. Der Mann musterte Logan eindringlich und ließ die Augen über das Grundstück schweifen. Sein

Blick blieb an dem rauchenden Auto hängen. Er grinste und konzentrierte sich dann wieder auf Logan.

»Sie sind Amerikaner.« Er sprach mit hartem russischem Akzent. »Was wollen Sie?« Der ausdruckslose Tonfall ließ Logan die Nackenhaare zu Berge stehen, nicht aus Angst, sondern weil er klang wie ein Soziopath.

»Tut mir wirklich leid, Sie zu stören, aber das ist mein Mietwagen da draußen vor Ihrem Grundstück. Ich soll eigentlich in zwei Stunden meine Verlobte in Madrid zum Essen treffen, aber den Motor hat's zerlegt. Ich hab eben mit der Mietwagenfirma telefoniert. Die schicken mir zwar Ersatz, aber der Typ meinte, das dauert eine Stunde.«

Bevor Logan weiterreden konnte, fragte der Fleischberg: »Und wieso ist das mein Problem?«

»Na ja ... wie gesagt, es tut mir leid, Sie zu stören. Ich hab mich gefragt, ob ich hier warten darf, bis die auftauchen.«

»Nein«, antwortete der Russe knapp und trat einen Schritt zurück, um die Tür zu schließen.

»Kommen Sie schon, Kumpel. Sie täten mir einen Riesengefallen. Ich kann sonst nirgends hin. Ich hasse es, mich aufzudrängen, aber ich müsste auch mal dringend aufs Klo. Sie wollen doch nicht, dass ich mein Geschäft in Ihrem Hof erledige, oder?«

Stille. Dann trat der Mann auf die vordere Veranda wie eine mythologische Gottheit, die vom Olymp herabsteigt. Er überragte Logan um einen Kopf und baute sich eine Armlänge entfernt auf dem Absatz vor ihm auf.

»Hör zu, Amerikaner. Du kannst nicht bleiben. Geh zu deinem Auto und warte dort.« Der russische Akzent wurde stärker, fast wie bei einer Persiflage. »Ich sag es nicht noch einmal.«

Logan schielte an dem Giganten vorbei. Ein weiterer Mann stand im Schatten des Hausflurs, eine Hand hinter dem Rücken.

Logans Auftreten veränderte sich. Sein Rücken wurde steif und er nahm eine Kampfhaltung an, die der Russe sofort als das erkannte, was sie war – feindselig. Der unbekümmerte Gesichtsausdruck, den er bisher zur Schau getragen hatte, wurde auf dramatische Weise ersetzt durch den harten, berechnenden Ausdruck, der seinem Naturell entsprach. Die grünen Augen funkelten den jungen Mann an, der sichtlich erstaunt auf die abrupte Verwandlung reagierte.

Logans Stimme klang plötzlich ebenso emotionslos wie die des Fleischberges. »Also, die Sache sieht so aus, Yuri … oder wie zur Hölle du heißt. Ich bin Amerikaner, aber ich bin mit der spanischen Bundespolizei hier, genauer gesagt mit dem GEO. Das Grundstück ist umstellt. Ihr könnt nirgends hin.« Er machte eine kurze Pause, damit der Russe die Information verdauen konnte. »Du hast zwei Möglichkeiten – erstens, du sagst uns, wo der Van steht, oder zweitens, du stirbst heute auf dieser Farm. Ich sag es nicht noch einmal.«

Er spannte sämtliche Muskeln an und rüstete sich für einen Angriff.

Der Mann blickte sich erneut um. Da er nichts Verdächtiges oder Alarmierendes bemerkte, traf er eine verhängnisvolle Entscheidung.

»Fick dich«, grollte er und packte Logan an den Schultern.

Er reagierte erstaunlich schnell für seine Größe, aber Logan war schneller. Er ließ gleichzeitig das Handy fallen und sank auf das linke Knie. Indem er den Höhenunterschied zwischen Schotterweg und Veranda zu seinem Vorteil ausnutzte, platzierte er einen brutalen Treffer außen am Knie des Gegners.

Der Russe schwankte, fiel aber nicht hin.

Logan hörte ein Rumoren im Flur und spähte ins Haus, während er einen weiteren Schlag landete. Der zweite Mann, der im Schatten gelauert hatte, kam nach draußen gestürmt und richtete eine schwarze Pistole auf ihn.

Der Amerikaner griff dem Goliath ums Bein und riss hart an dessen Knöchel.

Der junge Mann klatschte mit dem Hintern auf die Steinveranda. Sein Kamerad eröffnete im selben Moment das Feuer. *Blamm! Blamm! Blamm!*

Logan duckte sich, als die Kugeln mit einem nassen Klatschen in den Rücken des Jüngeren drangen. Seine Pupillen weiteten sich vor Schreck, als der Körper den Schmerz registrierte. *Je größer sie sind …*

Logan zog die 45er-Kimber und beugte sich nach rechts, um dem zweiten Angreifer kein Ziel zu bieten. Der Lärm der Pistole hallte über die Stufen hinweg, als er drei schnelle Schüsse auf die rennende Gestalt abgab.

Die Projektile trafen den Mann mitten in die Brust, während sein Schwung ihn durch die Tür trug. Mit dem rechten Fuß blieb er an der Schwelle hängen und stolperte.

Für Logan sah es aus, als hätte eine unsichtbare Kraft dem Schützen die Füße weggerissen. Der Oberkörper wurde nach vorn geschleudert. Der andere schien zu Boden gezogen zu werden, während sich seine Beine im Türrahmen verhakten. Er knallte mit dem Gesicht voran hinter dem Fleischberg auf die Veranda. Die Waffe polterte die Stufen hinab, dann rührte sich nichts mehr.

Logan wandte sich dem Jüngeren zu, gerade rechtzeitig, um zu bemerken, wie seine Augen in den Höhlen nach oben rollten. Er kippte rückwärts um und landete auf Kopf und Hals seines Kollegen. Logan schauderte, als er das Knacken hörte.

Wenn sein Freund durch meine Kugeln noch nicht tot war, ist er es definitiv jetzt.

Er hielt die Kimber weiter auf den Eingang gerichtet und hob das Handy auf. Bevor er Meldung machen konnte, hörte er das hochfrequente Jaulen eines Motors aus der Garage. Er spähte hinüber und stellte fest, dass die Garagentür aufschwang.

Ein Honda-Quad kam hervorgeschossen und raste an ihm vorbei, bevor er reagieren konnte. *Flüchten ist zwecklos, du Idiot. Das hab ich deinem Freund hier gerade schon verklickert.*

Inspektor Romero lag auf dem Gipfel eines Hügels in etwa 400 Metern Entfernung und verfolgte, wie das Quad über die Einfahrt in Richtung Straße schoss. Er drehte an einem Rädchen oben auf dem Hochleistungsfernglas und richtete das leuchtende Rechteck auf die fliehende Gestalt.

»376, 370, 365 …«, gab er an den liegenden Mann in Tarnkleidung weiter, der ein Heckler & Koch PSG-1-Scharfschützengewehr in Militärausführung im Anschlag hielt.

Der Scharfschütze atmete aus, entspannte den Oberkörper und zog sanft den Abzug. Ein einzelnes *Krack!* hallte über den Hügel.

Inspektor Romero registrierte beiläufig die Rauchspur des 7,62-Millimeter-Geschosses, als die Kugel auf ihr Ziel zuflog. Das Projektil traf den rechten Vorderreifen des

Quads. Beide Männer beobachteten, wie der unvermeidliche Crash zustande kam.

Der Reifen explodierte durch den Einschlag und die Nase des Quads änderte die Richtung, machte einen Satz vorwärts und brach nach rechts aus, als wollte das Gefährt sich einen Tunnel bohren. Der vordere rechte Reifen wirkte wie ein Anker, als das Heck nach oben geschleudert wurde. Die Reifen auf der linken Seite bekamen erneuten Bodenkontakt. Der Schwung sorgte dafür, dass sich das Vehikel seitlich überschlug, vier komplette Umdrehungen vollführte und umgedreht am Rand der Einfahrt liegen blieb.

Zum Glück für den Fahrer wurde er schon beim ersten Überschlag in die Luft geschleudert. Er landete auf der Seite, ein Bein in unnatürlichem Winkel unter dem Körper verdreht, und blieb reglos liegen.

Madre de Dios! Inspektor Romero griff zum Handy. »Alle Einheiten auf das Bauernhaus vorrücken.«

Beide Männer standen auf und beobachteten, wie Logan West zur Vordertür des Hauses stürmte und in den Flur lugte. Anscheinend zufrieden, dass keine weiteren Gegner auftauchten, sprang er die Stufen hinunter und betrat die Garage.

Inspektor Romero drehte sich zum Scharfschützen um und sagte auf Englisch: »Großartiger Schuss, Mr. Quick. Wirklich toll. Jetzt wollen wir mal sehen, ob der Russe was Interessantes zu sagen hat. Falls er noch lebt.«

»Angeber«, kommentierte Cole ebenfalls aus liegender Position, ein Funkgerät in der Hand.

John Quick lächelte den Inspektor der GEO-Spezialeinheit an und ignorierte die Bemerkung seines neuen CIA-Freundes. »Danke, ich gebe mein Bestes. Das sah auf jeden Fall nach einem bösen Sturz aus, aber falls nötig, bin ich sicher, dass Logan ihm eine Mund-zu-Mund-Beatmung verpassen wird.«

Das muss wehgetan haben, dachte Logan, während er über den Platz vor dem Haus rannte. Er ging davon aus, dass sich niemand mehr auf dem Grundstück aufhielt. Er hätte sich sonst wahlweise aus dem Staub gemacht oder wäre aus allen Rohren feuernd herangestürmt.

Ich hoffe, du bist am Leben, Arschloch, dachte er, als er beim Fahrer des Quads ankam. Durch die offene Garagentür hatte er eine schwarze Limousine wahrgenommen und war hineingegangen, um sie unter die Lupe zu nehmen. Er hatte den Kofferraum geöffnet, jedoch bloß ein Ersatzrad und eine abgewetzte Plane entdeckt. *Wer weiß, wofür die benutzt wurde.* Für entscheidender hielt er, dass sowohl der Van als auch dessen überaus wichtige Ladung nicht mehr hier waren.

Der Russe hatte das Bewusstsein verloren, atmete jedoch gleichmäßig. Sein Gesicht war nach oben gerichtet, etwas Blut lief daran hinab. *Kannst dich glücklich schätzen, dass du ohnmächtig bist, denn das wird höllisch wehtun, wenn du aufwachst,* ging es Logan beim Anblick des gebrochenen linken Beins durch den Kopf.

Der Stoff der Hose wölbte sich am Schienbein nach außen, was auf einen komplizierten offenen Bruch hindeutete. Der Knochen war durch die Haut gedrungen. Der linke Arm stand in einem unnatürlichen Winkel vom Körper ab, hinzu kam eine heftige Platzwunde am Unterarm.

Logan hörte, wie die schwarzen Mannschaftsbusse der Polizei mit heulenden Sirenen heranjagten. Ein SUV der spanischen Bundespolizei bog in die Auffahrt und bremste. Zwei Kleinbusse mit mattschwarzem Lack hielten direkt dahinter. Drei Türen der Geländelimousine sprangen auf und John Quick, Cole Matthews und Inspektor Romero verließen das Fahrzeug.

»Gut geschauspielert, Brando. Die hast du wirklich drangekriegt«, lobte John.

»Du solltest ein wenig nachsichtiger mit mir sein. Immerhin hab ich es bis zur Vordertür geschafft, bevor die Schießerei losging, und das war alles, was wir wollten. Leider« – Logan seufzte – »sind sie nicht einfach brav rausgekommen.«

»Zumindest lebt der hier noch«, stellte Inspektor Romero fest, als ein GEO-Sanitäter aus dem Wagen sprang und sich um den Verwundeten kümmerte. Der Inspektor strahlte die Amerikaner an und verkündete: »Wir können ihn bis zu 13 Tage lang festhalten, aber ich brauche nur eine halbe Stunde, um ihn lückenlos zu befragen. Wir finden schon raus, was er alles weiß.«

John studierte den toughen spanischen Cop und lächelte breit. »Wissen Sie, so langsam gefällt's mir hier.«

12

Hauptquartier der Policía Municipal
Valdemoro, Spanien

Inspektor Romero trat aus dem Verhörzimmer mit den Betonwänden und lächelte seine Gäste im Flur der Polizeistation an. »Wussten Sie, dass eine Form von Waterboarding während der spanischen Inquisition häufig angewendet wurde? Viele Jahrhunderte später ist es immer noch eine äußerst effektive Methode.«

John betrachtete den Anführer des GEO-Teams mit hochgezogenen Augenbrauen. »Und ich dachte, da wären wir ganz von allein drauf gekommen. So viel zum amerikanischen Erfindergeist«, meinte er mit gespielter Enttäuschung. »Das heißt also, Sie haben diesen russischen Bastard soeben in dieser Betonbox einem Waterboarding unterzogen? Wow. Nicht schlecht, aber lassen Sie das bloß nicht die ACLU hören. Die verfolgen sie sonst wie Hitler persönlich.«

»Was ist die ›ACLU‹?«, wollte Romero wissen.

»Eine Gruppierung von Anwälten in unserem Land«, antwortete Cole. »Im Grunde keine schlechten Menschen, aber oft schützen sie die falschen Leute auf Kosten anderer.«

Der Inspektor nickte nachdenklich. »Etwas Ähnliches haben wir hier auch. Wir nennen es ›Kongress‹.«

Logan lachte. »In Amerika wären die Rechtsverdreher

beleidigt über diesen Vergleich. Im Moment sind unsere Politiker in etwa so beliebt wie die Pest. Das könnte man umgekehrt wiederum als Beleidigung für den Schwarzen Tod auslegen.«

Romero schien der Vergleich zu gefallen. »Mal abgesehen von den politischen Problemen unserer Länder muss ich Sie leider enttäuschen, Mr. Quick, ich habe Mr. Yuri Gagolin nicht gefoltert.«

»Eine Sekunde mal«, warf Logan ein. »Er heißt tatsächlich Yuri? Lustig, so hab ich den langen Lulatsch aus dem Bauernhaus genannt, bevor sein Kumpel ihn getötet hat.«

»Für ihn war's bestimmt weniger lustig«, stellte John trocken fest.

»Ist ja nicht mein Problem, wenn er keinen Spaß versteht – oder verstanden hat.«

»Sie beide sind schon ein bisschen verrückt, oder?«, erkundigte sich Inspektor Romero mit staubtrockener Miene. »Davon abgesehen hab ich ihm lediglich erklärt, dass er die historische Bedeutung der Wasserfolter bald auf ganz neue Art zu schätzen lernt, falls er nicht kooperiert. Es war hilfreich, dass er durch die Schmerzmittel, die ihm unser Sanitäter verabreicht hat, etwas durch den Wind war.«

»Ihr Jungs fackelt nicht lange. Das gefällt mir. Nur aus Neugier, hätten Sie es wirklich getan?«

»In einer Situation wie dieser hätte ich getan, was nötig ist, um an die Informationen heranzukommen, die ich brauche«, erwiderte Inspektor Romero mit einem Ausdruck, der Logans Einschätzung bestätigte. *Der Mann meint es ernst.*

Logan nickte, erhielt aber keine Gelegenheit, etwas einzuwenden, weil Cole ihm mit einer Frage zuvorkam: »Was hat er Ihnen verraten, Inspektor? Uns gehen langsam die Optionen aus, also hoff ich, es war nützlich.«

»Er sagt, zwei seiner Kameraden seien heute Morgen mit dem Van zu einem Hafen in Cartagena gefahren. Unser Freund hier sollte eigentlich keine Details kennen, hat aber ein Gespräch zweier seiner Freunde mitgehört. Zumindest weiß er, dass der Name des Schiffes *Wonjo Buhwal* lautete, und behauptet, dass die Ladung dorthin gebracht wurde.«

»Sie machen Witze, oder? Das ist jetzt nicht wahr!« John sah Logan ungläubig an.

Logan riss kurz die Augen auf und verengte sie dann zu Schlitzen. »Sind Sie sicher … absolut sicher, was den Namen angeht?«

Romero nickte und hielt ihm einen gelben Notizblock hin. WONJO BUHWAL stand da akribisch in Großbuchstaben. »Kennen Sie dieses Schiff?«

»John kennt es … und ich auch, leider. Es bedeutet ironischerweise ›Hilfsbringer‹. 2003 wurde unser Platoon der Force Reconnaissance drei Monate vor der eigentlichen Invasion in der Nähe der westlichen Grenze in den Irak geschickt. Unsere Mission bestand darin, die irakischen Verteidigungslinien in der Nähe von Al-Qa'im auszukundschaften, einem Kaff an der syrischen Grenze. Hinterher mussten wir einen kleinen Umweg nehmen. Ein nordkoreanisches Schiff war mit einer Ladung SCUD-Raketen unterwegs in den Libanon. Unseren Geheimdiensten lagen angeblich handfeste Beweise vor, wonach die Raketen an Bord waren, inklusive Satellitenaufnahmen, wie die SCUDs in Nordkorea verladen wurden. Die Jungs vom JSOC und die Navy SEALs bereiteten sich schon fleißig auf den Einsatz im Irak vor.

Wir waren zufällig als einzige Einheit vor Ort, die über die notwendige Ausbildung verfügte, ein Frachtschiff dieser Größe zu kapern.«

»Was ist passiert?«

»Das Entern war Routine. Wir trafen auf keinerlei Widerstand, doch als wir das Schiff sichern wollten, fanden wir keine Spur der Raketen. Der nordkoreanische Kapitän verhielt sich aggressiv und aufmüpfig. Ich kann mich noch gut erinnern, wie angewidert er guckte, als er die Anwesenheit einer amerikanischen Spezialeinheit auf seinem Schiff bemerkte. Er verabscheute uns.«

»O ja, ich erinnere mich an das Arschloch«, sagte John. »Wir wussten, dass die Raketen sich auf dem Schiff befanden, aber nachdem wir eine Stunde danach gesucht hatten, wurden wir zurückbeordert, bevor wir es in den Hafen eines befreundeten Staates steuern konnten. Was wir nicht wussten, war, dass die Chinesen sofort eine Beschwerde beim UN-Sicherheitsrat eingelegt hatten. Die UN kontaktierten unser Außenministerium, das auf typische und glorreiche Art und Weise sofort einknickte.«

Logan fügte hinzu: »Der Kapitän lächelte uns triumphierend an, als wir die Brücke verließen. Er wusste, dass er gewonnen hatte und wir nichts gegen ihn ausrichten konnten. Wir sahen keine andere Möglichkeit, als unsere Befehle zu befolgen, was wir tragischerweise auch taten.«

»Wieso? Was ist passiert?«, hakte Romero nach.

»Wir waren mit vier Black-Hawk-Helikoptern eingeflogen worden – die Navy nennt sie Seahawks –, und auf dem Rückweg gab es einen Unfall.« Logan machte eine nachdenkliche Pause, John schüttelte wütend den Kopf. »Da waren diese vier riesigen Kräne auf dem Deck des Schiffs – drei im vorderen Bereich und einer hinter dem Hauptaufbau, direkt neben den Frachtcontainern. Man hatte sie mit riesigen Drahtseilen gesichert, damit sie sich bei Sturm nicht von der Stelle bewegten. Bei der Ankunft ging alles glatt, aber auf dem Rückflug riss eins der Seile …«

»Oder wurde durchgeschnitten«, urteilte John mit eisiger Stimme.

»… und schoss wie eine Peitsche über das Deck, schlitzte dabei das Heck eines der Seahawks auf, der noch zu niedrig über dem Schiff flog«, beendete Logan den Satz.

»*Madre de Dios*«, murmelte der Spanier.

»Der Hubschrauber knallte gegen die Seite des Schiffs, ging in Flammen auf und stürzte ins Mittelmeer«, schilderte Logan nüchtern. »Wir haben insgesamt acht Marines, zwei Navy-Piloten und zwei Crewmitglieder verloren.«

»Und um alles noch zu verschlimmern, machte sich dieses Arschloch vom Acker. Das brennende Wrack schwamm im Wasser und er drehte einfach ab, als wollte er sagen: ›Fickt euch!‹ Er weigerte sich, bei der Rettung zu helfen«, sagte John mit ausdrucksloser Stimme. »Jeder, der den Crash vielleicht überlebt hatte, hielt nicht lange genug durch. Der Seegang war zu stark. Bis ein externes Rettungsschiff auftauchte, war das Wrack bereits gesunken. Wir konnten nur noch vier Leichen bergen. Der Rest war weg.«

Dem Inspektor fiel plötzlich etwas ein. »Wie kann es sein, dass ich mich daran nicht erinnere? So etwas hätte doch international für Aufsehen gesorgt. Meines Wissens berichteten die Nachrichten nie darüber.«

»Das liegt daran«, antwortete Cole, »dass der US-Regierung die Sache peinlich war und man beschloss, den

Vorfall totzuschweigen.« Er sah Logan und John an. »Ich wusste nicht, dass ihr das wart. Ich erinnere mich daran. Damals war ich in der Türkei. Unser Stationschef hatte den Befehl, sämtliche Kommunikation aus dem Libanon zu überwachen. Nach dem Crash war er schier fassungslos, wie lasch unsere eigene Regierung damit umging.«

»Sieht aus, als wäre es Zeit für etwas verspätete Gerechtigkeit«, kommentierte John.

Niemand reagierte. Die Stimmung war ziemlich düster. Der Tag war fast vorbei und die Nacht ließ nicht mehr lange auf sich warten.

Inspektor Romero sah auf die Uhr und brach das Schweigen. »Die Zeit wird knapp. Klemmen wir uns ans Telefon. Wir werden dieses Schiff finden.«

13

Khartum

Lau Gangs Handy vibrierte lautlos, als eine SMS eintraf. Seine Männer bereiteten gerade mehrere Fahrzeuge auf dem kleinen Flugplatz vor, den ihnen Namir zur Verfügung gestellt hatte.

Er lächelte. Es war der Amerikaner. *Die haben den Köder geschluckt. Sie wollen das Schiff verfolgen. Bald haben wir's geschafft.*

Seine internationalen Kontakte zu zahlreichen Verbündeten, die alle die gleichen Interessen verfolgten, machten den Amerikaner zur entscheidenden Figur in dieser brutalen globalen Schachpartie. *Zu dumm für die USA, dass sie noch nicht mal gemerkt haben, dass das Spiel angefangen hat,* dachte Gang. Er löschte die Textmitteilung und steckte das Handy ein.

Alborán-Meer

Zwei taktische spanische NH90-Transporthelikopter flogen in der Dunkelheit tief über dem Alborán-Meer. Die Beleuchtung der weniger als zwei Meilen entfernten *Wonjo Buhwal* diente ihnen als Leuchtfeuer für die Landung.

Mehrere Anrufe der spanischen Nationalpolizei im Hafen von Cartagena bestätigten, dass das nordkoreanische

Schiff weniger als eine Stunde nach der Razzia im Bauernhaus in Valdemoro Spanien verlassen hatte. Die Marine nahm sofort die Verfolgung auf und bestätigte, dass das Schiff in Richtung des Zielhafens fuhr, der auf den Papieren ausgewiesen war – Algier in Algerien.

Cole hatte die allgemein bekannte Tatsache in die Waagschale geworfen, dass der radikale Islam in Algerien im Aufstieg begriffen war. Über die Gründe, weshalb die Russen und Nordkorea sich mit religiösen Fundamentalisten einlassen sollten, konnten sie nur spekulieren. Tatsächlich war es nicht von Bedeutung. Im Moment zählte nur eins: das Schiff zu entern und ONERING zu finden.

Inspektor Romero und Logan flogen im führenden Hubschrauber mit, begleitet von einem achtköpfigen Team der Eliteeinheit der spanischen Marine – der *Unidad de Operaciones Especiales*, kurz UOE. Die UOE war das spanische Äquivalent zu den amerikanischen Navy SEALs, mit derselben harten Ausbildung und derselben unnachgiebigen mentalen Einstellung. Cole Matthews und John Quick führten das zweite UOE-Team im nachfolgenden NH90 an.

Vier kleinere UOE-Teams aus jeweils vier Leuten bemannten zwei Einsatzgummiboote, ausgestattet mit schallgedämpften Motoren. Sie dienten zur Unterstützung der beiden Helikopter. Man hatte sie im Vorfeld auf der unter spanischer Flagge stehenden *Castilla* abgesetzt, einem amphibischen Transportdock. Von dort waren sie frühzeitig aufgebrochen, um gleichzeitig mit den Helis das nordkoreanische Schiff zu erreichen.

Logan lehnte sich vor und lugte durch das Cockpitfenster des NH90, sah jedoch nichts als Schwärze unter sich. Inspektor Romeros Stimme drang blechern aus den Kopfhörern des Headsets. »Die Teams sind weniger als eine halbe Meile vom Schiff entfernt. Zwei Minuten bis zum Ziel.« Die Info wurde über das interne Kommunikationssystem an den anderen Hubschrauber weitergeleitet. Sobald sie auf dem Schiff waren, wechselten sie auf das interne Einsatzfunknetz.

Logan drehte sich zur Ladefläche um. Inspektor Romero gab dem Team ein Zeichen, während sich der Helikopter mit hohem Tempo dem Ziel näherte. Rasch wechselte er den Kanal und sprach in sein Mikro: »John, weniger als zwei Minuten. Wir nehmen uns die Brücke vor, du durchsuchst den Laderaum. Wir sehen uns an Deck. Sei vorsichtig.«

»Du auch. Out«, antwortete John über das Dröhnen der Rotoren hinweg. Die Zeit für lockere Sprüche war vorbei.

Kapitän Kim Sung Baek war wütend auf Pjöngjang. Er war seit 20 Jahren Kapitän der *Wonjo Buhwal,* aber so etwas wie heute war noch nie vorgekommen. Er hatte am Nachmittag neue Befehle bekommen: »Sofort Richtung Algier aufbrechen. Unter keinen Umständen anhalten, wenn jemand an Bord will. Alle feindlichen Kräfte eliminieren. Es ist von größter Wichtigkeit, dass das Schiff nicht dem Gegner in die Hände fällt. Notfallprotokoll anwenden, falls nötig. Division 39 ist auf Sie angewiesen. Lang herrsche die koreanische Arbeiterpartei!«

Der letzte Teil der Nachricht hatte ihn erstarren lassen. Division 39 war das Hauptbüro des Zentralkomitees, das seine Befehle von den höchsten Führungsebenen in der nordkoreanischen Regierung erhielt, inklusive des Verehrten Führers.

Er wusste, dass ihn seine starken Familienbande zu den Generälen in Pjöngjang nicht schützen konnten, wenn er Befehle missachtete. Seinen Angehörigen drohte die Exekution – wenn sie Glück hatten – oder weit Schlimmeres. Kapitän Baek hatte das einzig Sinnvolle getan: sein Navigationssystem auf Algier zu programmieren und den Hafen von Cartagena sofort zu verlassen. Er brach so unvermittelt auf, dass zehn Leute seiner 35-köpfigen Crew an Land zurückblieben. Befehl war Befehl, und er wusste, dass diese Befehle alles andere als alltäglich waren. Was immer Pjöngjang da plante, anscheinend kam ihm und seinem Schiff eine zentrale Rolle zu. Er beabsichtigte nicht, sein Land oder – fast noch wichtiger – seine Familie im Stich zu lassen.

Es war jetzt nach 22 Uhr Ortszeit und er inspizierte das offene Meer. Das nächste Schiff fuhr drei Meilen hinter ihm, vor ihm lag das Wasser wie ausgestorben da. Er ging auf die Backbordseite und ließ den Blick über den riesigen offenen Ladebereich schweifen.

So weit, so gut, dachte er, als er die Dunkelheit mit einem Hochleistungsfernglas absuchte. Er hörte auf, das Fernglas zu schwenken, als sich vier dunkle, undeutliche Schemen vor der bewegten See abzeichneten. *Das ist unmöglich …* Sie verschwanden. Er kniff die Augen zusammen und starrte durch die Okulare. Die Schemen kehrten zurück, diesmal deutlich näher. Vier kleine Boote, die direkt auf sein Schiff zuhielten.

»Holt mir sofort den Sicherheitsoffizier. Jetzt!«, bellte er den leitenden Offizier an. Er widmete sich wieder seinen Beobachtungen, und da erblickte er es – nein, *sie.* Zwei tief fliegende Schatten hinter den Booten, die sich schnell in seine Richtung bewegten. Er erkannte sofort, dass es

Helikopter waren. Auch wenn ihre Positionslichter nicht brannten, nahm er dank seiner guten Augen das schwache Glimmen der Instrumententafeln wahr.

Er ließ das Fernglas fallen, schnappte sich das Handset des internen Kommunikationssystems und sprach ruhig, aber schnell. Seine Männer waren für solche Situationen ausgebildet.

Wenn es etwas gibt, das wir beherrschen, dann ist es das Bewahren von Geheimnissen. Kapitän Baek und seine Crew arbeiteten seit über 20 Jahren unbemerkt von den amerikanischen Geheimdiensten als geheime Gegenspionage-Einheit, koordiniert vom Staatssicherheitsministerium Nordkoreas.

Nach all dieser Zeit im Verborgenen standen sie kurz vor dem direkten Feindkontakt. Kapitän Baek freute sich fast darauf. Er hoffte, es mit den Amerikanern oder den Briten zu tun zu kriegen. In ihnen sah er den wahren Feind, den es zu demütigen galt. Das war ihm schon bei früheren Gelegenheiten gelungen. Wie es aussah, ergab sich gleich eine weitere Chance.

14

»20 Sekunden bis zum Ziel. Sie reagieren nach wie vor nicht auf Funkkontakt. Seid auf alles gefasst«, rief Inspektor Romero in das Headset.

Logan zog den Ladehebel der Heckler & Koch MP5K-PDW und lud die erste 9-Millimeter-Patrone in den Lauf. Er vergewisserte sich, dass das Maschinengewehr noch gesichert war. Das hätte gerade noch gefehlt, dass sich an Bord eines spanischen Marinehelikopters unabsichtlich ein Schuss löste.

Wind erfüllte schlagartig die Kabine, als die beiden Crewchefs beide Seitenluken des NH90 aufschoben. Der Hubschrauber drehte abrupt nach rechts ab. Logan erhaschte einen kurzen Blick auf das Schiff. Ein beleuchtetes Monstrum, das unter ihnen lauerte. *Sieht immer noch wie ein beschissener Rosteimer aus.* Dann machte er eine weitere Beobachtung: *Seltsam. Keinerlei Bewegung an Deck.*

Schwere Taue wurden auf beiden Seiten des Helis heruntergelassen. Die UOE-Mitglieder seilten sich synchron ab und landeten mit einem Sprung auf dem Schiffsdeck.

Logan konzentrierte sich auf seine bevorstehenden Aufgaben, legte das Headset für die interne Kommunikation ab und lief zur Luke des Helikopters. Er wartete, bis Inspektor Romero den Hubschrauber verlassen hatte, und ging dann in Position.

Das Geräusch der Rotoren erfüllte seine Ohren. Er umklammerte das Tau mit seinen schwarzen Handschuhen und glitt in die Leere unter dem NH90. Er klemmte das Seil zwischen den Beinen ein und drückte es mit dem rechten Stiefel gegen den linken.

Als er nach unten sauste, tauchte im Augenwinkel der zweite Hubschrauber auf. Er schwebte etwa 100 Meter entfernt über dem vorderen Abschnitt der Brücke.

Noch fünf Meter. Das durch seine Hände rutschende Seil erhitzte sich aufgrund der Reibung zunehmend. Plötzlich wurde es auf dem Schiff stockfinster.

Ein heller Blitz erschien auf dem Hauptaufbau, gefolgt von einer Rauchspur. Eine Granate mit Raketenantrieb raste auf den schwebenden Helikopter zu.

Gar nicht gut! Logan ließ blitzartig das Seil los und fiel wie ein Stein in die Tiefe. Im selben Moment erreichte das Geschoss sein Ziel.

John und Cole hatten den Helikopter als Erste verlassen und waren bereits an Deck, als sämtliche Lichter ausgingen. Vier weitere Mitglieder der UOE standen um sie herum und durchsuchten die Kistenstapel im Frachtbereich nach unmittelbaren Bedrohungen.

»Was soll die Sch…« war alles, was John herausbekam, bevor automatisches Gewehrfeuer durch die Nacht fegte. Die unsichtbaren Angreifer nahmen den Hubschrauber ins Visier. Kugeln zischten über ihre Köpfe hinweg.

John hörte mehrere Einschläge, als der NH90 getroffen wurde. Er blickte nach oben. Der Pilot versuchte abzudrehen. Leider hatte das fünfte UOE-Mitglied noch nicht das Deck erreicht und verlor durch die abrupte Bewegung den Halt. John verfolgte entsetzt, wie der Mann zehn

Meter tief stürzte, auf den harten Untergrund knallte und bewegungslos liegen blieb.

Cole rannte zu dem Agenten und tastete nach dem Puls. »Er lebt noch!«, rief er über das donnernde Gewehrfeuer und die lärmenden Rotoren hinweg.

Ein lautes metallisches Knirschen erfüllte die Luft über ihnen. *Krrrrkk!*

Etwas im Motor des Helikopters explodierte und die Rotorblätter kamen mit gewaltigem Getöse zum Stillstand. Der NH90 kippte vom Schiff weg, schwebte kurz in einem grotesken Winkel und stürzte dann aus dem Nachthimmel. Ihr Transportmittel verschwand unterhalb der Reling. Sekunden später hörte man ein lautes Platschen und Wassermassen klatschen seitlich gegen den Rumpf.

Diese Arschlöcher! Wir hätten das Schiff schon vor Jahren versenken sollen! John spähte Richtung Brücke. Vier Männer lauerten in liegender Position auf einer erhöhten Plattform, die am Fuß des Hauptaufbaus angebracht war. Das fahle Licht des Nachthimmels verriet vage ihre Position. Drei Kräne und etwa 70 Meter lagen zwischen ihnen und den Nordkoreanern.

Nachdem der Helikopter ins Meer gestürzt war, ertönte Kampflärm von der achtern gelegenen Seite der Brücke. John hatte keine Zeit, sich um Logan oder Inspektor Romero zu sorgen. Er hatte Wichtigeres zu erledigen.

»Cole«, sagte John ruhig, »wir müssen sie ausschalten. Dieser Bereich ist die reinste Todeszone. Wir können nichts unternehmen, bevor wir sie erwischt haben.«

Kugeln prallten vom Deck hinter ihnen ab. Johns Kopf schnellte herum. Die beiden UOE-Mitglieder gingen in die Hocke und begannen gleichzeitig, kurze Salven abzufeuern.

Brrrp! Brrrp! Brrrp!

John schielte an ihnen vorbei. Vier Männer brachen auf dem Deck zusammen. Sie hatten sich in der Nähe des Bugs versteckt. Cole und John wechselten einen kurzen Blick. »Gut geschossen, Jungs«, lobte Cole flüsternd.

Erneut folgten Schüsse aus der Nähe der Brücke. John, Cole und die vier Männer der UOE duckten sich im vergeblichen Versuch, Deckung vor den automatischen Gewehren zu finden. *Die müssen uns wohl doch entdeckt haben.*

Allerdings schlug kaum ein Geschoss in der Nähe ihrer Position ein. *Was zur Hölle?*, dachte John, aber dann sah er, dass ihre Widersacher auf beiden Seiten des Schiffes ins Wasser schossen. *Die nehmen die beiden UOE-Teams in den Booten ins Visier.*

Er traf eine Entscheidung. »Das ist unsere Chance. Sie sind abgelenkt. Nutzt die Dunkelheit und die Schatten der Kräne, um näher ranzukommen. Ich geh vor. Bewegt euch, wenn ich mich bewege. Einer bleibt hier beim Verletzten. Kommt«, sagte er leise. Er entsicherte die MP5 und schlich mit Cole vorwärts, das UOE-Team folgte dicht dahinter.

Logan schlug auf einer schweren Plane auf, mit der eines der Rettungsboote an Bord abgedeckt war. Der Aufschlag presste ihm die Luft aus den Lungenflügeln. Benommen blieb er auf dem Rücken liegen.

Über ihm riss der Pilot den NH90 hoch und steuerte in einem letzten verzweifelten Versuch dagegen, um die Katastrophe zu verhindern. Die Rakete aus dem RPG schoss unter dem Helikopter vorbei und verpasste ihn nur um Zentimeter. Die Helligkeit ihres Antriebsstrahls hob die Nieten im Bodenbereich des Helikopters hervor. Gewehrfeuer kam plötzlich von drei Ebenen des Hauptaufbaus. Es konzentrierte sich auf den verbliebenen NH90. Logan musste sofort handeln. Er rollte sich vom Rettungsboot und landete neben Inspektor Romero und den vier Männern der UOE auf dem Deck.

Das Deckshaus der *Wonjo Buhwal* befand sich direkt vor ihnen; ein gewaltiger Turm, mindestens 25 Meter hoch und mit vier Ebenen ausgestattet, jede mit einem eigenen Rundgang, durch Leitern mit den Ebenen darüber und darunter verbunden. Ganz oben befand sich die Kommandobrücke. Logan war sicher, dass der nordkoreanische Kapitän von dort aus den Hinterhalt koordinierte. Mindestens zwölf Schützen hatten sich in Zweierteams liegend auf den Rundgängen verteilt.

Der vierte riesige Kran stand auf einer Plattform direkt zu ihrer Linken. Er und sein Team hielten sich momentan in seinem Schatten auf. Sobald sie weiterliefen, wurden sie für die Schützen auf dem Deckshaus erkennbar.

»Das hat sich gerade in eine reinrassige Säuberungsaktion verwandelt«, stellte Logan fest. »Wenn es uns nicht gelingt, alle Feinde zu eliminieren, können wir uns das Sichern des Schiffs und die Suche nach der Fracht abschminken.«

»Was schlagen Sie vor?«, fragte Inspektor Romero.

Logan wandte sich an Lieutenant Commander Fernando Alexia, den ranghöchsten Offizier der UOE: »Haben Sie noch Funkkontakt zu den Teams in den Booten?«

»Ja«, erwiderte der erfahrene Kommandant. »Sie sind gerade dabei, das Schiff auf beiden Seiten nahe unserer Position zu entern.«

Logan schüttelte den Kopf und sagte mit Nachdruck: »Negativ. Pfeifen Sie Ihre Leute zurück. Wenn sie hier an Bord gehen, werden sie unsere Position verraten und genauso auf dem Präsentierteller hocken wie wir. Sagen Sie ihnen, sie sollen weiter vorn entern, auf beiden Seiten neben dem Deckshaus. Sobald sie auf Position sind, geben wir ihnen Deckung, damit sie an Bord gehen können.«

»Und was dann?«

Logan deutete auf die Rundgänge. »Diese Gänge führen um den gesamten Aufbau herum. Wir sollten ihnen genug Zeit verschaffen können, um hochzuklettern und diese Penner von beiden Seiten in die Zange zu nehmen. Und dann schalten wir sie gemeinsam mit Ihren beiden Teams aus.«

Inspektor Romero und Commander Alexia nickten. Der UOE-Kommandant erteilte hastig einige Anweisungen auf Spanisch über das Kehlkopfmikro. »20 Sekunden«, sagte er zu Logan.

»Gut. Bringen wir uns in Position.« Logan sah sich nach einer Deckung um. Die riesigen stählernen Frachttüren, die in den darunter befindlichen gigantischen Frachtraum führten, standen offen. *Komisch, aber das können wir zu unserem Vorteil nutzen.* Das wie eine Ziehharmonika gefaltete Dach schuf eine dicke Barriere aus Stahl. Sie war über einen Meter hoch und versprach beim bevorstehenden Feuergefecht eine gute Deckung.

Logan wies ihnen die Richtung und sie verteilten sich in einer kurzen Reihe hinter der stählernen Barrikade. Verborgen im Schatten warteten sie auf das Signal des Commanders.

Logan stützte den linken Arm auf dem Stahltor ab und peilte mit dem roten Punkt seines Reflexvisiers eine der liegenden Gestalten auf dem Gang der zweiten Ebene an. *Ruhig … ruhig … atmen …*

»Feuer.« Auf Commander Alexias Befehl hin ratterten die automatischen Waffen in einer Symphonie des Todes für die nichts ahnenden Schützen, die zwar das Abseilen aus den Hubschraubern verfolgt, sie durch das Löschen der Scheinwerfer aber aus den Augen verloren hatten.

Dunkelheit hilft beiden Seiten, ihr Arschlöcher, dachte Logan und drückte den Abzug durch. Die erste Garbe traf sein Ziel an Kopf und Schulter. Auf diese Entfernung konnte er den angerichteten Schaden schwer beurteilen, aber das erwies sich als unnötig. Der Mann erschlaffte und kippte mit dem Gesicht nach vorn auf den Laufgang.

Logan bewegte die Waffe leicht zur Seite und zielte auf den Partner des Toten. Er eröffnete das Feuer, schoss aber etwas zu hoch. Die Kugeln trafen den Handlauf. Funken sprühten auf das Hauptdeck. Er passte sein Visier an. Die zweite Sequenz fand die Zielperson und ließ sie tot zusammenbrechen.

Diejenigen, die nicht der überraschenden Attacke zum Opfer gefallen waren, erwiderten das Feuer. Projektile streiften die stählerne Barrikade und Logan duckte sich dahinter. Er warf einen Blick nach links, wo Inspektor Romero zusammengekauert die Maschinenpistole nachlud. Zwei Männer der UOE neben ihm leerten ihre Magazine und luden nach, während ihre Teamkameraden den Beschuss fortsetzten.

Mit jeder Salve aus ihren Waffen ließ das Gegenfeuer an Intensität nach. Logan hörte den Lärm der Rotoren des NH90, der neben dem Schiff in der Luft schwebte. *Also ist er nicht gecrasht. Gott sei Dank …*

Logan hob den Kopf gerade rechtzeitig, um zu sehen,

wie die beiden Männer auf der dritten Ebene ein chinesisches 7,62-Millimeter-Maschinengewehr vom Typ 67 in die Höhe hievten. Einer der Männer stellte sich hinter die von zwei Leuten zu bedienende Waffe, packte den Griff und deckte sie mit Feuer ein.

Auch wenn Logan den Hubschrauber von seiner Position aus nicht erkennen konnte, verrieten ihm mehrere hörbare Einschläge und das Geräusch von reißendem Metall, was er wissen musste. Er stand auf, um Deckung zu geben, als ein zweites Zweierteam die gesamte Barrikade mit einem zweiten Typ 67 in einen Funkenregen hüllte.

Kugeln schlugen in das Metall, durchdrangen mehrere Lagen Stahl, aber keine ging komplett durch. Logan und der Rest ihrer Leute ließen sich hinter dem gefalteten Tor zu Boden fallen. Das erste Maschinengewehr schwenkte nach links und rechts und beharkte sie unnachgiebig. Augenblicke später schaltete sich auch das zweite Team am Typ 67 in den Angriff auf Logans Position ein, nachdem es den NH90 erfolgreich vom Schiff vertrieben hatte.

Logan war fast sicher, dass die beiden Teams an den Maschinengewehren die einzigen verbliebenen Schützen waren. Dummerweise lauerten beide auf der dritten Ebene, genau unterhalb der Brücke, und verfügten über ein freies Schussfeld. Logan oder das spanische Team hatten keine Chance, sich zu nähern, ohne in Stücke gerissen zu werden.

Inspektor Romero rief: »Der Heli wurde getroffen, ist aber noch flugfähig! Er zieht sich zurück, weil er nicht noch mehr Beschuss einstecken kann!«

Was jetzt, Logan? Denk nach! Denk nach! Denk nach! Sein Geist lotete die Möglichkeiten aus. Er kroch über den

Boden zum Ende der Barrikade, hielt dort inne und linste um die Ecke. Was er zu Gesicht bekam, verriet ihm sogar, als Kugeln ein paar Meter von seinem Kopf entfernt einschlugen, dass sich das Blatt gleich wenden würde.

Die UOE-Teams hatten achtern erfolgreich das Schiff geentert, ohne bemerkt zu werden. Mit den geschärften Sinnen eines Raubtiers verfolgte Logan, wie vier Männer in schwarzer Kampfmontur sich langsam zu beiden Seiten am Deckshaus hocharbeiteten. Sie erreichten den Laufgang der dritten Ebene und strebten vorwärts in Richtung Ecke zum offenen Bereich hinter der Struktur.

»Commander, sagen Sie Ihren Jungs, dass es nur noch die beiden Maschinengewehrstellungen gibt. Ich sehe sonst niemanden, der sich auf dem Steg bewegt.« Noch während Logan redete, ließ die Intensität des Beschusses nach. »Jetzt! Die laden nach!«

Commander Alexia erteilte den Befehl. Logan streckte erneut den Kopf um die Ecke, um den Angriff zu beobachten. Genau genommen kein Angriff, sondern eine Exekution. *Na ja, besser die als wir.*

Die beiden führenden UOE-Schützen kreisten die Gegner gleichzeitig von zwei Seiten ein. Der von rechts feuerte zuerst und tötete den Schützen am Typ-67-Maschinengewehr. Noch während der Körper des Nordkoreaners gegen die Außenwand des Deckshauses prallte, feuerte er drei Projektile auf den zweiten Schützen ab, der weiterhin mit Nachladen beschäftigt war. *Ein Team weniger!*, konstatierte Logan.

Das UOE-Team, das von links kam, arbeitete genauso effizient und hatte es einfacher, da seine Ziele noch beide auf dem Steg lagen und an der Waffe hantierten. Der erste Schütze erledigte den Mann, der den Abzug betätigte, mit drei Schüssen in den Rücken. Das Maschinengewehr verstummte. Dessen Partner schaffte es, sich auf die Seite zu rollen, um das Feuer erwidern zu können, wurde jedoch auf dem Rücken liegend von drei Treffern in Brust und Kopf daran gehindert.

Logan atmete erleichtert aus. Stille legte sich über das Heck. Er hörte Kampflärm vom Bug und hoffte, dass John und Cole die Situation zumindest halbwegs unter Kontrolle hatten.

Logan und der Rest seiner Gruppe erhoben sich hinter der Barrikade. »Commander, sagen Sie Ihren Männern, dass sie gute Arbeit geleistet haben. Sie sollen auf der dritten Ebene bleiben und die Stellung halten. Wir kommen zu ihnen, um gemeinsam die Brücke einzunehmen.«

Inspektor Romero starrte Logan an. »Ich schätze, Sie machen Ihrem Ruf alle Ehre, zumindest was den Teil betrifft, den ich kenne.« Er lächelte, erleichtert über den Etappensieg und aus purer Freude, am Leben zu sein.

Logans Mundwinkel zuckten ebenfalls in die Höhe. »Sie sollten nicht alles glauben, was Sie so hören, Adan.« Er zwinkerte dem Spanier zu. »Das ist nicht das erste Schiff, das ich diese Woche geentert habe. Davon abgesehen hat ohnehin die UOE den Großteil der Arbeit erledigt. Sehr gute Schützen. Aber genug geplaudert, stoßen wir zu den anderen, okay?«

»Was immer Sie sagen, Señor West.«

Logan trat um das gefaltete Tor und sprintete zum Aufbau. Während Inspektor Romero und der Rest des UOE-Teams folgten, wurde ein durchdringendes Brummen zunehmend stärker. Das gesamte Deck vibrierte unter ihren Füßen. Das Geräusch hüllte sie von allen Seiten ein, aber Logan ging davon aus, dass der Ursprung in den Tiefen des Rumpfs zu suchen war. *O nein!*, schoss es ihm durch den Kopf. *Deswegen stand das Frachttor offen.* In einem Augenblick jähen Entsetzens wurde ihm klar, worum es sich handelte. Während er kehrtmachte, um vor der neuen Bedrohung zu flüchten, schrie er: »Rennt zum Deckshaus, *sofort!* So schnell wie möglich! *Los! Los! Los!*«

Inspektor Romero und das UOE-Team waren darauf trainiert, genau zu wissen, wann und wie man bestimmte Befehle befolgte. Sie sprinteten hinter Logan her zur Mitte des Schiffes, allerdings war es da bereits zu spät. Aus dem riesigen offenen Laderaum unter ihnen erhob sich ein schwebendes Monster – ein schwarzer, leichter AH-6-Kampfhubschrauber von Boeing, ausgerüstet mit zwei GAU-19 Kaliber-50-Maschinengewehren und zwei 70-Millimeter-Raketenwerfern.

Der Pilot feuerte und zerfetzte das kurzfristige Gefühl der Sicherheit, das sie noch Sekunden vorher empfunden hatten.

John führte das UOE-Team an der Reling entlang, verborgen von den gewaltigen Kränen und der Deckung, die sie boten. Mit Cole und den verbliebenen drei UOE-Mitgliedern im Rücken legte er die Strecke innerhalb von nur 15 Sekunden zurück.

Während dieser Zeitspanne hatten sich die vier Nordkoreaner auf dem großen Schiffsaufbau in zwei Teams aufgeteilt und verteidigten jetzt beide Seiten. Sie feuerten abwechselnd mit automatischen Waffen in Richtung Wasser.

John hoffte für das UOE-Team, dass die nächtliche Dunkelheit und die Bewegung des Schiffes den Nordkoreanern das Zielen erschwerten. *Haltet noch ein paar*

Sekunden durch!, spornte er die spanische Spezialeinheit stumm an.

Er drang ungehindert zur Basis des letzten Krans vor und blieb stehen. Cole und das spanische Team taten es ihm gleich. Der letzte Kran befand sich genau zwischen ihnen und den Angreifern.

»Cole und ich gehen nach rechts und schalten das Team auf der rechten Seite aus; ihr drei geht nach links und eliminiert das andere.« John sprach schnell und alle nickten gleichzeitig. »Auf mein Zeichen.« Er drehte sich, wobei er das MP5 an die Schulter hob. »Drei … zwei … eins … *jetzt!*«

Die Nordkoreaner konzentrierten sich völlig auf die beiden Teams in den Booten und bemerkten deshalb nicht, wie sich der Tod aus der Finsternis anschlich.

John machte zwei schnelle Schritte, stoppte, zielte auf den Nordkoreaner, der am dichtesten an der Ecke der Reling stand, und schoss. Sein Ziel war tot, bevor der Mann wusste, was ihn getroffen hatte.

John spähte auf die linke Seite des Laufgangs. Die anderen drei Nordkoreaner lagen mit dem Gesicht nach unten reglos auf dem Boden, erledigt von Cole und seinen UOE-Schützen. Der Kampf um den Bug war vorbei. *Zumindest für den Moment.*

Er wandte sich an Cole: »Lass die UOE-Teams wissen, dass die Luft rein ist.« Er sah das Mitglied mit dem Funkgerät am Gürtel an. »Funken Sie die beiden Boot-Teams an, dass alles geräumt ist.« Kaum hatte er den Befehl ausgesprochen, gab ihn ein Mitglied der Spezialeinheit, höchstens Ende 20, über das Mikro weiter.

Auf Englisch verkündete er: »Erledigt. Sie kommen jetzt rauf.«

John nickte. Bevor er etwas sagen konnte, heischte das hochfrequente Surren eines großkalibrigen elektrisch angetriebenen Maschinengewehrs am Heck um Aufmerksamkeit.

»Was in Gottes Namen?«, brachte Cole heraus. Das gleichmäßige Geräusch von Helikopterrotoren folgte. Es klang anders als bei den NH90, mit denen sie zum Schiff geflogen waren. Während Cole noch überlegte, mit welchem Modell sie es zu tun bekamen, hatte John bereits reagiert und war zwei Schritte in Richtung Deckshaus gesprintet.

Der Ärger holt euch Jungs irgendwie immer ein, dachte Cole und nahm die Verfolgung auf. Die Männer der UOE taten es ihm gleich.

Während Logan um sein Leben rannte, hörte er hinter sich plötzlich einen Schmerzensschrei. Er wagte es nicht, sich umzudrehen. Aus Erfahrung wusste er, dass er demjenigen, der getroffen war, nicht helfen konnte, bevor er die akute Bedrohung eliminiert hatte.

Gegnerische Scharfschützen verwundeten US-Soldaten mit Vorliebe, um sie als Köder zu benutzen. Oft erwischten sie auf diese Weise drei oder mehr Männer, die zu Hilfe eilten, bevor sie das ursprüngliche Ziel töteten. Diese brutale und Übelkeit erregende Lektion wurde jedem Angehörigen des Militärs eingebläut, der seinen Fuß auf irakischen Boden setzte, und hier lief es nicht anders. Logan wusste: Wenn er anhielt, starben er oder die anderen so gut wie sicher.

Das hochfrequente Röhren der beiden Gatling-Guns war ohrenbetäubend. Kugeln schlugen rings um sie in das Deck ein. Große Stücke des rutschfesten Bodenbelags flogen durch die Luft und trafen sie an Rücken und Beinen. In Logans Erinnerung erschien die Szene, wie er vor zwei Jahren die Haditha-Talsperre entlanggerannt war. Prompt verdoppelte er seine Anstrengungen.

Eine offene Luke, die in einen kleinen Beobachtungsraum auf dem ersten Deck führte, tauchte direkt vor ihm auf. Er beschleunigte sein Tempo. *Nur noch ein paar Sekunden. Bitte, Gott …*

Logan hechtete durch die dunkle Öffnung, als das große Glasfenster unter dem anhaltenden Beschuss zersplitterte. Er landete auf der Seite, rutschte über den glatten Boden und brachte sich eiligst hinter der Wand in Sicherheit.

Zwei Gestalten stürmten hinter ihm in den Raum und erreichten ihre Deckung im selben Moment, da die Kugeln den Eingang trafen. Der Inspektor und einer der UOE-Männer kauerten sich neben Logan.

»Wo ist Alexia?«, rief Logan über den Lärm des Beschusses hinweg.

Romero schüttelte den Kopf. »Keine Ahnung«, schrie er und atmete schwer. »Aber das ist egal – wenn wir nicht schnell eine Möglichkeit finden, diesen Vogel auszuschalten, sind wir alle tot.«

Logan nickte und zuckte zusammen, als Kaliber-50-Munition in einen Flachbildschirm an der Wand gegenüber einschlug. Die Scheibe explodierte in einem Funkenregen. Flammen und Rauch stiegen auf. *Rauch.*

»Sekunde.« Logan zog eine der M18-Rauchgranaten von seiner Weste ab. »Das könnte uns wenigstens ein bisschen Zeit verschaffen.« Er zog den Sicherungsstift und schleuderte die Granate durch das zerschmetterte Fenster.

Logan hörte ein leises *Popp!*, gefolgt von einem *Hssssss.* Weißer Rauch strömte aus dem Gehäuse. Er sah sich im

Raum nach Fluchtwegen um. Eine Luke auf der anderen Seite des Durchgangs führte tiefer ins Schiff hinein. *Das bringt nichts.* Und dann entdeckte er sie: eine Metallleiter in der Ecke, die vor einem Schacht endete, der mit einer Klappe verschlossen war. Er führte aufs Dach des Beobachtungsraums. *Bingo.*

»Wissen Sie, wie man das Teil effektiv einsetzt?«, fragte Logan das überlebende Mitglied der UOE und wies auf den automatischen XM25-Granatwerfer, den der Mann über den Rücken geschlungen hatte.

»Und ob«, entgegnete der Spanier.

»Gut. Folgen Sie mir.« Logan schielte durch den Eingang. Eine weiße Rauchwolke stieg auf und wurde von Sekunde zu Sekunde dichter. Er wusste, es würde nicht lange vorhalten, besonders wenn der AH-6 näher kam.

Während er auf die Leiter zukroch, drehte er sich zu Romero um. »Sobald wir das Feuer eröffnen, tun Sie dasselbe. Mit etwas Glück holen wir ihn vom Himmel; wenn nicht, sind wir wahrscheinlich bald tot.«

Logans Finger berührten die erste Strebe. Er kletterte hinauf, streckte die Hand nach der Luke aus, löste die Verriegelung und öffnete sie. Eine weitere Salve aus den Gatling-Guns drang durch den Qualm und flutete den Raum unter ihm.

Das Schicksal meinte es gut mit ihnen, wenigstens für den Moment. Ein großes Abluftrohr direkt neben der Luke verbarg sie vor den Augen des AH-6-Schützen.

Logan stieg aus der Öffnung aufs Dach und legte sich flach auf den Bauch neben das Rohr. Der UOE-Mann kauerte sich neben ihn und nahm den XM25-Granatwerfer vom Rücken, nahm eine Einstellung vor und wartete auf den passenden Augenblick.

Der Rauch hatte sich zu einer unförmigen weißen Barriere verdichtet, die sich mit der Bewegung des Schiffs zu verschieben schien. Der Helikopter musste irgendwo darin verborgen sein wie ein fliegendes Raubtier, das darauf lauerte, sich auf die Beute zu stürzen. *Es wird nicht mehr lange dauern.*

»Nutzen Sie die erste Chance. Sobald Sie die Umrisse des Helis irgendwo sehen, schalten Sie ihn aus«, befahl Logan seinem Waffenbruder von der UOE, während er seinerseits mit der MP5 die mutmaßliche Position des Hubschraubers hinter der Rauchwand anvisierte. Dann ging alles ganz schnell.

Statt sich träge zu verflüchtigen, wurde die Rauchwand durch eine Windböe zerteilt. Sie löste sich in kleine Schwaden eines durchsichtigen Schleiers auf, der über das Deck tanzte, bevor er völlig verschwand. Gebannt und entsetzt verfolgten sie das Schauspiel.

Shit, durchfuhr es Logan. Sie waren nun völlig ohne Deckung. Seine Befürchtungen bestätigten sich, als die Nase des AH-6 nach oben kippte und sich die beiden Gatling-Guns auf sie richteten.

»Jetzt!«, brüllte Logan, als er direkt auf die bedrohliche Front des AH-6 blickte. *Nein, es ist zu spät!* Doch dann bemerkte er, was hinter der Kriegsmaschine lauerte, und ihm blieb ungläubig der Mund offen stehen.

Der enorme Stahlarm eines Krans knallte auf das Heck des Helikopters wie ein wütender, stählerner Gigant, der ein störendes Insekt erschlagen wollte.

Logan hörte, wie sich mehrere Feuerstöße aus einer Automatikwaffe lösten, die vom Observationsraum aus abgeschossen wurde, aber er bildete sich ein, dass auch von anderen Positionen auf dem Schiff massive Gegenwehr einsetzte. Der Schlag des Krans drängte den Hubschrauber vehement ab. Die linke Hälfte lag ungeschützt vor Logan und dem UOE-Mann, der instinktiv den Abzug der XM25 durchriss.

Schwusch!

Die 25-Millimeter-Granate segelte zielgerichtet auf die in der Luft taumelnde Killermaschine und den offenen Passagierraum jenseits des Cockpits zu. Der Soldat der UOE hatte die Distanz für die Detonation so eingeregelt, dass sie mit der Entfernung des AH-6 übereinstimmte. Das hochexplosive Air-Burst-Geschoss detonierte mit beeindruckender Zerstörungskraft.

WUMM!

Die Überschallschockwelle schredderte das Innenleben des Helikopters. Die zweite Explosion, die auf die Entzündung des Treibstofftanks folgte, zerriss den verwundeten Vogel in zwei Teile und hüllte die hintere Hälfte in ein Meer aus Flammen. Sie wurde vom Cockpit weggeschleudert und stürzte aufs Schiffsdeck. Ein ohrenbetäubendes metallisches Kreischen war zu hören, als das Getriebe sich in seine Bestandteile auflöste und die Rotorblätter zerfetzt wurden.

Logan verfolgte staunend, wie das riesige Fragment eines Blatts sich dort, wo der Pilot saß, in das Cockpit bohrte und es halb durchdrang. *Ich hoffe, er war schon tot,* dachte er grimmig.

Die vordere Hälfte des AH-6 donnerte aufs Deck und kam wie eine tote Hülle aus Metall an der Reling zum Stillstand.

Die Kampfgeräusche verstummten. Das Wrack des Helikopters knisterte und knackte. Der Gestank nach Kordit, Rauch und Treibstoff erfüllte die Luft. *Zumindest hat der Beschuss aufgehört. Zeit, die Brücke einzunehmen.*

»Dann los«, wandte sich Logan an das UOE-Mitglied. Nach einer kurzen Pause setzte er hinzu: »Klasse Schuss. Wie haben Sie die Granate nur dazu gebracht, im Heli zu explodieren? Ich dachte, das sei Air-Burst-Munition.«

Der ausgebildete Killer lächelte. »Stimmt, aber in der Sekunde, in der ich ihn anvisiert habe, hat der Laserentfernungsmesser die Distanz gemessen. Die verdammte Kanone ist so smart, die überträgt die Daten gleich selbst an die Granate.« Er machte mit dem Arm eine dramatisch ausholende Geste. »Voilà!«, sagte er und musterte die Überreste seines Kills mit dem Stolz eines erfahrenen Jägers.

»Wir können.« Logan kletterte durch die Luke zurück in den Observationsraum.

Inspektor Romero stand im Freien und sah zur Kommandobrücke hinauf, die sich vier Ebenen über ihnen befand. Das brennende Wrack glomm gespenstisch und warf verzerrte Silhouetten auf das Deck. »Wir müssen da rauf«, sagte er, während Logan und das Mitglied der Spezialeinheit neben ihm eintrafen.

Logan bekam mit, wie sich die restlichen UOE-Leute langsam an der Außenseite des Deckshauses nach oben arbeiteten. Bevor er etwas erwidern konnte, hörte er eine Stimme neben sich: »Logan, du weißt wirklich, wie man Eindruck hinterlässt.« John Quick näherte sich mit Cole Matthews und dem Rest der Spanier im Schlepptau. »Ich bog gerade um die Ecke und konnte deinen neuen Freund beobachten, wie er den Granatwerfer abfeuerte, während der Kran den Vogel aus der Luft prügelte. Das war ja fast schon unfair.« Er verstummte und stellte ein irres Grinsen zur Schau.

»Wie immer zu spät und die Hausaufgaben nicht gemacht«, versetzte Logan sarkastisch. »Hat sich so angehört, als wäre es auf deiner Seite des Kahns auch hoch hergegangen.« In ernsterem Tonfall ergänzte er: »Wir haben einen Mann verloren und unser Helikopter wurde abgeschossen und ist ins Meer gestürzt. Status unbekannt, aber es klang nicht gut.«

»Wir haben einen Verwundeten. Er wird wohl durchkommen. Ein Mann ist bei ihm geblieben.«

Das Geräusch heraneilender Schritte unterbrach ihre kleine Wiedersehensfeier. Aus dem Rauch und den Flammen des brennenden Wracks trat im Laufschritt Commander Alexia.

»Was ist mit Ihnen passiert?«, erkundigte sich Logan. In seiner Stimme schwang hörbare Erleichterung mit. »Ich fürchtete schon, der Helikopter habe Sie erwischt.« Dann begriff er. *Der Mann, der am längeren Hebel sitzt.* »Das mit dem Kran waren Sie, richtig?«

Commander Alexia nickte grimmig. »Sergeant Artiga hat es nicht geschafft. Er wurde getroffen, als wir in Deckung sprangen. Ich erkannte, dass es keinen Zweck hat, zurück zum Aufbau zu rennen. Also habe ich mich an der Steuerbordseite zum Kran durchgeschlagen.«

Logan war beeindruckt.

»Wie bei euren Navy SEALs gehört es zu unseren Hauptaufgaben, Schiffe zu entern. Man weiß nie, wann es mal nützlich ist, einen Kran bedienen zu können.«

»Das stimmt, Commander Alexia. Gute Arbeit. Mein aufrichtiges Beileid zum Verlust Ihres Teammitglieds. Nun müssen wir so schnell wie möglich die Brücke sichern. Können Sie die Teams aus den Booten über Funk kontaktieren und ihnen auftragen, das Deck zu sichern und die Verletzten zu evakuieren? Versuchen Sie außerdem, den verbliebenen Helikopter zu erreichen. Der soll die *Castilla* anfunken, damit sie ein Rettungsteam schickt, das nach Überlebenden sucht, dort, wo unser Hubschrauber ins Meer gestürzt ist. Unser Pilot soll in der Nähe bleiben. Und die Bootsmannschaften sollen das Schiff noch nicht durchsuchen, erst wenn wir wissen, dass es sicher ist. Da könnten noch mehr von diesen Kerlen lauern … oder Minen. Die Teams auf dem Deckshaus sollen außerhalb der Brücke warten, bis ich oben bin. Ich will der Erste sein, der mit dem Kapitän spricht, um rauszufinden, ob er noch weitere unliebsame Überraschungen für uns auf Lager hat.«

Commander Alexia nickte und erteilte die notwendigen Anweisungen über sein Kehlkopfmikrofon.

Logan sah John, Cole und Inspektor Romero an. »Alle bereit, diese Sache zu Ende zu bringen?« Die Flammen spiegelten sich in seinen grünen Augen, was seinen Blick noch durchdringender machte.

»Je schneller, desto besser«, antwortete Cole stellvertretend für den Rest.

»Gut.« Logan wandte sich der Leiter zu, die auf die erste Ebene führte.

15

Logan kauerte rechts neben der Tür zur Brücke, direkt unterhalb des Fensters. Er zielte mit seiner Kimber im 45-Grad-Winkel nach oben. John, Cole und Inspektor Romero brachten sich hinter ihm in einer Reihe in Stellung.

Von drinnen war nichts zu hören.

Logan gab dem UOE-Kämpfer auf der anderen Seite des Durchgangs ein Zeichen und reckte die linke Faust in die Luft, bevor er eine Schneidebewegung in Richtung Tür ausführte und den hebelförmigen Griff packte.

Der Mann der Spezialeinheit zog den Stift aus einer M84-Blendgranate und wartete.

Logan schob die Tür auf.

Schüsse von der Kommandobrücke her zertrümmerten ihre Sichtfenster. Der abgebrühte UOE-Kämpfer schleuderte die Blendgranate hinein. Sekunden später war von der Stille, die sich zwischenzeitlich über das umkämpfte Schiff gelegt hatte, nicht mehr viel übrig.

WUMM!

Dem abrupt aufflackernden Licht folgte eine Erschütterung durch die 180 Dezibel laute Explosion. Die verbliebenen Scheiben zerbarsten und die Kämpfer der Spezialeinheit, die die Brücke umstellt hatten, wurden mit Glassplittern beregnet.

Logans Ohren klangen, als er mit der Pistole im Anschlag die Brücke betrat und sich umsah.

Er sah nur eine Person. Logan erkannte den Kapitän sofort, nachdem er ihm vor Jahren unter denkwürdigen Umständen schon einmal begegnet war. Auf allen vieren kauerte der Mann in der Nähe einer Kontrolltafel, ungefähr fünf Meter von der Tür entfernt. Die Granate schien etwa einen halben Meter neben ihm explodiert zu sein. Er schüttelte den Kopf, anscheinend um die Taubheit in den Ohren loszuwerden. Etwas Blut tropfte aus seinem rechten Ohr. *Zerfetztes Trommelfell. Das hat er uns zu verdanken.* Er grinste mitleidlos.

Der Kapitän bemerkte die Bewegung zu seiner Rechten und kam taumelnd auf die Beine. Er wirbelte herum, um sich seinem Angreifer zu stellen. Dabei bemerkte Logan den kleinen Gegenstand in der Handfläche. *Ein Auslöser,* dachte er entsetzt.

Seine Reflexe übernahmen die Kontrolle. Er hob die Pistole so schnell, dass es für John aussah, als streckte er noch den Arm vor, als die Kimber bereits mit einem einzigen lauten Knall zum Leben erwachte. Die Kugel traf den Kapitän direkt zwischen die Augen. Aus dem winzigen Loch trat sofort dunkles Blut aus. Der Kopf des Asiaten rollte nach hinten, während er starb. Seine Hände verkrampften sich. Gerade genug, um den Auslöser in einem letzten zerstörerischen Akt des Widerstands zu betätigen.

»Ich wünschte, wir hätten das Arschloch schon beim ersten Mal erledigt«, knurrte John.

Logan blieb keine Zeit für eine Antwort. Das nordkoreanische Schiff wurde aus dem Inneren heraus von einer Reihe gedämpfter Explosionen erschüttert. Das donnernde Crescendo gewann an Intensität, und das große Frachtschiff kippte nach Backbord ab.

»Alle sofort runter! Das Schiff sinkt! Wir brauchen den Helikopter. Ich will nicht nach Spanien zurückschwimmen.« Logans gehetzter Blick inspizierte die Brücke. *Komm schon, komm schon, komm schon. Da muss doch was sein, das wir brauchen können ... Aaaah, bingo!*

Er hastete zur Kontrolltafel, schnappte sich den zusammengeklappten Laptop und warf ihn in den schwarzen Rucksack auf seinem Rücken. *Besser als gar nichts!* Ein letztes Mal verließ er die Brücke der *Wonjo Buhwal.*

Die Männer der UOE hatten die unmittelbare Gefahr sofort nach der ersten Detonation erkannt. Als Logan sich den anderen auf dem Steg vor der Brücke anschloss, waren die spanischen Agenten bereits auf halbem Weg nach unten. Inspektor Romero und Cole taten es ihnen gleich. Nur John war stehen geblieben, um auf ihn zu warten.

»Wir haben diese Woche ja nicht so viel Glück mit Schiffen. Ich hoffe, du hast immer noch dein Schwimmabzeichen, denn wenn wir keinen Turbo einlegen, werden wir mächtig nass.« John spielte auf die Qualifizierung an, die zum Pflichtprogramm für jeden Marine gehörte.

Wie aufs Stichwort versank das Schiff langsam im dunklen Meer. Der Bug wurde leicht aus dem Wasser gehoben.

Die beiden Männer rutschten die Leitern hinab, um sich dem Rest des Teams anzuschließen. Die Männer waren bereits in die Boote oder den zurückgebliebenen NH90 gestiegen. Eine weitere gedämpfte Explosion drang an ihre Ohren, als sie auf dem Deck landeten. Das Schiff kippte noch stärker. Logan und John sahen sich plötzlich mit einer 30-prozentigen Steigung konfrontiert.

Der Transporthelikopter schwebte etwa zehn Meter

entfernt in der Luft. Er konnte nicht näher heranfliegen, da der enorme Ausleger des Krans im Weg war.

Logan und John kämpften sich auf der rutschfesten Oberfläche des Decks voran. Eine laute, metallisch knirschende Kakofonie mischte sich unter den Lärm des Wassers, das an den zerstörten Stellen in den Rumpf eindrang.

Das wird knapp! Logan versuchte, einen Zahn zuzulegen.

Der Bug wurde weiter angehoben und das Schiff kippte Richtung Backbord. Logan und John wurden von den Beinen gefegt und schlitterten dem Aufbau entgegen.

Während sie fielen, griffen sie nach der Reling am Fuß des Krans. Dieser hing mittlerweile in einem bedenklichen Winkel frei in der Luft.

Logan betrachtete über die Schulter den gewaltigen Bug, der wie eine riesige Kreatur, die sich zum Himmel reckt, aus den dunklen Wogen stach. Die Sterne und der Mond vor ihm wirkten desorientierend. Er schaute Hilfe suchend nach etwas, das ihnen nützlich sein konnte. Der Hubschrauber war nirgends mehr zu sehen. *Wenigstens hat der Pilot den Rest des Teams rausgebracht. Noch ein paar Sekunden, und wir gehen unter.*

»Das ist ja wie auf der beschissenen *Titanic!*«, beschwerte sich John.

Logan lächelte seinen Freund an. »Vielleicht, aber ich werd auf gar keinen Fall mit dir Händchen halten. Wenn wir Glück haben, kommen wir gegen den Sog an und können uns zur Oberfläche hochstrampeln.« Beide Männer wussten, dass die größte Gefahr in dem Moment drohte, wenn das Schiff unter der Oberfläche verschwand. Der Sog durch den sinkenden Kahn zog alles in der näheren Umgebung mit auf den Grund – selbst wenn sie ihre eiserne Umklammerung mit der Reling vorher lösten.

Ein lautes Quietschen erregte ihre Aufmerksamkeit. Sie blickten gerade rechtzeitig nach oben, um zu sehen, wie sich der gigantische Arm des Krans in ihre Richtung bog, weil die Schwerkraft ihren Einfluss geltend machte.

Der Ausleger schwang über ihre Köpfe hinweg und stoppte. Er reichte bis ins Wasser, das mittlerweile die Unterseite des Hauptaufbaus umspülte. Sie wurden ungläubig Zeugen, wie die See ihn förmlich zu verschlingen schien. Das schäumende Wasser erinnerte an ein wütendes, formloses Seeungeheuer mit gewaltigem Appetit.

Das Geräusch von Rotorblättern und der Abwind des NH90 befreiten sie aus ihrer morbiden Starre. Nachdem der Kran die Position verlagert hatte, ergriff der Pilot – der den Helikopter vom Schiff weggesteuert hatte, als sich der Bug aus dem Wasser hob – seine Chance und versuchte, näher an Logan und John heranzukommen.

Der Hubschrauber schwebte etwa fünf Meter vor ihnen. Logan sah, dass sich im offenen Passagierraum etwas bewegte. *Was zur Hölle?*

Etwas Langes und Schweres entfaltete sich in der Luft wie zwei zuschnappende Schlangen und krachte auf das Deck etwa zwei Meter unter ihnen. *Eine Strickleiter!*

Die Lichter erloschen, und ihre Welt verwandelte sich in einen finsteren Abgrund aus Rotorblättern, rauschendem Wasser und kreischendem Metall. Logan spürte, wie der Wind stärker wurde. Die Wasseroberfläche kam näher. »*Jetzt!*«, schrie er und ließ los. Er fiel in die wirbelnden Schatten.

Das musst du mir nicht zweimal sagen, dachte John und folgte seinem Beispiel. Er stürzte eine kurze Distanz und spürte, wie die Noppen der Bodenverkleidung gegen seine Klamotten schabten. Er streckte den Arm aus. *Bitte, Gott, sei da.*

Wump! Ein Tritt der Strickleiter klatschte gegen Johns Stirn und er spürte, wie sein linker Arm zwischen die beiden nächsten Sprossen rutschte. Er presste den linken Arm gegen die Brust, umklammerte die Konstruktion mit der Rechten, fest entschlossen, sie auf keinen Fall loszulassen. Eiskaltes Wasser drang in seine Stiefel ein und durchweichte seine Hose. Eine ungewohnte Panik ergriff von ihm Besitz. Das gewaltige Getöse verzehrte alles um ihn herum.

Die Leiter wurde gespannt und John mit einem Ruck aus der schäumenden See gezogen. Er schwang frei an der Leiter und steckte das rechte Bein hindurch – dabei stieß er mit seinem nassen Stiefel gegen ein Hindernis. Er schaute nach unten und erspähte Logan, der einige Sprossen unter ihm völlig durchnässt an der Strickleiter baumelte. Er hatte ihn versehentlich im Gesicht getroffen.

»Nett, dass du mir Gesellschaft leistest!«, brüllte John der schmerzverzerrten Miene des Freundes entgegen. Ein Blick auf die tödliche Falle, der sie gerade noch entkommen waren, bremste seinen Humor abrupt aus.

Logan starrte ebenfalls nach unten, gerade rechtzeitig, um mitzubekommen, wie die Brücke in den Wellen versank. Außer dem Bug war von dem Frachter nichts mehr zu sehen. Lichtblitze begleiteten den endgültigen Untergang, während die elektrischen Hauptsysteme versagten. Als der Bug Augenblicke später im dunklen Abgrund verschwand, tauchte ein Lichtschein aus der Tiefe die Umrisse ein letztes Mal in gespenstische Helligkeit. Damit verabschiedete sich die *Wonjo Buhwal* auf den Grund des Alborán-Meers in ein feuchtes Grab. Sie existierte nicht länger.

16

Einsatzzentrale, LPD Castilla

Die Männer starrten auf die Wand aus hochauflösenden Monitoren, die das operative Nervenzentrum des Schiffes mit Informationen versorgten. Sechs der Bildschirme zeigten zusammengesetzt die Infrarotaufnahme, die von einer spanischen Drohne in 1500 Metern Höhe beigesteuert wurde. Zwei Helikopter und vier kleine Boote kreisten im festgelegten Suchbereich, um den verschollenen NH90-Helikopter aufzuspüren.

»Dieser Abschnitt ist nicht ganz so tief wie der Rest des Alborán-Meers, aber es sind immer noch mindestens 240 Meter«, sagte Kapitän Lorenzo Salazar, der zuständige Kommandant. »Wir schicken unsere U-Boote morgen bei Tageslicht hin. Die haben verschiedene hochpräzise Sonargeräte zur Unterstützung an Bord. Wahrscheinlich werden sie damit vor dem Abtauchen die genaue Position des Helikopters ermitteln. Hoffentlich gelingt es uns mit dem Mini-Unterseeboot, die Leichen des Piloten und des Co-Piloten aus dem Helikopter zu bergen und die Schwimmwesten zu aktivieren, damit sie an die Oberfläche steigen. Sonst schicken wir einen Taucher runter.«

»Sie haben Taucher, die so weit runterkommen?«

»Klar, mit den Panzeranzügen schaffen sie's bis zu 600 Meter tief, genau wie eure Navy. Wenn es nicht anders geht, setzen wir sie ein.«

»Sir, mein Beileid für den Verlust Ihrer Männer«, sagte Logan ernst. Er verlagerte sein Gewicht, um das leichte Schwanken zu kompensieren. Seine Stiefel waren triefend nass vom hineingelaufenen Wasser. »John und ich haben leider mehr außergewöhnlich junge Männer unter unserem Kommando verloren, als ich mir überhaupt ins Gedächtnis rufen will. Jeder dieser Verluste schmerzt bis heute. Meine Marines haben einen Eid abgelegt und kennen die Risiken. Aber sie zu kennen und tatsächlich zu sterben, sind zwei völlig verschiedene Dinge.« Er sah dem spanischen Kapitän in die Augen. »Ich kann Ihnen eins versprechen: Ihr Opfer wird nicht umsonst gewesen sein.«

Der Kapitän nickte und widmete sich erneut der Beaufsichtigung der Suche, die bereits in vollem Gange war. »Ich weiß das zu schätzen, Mr. West. Das ist ein gefährliches Geschäft. Die Regeln scheinen mit jedem Tag härter zu werden. Ehrlich gesagt, es macht mich krank. Meine Vorgesetzten haben mir den Befehl erteilt, auf jede erdenkliche Weise zu helfen. Ich weiß nicht, worum es bei dem Ganzen geht, und Sie dürfen es mir sicher nicht verraten. Trotzdem, wenn Sie etwas brauchen, bekommen Sie es von mir. Was steht als Nächstes an?«

»Ich vermute, das, hinter dem wir her sind, befand sich nicht auf diesem Schiff«, erklärte Logan mit Verachtung in der Stimme. »Ich hege den Verdacht, die Sache war ein reines Ablenkungsmanöver. Nach allem, was die Russen durchgemacht haben, um ONERING zu kriegen, werden die uns auf keinen Fall so dicht rankommen lassen und nicht alles aufs Spiel setzen, indem sie ihn auf den Boden des Meeres versenken. Immerhin dürfte ihnen klar sein, dass wir in der Lage wären, ihn dort zu bergen.«

Die Verbitterung darüber, an der Nase herumgeführt worden zu sein, ließ sich nur schwer ertragen. Der Kapitän verzog das Gesicht beim Gedanken daran, dass seine Männer in einem geopolitischen Schachspiel als Bauernopfer herhalten mussten.

»Es bedeutet außerdem«, sagte John, »dass unser russischer Freund Yuri aus Valdemoro uns belogen hat. Seine Aussage war die pure Verarschung.« Er sah Logan an. »Das ist wie 2004 in Falludscha. Beim nächsten Mal halte ich mich nicht mehr zurück.« Er wandte sich an Inspektor Romero. »Was sagen denn Ihre Gesetze zu Amerikanern, die Verdächtige auf spanischem Boden verhören wollen? Ich würde zu gern unter vier Augen mit unserem lieben russischen Freund plaudern.«

Inspektor Romero überlegte einen Moment lang und entgegnete, ohne eine Miene zu verziehen: »Er wurde in unser Hauptquartier nach Madrid verlegt. Falls wir heute Nacht dort ankommen, bin ich mir sicher, die Anwälte können diese Frage … morgen beantworten.« Es war eindeutig, was er damit andeutete.

»Gut«, meinte Logan, »denn wir müssen außerdem das hier ins forensische Labor des FBI nach Washington bringen.« Er schwenkte den Laptop des nordkoreanischen Kapitäns.

»Nach D.C.? Ach was, wozu der Aufwand?« Cole wandte sich an Kapitän Salazar. »Sir, können Sie uns so schnell wie möglich nach Madrid bringen? Ich habe eine Idee, wie wir das von dort aus regeln können.«

Salazar sprach einen jungen Offizier an, der neben einer Reihe von Kommunikationsinstrumenten stand. »Lieutenant Rodriguez, beordern Sie den NH90 zum Schiff zurück. Er soll an Deck auf Passagiere warten.

Veranlassen Sie, dass er genug Treibstoffvorräte an Bord hat, um bis nach Madrid zu kommen. Sobald er unsere Freunde abgeladen hat, kann er auf dem Luftwaffenstützpunkt in Torrejón nachtanken und zurückfliegen.«

»Roger, Sir.« Der Lieutenant übermittelte die Befehle mit dem verschlüsselten Ultrahochfrequenz-Funkgerät.

Kapitän Salazar richtete sich an seine vier Besucher. »Lassen Sie uns an Deck gehen. Nachher verpassen Sie noch Ihr Lufttaxi.«

17

Khartum

In Namirs Schlafzimmer herrschte völlige Dunkelheit. Ein Luxus, den er sehr genoss. Als Kind war in seine Hütte mitten im kleinen Dorf eine Menge Umgebungslicht eingedrungen und er hatte eine Menge Krach ertragen müssen. Letzteres wurde hauptsächlich durch den wertvollsten Besitz des Dorfes hervorgerufen: drei tragbare Generatoren, die sich, für ihn damals unverständlich, scheinbar wahllos ein- und ausschalteten. Er hatte diese durchwachten Nächte gehasst. Jetzt schlief er stets tief und fest, selbst nach den chaotischsten Tagen. Den Druck einer bevorstehenden Operation blendete er auf diese Weise völlig aus.

Das Display seines Privathandys leuchtete auf und elektronisches Vogelgezwitscher ertönte. Eine der angenehmeren Erinnerungen an seine Kindheit.

Jahrelanges Training bestimmte seine automatische Reaktion auf den durchdringenden, aber harmonischen Ton. Er setzte sich auf und griff nach dem Apparat, noch bevor er in der Dunkelheit die Augen geöffnet hatte.

»Ja?«, fragte er leise, nachdem er mit geübtem Daumendruck die Verbindung hergestellt hatte.

»Die Amerikaner haben den Köder geschluckt«, berichtete Gang mit ruhiger Stimme. »Ich habe durch meine Quellen die Bestätigung erhalten, dass das nordkoreanische

Schiff vor 30 Minuten geentert werden sollte. Sie haben kurz danach den Kontakt verloren, mir jedoch versichert, dass der Kapitän seine Befehle, *meine* Befehle, befolgen wird. Das Schiff liegt mittlerweile vermutlich schon auf dem Grund des Ozeans.«

Namir dachte einen Moment über diese Neuigkeiten nach. »Ihr Kapitän würde sein eigenes Schiff versenken und sich und seine Männer opfern?« Während er auf eine Reaktion wartete, hörte er im Hintergrund das gedämpfte Geräusch eines Lkw-Motors.

Die Stille deutete darauf hin, dass Gang überlegte, wie er auf diese Frage antworten sollte. »Die nordkoreanische Führung kann sehr überzeugend sein, besonders wenn sie die gesamte Familie eines Menschen einsetzen kann, um Druck auf ihn auszuüben. Ich garantiere Ihnen, wenn man ihm befohlen hat, das Schiff zu versenken, hat er das auch getan. Wir werden es morgen früh erfahren, hoffentlich aus den internationalen Medien.« Eine weitere Pause. »Sofern sie nicht versuchen, es aus eigennützigen Motiven zu vertuschen.«

»Welche Motive sollten das sein?«

»Die Amerikaner glauben wahrscheinlich, sie stünden kurz vor der Wiederbeschaffung ihrer Ausrüstung. Und wenn sie etwas anderes vermuten, brauchen sie trotzdem ein paar Tage, um das Frachtschiff zu durchsuchen und sich zu vergewissern, dass das Gesuchte nicht an Bord ist. Das heißt …«

»Das heißt, sie wollen nicht überhastet die Karten auf den Tisch legen«, vollendete Namir den Gedankengang.

»Genau«, erwiderte Gang. »Zum großen Bedauern der Amerikaner und ihrer möglichen Helfer wird es dann allerdings zu spät sein. Die Ausrüstung hat Spanien wie erwartet verlassen und ist vor wenigen Stunden auf dem französischen Flugplatz eingetroffen. Soeben hat mich eine weitere Nachricht erreicht. Der Transport ist bereits in der Luft und sollte in etwas weniger als sechs Stunden hier sein. Schlafen Sie weiter. Bis Sie aufwachen, werden Sie Ihren Zukunftsplänen einen gehörigen Schritt näher sein. Ich kontaktiere Sie am Vormittag erneut.«

»Danke für die Information«, sagte Namir. »Und es sind *unsere* Zukunftspläne, die realisiert werden, nicht nur meine. Die Zeit für die entscheidende Aktion rückt näher. Gute Nacht.«

Finanzielle und militärische Sicherheit für den Sudan auf Jahrzehnte hinaus. Ein glorreicher Traum, der bald Realität wird …

Namir legte sich hin, schloss die Augenlider und gestattete der Dunkelheit, ihn erneut unter ihre Fittiche zu nehmen.

»Ist das Team bereit?«, fragte Gang den Amerikaner wenige Augenblicke später.

»In fünf Tagen wird die Bevölkerung der USA erneut wissen, was Angst bedeutet, auch wenn sie nicht wissen wird, wer oder was für diese Angst verantwortlich ist. Die Regierung wird sich bemühen, den Schuldigen zu ermitteln. Alle Beweise werden exakt in die von uns gewünschte Richtung deuten. Damit beginnt der wahre Krieg.« Gang hörte die tiefe Befriedigung, die in der Stimme des Amerikaners mitschwang.

»Sehr gut. So soll es sein.« Er legte den Hörer auf.

TEIL 3

WILLKOMMEN ZUR SAFARI

WELTKRIEGSFRIEDHOF VON KHARTUM

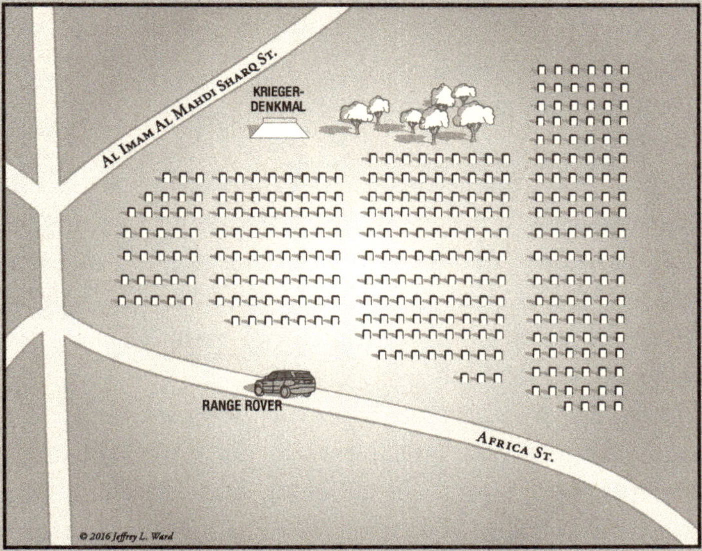

18

Außerhalb von Khartum
Fünf Tage bis zur Stunde null

Amira Cerone beobachtete den Flugplatz durch ein Hochleistungsfernglas. Dafür, dass es erst sieben Uhr morgens war, herrschte auf dem kleinen Militärflugplatz mehrere Meilen vom westlichen Stadtrand von Khartum entfernt an einem Werktag ungewöhnlich viel Aktivität. *Der Mistkerl hatte wieder mal recht.*

Das Flugfeld verfügte über die Abmessungen eines durchschnittlichen Flugplatzes in der amerikanischen Provinz und wurde durch einen fünf Meter hohen Stacheldrahtzaun gesichert. Im Schatten des Hangars standen zwei MiG-29-Kampfflugzeuge aus der Sowjetära. Von einem großen Tanklaster davor führte ein Schlauch zu einer der Maschinen. Der 30 Meter hohe Tower befand sich am anderen Ende der Landebahn. Die angrenzende Gruppe von Verwaltungsgebäuden schien keiner besonderen Ordnung zu folgen – Betonbauten in verschiedenen Größen verteilten sich offenbar wahllos über das Gelände. Der weiße Gulfstream-Jet am hinteren Ende der etwa 400 Meter langen Rollbahn hatte Amiras Aufmerksamkeit geweckt.

Mehrere Männer in unauffälliger Kleidung luden ein paar dunkle Kisten aus dem Laderaum im Bauch des Flugzeugs. Sie wurden auf zwei Fünftonner des Militärs gestapelt, deren Ladeflächen mit Stoffplanen verkleidet waren.

Sie verlagerte ihre Position auf dem Vordersitz des Land Rovers der US-amerikanischen Botschaft. Der dunkelgrüne Hidschab, den sie trug, verrutschte leicht, als sie das Fernglas auf zwei Männer richtete, die den Entladevorgang zu überwachen schienen. Die rechte Hälfte des Schleiers blockierte ihre Sicht, woraufhin sie ihn zur Seite schob. *Ich kann diesen Brauch nicht ausstehen.* Für die männerdominierte Kultur, in der sie momentan operierte, empfand sie nichts als Verachtung.

Um vor Ort nicht aufzufallen, trug sie neben dem Hidschab diverse leichte Gewänder, die nicht nur ihren gesamten Körper verhüllten, sondern dabei auch ihr attraktives Äußeres versteckten.

Sie war die Tochter eines italoamerikanischen Kriminalbeamten der Mordkommission und einer bildhübschen Einwanderin aus Äthiopien. Ihre nur leicht pigmentierte Haut fiel im arabisch geprägten Teil Nordostafrikas nicht weiter auf. Das kurze schwarze Haar ließ sich hinter dem Stoff verstecken, doch nicht mal eine Sonnenbrille tarnte die hellblauen Augen, die sie von ihrer Mutter geerbt hatte. Es waren diese Augen, die dafür sorgten, dass Männern die Luft wegblieb, und sie blickte deshalb meistens zur Seite, um unnötige Aufmerksamkeit zu vermeiden. Sie war genauso schön wie tödlich.

Müde und angespannt war sie mitten in der Nacht vom unablässigen Piepsen ihres Laptops geweckt worden. Der Kontakt erfolgte diesmal nicht über den normalen Kanal, sondern über einen speziell codierten, unmöglich zu knackenden Chat-Link, der zu einem der am besten gesicherten Server in Washington führte.

Bevor sie vor drei Monaten Langley den Rücken gekehrt hatte, war sie in das Büro des Direktors beordert worden. Das war ungewöhnlich, aber nicht ihr erster Kontakt mit ihm. Der CIA-Chef schärfte ihr damals ein, falls dieser Link je aktiviert werde, müsse sie sofort und ohne Zögern den Anweisungen folgen. Er hatte ihr außerdem verraten, dass nur eine Handvoll der höchsten Führungskreise in der US-Regierung die Existenz dieses Links kannte. Er war reserviert für extreme Krisen, die eine sofortige Reaktion erforderten, oftmals eine tödliche. Sie wusste nicht mal, welcher Mitarbeiter des Führungsstabs ihr die Befehle übermittelte, aber das spielte auch keine Rolle. Sie hatte der Person den Spitznamen ›Zeus‹ verpasst, denn die übermittelten Instruktionen schienen von ganz oben zu kommen. Quasi aus dem Götterhimmel.

Als das Chatfenster das letzte Mal ohne Vorwarnung auf ihrem Rechner aufgesprungen war, hatten Rebellen im südlichen Sudan die größte Ölpumpstation entlang der Greater Nile Oil Pipeline gekapert und lahmgelegt, wodurch der wichtigste Export des Sudans schlagartig zum Erliegen kam. Sie hatte gerade Hilfsgüter der US-Entwicklungsbehörde in ein nahe gelegenes Dorf transportiert, als sie über eine sichere Satellitenleitung zum Eingreifen aufgefordert wurde. Im Schutz der Dunkelheit schlug sie dann zu.

Als sie am nächsten Morgen die Pumpstation verließ, hatten darin 15 tote Rebellen mit diversen Stichwunden gelegen und das Öl war wieder Richtung Port Sudan geflossen. Den Kommandeur der Rebellen hatte sie verschont – abgesehen von zwei Fingern seiner linken Hand – und mit einer Botschaft zum Rest seiner Kämpfer zurückgeschickt: Die Pipeline war unantastbar. Eigentlich hatte sie ihn aufgrund der Gräueltaten, die er begangen hatte, töten wollen, aber ihre Befehle waren äußerst konkret gewesen – und erwiesen sich am Ende als richtig. Danach kam es zu keinen weiteren Angriffen mehr.

Amira regelte die Schärfe des Fernglases neu ein. Ihr stockte der Atem. Beide Männer standen da und schauten genau in ihre Richtung. Der rechte – auf diese Entfernung konnte sie sehen, dass er kurze dunkle Haare hatte – hob etwas an sein rechtes Ohr und deutete in ihre Richtung.

»Verdammt«, murmelte sie leise. *Zeit, von hier zu verschwinden.*

Sie hatte absichtlich weniger als 100 Meter entfernt von einer Ansammlung von 15 Häusern aus Lehm und Stein geparkt und darauf spekuliert, dass ihr Auto aus größerer Entfernung nicht zu sehen war. *Irrtum!* Egal, es änderte nichts. Sie hatte bestätigt, was Zeus ihr mitgeteilt hatte. Wonach immer die CIA suchte, es war hier. Jetzt musste sie nur noch zur Botschaft zurückkehren, eine Nachricht nach D. C. absetzen und auf weitere Anweisungen warten.

Sie warf das Fernglas auf den Beifahrersitz, drehte den Zündschlüssel um und schob den Hebel der Automatik auf ›Drive‹. Der sandfarbene SUV wirbelte eine Staubwolke auf und entfernte sich in Richtung der abgelegenen Siedlung.

Sie dachte über den Inhalt der Kisten nach. Was es auch sein mochte, es war offenbar wichtig genug, um sie mitten in der Nacht aufzuwecken und auf eine Solo-Aufklärungsmission zu schicken.

Sie fuhr die Schotterpiste entlang und bog nach rechts auf die Hauptstraße ab, die sie zurück nach Khartum brachte, musste jedoch abrupt bremsen, als ein weißer Pick-up auf sie zuraste. Ihre Reflexe übernahmen die

Kontrolle und sie wechselte in den Rückwärtsgang. Beim Blick über die Schulter stellte sie fest, dass ein weiterer Pick-up auf sie zuschoss. Er war sogar noch näher als der erste.

Sie schätzte die Entfernung beider Wagen ab und stellte fest, dass ihr nicht genug Zeit blieb, um zu wenden und in die Richtung zurückzufahren, aus der sie gekommen war. Der Truck hinter ihr kam rutschend seitlich zum Stehen und blockierte die Straße zwischen den beiden letzten Häusern. Sie schaute nach vorn, wo der andere Pick-up fast auf Höhe ihres Wagens angekommen war. Sie saß in der Falle. *Damit bleibt mir nur eine Wahl.*

Ein sudanesischer Mann in Uniform schrie sie auf Arabisch an, während er auf der Fahrerseite ausstieg. In der rechten Hand hielt er eine Pistole, die auf den Boden gerichtet war. Sie verließ den Wagen, hob die Hände und rief auf Arabisch in einer Stimmlage, von der sie hoffte, dass sie ängstlich klang: »Ich habe mich verfahren! Ich habe mich verfahren! Bitte nicht schießen!« Diese Sätze wiederholte sie in einem fort, während sie sich vom SUV wegbewegte und weiter die Hände in die Luft reckte.

Aus dem Augenwinkel registrierte sie zu ihrer Linken eine weitere Bedrohung. Einen Moment war sie überrascht vom Aussehen des Mannes. Er war kein Sudanese. Sie wollte nicht genauer hinsehen, aber er kam ihr eher wie ein Asiate vor. *Bestimmt ein Chinese. Die stecken eh unter einer Decke mit den Sudanesen, wenn's ums Öl geht. Bleibt die Frage, was der hier draußen mit dem sudanesischen Militär verloren hat.*

Doch sie hatte keine Zeit, näher darüber nachzudenken, denn der sudanesische Mann stand mittlerweile direkt vor ihr, den Lauf der Waffe weiterhin gesenkt. Er schob das Gesicht dicht an ihr eigenes heran und brüllte: »Was tun Sie hier? Wer hat Sie geschickt? Wonach suchen Sie?«

Sie wiederholte: »Ich hab mich verfahren! Ich hab mich verfahren! Bitte tun Sie mir nicht weh. Ich hab nur angehalten, um kurz auf die Karte zu schauen. Ich wusste nicht, wie ich wieder zurückkommen soll. Ich schwöre! Bitte tun Sie mir nicht weh.«

Während sie noch mit Flehen beschäftigt war, registrierte sie, dass der chinesische Mann zum Land Rover ging und sich in das offene Fenster lehnte. Er zog eine gefaltete Landkarte heraus und starrte kurz in ihre Richtung. *So weit, so gut.*

»Ich arbeite für die USAID, das schwöre ich. Man hat mir gesagt, hier draußen gebe es ein Dorf, das dringend Nahrungsmittel benötigt. Ich muss wohl falsch abgebogen sein.« Sie nahm die Hände runter und streckte sie aus, verbeugte sich unterwürfig – noch eine dieser Gesten, die ihr absolut zuwider waren.

Der Sudanese drehte sich zum Chinesen, als wartete er auf Befehle. *Also hat er hier das Sagen. Okay.*

Der Mann starrte sie einen Moment an und schien das Schweigen nicht brechen zu wollen. Nur ihre jammernden Laute untermalten die merkliche Spannung.

»Wenn das stimmt, was wollen Sie dann damit?«, fragte er langsam und hielt das starke Militärfernglas hoch, das sie unter den Sitz geschoben hatte. Er starrte sie an und wartete auf eine Antwort.

Amira wurde ganz ruhig, schaltete jeden Gedanken aus. Ein Gefühl wie kaltes Wasser umspülte ihren gesamten Körper, was sie beruhigte. Sie blickte den sudanesischen Mann vor sich an und dann den zweiten, der weniger als zehn Meter entfernt neben dem Auto stand. Ihre Augen verengten sich fast unmerklich. Erst dann handelte sie.

Der Mann vor ihr wusste gar nicht, wie ihm geschah. Unter ihrem dunkelgrünen Gewand zog sie einen Dolch mit einer 15 Zentimeter langen Klinge hervor und stieß ihn in einem rasenden Wirbel aus Stoffen knapp unterhalb des Kiefers in seine Kehle. Genauso wendig zog sie die Klinge wieder heraus und spürte, wie ihr das warme Blut auf die Hand spritzte.

Der Chinese reagierte, während das Blut des Toten noch in den Staub tropfte. Sie erkannte, dass sie einen trainierten Profi vor sich hatte. Dank ihrer Ausbildung hatte sie einen Blick dafür. Er griff in seine dünne kakifarbene Jacke, aber er verschätzte sich und ging davon aus, dass ihm noch Zeit zum Ziehen und Abfeuern der Waffe blieb. Damit lag er falsch.

Sie machte drei weit ausholende Schritte. Fast schien es, als schwebte sie durch die Luft, da ihre wallenden Gewänder wie eine Schleppe hinter ihr herflogen. Ein zweiter Dolch erschien in ihrer linken Hand, als der Chinese es gerade geschafft hatte, eine schwarze Pistole aus dem Holster unter der Jacke zu ziehen.

Als Amira ihn erreichte, schlitzte sie zuerst sein Handgelenk auf. Die rasiermesserscharfe Klinge drang tief unter die Haut und kappte die Sehnen. Er jaulte vor Schmerz, als die Waffe der nutzlos gewordenen Hand entglitt und zu Boden fiel.

Mit der anderen Hand rammte sie ihm den Dolch in die Seite und spürte, wie er zwischen die Rippen drang. Erneut kreischte er vor Schmerz und versteifte sich, als der Schock seinen Körper packte. Er starrte sie entsetzt an und sein Blick traf auf blaue und unbarmherzige

Augen. Sie zog die Klinge nach oben und merkte an den unkontrollierten Zuckungen, dass sie sein Herz erwischt hatte. Die Augen des Gegners rollten in den Höhlen nach oben. Amira zog die Klinge aus seinem Körper, der leblos zu Boden sackte.

Ohne das geringste Zögern verstaute sie die beiden Dolche in ihrer Kleidung und beugte sich über den Leichnam des Chinesen. Der andere Mann interessierte sie nicht. Er gehörte zum sudanesischen Militär und hatte vermutlich nur seine Befehle befolgt. Aber bei diesem Mann verhielt es sich anders.

Sie stieß auf ein schwarzes Lederportemonnaie in der Jackentasche, bereits mit Blut besudelt. Vorsichtig öffnete sie es und fand einen Ausweis mit einem Foto und chinesischen Schriftzeichen. Ein solches Dokument hatte sie schon einmal gesehen. Bei einem Mitarbeiter der chinesischen Botschaft im Sudan.

Sie nahm die Brieftasche an sich und sah sich um. Niemand war aus dem Haus gekommen, um nach der Quelle des Geschreis zu schauen. *Nicht hier im Sudan. Die Leute wissen es besser.*

Sie nickte wie zur Bestätigung, schritt zielstrebig auf den SUV zu und verbarg ihr Gesicht hinter dem Hidschab. *Zeit abzuhauen, diesmal ohne weiteren Zwischenfall.*

Während sie zur US-Botschaft zurückfuhr, verfluchte sie Zeus dafür, dass er sie so kurzfristig über den Chat alarmiert hatte. Leider konnte sie es nicht ungeschehen machen und musste ihn unverzüglich informieren. Allerdings waren ihr einige Faktoren entgangen – unter anderem, dass sie durch ein anderes Militärfernglas mit Blicken verfolgt wurde, als sie den Schauplatz der Auseinandersetzung verließ.

19

US-amerikanische Botschaft
Madrid
Vier Tage bis zur Stunde null

»Hab ich euch schon mal gesagt, dass ich Verlieren hasse?«, fragte John in den Raum hinein. Sein grimmiges Gesicht wirkte nachdenklich. »Man kann Amerikas liebsten Zeitvertreib dafür verantwortlich machen, was aus mir geworden ist«, fügte er hinzu und lächelte mit schelmischer Nostalgie.

Logan wurde aus der Bemerkung seines Freundes nicht recht schlau, verkniff sich jedoch eine Nachfrage. Die einzige andere Person, die sich in dem klassisch eingerichteten Konferenzraum im obersten Stockwerk des Gebäudes aufhielt, war David Everett, der örtliche CIA-Stationschef. Die drei Männer warteten darauf, dass Cole mit Neuigkeiten aus Langley zurückkehrte.

Die Vorrichtungen zur verschlüsselten Kommunikation waren in einem anderen Raum des Komplexes untergebracht, aber aufgrund der sensiblen Natur der aktuellen Operation hatte Cole Logan und John gebeten, gemeinsam mit dem hochrangigen CIA-Offizier hier auf ihn zu warten.

Die drei Männer blickten durch das Panoramafenster auf die Skyline von Madrid – eine wilde Mischung aus jahrhundertealter Architektur, historischen Baudenkmälern und modernen Wolkenkratzern, inklusive der vier Hochhäuser, die wie Wachtürme im Geschäftsbezirk Cuatro Torres über der Stadt thronten.

»Weißt du, ich war Ringer in der High-School-Mannschaft. Mit Landesmeistertitel und allem, was dazugehört, aber ich glaube, ich hab dir nie von meinem Ausflug in die wunderbare Welt des Baseballs erzählt.« John lachte, als er sich an sein jüngeres Ich erinnerte, noch nicht durch die Bosheit und die Grausamkeit der Welt abgestumpft.

»Ich war Pitcher in der Little League. Damals wollte ich unbedingt Profi werden, wenn ich groß bin. So wie Nolan Ryan, weißt du? Und ich war gut, wirklich gut. Ich konnte schon mit 13 einen Ball mit über 120 werfen. Dummerweise taugten meine Curveballs nicht viel.« Er grinste Logan und den CIA-Offizier an. »Und was ist schon ein guter Pitcher ohne Curveball? Ein Zirkuspferd, das nur ein Kunststück draufhat«, beantwortete er seine eigene Frage. »Also beschloss ich, den Curveball zu meistern, egal wie lange es dauerte. Auch wenn ich pro Spiel mit meinem Fastball acht bis zehn Schlagmänner ausschalten konnte, wollte ich unbedingt den Curveball beherrschen. Wisst ihr, ich wollte das andere Team total dominieren, nicht bloß gewinnen. Ich wollte nicht, dass überhaupt jemand am Schlagmal eine Chance gegen mich hatte. So war ich eben, auch wenn mir damals noch nicht bewusst war, dass ich eine perfektionistische Ader habe. Also übte und übte ich, zusammen mit einem Teamkameraden – ich glaube, er hieß Tommy Smithers. Er war kein besonderes Talent, aber konnte einen Curveball werfen, als wäre es ihm in die Wiege gelegt worden. Und dann, eines Tages, konnte ich es – meine ganz persönliche sportliche Offenbarung.«

Logan und der Stationschef hörten mittlerweile gebannt zu.

»Ich hatte also mehr Würfe geübt, als gesund war, und das ohne Wissen meines Trainers. Eigentlich hätte ich beim nächsten Spiel auf der Bank sitzen sollen, aber was hab ich gemacht? Gejammert und gebettelt, damit ich aufgestellt wurde. Ich habe ihn überzeugt, dass ich fit und bereit war. Vor allem wollte ich, dass alle Welt mitbekam, wie ich das gegnerische Team mit meinen Würfen ausschaltete – einen Schlagmann nach dem anderen.«

Logan versuchte, sich John Quick als Teenager vorzustellen, voller Enthusiasmus und jugendlichem Selbstvertrauen. Er war in diesem Alter selbst sehr ehrgeizig gewesen, außerdem auf der High School ein sehr guter Sprinter und Footballspieler. Der Drang zu gewinnen hatte sich schon in früher Kindheit entwickelt. Er war relativ sicher, dass es sich bei den meisten Marines so verhielt; nicht weil alle Marines geborene Gewinner waren, sondern weil das Corps eine bestimmte Sorte Persönlichkeit anzog wie das Licht die Motten. Im Positiven wie im Negativen.

»Die ersten drei Innings waren fehlerfrei. Wahrscheinlich die besten drei Innings, die ich je geworfen habe. Mit meinem Fastball und meinem neu entdeckten Curveball war ich unschlagbar. Der Trainer zeigte sich erstaunt, welche Fortschritte ich gemacht hatte. Und der stolzeste Vater von allen war an diesem Tag mein Dad. Ich fühlte mich wie der König der Welt, ein Superstar der Little League, dem sich niemand in den Weg stellen konnte. Und das gefiel mir. Nein. Das stimmt nicht. Ich *liebte* dieses Gefühl.«

Logan kannte John besser als jeden anderen Menschen.

Trotz seines Hangs zum Sarkasmus und des gnadenlosen Killerinstinkts war er ein leidenschaftlicher Mann; ein Mann, der tiefe Gefühle hatte, aber selten darüber sprach. Der psychologische Tribut, den sie für ihre Taten zahlen mussten, war allgegenwärtig, ein Teil der Realität, in der sie aus freien Stücken existierten. Für John war es ein beinahe ehrfürchtiger Akt, ohne bissigen Kommentar oder profane Bemerkung so offen über ein solches Thema zu reden.

»Im vierten Inning hatte ich bereits die ersten beiden Schlagmänner ausgeschaltet und stand dem größten Brocken in der Liga gegenüber: einem Jungen, der aussah, als wäre er schon an der High School, nicht erst in der siebten Klasse. Ich plante, ihn fertigzumachen. Bei seinem ersten Einsatz am Schlagmal hatte er gut getroffen, aber ich wollte – nein, ich *musste* – einen Strike provozieren, um einen Punkt für uns zu machen. Ich warf zwei Fastballs und er verpasste beide. Also war es natürlich Zeit für den Curveball und ich beschloss, ihn mit besonders viel Schwung anzusetzen. Und das tat ich auch.«

Sein Gesicht schien sich aufzuhellen, ein Spiegelbild des Jungen, der er einst gewesen war, schimmerte in den harten Zügen des Mannes auf, zu dem er geworden war. »Es war herrlich. Ich warf den besten Curveball meines Lebens. Ich blamierte den Jungen. Er hatte keine Chance. In diesem Moment wusste ich, dass ich eines Tages bei den Pros werfe, so wie Nolan Ryan.« Er senkte kurz den Blick, fuhr jedoch fort: »Und genauso schnell war es auch vorbei. Als ich den Arm durchzog, spürte ich plötzlich einen stechenden Schmerz, ein Reißen. Ich ging mit schmerzverzerrter Miene zu Boden. Den Rest des Tages erlebte ich wie in einem Fiebertraum. Mein Dad brachte mich in die Notaufnahme. Die Röntgenaufnahmen zeigten, dass die Epiphysenfuge im Wurfarm gerissen war. Sie mussten den Knochen mit Nägeln fixieren. Meine Pitcher-Karriere war mit einem Schlag vorbei, genau wie meine Aussicht, der nächste Nolan Ryan zu werden.«

»Das tut mir leid«, sagte Logan. Die Worte brachten auf den Punkt, was die Geschichte seines Freundes in ihm ausgelöst hatte.

»Mir nicht. Ich habe an diesem Tag mehrere wertvolle Lektionen gelernt – und es hat einen Grund, wieso ich diese Geschichte erzähle.« Statt des kleinen Jungen sprach nun wieder der erwachsene Mann zu ihnen. »Weißt du, ich war übertrainiert. Ich hab mich selbst so hart rangenommen, weil ich es nicht besser wusste. In meiner jugendlichen Arroganz, der Beste sein zu wollen, sabotierte ich mich selbst. Das ist die eigentliche Ironie an dem Ganzen. Es war, als wollte mir das Universum sagen: ›Netter Versuch. Viel Glück beim nächsten Mal.‹ Ich habe dadurch eine wichtige Lektion über Demut gelernt, aber jetzt kommt der Clou.«

John machte eine Pause, um den folgenden Worten mehr Nachdruck zu verleihen. »Gerade als ich dachte, ich hätte gewonnen, erlitt ich in Wahrheit eine meiner größten Niederlagen. Ich verlor meinen Arm, meine Zukunft als Pitcher und dieses Gefühl der Überlegenheit, das ich kurzzeitig empfunden hatte. Und ich *hasste* es. Auch wenn ich es mir selbst angetan hatte, wollte ich mich nicht damit abfinden.« Die letzten Worte spuckte er hasserfüllt aus.

»Ich meine, dieses Gefühl war mir zutiefst zuwider. Und an dem Tag schwor ich mir, nie wieder *irgendetwas* zu verlieren. Ich weiß, das klingt verrückt, vielleicht sogar gestört, aber seitdem orientiere ich mich an diesem

Anspruch. Was immer ich künftig anging, ich trainierte nicht nur härter als jeder andere, sondern auch mit mehr Verstand.«

Logan warf dem CIA-Offizier einen Blick zu. Dieser saß stumm da. Ein weiser Mann mit jahrelanger Verhörerfahrung, der wusste, wann man besser die Klappe hielt. Logan sagte leise: »Dieser Fehler hat dich zu dem gemacht, der du heute bist. Er hat dich zum Marine Corps und letztlich zur Force Recon gebracht.«

»Ich weiß, und deswegen werde ich dieses Erlebnis nie vergessen. Es ist ein zentraler Bestandteil dessen, was ich bin. Der Grund, wieso ich das Thema angesprochen habe, ist folgender: Im Moment habe ich gerade wieder dieses Gefühl, und ich hasse es jetzt genauso wie damals. Wir glaubten, ONERING befinde sich auf dem Schiff, dabei handelte es sich um ein reines Ablenkungsmanöver. Wir jagen Gespenster, die auf Geheiß der größten Feinde unserer Nation handeln. Genau wie ein Hund, der seinen eigenen Schwanz jagt, erwischen wir sie einfach nicht.«

Plötzlich ging die Tür auf und Cole Matthews betrat den Raum mit einem optimistischen Gesichtsausdruck. John ignorierte ihn für den Moment und führte seinen Gedankengang zu Ende. »Wie gesagt, ich hasse es. Im Gegensatz zu meiner kurzen ruhmreichen Karriere als Pitcher ist Versagen diesmal keine Option. Gott weiß, welche Zerstörung und menschliches Elend diese Technologie in den falschen Händen anrichtet. Unsere heiße Spur liegt auf dem Meeresgrund und wir haben keine Ahnung, wo wir ansetzen sollen.«

»Also erstens hab ich keine Ahnung, in was für eine Unterhaltung ich hier gerade reinplatze, aber du kannst mir ja später von deiner Karriere als Pitcher erzählen.

Zweitens hast du mit dem letzten Punkt unrecht«, schaltete sich Cole ein.

Die drei übrigen Männer starrten ihn an. Er grinste. »Wir *wissen*, wo wir als Nächstes hinmüssen.«

Logan war der Erste, der die Frage stellte, die allen auf der Zunge lag: »Wohin?«

»Nun, das ist ein wenig komplizierter. Aber wir arbeiten daran.«

»Das ist es sowieso immer«, versetzte John barsch. »Ich frage noch mal, o großer Weiser, wohin?«

»Afrika. Genauer gesagt: Sudan.«

»Sudan?«, fragten Logan und John gleichzeitig.

»Jaaa«, bestätigte Cole gedehnt. »Nach unserer Abreise aus den USA haben im Hintergrund nicht nur die Geheimdienste verschiedener Länder und die übliche SIGINT- und IMINT-Aufklärung für uns gearbeitet, sondern es waren auch noch einige streng geheime, abgeschottete Aufklärungsprogramme involviert.«

»Ehrlich?«, fragte Logan. »Ihr CIA-Jungs könnt einfach nicht anders, oder? Immer in der Gegend rumrennen und geheimnisvoll tun. Ich glaube, es liegt der Agency generell nicht, ihr Wissen mit irgendwem zu teilen.« Das war kein Vorwurf, nur eine Feststellung.

Cole zuckte die Achseln. »Wieso, ich erzähle es euch doch gerade, oder? Und du hast recht. Wir erzählen nicht jedem Dahergelaufenen, was wir tun. Ich hab die Erfahrung gemacht, dass ein bisschen Geheimhaltung oft Leben rettet.«

»Da ist was dran. Könntest du trotzdem ein bisschen mehr in die Einzelheiten gehen?«

Cole sah von Logan zu David Everett, der die ganze Zeit kein Wort gesagt hatte. »Mr. Everett, was ich Ihnen jetzt anvertrauen werde, unterliegt strengster Geheimhaltung. Es ist Teil eines SAP« – das Akronym stand für Special Access Program; ein Programm, das eine besonders hohe Sicherheitsfreigabe voraussetzte. »Es wurde vom Direktor der National Intelligence veranlasst, für den unser Boss, der CIA-Direktor, arbeitet. Ich habe eben erst die Autorisierung erhalten, Sie und meine Freunde hier einzuweihen.«

John grinste Cole an. Ein krasser Gegensatz zum ernsten, fragenden Blick des Stationschefs. »Na, jetzt bin ich aber wirklich gespannt, was für ein Ass du aus dem Ärmel ziehst«, meinte Quick. »Steinschleudern? Kampfroboter? Warte … vielleicht ein Sender in der Schuhsohle wie bei James Bond?«

Logan schüttelte den Kopf. »Ignorier ihn einfach.«

»Viel besser. Wir haben ausgebildete Agenten, die auf Mordaufträge spezialisiert und lediglich unserem Direktor und einigen Ranghöheren unterstellt sind, in Botschaften auf der ganzen Welt eingeschleust. Manche geben sich als Angestellte des Außenministeriums aus, manche als Subunternehmer. Die Tarnung ändert sich ständig, sodass niemand – und ich meine niemand – die Identität dieser Agenten kennt, abgesehen von einer Handvoll Leuten mit höchster Sicherheitsfreigabe in Langley. Das Programm nennt sich LEGION.«

Cole amüsierte sich prächtig, weil John zur Abwechslung die Gesichtszüge entgleisten. »Was denn, John? Kein bissiger Kommentar?«

»Mr. Everett, keine Aufregung«, fuhr Cole fort und sah den Stationschef an, der ein wenig blass geworden war, entweder schockiert oder weil er es einfach nicht glauben konnte. »Die meisten Stationschefs erfahren während ihrer gesamten Karriere nichts von der Existenz dieses Programms. Es gehört zu den am besten gehüteten Geheimnissen unseres Landes. Jetzt ist es eines der Geheimnisse, die Sie mit ins Grab nehmen müssen. Verstehen Sie?«

David Everett nickte. »Natürlich.«

»Gut. Oh, und nur damit Sie Bescheid wissen, hier ist momentan keiner von ihnen aktiv. Also müssen Sie nicht Sherlock Holmes spielen, um herauszufinden, wer der geheime Killer ist. Das wäre verschwendete Energie und bringt nichts ein außer Frust.« Er legte sich seine nächsten Bemerkungen sorgfältig zurecht.

»Also, Langley hat mich gerade darüber in Kenntnis gesetzt, dass sie letzte Nacht, als wir das Schiff angriffen, das gesamte Netzwerk aktiviert haben, um alles über außergewöhnliche Aktivitäten im Luftverkehr in Erfahrung zu bringen. Ein Schuss ins Blaue, wenn ihr so wollt. Langley rechnete nicht ernsthaft damit, auf diesem Weg brauchbare Informationen zu erhalten. Entsprechend elektrisiert reagierten sie auf den Bericht eines Agenten im Sudan, wonach ein Privatflugzeug ohne Kennnummer auf einem abgelegenen Militärflugplatz mehrere Meilen von Khartum entfernt gelandet ist. Der Agent konnte zwar nicht sehen, was das Flugzeug geladen hatte, eine wesentliche Information lieferte er uns jedoch.« Er schüttelte den Kopf, weil er sich weiterhin schwertat, die Neuigkeit zu verdauen. »Die Anwesenheit von chinesischen Geheimdienstoffizieren.«

»Der chinesische Geheimdienst ist im Sudan aktiv?«, fragte Logan. »Gibt es dafür eine Bestätigung? Ich weiß, dass China große Summen in die sudanesische Ölindustrie investiert hat, aber die Präsenz des chinesischen

Geheimdienstes verleiht dem Ganzen eine neue Dimension.«

»Positiv«, erwiderte Cole. »Unser Agent hat einen von ihnen getötet.«

»Ach du Scheiße«, sagte John. »Du weißt, was das bedeutet, oder?« Seine braunen Augen verrieten, dass er gleichermaßen wütend und besorgt war.

»Allerdings.« Logan wirkte ganz ruhig, blickte sich im Raum um und tauschte mit jedem der Männer einen kurzen Blick, bevor er weiterredete. »Es bedeutet, dass es bei dieser Angelegenheit eine globale Komponente gibt und uns die Zeit davonläuft. Wenn wir es mit einer internationalen Verschwörung zu tun haben, an der mehrere unserer Feinde beteiligt sind, läuft das auf ein gefährliches Finale hinaus. Jemand hat sich das Equipment beschafft und wird es auch einsetzen, und zwar bald.«

»Wann brechen wir in den Sudan auf?«, wollte John wissen.

»Gut, dass du fragst.« Cole wandte sich an den CIA-Offizier. »Das hängt von Mr. Everett ab.«

Der Mann zuckte zusammen, als sein Name fiel. »Von mir?«

Cole nickte. »Langley hat bereits bestätigt, dass das Außenministerium drei diplomatische Visa für amerikanische IT-Spezialisten per Eilantrag angefordert hat. Sie sollen mehrere gecrashte Server in der amerikanischen Botschaft in Khartum reparieren. Die zugehörigen Deckidentitäten wurden an Ihre E-Mail-Adresse übermittelt. Wir haben zwar Diplomatenpässe, aber die können wir nicht benutzen. Sonst würden wir den Sudanesen den Eindruck vermitteln, sie als Mittäter zu verdächtigen. Es steht zu viel auf dem Spiel. Langley meinte, Sie hätten einen talentierten Mitarbeiter an der Hand, der die erforderlichen Dokumente innerhalb weniger Stunden beschaffen kann.«

»Das stimmt. Ich werde Oscar sofort darauf ansetzen.« David Everett stand auf und wählte auf dem Telefon in der Mitte des Konferenztisches eine Nummer. Es ließ ausschließlich interne, streng gesicherte Verbindungen zu.

»Sobald wir unsere neuen Identitäten haben«, fuhr Cole fort, »fliegen wir erster Klasse, auf höfliche Einladung der spanischen Regierung, mit der nächsten verfügbaren Linienmaschine nach Khartum. Geplante Ankunft: morgen früh. Vor Ort treffen wir uns in der Botschaft mit unserem Agenten und legen die nächsten Schritte fest.«

»Ich hoffe, wir kommen nicht zu spät.« Logans Gesicht verfinsterte sich, als er vom Tisch aufstand. »Sonst wird etwas sehr Schlimmes passieren. Wie du es so treffend formuliert hast, John: Wir sind Hunde, die ihren eigenen Schwanz jagen.«

20

Präsidentenpalast
Khartum

Das Telefon in Namir Badawis Büro klingelte und unterbrach ihn in seinen nachdenklichen Überlegungen. *Geduld. Nur noch ein paar Tage ...*

Grundsätzlich lief alles wie geplant. Wenn man mal von dem Zwischenfall am Flugplatz absah. Anfangs hatte es ihm Sorgen bereitet, dass die Amerikaner das Ablenkungsmanöver mit dem nordkoreanischen Frachter durchschaut hatten. Nun schienen sie zwei und zwei zusammenzuzählen. Wer immer am Flugplatz gewesen war, musste etwas gesehen haben. Eine andere Erklärung gab es nicht für die Bombe, die Gang vor Kurzem hatte platzen lassen: Die USA schickten Undercover-Agenten in den Sudan.

Gang hatte Namir gegenüber nicht erwähnt, aus welcher Quelle diese sensiblen Informationen stammten. Für einen Augenblick brachte ihn die verhängnisvolle Neuigkeit komplett aus der Fassung. Dann allerdings schob Lau Gang eine Erklärung hinterher – und vor allem eine Strategie, wie sich das Problem aus der Welt schaffen ließ. Beides trug massiv zu seiner Beruhigung bei.

Obwohl zwei Männer tot waren, ging es hier um wesentlich mehr. Ihm selbst fiel eine konkrete Aufgabe zu: die Ermittlung der Identitäten der amerikanischen Agenten, bevor sie in sein Land einreisten. Selbst verdeckte

Agenten brauchten eine glaubhafte Tarnung. Namir hatte sein Außenministerium angewiesen, verstärkt auf kurzfristige Visaanträge zu achten, besonders aus den Vereinigten Staaten.

Wehe, das sind weitere Hiobsbotschaften!, dachte er, bevor er den Hörer abnahm.

»Hier Direktor Badawi.«

»Sir, Sie hatten um Rückmeldung gebeten, wenn ungewöhnliche Anfragen auftauchen«, sagte eine Stimme, die er kannte. »Ich bin zwar nicht sicher, ob es ungewöhnlich ist, aber ich dachte mir, Sie sollten darüber Bescheid wissen.«

Namir schloss die Augen. Dass Ärger in der Luft lag, wusste er bereits, bevor der stellvertretende Minister für Auswärtige Angelegenheiten weitersprach. *Einen tiefen Atemzug nehmen, ausatmen, antworten.*

»Mr. Suliman, danke für den Anruf«, sagte Namir mit Dankbarkeit in der Stimme. »Vermutlich ist es ohnehin nur falscher Alarm, aber ich freue mich, dass Sie sich melden. Worum geht es genau?«

Für den Mann schien ein Lob des Direktors des Inlandgeheimdienstes eine Bestätigung dafür zu sein, was für einen wichtigen Job er für die sudanesische Regierung erledigte. Jedenfalls stieß er einen befriedigten Seufzer aus. *Ein kleiner Mann in einer kleinen Position.*

»Sir, uns liegen Visaanträge des US-Außenministeriums für drei Subunternehmer vor. Die Amerikaner haben offenbar Computerprobleme in ihrer Botschaft. Die örtlichen Techniker scheinen die Sache nicht in den Griff zu kriegen.«

»Ach, tatsächlich?« Namirs Gedanken überschlugen sich.

»Ja, Sir. Die drei Subunternehmer arbeiteten zuletzt in Spanien und …«

Namir sprang vom Schreibtisch auf. Seine Stimme blieb ruhig, als er den stellvertretenden Minister unterbrach.

»Sagten Sie Spanien, Mr. Suliman?« Namirs Körper spannte sich an. Er glaubte nicht an Zufälle.

»Ja, Sir. Sie haben wohl in Madrid an einem ähnlichen Fall gearbeitet.«

Da wette ich drauf. Ein Fall, bei dem ein verschollenes nordkoreanisches Frachtschiff im Mittelpunkt steht. Zum Glück hat die Presse davon noch keinen Wind bekommen.

»Soll ich die Anträge ablehnen?«, fragte der Mann aufgeregt, weil ihm Namirs wachsendes Interesse nicht entging. »Mir kam es wie eine Routineanfrage vor, aber wenn Sie darum bitten, Sir, bescheide ich sie gerne abschlägig.«

Namir wusste, der Mann wollte nur helfen, ihm einen Gefallen tun. Vizeminister oder nicht, Suliman wusste, wer in der Republik tatsächlich das Sagen hatte.

»Nein, Mr. Suliman. Ich bin mir sicher, Ihre Einschätzung trifft zu. Es hat wahrscheinlich nichts zu bedeuten, aber ich weiß es sehr zu schätzen, dass *Sie* mich informiert haben.«

»War mir ein Vergnügen, Sir. Wenn ich noch etwas für Sie tun kann …«

»Da gäbe es tatsächlich etwas.« Er skizzierte die Einzelheiten.

Anschließend bedankte er sich erneut bei dem Vizeminister und legte den Hörer auf. Noch im Stehen zog er das Handy aus der Tasche, um Gang die guten Neuigkeiten zu überbringen – die Amerikaner waren identifiziert.

Weitere Figuren hatten sich auf dem Schachbrett in Bewegung gesetzt, doch Gang und Namir waren ihnen etliche Züge voraus, selbst wenn sich die Amerikaner nun mächtig ins Zeug legten, um den Rückstand aufzuholen. Sollten sie es ruhig probieren. Aufgrund von Gangs Planungen rechnete Namir mit einer empfindlichen Bauchlandung für die Spione aus dem Westen.

21

Khartum International Airport
10:30 Uhr Ortszeit
Drei Tage bis zur Stunde null

Ein Mann Mitte 40 mit zerzausten schwarzen Haaren sah sich mit wachen Augen im Ankunftsterminal um. Er bemühte sich um einen möglichst unbeteiligten Gesichtsausdruck. Der Stationschef hatte ihn vorab über Aussehen und Tarnidentitäten der drei ›IT-Spezialisten‹ informiert. Deshalb entdeckte er sie sofort, als sie im Gepäck, das die Träger hastig in der Ecke des Terminals gestapelt hatten, nach ihren Koffern suchten.

Im Ankunftsbereich herrschte kaum organisiertes Chaos. Sudanesen rempelten sich gegenseitig an, während sie bei ihrer ungeduldigen Suche Taschen und Trolleys durch die Gegend warfen. Blaue Rauchschwaden hingen in der Luft, weil die Taxifahrer fleißig pafften und das Nichtraucherschild in der Nähe des Ausgangs ignorierten. Sie warteten auf Kundschaft, um sie in einem Wagen der scheinbar endlosen Flotte größtenteils weißer Toyota Corollas, einem Wahrzeichen der Taxiflotte in Khartum, mitzunehmen. Ein Spanier protestierte lautstark, als er aus einer Schlange gewinkt wurde und die Security-Mitarbeiter ein mit Kleidung und zwei Laptops vollgestopftes Case durchsuchten. Bei elektronischen Geräten reagierte die hiesige Security besonders misstrauisch.

Alles wie gehabt, dachte der Mann amüsiert, während er auf seine menschliche Fracht zulief.

Beim Herankommen erspähte ihn einer der Männer, wohl um die 30 und mit nach hinten gekämmten schwarzen Haaren, und sagte etwas zu seinen beiden Reisebegleitern. Sie drehten sich gerade mit ihren schwarzen Dufflebags in den Händen zu ihm um, als er sie erreichte.

Der Mann lächelte und entblößte eine Reihe makellos weißer Zähne. »Mr. Davis, Mr. Johnson und Mr. Greene, nehme ich an.« Natürlich benutzte er ihre falschen Namen. »Willkommen in Khartum. Ich bin David Cross vom Büro für EDV-Sicherheit der Botschaft. Wir haben Sie bereits erwartet.«

Mr. Davis – in Wahrheit Cole Matthews – nickte und erkannte den Undercover-CIA-Agenten von einem Foto wieder, das man ihnen gestern Abend gezeigt hatte. Er erwiderte den Händedruck seines Gegenübers. »Mr. Cross, schön, Sie kennenzulernen. Wir wissen es zu schätzen, dass Sie uns abholen. Ich war schon mal hier und weiß, wie hektisch der Verkehr sein kann.«

Seine Begleiter nickten. Der Mann mit der verblassten Narbe in der linken Gesichtshälfte sah sich hastig im Terminal um.

Wahrscheinlich sucht er nach Spionageabwehrmaßnahmen. Darum haben wir uns längst gekümmert. Wir sind schließlich Profis.

»Gentlemen, ich gehe davon aus, dass Sie sofort mit Ihrer Arbeit beginnen wollen. Das System ist komplett heruntergefahren«, fügte er für den Fall hinzu, dass jemand von der Regierung mithörte. »Wenn Sie mir also bitte folgen wollen? Mein Wagen parkt draußen auf etwas, das man hier allen Ernstes Parkplatz nennt.«

»Klingt nach einem guten Plan, Mr. Cross. Bitte gehen Sie vor«, bat Cole, während die vier Männer sich durch die aufgescheuchten Reisenden wie durch einen menschlichen Hindernisparcours kämpften.

Als sie aus dem Terminal in die schwüle Hitze des Dezembervormittags traten, fragte John: »Verdammt, ist das hier immer so?«

»Warten Sie ab, bis Sie erst den Verkehr sehen.« David grinste John an. »Dagegen kommt einem das hier vor wie eine Abendparade an der Eighth and Eye«. Er spielte auf die legendären, perfekt durchchoreografierten Paraden des Marine Corps vor der Kaserne des Kommandanten im Westen Washingtons an, die im Sommer jeden Freitag stattfanden.

»Woher wissen Sie davon?«, erkundigte sich Logan interessiert. »Etwa aus einem früheren Leben?«

»So in etwa, Mr. Greene. Jeder von uns hat seine Geschichte.« David grinste, drehte sich um und deutete auf einen weißen Range Rover in der zweiten Reihe der Parkfläche.

Keiner von ihnen bemerkte das dunkle Augenpaar, das sie aus einiger Entfernung beobachtete.

»Wow«, rief John und starrte zum hinteren Fenster hinaus. »Sie haben nicht übertrieben. Dagegen kommt einem die Rushhour in D.C. wie eine Schnellstraße vor. Wir hätten inzwischen auf allen vieren zur Botschaft kriechen können.«

»Nur noch knapp eine Meile. Man gewöhnt sich leider dran, wie an so vieles hier.«

Da wär ich mir nicht so sicher, dachte Logan. Er erinnerte sich an einen Einsatz, den er zusammen mit

John in Somalia bestritten hatte – die Armut, die Gewalt, die Kinder, die um alles bettelten, was sie kriegen konnten. Korrupte Regierungen, grassierende Seuchen und Gewalt unvorstellbaren Ausmaßes gehörten in entschieden zu vielen Ländern dieses Kontinents zur Tagesordnung. Afrika hatte schon bessere Zeiten erlebt.

Der Range Rover kämpfte um jeden Meter. David fädelte sich mühsam durch den kriechenden Verkehr. Logan saß auf dem hinteren rechten Sitz und blickte durch die Heckscheibe auf ein Meer von Autos. Mehrere sudanesische Männer und Frauen liefen zu Fuß zwischen den Wagen hindurch, während die Fahrer wütend hupten. Gar keine so schlechte Idee, wie er fand.

Die Umgebung veränderte sich. Der Range Rover fuhr an einem bis zum Platzen mit weißen Grabsteinen vollgestopften Friedhof auf der rechten Straßenseite vorbei. Logan wollte gerade fragen, was es damit auf sich hatte, als ein schrilles Klingeln aus einem Fach in der Mittelkonsole ertönte. David schob eine Klappe zur Seite und zog ein Iridium-Satellitentelefon heraus.

»Hallo?«, meldete er sich, und die drei Passagiere hörten eine gedämpfte Stimme aus dem Hörer.

»Ja, Sir. Sie sitzen bei mir im Auto. Wir treffen bald in der Botschaft ein.« Eine Pause. »Okay. Ich geb Sie weiter.«

David drehte sich kurz um und hielt Logan das Telefon hin. »Für Sie. Benson, der stellvertretende Direktor. Die Verbindung ist verschlüsselt und in diesem Wagen sind technische Maßnahmen zur Spionageabwehr eingebaut. Zusätzlich zur Panzerung. Sie müssen sich also keine Gedanken machen, was Sie sagen.«

Logan und John tauschten einen skeptischen Blick. Logan nahm den Apparat entgegen. John formte lautlos die Worte: *Ganz schön viel Luxus.* Logan nickte nur und hielt den Hörer ans Ohr.

»Hey, Mike. Was ist los? Ist es bei euch nicht vier Uhr früh?«

»Stimmt, aber ich werd noch eine Weile wach sein. Ich hab ein HRT-Meeting in Dulles, sobald ich auflege. Wir sind unterwegs nach Las Vegas, um …«

»Vegas?«, unterbrach Logan. »Ein kleiner Ausflug mitten in so einer Krise? Bist du sicher, dass man sich das als stellvertretender FBI-Direktor leisten kann?«

»Leck mich.«

»Spielsucht? Damit kenne ich mich nicht so gut aus, war nie mein Problem. Ich bin trockener Alkoholiker. Aber nicht vergessen: immer auf Schwarz setzen«, witzelte Logan. John quittierte die Bemerkung mit einem irritierten Blick vom anderen Rücksitz.

»Du bist ein Idiot. Die lausige Anspielung auf Wesley Snipes werd ich mal gnädig ignorieren. Jedenfalls erhielt die Polizei in Vegas letzte Woche einen Anruf von einer besorgten Einwohnerin, einer gewissen Mrs. Chambers. Eine ältere weiße Frau, die in einem Arbeiterviertel wohnt und sich wegen ihrer Nachbarn Sorgen macht. Sie hat sich schon häufiger über so gut wie all ihre Nachbarn beschwert. Offensichtlich ist ihr Viertel zu einer Art Schmelztiegel für Gastarbeiter geworden, und das schmeckt ihr nicht. Die meisten ihrer Beschwerden richteten sich entsprechend gegen afroamerikanische oder lateinamerikanische Familien. Es war nie etwas dran.«

»Scheint ja eine ganz reizende Dame zu sein.«

»Genau. Unglücklicherweise hat die alte Lady einmal zu oft Petze gespielt. Ihre letzte Beschwerde drehte sich um vier chinesische Brüder mit Nachnamen Chang, die vor sechs Monaten in das Haus gegenüber eingezogen sind. Sie erwähnten den Nachbarn gegenüber, dass sie alle gültige Aufenthaltsgenehmigungen haben und im Restaurant ihres Onkels arbeiten. Niemand stellte das infrage, weil sie komplett unter sich blieben.«

Logan versteifte sich ein wenig im Sitz. »Chinesen? Mir gefällt gar nicht, worauf das hinausläuft.«

»Geht mir genauso, Kumpel«, versicherte Mike. »Es kommt noch schlimmer. Sie berichtete der Polizei, die Changs hätten zum Teil nächtelang in der Garage gearbeitet. Außerdem meinte sie, einer von denen habe mit einer Pistole rumgefuchtelt, sie war sich aber nicht ganz sicher. Der diensthabende Officer nahm den Anruf zwar zu Protokoll, aber aufgrund ihrer vielen früheren Beschwerden und der Tatsache, dass die Changs laut Immigrationsbehörde sauber waren, wurde das Ganze ziemlich weit unten im Stapel als Beschwerde wegen Ruhestörung abgelegt. Als das Vegas Police Department endlich reagierte und der Geschichte auf den Grund ging – das war gestern –, gingen sie einfach hin und klopften an die Tür. Niemand reagierte, doch nachdem sich der Officer Zutritt verschafft hatte, stellte er fest, dass das Haus verlassen wirkte, als wären die Bewohner überstürzt aufgebrochen. Ansonsten fiel ihm nichts Verdächtiges auf. Also beschloss er, bei Mrs. Chambers vorbeizuschauen und es ihr zu sagen. Sie öffnete nicht und er hörte ein Heulen aus ihrer Wohnung. Das Geräusch ließ bei ihm sämtliche Alarmglocken klingeln, also brach er die Tür auf.«

»Hört sich für mich nach einem cleveren Polizisten an, der seinen Instinkten folgt«, lautete Logans Kommentar.

»Ein Glück für uns«, entgegnete Mike. »Er fand Mrs. Chambers erschossen in ihrem Schlafzimmer, zusammen mit ihrer Katze, die das Spektakel veranstaltet hatte. Sie war schon mindestens zwei Tage tot.«

»Herr im Himmel ... Die müssen sie erwischt haben, als sie ihnen hinterherspioniert hat. Das, was sie vertuschen wollen, muss also wichtig genug sein, um dafür zu töten.«

»Genau. Als das Vegas Police Department in das Haus der Changs eindrang, stießen sie im Keller auf eine Sammlung diverser Chemikalien, die für die Herstellung von Sprengstoff benutzt werden. Daraufhin wurde die gesamte Nachbarschaft befragt. Ein Kerl aus dem Hinterhaus gab an, er habe sie über Afrika reden hören, als er mit dem Hund draußen war. Wegen des Bretterzauns merkten sie nicht, dass er alles mitbekam. Er fand es irgendwie komisch, dass Chinesen über Afrika redeten. Das ist schon ein paar Tage her. Er dachte nicht weiter darüber nach, bis die Polizei an seine Tür klopfte.«

»Sieh mal einer an.«

»Da dachte ich mir, wenn die Kerle Chinesen sind und du im Moment Agenten des chinesischen Geheimdienstes im Sudan nachspürst, müssen wir wohl davon ausgehen, dass die Sache kein Zufall ist. Ich hab ein forensisches Team hingeschickt, das im Moment das Haus auseinandernimmt, aber das waren echte Profis. Sie haben nicht viel Verwertbares hinterlassen. Inzwischen sind sie von mehreren Stellen zur Fahndung ausgeschrieben und wir werden ihre Fotos an die Presse weiterleiten.«

»Du hast sicher recht. Ohne nähere Einzelheiten zu kennen, würd ich behaupten, da ist was faul. Alle Spuren führen im Moment zur chinesischen Regierung. Es wär nicht das erste Mal, dass die Chinesen Hilfe von den Russen oder den Nordkoreanern bekommen. Wir müssen unbedingt rausfinden, worum es hier geht und was fürs große Finale geplant ist. Da ONERING im Spiel ist, könnte es so gut wie alles sein. Wenn wir was rausfinden, bist du der Erste, der davon erfährt.« Logan schaute aus dem Fenster. Der Range Rover war seit Beginn ihres Gesprächs höchstens 30 Meter vorangekommen. »Wir sind bald in der Botschaft.«

»Prima. Wenn ich nichts von dir höre, geh ich davon aus, dass du beschäftigt bist. Ich meld mich aus Vegas, sobald ich was Neues weiß.«

»Danke, Bruder, pass auf dich auf.«

»Hey, du bist ja nicht da, also wird mich auch niemand in die Luft jagen oder erschießen wollen.«

»Stimmt.« Logan lachte. »Irgendwie bringe ich immer das Beste in den Menschen zum Vorschein.«

»Wohl wahr. Okay. Genug geplaudert. Gute Jagd. Wir sprechen uns bald, Bruder. Pass auf dich auf.«

»Alles klar. Viel Glück in Vegas.« Logan beendete das Gespräch und reichte das Telefon zu Cole auf dem Vordersitz durch.

»Was gibt's?«, erkundigte sich John.

»Vier chinesische Verdächtige, angeblich Brüder – auch wenn ich drauf wette, dass sie nicht wirklich verwandt sind –, haben sich in Vegas mit Waffen und Sprengstoff aus dem Staub gemacht. Vorher haben sie ihre Nachbarin ermordet. Mike glaubt nicht an einen Zufall. Ich seh das ähnlich. Da muss es eine Verbindung geben. Die Chinesen sind im Moment extrem rührig. Wenn du mich fragst, halte ich es für ausgeschlossen, dass es da *keine* Verbindung gibt. Er ist unterwegs …«

Ein lautes Knirschen unterbrach seine Ausführungen.

Ein weißer Toyota Land Cruiser war in den vorderen

linken Kotflügel des Range Rovers geknallt. Er wurde gegen einen weißen Bus geschoben, der auf dem staubigen Seitenstreifen dahinschlich.

Als er in Richtung Mittelkonsole geschleudert wurde, glaubte Logan noch, irgendein unvorsichtiger, verrückter sudanesischer Fahrer habe sich in dem Verkehrschaos verschätzt.

Beide Fahrzeuge kamen abrupt zum Stillstand. Logan wollte gerade eine witzige Bemerkung anbringen, um die Situation zu entkrampfen, da rief David: »Waffen!«

Logans Verstand schaltete automatisch auf Vollgas, nachdem er sich vom ersten Schock des Crashs erholt und nach möglichen Bedrohungen umgesehen hatte.

Der Range Rover war zwischen dem weißen Land Cruiser und dem Bus eingekeilt. Als ungleich alarmierender empfand er allerdings die beiden Chinesen, die mit schallgedämpften QCW-05-Maschinenpistolen neben dem Wagen standen und auf das Fahrerfenster zielten. Ein Dritter hatte sich vor der Motorhaube des SUV aufgebaut. Der Fahrer des Toyotas, der noch am Steuer saß, erteilte ihm Befehle.

Sie riefen etwas auf Chinesisch und gestikulierten mit ihren Waffen. Die Botschaft war eindeutig: Aussteigen!

Das ist gar nicht gut.

»Ich nehme mal nicht an, dass die Botschaft die als Eskorte für uns engagiert hat«, meinte John trocken, wobei er in den Lauf einer der Maschinenpistolen blickte. Er lächelte und winkte dem Bewaffneten durch die Scheibe zu, ehe er sich an David wandte: »Bringen Sie uns verdammt noch mal hier raus ... bitte.«

»Ich glaube, ihm gefiel dein Versuch, diplomatisch zu sein, nicht besonders«, flüsterte Logan, als der Angreifer

John lauter anbrüllte und sich anschickte, die hintere Tür zu öffnen.

»Festhalten«, schrie David und hämmerte den Rückwärtsgang rein. Das Fahrzeug schoss los, nur um nach wenigen Metern vom Wagen dahinter aufgehalten zu werden.

Wir sitzen fest. Das haben sie clever geplant. Logan drehte sich um und blickte durch die Heckscheibe auf den Kühlergrill eines Lastwagens, der ebenfalls blockiert war.

»Da kommen wir nicht durch!«, schrie Logan. »Wir müssen in eine andere Richtung!«

»Rammen!«, rief Cole vom Vordersitz, aber David war gedanklich schon einen Schritt weiter.

Der 510-PS-Turbomotor des Range Rovers röhrte und der SUV schoss vorwärts. Selbst in diesen beengten Verhältnissen bekam er genug Schwung, um die Beifahrerseite des Toyota so heftig zu rammen, dass dieser in die Luft gehoben wurde.

Einen Moment verstieg sich Logan zu der Hoffnung, dass es genügte. Aber dann knallte der Toyota zurück auf den Boden und die Beifahrerseite traf die Front des Range Rovers mit solcher Wucht, dass die beiden Fahrzeuge zu einem zu verschmelzen schienen.

»Achtung!«, warnte John. Einer der Angreifer rollte ein dunkles, eckiges Objekt unter die Karosserie. Er konnte gerade noch »Sprengsatz!« schreien, da gab es bereits eine Explosion.

Die Schnauze des Range Rovers wirbelte in die Luft und trennte sich mit einem hässlichen Schleifgeräusch vom Toyota. Der SUV prallte zurück auf die Straße, der Motor nur noch ein Haufen zerschmolzener Schrott. Die Beleuchtung des Armaturenbretts erlosch und hervorquellender Rauch breitete sich im Wageninneren aus.

Logan schwirrte der Kopf. Er schüttelte ihn, um das Brummen loszuwerden. John tat es ihm gleich. *Wir müssen hier raus!*

Ihre beiden Begleiter hatten den Großteil der Druckwelle abbekommen, da sie vorn saßen. David war gegen die Fahrertür gesackt und Cole gegen die Rückenlehne, den Kopf ungesund nach hinten verdreht.

Knack! Knack! Knack! Knack! Knack! Risse breiteten sich wie Spinnweben auf der Windschutzscheibe aus, nachdem die Chinesen das Feuer eröffnet hatten.

Der Beschuss vertrieb die letzte Benommenheit aus Logans Kopf.

Er registrierte, wie Cole die Angreifer stupide anstarrte, bei Bewusstsein, aber stark benommen.

Jetzt läuft uns endgültig die Zeit davon. Er schaute sich um und sah nur noch eine Möglichkeit. *Allemal besser, als hier zu sterben.* Er entriegelte die Tür und bekam sie halb auf, bevor sie gegen die Seite des Minibusses stieß.

Dichte Rauchschleier nahmen ihm die Sicht. Er konnte nicht mal die Motorhaube des Wagens erkennen. *Hoffentlich sehen die uns umgekehrt auch nicht.*

»Hier lang!«, rief Logan, selbst noch halb taub von der Explosion. Er ließ sich aus dem Wagen fallen und ging hinter dem Kotflügel am Heck in Deckung, während die Kugeln begleitet vom lauten Geschrei der Chinesen den SUV durchlöcherten. John kämpfte sich in seinem Rücken ins Freie, drehte sich noch einmal um und schien etwas zu bemerken.

Logan hörte laute Schreie aus dem Wageninneren. Er spähte am Heck vorbei, um zu sehen, ob noch mehr chinesische Angreifer auf sie lauerten. *Sieht so aus, als hätten wir Glück … Jetzt nur noch weg, weg, weg!*

»Was dauert bei dir so lange?«, schrie Logan.

»Er ist immer noch bewusstlos!«

Logan drehte sich um und sah, wie sein Partner den ohnmächtigen David aus dem Rover schleifte. *O nein …*

»John, uns bleiben höchstens zehn Sekunden. Wir müssen los, *jetzt!*«

Endlich tauchte auch Cole hustend aus dem qualmenden Auto auf. Er hielt einen Daumen hoch, um zu signalisieren, dass er okay war.

John bückte sich, zog David in eine sitzende Haltung und hievte ihn sich auf die Schulter wie ein Feuerwehrmann.

Logan nickte ihm zu. »Cole, wir zwei laufen vor und versuchen, so viel Distanz wie möglich zwischen uns und die Gegner zu bringen. Komm!«

Er drehte sich um. Der Beschuss war verstummt. *Verdammt. Die haben gemerkt, dass wir nicht mehr im SUV sind, und wollen nicht riskieren, uns zu treffen. Denen war von Anfang an klar, dass der Wagen mit kugelsicheren Scheiben ausgestattet ist.* Ihm wurde klar, was die Angreifer vorhatten. *Die treiben uns vor sich her.*

Weiterhin in gebückter Haltung huschte Logan zum Heck des Minibusses. Er spähte um die Ecke … und wurde von einem weiteren Angreifer überrascht, der mit einem Taser auf ihn zielte.

Er reagierte instinktiv, wich der Attacke aus und packte den Arm des anderen, lehnte sich schwungvoll zurück und setzte den Minibus als Hebel ein.

Kracks! Der Arm seines Gegners brach. Er wimmerte vor Schmerzen und ließ reflexartig den Taser fallen. Logan fing ihn gekonnt aus der Luft, richtete ihn auf den Körper des Mannes und verpasste ihm einen 50.000-Volt-Stromstoß. Der Mann verkrampfte sich und klatschte mit dem Kopf voran auf den Asphalt.

Logan spähte erneut um das Fahrzeug. Schritte erklangen aus Richtung Range Rover. Direkt vor ihm befanden sich keine weiteren Chinesen. Er warf den Taser weg, dessen Ladung erschöpft war. Um in der Kleidung des anderen nach einer Ersatzkartusche zu suchen, fehlte ihm die Zeit.

»Folgt mir. Seid auf alles vorbereitet.« Er bewegte sich so schnell und leise er konnte, während seine Augen aufmerksam die Umgebung abscannten.

Am staubigen Seitenstreifen neben der Kühlerhaube des Busses blieb er stehen. Weiter geradeaus liefen sie den Gegnern direkt in die Arme. Neben der Straße befand sich der Soldatenfriedhof, den er vor einer gefühlten Ewigkeit das erste Mal bemerkt hatte. *Viele Grabsteine, vereinzelte Bäume, ein quadratisches Gebäude in der Mitte – wenig Deckung.* Rechts davon quälte sich der endlose Verkehr voran. Beides keine gute Wahl. Zurück zum Flugplatz? Aussichtslos. *Verdammter Mist.*

Die Entscheidung wurde ihm abgenommen, als vier weitere chinesische Verfolger aus dem Strom der Fahrzeuge etwa 50 Meter hinter ihnen auftauchten. Zwei der Männer trugen elektrische Schlagstöcke, zwei weitere waren mit QCW-05-Maschinenpistolen bewaffnet. Sie entdeckten ihn und stürmten in seine Richtung.

»Auf den Friedhof! Wir kriegen noch mehr Gesellschaft von rechts!« Logan spurtete über den Seitenstreifen zu den Gräbern. ›Die letzte Ruhestätte für die Gefallenen der Schlacht‹, wie ein Schild in Arabisch und Englisch verriet. *Der perfekte Ort für einen Showdown.*

Während er ohne Deckung weiterrannte, kam ihm in den Sinn, dass die elektrischen Schlagstöcke seinen früheren Verdacht bestätigten: *Die wollen uns nicht umbringen.* Er grübelte, was in diesem Fall angenehmer war: Tod oder Gefangennahme.

22

Botschaft der Vereinigten Staaten
Khartum

Wendell Sharp versuchte nach wie vor, aus den Informationen und Befehlen schlau zu werden, die er erst vor wenigen Stunden aus Langley erhalten hatte. Als Stationschef und hochrangiger CIA-Offizier war er daran gewöhnt, den Überblick über alle Geheimdienstoperationen in seiner Region zu haben.

Er fuhr sich mit der Hand durch das ergrauende Haar und klickte sich auf dem Rechner durch die spätvormittäglichen Briefings und Updates seiner Einsatzkräfte. Dabei kehrten seine Gedanken wiederholt zu der Unterhaltung zurück, die er vor zwei Stunden mit dem stellvertretenden Direktor geführt hatte.

Als Veteran, der 20 Jahre lang in verschiedenen, über den afrikanischen Kontinent verteilten Dienststellen tätig gewesen war, hatte Sharp sich die aktuelle Position als letzten Auslandseinsatz ausgesucht. Er plante, für ein kurzes Intermezzo nach Langley zurückzukehren und anschließend in den Ruhestand zu wechseln.

Seine Studien über den Imperialismus und seine Liebe zur britischen Geschichte hatten ihn veranlasst, sich mit Englands Rolle im Sudan des späten 19. Jahrhunderts auseinanderzusetzen. Er wusste, dass die Briten den Sudan erobert hatten, um die Franzosen daran zu hindern, die

Fahrwasser des Nils zu kontrollieren. Doch es war nicht die Eroberung dieses reichen Landes durch die Briten, die ihn so faszinierte – sondern die durch die britische Besatzung ausgelöste Revolution. Ein zäher, stetiger Kampf um Freiheit, der über 58 Jahre zunehmend intensiver wurde und 1956 in der sudanesischen Unabhängigkeit gipfelte.

Als Sohn eines Bürgerrechtlers aus Alabama identifizierte sich Sharp mit dem sudanesischen Volk, das gegenwärtig unter dem unterdrückerischen Regime in Khartum litt. Nach dem Völkermord und dem furchtbaren Kriegsverbrechen in Darfur hatte er gehofft, seinen eigenen kleinen Beitrag leisten zu können. Nicht nur für die Interessen der nationalen Sicherheit der USA, sondern auch für die Menschen vor Ort.

In den letzten drei Jahren hatten er und seine Einsatzoffiziere sich gründlich in die verschiedenen Ministerien vorgearbeitet. Die Politiker daheim in Washington reagierten höchst erfreut auf die Tatsache, dass es die in diesem Rahmen gewonnenen Erkenntnisse erlaubten, dem amtierenden Präsidenten aufgrund von Kriegsverbrechen und Verbrechen gegen die Menschlichkeit den Prozess zu machen.

Bei alldem hatte man Wendell stets völlig freie Hand gelassen. Umso mehr verwunderte ihn die aktuelle Anweisung aus dem Büro des Direktors, den drei Männern, die undercover in Khartum gelandet waren, jede Unterstützung zuteilwerden zu lassen.

Was zur Hölle geht da vor? Was es auch war, es musste etwas Bedeutendes sein, denn die Agenten hatten äußerst kurzfristig Visa und Reiseerlaubnisse bekommen. *Ein Coup?* Ihm waren Gerüchte zu Ohren gekommen, wonach der Vizepräsident einen Sturz des Machthabers plante, aber Beweise dafür gab es nicht.

Wahrscheinlich hielt sich eher eine wichtige Zielperson im Land auf. Mehrere islamische Extremistengruppen waren angeblich im Sudan untergetaucht, so wie einst Osama bin Laden. *Ich werde es sicher bald genug erfahren.*

Er vertiefte sich erneut in den Bericht über einen Minister, relativ weit unten in der Hierarchie angesiedelt, der ein lohnendes Ziel für eine Erpressung abgab – er hatte zwei Geliebte und immense finanzielle Probleme –, als das abhörsichere Telefon auf seinem Schreibtisch klingelte.

»Hier ist Sharp.« Er hielt das Headset ans Ohr.

»Sir, hier spricht Holmes aus dem Kommunikationsbüro. Ich glaube, wir haben ein Problem.«

Die Worte beschleunigten Wendells Herzschlag deutlich. Der Kommunikationsoffizier fuhr fort: »Mr. Cross hat gerade sein persönliches Notrufsignal im SUV aktiviert. Das Fahrzeug bewegt sich nicht voran. Wir haben es in der Nähe des Soldatenfriedhofs geortet. Außerdem geht er nicht an sein Satellitentelefon. Ich wollte kurz bei Ihnen nachfragen, bevor ich die schnelle Eingreiftruppe losschicke …«

Wendell fiel ihm ins Wort. »Veranlassen Sie es sofort. Die Männer sollen sich so schnell wie möglich auf den Weg machen. Außerdem sollten Sie die Draganflyer für die Überwachung aus der Luft starten. Stellen Sie sicher, dass der Pilot direkten Kontakt zum Kommandanten der schnellen Eingreiftruppe hat«, befahl er mit Nachdruck. Bei der Draganflyer handelte es sich um eine kompakte Helikopter-Drohne, welche die Botschaft zum Schutz ihrer Einsatzkräfte verwendete. »Ich rufe in Langley an und komme gleich runter in die Kommandozentrale.«

Er legte auf und wählte die Nummer des leitenden Wachoffiziers in der CIA-Operationszentrale in Virginia.

Lau Gang wich rennend dem stehenden Verkehr aus, bemüht, seine Agenten zu erreichen, die sich um die Verfolgung der Zielpersonen kümmerten. Er hatte den Hinterhalt aus einem parkenden SUV in 50 Metern Entfernung auf der anderen Seite der Kreuzung beobachtet. Auf einer Anhöhe, die es erlaubte, die gesamte Umgebung im Auge zu behalten. Anfangs war alles nach seinen Vorstellungen gelaufen. Bis zu dem Moment, als der Fahrer der Botschaft den Rückwärtsgang einlegte und zu entkommen versuchte.

Nach dem Aussteigen hatte Gang zwei Männer bemerkt, die Richtung Friedhof flüchteten, aber im schier undurchdringlichen Automeer hatte er sie aus den Augen verloren. *Mit solchen Problemen hatte ich nicht gerechnet.*

Während er sich durch das hupende, blecherne Chaos kämpfte, kam ihm erneut in den Sinn, dass Operationen wie diese nie glatt liefen. *Stimmt, aber sie sind trotzdem immer erfolgreich.* Er verdoppelte seine Anstrengungen, sich durch die Masse von wütenden und panischen Fahrern zu quetschen.

Er *musste* die Amerikaner vom Spielfeld verdrängen und die Bedrohung eliminieren, die sie darstellten. Der körperliche Drang, die Situation zu kontrollieren, dominierte seine Handlungen. Es war beunruhigend genug, dass sie trotz seiner raffinierten Strategie so weit gekommen waren, aber noch bestand kein Anlass zur

Panik. Zumal er sich für viel zu diszipliniert hielt, um so irrational zu reagieren.

Die nächsten 48 Stunden waren für den weiteren Verlauf der Operation entscheidend. Er beschloss, nichts dem Zufall zu überlassen, besonders nicht in der Gegenwart von US-Agenten. Sobald sie geschnappt waren, würde er aus ihnen rauskitzeln, was sie über ihn, über Namir und über ihre Ziele wussten. Danach taugten sie allenfalls noch als Ablenkung für ihresgleichen, bevor sie im fruchtbaren Schlamm des Nils endeten – *oder Schlimmeres.*

Er lächelte bei dem Gedanken und ließ zu, dass sich die seltene Gefühlsregung auf seiner stoischen Miene ausbreitete. Dann beschleunigte er seine Schritte.

Wie zur Hölle haben wir uns das wieder eingebrockt? Logan stürzte zwischen weißen Grabsteinen hindurch, Cole lief keuchend hinter ihm her.

»Ich glaube, David hat einen Notrufsender aktiviert«, rief der Chef der Special Operations Group zwischen zwei hastigen Atemzügen. »Als wir in den Hinterhalt geraten sind, hat er einen Schalter neben dem Satellitentelefon betätigt. Ich nehme an, die Botschaft weiß inzwischen, dass wir Ärger haben, und schickt uns eine schnelle Eingreiftruppe. Falls wir heil hier rauskommen und ein geeignetes Versteck finden, überstehen wir das Ganze vielleicht.«

Logan wollte gerade etwas sagen, als ein weiteres Vier-Mann-Team am Zaun des Friedhofs knapp 100 Meter links von ihnen auftauchte. Ein junger Chinese mit kurzen dunklen Haaren bellte Befehle.

Logan blieb abrupt stehen und Cole schloss zu ihm auf. John hatte mit dem bewusstlosen Einsatzoffizier über der

Schulter gerade erst das 30 Meter entfernte Gräberfeld erreicht. Die vier Männer, die ihn jagten, waren ihm dicht auf den Fersen. Zwei von ihnen schickten sich an, ihm mit einem Elektroschocker eine vernichtende Ladung zu verpassen. *Er schafft es nicht.*

»Uns gehen langsam die Fluchtwege aus«, warnte Cole. »Die haben uns ziemlich eingekreist.«

Logan ignorierte die Bemerkung und schrie: »Schneller, John! Sie sind direkt hinter dir!«

John hob den Kopf, um zu antworten, doch da verließ ihn das Glück.

Entsetzt beobachtete Logan, wie sein engster Freund mit dem rechten Fuß am Sockel eines Grabsteins hängen blieb und über den Rasen segelte. Selbst in der Luft wurde offensichtlich, dass er sich mehr um seinen Begleiter als um sich selbst sorgte. Er verdrehte den Oberkörper und hielt Davids Arm fest, um zu verhindern, dass sein Kopf und sein Hals ungeschützt auf den Boden aufschlugen. Beim Landen ließ er Davids Arm los und der Weggetretene rollte von ihm herunter, prallte auf den Rücken, die Augen weiterhin geschlossen. Von der wilden Hetzjagd, an der er unfreiwillig beteiligt war, bekam er nichts mit.

John wollte sich gerade aufrappeln, als die vier Verfolger sie umringten. Er blickte Logan fest in die Augen und ignorierte die Angreifer. Jahrelange Kampferfahrung und die tiefe Freundschaft, die sie füreinander empfanden, wurden nun unter der heißen Sonne Khartums auf eine Belastungsprobe gestellt. John wusste, dass er in dieser Situation nicht auf die Hilfe des Partners hoffen durfte. Wenn sie überhaupt eine Chance haben wollten, ONERING zu finden, musste zumindest einer von ihnen entkommen. Und im Moment kamen dafür nur Logan und Cole infrage. Heute war kein Tag, um gemeinsam zu sterben.

»Denk nicht mal dran! Raus hier! Formiert euch neu und sucht mich später«, rief John ihm zu. Mit einem entschlossenen Grinsen schielte er auf den Mann mit dem elektrischen Schlagstock direkt neben sich. »Es sei denn, ich töte die Schweinehunde eigenhändig und komm gleich nach.« Er sah rasch wieder zu Logan und brüllte, so laut er konnte. Seine Stimme hallte über den Friedhof, als wollte er damit die Toten wecken: *»Haut jetzt ab!«*

Die vier Männer rechts von Logan waren über den Zaun gesprungen und näherten sich langsam, wobei sie sorgfältig die komplette Breite des Friedhofs abdeckten. Der junge Befehlshaber sprach ruhig in ein Funkgerät. *Der fordert Verstärkung an. Die wollen uns wirklich schnappen.*

Plötzlich hörten sie Stimmen aus südlicher Richtung. Logan wirbelte herum und bemerkte drei weitere bewaffnete Agenten, die sich zwischen den Grabsteinen hindurchschlängelten. *Wir sind umstellt.*

John stand inmitten seiner Angreifer seelenruhig da. *Verdammt, John. Musst du immer den Helden spielen?*

»Also los.« Logan stürmte, ohne sich noch einmal umzuschauen, zu einem Gebäude aus glattem weißem Marmor in der Nähe des hinteren Zauns. Die anderen beiden Teams waren ihnen weiter auf den Fersen und versuchten, ihnen mit einer Zangenbewegung den letzten Fluchtweg abzuschneiden.

23

Konvoi der schnellen Eingreiftruppe

Tim Greco, Army Major im Ruhestand, starrte vom Beifahrersitz auf den Laptop, der über dem Armaturenbrett des sandfarbenen MRAP befestigt war. Das gegen Minen und Beschuss gepanzerte Fahrzeug schob sich langsam durch den dichten Verkehr Khartums.

Als regionaler Sicherheitsoffizier der Botschaft – in der Regel RSO genannt – war er der ranghöchste Mitarbeiter, den der diplomatische Sicherheitsservice, der DSS, mit sämtlichen Sicherheitsangelegenheiten betraute. Er zeichnete für das Wohlergehen aller Einsatzkräfte verantwortlich, die in Khartum Dienst taten – US-Amerikaner eingeschlossen.

Vor weniger als fünf Minuten hatte er noch die täglichen Berichte durchgeblättert und Einschätzungen vorgenommen, wie ernst und schwerwiegend die Drohungen waren, die regelmäßig bei der Botschaft eingingen. In der Regel stellten sie sich als unbedeutend heraus, entweder das Ergebnis unbrauchbarer Informationen oder absichtlicher Fehlinformationen, gestreut von lokalen Unruhestiftern, die damit die Wirksamkeit ihrer Abwehrmaßnahmen auf die Probe stellen wollten. Die letzte tatsächliche Bedrohung durch eine lokale islamistische Extremistengruppe war von der sudanesischen Regierung beseitigt worden. Damals hatte es genügt, dem

Inlandsgeheimdienst eine Wegbeschreibung zu deren Unterschlupf zu liefern.

Als ehemaliger Army Ranger des 3rd Ranger Battalion wusste Tim, wie gefährlich es war, sich auf feindlichem Gebiet zu sicher zu fühlen. 1993, während der Hubschrauber-Kampfeinsätze in der Schlacht von Mogadischu, war er ein junger Truppenführer in Somalia gewesen. Damals hatte man seinen Konvoi nach dem Absturz des zweiten Black Hawk vom Flughafen in die Stadt beordert. Der Humvee war unter heftigen Beschuss geraten und sein Funker auf dem Sitz hinter ihm getötet worden.

Bis zu diesem Tag gab er der Regierung die Schuld, da sie dem Antrag auf Abrams-Panzer und gepanzerte Bradley-Militärfahrzeuge nicht entsprochen hatte. Das wäre zwar keine Garantie für das Überleben von Corporal Mike Airesdale gewesen, hätte ihm aber zumindest eine faire Chance gegeben. Die Humvees der frühen 1990er-Jahre waren nicht dafür ausgelegt gewesen, dem Dauerbeschuss durch die Milizen von Aidid standzuhalten.

Monate nach den Kampfhandlungen hatte er beschlossen, die höhere Offizierslaufbahn einzuschlagen und seine weitere Karriere dem angemessenen Schutz der überall in der Welt stationierten amerikanischen Einsatzkräfte zu widmen. Es wurde zu seiner persönlichen Berufung und sorgte dafür, dass er letzten Endes beim DSS landete und dort sein Wissen und seine Fähigkeiten einsetzte, um der beste RSO der gesamten Agency zu werden.

Als sein Telefon geklingelt und der Stationschef ihn informiert hatte, dass ein Notfallsender von einem der Einsatzoffiziere aktiviert worden war, stellte Tim in weniger als fünf Minuten einen Konvoi von zwei MRAPs mit einer schnellen Eingreiftruppe, zum Teil Angehörige der Marine Security Guard und zum Teil ziviles Personal der DSS, zusammen.

Ausbildung und gute Vorbereitung machen sich am Ende immer bezahlt, dachte er, als er den Livefeed der Draganflyer-Drohne verfolgte, die in etwa 150 Metern über dem Friedhof schwebte. Zwei dunkle Gestalten rannten auf ein rechteckiges Gebäude aus Marmor zu, das Tim wiedererkannte.

Er hatte dem Friedhof schon mehrfach einen Besuch abgestattet. Alle Soldaten erwiesen den Gefallenen regelmäßig die letzte Ehre.

Die Fliehenden wurden von insgesamt sieben Verfolgern in die Zange genommen. Zwei weitere Opfer waren in der Nähe des Eingangs zurückgeblieben, umstellt von vier weiteren Angreifern.

Wer sind diese Kerle? Das hatte ihm der Stationschef nicht verraten. Für die Mission war es allerdings auch nicht relevant. Es ging allein darum, die vier Männer zu retten.

Doch dann erregte etwas außerhalb des Zauns im hinteren Teil des Friedhofs seine Aufmerksamkeit. *Was zur …? O nein!*

»Brian, Sie fahren besser, so schnell Sie können. Drängen Sie die anderen von der Straße, wenn man Ihnen keinen Platz macht. In ein paar Minuten ist es zu spät und wir sind noch fast eine halbe Meile entfernt.«

Tims zweiter Befehlshaber reagierte, indem er das Gaspedal bis zum Boden durchtrat. Die 9,3-Liter-Maschine röhrte, ein lebendes Biest, begierig, alles auf seinem Pfad zu verschlingen. Der MRAP rammte einen kleinen weißen Toyota, der den Seitenstreifen blockierte, und schob ihn kurzerhand zur Seite. Der Fahrer starrte verwundert durch die Scheibe, als das riesige gepanzerte Fahrzeug an ihm vorbeirollte.

Dumm gelaufen, Junge. Wärst du mal schön auf der Hauptspur geblieben.

Tim sprach in das Mikrofon, das an seinem Kevlar-Helm befestigt war, und erteilte dem zweiten Team im nachfolgenden Fahrzeug Befehle.

John brannte auf einen Kampf. Mitten in Khartum in einen Hinterhalt zu geraten, hatte eine Reaktion hervorgerufen, die er sich für besondere Gelegenheiten aufhob, normalerweise für solche, die den Einsatz tödlicher Gewalt nach sich zogen. Einfach gesagt: Er war mächtig angepisst.

Nicht wegen des Anschlags auf den Range Rover. Auch nicht wegen der Tatsache, dass ihn vier Männer mit modifizierten Elektroschock-Schlagstöcken und Maschinenpistolen umstellten. Denen gab er keine Schuld. Die hatten ihre Anweisungen, auch wenn er es äußerst beunruhigend fand, dass ihr Gegner Logan, John und Cole so schnell identifiziert hatte, wo sie doch selbst erst vor wenigen Stunden erfahren hatten, dass sie nach Khartum flogen. Nun, dieses Rätsel musste wohl zu einem späteren Zeitpunkt gelöst werden.

Nein, er war so wütend, weil er gestolpert war. Sauer auf sich selbst, so unvorsichtig gewesen zu sein. Insbesondere, weil er sich die Sicherheit von David Cross buchstäblich auf die eigenen Schultern geladen hatte. *Ich werde alt,* dachte er, auch wenn er wusste, dass er selbst ›alt‹ noch gut genug war, es mit den meisten Männern aufzunehmen, die Jahrzehnte jünger waren. *Egal, jedenfalls bin ich aus dem Tritt gekommen, und das hätte nicht passieren dürfen. Elender Mist!*

»Dann mal los, Jungs.« John versuchte, seine Erfolgsaussichten abzuschätzen. David lag halb bewusstlos neben einem Grabstein. Er schien zu sich zu kommen und stöhnte leise.

Einer der Angreifer mit Schlagstock stand außerhalb von Johns Reichweite zu seiner Linken. Die beiden Männer mit den Maschinenpistolen hatten sich etwas mehr als drei Meter vor ihm aufgebaut. Sie richteten die Waffen auf den Boden, als wollten sie ihn darauf hinweisen, dass Kämpfen keinen Sinn hatte und er nicht mal ans Entkommen denken sollte.

Ach ja? Fickt euch, das werden wir ja sehen. Er wählte sein Opfer.

»Steh nicht bloß dumm rum und kraul dir die Eier, Junior. Lass uns loslegen«, provozierte John den Jüngsten der vier. John schätzte, dass er nicht älter als 20 oder 25 war. Zorn verzerrte die glatte Stirn des jungen Mannes und er packte seine Maschinenpistole fester, hob sie an und zielte auf seinen Kopf.

»Schnappt ihn euch«, befahl der junge Mann in perfektem Englisch.

Großer Fehler, du Kotzbrocken! John lächelte und wappnete sich für den Angriff.

Der junge Mann bemerkte seine Reaktion und zögerte. Er erkannte zu spät, dass es genau das war, worauf der andere gewartet hatte.

John hörte, wie der Mann mit dem schwarzen Schlagstock einen kurzen Schritt nach vorn machte. Mit blitzartiger Geschwindigkeit sprang er nach rechts und verkürzte die Distanz zum Gegner.

Die elektrische Waffe raste auf Johns Brust zu – genau wie von ihm beabsichtigt. Er reagierte blitzschnell. Wie ein Profiboxer vollführte er einen Sidestep. Der Schlagstock sauste an ihm vorbei. Er schlang den linken Arm um den des Angreifers, blockierte damit den Schwung des Arms und schützte sich gleichzeitig vor einem weiteren Schlag.

Johns Ohren verrieten ihm, dass sich die beiden anderen Männer mit den MPs von hinten näherten. Eine Bedrohung, die es als Erstes auszuschalten galt.

Sich seiner eigenen Verwundbarkeit vollkommen bewusst, versetzte er seinem menschlichen Schutzschild einen heftigen Schlag gegen die Schulter und spürte, wie der Arm des Mannes erschlaffte und er reflexartig den Stock fallen ließ. John machte einen Schritt auf ihn zu und drehte sich, brachte ihn erneut direkt zwischen sich und das jüngste Teammitglied mit der Maschinenpistole. Er schubste seinen unfreiwilligen Beschützer mit beiden Händen nach hinten, bevor dieser reagieren konnte.

Als er umkippte, griff John neben sich und schnappte sich den Viehtriebstab, katapultierte sich nach vorn auf den Mann mit der Maschinenpistole zu, wobei er die stolpernde Gestalt des ersten Gegners als Deckung nutzte.

Den jungen Mann traf diese Aktion unvorbereitet. Als sein Kamerad gegen ihn gestoßen wurde, machte er instinktiv einen Schritt zur Seite, um eine Kollision zu vermeiden. Sein rechtes Bein stieß gegen einen Grabstein und sein Oberkörper zuckte nach rechts. Der Schwung drohte ihn auf das Grab fallen zu lassen. Im letzten Moment gewann er das Gleichgewicht zurück und richtete seine Waffe nach oben auf Johns Kopf.

Der erste Angreifer taumelte nach hinten und krachte gegen einen weiteren Grabstein. Das Geräusch, mit dem sein Kopf die harte Oberfläche traf, löste Übelkeit bei John aus. Er sackte gegen den Grabstein. Bewusstlos oder tot? Ihm war es egal.

Er hatte die Distanz durch sein Manöver ausreichend verringert. Als der Schütze, der höchstens Anfang 20 war, ihn mit der MP anvisierte, schoss Johns Arm nach vorn und berührte mit der Spitze des aufgehobenen Schlagstocks den Lauf der Maschinenpistole. Er betätigte den Auslöser und schickte einen knisternden Stromstoß durch das schwarze Metall.

Der Schlagstock war dafür gedacht, entweder großen Farmtieren Elektroschocks zu verpassen oder Menschen zu foltern. Die gewaltige Ladung ließ den Jungen aufschreien. Weißglühender Schmerz schoss durch die Arme in seinen Körper. Er verkrampfte sich und als John den Knopf losließ, kollabierte er auf dem vertrockneten Gras. Die Waffe prallte vom Grabstein ab und blieb zu seinen Füßen liegen.

John verpasste dem zusammengesackten Gegner einen kräftigen Tritt ins Gesicht und eine Platzwunde an der linken Schläfe. Der andere verlor augenblicklich das Bewusstsein.

Obwohl er einen Tumult in seinem Rücken hörte, wagte er es nicht, auch nur eine Sekunde für einen Blick über die Schulter zu investieren. Er hechtete auf die Maschinenpistole zu und landete hart auf dem Bauch, wodurch ihm kurz die Luft wegblieb. Er ignorierte die Unannehmlichkeit, schnappte sich die MP und sprang auf, wobei er bereits mit dem Lauf nach einem geeigneten Ziel suchte.

Was er zu Gesicht bekam, ließ ihn erstarren. Bei diesem Anblick blieb ihm regelrecht die Luft weg.

Logan und Cole waren bei der marmornen Gedenkstätte angekommen, wobei sie sich bemühten, die spärlich verteilten Bäume bestmöglich als Deckung zu nutzen. Sie beabsichtigten, über den Zaun im hinteren Bereich des Friedhofs zu klettern und die chinesische Angriffstruppe beim Verlassen des Geländes zu flankieren. Logan hielt es für realistisch, mindestens eins der Teams auszuschalten, ihnen die Waffen abzunehmen und die Gegner zu attackieren, die es auf John und David abgesehen hatten. Seine Einschätzung änderte sich abrupt, als sie zwei weitere bewaffnete Angreifer auf dem staubigen Fußweg hinter dem Zaun bemerkten. Damit war ihr Fluchtweg abgeschnitten.

Zeit für Plan B.

»Schnell! Hier rein. Wir haben keine Wahl. Wir sind umzingelt.« Logan rannte zu einem Gebäude ohne Dach, zehn Meter lang und fünf Meter breit. Die einzige Zugangsmöglichkeit zu dem Komplex bot ein eineinhalb Meter breiter Durchgang, eingefasst von einem steinernen Bogen.

Logan und Cole flitzten hinein. Im Inneren stießen sie auf vier weiße Steinbänke, in Zweiergruppen im Zentrum einer akkurat getrimmten Rasenfläche aufgestellt. Ein gepflasterter Gehweg führte um sie herum. Auf den Bänken selbst prangten Namen in arabischen Schriftzeichen.

Tote Krieger wurden in allen zivilisierten Kulturen geehrt. Logan hatte nicht vor, ihnen vorzeitig Gesellschaft zu leisten.

Über ihnen ertönte das Geräusch eines hochfrequenten Motors – wie ein riesiger Rasenmäher. Die beiden Männer schauten sich kurz an.

»Ist es das, was ich glaube?« Cole spähte in den hellen Himmel.

»Da bin ich mir ziemlich sicher. Die Botschaft scheint gut auf uns aufzupassen. Gott sei Dank.« Logan meinte damit die Drohne, von der sie wussten, dass sie über ihren Köpfen schwebte. »Hoffentlich rückt bald eine schnelle Eingreiftruppe an.«

Die Geräusche wurde lauter.

»Wir haben höchstens noch 20 Sekunden.« Logan machte sich an der Bank in unmittelbarer Nähe des Durchgangs zu schaffen. »Hilf mir mal.«

Sie kippten die schwere Steinbank auf die Seite. Dabei kamen zwei Gegenstände zum Vorschein, die darunter verborgen gewesen waren: Urnen aus Metall.

Logan grinste Cole an. »Ich hab eine Idee. Ob sie funktioniert, weiß ich nicht genau, aber was haben wir zu verlieren?«

Als Veteran einer Spezialeinheit der chinesischen Volksbefreiungsarmee war Chief Sergeant Chow Chi-Fong von Lau Gang, dem jungen Major des Militärgeheimdienstes der Volksbefreiungsarmee, für den Einsatz ausgewählt worden.

Chi-Fong war kein Freund von Überraschungen und leider hatte diese Mission schon jede Menge davon bereitgehalten. Sie hatten erst zwei Tage vorher einen ihrer besten Nachrichtenoffiziere am Flugplatz verloren. Gang hatte sich genötigt gesehen, alle zu versammeln und darauf hinzuweisen, wie wichtig die Mission war. Er versicherte seinen Leuten, Changs Opfer diene einem höheren Zweck, einer Operation, die ihrem Land künftigen Reichtum bescherte.

Nach der Einsatzbesprechung beschlich Chi-Fong der Eindruck, dass Gang wusste, wer für Changs Tod verantwortlich war. Allerdings verlor er kein Wort darüber. Sicher hatte der Major seine Gründe. Das genügte ihm als Erklärung.

Es gehörte nicht zu seinen Aufgaben, Gangs Entscheidungen infrage zu stellen, obwohl Chi-Fong mindestens zehn Jahre älter war. Er wollte einfach die nächsten paar Tage heil überstehen, um aufs Festland zurückzukehren, bevor die internationale Staatengemeinschaft herausfand, was hinter alldem steckte.

Da der Hinterhalt reibungslos geklappt hatte, war er davon ausgegangen, es werde keine weiteren Abweichungen geben. Doch dann schafften es die Amerikaner irgendwie, aus dem qualmenden SUV zu entkommen und auf den Friedhof zu flüchten.

Team eins hatte zwei der Fahrzeuginsassen umstellt. Chi-Fongs Leute näherten sich zusammen mit Team drei dem kleinen Gedenkschrein in der Mitte des Gräberfelds. Die beiden Teams reihten sich vor dem Eingang auf. Chi-Fong übernahm die Führung, da er der Agent war, der mit solchen Situationen die meiste Erfahrung hatte, erhielt von Gang nickend die Zustimmung zum Vorrücken und näherte sich dem Durchgang, wobei er den wie eine Pistole geformten Taser nach vorn richtete.

Wir müssen sie lebend schnappen. Er erinnerte sich an eine verdeckte Operation in Taiwan zu Beginn seiner Karriere. Damals hatte er die Angehörige der Zielperson, die er ausschalten sollte, verschont. Sie hatte versprochen, niemals ein Wort darüber zu verlieren, was ihrem Bruder – einem Staatsfeind, der mit einer westlichen Menschenrechtsbewegung zusammenarbeitete – widerfahren war.

In einem Moment der Schwäche schenkte er ihr das Leben; wahrscheinlich weil sie so schön war. Als er nach der augenscheinlich abgeschlossenen Mission das Apartment verließ, schlich sie leise hinter ihm her und stürzte sich mit einem Küchenmesser auf ihn. Instinktiv entwaffnete er sie, rammte ihr die Klinge in den Bauch und bemerkte erst da seinen großen Fehler. Seitdem verfluchte er sich selbst, ihr Gelegenheit gegeben zu haben, ihm für wenige Sekunden seine Verletzlichkeit vor Augen zu führen. Seit dieser Erfahrung zeigte er keine Gnade mehr. Die Mission und das Wohl Chinas hatten absoluten Vorrang.

Ein Schlag aus dem Inneren des Mahnmals ließ ihn aufschrecken. *Was treiben die da? Ihnen muss doch klar sein, dass sie in der Falle sitzen.*

Chi-Fong schob sich dicht an der Wand entlang und trat durch den steinernen Bogengang in den Innenbereich. Seine Knie hielt er leicht gebeugt, um die Reaktionszeit zu verkürzen. Direkt vor ihm lag eine Steinbank auf der Seite und hinderte ihn am Weiterkommen. Er beugte sich vor, ohne zu sehen, was los war. *Das ist gar nicht gut.*

Und dann sah er es oder besser *sie*. Die Sohlen von einem Paar dunkelbrauner Schuhe ragten gerade weit genug hinter der Bank hervor.

Er drehte sich zu den fünf Agenten in seinem Rücken um und zeigte darauf. Mit der Linken signalisierte er, dass er und der Mann direkt hinter ihm sich auf die Bank zubewegen würden und die vier Männer weiter hinten nach rechts ausschwärmen sollten. Synchrones Nicken bestätigte ihm, dass sie verstanden hatten. Er konzentrierte sich erneut auf die Bank.

Chi-Fong wartete kurz ab und lauschte angestrengt. Nichts. *Die verstecken sich wohl und hoffen auf ein Wunder.*

Nachdem er die nächsten Schritte festgelegt hatte, setzte Chi-Fong sie präzise in die Tat um. Nach einem weiteren Schritt nahm er aus dem Augenwinkel eine Bewegung zu seiner Rechten wahr und erkannte seinen Fehler. *Die Bank war nur zur Ablenkung gedacht.*

Zu spät. Er wollte noch reagieren, da blitzte bereits ein goldenes Objekt vor ihm auf und wurde größer, während es auf sein Gesicht zuschoss. Wer es in der Hand hielt, konnte er nicht erkennen. Seine Augen fokussierten die Waffe selbst. *Sind das Blumen?*, dachte er unvermittelt.

Mehr konnte sein Hirn nicht verarbeiten. Es gab einen stumpfen Knall, als das Objekt mit seinem Gesicht kollidierte.

Er spürte, wie seine Nase zerschmettert wurde, begleitet von grellem, blendendem Schmerz. Dass ihm der Taser aus der Hand gerissen wurde, war das Letzte, was er mitbekam. Dann nichts mehr.

Die mit leuchtend violetten Blumen bepflanzte Messingurne, die Logan im letzten Moment entdeckt hatte, fiel auf den steinernen Boden. Logan schubste den ohnmächtigen Mann nach hinten und riss ihm den Taser aus der Hand. Der Körper des erfolglosen Angreifers prallte gegen seinen Hintermann.

Logan sprang auf den nachrückenden Agenten zu, bevor dieser reagieren konnte. Der Schlag war perfekt getimt. Als der überraschte Angreifer noch versuchte, mit dem Polizeischlagstock, den er trug, das leblose Gewicht seines Freundes zur Seite abzuwehren, hielt Logan ihm bereits den Taser unters Kinn und betätigte den Auslöser. Der Mann verkrampfte sich und brach zusammen. *Zwei erledigt, bleiben noch vier.*

Beim Aufheben des Schlagstocks registrierte Logan eine Bewegung hinter sich. Cole leistete ihm als Verstärkung Gesellschaft. Für kurze Zeit besaßen sie einen taktischen Vorteil. Er beabsichtigte, ihn so lange wie möglich auszukosten.

Vor dem Feindkontakt hatten sie sich darauf geeinigt, dass Logan den ersten Angreifer entwaffnen, ihn als menschlichen Schutzschild missbrauchen und die Gegner mit seiner Hilfe an die Außenmauer drängen sollte, während Cole im bogenförmigen Eingangsbereich die nachrückende Verstärkung abwehrte.

Bei einem Standardszenario im Häuserkampf mussten Angreifer normalerweise ein Kräfteverhältnis von sieben zu eins vorweisen, um Feinde zu überwältigen, die sich in einem Gebäude verschanzt hatten. Mit sechs gegen zwei hatten Logan und Cole deutlich bessere Chancen und gedachten, sie zu nutzen. Es war unerlässlich, dass sie den anfänglichen Schwung beibehielten und die Gegner ins Freie trieben, um der schnellen Eingreiftruppe wertvolle Sekunden zu verschaffen, bis sie in den Kampf eingriff.

Cole sprang hinter der Wand hervor und stürzte um eine Biegung, wo er sich mit einem dritten Feind konfrontiert sah, der gerade einen Taser auf Logan richtete. Er griff nach vorn, packte die Handgelenke des anderen und riss sie in einer weiten, ausholenden Bewegung schräg nach oben.

Die Taserladung schoss in den Himmel über der Gedenkstätte.

Als die Arme des Agenten gegen die Wand klatschten, rammte ihm Cole präzise den Ellbogen gegen den Kiefer. Cole ließ dem Schlag zwei brutale Hiebe in die Magengrube folgen, woraufhin er zusammenklappte. Der

Amerikaner gab ihm endgültig den Rest, indem er den Kopf gegen die Steinwand knallen ließ, was ihn entweder tötete oder in eine tiefe Ohnmacht beförderte.

Blamm!

Schmerz explodierte in Coles rechtem Oberarm. Er schrie vor Wut, als der vierte Angreifer den schweren Metallschlagstock zurückzog, um zu einem zweiten Hieb auszuholen. Cole drehte sich schützend zur Seite und erfasste, dass sich ein weiterer Gegner von rechts näherte.

Nein, kein Gegner, sondern Logan. Der Freund ließ den Schlagstock auf den Unterarm des prügelnden Chinesen sausen.

Kracks! Der Unterarm des Mannes zerbarst wie ein trockener Zweig.

Er brüllte, aber der gellende Schrei wurde abgewürgt, als Logan einen zweiten Schlag gegen die Schläfe landete. Der vierte Agent brach zusammen und gesellte sich zu dem Haufen, der mittlerweile den Eingangsbereich unter dem Steinbogen blockierte.

Cole ignorierte das schmerzhafte Ziehen im Arm und setzte über die Körper hinweg in Richtung der beiden verbliebenen Angreifer, die mit Maschinenpistolen bewaffnet waren. Logan befand sich einen halben Schritt vor ihm zu seiner Rechten und schwang den Schlagstock wie ein Kurzschwert.

Beide hatten ihr Leben darauf gesetzt, dass diese Angriffstruppe dem Befehl folgte, sie lebend zu schnappen. Ihre Theorie wurde auf die Probe gestellt, als Logan den Schlagstock schwang und nicht traf.

Der Bewaffnete vor ihnen hatte mehr als genug Zeit, den Abzug zu betätigen. Er tat es nicht. Stattdessen drehte er die Maschinenpistole, schlug mit dem Griff der

Waffe gegen den Schlagstock und damit Logans Arm zur Seite.

Obwohl Logan spürte, wie die Erschütterung seinen Arm hinauflief, grinste er breit.

Bingo. Hab dich, du Arschloch.

Logan ließ den Schlagstock fallen und brachte sich in Reichweite des MP-Schützen. Er riss den Arm hoch und knallte ihn wuchtig gegen die Innenfläche der Rechten seines Gegners, drückte damit die Maschinenpistole gegen die Wand.

Bevor der andere reagieren konnte, warf sich Logan auf ihn und tastete nach dem Griff der Waffe, brachte den Finger auf den Abzug und drückte ab.

Trotz Schalldämpfer erzeugte die Salve aus drei Schüssen einen Höllenlärm, der von der Enge des Ganges noch verstärkt wurde. Die Projektile, die dicht an seinem Kopf vorbeizischten, machten den Kerl völlig benommen. Sein Griff um die Waffe lockerte sich.

Logan schnappte sich den Maschinenpistolengriff und vergrub seine Fingernägel im Handgelenk des Mannes. Unter dem enormen Druck öffnete sich dessen Hand und Logan riss ihm die MP mit einem gleichzeitigen Schritt nach hinten aus der Hand.

Panik ergriff den chinesischen Agenten. Er versuchte, an das Schulterholster unter der kakifarbenen Weste zu gelangen.

Ein Blick aus Logans hellgrünen in die dunklen Augen des Mannes verriet diesem, dass es sinnlos war. Bedauernd schüttelte der Amerikaner den Kopf und drückte ab.

Drei Geschosse klatschten in die Brust des früheren Besitzers der Waffe. Er taumelte rückwärts durch den Bogen und landete auf dem trockenen Gras des Friedhofs.

Logan drehte sich zur Seite, wo Cole mit dem letzten der Agenten rang. Er hatte ihn bereits entwaffnet. Die Maschinenpistole lag zwischen ihnen. Gerade befreite sein Partner sich aus dem Griff des anderen und verpasste ihm einen Frontkick, der diesen rückwärts zu Boden schickte.

Uns läuft die Zeit weg. Wir müssen raus und John helfen. Bringen wir's zu Ende. Da Cole aus der Schusslinie war, zielte Logan erneut mit der Waffe und erledigte den verbliebenen Gegner, bevor er wieder aufstehen konnte. Er landete auf seinem toten Teamkameraden.

Es war vorbei.

»Danke«, sagte Cole.

»Wir müssen zu John. Da ist zumindest noch einer von denen übrig – der Anführer, vermute ich. Er ist im Vorteil, aber immerhin wissen wir jetzt, dass sie uns nicht töten wollen. Also los.«

Cole las die andere Maschinenpistole auf, als ein schwarzes Etwas von draußen angeflogen kam.

Bevor sie reagieren konnten, füllte grauer Rauch ihre Umgebung aus.

O nein! Logan erschnupperte einen starken, durchaus angenehmen Geruch, ohne ihn direkt einordnen zu können. Als die Wirkung einsetzte, erinnerte er sich an einen furchtbaren Tag auf dem Zahnarztstuhl, an dem ihm die Weisheitszähne gezogen worden waren. *Es riecht wie Lachgas.*

»Schnell!«, brüllte er und zerrte Cole zum Eingang, während sein Körper langsam träge wurde und die Gliedmaßen immer schwerer. Ein letzter Schritt in Richtung Bogen, dann setzte ihn das Betäubungsmittel endgültig außer Gefecht. Er geriet ins Stolpern, fiel und rollte zur Seite.

Cole landete neben ihm auf dem Boden. Ihm schien ebenfalls zu dämmern, womit sie es zu tun hatten. »Wenigstens haben wir's versucht«, brachte er gerade noch heraus, bevor das Gas ihn in die Ohnmacht riss.

So darf es nicht enden!, protestierte Logans innere Stimme. Er mühte sich ab, den Kopf zu heben und ins Freie zu schauen, doch ein lautes Dröhnen malträtierte sein Trommelfell. Schwarze Stiefel näherten sich, dann verschwamm alles vor seinen Augen. Obwohl er sich gegen die Wirkung auflehnte, fielen ihm die Augen zu und er driftete in die Bewusstlosigkeit.

Gang war fassungslos – eine Emotion, die ihn höchst selten ereilte. Selbst als die Situation zunehmend außer Kontrolle geriet, richtete er jede seiner Handlungen darauf aus, einen maximalen taktischen Vorteil herauszuholen. Egal was dazwischenkam. Er nahm sich fest vor, das Ziel innerhalb der nächsten zwei Minuten zu erreichen.

Er war sicher, dass er die Wahrheit bereits kannte – diese Männer *mussten* Agenten sein, erfahrene noch dazu. Es gab keine andere Erklärung, wie sie sich dem Zugriff seiner schlagkräftigen Truppe entzogen hatten.

Sobald sie den Friedhof betraten – eine bereits einkalkulierte Eventualität –, hatte er die vier Amerikaner im Blick gehabt. Schließlich trennten sie sich, weil derjenige, der den Fahrer der Botschaft getragen hatte, gestürzt war. Gang entschied, den beiden Männern zu folgen, die zur Gedenkstätte rannten.

Er wusste, die US-Botschaft würde eine Eingreiftruppe schicken, um ihre Angestellten zu retten. Was er nicht wusste, war, wie viel Zeit ihm blieb, bis die Verstärkung eintraf. Während er noch die nächsten Schritte seiner

Leute koordinierte, traf er die Vorbereitungen für eine kurzfristige Extraktion.

Er hatte mitbekommen, wie sein Team die gestürzten Amerikaner einkreiste, zuversichtlich, dass sie das Duo innerhalb von Sekunden unschädlich machten. Ebenso war er davon ausgegangen, dass seine sechs Männer im Gedenkschrein auf keinen nennenswerten Widerstand stießen. Anscheinend hatte er sich in beiden Fällen geirrt.

Dass im Denkmal ein Kampf ausbrach, bekam er zwar mit, unterstellte aber, dass sein Team die beiden Zielpersonen umgehend überwältigte. Wie massiv er die Feinde unterschätzt hatte, wurde ihm erst klar, als Corporal Feng von Kugeln durchsiebt durch den Eingang stürzte.

Um die Konfrontation unter Kontrolle zu bringen, hatte er schließlich den schwarzen Kanister geworfen. Er enthielt einen chemischen Kampfstoff, verwandt mit Fentanyl – der Substanz, die russische Agenten 2002 benutzt hatten, um die tschetschenischen Terroristen im Moskauer Theater außer Gefecht zu setzen. Leider hatte das Gas seinerzeit auch 117 der Geiseln getötet, weil sie seiner Wirkung zu lange ausgesetzt wurden. Die Russen hatten ihnen die Formel im Zuge einer militärtaktischen Vereinbarung zwischen seiner Truppe und dem Inlandsgeheimdienst FSB überlassen. Um sie auch auf geringe Distanzen einsatzbereit zu machen, nahm das chinesische Militär einige Modifikationen daran vor.

Während er wartete, dass das Gas seine Wirkung entfaltete – nur eine Frage von Sekunden –, kontaktierte er über Funk den Anführer des Teams, das die beiden anderen Amerikaner umstellt hatte.

»Haben Sie die Männer? Extraktion steht kurz bevor. Ankunft in 60 Sekunden.«

Keine Antwort. Er wiederholte die Frage, als ein lautes Dröhnen das Erdreich erschütterte. *Uns läuft die Zeit davon. Wir können nicht länger warten.*

Ein weiterer weißer SUV durchbrach den Eisenzaun ganz in der Nähe, rammte ihn um und schoss durch den Friedhof, wobei große Dreckklumpen und Staub aufgewirbelt wurden. Der SUV kam direkt neben dem Schrein zum Stehen. Gang winkte den Fahrer zu sich.

Der junge Sergeant sprang aus dem Wagen und eilte zu ihm.

»Sie dürften bewusstlos sein. Holen Sie sie sofort da raus! Wir müssen weg.«

»Was ist mit unseren Männern?«

»Uns fehlt die Zeit, sie zu holen. Da, sehen Sie!«

Beim Umdrehen empfing ihn der erwartete Anblick – ein russischer Mi-24-Hubschrauber, ausgelegt für Angriffs- und Transportmissionen, schwebte im Tiefflug über dem Horizont.

»Ich veranlasse die Sudanesen, eine Crew zu schicken, die hier aufräumt. Beeilen Sie sich! Ich organisiere Ihnen Helfer, um die Amerikaner einzuladen«, rief Gang über das zunehmend lautere Dröhnen der Rotoren hinweg. Er drehte sich vom Fahrer weg und rannte zum Helikopter, der gerade zur Landung ansetzte.

24

Nachdem er die zwei chinesischen Agenten in seiner Nähe entwaffnet und bewusstlos geschlagen hatte, schnappte sich John eine Maschinenpistole aus dem Arsenal des Feindes und stand vorsichtig auf. Er wandte sich in Richtung des Tumults, der während seines eigenen Kampfs losgebrochen war.

Vor ihm stand eine schlanke, hellhäutige Afrikanerin mit blassblauen Augen. *Die Augen einer Killerin,* dachte er, nachdem er den Schock über ihr plötzliches Auftauchen verwunden hatte. *Dieser Tag steckt voller Überraschungen.*

Zu ihren Füßen lagen die zwei Leichen der chinesischen Angreifer, die John ignoriert hatte, während er sich um die beiden anderen gekümmert hatte. Sie waren keine Bedrohung mehr. Blut sickerte träge aus ihren leblosen Körpern in die heilige Erde des Friedhofs.

An einem eng um ihren Oberkörper geschlungenen bunten Tuch waren zwei Hüllen für die Dolche angebracht, die sie in der Hand hielt; beide Klingen waren mit Blut bedeckt. Und dann dämmerte es ihm: *Sie gehörte zu LEGION. Eine wunderschöne, perfekt ausgebildete Killerin.*

»Wer seid ihr? Ich weiß, dass ihr nicht für die Botschaft arbeitet«, sagte sie mit ruhiger, kontrollierter Stimme. »Kennt ihr den Grund, wieso sie euch angegriffen haben?«

John wollte gerade zu einer Antwort ansetzen, als er und seine Retterin nach oben schauten und ihre

Aufmerksamkeit vom Geräusch der Rotoren eines sich nähernden Helikopters beansprucht wurde. *Was jetzt?*

Im hinteren Bereich des Friedhofs bellten Schüsse. Ein leiser Knall folgte. Augenblicke später krachte ein weißer SUV durch das Eisentor und hielt neben dem kleinen Steinbau. Der Hubschrauber schwebte dichter heran. Wie ein riesiger Urvogel stürzte er vor einem fünfstöckigen Gebäude in der Nähe des Friedhofs vom Himmel.

»Ich heiße John, aber jetzt ist nicht die Zeit für lange Erklärungen. Wir müssen meinen Freunden helfen, auch wenn es sich anhört, als könnten sie ganz gut für sich selber sorgen.« Er nickte in Richtung der Gedenkstätte am anderen Ende des Gräberfeldes. »Du musst eine LEGION-Agentin sein. Wir wissen über das Programm Bescheid.« Er redete ohne Punkt und Komma weiter, bevor sie ihm ins Wort fallen konnte. Die Verblüffung stand ihr ins Gesicht geschrieben, als er eins der bestgehüteten Geheimnisse der US-Regierung erwähnte. »Schnappst du dir die Maschinenpistole oder bevorzugst du Klingen? So oder so, wir müssen los.«

»Mein Name ist Amira … also mein wirklicher Vorname. Dann helfen wir mal deinen Freunden. Unterhalten können wir uns später«, meinte sie nüchtern.

Sie steckte die Dolche so zügig weg, dass John den Bewegungen mit den Augen kaum folgen konnte. *Sie ist geschickter als jeder andere Mensch, den ich kenne. Hört das mit den Überraschungen denn gar nicht auf?*

Sie bückte sich nach einer der QCW-05-Maschinenpistolen, als John bereits losstürmte.

Der Helikopter verlor rasch an Höhe. Sein Fahrwerk berührte den Boden, dann erstarb das Triebwerk des fliegenden Monsters.

John und Amira hatten etwa die halbe Strecke zur Gedenkstätte zurückgelegt, als aus Richtung SUV Gewehrfeuer einsetzte. Projektile schlugen vor ihnen in den Boden ein, wirbelten Staub und Gras auf. Sie sprangen hinter zwei Grabsteine.

»Verflucht!«, raunte John. Die Geschosse fetzten Splitter aus dem weißen Marmor. »Ich schwöre, ich bring diese Arschlöcher um!«

»Wie soll das gehen, wenn du dich hinter dem Grabstein verkriechst?« Amira flitzte bereits zur nächsten Reihe.

Die ist genauso durchgeknallt wie wir.

Das Gewehrfeuer verstummte für einige Sekunden. John holte Amira ein. Noch waren sie mehr als zehn Meter vom SUV entfernt. Dahinter rührte sich etwas. Leute liefen auf den Helikopter zu.

Kugeln schlugen erneut in der Nähe ihrer Deckung ein. Die Garben schwenkten erbarmungslos von links nach rechts.

Schließlich endete der Beschuss. John lugte über den Grabstein. In der Nähe des SUV war niemand zu sehen. Das konnte nur eins bedeuten. *Die hauen ab und sie haben Logan und Cole.*

»Los!«, rief John. Er sprang über den Grabstein, sprintete auf den Wagen zu und nutzte ihn als Deckung. Amira folgte dicht hinter ihm.

Sie erreichten den SUV gerade rechtzeitig, um mitzubekommen, wie drei Chinesen Logan und Cole in den Helikopter hievten.

John zielte auf den Rotor und eröffnete das Feuer mit der Maschinenpistole. Er landete etliche Treffer, jedoch ohne erkennbaren Effekt.

Amira tat es ihm gleich, doch ein junger Chinese mit kurzen Haaren drehte sich in ihre Richtung, zog seine Pistole und erwiderte das Feuer, während sich das Fluggerät vom Landeplatz löste.

Die Windschutzscheibe und die Fenster des Passagierraums wurden perforiert. John und Amira sahen sich gezwungen, hinter dem Fahrzeugheck abzutauchen.

John zügelte mühsam die Wut, die durch seinen Körper strömte. Er konzentrierte sich auf seine Atmung und schloss die Augen. Es kamen keine weiteren Salven mehr. Amira und er standen auf und bekamen gerade noch mit, wie der Helikopter in Richtung Westen abdrehte und in der Ferne verschwand.

Aus dem Heck blitzte das Feuer von Automatikwaffen. *Worauf zur Hölle zielen sie denn jetzt?*

Seine Frage wurde beantwortet, als eine Explosion mehrere Hundert Meter über ihnen die Luft zerriss. Die Drohne der US-Botschaft regnete als Trümmerhaufen auf die Erde.

»Arschlöcher.« John biss die Zähne zusammen, während er mit seinen Emotionen kämpfte. »Entschuldige meine Ausdrucksweise«, sagte er eher beiläufig. Sein lockeres Mundwerk hatte nach Verebben der Adrenalinflut längst auf Autopilot geschaltet.

»Ach was. Ich hab zwar schon vier von den Bastarden getötet«, antwortete Amira kühl, »trotzdem freu ich mich drauf, den Bodycount noch ein bisschen in die Höhe zu treiben.«

»Eine Frau nach meinem Geschmack.« Der Kommentar war ihm herausgerutscht, ehe er sich's versah. »Moment mal. Vier? Ich hab da hinten nur zwei gezählt.«

»Das ist eine lange Geschichte. Erzähl ich dir später.

Wie's aussieht, rückt gerade die Kavallerie an.« Sie nickte in Richtung Friedhofseingang.

Zwei gepanzerte Fahrzeuge mit US-Flaggen und den Insignien des Außenministeriums parkten vor dem Zaun. Acht Männer in Tarnkleidung schwärmten über den Friedhof. Zwei von ihnen liefen zielstrebig zu David Cross, der sich mittlerweile aufgesetzt hatte.

»Wir müssen hier weg, bevor die Sudanesen aufkreuzen. Die haben für so was wenig Verständnis. Erst recht, wenn Ausländer beteiligt sind«, sagte Amira.

Sie joggten zu den Security-Teams. John schwor sich, nicht nur seinen Freund, sondern auch seinen neuen Verbündeten zu retten. Notfalls war er bereit, dafür das ganze Land in Schutt und Asche zu legen. *Wir werden dich finden, Logan. Bleib nur lange genug am Leben.*

»Wieso grinst du?«, fragte Amira.

John hatte gar nicht bemerkt, dass seine Mundwinkel nach oben gerutscht waren. Er antwortete sofort: »Die haben ja keine Ahnung, wen sie sich da geschnappt haben. Wenn sie Logan nicht töten, werden sie sich wahrscheinlich bald wünschen, sie hätten es getan.« Nun grinste er noch breiter.

Wer ist dieser Mann?, fragte sie sich, als sie neben ihm herlief. Sie empfand wachsenden Respekt für ihn. Er schien das Leben genauso anzugehen wie sie – mit vollem Einsatz.

Ein fit aussehender Typ mit kurz geschorenen grauen Haaren winkte sie zu der Stelle, an der sich gerade zwei Mitglieder des Security-Teams um David Cross kümmerten.

»Ich vermute, Sie suchen nach uns«, wandte John sich an den Mann, als er und Amira bei ihm eintrafen.

»Wie geht es ihm?«, fragte er mit Blick auf den verletzten Mann.

David schaffte es, kurz die Augen zu öffnen und beim Anblick von John schmallippig zu lächeln. »Wo sind Ihre Freunde?«

»Gefangen genommen«, antwortete John ausdruckslos.

»Verdammte Scheiße.« David starrte die wunderschöne Frau an, die eine Maschinenpistole in der Hand hielt. Ein Ausdruck des Erkennens trat auf sein Gesicht. »Ich hab Sie doch schon mal in der amerikanischen Botschaft gesehen, oder?«

»Sie gehört zu uns. Für Erklärungen ist nachher noch genug Zeit. Der Vorsprung dieser Kerle wird immer größer. Wir müssen sie verfolgen. Sofort!«

»Mr. Greco?« David wandte sich an den Mann, der ihn verarztete. »Wären Sie so freundlich, uns von diesem Friedhof zu schaffen?«

Der Mann nickte, stand auf, drehte sich zu John und streckte ihm die Hand hin. »Ich bin Tim Greco, der RSO der Botschaft. Wir sollten schleunigst von hier verschwinden, bevor wir weiteren ungebetenen Besuch bekommen.«

»Was ist mit diesen Männern?« Amira zeigte auf die Körper der Männer, die um sie herumlagen. »Wir müssen wissen, wer sie waren, wieso sie uns angegriffen haben und vor allem, woher sie wussten, dass ihr kommt. Wir müssen einen von ihnen zur Befragung mitnehmen.«

»Ma'am, meine Mission ist es, Sie alle in einem Stück zur Botschaft zu bringen«, antwortete Tim. »In wenigen Minuten trifft die sudanesische Polizei hier ein. Wer weiß, auf was für Ideen diese korrupten Idioten kommen. Deshalb fahren wir jetzt.«

»Sie hat recht, Tim«, fand David. »Wir schnappen uns einen von denen und nehmen ihn mit.«

»Sir, das ist Ihre Entscheidung, aber ich rate davon ab. Die Chinesen werden unter Garantie eine förmliche diplomatische Beschwerde bei den USA einlegen, wenn wir einen ihrer Bürger entführen.«

»Nein, das werden sie nicht. Diese Kerle sind entweder chinesische Special-Ops oder Agenten. Danach zu urteilen, was die hier gerade abgezogen haben und wie grandios das in die Hose ging, wird die chinesische Regierung ihre Existenz schlicht leugnen. Ich garantiere Ihnen, diese Burschen sind auf sich allein gestellt.«

»Ich kann nur noch einmal wiederholen, dass ich davon abrate.«

»Zur Kenntnis genommen, Mr. Greco«, sagte David.

»Ich schlage vor, wir nehmen ihn hier mit.« John deutete auf den jungen chinesischen Schützen, der als Erster seine Deckung vernachlässigt hatte. Er war nach wie vor bewusstlos. »Ich weiß, dass er Englisch spricht. Bestimmt freut er sich, mich zu sehen, wenn er nachher aufwacht.«

Er bückte sich und stemmte ihn auf die Schulter. »Können wir jetzt bitte abhauen? Ich hab's nämlich langsam satt, Leute durch die Gegend zu schleppen.«

25

Der Amerikaner hatte einmal mehr seinen Part erfüllt und wertvolle Informationen geliefert, die sich als hundertprozentig akkurat und verlässlich entpuppt hatten.

Lau Gang wandte den Blick von seinen bewusstlosen Passagieren ab und sah auf die Uhr. Mehr als zwei Stunden waren seit dem Kampf verstrichen. In wenigen Minuten landeten sie, um die beiden US-Spione in ihrem neuen Zuhause abzuliefern. Gang hatte geplant, anschließend zu seiner neuen Basis zurückzukehren, um die nächste Phase einzuleiten.

Es blieb keine Zeit, sie zu verhören – leider, denn er hatte gehofft, die zwei Westler dafür leiden zu lassen, was sie seinen Männern angetan hatten. Dennoch war es ihm gelungen, sie aus dem Spiel zu nehmen und damit zu garantieren, dass niemand seine nächsten Schritte verhinderte. Es wäre besser gewesen, alle drei zu schnappen, aber Gang wusste, dass aufgrund der Bemühungen, die Agenten zu befreien, in der US-Botschaft nun große Hektik ausbrach. Und das bedeutete im Gegenzug, dass sie sich nicht auf ONERING konzentrierten.

Gang hatte ihn ursprünglich morgen einsetzen wollen, einen Tag vor der Stunde null. Aber jetzt, wo die Amerikaner im Land waren, hielt er es für ratsam, seine Macht so schnell wie möglich einzusetzen. Umso eher kam es zu einem Abkommen zwischen China und dem Sudan. Das allein zählte.

Seine Gedanken kreisten um die Männer, die er verloren hatte. Seine Vorgesetzten in Peking würden nicht erfreut sein, selbst angesichts der Tatsache, dass ihre Mission erfolgreich verlaufen war. Die drei hochrangigen Offiziere, die an der Planung beteiligt gewesen waren, galten nicht als sonderlich nachsichtig oder verständnisvoll.

Das Satellitentelefon vibrierte. Der Klingelton wurde vom Rotor des Helikopters verschluckt.

Was ist denn jetzt schon wieder, Namir? Er schob ein Bluetooth-Headset ins Ohr und nahm den Anruf entgegen.

»Ja«, meldete er sich und wartete.

»Mein Sicherheitspersonal hat all Ihre Männer in Sicherheit gebracht, bis auf einen. Vier sind tot. Der Rest wird medizinisch versorgt.«

»Wer fehlt?«, fragte Gang.

»Henry Cho«, entgegnete Namir. »Laut Ihren Männern ein junges Mitglied des Teams. Wir müssen davon ausgehen, dass die Amerikaner ihn mitgenommen haben. Die ganze Operation ist dadurch gefährdet.«

Wie konnte das nur passieren? Wir haben zu zaghaft gehandelt.

»Wann haben Sie vor, Ihren Präsidenten in Kenntnis zu setzen?«, wollte Gang wissen und wechselte das Thema.

»Ich werde noch ein wenig warten, bis Sie die Vorrichtung eingesetzt haben. Erst dann informiere ich ihn. Zu diesem Zeitpunkt liegen ihm genügend Informationen vor, um zu handeln. Wieso fragen Sie?«

»Wir haben unseren Zielort fast erreicht. Sobald ich die beiden abgesetzt habe, bin ich innerhalb von 75 Minuten an der Basis. Dann werden wir anfangen. Bis morgen zu warten, setzt den Erfolg der Mission unnötig aufs Spiel.«

»Sobald Sie die Attacke starten, müssen Sie Ihren Standort für den Fall verlagern, dass Ihr Mann zusammenbricht«, mahnte Namir.

»Er wird so lange durchhalten, wie er kann«, gab Gang zurück, obwohl ihm bewusst war, dass früher oder später jeder zusammenbrach. »Sobald es erledigt ist, werden wir selbstverständlich einen Ortswechsel vornehmen.«

»Okay. Viel Glück. Texten Sie mir, wenn Sie fertig sind.« Namir legte auf.

Der Helikopter drehte nach rechts ab. Gang spähte durch die Sichtluke. Ein großer, dreistöckiger Betonbau wurde schnell größer, während sich die Flughöhe verringerte. Gang bemerkte den NATO-Stacheldraht, der die Dachkante einfasste.

Was sollte heute noch schiefgehen? Er konnte die Gedanken, die sich in seinem Kopf überschlugen, kaum beruhigen. *Hör auf,* meldete sich plötzlich Vaters mahnende Stimme in seinem Kopf. *Du bist schwach. Konzentrier dich.*

Der Helikopter landete auf dem Schotterweg vor dem Haupteingang. Er bemühte sich, tief und gleichmäßig zu atmen. »Willkommen in eurem neuen Quartier«, sagte er leise zu den Gefangenen.

Die Vordertür des Gebäudes schwang auf. Vier bewaffnete sudanesische Männer in dunkelblauer Uniform mit Pilotenbrillen unter dem braunen Barett – eine Uniform, die nur in dieser Gegend getragen wurde – traten in die grelle Sonne. Sie liefen die Stufen hinunter zum wartenden Hubschrauber.

Ich wünschte wirklich, ich könnte bleiben, um alles mit anzusehen, dachte Gang in einem Anflug von Sadismus. *Wenn ich das Gerät aktiviert habe, komme ich vielleicht noch mal her und kümmere mich persönlich um Logan West.*

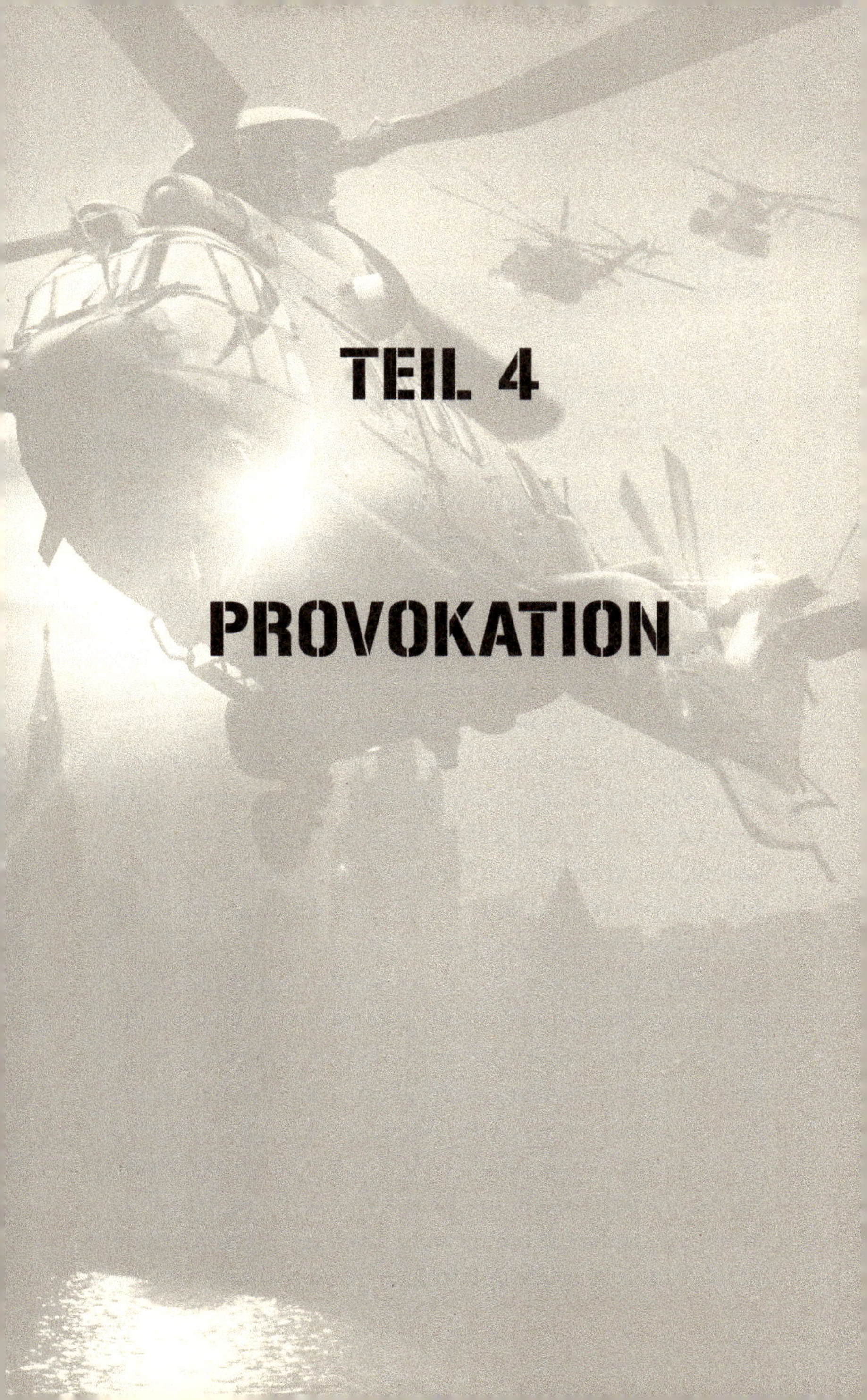

TEIL 4

PROVOKATION

26

Satellitenoperationszentrum 11,
Schriever Air Force Base, Colorado Springs
07:00 Ortszeit

Major Scott Winters konzentrierte sich auf die drei Reihen von Monitoren, die um seinen Arbeitsplatz verteilt waren. Die insgesamt zwölf Bildschirme versorgten ihn mit aktuellen Satelliten-Telemetriedaten der Raumsonden-Missionen, denen er zugeteilt war. Seine Schicht hatte vor einer Stunde begonnen. Er war immer noch damit beschäftigt, die Logbücher der vergangenen Nacht durchzugehen. Als stellvertretender leitender Offizier lag es in seiner Verantwortung, jeden Morgen für seinen Vorgesetzten, Lieutenant Colonel Tommy Bancroft, das Logbuch zu sichten. Er hatte sich angewöhnt, gründlich und genau vorzugehen, da Bancroft von ihm erwartete, dass er mindestens genauso viel wie er wusste – wenn nicht sogar mehr.

Anders als die Mehrheit der Amerikaner kannte Major Winters die tatsächlichen Fähigkeiten der Satellitenflotte der US-Regierung. Hollywood und die Popkultur neigten dazu, die Sammlung offizieller und inoffizieller künstlicher Erdtrabanten des Verteidigungsministeriums und der Geheimdienste über ihren Köpfen zu glorifizieren. Niemand, der tatsächlich damit zu tun hatte, würde je bestätigen oder dementieren, dass die Vermutungen der Öffentlichkeit zutrafen. Erst neulich hatte er eine

Wiederholung von *Staatsfeind Nummer 1* mit Will Smith und Gene Hackman gesehen – ein toller Film, wenn man ihn allein wegen des Unterhaltungswerts schaute. Wobei er so langsam den Überblick verlor, wie oft Will Smith im Auftrag von Regisseuren schon die Welt gerettet hatte.

Er war fast fertig mit der Durchsicht des Logbuchs – einer Kladde mit lindgrünem festem Einband, wie man sie ausschließlich bei der US-Regierung antraf –, da bemerkte er ein rotes Licht, das auf dem mittleren rechten Bildschirm aufblinkte. Er behielt ihn stets im Auge, weil auf ihm Alarmmeldungen der Satelliten höchster Geheimhaltungsstufe einliefen.

Was zur Hölle? Für einen Moment starrte er völlig entgeistert auf den Monitor. *Das ist unmöglich.* Er maximierte das Fenster. Die fragliche Meldung füllte nun den kompletten Schirm aus und versorgte ihn mit den Telemetriedaten von Mission 2324, einem der Top-Secret-Projekte der CIA.

Mit wachsendem Entsetzen stellte er fest, dass sich die Umlaufbahn des geostationären Satelliten veränderte. Das Weltraumobjekt, ein SIGINT-Satellit zur Fernmeldeaufklärung, der momentan dem afrikanischen Kontinent zugeteilt war, wurde bewegt. Allerdings hatte er keine Ahnung, von wem.

Wie hypnotisiert starrte er auf das Auswertungsprotokoll, überflog parallel die Missionsdaten – und dann wurde ihm flau im Magen. Kalter Schweiß trat ihm auf die Stirn, denn in diesem Fall stand nicht das SIGINT-System selbst im Mittelpunkt, sondern die wertvolle Fracht, die der Satellit beförderte.

Ein zweites rotes Alarmfenster sprang auf demselben Bildschirm auf. Er klickte darauf und las. Sein Herzschlag beschleunigte sich und er musste kämpfen, um die Panik in den Griff zu bekommen, die sich seiner bemächtigte. *Mein Gott!*

Der Major, der in seiner Einheit als ruhiger, zurückhaltender Familienmensch galt, sprang abrupt auf, drehte sich zu Lieutenant Colonel Bancroft, der am Schreibtisch des leitenden Offiziers etwa drei Meter entfernt saß, und raunte: »Sir, jemand hat gerade THORS HAMMER aktiviert. Ich habe keinen blassen Schimmer, wer es war.«

Der leitende Offizier, dem es aufgrund der Tragweite dieser Information erst mal die Sprache verschlug, starrte den Major wortlos an.

»Sir, was zur Hölle sollen wir tun? Das ist noch nie vorher passiert.«

Während die Sekunden vergingen und er darauf wartete, dass sein Boss die Information verarbeitete, ploppte ein drittes Fenster auf. Er sah es, schloss die Augen und stimmte ein stummes Gebet an. Das war mit Abstand der schlimmste Tag in der Geschichte des Operationszentrums.

Südlich der Nuba-Berge,
an der Grenze zwischen dem Sudan und dem Südsudan

Shao Xiang folgte dem Verlauf des Nils, der sich in einem breiten Flussbett durch die grünen, leicht hügeligen Ebenen schnitt, die unter dem Helikopter vorbeizogen. Er blickte in Richtung Horizont: Die kargen Berge in der Ferne riefen einem die widersprüchlichen geografischen Verhältnisse des Sudan in Erinnerung. Sosehr die Menschen am Ufer des Nils von ihm profitierten, bestand ein Großteil des Sudan doch aus trockener Wüste und unwirtlichem Bergland. Feinde all jener, die sich in der Gegend nicht auskannten.

Zwischen dem gewaltigen Fluss und den Nuba-Bergen, 50 Meilen Richtung Norden, stand das Gelände der Chinese National Petroleum Corporation kurz davor, als vollwertiges Ölfeld seiner Nutzung zugeführt zu werden.

Während die anderen, älteren Führungskräfte der CNPC ihre Bemühungen auf Flächen an der Grenze zwischen dem Sudan und dem Südsudan weiter westlich konzentrierten, hatte Xiang, der Mitte 30 war, bei seiner Suche nach Erdöl auf wissenschaftliche Methoden zurückgegriffen und sich der satellitengestützten hyperspektralen Analyse bedient.

Sein Forschungsteam hatte chinesische Satellitenbilder mit Hochleistungscomputern analysieren lassen und einen Bereich mit vielen kleineren Kohlenwasserstoff-Lecks ausfindig gemacht, welche die chemische Zusammensetzung der Pflanzen und des Bodens nachhaltig verändert hatten. Diese winzigen Veränderungen erlaubten es, exakte Positionen zu bestimmen, an denen sich Probebohrungen lohnten.

Das Areal hatte während der letzten sechs Monate vielversprechende Ergebnisse geliefert, aber bereits nach einer Woche war sein Ansehen in den Augen der Vorstandsmitglieder von CNPC beträchtlich gestiegen, und das aus einem einfachen Grund – sein Team war auf das größte bekannte unterirdische Ölvorkommen des afrikanischen Kontinents gestoßen.

Die Analysen lieferten absolut beeindruckende Zahlen. Als sein Team erste Daten zum Förderpotenzial lieferte, hatte er sich buchstäblich setzen müssen. In diesem Moment wusste er, dass seine persönlichen

Perspektiven – und die von China – sich grundsätzlich verändert hatten.

Xiangs Ölfeld war mit geschätzt mehr als 100 Milliarden Barrel sogar noch größer als das Ghawar-Feld in Saudi-Arabien, das fünf Millionen Barrel aus einer Reserve von 80 Milliarden förderte. Der sprunghaft wachsende Bedarf seines Landes an dem schwarzen Gold ließ sich damit mehr als ausreichend decken.

Sobald der erste Schock über den Erfolg nachgelassen hatte, begann er, das nächste Problem anzugehen – wie man das Öl sicher nach Port Sudan brachte. Die zentrale Pipeline führte vom Hafen nach Khartum, wo sie sich in zwei Leitungen aufspaltete, die im Südsudan und in den Ölfeldern endeten, welche auf dem Gebiet beider Staaten lagen. Zu Xiangs Verdruss befand sich das von ihm aufgetane Reservoir zig Meilen entfernt direkt zwischen beiden Pipelines. Das machte den Bau eines neuen Verbindungsstücks unumgänglich. Deswegen hatte er sich am gestrigen Tag in Khartum mit dem zuständigen Minister getroffen.

Xiang rechnete mit einer Genehmigung. Man hatte ihm bereits in Aussicht gestellt, dass diese nicht lange auf sich warten ließ, zumal das Unabhängigkeitsreferendum Sudans unmittelbar bevorstand. Er ging fest davon aus, dass der Süden sich für die Unabhängigkeit entschied. Das schien von der Geschichte diktiert zu werden. Zu viel Blut war vergossen worden, um dieses Ziel *nicht* umzusetzen. Nach seiner Einschätzung handelte es sich lediglich um ein weiteres kleines Hindernis, das es zu überwinden galt. Sobald die Erlaubnis aus Khartum vorlag, wollte er sich um eine ähnliche Vereinbarung mit dem Süden bemühen. Alles nur eine Frage der Zeit – vorausgesetzt, es gelang ihm, die verbliebene Barriere zu beseitigen: die Amerikaner.

Bevor Xiang angekommen war, hatte die American Oil Company Probebohrungen 15 Meilen westlich von seinem Camp durchgeführt. Irgendwie schienen die Amerikaner von seiner Entdeckung Wind bekommen zu haben und übten massiven Druck auf Khartum aus, um gemeinsame Förderrechte für das Ölfeld herauszuschlagen. Sie behaupteten kurzerhand, zuerst da gewesen zu sein. Ihre Einmischung hatte den sorgfältig festgelegten Zeitplan völlig durcheinandergebracht. Das machte ihn schier rasend.

Eine ungeheuerliche Frechheit. Der bloße Gedanke, seinen Fund mit den Amerikanern zu teilen, machte ihn ganz krank. Er hatte Peking in Kenntnis gesetzt, sobald er davon erfahren hatte. Dort versicherte man ihm, dass sämtliche diplomatischen Mittel – inklusive finanziellen Drucks – voll ausgeschöpft wurden. Er sollte sich lediglich noch ein wenig gedulden.

Der Helikopter drosselte das Tempo, als er sein Ziel erreichte. Xiang bewunderte die vielen unterschiedlichen Gebäude, die vier Bohrtürme und mehrere Fahrzeuge, die in der Summe seinen ganz persönlichen Außenposten an Sudans umkämpfter Front bildeten.

Fast Essenszeit. Dann bringe ich das Team auf den neuesten Stand.

Aus heiterem Himmel ertönte ein lauter Knall!

Selbst im Inneren des luxuriösen Firmenhelikopters, den China für seinen persönlichen Gebrauch in den Sudan hatte schaffen lassen, hörte man den Lärm der Explosion überdeutlich.

Panik erfasste Xiang, während er den Kopf hektisch rotieren ließ, um nach der Ursache zu forschen. *Ein Unfall? Ist etwa einer der Bohrtürme in die Luft geflogen?*

Keinerlei Spuren von Rauch oder Feuer auf dem Boden. Für einen Moment atmete er erleichtert auf und freute sich schlicht, noch am Leben zu sein. *Was zur Hölle war das? Egal. Mir ist nichts passiert.*

Xiangs Entspannung währte nicht lange, denn das Geräusch von Alarmsirenen befeuerte seine Angst von Neuem. Der Helikopter kippte abrupt zur Seite, weil einer der Rotoren nicht mehr angetrieben wurde. Die Kabinentür knallte nach hinten gegen die Außenhülle und Xiang konnte einen Blick auf die Instrumententafel erhaschen. Alle Displays waren erloschen.

Die Elektronik ist ausgefallen. Wie kann das sein? Das war sein letzter Gedanke vor dem Absturz. Wie ein fallender Sarg aus Aluminium kippte das Luftfahrzeug nach links. Xiang wurde gegen das Fenster geschleudert und bemerkte voller Entsetzen, wie der Boden auf ihn zuraste und sein Schicksal besiegelte.

Der Hubschrauber stürzte neben einem der Öltürme ab und explodierte spektakulär. Große Metalltrümmer wurden durch die Luft geschleudert. Die Druckwelle und die Rotoren zerfetzten den Turm, kappten die obere Hälfte mit dem kräftigen Motor, der Schaft und Bohrstrang antrieb. Die Maschine stürzte auf die darunter befindliche Struktur. Funken und Flammen stoben aus dem Schaft.

Das Feuer löste eine Kettenreaktion aus. Innerhalb von Sekunden verwandelte sich die gesamte Anlage in einen lodernden Ball, eine Mischung aus brennendem Öl und Gas, die alles vernichtete, was sich in ihren feurigen Weg stellte.

Shao Xiangs Glückssträhne war zu Ende. Genau wie sein Leben.

27

Defense Special Missile and Aerospace Center (DEFSMAC)
National Security Agency (NSA)
Fort Meade, Maryland

Luther Corbitt, der Missionsleiter, der im Beobachtungszentrum des DEFSMAC zur Schicht eingeteilt war, langweilte sich. Als altgedienter General der höchsten Gehaltsstufe war er an das zügige Arbeitstempo der Jahrtausendwende gewöhnt. Mit mehreren parallelen Militäreinsätzen im Irak und in Afghanistan hatte er eine wahnsinnig hektische Zeit erlebt – eine Zeit, nach der er sich zurücksehnte.

Verdammt, ich wäre schon mit den Zuständen aus dem Kalten Krieg zufrieden, als die Russen ihre Marschflugkörper getestet haben. Wenn es schon sonst zu nichts gut war, hoffte er wenigstens, dass seine Zeit als Missionsleiter und Chef des Beobachtungspostens ihn gut in Stellung brachte, um den letzten Karriereschritt in seiner langjährigen Laufbahn zu vollziehen.

DEFSMAC war eine gemeinsame Unternehmung der NSA, der Defense Intelligence Agency und der Nationalen Agentur für geografische Aufklärung. Ihre Mission bestand darin, Aufklärungsdaten zu ausländischen Raketen und Satelliten am Boden, auf See und im All zu sammeln. Von der Existenz der Einrichtung wussten die wenigsten, obwohl sie einige entscheidende Daten über sowjetische Raketen und das Raumfahrtprogramm über mehrere Jahrzehnte gesammelt hatte.

Luther starrte auf die lange Reihe von Monitoren, die alle Startvorgänge und Weltraumaktivitäten weltweit festhielten. Schließlich traf er eine Entscheidung, schob den Bürostuhl zurück und erhob sich zu seiner vollen Größe. Immerhin 1,80.

»Steve, ich hol mir mal ein paar Chips.« Es war mitten am Vormittag, nicht mal Halbzeit, doch er hatte Hunger.

»Roger«, entgegnete Steve, ein ehemaliger Master Sergeant der Air Force und sein stellvertretender Missionsleiter. »Bring mir ein Snickers mit. Hast du genug Geld dabei?«

»Klar. Bin in ein paar Minuten wieder da.« Luther verließ die leicht erhöhte Plattform, die als Nervenzentrum des Beobachtungspostens diente.

Er ging in den hinteren Bereich des riesigen Raumes und ließ seinen Blick über die Einrichtung aus den 1980ern schweifen; ein typischer Beleg, dass die Bürokraten von der Regierung hier ihre Finger im Spiel hatten.

Aus unerfindlichen Gründen sahen solche Räume alle gleich aus – weiße Wandverkleidungen, um die Glasfaser- und Stromkabel zu verdecken, Schreibtische mit hellen Tischplatten und graue Trennwände für die Arbeitsnischen. Angeblich waren innerhalb der nächsten fünf Jahre Renovierungen geplant, aber das glaubte er erst, wenn jemand kam und ihn aufforderte, seine Sachen vorübergehend in Kartons auszulagern.

Er erreichte den Tisch mit dem gesammelten Süßigkeitenvorrat der Einrichtung – jemand hatte dem Ganzen witzigerweise den Spitznamen DEFsnack verpasst –, schnappte sich die Chips und einen Snickers-Riegel, packte zwei Scheine in die Spendenkasse und ging zurück zum Schreibtisch.

»Luther, beweg dich mal ein bisschen flotter!«, rief Steve quer durch den Beobachtungsraum.

Das hört sich nicht gut an! Er eilte zur Plattform zurück. »Was ist denn los?«

»Du wirst es nicht glauben, aber einer unserer Infrarot-Satelliten hat gerade eine heftige Explosion an der Grenze zwischen dem Sudan und dem Südsudan in der Nähe des Nuba-Gebirges registriert«, antwortete Steve.

»Was ist daran so besonders? Die kämpfen da doch schon 'ne ganze Weile. Ist nicht das erste Mal, dass wir's dort mit einem Feuerwerk zu tun bekommen.« Luther blickte seinen Stellvertreter verwirrt an.

»Ich weiß, aber diese Explosion weist zwei unterschiedliche Signaturen auf.« Steve lächelte seinen Chef grimmig an.

»Was? Wie kann das sein?« Luther teilte so langsam die Sorge seines Mitarbeiters. Es war allgemein bekannt, dass die Satelliten des Defense Support Program mit ihren Infrarotsensoren selbst kleinste Erschütterungen erfassten. Waren zwei Komponenten an einer Explosion beteiligt, gab es dafür in der Regel nur eine Erklärung, und zwar keine besonders erfreuliche.

»Es sieht jetzt zwar lediglich nach einer gewaltigen Detonation aus, aber vorher wurde ein starker elektromagnetischer Impuls gemessen, als hätte jemand eine Bombe gezündet.« Steves Lächeln war verschwunden.

Verschiedene Erklärungsansätze schwirrten Luther durchs Hirn. *Du hast bekommen, worum du gebeten hast, du Idiot.* Hätte er sich nur nicht nach den guten alten Zeiten des Kalten Krieges zurückgesehnt.

»Lass die Typen von der Geoaufklärung rauskriegen, was sich laut ihren Bilddaten an dieser Stelle befindet. Und bereite das Absetzen einer CRITIC-Message vor«, ordnete Luther an. Das betagte Criticom-System kam zum Einsatz, wenn eine Krise oder ein ungewöhnliches Ereignis eintrat, das bislang nicht von den Nachrichtenagenturen vermeldet worden war. Eine Nachricht wurde mit höchster Priorität und Dringlichkeitsstufe FLASH abgesetzt. Sie erreichte sämtliche Geheimdienste und das Weiße Haus innerhalb von Minuten. »Ich verständige inzwischen den SOO der NSOC.« Er fragte sich, wie wohl der Senior Operations Officer, der gerade im National Security Operations Center Dienst tat und außerdem Direktor der NSA war, darauf reagierte.

Hoffentlich hatte er bisher einen ruhigen Tag, denn mit der Ruhe ist's verdammt noch mal vorbei. Er griff zum Hörer des abhörsicheren Telefons auf seinem Schreibtisch.

Situation Room, Weißes Haus

Christopher Moran, der stellvertretende Berater für nationale Sicherheit, starrte auf den Zettel, den man ihm gerade in die Hand gedrückt hatte. Die Stichworte ›elektromagnetische Attacke‹ und ›sekundäre, massive Explosion auf einem chinesischen Areal für Probebohrungen‹ waren mit Neonmarker hervorgehoben.

THORS HAMMER gehörte zu den vielen unter Verschluss gehaltenen CIA-Programmen. Ein im All stationierter elektromagnetischer Sprengkörper, der sich mithilfe eines fernsteuerbaren Raumfahrzeugs in die

Erdatmosphäre transportieren ließ, sobald er vom Satelliten abgekoppelt wurde. War die Vorrichtung einmal aktiviert, wurde sie von einem GPS-basierten Steuerungssystem zum festgelegten Ziel gebracht und löste wenige Hundert Meter über der Erdoberfläche die Sprengung aus. Dadurch wurde ein elektromagnetisches Feld freigesetzt, das sämtliche elektronischen Geräte im Zielgebiet außer Gefecht setzte, wahlweise bis zu einem Radius von einem Kilometer. Die Reichweite hing von der Größe des konventionellen Gefechtskopfs ab. Verglichen mit einer Atombombe, die weit über der Erde explodierte und dabei einen EMP freisetzte, der ganze Städte in Finsternis stürzte, konnte man THORS HAMMER sehr gezielt einsetzen.

Was wie ein normaler Dienstag angefangen hatte, weitete sich gerade zu einem Krisenfall der nationalen Sicherheit aus, der mit jeder Minute mehr außer Kontrolle geriet. Christoper hielt noch immer die ausgedruckte E-Mail der CIA in der Hand, die ihn über die Aktivierung des Systems in Kenntnis gesetzt hatte. Er hatte nicht mal die Zeit gefunden, nach oben zu gehen und seinen Boss, Jonathan Sommers, zu unterrichten. Dieser war mit der Jagd auf gestohlene DARPA-Technologie beschäftigt. Seit die Amerikaner, die man in den Sudan geschickt hatte, angegriffen und zwei von ihnen entführt worden waren, ging die Sache zunehmend den Bach runter. Um zusätzlich Öl ins Feuer zu gießen, war THORS HAMMER offenbar mithilfe des verschollenen ONERING aktiviert worden, um einen der wichtigsten Gegenspieler der USA anzugreifen. Jemand orchestrierte gerade eine brisante diplomatische Krise mit weltweiten Auswirkungen.

Christopher wandte sich an einen Major des Marine Corps, der als Kommunikationsoffizier Dienst tat. »Major

Turner, bitte bestellen Sie meinen Boss her und lassen Sie eine sichere Leitung zum Präsidenten vorbereiten. Aktivieren Sie die Verbindung bitte erst, wenn Mr. Sommers hier ist. Außerdem müssen wir dringend unseren Botschafter bei der UN erreichen. Die Sache droht sehr schnell sehr hässlich zu werden.«

Christopher wusste, dass die Chinesen umgehend eine Sitzung des Sicherheitsrats der Vereinten Nationen anberaumen würden, sobald sie Kenntnis von dem Vorfall hatten. Die USA mussten vorbereitet sein, um angemessen zu reagieren, was bedeutete, dass der Präsident und seine hochrangigsten Mitarbeiter sofort gebrieft werden mussten.

Sosehr er seinen Job liebte, an Tagen wie diesen sehnte er sich oft in sein früheres Leben zurück. Als einer der Jahrgangsbesten hatte er sein Jurastudium an der University of Michigan abgeschlossen und war zum Partner einer bekannten Anwaltskanzlei in Washington aufgestiegen. Warum hatte er freiwillig sein siebenstelliges Jahresgehalt aufgegeben, um länger zu arbeiten, weniger zu verdienen und außerhalb des Weißen Hauses nahezu keine sozialen Kontakte mehr zu haben?

Ach ja, der Preis für Ruhm und Ehre, dachte er zynisch und wartete auf das Eintreffen seines Chefs.

McCarran International Airport
Las Vegas, Nevada

Der stellvertretende Direktor Mike Benson fühlte sich weiterhin wie betäubt, als er die abgesenkte Rampe am Heck des C-17-Militärtransportflugzeuges hinabging. Er versuchte, die Tatsache zu verdauen, dass Logan West und Cole Matthews nur Augenblicke, nachdem er mit ihnen gesprochen hatte, in einen Hinterhalt geraten und entführt worden waren.

Die Tatsache, dass Logan West, einer der gefährlichsten Kämpfer, die Mike je gekannt hatte, von jemandem lebend geschnappt wurde, war an sich schon zutiefst verstörend. Wer immer ihr Gegner sein mochte, verfügte über Mittel, die Mike und seiner FBI-Taskforce fehlten. Es verriet ihm außerdem, dass es einen verräterischen Maulwurf in der US-Regierung geben musste. Auf welcher Ebene genau, da war er nicht sicher – vermutlich ganz weit oben. Jedenfalls hatte jemand ihre Gegner gezielt mit Informationen versorgt, die nun zur Gefangennahme von Logan geführt hatten.

Mike fühlte sich hilflos. Am liebsten hätte er die Spur in Las Vegas links liegen lassen, wäre wieder an Bord der C-17 gegangen und wie ein Adler im Sturzflug in den Sudan zurückgekehrt, um seinem Freund zu helfen. Ein irrationaler Gedanke, natürlich, aber die Loyalität gegenüber einem Waffenbruder setzte die Regeln der Logik außer Kraft.

Glücklicherweise hielt sich John Quick ebenfalls in Khartum auf und konnte auf die Unterstützung der US-Botschaft und der gesamten amerikanischen Geheimdienst-Community zählen. Entsprechend zuversichtlich war Mike, dass man Logan schon bald fand. Alles nur eine Frage der Zeit.

Logan hätte sicher vollstes Verständnis dafür, dass Mike in Las Vegas seiner Pflicht nachgehen musste. Seine Instinkte machten sich lautstark bemerkbar, um ihn davon zu überzeugen, dass alles zusammenhing – Alaska,

Spanien, das nordkoreanische Frachtschiff und jetzt der Vorfall im Sudan.

Wenngleich er nicht über Logans ungestümes Naturell verfügte, trieb ihn doch eine verbissene Entschlossenheit, die ihm seine ganze Karriere über gute Dienste geleistet hatte. Und vor allem bevorzugte er eine gründliche und investigative Herangehensweise. Er nahm sich vor, keinen Stein auf dem anderen zu lassen und der Wahrheit auf die Schliche zu kommen, bevor das hier vorbei war.

Zuerst musste er jedoch sein Team und die Ausrüstung in das FBI-Einsatzbüro nördlich der Stadt bringen. Außerdem wollte er seinen Onkel Jake anrufen, den aktuellen Direktor des Federal Bureau, und herausfinden, was zur Hölle in D.C. vor sich ging. Es gab offenbar ein Leck auf höchster Ebene, und das musste schleunigst gestopft werden.

28

Botschaft der Vereinigten Staaten
Khartum

In dem fensterlosen Raum hielten sich vier Menschen auf, aber nur drei davon waren bei Bewusstsein. Sie starrten den nassen Körper des jungen chinesischen Geheimdienstagenten mit einer unangenehmen Mischung aus Wut und Respekt an. Hinter dem Mann lagen zwei Stunden unnachgiebigen Verhörs. Weder Amira noch John war es gelungen, ihn zu brechen. Er hatte lediglich in einer Tour denselben Satz auf Chinesisch wiederholt, bis er nach der letzten Runde intensiven Waterboardings das Bewusstsein verlor.

Da die Zelle über Mikrofone und HD-Kameras verfügte, ging John vorzeitig hinaus und ließ sich von einem CIA-Offizier, der Chinesisch sprach und das Verhör verfolgte, auf dem Laufenden halten, was der junge Mann von sich gab.

»So ein dummer Junge«, hatte der Offizier kopfschüttelnd gemurmelt, als John zu ihm hereinkam. Die Endlosschleife des Gefangenen bestand aus einer simplen Aussage: »Ihr kriegt eure Freunde nicht zurück, und ich werde euch nichts sagen, ganz egal, was ihr mit mir anstellt.«

John hatte sich danach wieder Amira und Wendell im Verhörzimmer angeschlossen. Mittlerweile stand fest, dass sie mehr als Wasser brauchten, um den Gefangenen zum Auspacken zu zwingen.

»Das bringt nichts«, stellte John missmutig fest. »Eins muss man dem Kerl lassen: Ich hätte nie gedacht, dass er so lange durchhält. Was machen wir jetzt? Jede Minute, die verstreicht, ist eine Minute, in der sich Logan und Cole weiter von uns entfernen.«

»Ich hätte da noch eine andere Taktik parat«, kündigte Amira an. »Ich muss euch allerdings warnen, das kann hässlich werden.«

»Was genau heißt das?«, fragte Wendell Sharp zögerlich. Er hatte kein Problem mit unkonventionellen Verhörmethoden. Er hatte sie in der Vergangenheit oft genug durchgewinkt. Allerdings beschlich ihn das Gefühl, dass der Killerin etwas Brachiales vorschwebte. »Wir sind keine Barbaren.«

Er tat sich schwer damit, die Tatsache zu akzeptieren, dass eine Agentin in seiner Region eingesetzt wurde, von deren Existenz er bis vor Kurzem nichts gewusst hatte. Eine kurze Unterhaltung mit dem Direktor hatte die Sache aufgeklärt und mündete in einer Anweisung an ihn, die beiden Besucher vorbehaltlos zu unterstützen.

»Mr. Sharp, ich weiß Ihre Sorge zu schätzen. Mir ist klar, dass wir uns gerade meilenweit außerhalb Ihrer Wohlfühlzone bewegen«, sagte John, »aber das ist mir ehrlich gesagt völlig egal. Wenn diese Frau meint, sie kann ihn dazu bringen, den Aufenthaltsort unserer beiden Agenten zu verraten, dann hat sie meine volle Unterstützung, so *unangenehm* ihre Methoden auch sein mögen. Sie scheinen ein anständiger Mann zu sein, aber um ehrlich zu sein, Anständigkeit bringt uns im Moment nicht weiter. Wir sind geradezu verpflichtet, alles in unserer Macht

Stehende zu unternehmen, um unsere Leute zurückzuholen. Auf Moral und Geschmacksgrenzen dürfen wir keine Rücksicht nehmen.« An Amira gerichtet fragte er: »Was genau schwebt dir vor?«

»Wir schneiden ihm die Finger ab, einen nach dem anderen«, antwortete Amira seelenruhig.

John betrachtete sie kurz, bemerkte den angewiderten Gesichtsausdruck des Stationschefs und nickte. »Ich gebe zu, dass mir das nicht gefällt, aber es ist einen Versuch wert.«

»Sie verarschen mich. Sie wollen ihm die Finger abschneiden?«, fragte Wendell ungläubig.

»Ja«, erwiderte Amira emotionslos. »In der Regel sind die Gefangenen nach einer oder zwei Amputationen zum Reden bereit.« Während sie weiterredete, schienen die hellblauen Augen der Killerin direkt in seine Seele zu blicken: »Es ist nicht der Schmerz, der sie bricht. Es ist der dauerhafte *Verlust.* Die Tatsache, dass ich ihnen etwas nehme, das unersetzlich ist und nie wieder verheilt. Angst macht Menschen gefügig, Mr. Sharp. Ich fange übrigens immer mit dem kleinen Finger an, nur für den Fall, dass sie sofort weich werden. Es ist nur fair, ihnen zuerst den Finger zu nehmen, den man am wenigsten braucht.«

Eine erstaunliche Lady, dachte John. *Eine weibliche Version von Logan, aber noch einen Tick gnadenloser und absolut ohne Gewissensbisse. Definitiv mein Typ.* Der letzte Gedanke überraschte ihn zwar, war jedoch alles andere als ein Schock. Er kannte seine Gefühle gut genug, um zu wissen, dass er sich von Anfang an zu ihr hingezogen gefühlt hatte, selbst mitten in diesem blutigen Chaos. Sie beeindruckte ihn. Und das schaffte ein Mensch nach all den Abenteuern, die Logan und er zusammen durchgestanden hatten, nur selten.

»Was brauchst du?«, fragte John.

»Nur meine Messer. Ich hab sie drüben im Beobachtungsraum gelassen. Ich nehm nicht gerne Waffen mit zu einem Verhör. Kommt schließlich ab und an vor, dass sich der Verdächtige befreit.«

»Ist dir das schon mal passiert?«

»Einmal. Bei der zweiten Person, die ich überhaupt je verhört habe. Einer der Kabelbinder war nicht anständig festgezogen. Er kriegte es hin, den rechten Arm vom Stuhl loszumachen.«

»Was hast du gemacht?« Ihre gelassene Art faszinierte ihn.

»Ich hab ihm den Arm gebrochen und ihn dann wieder festgebunden. Nach dem Vorfall gewöhnte ich mir an, Fesseln immer doppelt zu checken.« Sie lächelte. »Als Mädchen muss man auf sich aufpassen.« Mit diesen Worten verließ sie den Raum.

»Unglaublich!« John starrte auf die offene Tür.

»Sie machen da wirklich mit?«, hakte Wendell nach.

John studierte den Gefangenen, bevor er sich dem anklagenden Blick stellte. »Mr. Sharp, dieser Agent hat uns in einen Hinterhalt gelockt und angegriffen, bevor wir eine Chance bekamen, uns zu wehren. Ich weiß, das ist sein Job, seine *Mission.* Ich nehm das nicht persönlich. Das ist in unserem Metier üblich. Es ist nicht das erste Mal, dass jemand versucht, mich umzubringen, und so wie die Woche bisher läuft, wage ich zu behaupten, dass es auch nicht das letzte Mal war.« Seine Stimme wurde stetig lauter. »Aber ich lasse nicht zu, dass er einfach dasitzt und uns verhöhnt, während der beste Mann, den ich je kennengelernt habe, in Gefangenschaft ist. Ich schwöre Ihnen, ich werde alles tun, was nötig ist, um Logan zu finden.« Seine Entschlossenheit stand ihm ins Gesicht geschrieben. »*Wirklich alles.* Selbst wenn es bedeutet, diesen Schweinehund Stück für Stück auseinanderzunehmen, werden wir es verdammt noch mal tun. Am Ende wird mir der Kerl nämlich erzählen, was ich hören will, und ich *werde* meinen Freund finden.«

»Mr. Sharp«, ergänzte Amira, die gerade mit ihren Messern zurückgekommen war. »Ich bin nicht an dieselben Gesetze gebunden wie Sie. Die Agency hat in den letzten Jahren einigen Verhörtechniken abgeschworen, aber ich habe diesbezüglich freie Hand, verbrieft durch Dokumente, die ich Ihnen leider nicht zeigen darf. Es ist die Wahrheit. Halten Sie mit Langley Rücksprache, wenn Sie möchten. Sie sollten sich allerdings direkt an das Büro des Direktors wenden.«

Wendell Sharp war schlau genug, um zu erkennen, wenn jemand bluffte. Das tat sie nicht. Er nickte und akzeptierte die Unausweichlichkeit des Kommenden. *Gott steh demjenigen bei, der den Freund dieses Mannes gefangen hält!*

»Es gibt etwas, das Ihnen mehr Sorge bereiten sollte als das, was sie gleich tun wird: Wie zur Hölle wusste er überhaupt, dass wir im Land sind? Wir haben selbst erst gestern Nacht von dieser Spur erfahren. Nachdem Amira mir anvertraut hat, dass sie einen Hinweis von Langley bekam, mache ich mir Sorgen, dass in der Führungsetage der CIA ein Maulwurf sitzt, der schuld daran ist, dass wir unserem eigenen Schwanz hinterherjagen. Der Betreffende muss Kenntnis vom LEGION-Programm haben. *Das* ist auf jeden Fall gar nicht gut.«

Wendell hatte darüber schon ausgiebig nachgedacht. Der Gedanke eines Verräters in den eigenen Reihen verstörte ihn, vielleicht noch mehr, als dem Gefangenen die Finger abzuschneiden. Solchen Leuten verdankte der Geheimdienst bereits wahre Berge von Leichen.

Bevor er etwas erwidern konnte, blitzte ein langer, auf beiden Seiten geschliffener Dolch in Amiras Hand auf.

»Es wird Zeit«, sagte sie. »Weck ihn auf.«

John trat zu dem bewusstlosen Mann, der mit den Füßen an der höchsten Stelle auf einem geneigten Stahltisch lag. Er postierte sich hinter dem Kopf am unteren Ende und bereitete sich darauf vor, was er als Nächstes tun musste.

Ein lautes Klatschen hallte von den Betonwänden wider, als Johns offene Handfläche das Gesicht des Gefangenen traf.

Die Augenlider flatterten einen Moment und der Asiate schüttelte den Kopf, als träumte er.

Komm schon. Uns läuft die Zeit davon! John schlug erneut zu.

Der junge Mann riss die Augen auf und versuchte, sich auf das Gesicht von John Quick zu fokussieren, das auf dem Kopf stand.

»Hör zu. Ich weiß, dass du uns verstehst. Also werd ich dir keinen Mist erzählen, sondern dir schonungslos ehrlich erklären, was jetzt passiert.«

John bückte sich und korrigierte die Neigung des Tischs, bis der Mann aufrecht vor ihm stand. Dann drückte er einen Hebel und fixierte die Position.

»So, das hätten wir.« Er ging um die Apparatur herum, um ihn anzuschauen. »Jetzt, wo wir uns Auge in Auge gegenüberstehen, lass mich das mal kurz darlegen – wobei es ›darstellen‹ in deiner aktuellen Lage vielleicht besser trifft. Siehst du diese wunderschöne Frau da?« John legte eine Hand auf die Schulter des Mannes und zeigte auf Amira, die neben der Tür auf ihren Einsatz wartete. »Uns bleibt nicht mehr viel Zeit, um rauszufinden, wo deine Leute unsere Freunde hinbringen, und du willst es uns nicht sagen. Das respektiere ich. Ehrlich. Du bist tougher, als ich dachte, besonders nachdem du auf dem Friedhof so alt gegen mich ausgesehen hast.«

John fühlte, wie der Gefangene sich auf dem Tisch verkrampfte, weil die Erinnerung an diese Kränkung ihm offensichtlich naheging. *Gut, das erspart dir unter Umständen einiges an Schmerzen.*

»Ich geb dir also eine letzte Chance, uns zu verraten, was wir wissen wollen. Jedes Mal, wenn du dich weigerst zu antworten, wird dir diese Frau einen Finger abschneiden. So lange, bis du entweder auspackst oder nur noch zwei blutige Stümpfe statt Händen hast. Ich will nicht, dass es so weit kommt, und dieser Mann hier« – John zeigte auf Wendell – »will es schon gar nicht. Aber du lässt mir keine andere Wahl. Ich brauche diese Information und werde *alles* tun, um sie zu kriegen. Es liegt also nur an dir.«

John blickte dem Asiaten tief in die Augen, um seinen Worten Nachdruck zu verleihen und sicherzustellen, dass die Botschaft ankam. Das Gesicht des anderen ließ erkennen, dass er langsam begriff, wie ernst seine Lage war.

»Also dann. Fangen wir an. Für den Anfang was Einfaches. Wie heißt du?«

Langes Schweigen, bis Amira für ihren Einsatz an den Metalltisch eilte.

»Cho. Cho Feng, aber alle nennen mich Henry«, antwortete der junge Geheimagent leise in perfektem Englisch.

»Siehst du? Das war doch gar nicht so schwer. Aber jetzt kommt's wirklich drauf an.« Er räusperte sich betont laut. »Jetzt wirst du uns sagen, wo eure Basis ist, zu der meine Freunde verschleppt wurden.«

Henry starrte ihn einen Moment an und seine Miene verriet, in was für einer Zwickmühle er steckte. *Komm schon, Henry. Zwing uns nicht, es zu tun.* Genauso schnell registrierte er, wie der innere Kampf endete und Henry den Kopf hob und seine Niederlage einzugestehen schien. *Sehr schön. Schon das zweite Mal.* John jubilierte. Für ihn stand fest, dass der Junge jetzt auspackte.

»Fick dich, du arroganter Arsch. Du bist ein typischer Amerikaner. Ich sag dir nichts, egal was du mir antust. Ich behalt lieber meine Ehre als mein Leben«, platzte Henry heraus.

So kann man sich irren.

Bevor er etwas sagen konnte, schoss Amira mit einer geschmeidigen Bewegung auf den senkrecht gekippten Tisch zu. Zielsicher packte sie den linken kleinen Finger des Mannes, hob den Dolch und zog die Klinge mit kräftigem Druck über das untere Ende.

»*Aaaaarghhh!*« Henrys Schrei stieß auf taube Ohren.

Amira ließ den Finger los. Er fiel auf den Boden des Verhörraums. Rote Tropfen spritzten auf das Linoleum, Blut strömte in glänzenden Rinnsalen über den Metalltisch.

Henry jammerte erstickt und mühte sich, den pochenden Schmerz zu kontrollieren. Er schüttelte unkontrolliert den Kopf hin und her und atmete schwer zwischen erstickten Schluchzern.

»Henry«, herrschte John ihn an. Keine Reaktion. Er packte sein Kinn mit der Hand und zwang sein

Gegenüber, ihn anzusehen. »Henry, ich sagte doch, dass ich hier keine Spielchen spiele. Du hättest mir glauben sollen. Erspar dir weitere Qualen und sag uns, was wir wissen wollen. *Bitte.*« Das letzte Wort klang wie ein Flehen.

Tränen standen in Henrys Augen. John konnte nicht abschätzen, ob vor Schmerz oder Wut oder beidem. Es machte sowieso keinen Unterschied.

»Zum zweiten Mal … und als Nächstes kommt der Ringfinger dran. Ich hoffe also, du hast nicht vor, irgendwann mal zu heiraten. Wo sind unsere Freunde? Wo ist eure Operationsbasis?«

Henry sah ihn an, öffnete den Mund, um etwas zu sagen, überlegte es sich aber im letzten Moment anders. Er schloss die Augen und schüttelte den Kopf. Ein trotziges, lautloses Nein.

»Leg los«, sagte John zu Amira und sah Henry in mitleidloser Verbitterung an.

Erneut trat Amira an den Tisch und hob die Klinge.

Es klopfte an der Tür und sie öffnete sich einen Spaltbreit. Amira zögerte und schaute hinüber, die Klinge nur Zentimeter von Henrys Finger entfernt. Sie verfolgte, wie Wendell sich kurz in den Gang lehnte und etwas mit jemandem besprach.

»Wir haben einen Standort. Wir müssen los«, erklärte er dann.

Abrupt trat Amira vom Tisch weg und verließ die Zelle.

»Was ist mit ihm?«, wollte Wendell wissen.

John sah zu Henry, der schreckliche Schmerzen litt. Das Pochen strahlte in die ganze Hand aus.

»Da hat dich der sprichwörtliche Gong gerettet, Henry.« Im Hinausgehen wies John Wendell an: »Behandeln Sie die Wunde, legen Sie den Finger auf Eis und sehen Sie zu, dass Sie einen Arzt finden, der ihn vor Ort wieder annähen kann. Egal was passiert, er verlässt das Botschaftsgelände nicht. Und jetzt finden wir raus, welche Schweinerei hier vorgeht.« John folgte Amira.

Wendell beäugte ungläubig den Finger und die Blutlachen. *Dazu steht im offiziellen Verhörleitfaden der CIA jedenfalls nichts.*

29

Jedes Mal tauchten der Esel und der Karren auf.

Es war nicht das erste Mal, dass er einen Konvoi durch Ramadi lotste, aber es war das erste Mal, dass er General Longstreet, den kommandierenden General der Multi-National Forces West in der Al-Anbar-Provinz im Irak, eskortierte.

»Sir, wir sind nur einen Klick vom Regierungszentrum entfernt«, verkündete eine Stimme hinter ihm.

Wieso kenne ich diese Stimme? *Er spähte über die Schulter auf eine jüngere Version von John Quick, die ihn vom hinteren Sitz des gepanzerten Humvee aus musterte.*

»Mir gefällt diese Idee gar nicht, Sir«, beschwerte sich der junge John. »Wir sollten nicht hier sein. Das ist Territorium der Aufständischen.«

Wieso waren sie hier? Er versuchte sich zu erinnern, griff nach einem Messingring, der sich knapp außerhalb seiner Reichweite befand, während sich das Karussell in seinem Kopf unablässig drehte.

»Ich traue den Stammesfürsten nicht. Die haben zugelassen, dass die Aufständischen in dieser Provinz Fuß fassen konnten«, meinte John. Plötzlich fiel Logan auf, was nicht stimmte: Obwohl jedes Wort völlig klar zu verstehen war, bewegten sich Johns Lippen nicht.

Als würde ein Sonnenstrahl durch eine dichte Wolkenfront dringen, löste sich der Schleier vor seinen Augen. General Longstreet hatte Kontakt mit den sunnitischen

Führern in der Region hergestellt, um mit ihnen über eine Lösung für den endlosen Kreislauf der Gewalt zu sprechen, der die Provinz fest im Griff hatte.

Aber Logan erhielt keine Gelegenheit zum Antworten. Der Fahrer trat auf die Bremse und der Humvee kam schlitternd zum Stehen. Er hörte, wie die drei nachfolgenden Wagen es ihnen gleichtaten, und drehte sich nach vorn, um durch die Windschutzscheibe zu spähen.

Ein Junge stand etwa drei Meter entfernt mitten auf der Straße und hinderte den Humvee an der Weiterfahrt. Er wirkte kaum älter als 14 und starrte ihn durch die fünf Zentimeter dicke kugelsichere Windschutzscheibe an. Der Junge trug eine traditionelle weiße Kandora, die ihm fast bis zu den Sandalen reichte. Seine Arme hingen seitlich herab und er rührte sich nicht von der Stelle.

Es waren die Augen, an die er sich immer erinnern würde. Wütender Hass schwang in seinem Blick, klagte ihn für Taten an, die er noch gar nicht begangen hatte – und auch niemals zu begehen gedachte. Zwar änderten sich jedes Mal kleinere Details, aber aus irgendeinem Grund wusste er, dass dieser Teil real war. Derselbe Junge. Dieselben hasserfüllten Augen. Das änderte sich nie.

Neben dem Jungen stand ein alter, heruntergekommener Karren, vor den ein grauer Esel gespannt war. Das Tier schien genauso müde und abgehalftert zu sein wie der Karren, den es mit ledernen Riemen zog. Es bewegte sich ebenfalls nicht, musterte ihn mit ausdrucksloser Miene stumm durch die Scheibe.

Der Kummer überschwemmte Logan wie eine Welle. Unkontrollierbare Trauer, verursacht durch die nicht endende Tragödie aus Schrecken und Gräueltaten, die diesem Land zusetzten, sorgte dafür, dass ihm brennende Tränen die Wangen herabliefen. Es gab keinerlei Unschuld mehr im Irak – nur noch Tod, Extremismus und Hass. Der Verlust jeglicher Hoffnung schmerzte und lähmte ihn zugleich. Ohne Hoffnung, das war ihm qualvoll bewusst, gab es keine Veränderung. Dann drohte dem Irak der endgültige Niedergang.

Er schloss die Augen und wünschte sich an einen anderen Ort. Da er wusste, was als Nächstes kam, erfasste ihn die vertraute Angst, trieb ihn grausam voran, während er erneut Zeuge all dieser Entsetzlichkeiten wurde.

Er öffnete die Augen gerade rechtzeitig, um zu sehen, wie der Junge den Arm in Richtung des Humvee ausstreckte und anklagend auf ihn zeigte.

Der improvisierte Sprengsatz, versteckt unter der Decke aus Sackleinen auf dem Karren, explodierte. Seine Trauer schlug jäh in eine alles betäubende Panik um.

WUMM!

Die Explosion riss den Esel und den Jungen in Stücke, verteilte Körperteile in Fetzen auf der staubigen Straße. Der Kopf des Heranwachsenden prallte mit einem lauten, feuchten Klatschen gegen die Windschutzscheibe. Für den Bruchteil einer Sekunde blickte Logan in seine leblosen Augen. An das Glas gedrückt blinzelten die Lider reflexhaft, dann knallte der Schädel auf die Haube des Humvee, flog auf den Boden und rollte außer Sichtweite.

Er bekam keine Luft.

Weitere Explosionen ertönten hinter ihnen. Ihm wurde klar – wie immer und doch wie zum ersten Mal –, dass der Junge lediglich die Vorhut eines größeren Hinterhalts gebildet hatte.

»Du solltest etwas unternehmen, Logan, sonst sterben deine Männer.« Merkwürdig, wie ruhig der junge John bei diesem Satz blieb.

Er schielte zum Rücksitz, aber da war niemand.

»Stimmt, Logan«, erklärte eine körperlose Stimme. »Wir sind schon alle weg. Du bist der Letzte, der noch übrig ist. Wieso sterben alle um dich herum? Weißt du, wie selbstsüchtig das ist?«

»Es ist nicht meine Schuld, John. Das weißt du«, hob Logan zu einer Erklärung an.

Stille, die ihn auf ihre ganz eigene Art quälte; mit einer Schuld, der er nicht entkommen konnte.

»John? John! JOHN!*«, schrie Logan.*

Der Humvee erzitterte, als wäre er von Gewehrfeuer getroffen worden. Jenseits der Scheibe war alles in ein dunkles, formloses Grau gehüllt. Rauch umgab das Fahrzeug, begierig darauf, ihn zu ersticken.

Das Zittern wurde stärker, bis der Humvee hin und her gerüttelt wurde, brutal von einer Seite auf die andere gerissen.

»Logan«, drängte die körperlose Stimme.

Er wollte den Mund öffnen, um etwas zu sagen, aber seine Lippen waren versiegelt. Er tastete sein Gesicht ab und stellte fest, dass Mund und Nase mit Gewebeband verklebt waren. Er mühte sich, das dicke Tape von der Haut abzuziehen, aber es gab nicht nach. Panik ergriff ihn und er rang gequält nach Luft.

»Logan! Logan!*«, schrie die Stimme. Andere Geräusche drangen an sein Ohr. Wütende Schreie …*

Bald würde alles vorbei sein. Er kniff die Augen fest zu, versuchte, die Symphonie des Horrors auszusperren. Schließlich ergab er sich dem Schmerz, akzeptierte ihn ebenso wie seine Last der Schuld. Er öffnete die Augen …

Und blickte in das besorgte Gesicht von Cole Matthews.

»Logan, bist du okay? Du hast gemurmelt und geschrien, aber ich hab kein Wort verstanden«, meinte Cole. »Ich brauch dich, Kumpel. Wir stecken brutal in der Klemme.«

Logan setzte sich auf und lehnte den Rücken gegen eine raue Betonwand. Er stellte fest, dass sie sich in einer engen Gefängniszelle aufhielten. Die Fenster waren mit Eisengittern verrammelt, doch die Tür stand offen. *Sie haben nicht abgeschlossen? Wieso sollte jemand so unvorsichtig sein? Es sei denn, wir können sowieso nirgends hin …*

Etwas überwältigte seine Sinne. Der eklige Gestank menschlicher Fäkalien stürzte auf ihn ein. Aus dem Hintergrund meldete sich beständiges, unverständliches Geschrei. Einen Moment lang wünschte er sich, in seinen sich wiederholenden Albtraum über Ramadi zurückzukehren. Dieser war ihm wenigstens vertraut.

»Wieso habe ich das ungute Gefühl, dass das erst der Anfang ist?«, fragte Logan schließlich, stützte sich mit den Händen an den gebeugten Knien ab und zwang sich zum Aufstehen. Ihm wurde schwindelig. *Nachwirkungen vom Gas und dem anderen Zeug, mit dem sie uns betäubt haben. Na wunderbar.*

»Hast du eine Ahnung, wo wir sind und wie lange wir weggetreten waren?« Logan stützte sich an der Wand ab, um nicht umzufallen.

»Es ist immer noch hell draußen, also gehe ich davon aus, dass es nur ein paar Stunden waren. Und ich hab keine Ahnung, wo wir sind, aber eins kann ich dir verraten: Es ist auf keinen Fall ein Fünf-Sterne-Hotel.« Cole klang sarkastisch. »Ich bin mir ziemlich sicher, dass wir in einem Gefängnis gelandet sind.«

»Wie lange bist du schon wach?«

»Zehn Minuten oder so. Keine Sorge. Das taube Gefühl lässt in ein paar Minuten nach. War bei mir genauso.«

Weitere Schmerzensschreie drangen aus dem Inneren des Gebäudes in ihre Zelle, dazu ein Gewirr von Stimmen, dem sich Schritte anschlossen.

Cole schob den Kopf durch die offene Gittertür, um nach der Quelle Ausschau zu halten. Ihre Zelle befand sich in der Mitte eines Korridors mit nackten Betonwänden, der von wenigen Glühbirnen erhellt wurde, die direkt an Kabeln aus der Decke hingen. Der Gang erstreckte sich etwa 25 Meter in beide Richtungen. Links endete er an einem Punkt, wo er im 90-Grad-Winkel nach rechts abknickte. Es gab etliche weitere Zellen, in denen er Hände und nackte Füße zwischen Gitterstäben hervorragen sah. Rechts führte der Gang zu einer einzelnen Metalltür. Sechs Männer verstellten ihm teilweise die Sicht. Dunkelhäutige Afrikaner in einem Mischmasch aus zerlumpter Kleidung, die sich zielstrebig durch die schmuddelige Umgebung vorkämpften.

»Wir haben ein Problem. Sechs Männer. Keine Waffen. Ich denke, das ist unser Begrüßungskommando. Wir müssen Zeit schinden.« Cole sah Logan eindringlich an. »Bevor du aufgewacht bist, hab ich einen persönlichen Peilsender aktiviert, den ich versteckt am Körper trug. Er liegt auf dem Sims des winzigen Fensters über dir. Hoffentlich ist die Sicht so weit frei, dass er ein Signal übertragen kann. Wenn ja, wird die Agency schon Mittel und Wege finden, uns zu erreichen. Wir müssen nur lange genug am Leben bleiben, bis uns das Rettungsteam findet.«

Die Stimmen wurden lauter, wütend, und das in einem afrikanischen Dialekt, den Logan nicht erkannte.

»Wie lange?« Innerlich rüstete er sich für einen Kampf, der sicher nicht lange auf sich warten ließ.

»Vier bis sechs Stunden, je nachdem, wie weit das nächste Team entfernt ist«, meinte Cole. Die Schritte waren jetzt genau vor der Tür.

»Das könnte interessant werden.« Logan hatte seine Sinne größtenteils wieder beisammen. »Machen wir gute Miene zum bösen Spiel und finden raus, was die wollen. Wehr dich bloß, wenn dir keine andere Wahl bleibt.«

Die Gegenwart des Begrüßungskomitees schien ihre Mitgefangenen in den umliegenden Zellen aus ihrer Passivität zu reißen. Schreie und metallisches Scheppern erfüllten den Korridor. *Das ist ja wie ein verfluchter Gefängnisaufstand!*

»Okay«, stimmte Cole zu. »Los geht's.« Er bewegte sich in den hinteren Teil der Zelle und hob die Arme, folgte damit Logans Beispiel.

Der erste Mann blieb vor der Zelle stehen und taxierte sie mit offener Feindseligkeit und Verachtung. Er trug ein zerlumptes braunes Tanktop und grüne Cargo-Shorts, hatte sich den Schädel rasiert. Eine tiefe Furche zog sich von der Stirn senkrecht bis zum linken Auge, das ihn tot und milchig weiß fixierte.

Der Unbekannte lächelte und entblößte dabei schiefe gelbe Zähne. Logan hätte schwören können, dass der Gestank, der von ihm ausging, bis in die hintere Ecke der Zelle vordrang. *Der ist durchgedreht, vermutlich auf Khat,* tippte er auf die Blätter, die in diesem Teil der Welt gekaut wurden, um ein dem Amphetamin ähnliches High auszulösen.

Der Kerl verschränkte die drahtigen und trotzdem muskulösen Arme vor der Brust, während der Rest des

Begrüßungskomitees ebenfalls auf der Bildfläche erschien. Fünf weitere Afrikaner, alle ähnlich gekleidet, musterten sie ohne erkennbare Regung.

»Wieso seid ihr hier?«, fragte der Mann mit dem toten Auge schließlich in gebrochenem Englisch mit schwerem Akzent. Er sagte nichts weiter und wartete auf eine Antwort.

»Ehrlich gesagt«, entgegnete Logan mit klarer und ruhiger Stimme, »dachten wir, ihr könntet uns da weiterhelfen. Wie sind wir in dieser Zelle gelandet? Und wo genau befindet sie sich?«

Tot-Auge nickte, als hielte er die Frage für absolut sinnvoll. Lächelnd trat er beiseite, um Platz zu machen, damit zwei seiner Helfershelfer eintreten konnten.

Die beiden eilten auf Logan und Cole zu, die ihre Arme weiterhin über den Kopf gehoben hatten, und verpassten ihnen harte Schläge in die Magengrube. Sie klappten regelrecht zusammen, da der Angriff sie unvorbereitet traf.

Zwei weitere Fremde betraten den Raum. Sekunden später schleiften die vier Logan und Cole durch den Korridor zur Metalltür am rechten Ende.

Ich schätze, das war die falsche Antwort, dachte Logan und überlegte, welche Überraschung ihnen als nächste bevorstand.

30

CIA-Einsatzzentrale
Langley, Virginia

Lieutenant Commander Rob Stricker beendete das verschlüsselte Telefonat mit dem Hauptquartier des JSOC – des Joint Special Operations Command – in Fort Bragg und ging zum Platz des diensthöchsten wachhabenden Offiziers in der Mitte des Einsatzraums.

Als ehemaliger Platoon-Commander des SEAL Team Four und Executive Officer des SEAL Delivery Vehicle Team Two, stationiert in Little Creek, Virginia, verabscheute er diesen Buchhalterjob und die spießigen Einschränkungen, die er mit sich brachte; ganz besonders den maßgeschneiderten Anzug, in den er seinen athletischen Körper zwängen musste. Leider ›verdankte‹ er es ausgerechnet diesen Jahren taktischer Erfahrung im Irak, in Afghanistan und vor der Küste diverser afrikanischer Länder, dass er sich für diesen Posten qualifiziert hatte. Als JSOC-Verbindungsoffizier hielt er den Kontakt zum CIA-Hauptquartier.

Zu seinen zentralen Aufgaben gehörte das Koordinieren von Aktivitäten in aller Welt, um Human Intelligence zu sammeln. Hinter dieser sperrig als HUMINT abgekürzten Bezeichnung verbarg sich das Zusammentragen geheimdienstlicher Erkenntnisse mithilfe von Agenten und Kontaktleuten. Auf diese Weise unterstützte er Operationen des JSOC, das wiederum der CIA bei verdeckten Einsätzen unter die Arme griff. Sosehr er die Arbeit am Schreibtisch hasste, so sehr blühte er auf, wenn es zur Sache ging. Außerdem hatte ihm der Posten eine Beförderung zum Navy-Commander eingebracht, obwohl das erst im nächsten Monat im Rahmen einer förmlichen Zeremonie offiziell wurde.

»Sir, wir haben ein Team in Dschibuti auf Stand-by. Camp Lemonnier. Die können in 45 Minuten in der Luft und in zwei Stunden am Zielort sein. Eine C-17 steht bereit«, informierte Stricker den leitenden Senior Watch Officer Glenn Saxton, einen früheren Case Officer und Stationschef.

Camp Lemonnier war die US-Basis am Horn von Afrika, eingerichtet in den Nachwehen von 9/11, als das Hauptquartier der Second Marine Division kurzfristig zur Einsatzzentrale für die neue Combined Joint Task Force am Horn von Afrika, kurz CJTF-HOA, umfunktioniert wurde. Dank der strategisch günstigen Lage ließ sie sich per Schiff von der Hafenstadt Dschibuti aus erreichen und per Flugzeug vom dortigen internationalen Flughafen, dessen Rollfeld direkt an Camp Lemonnier angrenzte.

Lieutenant Commander Stricker war in der Anfangsphase des weltweiten Kriegs gegen den Terror eine Zeit lang dort stationiert gewesen. Dschibuti war heiß, feucht und so drückend, dass verglichen damit im Irak stets eine kühle Brise wehte. Er erinnerte sich daran, wie er an einem höllisch heißen Tag vor der Einsatzzentrale gesessen hatte. Zwei schwarze Vögel waren allein aufgrund der Hitze mit dem Schnabel voran tot vom Himmel in den Kies neben seine Stiefel gefallen. Unter all den merkwürdigen, surrealen und schrecklichen Erlebnissen bei seinen Kampfeinsätzen gehörte die Episode mit den beiden Vögeln zu den eindringlichsten. *So gottverlassen, dass nicht mal die Vögel überlebten ... verfluchtes Afrika ...*

»Was wissen wir über den Ort, an den die Agenten verschleppt wurden, Sir? Ich brauche so viele Aufklärungsdaten wie möglich, SIGINT, was immer Sie haben. Treiben Sie so viele wie möglich auf, bevor wir die Jungs losschicken«, befahl Stricker.

Der persönliche Peilsender war vor etwa 15 Minuten aktiviert worden. Alle erdenklichen Varianten der Rettung wurden erwogen. In Anbetracht der Person, die das Signal aktiviert hatte, durften sie sämtliche Mittel ausreizen.

Aufgrund eines Arrangements zwischen der CIA und dem internationalen Cospas-Sarsat-Programm – einem satellitengestützten Such- und Rettungssystem zur Lokalisierung von Alarmsignalen und zur Informationsverbreitung – wurde eine streng vertrauliche Zahl von Peilsendern für den Fall, dass diese aktiviert wurden, ständig überwacht.

Das ursprüngliche 406-MHz-Signal war vom Missionskontrollzentrum im nigerianischen Abuja aufgefangen und an das von der NOAA betriebene Missionskontrollzentrum in den USA weitergeleitet worden, ebenso wie das Kontrollzentrum für Satellitenoperationen in Suitland, Maryland, angesiedelt. Über eine sichere Leitung wurde ein automatischer Anruf an die CIA-Einsatzzentrale abgesetzt. Sämtliche Daten rund um das Signal landeten dort seitdem live auf einem Kontrollbildschirm.

»Die Jungs vom NGA durchforsten gerade die Datenbanken nach Archivmaterial zu den übermittelten Koordinaten und setzen die verfügbaren Satelliten auf Livebilder an, sobald sie das nächste Mal darüber hinwegfliegen. Ich habe bereits das NSOC und die NSA kontaktiert, damit sie eventuell vorhandene Aufklärungsdaten durch SIGINT aus ihren Datenbanken heraussuchen. Und alle HUMINT-Berichte, die wir haben. Innerhalb der nächsten 30 Minuten liegt alles vor«, versicherte Glenn. »Was brauchen Sie sonst noch?«

»Das sollte reichen, Sir«, antwortete Stricker. »Rufen Sie als Nächstes das Weiße Haus an. Wie Sie wissen, brauchen wir entweder die Zustimmung des Verteidigungsministers oder des Präsidenten. Sobald sie dem JSOC vorliegt, sind wir auf ›Go‹. Egal was wir planen.«

»Was, wenn die Genehmigung eintrifft, bevor wir die kompletten Aufklärungsdaten haben?« Glenn dachte über potenziell negative Auswirkungen nach. Er wollte vermeiden, dass ihre Leute blind agieren mussten. Sich mit allen Aspekten einer Operation vorab erschöpfend auseinanderzusetzen, hatte er sich früh in seiner Karriere angewöhnt.

Lieutenant Commander Stricker lächelte. Die Frage unterstrich den Unterschied zwischen der Denkweise von Zivilisten und Militärs. Es war nicht das erste Mal, dass ihm das auffiel. Solange Zivilisten Einfluss auf die Koordinierung militärischer Ressourcen nahmen, würde es auch nicht das letzte Mal sein.

»Sir, die gehen so oder so da rein, egal was kommt. In Situationen wie diesen bleibt uns keine andere Wahl. Wir *machen* es einfach«, antwortete er selbstbewusst. »Denn das macht uns aus.«

31

Sie wurden an das Ende des Zellenblocks geführt, durch eine massive Stahltür und in einen überdachten Bereich, der als Einfahrt für den Fuhrpark des Gefängnisses diente. Der angrenzende Tunnel wurde auf beiden Seiten durch speziell angefertigte Blechtüren auf Schienen abgeschlossen. Ein altes Jeep-Coupé parkte in der Mitte der Fläche, ein Siebentonner mit abgedeckter Ladefläche direkt dahinter. Der Eingang zur Rechten war zusätzlich mit stählernen Türen versehen, gesichert durch ein Vorhängeschloss. *Das geht vermutlich in diesem Teil der Welt als Security-Technik vom Feinsten durch,* dachte Logan.

Gemeinsam mit Cole wurde er weitergedrängt zu einer Stelle, wo ein Spalt unter der leicht erhöht hängenden Tür den Tunnel mit karger Helligkeit versorgte. Stimmen, Schmerzensschreie und – wohl am überraschendsten – Jubel drangen durch die Öffnung.

Ihre Aufseher öffneten die Tür, verpassten ihnen einen heftigen Stoß, und sie fielen in der heißen afrikanischen Sonne zu Boden. Logan stand auf, seine Augen scannten die Umgebung, einen riesigen Gefängnisinnenhof. *O Mann. Dagegen sieht Alcatraz wie eine Ferieninsel aus.*

Er hatte schon einiges über die furchtbaren Zustände in den Gefängnissen der Dritten Welt gelesen – Hunger, Folter, chronische Überbelegung –, aber er hätte nie gedacht, sie mal am eigenen Leib zu spüren. Die Vorstellung einer solchen Ansammlung menschlichen

Leids und Elends und der unerträglichen Schrecken, die Gefangene auf täglicher, nie endender Basis durchlebten, war etwas völlig anderes, als es persönlich zu ertragen.

Logan spürte, wie sehr es ihm zu schaffen machte. Er atmete betont langsam, um sich zu beruhigen. Cole schien ganz ähnlich auf die höllische Szenerie vor ihren Augen zu reagieren.

Sie befanden sich auf einem öden, rechteckigen, staubigen Innenhof. Von ihrer Position aus ließ sich erkennen, dass der Gefängniskomplex nicht mehr als drei Etagen hoch war, gebaut aus dunkelgrauem Beton mit eisernen Gittern vor den Fenstern auf allen vier Seiten. Logan bildete sich ein, hinter einigen davon abgemagerte Gesichter zu erkennen, die ins Freie lugten.

In jeder Ecke des Dachs gab es einen zu allen Seiten hin offenen Wachturm aus Holz, um das Geschehen auf dem Hof und in der Umgebung zu überblicken. Zwei Wachen hatten sich auf jedem der baufälligen Podeste positioniert, jeweils ein AK-47 griffbereit vor der Brust. *Nicht gerade eine Scharfschützenwaffe. Wenn also jemand Probleme macht, ist es ihnen piepegal, wie viele Insassen sie bei seiner Erschießung mit in den Tod reißen.*

Zusätzlich zu den Wachtürmen gab es einen großen, dunkel verglasten Bereich, der mindestens zehn Meter breit und auf Höhe des oberen Stockwerks in die linke Wand eingelassen war. *Scheint der Kontrollraum zu sein.*

Rechts von Logan stand eine primitive, rechteckige Garage. Sie hatte ein Dach und eine Wand, aber die ihm zugewandte Seite war offen. Darin parkten mehrere Jeeps und ein Ambulanzwagen, der wie ein Überbleibsel aus dem Zweiten Weltkrieg wirkte. *Ich bezweifle, dass der oft zum Einsatz kommt.* Ein Zaun aus Stacheldraht und ein Tor mit Vorhängeschloss komplettierten den improvisierten Stellplatz.

Auf der gegenüberliegenden Seite des Innenhofs steckten drei Holzpfähle im Boden, verankert in einem Betonfundament. Was seine Aufmerksamkeit fesselte, war allerdings eher das, was daran befestigt war: Unglückliche Seelen, deren Hände man über ihren Köpfen unangenehm gestreckt hatte, hingen gefesselt an zwei der Pfosten. Die Position machte es den Gefangenen unmöglich, sich hinzusetzen oder die Spannung in den Armen zu verringern. Logan wusste, wie brutal diese Form der Folter nach mehreren Stunden sein konnte. Am Ende war die Erlösung aus der verkrampften Haltung fast genauso quälend wie die Haltung selbst.

Der mittlere Pfosten war unbesetzt, aber sogar aus der Ferne bemerkte Logan große dunkle Flecken, bei denen es sich um Blut handeln musste. Er wollte sich gar nicht vorstellen, wie viele Männer an diesen Pfosten bereits einen qualvollen Tod gestorben waren.

Sosehr ihn diese Folter abstieß, es war nicht der schlimmste Teil des Gefängnishofs. Was offenbar als Nächstes auf der Tagesordnung stand – eine Barbarei wie aus dem Mittelalter –, verriet Logan alles über das Gefängnis, was er wissen musste. Menschliches Leben besaß hier keinerlei Wert. Die Wachen missbrauchten die Insassen für einen perversen Zeitvertreib, sowohl zu ihrer eigenen sadistischen Belustigung als auch, um das Verhalten der Insassen auf gewisse Weise zu steuern und ihnen ein psychologisches Ventil zu bieten, das es leichter machte, sie zu kontrollieren. Für Logan sah es danach aus, als bliebe den Gefangenen keine andere Wahl, als sich an dieser Erniedrigung zu beteiligen.

In der Mitte des Hofes befand sich, umrahmt von jubelnden und schreienden Häftlingen, ein Everlast-Boxring mit schwarzem Belag, schwarz-weißen Eckpfosten und weißen Seilen. Verglichen mit der Umgebung sah er so gut wie neu aus. Ein starker Kontrast zu der erbärmlichen Verkommenheit und der allgegenwärtigen Erniedrigung. Im Ring kämpften zwei Männer gegeneinander, aber von einem fairen Kampf zu sprechen, wäre grotesk übertrieben gewesen.

Ein sudanesischer Riese mit Bart und kurzen Haaren, die wirr von seinem enormen Schädel abstanden, schwang eine Machete und einen alten Knüppel, der auf einer Seite mit fiesen Metalldornen versehen war. Dunkle Flecken bedeckten sein Gesicht. Ob es Narben oder Tätowierungen waren, ließ sich schwer erkennen. Er war fast zwei Meter groß, bewegte sich für einen Mann seiner Größe und Statur jedoch erstaunlich geschmeidig. Das einzige Kleidungsstück, das er trug, war eine abgetragene Hose mit Flecktarnmuster, über der seine speckige Wampe hing.

Der Knüppel mit den Dornen donnerte auf den Belag des Rings und ließ ihn erzittern.

Sein Gegner, ein kleinerer, jüngerer, wesentlich schlankerer Mann, wich der Attacke nach hinten aus. Er hielt einen Knüppel in der rechten Hand, aber es war offensichtlich, dass er nicht recht wusste, wie er ihn einsetzen sollte. Seine Augen waren angstvoll geweitet und er blickte sich flehend nach Hilfe um. Niemand bot sie ihm an – weitere Schreie auf Arabisch und in anderen Sprachen, die Logan nicht kannte, erfüllten den Hof. *Das wird nicht lange dauern.*

Der Gigant machte einen Schritt nach vorn und hielt die Machete und den Knüppel wie eine natürliche Verlängerung seiner Gliedmaßen seitlich nach unten.

Die Angst des jungen Mannes schlug von einer Sekunde auf die nächste in Entschlossenheit um. Statt zusammengekauert auf den Tod zu warten, entschloss er sich zum Handeln. Er holte mit dem Knüppel nach hinten aus und schwang ihn mit aller Kraft, die er aufbringen konnte, in Richtung der linken Körperhälfte des größeren, stärkeren Gegners.

Dieser lächelte nur müde. Eine bösartige, grausame Grimasse, die Logan verriet, dass das Ende nahte.

Erstaunlich leichtfüßig tänzelte der Gigant einen Schritt nach hinten. Der Knüppel des kleineren Mannes sauste harmlos vor ihm durch die Luft. Die Menge juchzte in primitivem Vergnügen und erahnte den bevorstehenden Kill. Er schwang den Knüppel mit dem linken Arm unter den danebengegangenen Schlag des Jüngeren.

Ein widerwärtiges Schmatzen ertönte, als die Dornen in den Brustkorb des jungen Mannes eindrangen und ihn durchbohrten. Er schrie gepeinigt auf und ließ den Knüppel fallen, Blut tropfte aus den Wunden. Der Schmerz ließ ihn nach vorn sacken, aber der Gigant hob den Arm und richtete ihn mit unbarmherziger Kraft wieder auf.

Besiegt und im Wissen, dass sein Tod bevorstand, blickte der Mann hoch in das Gesicht seines Killers. Das Grinsen des Henkers wurde breiter und verstärkte den Ausdruck boshaften Vergnügens. Das Opfer ließ den Kopf sinken und Logan sah, dass sich seine Lippen bewegten. Logan wurde klar, was er tat, und das Wissen löste eine Flut von Empathie und Mitgefühl in ihm aus. *Er betet, bevor er stirbt.*

Der trotzige Akt versetzte den Giganten in Wut. Er schwang die Machete über die linke Schulter, während er den Unterlegenen in aufrechter Haltung festhielt wie ein

Metzger ein aufgespießtes Stück Fleisch. Die Klinge raste durch die Luft auf das Genick zu.

Die Machete versenkte sich in das Fleisch, durchtrennte das Rückgrat im Genick. Blut schoss aus der tiefen Verletzung, der Körper wand sich in Todeszuckungen. Aber der Riese gab sein Opfer weiterhin nicht frei, zog die Machete behände zurück, um einen zweiten Schlag zu landen. Blut spritzte in unglaublichen Mengen auf den schwarzen Ringbelag. Die Menge tobte begeistert.

Aber nicht alle. Einige dieser Gefangenen haben sich verblüffenderweise einen Rest von Menschlichkeit erhalten.

Der Gigant stieß eine Art Urschrei aus und schlug ein zweites Mal zu. Die Machete trennte den Kopf des Verlierers ab, der herunterfiel, wegrollte und schließlich mit den Augen nach unten liegen blieb. Blut spritzte auf. Der Ring, der Killer und die Häftlinge, die unmittelbar daneben standen und aufgepeitscht mit den Händen gegen die Seile klopften, wurden mit roten Flecken besudelt.

So eine Erfahrung kann man bei einem Boxkampf in Las Vegas nicht machen, dachte Logan. Sein Sarkasmus schien trotz der menschlichen Abgründe, die sich hier auftaten, unangetastet zu sein. Humor hielt ihn angesichts des unermesslichen Leids in solchen Situationen davon ab, einfach durchzudrehen.

Der Killer riss den Knüppel aus der Seite des Körpers. Die Leiche prallte auf den Boden, das Blut bildete rasch eine Pfütze. Der Sieger stand in der Mitte des Rings, die Waffe über den Kopf erhoben, und drehte sich in einer triumphierenden Pose nach allen Seiten, um sich von der hysterischen Menge bejubeln zu lassen.

Logan begriff. Wer immer diese Insassen gewesen waren, bevor man sie hier eingekerkert hatte, ihre früheren Leben waren längst vorbei. Ein großer Prozentsatz der Gefängnispopulation hatte sich inzwischen so an die neue Umgebung angepasst, dass sie mit echter Begeisterung das makabre Schauspiel des Tötens verfolgten. Bei diesem Monster handelte es sich tatsächlich um so etwas wie ihren gefeierten Champion.

»Herr … im … Himmel«, raunte Cole neben ihm.

»Ich glaube, der ist gerade im Urlaub«, konterte Logan trocken. »Und ich glaube nicht, dass unser Besuch hier besonders spaßig wird.«

Als der Jubel verstummt war, verließ der Gigant die Arena. Eine sechsköpfige Gruppe von Insassen kletterte mit diversen Eimern, Lappen und Wischmopps in den Ring. Zwei von ihnen schnappten sich die kopflose Leiche, zerrten sie achtlos zum Rand und schoben sie unter den Seilen durch, bis sie im Staub außer Sicht verschwand.

In diesem Moment bemerkte Logan einen Chinesen, der ihn über das Blut des Ringbodens hinweg musterte. Er stand ganz ruhig da und war etwa in Logans Alter. Sein Auftreten roch nach Militär. *Der gehörte zu der Operation, deren Ziel es war, uns zu schnappen, auch wenn er nicht auf dem Friedhof gewesen ist. Er arbeitet bestimmt für den jungen Anführer, der seine Befehle durch die Gegend gebrüllt hat. Kann gar nicht anders sein. Das ist kein Zufall.*

»Siehst du den da?«, fragte Logan leise über das Chaos hinweg. »Das ist der, den wir wollen.«

»Oder der, der *uns* will.«

»Klappe halten!«, schimpfte einer ihrer Aufpasser und klatschte Logan mit einem schwarzen Schlagstock auf den Rücken.

Der Amerikaner stolperte vorwärts, hielt jedoch die Balance, erhaschte einen Blick auf den Chinesen, dessen

Miene wie aus Stein gemeißelt wirkte. Schließlich wandte er die Augen von ihm ab und flüsterte einem Mann in dunkler Uniform neben sich etwas zu.

Logan verstand nicht, was gesprochen wurde. Jedenfalls hatte es den erwarteten Effekt: Die Wache trat auf sie zu. *Showtime.*

»Mach dich bereit«, murmelte Logan.

»Wofür?«, fragte Cole.

»Für absolut alles«, erwiderte Logan. Die Wache hatte sie inzwischen erreicht und erteilte dem Mann, der sie aus ihrer Zelle gebracht hatte, ein paar kurze Anweisungen auf Arabisch.

Die um den Ring versammelten Gefangenen waren noch nicht gegangen. Ein unheilvoller Hinweis, dass das heutige Unterhaltungsprogramm nur eine kurze Pause machte. Sie wichen zur Seite, sodass Logan und Cole zur anderen Seite des Rings geschubst werden konnten, wo sie sich kurz darauf vor ihrem neuen Bewunderer wiederfanden.

Logan und Cole schwiegen und warteten darauf, dass der Wärter seinerseits die Unterhaltung begann.

Der Moment zog sich schier endlos in die Länge, durch die Tumulte und den Lärm unangenehm verdeutlicht. Sie fanden sich im Auge des Sturms wieder. Der Chinese war symbolisch gesehen der einzige Hafen weit und breit.

»Mr. West, es ist mir eine Ehre, Ihre Bekanntschaft zu machen. Ich habe Sie sofort an Ihrer Narbe erkannt«, sagte der Mann in nahezu akzentfreiem Englisch. Für Cole hatte er nur einen kurzen Blick übrig. »Über Sie, Mr. Matthews, weiß ich nicht viel, aber das ist egal. Ich habe ohnehin nur zwei Fragen, beide sollten Sie *auf Anhieb* ehrlich beantworten. Was tun Sie hier? Und was wissen Sie über uns?«

Logan überlegte, wie er darauf antworten sollte. Seine grünen Augen verrieten keine Regung, obwohl er einigermaßen alarmiert war. *Woher kennt der verflucht noch mal meinen Namen? Jemand muss uns verraten haben. Wir sind angeschmiert.* Er hatte keine Wahl, keine Trümpfe auf der Hand. Um zu überleben, brauchten sie mehr Zeit. Vielleicht konnte er ihnen zumindest die verschaffen.

»Wir hatten gehofft, Sie könnten uns das sagen, da Sie offensichtlich viel mehr wissen als wir«, erwiderte er schließlich. Er sah erst Cole an, dann den fremden Asiaten. »Ich fürchte, wir können ihnen da nicht weiterhelfen.«

»Ich dachte mir fast, dass es sich so verhält. Erinnern Sie sich, wie ich sagte, es sei egal, dass ich nicht viel über Mr. Matthews wisse?«

»Wie könnte ich das vergessen? Sie haben es ja erst vor ein paar Sekunden erwähnt«, flüchtete sich Logan in Sarkasmus.

»Nun ja, ich habe diese Bemerkung deswegen gemacht, weil er gleich sterben wird. Wir brauchen nur einen von Ihnen. Mr. Matthews im Ring zu opfern, wird den Blutdurst dieser Männer fürs Erste befriedigen. Andere im Kampf sterben zu sehen, lenkt sie vorübergehend vom erdrückenden Elend ihrer Gefangenschaft ab und macht sie weniger …« Er suchte nach dem passenden Wort. »… *streitlustig*, zumindest den Wachen gegenüber.«

Bevor er reagieren konnte, hatten mehrere Hände Logan gepackt und fixierten ihm die Arme hinter dem Rücken. Weitere Hände packten Cole und stießen ihn brutal zum Ring. Die Menge reagierte mit unverhohlener Begeisterung. Die Anfeuerungsrufe wurden immer lauter.

Cole wurde herumgerissen und hart gegen den Sockel der Arena geschleudert. Schmerz schoss ihm durch den Rücken. Eine Waffe erschien in der Hand der Wache. Sie richtete sie direkt auf Coles Stirn und gab ihm durch ein Nicken zu verstehen, er solle in den Ring steigen.

»Kein Grund, gleich grob zu werden.« Cole reagierte betont ruhig. »Ich hab schon verstanden.«

Als er unter den Seilen durchkletterte, weiterhin der grölenden Menge und Logan zugewandt, flüsterte er: »Ich hoffe, du hast einen Plan.«

Nachdem er in dem improvisierten Gladiatorenring stand, schwoll das Getöse der Menge zu einem aufgeregten Brüllen an. Gleich begann der Hauptkampf.

»Ja. Bleib am Leben«, erwiderte Logan trocken und ließ sich nicht anmerken, wie aufgewühlt er war.

»Danke für die Motivation.« Cole schüttelte den Kopf und stellte sich seinem Schicksal.

32

Botschaft der Vereinigten Staaten
Khartum

»Wir haben tatsächlich *zwei* Locations.« Wendell Sharp hatte das codierte Voice-over-IP-Telefonat getrennt und wandte sich an die versammelten Anwesenden, zu denen auch Tim Greco gehörte.

»Was soll das heißen?«, fragte John.

»Es heißt, wir wissen, wo ONERING *und* wo Logan und Cole sich aufhalten, aber es gibt ein Problem. Sie sind nicht am selben Ort.«

»Wo stecken unsere Freunde?«, fragte John.

»Sie werden in einem inoffiziellen sudanesischen Gefängnis festgehalten. Wir wussten nicht, dass es existiert, bis Cole seinen persönlichen Miniaturpeilsender aktiviert hat. Aufgrund der geringen Größe kann das Gerät nur einmal pro halbe Stunde ein Signal absetzen. Sonst wäre die Batterie zu schnell leer.«

Er schnappte sich eine Karte aus dem Schrank und legte sie auf den Schreibtisch. Khartum befand sich exakt in der Mitte. Er zeigte auf eine Biegung des Weißen Nils, etwas mehr als 100 Meilen südlich der Hauptstadt.

»Hier. Langley hat mir eine Akte mit detaillierten Unterlagen versprochen. Satellitenbilder und alles, was sie sonst noch haben. Nicht viel, da wir von der Existenz dieses Ortes bis vor Kurzem keine Ahnung hatten. Gott weiß, was die dort treiben oder wen sie dort einsperren. Bestimmt führen sie nichts Gutes im Schilde.«

»Wieso glauben Sie das?«

»Weil in den Gefängnissen, von denen wir wissen, völlig inhumane Bedingungen herrschen. Im Vergleich dazu wirken unsere Hochsicherheitsgefängnisse wie Wellness-Tempel«, steuerte Amira ihr Wissen bei. »Glaub mir, ich war selbst schon drin.« Episoden eines früheren Einsatzes in Uganda schossen ihr durch den Kopf.

»Echt jetzt?« John konnte sein Erstaunen kaum verbergen.

»*John.*« Sie betonte seinen Vornamen und amüsierte sich über seine Reaktion. »Komme ich dir wie jemand vor, der sich so was ausdenkt?«

»Natürlich nicht. Ich hab dich ja in Aktion erlebt. Sorry, ich wollte dich nicht beleidigen.«

»Schon okay.« Amira lächelte. Ihre blauen Augen funkelten ihn an.

Sie ist wunderschön – und tödlich. Vergiss das nie. Und hör auf, dich zu benehmen, als wärst du noch auf der verdammten High School!, herrschte ihn eine innere Stimme an. *Das ist kein passender Moment für eine Romanze. Ach was soll's, dafür gibt's in unserem Job eh nie passende Momente!*

»Die Jungs stecken also in einem Geheimgefängnis fest und stehen da Gott weiß was durch.« John wandte sich an den Stationschef. »Wann brechen wir auf? Ich nehme an, deswegen ist Tim hier. Um uns bei den Vorbereitungen für eine Rettungsmission zu unterstützen.«

»Wir werden nichts dergleichen tun.« Wendell wollte es schnell loswerden, weil er ahnte, dass John diese Antwort ganz und gar nicht gefiel. Nach seinen Erfahrungen fuhr man bei Männern wie John Quick mit schonungsloser Wahrheit ohne langes Gerede um den heißen Brei am besten.

»Was soll das heißen?« John schloss die Augen und ballte die Hände zu Fäusten, um die aufsteigende Wut in den Griff zu kriegen.

»Das ist nicht unsere Mission. Tut mir leid. Es ist bereits ein Team unterwegs, um sie zu retten, aber nicht wir. Uns fällt eine andere Aufgabe zu. Der CIA-Direktor hat die Weisung direkt vom Präsidenten erhalten.« Wendell gab ihnen einen Moment, diese Aussage zu verdauen.

»Natürlich.« John ließ den Kopf hängen. Er wusste bereits, worum es ging. »Der ONERING. Wo ist er?«

»Auf der Tuti-Insel. So viel wissen wir.« Wendell zeigte auf die halbmondförmige Binneninsel, genau dort, wo Weißer und Blauer Nil sich vereinigten, um anschließend als ein Fluss ihren Weg nach Norden fortzusetzen.

»Sie verarschen mich doch! Woher stammt diese Information?«

»Die Ingenieure der DARPA haben eine zusätzliche Sicherheitsmaßnahme eingebaut. Da das Teil so verdammt gefährlich und noch dazu leicht zu transportieren ist, wollten sie eine Möglichkeit haben, es zu tracken. ONERING wurde vor einer Weile aktiviert, und damit ging auch der integrierte GPS-Sender in Betrieb, der fest in die Hauptschaltung integriert ist. Nach meinem Kenntnisstand bekommt derjenige, der das System benutzt, nichts von der Übermittlung der Position mit.«

»Gott sei Dank.« John erinnerte sich, dass der DARPA-Direktor die Ortungsfunktion ihnen gegenüber erwähnt hatte. Dann dämmerte ihm, was das bedeutete. »Wofür haben diese Bastarde ONERING eingeschaltet?«

»Um eine unserer Weltraumwaffen zu kapern und damit ein chinesisches Ölfeld in der Nähe der südsudanesischen Grenze zu attackieren«, erwiderte Wendell tonlos.

»Wieso sollten chinesische Agenten einen Krieg zwischen uns und China anzetteln wollen?«, fragte John irritiert. »Das ist verrückt. Es ergibt keinen Sinn.«

»Ich weiß, deswegen müssen wir das Teil umso dringender zurückholen, bevor es noch mehr politischen Schaden anrichtet.«

»Was Sie nicht sagen!« John wandte sich an Tim Greco: »Also, was wissen wir über diese Insel?«

»Dass sie perfekt geeignet ist, um Sachen zu verstecken, die niemand finden soll«, sagte Tim. »Die Insel ist nur etwa acht Quadratkilometer groß. Die Bewohner des einzigen Dorfes sind Farmer, die einen Großteil von Khartums Obst und Gemüse anbauen. Der überwiegende Teil der Fläche besteht aus Zitrushainen und Ackerland. Es gibt viele Stellen, an denen sich problemlos ein Camp errichten lässt, ohne dass jemand etwas davon mitbekommt. Nicht mal ein Spionagesatellit.«

»Waren Sie schon mal dort?«, wollte John wissen.

»Als Sicherheitsoffizier kenne ich mich gerne in den Gebieten aus, für die ich zuständig bin.« Tim lächelte. »Das ist Teil der Jobbeschreibung, könnte man so sagen. Ich habe von dieser Insel gehört, die als ›Juwel des Nils‹ gilt und als Oase für jeden, der dem Chaos und den verstopften Straßen Khartums für eine Weile entfliehen will. Also hab ich mal alleine einen Tagesausflug unternommen. Früher musste man die Fähre nehmen, aber 2008 wurde eine Hängebrücke fertiggestellt, die Tuti mit dem Festland verbindet. Das Gute ist, dass sich die einstöckigen Wohnhäuser und Gebäude auf die Mitte der Insel konzentrieren. Um ein Camp vor neugierigen Augen zu verstecken, konzentriert man sich also definitiv auf die Nähe des Wassers und die Uferregion, in der sich die Felder und Obstplantagen befinden. Es gibt nur ein Problem: den Fluss. Der macht es schwierig, denn wenn die uns kommen sehen, fliehen sie entweder über die Brücke oder mit einem Boot.«

»Die Agency hat uns Daten über eine auffällige Stelle geschickt, an der sie das Camp vermuten. Wir werden noch eine Drohne losschicken, um den Verdacht zu bestätigen«, sagte Wendell.

»Steht schon fest, wann wir zuschlagen?« Tim wusste, wenn eine andere Operation gegen das Gefängnis geplant war, sollten sie idealerweise gleichzeitig aufbrechen, um das Risiko zu minimieren, dass Leute am einen Zugriffspunkt die am anderen warnten. Die Tatsache, dass die sudanesische Regierung offenbar mit den Chinesen zusammenarbeitete, machte die Angelegenheit nicht einfacher.

»Ja«, bestätigte Wendell. »Ein SEAL-Team aus Camp Lemonnier in Dschibuti wird um 20 Uhr aus großer Höhe über dem Gefängnis abspringen und erst im letzten Moment die Schirme öffnen.« Er sah auf die Uhr. »Bis dahin bleiben noch knapp drei Stunden.«

John wusste, dass es die richtige Entscheidung war, sie den ONERING sichern zu lassen, aber er tat sich schwer, die Loyalität zu seinem Freund vorübergehend auf Eis zu legen. Trotzdem wusste er, dass Logan an seiner Stelle keine Sekunde gezögert hätte. Sein Kumpel war gnadenlos, moralisch und zielstrebig. Im Marine Corps zählte ausschließlich der erfolgreiche Abschluss einer Mission, das Wohl der Truppe kam erst an zweiter Stelle.

Höchste Priorität hatte es, den ONERING zu bergen und damit die künftige Sicherheit der USA und ihrer Bürger zu garantieren.

Scheiß drauf. Sollen ihn halt die SEALs da rausholen. Die sind fast genauso bescheuert wie Logan und dürften ihn wie ein herrenloses Hundebaby auf Anhieb ins Herz schließen.

»Okay.« John hatte sich entschieden. »Wie gehen wir genau vor?«

33

»Okay, Jungs. Wenn ihr drauf besteht«, murmelte Cole leise, als er sich seinen beiden Möchtegernkillern im Ring stellte.

Zwei Männer standen vor ihm, inklusive des Anführers mit dem eingedellten Schädel, der sie aus ihrer Zelle eskortiert hatte. Er hatte sein dreckiges Tanktop ausgezogen und entblößte Muskeln, die für diese Art von Kampf wie geschaffen schienen. Das tote Auge analysierte die Umgebung wie ein Scanner. *Kann er mit dem Ding sehen? Ich schätze, ich werd's gleich erfahren.*

Der zweite Gegner war genauso groß wie sein Anführer, auch wenn er sich mit einem leichten Hinken bewegte, wodurch es wirkte, als würde er von einer Seite auf die andere schwanken, statt zu laufen. Eine menschliche Boje auf der stürmischen See des Kampfschauplatzes. Er trug sein Haar zu Zöpfen geflochten. Sie wogten um seinen Kopf und riefen bei Cole Erinnerungen an die Medusa aus der griechischen Mythologie wach. Beide schwangen rostige Macheten in den Händen, die Schneiden glänzten im schwindenden Tageslicht und standen damit im krassen Kontrast zum Zustand der restlichen Waffe. *Wenn die mich nicht umbringen, sterb ich vermutlich an Wundstarrkrampf.*

Sie hatten ihn unbewaffnet in den Ring gezwungen. *Ich nehme an, das wird kein fairer Kampf. Was soll's. Ich weiß auch, wie man unfair spielt.*

Cole war in mehreren Kampfsportarten geschult, besonders mit Krav Maga hatte er sich in den acht Monaten bei der israelischen Shin Bet in Jerusalem intensiv beschäftigt. Gemeinsam hatten sie einen berüchtigten libanesischen Terroristen gejagt, der eine beträchtliche Bedrohung für den israelischen Partner der CIA darstellte. Krav Maga war ein Kampfstil, der vom israelischen Militär entwickelt worden war, um unter echten Bedingungen und in brutalen unbewaffneten Auseinandersetzungen bestehen zu können. Er konzentrierte sich darauf, einen Angriff aggressiv zu kontern, um eine Bedrohung möglichst schnell und zumeist unter Anwendung tödlicher Gewalt auszuschalten.

Wenn jeder um dich herum deinen Tod will, solltest du auf dich selbst aufpassen können. Cole erinnerte sich daran, dass Israel ebenfalls von Feinden umgeben war. *Passt wie die Faust aufs Auge.*

Triefauge und Medusa näherten sich von zwei Seiten und verringerten dabei die Distanz. Cole begriff, dass dieser Angriff aus verschiedenen Richtungen das Ziel verfolgte, ihn möglichst schnell zu überrumpeln.

Die Zuschauer erwarteten den Angriff. Sie kannten diese Taktik bereits. Die anfeuernden Rufe wurden lauter. Der Innenhof des Gefängnisses hatte sich in die sudanesische Version des Kolosseums verwandelt. Der Durst nach Blut schwängerte die Luft.

Cole war klar, dass er diese Konfrontation nur dann als Sieger für sich entscheiden konnte, wenn er den beiden zügig den Garaus machte. Er wusste, dass es jeden Moment losging, als Triefauge etwas weniger als zwei Meter entfernt stehen blieb und Medusa ihn weiterhin von links umrundete.

Cole stand mit dem Rücken zu einem der Ringpfosten. Der Boden erzitterte unter den Händen der Insassen, die dagegenklopften. Er atmete tief ein und aus. Die klassische Ruhe vor dem Sturm umgab ihn, nicht zum ersten Mal. *Abwarten. Abwarten. Abwarten.*

Während Triefauge einen Schritt nach vorn trat und die Machete seitwärts in seine Richtung schwang, plante Cole bereits den Konter. Er machte mit dem rechten Fuß einen Schritt vorwärts, drehte sich innerhalb des Radius der Machete um 180 Grad nach links und knallte Triefauge brutal und präzise den Ellbogen an die Schläfe, in der Hoffnung, dessen Delle im Schädel noch ein wenig zu vertiefen. Mit der anderen Hand schnappte er das Handgelenk des Gegners und bohrte die Finger in den Nervenknoten am Handansatz.

Das Jubeln verstummte kurz. Die Menge sog schockiert die Luft ein, als sie bemerkte, dass sie im falschen Film gelandet war.

Cole bemerkte, dass Medusa reagierte, aber er forcierte seine Attacke, weil er wusste, wenn er Triefauge nicht erledigte, büßte er den taktischen Vorteil ein, den er sich gerade erstritten hatte.

Als der Griff seines Gegners sich lockerte, erschien die Machete so schnell in Coles Hand, dass es fast wie ein Kartentrick wirkte. Er rotierte erneut um 180 Grad und ließ die Rechte nach vorn rasen, nachdem er den Halbkreis vollendet hatte. Die rasiermesserscharfe Klinge bohrte sich in Triefauges Bauch, knapp unterhalb des Brustbeins.

Cole sah ihm kurz ins Gesicht, das manische Grinsen war daraus verschwunden und von einer Maske aus Schmerz ersetzt worden. Er bemerkte, wie sich das milchige Auge vor Entsetzen weitete. *Du kannst also doch damit sehen … aber nur noch ein paar Sekunden.*

Er wirbelte nach links und bemerkte aus dem Augenwinkel Medusa, der auf ihn zukam. Der Mann hatte einen gewaltigen Schrei ausgestoßen, als er mitbekam, wie sein Partner aufgespießt wurde. Amateure. *Danke, jetzt weiß ich genau, wo du bist.*

Medusa war fast an ihm dran. Sein Schrei steigerte sich zu einem schrillen Kreischen, als er mit der Machete über dem Kopf ausholte, rasend vor Wut, dass sich das Blatt so plötzlich gewendet hatte. Cole bemerkte weder die völlige Stille, die sich über den Gefängnishof gesenkt hatte, noch den schockierten, verwunderten Gesichtsausdruck der meisten Häftlinge. Er war ganz bei der Sache und konzentrierte sich auf seine nächsten Schritte. Er registrierte, wie die Machete herabsauste, die tödliche Klinge nach seinem Fleisch gierte.

Cole machte einen Ausfallschritt und benutzte beide Arme, um Triefauge nach links zu schieben. Unfähig, seinen Schwung zu bremsen, rammte Medusa seinem Teamkollegen die schwere Klinge ins Schlüsselbein.

Die Waffe grub sich in den nach wie vor atmenden Mann, bis die Spitze verschwand. Sie wurde nur vom Knochen gestoppt. Blut lief aus der Brustwunde des Mannes, doch Cole hatte gerade kein Auge dafür.

Medusa reagierte total geschockt, als er merkte, was er gerade getan hatte. Seine Hände ruhten wie versteinert auf dem Griff der Machete.

Cole zog die blutverschmierte Waffe aus dem Magen von Triefauge – dessen Augen waren in den Höhlen nach hinten gerollt. Blitzartig huschte er um ihn herum.

Triefauges Körper fiel auf den Ringboden, ein K.o., von dem er sich nicht mehr erholen würde. Sein Schwung trug Medusa nach vorn und brachte ihn aus dem Gleichgewicht.

Keine Gnade, sagte sich Cole. *Entweder die oder ich.*

Cole hob die Klinge und ließ sie herabsausen, so flüssig, dass die Bewegung beinahe beiläufig wirkte.

Das Publikum sog erschrocken die Luft ein. Cole stand reglos wie eine Statue und erwartete den zweiten Angreifer. Die Machete hielt er mit beiden Händen nach unten, um sie erneut einzusetzen, während sein Gegner verblutete. Das Blut floss aus den Stümpfen beider Arme, die unter dem Ellbogen abgetrennt waren.

Der Blick des tödlich Verwundeten zuckte unstet durch den Ring, der Schock ließ sein Nervensystem kollabieren, während das Blut wie aus Geysiren den Boden einregnete. Er starrte Cole in die Augen – sie waren kalt und unnachgiebig – und dann wurde alles schwarz, als er rückwärts dem Nichts entgegenstürzte.

Stille. Cole wartete ab, was in den nächsten Momenten passierte, die definitiv über sein weiteres Schicksal entschieden. Er rührte sich nicht, ganz der martialische, mit dem Blut der Feinde beschmierte Gladiator.

Das ungläubige Schweigen der Insassen endete. Eine Flutwelle von Applaus und Jubelschreien röhrte durch den Innenhof und hallte laut von den Mauern wider.

Logan stellte fest, dass der Chinese, der die Anweisungen gegeben hatte, neben ihn getreten war.

»Hey«, sagte er leise zu ihm. »Vielleicht hätten Sie besser drei Männer nehmen sollen.«

Der Asiate versteifte sich und schaffte es, gleichzeitig amüsiert und verärgert zu wirken. Logan spürte, wie sich das Grauen schleichend in seinem Hinterkopf breitmachte.

»Keine Sorge. Wir sind noch nicht fertig«, sagte der andere und entfernte sich, wobei er den um die Arena versammelten sudanesischen Wachen zunickte.

Die Menge jubelte immer noch, als die Wärter in den Ring sprangen und schwarze Pistolen aus den Schulterhalftern zogen. Sie zielten damit auf Cole, doch der brauchte keine weitere Aufforderung. Er hatte die blutige Machete bereits fallen lassen, kletterte aus dem Ring und sprang in den Staub. Die Wachen schubsten ihn in Logans Richtung. Gefangene klopften ihm anerkennend auf den Rücken, ein gefeierter Kämpfer, der siegreich von dannen zog.

Logan sah, wie Cole auf ihn zutrat, aber dann bemerkte er jemanden auf der anderen Seite des Rings, der ihn anstarrte – offenbar versuchte, ihn mit hasserfüllten Blicken zu verschlingen. Es war der Gigant, der nicht in die Feierlichkeiten zu Coles Sieg einstimmte.

Oh-oh. Ich glaube nicht, dass der Champion sonderlich amüsiert ist.

Unfähig, sich zurückzuhalten, winkte und lächelte er dem gewalttätigen Killer zu. Der drehte sich mit finsterer Miene weg.

»Worum ging's da gerade?«, erkundigte sich Cole, als er neben Logan stand.

»Ich glaube, deine neu gewonnene Popularität macht den amtierenden Champion nicht besonders glücklich. Er schmollt.«

»Großartig. Das hat mir gerade noch gefehlt – ein eifersüchtiger Berserker.«

»Ich weiß.« Logan grinste Cole an. »Ist der Sudan nicht wunderbar?«

»Ja, wie 'ne gottverdammte Comedyshow.« Cole wischte sich das Blut von beiden Handrücken.

Logan spürte, wie sich die Laune seines Partners verfinsterte. »Hey, du hast getan, was du tun musstest. Ziemlich beeindruckend, wenn du mich fragst. Ich bin froh, dass es die erwischt hat und nicht dich. Ach, falls du dich dadurch besser fühlst, ich glaube, für den nächsten Kampf bin *ich* eingeteilt.«

Plötzlich wurden sie von hinten gepackt und vom Ring weg in eine Lücke zwischen den Umstehenden gedrängt. Logan bemerkte zwischen den Menschen das Tor, durch das sie den Gefängnishof betreten hatten.

»Ich nehme mal an, man bringt uns zurück in unsere Zellen, damit wir uns ausruhen und ein bisschen relaxen können.«

»Am besten schicken Sie auch jemanden für 'ne Massage vorbei. Ich bin nach dem unfreiwilligen Work-out ziemlich groggy«, witzelte Cole.

»Sicher. Ich denk mal, eine Pediküre ist bestimmt auch drin – mit einer rostigen Machete.« Logan grinste den ganzen Rückweg über.

34

FBI-Division Las Vegas
Nevada

Beinahe zwölf Uhr, das heißt, es ist kurz vor 19 Uhr im Sudan. Die Zeit rennt uns davon, dachte Mike. Es war jetzt mehr als sieben Stunden her, seit Logan und Cole Matthews geschnappt wurden. *Ich hoffe, du lebst noch, Logan, sonst bring ich dich höchstpersönlich um.*

Das Warten war quälend und seine Ermittlungen zum Mord an Mrs. Natalie Chambers kamen genauso zögerlich voran. Die Fotos der chinesischen Verdächtigen waren in der ganzen Stadt verteilt worden und die lokalen Nachrichtensender brachten geradezu vorbildlich jede Stunde ein neues Update zum Thema.

An der sudanesischen Front stand alles ebenso schlimm – wenn nicht noch schlimmer. Zusätzlich zu Logans und Coles Entführung hatte ihn sein Onkel gerade darüber informiert, dass der ONERING aktiviert und ein chinesisches Ölvorkommen damit angegriffen worden war. Noch mehr Verbindungen zu den Chinesen. *Das kommt mir langsam vor wie das übelste Buffet aller Zeiten. Ein bisschen Tod und Zerstörung hier, ein kleines Kidnapping da und nebenbei noch etwas Krieg.*

Das HRT-Geiselrettungsteam hatte seine improvisierten Zelte in der Parkbucht des FBI aufgeschlagen. Glasfaserkabel führten zu mobilen Satellitenschüsseln, um verschlüsselte Verbindungen herstellen zu können. Das Team wurde angeführt von Special Agent Lance Foster, einem weiteren Veteranen, dem Mike, John und Logan bei ihrem Einsatz in Nordmexiko auf dem Terrain des Los-Toros-Kartells vor zwei Jahren begegnet waren. Fosters Team gehörte zu den besten. Genau das, was Mike im Moment brauchte.

Er stand in der Tür zum Büro von Special Agent Amanda Hunt und bestaunte das organisierte Chaos auf dem Boden. Die Untersuchung war in vollem Gang, selbst wenn dabei weniger Fortschritte erzielt wurden, als es Mike lieb war.

Junge Agenten telefonierten mit anderen Bundesbehörden, nahmen Anrufe von Hinweisgebern entgegen und durchforsteten Bankunterlagen, um das Leben der Chang-Brüder seit ihrer Ankunft in Vegas zu rekonstruieren. Er lächelte innerlich und wurde leicht nostalgisch, als er sich den Adrenalinkick der Agenten vorstellte, den er aus eigener Erfahrung nur zu gut kannte.

Ein wichtiger Fall, die Gefahr einer möglichen Attacke auf das Heimatland, die Hoffnung, selbst als Retter in Erscheinung zu treten – das sind die dunklen und aufregenden Vergnügungen aller jungen Agenten. Wollen doch mal sehen, wie sie sich in 24 Stunden fühlen, wenn sie noch kein Auge zugedrückt haben und richtig müde sind.

Er schüttelte beinahe unmerklich den Kopf und erinnerte sich daran, dass seine Ehe wegen Situationen wie dieser gescheitert war. Die erste und zugleich letzte. Seine Ex-Frau Corey – eine Botanikerin, das musste man sich mal vorstellen – hatte zwar Verständnis für die extremen Anforderungen seines Jobs aufgebracht, vor allem, weil er frisch dabei war und sich als Afroamerikaner ganz besonders beweisen musste. Zunächst unterstützte sie ihn nach besten Kräften, doch nach einigen Jahren stellten sie beide fest, dass ihr Privatleben nicht mehr zu kitten war. Ironischerweise hatten ausgerechnet seine Karriere und ein Gespräch über Nachwuchs letztlich die Scheidung besiegelt.

Mike hatte während seiner Laufbahn Dutzende leitender Angestellter und Agenten der mittleren Ebene kennengelernt. Viele mit Kindern und Partnern, die sie abgöttisch liebten, aber der Tag hatte eben nur 24 Stunden.

Liebe war das eine, die Grundlage einer Verbindung, das Fundament der Familie. Aber Zeit? Nun, Zeit war etwas ganz anderes. Alle Liebe der Welt konnte einem die verlorene Zeit nicht zurückgeben. Es lief letztlich immer auf dasselbe Problem hinaus: Man verbrachte nicht genug Zeit mit den Menschen, die einem am wichtigsten waren.

Zum Glück hatten Corey und er das rechtzeitig erkannt und gemeinsam eine Entscheidung getroffen. Nicht er allein, wofür er ihr bis heute dankbar war. Sie kannte seine Gedankenwelt wie kaum ein anderer und hatte ihn schließlich dazu gebracht, in sich zu gehen, zu erkennen, wer er wirklich war, und – noch wichtiger – was er wollte. In logischer Konsequenz lief es auf Scheidung hinaus.

Mit seiner Karriere ging es anschließend steil bergauf, doch das empfand er als reines Nebenprodukt. Die wahre Befriedigung lag für ihn darin, sein Land vor den Übeln zu schützen, die nicht nur Amerika plagten, sondern die ganze Welt. Corey hatte sich von der Enttäuschung erholt und neu geheiratet, war glücklich und hatte zwei Kinder im Teenageralter. Mittlerweile waren sie beide Mitte 40 und telefonierten nicht mehr so regelmäßig, aber von ihrer letzten Unterhaltung wusste Mike noch, dass sie zufrieden mit ihrem Leben war. Jedenfalls so weit man das in einer Welt wie dieser sein konnte.

»Ich weiß, es ist eine Zumutung und unsere Anwesenheit verursacht für alle Beteiligten eine Menge Stress. Umso dankbarer sind wir Ihnen für Ihre Gastfreundschaft«, wandte Mike sich an die Spezialagentin, die in der Abteilung das Sagen hatte.

»Kein Problem, Sir«, meinte Special Agent Hunt und präsentierte dabei ein attraktives Lächeln, das ein durch Alter und Erfahrung faltig gewordenes Gesicht veredelte. »Das ist unser Job, wie Sie wissen, und wir sind froh, Sie bei uns zu haben.«

»Entschuldigen Sie, Sir«, hörte Mike eine Stimme hinter sich. Eine junge Agentin sah erwartungsvoll zu ihm hoch. »Ich hab da was für Special Agent Hunt, auch wenn ich so meine Zweifel habe, dass es mit der Chambers-Untersuchung und der gegenwärtigen Bedrohung zu tun hat.«

»Da will ich nicht stören«, meinte Mike schüchtern.

»Ein Mann wie Sie stört nie.« Ein schelmisches Grinsen trat in das hübsche Gesicht der jungen Agentin.

Verdammt, die Kids sind heutzutage ganz schön selbstbewusst. Da fühl ich mich wie ein Dinosaurier.

»Kommen Sie rein, Agent Marcus. Was haben Sie für mich?«, fragte ihre Vorgesetzte.

»Wie schon gesagt, es ist wahrscheinlich nichts, aber ich dachte, Sie sollten darüber informiert sein, dass heute Morgen einige Trucks als gestohlen gemeldet wurden«, meldete Agent Marcus.

Mikes Nacken kribbelte und er stellte kurz Blickkontakt zu Special Agent Hunt her. Ihre Reaktion verriet ihm, dass sie vermutlich dasselbe dachte. Lastwagen wurden normalerweise aus zwei Gründen gestohlen – um sie für einen Raub zu verwenden oder um eine große Sprengladung zu transportieren. Aufgrund der Richtung, in die dieser Fall deutete, befürchtete Mike Letzteres.

Bitte kein zweites Oklahoma City. Hoffentlich erwischen wir sie diesmal rechtzeitig.

MGM Grand Casino

Crawford Stubbins hatte ein Problem. Sein dreitägiger, selbst verordneter Trip nach Las Vegas, mit dem er den Alltag mal für eine Weile hinter sich lassen wollte, lief leider nicht so wie geplant. Er war Elektriker aus Baton Rouge und hatte zwei Erwartungen an diesen Ausflug geknüpft – sich aus der Sackgasse zu befreien, in der er mit den Kollegen von der Gewerkschaft daheim feststeckte, und seine ständig nörgelnde Frau von der Backe zu bekommen. Es sah nicht danach aus, als ob sein Plan aufging. Innerhalb der letzten 48 Stunden hatte er mehr als 3000 Dollar im Wettbüro des Casinos verzockt. Natürlich wusste er, dass das Gemecker kein Ende nehmen würde, sobald er seiner Frau den Verlust beichtete.

Sonst hatte er mit niedrigem Einsatz eigentlich immer das Kunststück fertiggebracht, ohne Verluste oder sogar mit einem leichten Gewinn nach Hause zu kommen. Irgendwie hatte ihm die diesjährige College-Football-Saison jedoch einen Strich durch die Rechnung gemacht. Er hatte schlicht eine Pechsträhne gehabt – er wusste, es gab keine andere Erklärung –, eine ganze Reihe Wetten verloren, alle nur um ein paar Punkte. Wäre es anders gelaufen, hätte er für den Rest des Jahres genug abgesahnt. Rayleens ständiges Motzen hatte ihm ein widerwilliges Versprechen abgerungen – dass er nach Vegas ging, ein paar Tausender gewann und dann aufhörte.

Blieb noch der Kreditrahmen seiner American-Express-Karte. Immerhin 2000 Dollar. *Ich brauche nur einen Gewinn, um alles zu retten. Das wird klappen, ich spür's.*

Er war Anfang 50, hatte fast 20 Kilo Übergewicht und wusste, dass er nur schwer eine neue Frau finden würde, sollte er seine jetzige verlieren – obwohl sie ihm elend auf die Nerven ging. Er entsprach nicht gerade dem Ideal eines Schwiegersohns und seine wilde Phase als Junggeselle war längst Geschichte. *Versau's nicht noch mehr, alter Sack. Noch eine Wette, dann machst du erst mal eine längere Pause.*

Er brauchte dringend frische Luft. Von dem abgestandenen Mief und dem Zigarettenqualm der Casinobesucher bekam er langsam Kopfschmerzen.

Er schob den Barhocker vom Spielautomaten weg, an dem er weitere 100 Dollar verloren hatte, und ging am Löwengehege vorbei, in dem eine junge Tierpflegerin, die sich vermutlich das Geld fürs College verdiente, drei Raubkatzen, die genauso gelangweilt und verzweifelt aussahen, wie er sich fühlte, einen blauen Ball zuwarf. *Wenigstens müsst ihr keine Rechnungen und Hypotheken abbezahlen.*

Durch den Dunst lief er in die Lobby und blieb neben dem goldenen MGM-Löwen stehen. *Wahnsinn, wie ähnlich der seinen lebenden Geschwistern sieht!*

Er zog das Handy aus der Innentasche des abgetragenen blauen Sakkos und stellte fest, dass seine Frau angerufen hatte. *Ich ruf wohl besser zurück.*

PENG! PENG! PENG!

Welcher Idiot zündet denn Chinaböller in der Lobby?, überlegte Crawford. Im selben Moment bemerkte er die roten Spritzer auf dem goldenen Löwen. *Hey, was soll die Scheiße?!*

Ein einzelner Schrei übertönte den Widerhall der Explosionen.

Crawford fühlte sich plötzlich ganz schwach. Eine warme Nässe breitete sich auf seinem weißen Baumwoll-Polohemd aus. *Das passiert jetzt nicht wirklich! Ich sitze irgendwo betrunken im Casino und hab einfach nur einen wirklich miesen Tag erwischt.* Mit diesem Gedanken drehte er sich und knallte auf die Marmorfliesen, mit dem Hintern zuerst. Auch wenn der Aufprall hart genug geriet, um ihn aus seiner Benommenheit zu reißen, wurde die Panik, die ihn ergriff, noch durch das übertroffen, was er vor sich sah.

Vier Männer in dunkelbrauner Tarnkleidung bewegten sich von den gläsernen Eingangstüren in Richtung Casino-Inneres. Sie hatten rote Tücher locker um den Hals gebunden, die ihre Mundpartie verdeckten. Nur die Augen waren unter den schwarzen Wollmützen erkennbar, die sie über die dunklen Haare gezogen hatten.

Weitere Schüsse hallten durch die Lobby. Der einzelne Schrei, den er gehört hatte, verwandelte sich in eine Symphonie des Terrors. Männer, Frauen und Kinder brachen in Panik aus.

Das kann doch alles nicht sein! Doch er wusste, dass es tatsächlich geschah. Er spürte, wie er wegdämmerte, und fingerte nach dem Handy in der Jackentasche. Mit brutaler Deutlichkeit realisierte er, dass er starb, aber er hoffte, dass ihm noch genug Zeit blieb, um Rayleen eine SMS zu schicken und ihr mitzuteilen, dass er sie liebte.

Der Apparat fiel ihm aus der Hand und er hob ihn auf, wobei er das Blut auf den glänzenden Bodenfliesen bemerkte. Er musste sich anstrengen, die Nachricht einzutippen. Genau wie die Panik verflüchtigte sich auch sein Leben.

Schwarze Stiefel schoben sich in sein Gesichtsfeld. Er fühlte sich angehalten, seinem Killer ins Gesicht zu sehen, aber vorher wollte er zu Ende bringen, was er sich vorgenommen hatte. *Damit ich wenigstens eins richtig hinbekomme …*

Crawford hörte, wie der Mann etwas in einer Sprache schrie, die er nicht verstand – *Chinesisch? Japanisch?* –, doch er ignorierte es. Noch einen Moment … fertig! Er drückte mit dem Daumen auf ›Senden‹ und das Handy polterte aus der Hand auf den Boden. Er spürte, wie er zunehmend schwächer wurde. *Zeit für deinen Abgang, Crawford.*

Sein Kopf fühlte sich so schwer an, als lastete das Gewicht der ganzen Welt darauf. Trotzdem hob er ihn gerade weit genug, um seinem Mörder in die Augen zu blicken.

Ein junger Mann mit bronzefarbener Haut schielte auf ihn herab und richtete ein schwarzes Automatikgewehr auf seine Brust. *Er kann nicht älter als 25 sein.* Aber dann sah er die Augen und ihm wurde klar, dass das Alter keine Rolle spielte. Dunkel und leicht geschwungen – *er ist definitiv Asiat!* – starrten sie mit berechnender Kälte auf ihn herab. Crawford wurde klar, dass er nur noch wenige Sekunden zu leben hatte.

Wie kann ein Mensch so eiskalt sein? Wie kann er die Belastung mit sich rumschleppen, ein Mörder zu sein? Mit einem Mal hatte er Mitleid mit dem Killer. Der rationale

Teil seines Verstands drängte ihn, endlich loszulassen und seinen Frieden zu finden. Also schloss er die Augen und dachte an Rayleen, beschwor ein Bild von ihr herauf, wie sie an ihrem Hochzeitstag ausgesehen hatte. Stellte sich ihr rotes Haar vor, wie es in der warmen Brise von Louisiana wehte. Ein seltsames Gefühl ergriff ihn, als er von dieser Brise erfasst wurde. Er merkte, dass er lächelte.

Crawford Stubbins spürte die Kugel nicht mehr, die aus nächster Nähe in seine Brust einschlug und zu Ende brachte, was der erste Treffer eingeleitet hatte. Er war bereits tot.

»Was für Lastwagen?«, fragte Special Agent Hunt. Die frühere Leichtigkeit war aus ihrer Stimme verschwunden.

»Zwei Lieferfahrzeuge wurden letzte Nacht vor einer Wäscherei in Eastland Heights gestohlen. Die Polizei hat die Anzeige heute Morgen aufgenommen und uns gerade eine Kopie übermittelt, weil wir explizit um Meldungen über den Diebstahl größerer Fahrzeuge gebeten hatten.« Agent Marcus konnte förmlich spüren, wie nach diesen Worten die Anspannung im Raum wuchs.

Mikes Hirn schaltete auf Turbobetrieb. Er verarbeitete diese Neuigkeit und war der Erste, der die Frage stellte, die Special Agent Hunt ebenfalls auf der Zunge lag. »Wem gehört die Wäscherei?« *Hoffentlich lieg ich falsch,* flehte Mike und fürchtete sich vor der Antwort.

»Einen Moment.« Agent Marcus überflog das dreiseitige Protokoll und fand die Information in der Mitte der ersten Seite. »Scheint eine chinesische Familie zu sein ... Die Yees. Ein Familienbetrieb. Ihre beiden Töchter arbeiten ebenfalls dort.«

»Scheiße«, fluchte Special Agent Hunt.

»Ja«, fügte Mike hinzu. »Ich wette meine Dienstmarke, dass unsere vier chinesischen Verdächtigen auch dort angestellt waren.« *Das geht sehr bald über die Bühne, vermutlich sogar schon heute.*

»Special Agent Hunt, mobilisieren Sie alle greifbaren Kräfte. Wir müssen diese Trucks finden.« Mike wandte sich an Agent Marcus: »Wir brauchen auch eine Liste der Kunden, die von der Wäscherei beliefert werden. Das könnte helfen, potenzielle Ziele zu finden. Es sei denn, die Leute, die die Trucks geklaut haben, wollen sie rein als rollende Bomben einsetzen.«

»Das habe ich bereits erledigt, Sir. Es war leicht, da sie nur für eine einzige Firma arbeiten – American Elemental, eine Minengesellschaft, die seltene Erden abbaut. Der Firmensitz ist etwa eine Stunde nördlich von hier. Sie sind eines von zwei Unternehmen, das im Auftrag der US-Regierung solche Vorkommen fördert. Das andere wurde bereits vor einem Jahrzehnt geschlossen und trägt derzeit die notwendigen Genehmigungen zusammen, um wieder mit dem Abbau zu beginnen. American Elemental wurde vor zwei Jahren gegründet, aber sie werden erst in einem Monat voll einsatzfähig sein.«

»Das heißt, American Elemental ist die *einzige* US-Firma, die für die Regierung seltene Erden abbaut«, verdeutlichte Mike. »Das muss das Ziel sein.«

»Woher wollen Sie das so genau wissen, Sir?«, fragte Special Agent Hunt.

»China ist schon die ganze Zeit der Drahtzieher im Hintergrund. Sie haben die Russen lediglich als Strohmänner missbraucht, um ONERING zu kriegen.« Mike bemühte sich, seine Ausführungen dem Tempo seiner rasenden Gedanken anzupassen, die bereits einen Schritt weiter waren. »Jetzt, wo er im Sudan eingesetzt wurde, um ein Ölfeld, auf dem Probebohrungen durchgeführt werden, anzugreifen – eines ihrer eigenen –, muss American Elemental das nächste Ziel sein.

Es geht um einen gezielten Angriff auf natürliche Ressourcen. Die chinesische Regierung hat ein weltweites Monopol auf seltene Erden. Tatsächlich werden die meisten davon in China abgebaut. Letztes Jahr haben wir Nachforschungen über ein chinesisches Unternehmen angestellt, das mehrere Cyberattacken gegen US-Konkurrenten durchführte.

Diese Firma zählt zu den führenden Lieferanten für Satellitentechnik. Darüber hinaus ist sie Eigentümer einiger der größten Minen für seltene Erden in Asien. Seltene Erden sind ein wesentlicher Bestandteil aller Satelliten. Von den Batterien bis zu den Hitzeschilden kommen sie überall zum Einsatz. Ich hatte lange keine Ahnung, wie abhängig wir diesbezüglich von den Chinesen sind. Erst diese Cyberattacken haben mir den Wert dieser Rohstoffe vor Augen geführt.«

»Du meine Güte!«, rief Agent Marcus aus.

»So hab ich seinerzeit auch reagiert«, antwortete Mike. »Mit Sicherheit steckt die chinesische Regierung hinter der Sache. Und irgendwie passt der Sudan in ihre Pläne. Wie auch immer, indem sie unsere Quelle für seltene Erden eliminieren, sichern sie sich das alleinige Monopol und machen uns noch abhängiger von ihren Lieferungen. Letztlich könnten sie uns sogar boykottieren und unsere Satellitentechnologie damit abhängen, während sie ihre eigenen Erdtrabanten ins All schießen und kontinuierlich weiterentwickeln. Jede Wette, dass damit ein neuer Kalter Krieg ausbricht.«

»Sir, das hört sich ziemlich beängstigend an«, fand Agent Marcus.

»Allerdings. Das ist die schöne neue Welt, in der Feinde sich hinter der Maske von Freunden verstecken, die angeblich nur unser Bestes wollen.« Mike richtete das Wort an Special Agent Hunt: »Ich brauche eine verschlüsselte Verbindung. Ich muss den Direktor anrufen und ihn wissen lassen …« Der Aufschrei von einem der Spezialagenten, die an dem Einsatz beteiligt waren, schnitt ihm das Wort ab.

Mit einem wachsenden Gefühl des Entsetzens drehte Mike den Kopf in die Richtung, aus der der Schrei gekommen war. Ein hochgewachsener, männlicher Agent stand vor den hochauflösenden Monitoren, auf denen im Einsatzbüro die Übertragungen der lokalen und landesweiten Nachrichtensender liefen. Auf allen sechs Schirmen war dieselbe Aufnahme zu sehen.

Man konnte kaum Einzelheiten erkennen, weil das Bild so verwackelt war, aber Mike erhaschte einen Blick auf mindestens drei Schützen mit Automatikwaffen. Drei Leichen lagen auf dem Boden. Sobald der unbekannte Kameramann wegzoomte und die nähere Umgebung einfing, wusste er sofort, wo sich diese Gewalttat ereignete. *Wir kommen zu spät. Es hat schon angefangen.*

›Terroristen greifen MGM Grand Casino Hotel an‹, lautete die Einblendung unter dem Video.

Mike zog das Handy aus dem Jackett und setzte eine SMS ab. »Das hat gerade eine ganz, ganz üble Wendung genommen«, sagte er zu Hunt. »Ich muss Sie bitten, die Leute vom Geiselrettungsteam loszuschicken, damit sie das Team unterstützen, das ich mitgebracht habe. Wenn im MGM Grand Geiseln genommen werden, sollten sie meine Männer dabeihaben. Es sind die besten Schützen des FBI. Wenn es für Sie in Ordnung ist, leihe ich mir Agent Marcus für eine Weile aus. Sie und ich müssen uns in der Zwischenzeit um eine andere Location kümmern.«

»Sir?« Agent Marcus verstand kein Wort.

»Sie und ich und ein paar weitere Leute werden zu American Elemental fahren. Sie haben uns von den Lastwagen berichtet, also gehe ich davon aus, dass Sie sehen möchten, wie die Geschichte weitergeht.« Mike zog die Augenbrauen hoch. »Richtig?«

»Absolut, Sir.«

»Das dachte ich mir«, sagte er. Und an Special Agent Hunts Adresse: »Schicken Sie ein Team von Agenten zur Wäscherei, damit sie alle wesentlichen Details über den Fahrzeugdiebstahl in Erfahrung bringen. Ich gehe runter und treffe mich mit Special Agent Foster am Fuhrpark. In zehn Minuten brechen wir auf. Von unterwegs werde ich meinen Onkel anrufen. Sie haben ja meine Handynummer. Ich betraue Sie mit der operativen Leitung des Hostage Rescue Teams, aber Special Agent Fosters Stellvertreter, Danny Palmer, wird den Einsatz vor Ort leiten. Er ist genauso kompetent wie sein Boss. Rufen Sie mich an, wenn Sie etwas brauchen.«

»Verstanden, Sir. Viel Glück. Passen Sie gut auf sich auf«, erwiderte Hunt. »Sobald ich alle über den Einsatzplan informiert habe, werde ich mich mit den Leuten vom HRT zum Casino begeben.«

»Hört sich gut an. Eins noch: Zögern Sie nicht, diese Monster zu erschießen. Wer immer die sind, denen geht's nicht um Verhandlungen. Wenn Sie einen davon lebend schnappen können, toll. Ansonsten knallen Sie alle ab und das war's. Bringen Sie unsere Leute alle heil nach Hause. Verstanden?«

Agent Marcus hörte die Selbstsicherheit aus der Stimme des stellvertretenden FBI-Direktors heraus. Es lief ihr kalt den zierlichen Rücken hinab. Sie kannte seine Biografie. Er war eine Legende. *Er weiß genau, was getan werden muss. Er hat schon früher dem Bösen ins Auge gesehen. Mag ja sein, dass er als stellvertretender FBI-Chef an die Verfassung und die Gesetze unseres Landes gebunden ist, aber er hat gerade mächtig Dampf im Kessel. Sei's drum, er kämpft für die Guten.*

»Absolut, Sir. Verstanden«, bestätigte Special Agent Hunt.

»Gut. Gehen wir, Agent Marcus.«

»Wohin Sie wollen, Sir.« Ihre wachsende Bewunderung war eine typische Reaktion auf seine angeborenen Führungsqualitäten.

Hätte sie geahnt, worauf das Ganze hinauslief, hätte sie es sich noch einmal überlegt.

TEIL 5

BLUTIGER RUHM

DAS ›BLACK HOLE‹

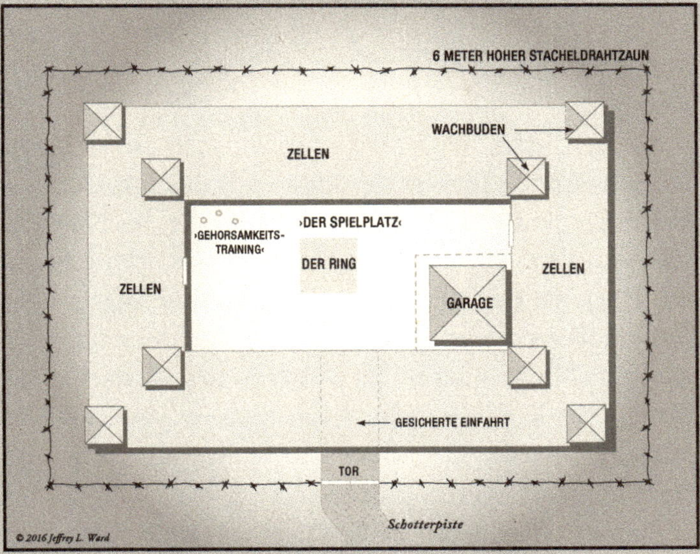

35

Präsidentenpalast
Khartum

Die glitzernden Lichter der kleinen Boote blinkten wie kleine Wegmarkierungen auf dem Wasser des Nils und schienen dazu aufzufordern, ihnen hinaus zum schwarzen Horizont der afrikanischen Wildnis zu folgen, über die Randbezirke von Khartum hinaus. Namir konnte man damit nicht hereinlegen. Er wusste, was dort wartete. Er hatte es als Kind überlebt. Auch wenn es seine Heimat war, der Ton, der ihn geformt hatte, betrachtete er nun doch Khartum als sein Zuhause.

Zum ersten Mal seit Beginn der Operation fühlte sich Namir ruhig und zufrieden, wenn auch nicht unbedingt glücklich. Er wusste nicht, ob er zu einer so banalen Gefühlsregung überhaupt fähig war. Gerade hatte er an einer Notfallsitzung des Kabinetts teilgenommen, vom Präsidenten aufgrund des Angriffs auf das chinesische Ölfeld einberufen.

Namir hatte dem Kabinett sorgfältig zusammengestellte Informationen zukommen lassen und erklärt, alles deute darauf hin, dass eine Art Weltraumwaffe der Amerikaner ein chinesisches Ölfeld angegriffen habe, auf dem Probebohrungen stattfanden. Die Amerikaner leugneten natürlich, aber die Beweislast war erdrückend. *Hauptsächlich weil es tatsächlich ihr Satellit war*, dachte er, während er einige der obersten Führer seines Landes belog. *Aber die Antwort auf die Frage, wer die Waffe auf ihr Ölfeld abgefeuert hat, ist eine völlig andere.*

Der Präsident beabsichtigte, innerhalb der nächsten Stunde eine formelle Beschwerde beim UN-Sicherheitsrat einzulegen. Bevor er das tat, wollte er den Präsidenten von China anrufen, um ihm sein Beileid auszusprechen und zuzusichern, seinem Land alles zur Verfügung zu stellen, was zur Bergung der Leichen benötigt wurde. Auf Namirs Drängen – und mit Unterstützung des Ölministers – plante er, das Gespräch mit dem Versprechen zu beenden, den Vertrag für das Xiang-Ölfeld sofort aufzusetzen. Sobald er unterzeichnet war, besaß China die alleinigen Förderrechte für die größte bekannte Ölreserve weltweit.

Die finanzielle Zukunft des Sudan wäre damit gesichert, genau wie von Namir beabsichtigt. Der Premierminister oder der Präsident würde nie von seiner direkten Beteiligung erfahren, aber – gepriesen sei Allah – er selbst wusste es. Das genügte ihm.

Namirs Gefühl, etwas Wesentliches erreicht zu haben, verstärkte sich, als der Präsident den Ölminister anwies, umgehend alle Förderrechte der USA zu widerrufen. Er hatte diesen Schritt erwartet, aber dass alles exakt nach seinen Vorstellungen ablief, genoss er unheimlich. Wie schön, den Amerikanern gehörig eins auszuwischen.

Er sah auf die Uhr. Schon fast halb acht. Er musste noch einmal mit Gang Kontakt aufnehmen. Auch wenn Namir die Auffassung vertreten hatte, dass der unerschrockene Anführer und seine Männer zusammen mit dem ONERING auf der Tuti-Insel sicher waren, beschloss Gang schließlich, es sei besser, sich auf ein verlassenes Fabrikgelände südöstlich von Khartum zurückzuziehen.

Das sollte am heutigen Abend über die Bühne gehen. Einige Vorkommnisse, die mit ihren Gefangenen zu tun hatten, verlangten jedoch eine Planänderung. Jetzt, wo der ONERING eingesetzt worden war, wollte Gang noch in dieser Nacht zum Black Hole zurückkehren.

Namir fand seine Namenskreation für das Gefängnis ziemlich passend – immerhin verschwanden Rebellen aus Darfur und andere Kräfte, die gegen die Regierung kämpften, dort für immer aus dem Herzen Afrikas. Wie in einem schwarzen Loch. Gang beabsichtigte, die zwei amerikanischen Gefangenen persönlich zu verhören, wenn beide noch lebten. Fast taten sie ihm leid.

Er war nach wie vor nicht ganz sicher, wie Gang die Identität der beiden US-Spione im Sudan entlarvt hatte. Er ging davon aus, das chinesische Ministerium für Staatssicherheit hatte ihm die entsprechenden Informationen beschafft. Gang besaß sogar Fotos, was es denkbar einfach machte, sie bei der Ankunft am Flughafen zu identifizieren.

Namir wählte Gangs Handynummer. Es klingelte viermal, bevor die Verbindung automatisch unterbrochen wurde. Gang nutzte keine Mailbox. Er hatte Namir gesagt, auch wenn er sein Telefon dank der von seiner Regierung entwickelten fortgeschrittenen Verschlüsselungstechnologie für sicher halte, wolle er vermeiden, dass es länger als notwendig aktiv blieb. Gang meinte, selbst die 30 Sekunden, die es dauerte, eine Nachricht abzuhören, reichten aus, um ein Telefon über die genutzten Funktürme zu orten.

Er ist ein cleverer und einfallsreicher junger Mann. Kein Wunder, dass seine Regierung ihn geschickt hat.

Namir legte auf und ging zum Rechner an seinem

Schreibtisch. Eine Agenturmeldung von Associated Press stellte die moralische Autorität der USA infrage: »Wie rechtfertigt es die größte Supermacht der Welt, eine andere Nation anzugreifen, die ebenfalls kapitalistische Marktwirtschaft betreibt? Immerhin handelt es sich dabei um exakt jenes ökonomische Prinzip, das die Wirtschaft der USA florieren lässt und ihren moralischen Auftrag, die Freiheit in den Rest der Welt zu tragen, unterstreicht.«

Namir amüsierte sich über das Geschreibsel. Die amerikanischen Medien schienen es zu genießen, Fehler ihrer eigenen Regierung hervorzuheben. Er verstand den Grund dafür nicht, war aber dankbar für die Schützenhilfe.

Bald hätten sie die verräterischen Spuren beseitigt, die ihre amerikanischen Gefangenen hinterließen. Ihre Gräber wurden zu unsichtbaren Meilensteinen, die den Erfolg der Operation dokumentierten. Und das ehrgeizigste Ziel seines Erwachsenenlebens wäre damit erfüllt: die Interessen seiner geliebten sudanesischen Heimat zu fördern und zu schützen.

36

Dunkelheit hatte sich über das Gefängnisgelände gesenkt.

Logan und Cole waren nach Coles blutigem Sieg in ihre Zelle gebracht worden und warteten auf die nächste Eskalationsstufe ihres Haftaufenthalts. Man hatte ihnen keine weiteren Fragen gestellt, was Logan fast mehr beunruhigte als stundenlange Prügel oder die Androhung von Folter.

»Ich mach mir ein wenig Sorgen, weil unsere Gastgeber noch nicht hier gewesen sind, um mit uns zu plaudern. Ist dir klar, was das bedeutet?«

»Leider ja.« Cole sah Logan ruhig an. »Denen ist egal, was wir wissen oder nicht wissen. Das macht uns entbehrlich.«

»Zumindest beschert es uns ein weiteres Gastspiel bei den schrecklichsten Ritterspielen, von denen ich je gehört habe«, stellte Logan fest. »Ich fürchte, ich werde der nächste Kandidat bei *Schlag den Ami* sein.«

»Vielleicht gibt's diesmal auch eine Runde *Glücksrad,* aber die werden dich höchstwahrscheinlich erst dran festnageln, bevor sie es drehen.«

»Egal. Wie heißt es beim Marine Corps so schön? ›Hoffnung ist kein Plan.‹ Allerdings hoffe ich, dass dein Notsignal von unseren Leuten empfangen wurde. Sonst müssen wir uns so langsam Gedanken über Plan B machen.«

»Was war noch gleich Plan A?«

»Überleben«, antwortete Logan ernsthaft, ehe er mit einem Grinsen nachschob: »Soll ich's dir aufschreiben?«

»Danke. Ich glaube, ich kann's mir auch so merken.«

Das Geräusch einer zuknallenden Tür hallte durch den Korridor, gefolgt von den zielstrebigen Schritten mehrerer Stiefelpaare.

»Showtime!«, verkündete Logan. »Wenn mir was zustößt, halt so lange durch, wie du kannst. Solltest du hier rauskommen, richte John und Mike aus, dass ich mein Möglichstes getan habe.« Mit Bedauern in der Stimme fuhr er fort: »Und das Wichtigste: Sag meiner Frau, dass die letzten zwei Jahre die freiesten und besten meines Lebens waren. Sie soll wissen, wie sehr ich sie dafür liebe. Alles klar?«

Die Schritte hatten ihre Zelle fast erreicht.

»Dir wird nichts zustoßen, Logan.« Eine düstere Vorahnung schickte einen Schauer über Coles Nacken und die Unterarme. »Ich hab dich in Aktion erlebt. *Die* nicht.«

»Ich weiß, aber die haben *dich* in Aktion erlebt. Das bedeutet, sie werden diesmal besser vorbereitet sein.«

Vier sudanesische Wachmänner gerieten hinter den Gitterstäben der Tür in Sicht. Drei trugen ein AK-47 quer vor der Brust, der vierte war unbewaffnet.

Oder auch nicht, knüpfte Logan an seine letzte Äußerung an. Die Aufseher schienen angesichts der täglichen Gewalt und des Chaos nachlässig geworden zu sein. Die Erkenntnis traf ihn wie ein Schlag ins Gesicht: Sie fürchteten sich nicht vor den Gefangenen. *An einem solchen Ort sollte normalerweise jeder vom Personal bewaffnet sein.*

Er hatte sich längst abgewöhnt, die oftmals verrückten und unverantwortlichen Entscheidungen infrage zu stellen, die in fremden Ländern getroffen wurden. Rein rational ließ sich nicht begründen, wieso solche Dinge in Ländern der Dritten Welt anders gehandhabt wurden. Logan schob es auf einen Mangel an Ausbildung und Erfahrung. Jedenfalls profitierten er und Cole davon.

Im Zellenblock kehrte abrupt Ruhe ein. Stumme Erwartung hing in der Luft. Die Spannung der Gefangenen war förmlich mit Händen zu greifen; eine Spannung, die von der Aussicht auf weiteres gewalttätiges Entertainment befeuert wurde.

»Zurück!«, bellte der unbewaffnete Wachmann, der die anderen anführte, steckte den Schlüssel ins Schloss und ließ die Tür nach innen aufschwingen.

Sie gehorchten, zogen sich an die hintere Seite ihrer Zelle zurück und hoben unterwürfig die Hände über den Kopf.

»Raus!«, brüllte der Aufseher. Seine drei Kollegen wichen zur Seite und gaben Logan und Cole zu verstehen, dass sie sich zwischen ihnen einordnen sollten.

Ihr wollt mich wohl verarschen, dachte Logan. Sein Verstand beschleunigte von Leerlauf auf Highway-Tempo. *Wieso sollten wir auf die Abendvorstellung warten, wenn wir jetzt schon Spaß haben können?*

Mit über dem Kopf erhobenen Händen schob sich Logan vor Cole und fragte: »Erinnerst du dich an den Friedhof?«

»Hm-hm«, bestätigte Cole unauffällig.

»Okay. Dasselbe, nur zwei weniger.«

»Alles klar«, sagte Cole emotionslos und fädelte sich hinter seinem Partner in den dunklen Durchgang ein.

Logan und Cole liefen zwischen den Wachen. Die übrigen Insassen verfolgten die Prozession zur Arena von den Zellentüren aus.

Okay. Starten wir die Show mit einem echten Knalleffekt.

Logan trat in Aktion, schnappte sich den Kopf der Wache vor ihm – die mit den Schlüsseln – und hämmerte ihn mit einem befriedigenden Klatschen gegen die Gitterstäbe. Der Mann erschlaffte. Logan ließ los, um sich dem zweiten Wärter zuzuwenden, der mit einem AK-47 bewaffnet war.

Schreie hallten durch den Block. Der unerwartete Kampf verwandelte die Insassen in einen blutrünstigen Schwarm Haie.

Dem Wachmann direkt vor Logan gelang es, sich halb in dem beengten Trakt umzudrehen. Dabei blieb allerdings der Lauf seiner Waffe zwischen den Gitterstäben einer Zelle hängen. Während der Körper seines überrumpelten Kollegen auf den Betonboden klatschte, machte Logan einen Schritt um ihn herum. Der panische Blick des anderen zuckte zwischen seiner nutzlos gewordenen Waffe und Logans entschlossenem Gesicht hin und her.

Pech gehabt, Idiot! Logan bearbeitete die Unterarme des Mannes mit einem Stakkato seiner Fäuste.

»Aaaah!«, schrie der Aufseher vor Schmerz und ließ die Maschinenpistole fallen.

Logan reagierte sofort, sprang einen Schritt vor, um einen günstigeren Angriffswinkel zu bekommen, und deckte die Wache mit seitlichen Hieben gegen den Schädel ein, sodass diese mit dem Gesicht voran gegen das Gitter krachte.

Ein zweites Krachen belohnte unmittelbar darauf Logans Anstrengungen. Die Nase des Gegners brach, begleitet von einer blutigen Fontäne.

Der Amerikaner bückte sich, hob das AK-47 auf und rammte dessen Griff gegen den Hinterkopf des zweiten

Wachmanns. Er stürzte hilflos auf den ersten. Logan wirbelte herum, entsicherte die Waffe und hielt nach weiteren Zielen Ausschau. Wie erwartet, gab es keine mehr.

Cole hatte die nachlässige Haltung des Wachpersonals nicht sonderlich überrascht. *Die sind dran gewöhnt, durch Angst zu herrschen, und rechnen nicht mit ernsthaftem Widerstand.*

Als Logan seine Attacke startete, war Cole augenblicklich herumgewirbelt und hatte seinen Hintermann vollkommen überrumpelt. Seine Hand schoss vor, schnappte sich den Lauf der Waffe, die der Aufseher in den Händen hielt, und riss ihn in einem Halbkreis herum, wobei er den Besitzer aus dem Gleichgewicht brachte und ihm die Arme verdrehte.

Der Mann ließ die Waffe los und stürzte. Seine Hände schlugen hart auf dem Boden des Korridors auf. Als er versuchte, wieder auf die Beine zu kommen, blickte er kurz hoch, der Griff der Maschinenpistole raste auf sein Gesicht zu und ihm wurde schwarz vor Augen.

Der zweite Wachmann reagierte geschickter. Cole starrte direkt in die Mündung seines AK-47. Der Gegner zielte auf seinen Kopf. *Verdammt, ich war zu langsam, um beide auszuschalten.* Der Finger übte Druck auf den Abzug aus. Ob er den Einschlag der Kugel spürte, bevor er starb?

Klick.

Coles Herz setzte für einen Schlag aus. Er war noch am Leben und blickte in die nunmehr angstvoll geweiteten Augen des Schützen. *Dieser Anfänger hat doch tatsächlich vergessen, vorher durchzuladen.*

Cole beabsichtigte nicht, ihm eine zweite Chance zu geben. Er rammte den Lauf der Waffe, die er sich angeeignet hatte, gegen die seines Gegners und schlug sie damit zur Seite. Der Wachmann wollte sich irgendwie fangen, aber Cole wirbelte sofort herum und zertrümmerte ihm den Kiefer mithilfe des hölzernen Schafts.

Der Schock ließ den anderen sofort ohnmächtig werden. Seine Augen verdrehten sich. Cole ließ einen zweiten Schlag gegen die Schläfe folgen, um sicherzustellen, dass er unten blieb.

»Saubere Arbeit!« Cole trat das zweite AK-47 weg und bückte sich, um jeden der Aufseher um zwei weitere Magazine zu erleichtern. Logan tat das Gleiche.

»Fiel mir grad spontan ein.« Logan spähte von einem Ende des Korridors zum anderen. »Ich dachte mir, gegen vier Wachen haben wir sicher eine bessere Chance, als wenn wir unser Glück draußen im Hof versuchen.«

»Guter Gedanke.«

»Danke, aber das war der einfache Teil.« Logan schnappte sich den großen Schlüsselring vom Gürtel des bewusstlosen Wachmanns, der sie aus der Zelle kommandiert hatte. Neun abgewetzte Exemplare und ein glänzendes hingen daran. »Jetzt müssen wir bloß noch eine Möglichkeit finden, hier rauszukommen. Die schicken sicher Verstärkung, wenn wir nicht in den nächsten paar Minuten draußen auftauchen.«

»Uns bleibt nur eine Wahl.« Cole deutete mit dem Kinn hinter sich. »Wenn wir durch den Tunnel fliehen, rennen wir ihnen genau in die Arme – also nehmen wir die andere Richtung.«

»Okay, geh du vor.«

Sie sprinteten zum Ende des Korridors, vorbei an den jammernden Häftlingen, die wild an den Gitterstäben rüttelten, und erreichten eine massive Stahltür mit breitem Griff und einem einzelnen Schlüsselloch.

»Dann schauen wir doch mal.« Logan benutzte denselben Schlüssel, den die Wache vorhin für ihre Zelle benutzt hatte, und drehte vorsichtig.

Klick. Das Schloss sprang auf. Er drückte gegen den Griff und öffnete die Tür. Sie fanden sich in einem dunklen Treppenhaus wieder.

Logan und Cole sprangen die Stufen hinauf. Sie hörten Schreie von unten, aber je höher sie kamen, desto leiser wurde der Lärm. *Vielleicht haben sie noch gar nicht gemerkt, dass wir weg sind. Könnte schlimmer laufen.*

Sie erreichten den obersten Treppenabsatz und sahen sich mit einer weiteren Tür konfrontiert, von der Logan vermutete, dass sie zu einem Kontrollraum führte – oder was immer an einem solchen Ort als Kontrollraum durchging. Diesmal passten die ersten beiden Schlüssel nicht, doch beim dritten wurde er mit einem neuerlichen Klickgeräusch belohnt.

»Aller guten Dinge sind drei«, triumphierte er. Die Tür schwang auf sie zu und sie traten eilig hindurch.

Ein menschenleerer Korridor. Die Wände waren durchgehend in einem dunklen Grau gestrichen. Mehrere Neonröhren hingen an der Decke. Der Gang endete an einer fabrikneu wirkenden Stahltür.

»Bingo«, freute sich Cole.

Logan entschied sich für den einzigen Schlüssel, der so neu glänzte wie die Tür. Mit einem leisen Piepsen schwang sie einige Zentimeter nach innen.

Das Geräusch von Stimmen, die Arabisch sprachen, drang durch den Spalt. Logan linste hindurch, um sich einen Eindruck von den Räumlichkeiten dahinter zu verschaffen. Der Kontrollraum bestand aus zwei Bereichen, die durch eine breite Glaswand voneinander getrennt wurden. An der hinteren Wand standen mehrere Serverschränke, direkt an der Scheibe einzelne Rechner. Zwei Wachen saßen an Terminals im Bereich direkt hinter der Tür. Von dort, wo er stand, konnte Logan die Umgebung nicht vollständig überblicken.

Er wandte sich Cole zu: »Zwei große Räume, getrennt von einer Glaswand. Zwei Wachen, etwa fünf Meter voneinander entfernt, an Computern in der Nähe des Fensters. Sonst kann ich nicht viel erkennen. Lass uns erst mal die beiden ausschalten. Bereit?«

»So bereit, wie's nur geht.«

»Gut. Waffen anheben.« Logan schob die Tür vollständig auf.

Logan trat als Erster ein und zielte mit dem AK-47 auf den Rücken des Mannes, der ihm am nächsten war. Cole spürte er hinter sich eher, als dass er ihn hörte. Lautlos schlichen sie über den gefliesten Boden. *Dreh dich nicht um, Kumpel. Gönn mir ein bisschen Glück …*

Der zweite Mann – Coles Ziel – wandte sich unverhofft in ihre Richtung. Cole registrierte, dass er ein Telefon in der Hand hielt. Die Augen des anderen weiteten sich. Der Amerikaner legte den Kopf schief und hob dezent den Lauf der Waffe, als wollte er sagen: *Zwing mich nicht.* Leider schien die Botschaft bei dem jungen Wachmann nicht anzukommen – er streckte die Hand nach etwas am Kontrollpult aus und ließ das Telefon fallen. *Du Idiot!* Ohne zu zögern, zog Cole den Abzug durch.

Das AK-47 schien förmlich in seinen Händen zu explodieren. Er hatte den Wahlhebel auf Halbautomatik gestellt, um präziser schießen zu können – zwei Projektile,

Kaliber 7,62, trafen den Kopf und sauten die Scheibe mit Blut, Hirnmasse und Knochensplittern ein.

Logans Ziel geriet in Panik und griff zu einer Pistole auf dem Schreibtisch. Logan landete einen gezielten Treffer am Hinterkopf. Das Gesicht des Toten schlug auf die Tastatur, Blut lief vom Monitor zwischen die Tasten.

»Wir haben nur noch ein paar Sekunden. Was jetzt?«, fragte Cole hastig.

Im zweiten Bereich hielt sich niemand auf. Logan trat ans Fenster, um die Situation einzuschätzen.

Flutlichter an den vier Wachtürmen in den Ecken des Gefängnishofs beleuchteten den Ring, in dem die Vorbereitungen für den Hauptkampf des Abends getroffen wurden. In Anbetracht der Schüsse, die sie gerade abgegeben hatten, ging es verdächtig ruhig zu. Allerdings blickten Dutzende der Gefangenen, die man mittlerweile in den Hof geführt hatte, zum Kontrollraum hoch. Logan sah gut ein halbes Dutzend Gefängniswärter und den Chinesen von vorhin geschäftig um den Ring patrouillieren. Der hünenhafte Champion wartete neben der Kampffläche, die in Wahrheit ein Schlachthaus war, auf seinen Einsatz. Er wirkte gleichermaßen aufgebracht und ungeduldig. *Tut mir leid, Kumpel. Brot und Spiele wurden für heute abgesagt.*

»Wir können nicht durch den Hof abhauen. Es sind zu viele …«, war alles, was Logan herausbrachte. Im selben Moment wurde eines der Flutlichter von den Wachtürmen über den Hof geschwenkt und auf sie gerichtet.

Gleichzeitig sprang die Tür zum vorderen Bereich auf und Wachen in schwarzen Uniformen strömten herein, um dem Ursprung der Schüsse nachzugehen.

Sobald die Männer die Amerikaner erblickten, griffen sie zu den Waffen und deckten sie mit mehreren Salven ein. Die gläserne Trennwand zerplatzte, Computer explodierten und Glassplitter segelten durch die Luft.

Logan und Cole erwiderten den Beschuss mit militärischer Präzision und gingen hinter zwei Schreibtischen in der Raummitte in Deckung.

»Gottverdammt!«, rief Logan über den Lärm hinweg. »Wir sitzen in der Falle.«

»Ist mir auch schon aufgefallen!«, schrie Cole. Mittlerweile hatten sämtliche Schützen das Feuer auf sie eröffnet. Er spähte vorsichtig hinter der Deckung hervor, bemerkte einen Wachmann ohne Deckung und schoss. Das AK-47 des Mannes verstummte, was angesichts der Situation schon das Äußerste war, was er zu hoffen gewagt hatte.

Logan wusste, dass es einen Weg nach draußen geben musste, aber er hatte keine Ahnung, wo genau. Alle Optionen, die er durchging, führten zum selben Resultat – Tod.

Plötzlich wurde es dunkel. Das grelle Flutlicht erlosch. *Was zur Hölle?!*

Logan spähte nach draußen. Gleichzeitig stellten die anderen drei Flutlichter den Betrieb ein. Laute Schreie ertönten im Freien. Er zählte sofort eins und eins zusammen und ein Lächeln erhellte sein Gesicht.

»Was ist da draußen los?«, rätselte Cole.

Logans Antwort bestand darin, sich zurückzulehnen und aus der Deckung hinter dem Schreibtisch sämtliche Lampen auszuschießen, die er von dort aus erwischte. Nun umgab sie völlige Dunkelheit.

»Bei drei wechselst du das Magazin, leerst eines in ihre Richtung und folgst mir dann«, befahl Logan, schob seinerseits frische Munition ein und wartete, während Cole die verbliebenen Projektile des AK-47 verschoss. »Vertrau mir«, meinte er. »Die Kavallerie ist da.«

»Roger.« Cole lud nach.

In einer flüssigen Bewegung erhob sich Logan weit genug, um über den Schreibtisch zum Fenster spähen zu können. Aus nächster Nähe entlud er ein komplettes Magazin in die Scheibe, die bis dahin noch ganz gewesen war.

Cole eröffnete das Feuer auf die Wachen. Die schlecht organisierte Truppe suchte Schutz hinter den Tischen.

»Das Magazin ist fast leer!« Cole drehte sich gerade rechtzeitig um, um mitzukriegen, wie Logan durch das zerstörte Fenster des im oberen Stock befindlichen Kontrollraums sprang.

Verdammt! Der ist völlig durchgeknallt!, dachte Cole. Dann wurde ihm klar, dass er ihm besser folgte. Andernfalls drohte ihn der Beschuss der Wachen in Stücke zu reißen, sobald diese ihren Mut wiederfanden.

Wenn ich nicht dabei draufgehe, bring ich ihn nachher um. Er spurtete zum Fenster, warf sich über eine Workstation und segelte durch die Öffnung in den finsteren Innenhof, während erste Patronen in die Schreibtische hinter ihm einschlugen.

37

Tuti-Insel
Khartum

Yin Liu ging durch das Camp. Er gehörte Gangs Team an, seit der junge Offizier ausgewählt worden war, die Eliteeinheit anzuführen. Als Nummer zwei in Gangs Befehlskette hatte er ein ebenso kompliziertes wie persönlich geprägtes Verhältnis zu seinem kommandierenden Offizier.

Er gehörte seit 30 Jahren dem Ministerium für Staatssicherheit an, hatte im Laufe seiner Karriere überwiegend Einsätze in Europa und rund um das Mittelmeer koordiniert. Dabei lernte er Gangs Vater kennen und rückte in den Fokus seiner Vorgesetzten, die ihn daraufhin für diese heikle Aufgabe auswählten. Lau Han hatte ihn vor einem Hinterhalt in einer kleinen Gasse mit Kopfsteinpflaster im Einkaufsbezirk von Malta gerettet. Die ganze Geschichte war von der CIA eingefädelt worden, um Liu aus dem Verborgenen zu locken. Han hatte einen der CIA-Agenten getötet und Liu damit die Möglichkeit gegeben, sich in einem fairen Kampf selbst zu verteidigen. Für den zweiten Amerikaner nahm die Sache kein so gutes Ende.

Malta hatte alles verändert. Liu verdankte Lau Han seitdem sein Leben und hatte ihm ewige Treue geschworen. Sie wurden zu engen Freunden und einem exzellenten

Undercover-Team. Hans Bitte an Liu, seinem Sohn als Nummer zwei zu dienen, kam er deshalb ohne Zögern nach. Peking hatte schon alles organisiert und Liu hatte begeistert die Chance ergriffen, seine Schuld zu begleichen und den Sohn des besten Freundes zu beschützen.

Nachdem das Gerät der Amerikaner aktiviert worden war, hatten sie beschlossen, das Camp in eine Gruppe uralter Ruinen eine Stunde östlich von Khartum zu verlegen. Gang hatte gegenüber den Sudanesen lediglich angedeutet, dass sie in eine verlassene Textilfabrik umzogen, sich über das konkrete Ziel jedoch ausgeschwiegen. Die Risiken waren in dieser entscheidenden Phase einfach zu groß. Gang war vor einer Stunde in Richtung Gefängnis aufgebrochen und hatte Liu befohlen, sich bei seiner Rückkehr gegen Mitternacht abmarschbereit zu halten.

Er hatte die Vorbereitungen früher als geplant abgeschlossen und wartete ungeduldig auf seinen Teamführer. Die Lastwagen standen in einer Reihe hintereinander und konnten jederzeit losfahren. Das amerikanische Equipment, entscheidend für den Erfolg ihrer Mission, hatte er sicher verstaut.

Er lauschte in die stille Schwärze der sudanesischen Nacht hinein. Das friedliche Rauschen des Nils bildete einen Kontrast zu den brutalen Kämpfen, in die sie verwickelt waren.

Die Sudanesen und die Chinesen zu überzeugen, dass die Amerikaner das chinesische Ölfeld angegriffen hatten, war ein erster Triumph gewesen, der ihnen einen Kontrakt für das größte unausgebeutete Ölfeld der Welt sicherte.

Liu war außerdem das einzige andere Mitglied aus Gangs Team, das über den Teil der Operation auf amerikanischem Grund und Boden Bescheid wusste. Jetzt, wo sie ihren ersten taktischen Erfolg zu verzeichnen hatten, zeichnete sich der nächste Sieg ab – heute der Sudan, morgen die USA. Allerdings hing alles davon ab, wie reibungslos die Sache in Las Vegas über die Bühne ging. Wie der stilvolle amerikanische Sänger Sinatra einst gesungen hatte: »*The best is yet to come.*«

Allerdings nicht für die Supermächte, die sich anschicken, die Erde zu zerstören, dachte Liu. *Für euch sind die besten Zeiten schon vorbei.*

Ein Generator war noch in Betrieb, um die Scheinwerfer rund um das Camp zu betreiben und die Akkus der Smartphones zu laden. Dadurch konnten die Männer weiterhin ihre E-Mails abrufen, die ihnen ihre Familien über anonyme Accounts aus China schickten.

Sie hatten strikte Funkstille eingehalten, seit sie vor drei Wochen ins Land gekommen waren, und die Telefone waren in einer kleinen Kiste weggeschlossen worden, zu der lediglich Liu den Schlüssel hatte. Aber nachdem die Operation fast abgeschlossen war, hatte er entschieden, das Verbot aufzuheben, um mit diesem kleinen Privileg die Moral der Truppe zu verbessern. Den einen oder anderen von ihnen plagten garantiert Zweifel aufgrund der erlittenen Verluste. Allerdings ließen sie es sich nicht anmerken, da Besorgnis in ihren Kreisen als Zeichen von Schwäche galt. Trotzdem: So tödlich und elitär ihre Einheit auch war, letztlich bestand sie doch aus Menschen.

Liu hoffte, dass Gang mit dem Verhör im Gefängnis bald fertig war. Je schneller sie von dieser Insel wegkamen, desto besser. Selbst wenn Abwarten zum Job gehörte, hatte er sich nie damit anfreunden können. Langeweile machte ihn unruhig.

Über die Satellitenverbindung seines Laptops rief er einige internationale Nachrichtenseiten auf. Der Angriff auf das Ölfeld im Sudan löste eine wahre Schockwelle auf dem Radar der Vereinten Nationen aus. Der Sicherheitsrat, berüchtigt für seine Untätigkeit, hatte eine kurzfristige Krisensitzung einberufen, um die Situation zu erörtern. Liu wusste, dass die Wahrheit bei diesen Politgangstern nichts zählte. Ihnen ging es allein um persönliche Bereicherung, nicht um das Wohlergehen der Länder, denen sie dienten. Ihre Vorgesetzten stießen ins gleiche Horn und hielten ›Wahrheit‹ für eine Frage der Interpretation.

»Bin gleich zurück. Ich mach noch einen letzten Rundgang über das Gelände«, sagte Liu zu einem Sergeant, den sie von den Falken des Südwestens rekrutiert hatten, einer Aufklärungsspezialeinheit der Volksarmee aus Chengdu.

Der 30 Jahre alte Kämpfer blickte von seinem Smartphone hoch, nickte kurz und wandte seine Aufmerksamkeit direkt wieder dem winzigen Display zu.

Da kann ich ihm keinen Vorwurf machen, dachte Liu. *Alles ist besser als rumzustehen.*

Die Strömung wollte ihn nicht aus ihrem Griff entlassen, blieb aber so dicht an der Insel beherrschbar. Schwarze Tarnfarbe bedeckte Johns Gesicht. Nur sein Kopf war sichtbar, als er mit Brustschwimmzügen durch das warme, dunkle Wasser pflügte. Drei Schemen bewegten sich im Einklang mit seinen Bewegungen.

Die zweite Drohne hatte die Position des Camps bestätigt, das vom chinesischen Team in einer Obstplantage angelegt worden war. Es bestand aus vier großen Zelten, zwei Satellitenschüsseln, mehreren Generatoren, zwei Trucks und zwei SUVs. Sie hatten hektische Aktivitäten beobachtet, ein Zeichen dafür, dass die kleine Truppe sich anschickte, das Gelände zu verlassen.

Wenn sie nicht rasch handelten, schloss sich ihr Zeitfenster.

Ihr Plan war simpel – zumindest so simpel, wie es ein taktischer Angriff gegen eine feindliche Stellung sein konnte. John führte ein vierköpfiges Team an, das eine Viertelmeile durchs offene Wasser schwamm. Amira und Tim Greco fuhren über die Brücke vom Festland auf die Insel. Die beiden Teams trafen sich vor Ort, um gemeinsam ein Ablenkungsmanöver und die eigentliche Attacke einzuleiten. Das Ziel war klar: den ONERING unter allen Umständen sichern und zur Botschaft zurückkehren. Alle Personen vor Ort wurden als feindliche Kombattanten betrachtet, was die Angriffsregeln eindeutig gestaltete: jeden erschießen, der sich nicht auf Anhieb ergab.

Oh-oh, dachte John, als er mit gleichmäßigen Zügen durch die Strömung schwamm. *Bis zum ersten Kontakt. Dann geht der Plan genau wie alle anderen, die man sich vorher zurechtlegt, den Bach runter.*

Die dunkle Insel rückte näher. Sie befanden sich wenige Meter von der Küste entfernt. Die Entfernung zum Chaos der Stadt, wenngleich gering, schwächte das laute Durcheinander geringfügig ab. Eine trügerische Form der Ruhe. Der Fluss half ihm, seine Gedanken abzuschotten und seinen Verstand zu erhöhter Wachsamkeit anzuspornen.

Auf einmal spürte er das weiche Flussbett unter den Füßen und watete vorwärts, stets darauf bedacht, die Wasseroberfläche nicht zu stark aufzuwühlen. Schritt für Schritt arbeitete er sich durch den Schlamm.

Vier dunkle Schatten erhoben sich leise aus dem Wasser und schienen auf den letzten Metern regelrecht über die Oberfläche zu gleiten.

Sobald sie festen Boden erreicht hatten, lief er noch einige Meter landeinwärts weiter und ging dann in die Hocke, wobei er nach Anzeichen für eine mögliche Entdeckung lauschte. Ein schwaches Leuchten drang durch die Bäume und er hörte das mechanische Dröhnen des Generators.

So weit, so gut. Er setzte den wasserdichten Rucksack ab, den er auf dem Rücken trug, und nickte seinen Begleitern zu. Die drei Mitglieder des Security-Teams der Botschaft antworteten mit einer identischen Kopfbewegung.

John lächelte in die Dunkelheit, als er seine Ausrüstung ablud. Es war nicht ungewöhnlich, bei einem solchen Einsatz mehr als 45 Kilo zu schleppen. In den Filmen sah es so leicht aus, wenn Special Forces oder paramilitärische Helden lautlos durchs Unterholz huschten, dem Feind auswichen und ihn mit Leichtigkeit töteten. Die Realität war deutlich anstrengender, was vor allem am Gewicht von taktischer Kommunikationsausrüstung, Waffen, Munition, Essen und Wasser lag. Letzteres wog allein ein Kilo pro Liter. Da kam rasch einiges zusammen.

Aber in diesem Fall ging es um einen Überfall. Entsprechend hatten sie die Ausrüstung auf ein Minimum reduziert. Johns alternder Rücken war dankbar dafür, denn trotz seiner Fitness machte ihm der Ballast zu schaffen. *Du bist eben kein junger Rekrut mehr,* tat sein Körper bei jeder sich bietenden Gelegenheit kund.

Er zog eine Heckler & Koch MP6D-N mit Schalldämpfer hervor, eine Auftragskonstruktion der U.S. Navy für Gefechte auf engstem Raum und in feuchter

Umgebung. Routiniert schnallte er sich die Waffe vor die Brust. Sein Colt M1911, Kaliber 45, steckte in einem Holster am rechten Oberschenkel, das KA-BAR Kampfmesser in einer Scheide hinter der Pistole. Zum Schluss holte er ein kleines, verschlüsseltes Funkgerät heraus und befestigte es am Kampfharnisch, den er über der schwarzen Montur trug. Er schob das Earpiece ins linke Ohr, fixierte das taktische Kehlkopfmikro am Hals und schloss das Kabel am Funkgerät an.

Und jetzt zum Entscheidenden: Kommunikation sicherstellen. Er wusste – egal wie viel Vorbereitung in eine Operation floss, eine Funkverbindung war unerlässlich. Mehr als ein taktisches Meisterwerk hatte er in Tod und Zerstörung enden sehen, weil das Equipment versagte, entweder aus technischen Gründen oder aufgrund von Umwelteinflüssen vor Ort.

»Alpha, hier Bravo Actual. Kommunikationscheck«, flüsterte John.

»Bravo Actual, Alpha Actual«, kam die klare Stimme von Tim Greco aus dem Ohrstück. »Ich höre Sie laut und deutlich.«

»Wir sind auf der Insel und bereit, auf Position zu gehen. Sobald wir das Ziel erfasst haben, leite ich den Angriff ein. Verstanden?«

»Roger, alles verstanden, Bravo. Sind in Position und bereit, wenn Sie es sind. Keine Probleme unterwegs. Viel Glück«, sagte Tim.

»Roger. Ab sofort Funkstille einhalten. Out.«

Er drehte sich zum Rest des Teams, welches die leise Unterhaltung mitverfolgt hatte. »Okay, Leute. Das Ziel befindet sich dort, wo der Lichtschein durch die Bäume dringt. Wenn wir näher dran sind, warten wir am endgültigen Angriffspunkt und ich funke Team Alpha an. Fragen?«

Lautloses Kopfschütteln. *Wie erwartet,* dachte er. Die drei Mitglieder des Security-Teams der Botschaft hatten alle bei der Army gedient und verfügten über Kampferfahrung. *Genau der Typ Mann, mit dem sich's gut arbeiten lässt. Dann kann's ja losgehen.*

Er schlich über den dunklen, mit Gras bewachsenen Untergrund der Tuti-Insel. Sie kamen zügig voran und legten die verbliebene Distanz innerhalb von Minuten zurück, bis vier Schatten an der Außengrenze des Camps verharrten.

John kauerte sich hinter die Reihe von Büschen, die eine Art Hecke bildeten, sein Angriffsteam in einer Reihe neben ihm. Es wartete auf seinen Befehl. Ihr Ziel lag weniger als 40 Meter direkt geradeaus und wurde wie auf dem Präsentierteller von vier tragbaren Flutlichtscheinwerfern hervorgehoben. *So einfach kann das doch nicht sein,* dachte er und schüttelte unbewusst den Kopf.

Vier Fahrzeuge – zwei SUVs und zwei Lastwagen mit einer Plane über der Ladefläche – waren in der Mitte der Lichtung abgestellt, die Kühlerhauben zum Eingang der Obstplantage hin ausgerichtet, wo ein staubiger Feldweg begann. Acht chinesische Männer in westlicher Kleidung und dunklen Militärstiefeln liefen gemächlich auf der rechten Seite der Trucks, für John und sein Team bestens erkennbar.

Was ihn am meisten schockierte, war, dass die Waffen dieser Elitesoldaten entweder in Holstern steckten oder auf den Motorhauben der Fahrzeuge lagen. Einige der Männer schauten auf ihre Smartphones, während andere sich unterhielten. Eins der Mitglieder des chinesischen

Teams schien sogar am Steuer eines Lastwagens eingedöst zu sein.

Kann dich verstehen, Kumpel. John erinnerte sich an die Tage, als er selbst noch an Einsätzen teilgenommen hatte, bei denen die Erschöpfung körperlich spürbar und jede kurze Erholungspause ein wertvolles Geschenk gewesen war.

Aber es war eine Szene, die auf absolute Überheblichkeit hindeutete. Und wie John von mehreren Touren im Irak wusste, war es die Überheblichkeit, die einen umbrachte.

John schnappte sich das Funkgerät und drückte den Rufknopf dreimal nacheinander, was jedes Mal ein elektronisches Klicken verursachte. Er sah zu den drei Mitgliedern seines Teams und nickte.

Gut. Das wird nicht lange dauern, dachte er. Mit der schallgedämpften MP6-DN-Maschinenpistole in der Hand wartete er. Seine Geduld wurde bald belohnt.

Der Motor eines Fahrzeugs wurde in der Ferne hörbar und sekündlich lauter. Die Haltung der Männer auf der Obstplantage veränderte sich abrupt, ganz wie von John erwartet. In plötzlicher Wachsamkeit standen diejenigen, die eben noch gesessen hatten, auf und schoben die Hände auf ihre Pistolenhalfter oder schnappten sich schwarze MPs von den Motorhauben. Nahezu gleichzeitig drehten sie sich zur Einfahrt der Obstplantage um.

John atmete aus und spürte, wie sich seine Sinne wie üblich vor einem Kampf ein letztes Mal schärften. Von diesem Gefühl bekam er nie genug, es verlieh ihm beruhigende Macht und Zuversicht. Stärken, die für die brutale Arbeit, die vor ihm lag, unerlässlich waren. Dieser Fokus lieferte ihm eine Bestätigung, dass alles, was er tun würde, eine unbedingte Notwendigkeit darstellte. Eine Art Opfer auf dem Altar des Gemeinwohls.

Ein schwarzer SUV fuhr auf die Lichtung und blieb an der Hecke stehen, 30 Meter entfernt vom vorderen Lkw. Der Motor war im Leerlauf, als wartete der Fahrer auf eine Einladung.

Die Männer starrten das Fahrzeug an, aber zunächst reagierte niemand. *Sie sind gut ausgebildet und geduldig, warten erst mal, wer drinsitzt.*

Schließlich trat ein junger Mann Ende 20 an das Fahrzeug heran und rief im Näherkommen etwas. Der SUV rührte sich nicht von der Stelle, der Fahrer zeigte sich offenbar unbeeindruckt von den Befehlen des Mannes. Fast schien er ihn mit seinen unbarmherzig aufgeblendeten Scheinwerfern zu verspotten.

Die übrigen Männer strebten dem Wagen entgegen wie Motten, die von einer Flamme angelockt wurden. Die Mischung aus chinesischen Schreien, dem lärmenden Generator und dem Dieselmotor des SUV übertönte die Geräusche der Bewegungen von Johns Team. *Das ist unsere Chance,* dachte er, atmete ein letztes Mal tief aus und leitete den Angriff ein.

Am rechten Ende der Angriffslinie, dem SUV am nächsten, machte er zwei Schritte vorwärts und hatte mit dem Rotpunktvisier seines MP6 freie Sicht auf das Ziel. Er konnte mit dem Visier viel schneller von einem Ziel auf das andere wechseln als mit Kimme und Korn. Er konzentrierte sich auf den Mann, der direkt am Geländewagen stand, atmete aus und drückte sachte den Abzug.

Eine einzelne Kugel schlug in die rechte Kopfseite des Mannes ein. Der Körper fiel im Licht der Scheinwerfer zu Boden und blieb verkrümmt liegen.

John wechselte auf das zweite Ziel, während drei weitere Schüsse so dicht aufeinanderfolgten, dass sie wie ein einzelner klangen.

Drei weitere Männer taumelten, weniger als eine Sekunde nach seinem ersten Schuss vom Gewehrfeuer niedergestreckt.

Die verbliebenen Gegner reagierten, wirbelten nach rechts herum, um sich der Gefahr zu stellen. Sie feuerten blindlings ins Unterholz. Das blendende Flutlicht verhinderte einen klaren Blick auf die Finsternis, aus der John und sein Team mit tödlicher Präzision feuerten.

John betätigte erneut den Abzug und führte einen makellosen *Failure to stop*-Drill auf die Zielperson aus. Die ersten beiden Projektile trafen den Mann in die Brust und er kippte nach hinten gegen den vorderen Lkw. Das dritte Geschoss erwischte ihn zentral an der Stirn, riss seinen Kopf zurück und tötete ihn augenblicklich.

Noch drei übrig. Er verlagerte die Waffe geschmeidig auf der Suche nach einem Gegner. Doch er kam zu spät. Keiner mehr übrig. Die drei Männer seines Teams hatten die verbliebenen Ziele längst erledigt. Der ganze Angriff hatte weniger als drei Sekunden gedauert.

Das geht immer so schnell, stellte ein abgekoppelter Teil seines Gehirns fest.

Acht Männer, Mitglieder einer chinesischen Eliteeinheit, lagen auf einer staubigen Bühne, erhellt von Scheinwerfern, die sie selbst aufgestellt hatten.

Keiner der Körper bewegte sich. *Gut.*

John ging voran. Seine Leute folgten ihm. Sie tauchten aus der Dunkelheit. Vier Schatten, die ins Licht traten. Die drei anderen Schützen entfernten sich von ihm und checkten die Leichen, sicherten Waffen und überprüften, ob wirklich alle tot waren.

Als John den Blick über das Schlachtfeld schweifen ließ, fragte er sich für einen Moment, ob einer dieser Männer an dem Hinterhalt beim Friedhof beteiligt gewesen war. Er wusste nicht, ob es noch mehr Männer an anderen Orten gab, aber es spielte letztlich keine Rolle. Sie führten einen Schattenkrieg gegen diese unbekannte chinesische Macht. Zumindest diese Runde hatten sie für sich entschieden.

Die Türen des SUV gingen auf. Tim Greco kam hinter dem Steuer herausgeklettert, Amira folgte auf der Beifahrerseite.

Die geringe Helligkeit trug auf diese Entfernung eher noch dazu bei, ihre Schönheit zu unterstreichen. Sie verwandelte sie in ein Geschöpf, das nicht von dieser Welt zu sein schien. John fühlte sich zu ihr hingezogen. *Sie ist wunderschön.* Außerdem faszinierten ihn ihre Disziplin und ihre Entschlossenheit. Sie war etwas Besonderes, auch wenn er den Eindruck hatte, sie versuchte das zu verbergen, indem sie sich in sich selbst zurückzog und niemanden an der schützenden, eisernen Barriere vorbeiließ, die in ihrem Metier zu den Voraussetzungen gehörte.

John winkte ihnen zu. Tim nickte und Amira lächelte. John spürte, wie er unter der Schicht schwarzer Farbe errötete. *Zum Glück bekommt sie das nicht mit. Hey, alter Junge, was ist mit dir los? Bist du etwa noch an der High School? Reiß dich mal zusammen. Sie ist eh zu jung für dich.*

Er hatte geglaubt – gehofft –, mit ihren merkwürdigen Blicken in der Botschaft habe sie ihn heimlich taxiert und analysiert wie ein Rätsel, das es zu lösen galt. *Oder sie hat sich gefragt, was verdammt noch mal nicht mit dir stimmt*, schloss er die Überlegung mit einer Breitseite gegen sich selbst ab. Trotzdem, er bildete sich ein, dass mehr dahintersteckte als beiläufiges Interesse.

Tim, Amira und zwei Männer des Security-Teams der Botschaft, die aus dem SUV gestiegen waren, gingen zum Lastwagen, was ihn an den ONERING und die wichtige Aufgabe erinnerte, die vor ihnen lag.

»Ich überprüf mal den vorderen«, kündigte John an. »Brad, Sie checken den zweiten Lastwagen.«

»Roger«, bestätigte Brad, ein ehemaliger Army Ranger. »Bin unterwegs.«

John war auf halber Strecke zum Truck und hoffte, das DARPA-Equipment auf der Ladefläche anzutreffen, als er es hörte. »Was zur …«

Er wirbelte nach links, als sich ein einzelner Schuss hinter dem zweiten Truck löste.

Brad taumelte rückwärts, landete unsanft auf der Seite und blieb reglos liegen.

O Gott, nein. Weitere Schüsse echoten durch die Obstplantage. Er hielt nach dem Schützen Ausschau, fand aber keine Spur von ihm.

Terry, ein ehemaliger Navy SEAL, erwiderte das Feuer in Richtung der Ladefläche des zweiten Lkw, während Frank, das dritte Mitglied des Teams, seinem am Boden liegenden Kameraden zu Hilfe eilte.

Ein schwarzer Behälter segelte durch die Luft und landete direkt neben Brad.

»Granate!«, schrie Frank und warf sich auf seinen Kollegen, um ihn vor der Explosion zu schützen.

John ließ sich ebenfalls fallen und wartete mit dem Rücken zur Granate auf die Explosion.

Ohrenbetäubender Lärm und gleißendes Licht erfassten die Lichtung.

Einen kurzen Moment lang kam die Welt in John Quicks Kopf zum Stillstand. Alles, was er wahrnahm, war ein heller Fleck, aber er wusste, dass der Effekt nicht lange anhielt. Schon rückte der Boden wieder in den Fokus seiner Wahrnehmung und er zwang sich auf Hände und Knie.

Seine Ausbildung ließ ihn handeln, ohne nachzudenken. Wenn der Schütze noch da war, musste er sich entweder bewegen oder sterben.

Als Nächstes kehrten die Geräusche zurück. Eine Art Nachhall. Dann vibrierte das Erdreich um ihn herum. *Das könnte böse enden!*

Einer der chinesischen Lastwagen sprang mit einem Satz nach vorn und beschleunigte in Richtung des amerikanischen SUV und der Freiheit, die dahinter wartete. Der Fahrer legte es darauf an, sämtliche Hindernisse auf dem Weg plattzuwalzen – Amira und Tim eingeschlossen.

38

Während Cole durch die Luft segelte, dachte er: *Das war's dann. Ich bin tot. Dieser Verrückte hat mich umgebracht.* Aber dann landete er mit einem lauten Krachen auf einem flachen Blechdach und rollte sich ab in eine kniende Position. Dadurch konnte er das Chaos, das sich auf dem Innenhof abspielte, von einem Logenplatz verfolgen.

Die Landschaft war in dunkle Grautöne gehüllt, das Licht aus verschiedenen Fenstern schuf makabre, verzerrte Schatten, die über die Wände und den Boden tanzten. Die Gefangenen hatten sich in alle Richtungen zerstreut, sobald die ersten Schüsse ertönt waren. Die Dunkelheit trug zusätzlich zu ihrer Panik bei. Cole fielen mehrere Männer auf, die sich am Rand des Platzes gegen die Mauern drückten, als warteten sie dort auf Rettung. *Ihr müsst euch selbst retten, sonst kommt ihr hier niemals raus,* dachte er mitleidig.

»Wir müssen schleunigst von diesem Dach runter«, sagte Logan. Schüsse und Mündungsfeuer tauchten den Hof wie bei einem Rockkonzert in helles Licht. »Wir sitzen voll auf dem Präsentierteller. Gib mir Deckung.«

Bevor Cole antworten konnte, warf sich Logan das AK-47 über die Schulter und schlitterte von der Dachkante. Einen Moment lang baumelte er in der Luft, dann war er nicht mehr zu sehen.

Cole hörte, wie sein Partner auf dem Boden auftraf. »Du bist dran!«

Er kroch ganz an den Rand, nahm das Gewehr über die Schulter und ließ die Beine nach unten hängen, um der Schwerkraft den Rest zu überlassen.

In kurzer Folge gab Logan drei Schüsse ab. Cole hörte einen Schmerzenslaut, der sich mit dem chaotischen Geschrei im Hintergrund vermischte, das auf Verwirrung und Angst hindeutete. Nachdem er die Arme komplett durchgestreckt hatte, löste Cole sich vom Blechdach.

Der Schock der Landung stauchte ihn kräftig, aber er reagierte sofort, beugte die Knie und rollte sich rückwärts ab, um die Energie des Aufpralls zu absorbieren. Er kam hastig auf die Beine und stellte sich neben Logan.

»Was jetzt?« Cole folgte Logans Blick in die nordwestliche Ecke des Innenhofs, wo die Marterpfähle standen, an denen die Häftlinge in glühender Hitze gekreuzigt worden waren.

»Mir nach!« Logan rannte geduckt los.

Cole sprintete hinterher, um den Anschluss nicht zu verlieren, und bremste ab, als er zu seinem Partner aufschloss. Nun sah auch er, was Logan bereits vorher bemerkt haben musste. Seine Erleichterung war schier grenzenlos. *Das wurde aber auch Zeit!*

Zwei Gestalten in schwarzen Kampfanzügen seilten sich von einem der Wachtürme ab. Zwei weitere blieben auf dem Dach zurück und gaben ihnen mit schallgedämpften Maschinenpistolen Deckung.

Cole hörte das charakteristische Geräusch der Salven, die aus allen Richtungen kamen. In der nordöstlichen Ecke des Gefängnishofs hangelte sich weitere Verstärkung an Seilen rasch die Mauern hinab.

»Sieht ganz so aus, als hätte dein kleiner Empfänger funktioniert.« Logan sah sich nach konkreten Angreifern in ihrer Umgebung um.

»Es ist ein Sender, kein Empfänger«, berichtigte Cole.

Logan lächelte. »Über die Feinheiten der Satellitenkommunikation können wir ein andermal diskutieren.«

Sie spurteten über den Hof und verringerten den Abstand zu den Einsatzkräften in ihrer Nähe. Das erste Mitglied des Spezialkommandos erreichte den Boden und löste das Seil, bevor er herumwirbelte, um sich einen Überblick zu verschaffen. Der Mann richtete die Maschinenpistole auf Logan und Cole, die beide wie angewurzelt stehen blieben und ihre Waffen senkten.

»Nicht schießen! Wir sind Amerikaner. Ich nehme an, ihr seid wegen uns hier!«, sagte Logan hastig und schaute in ein ernstes, mit schwarzer Tarnfarbe bemaltes Gesicht.

»Kommen Sie näher, aber keine überhasteten Bewegungen, verstanden?«, erwiderte der Soldat, der gerade hinter ihm landete und das Seil ausklinkte.

Seine ruhigen Augen studierten Logans Gesicht. »Sie müssen Logan West sein.« Er nickte in Coles Richtung. »Mr. Matthews.«

»Was hat mich verraten?«, fragte Logan.

»Ihre Narbe. Wir wurden vor dem Einsatz genauestens gebrieft. Ich bin Chief Sorenson, SEAL Team Six.« Das Geräusch weiterer Automatikwaffen mit Schalldämpfern schallte über das Gelände. »Und wir müssen Sie hier so bald wie möglich wegbringen. Ein Helikopter wartet im Stand-by, aber ich halte es für keine gute Idee, ihn herzubeordern. Wer weiß, wie viele Wachen gerade unterwegs sind. Wir wollen nicht riskieren, den Vogel zu verlieren. Also kämpfen wir uns erst mal durchs Gebäude und bringen ein wenig Distanz zwischen uns und die Gegner.«

»Chief, ich weiß, wie wir hier rauskommen. Dazu müssen wir nicht mal irgendwohin laufen«, meinte Cole.

»Als die uns reingeschleppt haben, wurden wir durch einen Tunnel geführt, der sich hinter dieser verstärkten Metalltür befindet.« Er deutete auf die entsprechende Stelle. »Man kommt vorn aus dem Gefängnis raus, aber vor allem parken dort ein Jeep und ein Laster.«

»Genau. Wieso laufen, wenn man auch fahren kann?«, ergänzte Logan.

Chief Sorenson ließ sich den Vorschlag durch den Kopf gehen, dann sprach er in ein Kehlkopfmikro: »Serpent Actual, hier Serpent Bravo. Wir haben beide Pakete lebend und wohlbehalten angetroffen. Hinter der Stahltür in der Mitte der südlichen Wand soll es einen Tunnel und Fahrzeuge geben. Ich empfehle, dass wir uns an der Tür treffen, durchbrechen und von hier verschwinden. Die Teams, die uns vom Dach her decken, sollen sich außen abseilen und am Eingang zu uns stoßen. Verstanden?«

Es entstand eine Pause, während der Chief auf Rückmeldung wartete. Der zweite SEAL im Team von Chief Sorenson eröffnete unvermittelt das Feuer und erledigte einen Wachposten mit Machete, der an der westlichen Mauer gelauert und sich fälschlicherweise für unsichtbar gehalten hatte. Zwei Kugeln aus der Maschinenpistole des SEALs bereiteten seiner nicht ganz so unauffälligen Annäherung ein vorzeitiges Ende.

»Roger, Actual. Wir sehen uns dort.« Chief Sorenson nickte. Er grinste Logan an. »Und, wie fühlt es sich für einen Marine an, ausgerechnet von der Navy gerettet zu werden?«

»Hey, ich dachte, ihr wärt bloß vorbeigekommen, um mich per Anhalter mitzunehmen«, versetzte Logan schnippisch. »Ist das nicht sowieso der Job von euch Jungs? Marines dorthin zu karren, wo gekämpft wird?«

»Genau. Außerdem setzen wir sie als Sexsklaven auf unseren Schiffen ein. Das ist ein wichtiger Punkt«, antwortete der SEAL bierernst. »Aber lassen Sie uns später über heißen Bondage-Sex philosophieren und erst mal diesem Knast den Rücken kehren.«

»Ihr Typen wisst schon, dass ihr komplett durchgeknallt seid, oder?«, wandte sich Cole an Logan.

»Hey, sag das nicht zu mir. *Er* hat damit angefangen.«

»Waffen in Anschlag bringen, Gentlemen. Dann mal los.« Chief Sorenson wurde jäh ernst und hob seine MP. Er und der zweite SEAL führten sie über den offenen Platz in Richtung Garage.

Aus dem zerbrochenen Fenster des Kontrollturms setzte Beschuss ein. Kugeln wirbelten Staub zu ihrer Rechten auf. Logan hörte einen erstickten Schrei, als entweder eine Wache oder ein Gefangener getroffen wurde. Seitlich bemerkte er eine dunkle Gestalt, die sich vor Schmerz am Boden wand. *Einfach stur draufhalten. Gut gemacht, ihr Arschlöcher.*

Das Feuer wurde aus mehreren schallgedämpften Waffen erwidert und die Bemühungen der Wachen verstummten. *Diese Kerle wissen echt, wie man schießt.* Ihm war natürlich klar, dass das SEAL Team Six – offiziell in United States Naval Special Warfare Development Group, kurz DEVGRU, umbenannt, aber aus Gewohnheit meistens noch mit dem alten Namen bezeichnet – über einige der besten Schützen der Welt verfügte.

Eine unheimliche Stille hatte sich über den Schauplatz gelegt.

Die Wachen waren entweder geflohen oder versteckten sich im Schatten des Gefängnishofs vor dem Feind. Die Gefangenen, eigentlich mit der Absicht, einem Kampf beizuwohnen, verteilten sich über den gesamten Platz. Logan hörte aufgeregtes Getuschel in Arabisch und anderen Sprachen. Die ursprüngliche Panik war vorbei und jeder im Gefängnis – Logan eingeschlossen – wartete gespannt ab, wie dieser Überfall wohl endete.

Mit erhobenen Waffen, die Umgebung nach Feinden absuchend, passierten sie den Boxring.

Logan registrierte eine Bewegung zur Rechten und verließ sich auf seine blitzschnellen Reflexe. Er sprang nach rechts, als er aus dem Augenwinkel eine riesige Gestalt wahrnahm, zielte mit dem AK-47 grob in Richtung des Angreifers und feuerte.

Während der Schuss noch verhallte, wusste Logan, wer sein Gegner war: Goliath, der Champion aus dem Ring.

Der mit Nägeln versehene Knüppel des Killers knallte gegen den Lauf von Logans AK-47 und schlug es ihm aus der Hand, wobei er es so stark beschädigte, dass es unbrauchbar wurde.

Der Wichser hätte mich fast erwischt.

Der Gigant verharrte einen Moment lang vor ihm, vom schwachen, aber zunehmenden Leuchten aus dem Gebäude eingerahmt, während mehr und mehr Lampen als Reaktion auf den anhaltenden Kampf aufflackerten. Der andere starrte ihn grimmig und hasserfüllt an, trat dann einen Schritt auf Logan zu – und zögerte. Er schielte nach unten auf seinen Bauch und wieder hinauf.

Etwas stimmt nicht. Logan mühte sich ab, in der fahlen Umgebung Einzelheiten zu erkennen. Licht schien von etwas Glänzendem auf dem Torso des Giganten reflektiert zu werden. *Blut.*

Logans Schuss hatte ins Schwarze getroffen, obwohl er beim Zielen damit beschäftigt gewesen war, der

Attacke des Giganten auszuweichen. *Pech gehabt, Arschloch. Höchste Zeit, deine Schreckensherrschaft zu beenden.*

»Messer her!«, schrie Logan instinktiv.

»Fang!«, erscholl eine Stimme von links. Logan lugte zur Seite, wobei er den Giganten stets im Auge behielt. Ein längliches Objekt flog auf ihn zu.

Der Riese starrte es wütend an, während es an ihm vorbeisegelte. Sein Gesicht verzerrte sich, als er erkannte, was es war. Er machte einen Schritt nach vorn, um anzugreifen – doch stattdessen brach er auf den Knien im dunklen Staub zusammen. Er stöhnte, während sich der Blutfleck über seinen Oberkörper ausbreitete.

Logan fing das Objekt auf und musterte es. Ein Kampfmesser mit schwarzem Griff und einer zehn Zentimeter langen Tanto-Klinge. Er hielt es mit der gezackten Spitze nach vorn in der rechten Hand.

»Tja, wohl doch nicht der beliebteste Champion aller Zeiten, was?«

Der Gigant kniete regungslos vor ihm, den dornenbewehrten Knüppel in der Rechten. Seine Atmung klang angestrengt und er ließ den Kopf hängen. Der Bart stieß gegen die Brust.

Der Treffer muss einen Lungenflügel perforiert haben.

Laut donnernder Jubel brandete unter den versammelten Zuschauern auf. Sie gierten danach, dem Opfer auf ihrem perversen Altar der Gewalt den Garaus zu machen.

Logan stemmte seine Beine in den Rücken des Riesen und legte eine Hand auf den Kopf des Killers. Er beugte sich dicht an dessen Ohr heran. »Das ist für den armen Hund, den du heute getötet hast, und für all die anderen, die du vorher abgeschlachtet hast.«

Das Aufstöhnen des Hünen bestätigte Logan in seinem Handeln. Er versenkte die Klinge in der rechten Halshälfte und drehte das Handgelenk, um den tiefen Schnitt für einen maximalen Effekt zu öffnen. Warmes Blut spritzte ihm über die Hand und schoss als dunkler, durchscheinender Nebel hoch in die Luft. Er zog die Klinge heraus und weiterer Lebenssaft schoss aus dem Hals und versickerte im Staub.

Ehrfürchtiges Schweigen breitete sich aus, als der Riese, der die Insassen des Black Hole gefoltert und getötet hatte, in spektakulärer Manier ausblutete. Schließlich fiel er mit dem Gesicht voran in den Staub, die Arme hingen hilflos an den Seiten. Tot.

Die ersten zwei Gefangenen, die sich den Kämpfern näherten, gafften Logan staunend an. Logan bemerkte sogar ungläubige Blicke seitens der Wachposten. Einer von ihnen schien die unbändige Wut des Amerikaners zu spüren. Er wandte hastig die Augen ab, die Hände erhoben, als wollte er um Gnade winseln.

Bevor jemand reagieren konnte, hob Logan die Stimme und erklärte: »Ich weiß nicht, ob ihr mich versteht, aber dieses Monster wird euch nicht länger quälen. Wir werden diesem Gefängnis umgehend den Rücken kehren. Euch empfehle ich das Gleiche.«

Logan wischte die Klinge an der Hose ab, beseitigte einen Großteil des Bluts, wandte sich Chief Sorenson zu und wollte das Messer seinem Besitzer zurückgeben.

Chief Sorenson blickte ihn voller Respekt und Bewunderung an.

»Nein. Behalten Sie es. Sie haben es verdient.«

»Danke. Und jetzt sollten wir endlich abhauen. Ich glaube nicht, dass wir auf weiteren Widerstand treffen.«

»Da sagst du was!«, meinte Cole. »Nach deiner kleinen Vorstellung bin ich mir ziemlich sicher, dass niemand probieren wird, uns aufzuhalten.«

»Seh ich auch so«, stimmte Chief Sorenson ein. »Suchen wir diese Fahrzeuge und dann nichts wie weg!«

Sie machten sich in Richtung Tunnel auf, ohne beschossen oder wahllos angegriffen zu werden. Unterwegs feuerten die Gefangenen sie an, bedankten sich überschwänglich und klatschten. Logan hatte die Freiheit erobert, nicht nur für sich selbst, sondern für alle, die hier festgehalten wurden. Sie betrachteten ihn als neuen Champion und bedachten ihn mit dem Respekt, der ihm durch Blut und Ehre gebührte.

39

Tuti-Insel
Khartum

John hörte, wie der Lastwagen in den Range Rover der Botschaft krachte. Allerdings verstellte er ihm die Sicht auf den Zusammenstoß, pflügte vorwärts, nahm rasch Geschwindigkeit auf und verschwand im Unterholz der Insel. Nachdem er aus dem Weg gesprungen war, hatte Tim sich bereits aufgerappelt und kam zu John gelaufen. Amira lag reglos links neben der Einfahrt.

O Gott, nein. John stieß einen erleichterten Seufzer aus, als sie auf die Beine sprang und sich den Staub von den Klamotten klopfte. Dabei inspizierte sie den SUV, der bloß noch ein Haufen Schrott war.

»Wir müssen ihn verfolgen.«

»Tim, können Sie hier alles sichern?« John sammelte sich. »Suchen Sie nach Unterlagen, Handys, was auch immer. Lassen Sie die Leichen zurück. Verstecken Sie sie von mir aus im Gebüsch, aber beeilen Sie sich, und bringen Sie den zweiten Lastwagen und den SUV zur Botschaft zurück. Das Gerät muss sich auf diesem Lastwagen befinden. Ich werde nichts unversucht lassen, um es mir zu holen.«

»Nur zu. Ich hab hier alles im Griff.«

»Gut.« John wandte sich Amira zu. »Komm. Wir sehen mal nach, was mit Brad los ist.«

John rannte zu ihm. Terry und Frank waren an der Seite ihres Freundes. Brads schwarzes Tarnhemd war aufgerissen, darunter trug er eine dünne Kevlar-Weste.

»Was ist passiert, verdammt?« Durch den Schuss und die Explosion war Brad ziemlich benommen. »Ich war zwischendrin kurz weggetreten.«

»Ja, du wurdest angeschossen und von einer Blendgranate ausgeknockt«, erklärte Terry. »Du hast die ganze Zeit die Weste unter der Ausrüstung getragen, während wir geschwommen sind? Gut gemacht, Mann. Die hat dir das Leben gerettet.«

»Alte Gewohnheit. Ist nicht das erste Mal. Deswegen trag ich sie *immer,* egal wie umständlich es ist.« Brad betastete den Bluterguss an der Einschlagsstelle auf der Brust. Bald würde sich die Stelle grün-lila verfärben.

»Guter Mann!« John nickte erleichtert. »Schön, dass du noch unter den Lebenden weilst. Wir werden diesen Bastard jetzt jagen. Die Jungs hier bringen dich zurück in die Botschaft. Bis später.« John riss die Tür auf der Fahrerseite des Mercedes-Geländewagens auf. Zum Glück steckte der Schlüssel.

»Wieso fährst du eigentlich?«, wollte Amira wissen.

»Weil ich dich vermutlich gleich bitten werde, etwas zu erledigen, das nahezu selbstmörderisch ist, und du das definitiv besser kannst als ich.«

»Ich kann so einiges besser als du«, erwiderte sie trocken und stieg auf der Beifahrerseite ein.

John spendierte ihr seinen *Leg dich bloß nicht mit mir an*-Blick, ließ den Motor an und lachte. »Da hast du vermutlich sogar recht.« Er rammte den Hebel der Automatik in ›Drive‹-Stellung und trat das Gaspedal durch. Bevor er sich zurückhalten konnte, rutschte ihm raus:

»Und wenn das alles vorbei ist, bitte ich dich vielleicht um ein Date, damit du mir ein paar Sachen zeigst, die du besser kannst. Interessiert mich schon, was die CIA dir so alles beigebracht hat.«

Sie musterte ihn schweigend und blickte auf die Straße, die vor ihnen lag. Ihr Gesicht verfinsterte sich.

Jetzt kannst du es nicht mehr zurücknehmen, John. Zumindest weiß sie jetzt, was du von ihr hältst. Nicht das Verkehrteste, falls du draufgehst.

Er fuhr schnell um eine Kurve. Die Reifen schlitterten unkontrolliert über die Schotterpiste. Er nahm ein wenig Gas weg, drehte am Lenkrad und stellte befriedigt fest, dass die Räder wieder Grip hatten. Entschlossen nahm er die Verfolgung des Lastwagens auf.

Die Kommandozentrale befand sich an der nördlichen Spitze der Insel. Die einzige Fluchtroute führte über die Hängebrücke am südlichen Ende. Der Fahrer besaß etwa eine Minute Vorsprung. John schätzte, dass sie ihn etwa auf halber Strecke zur Brücke einholten, genau im Zentrum, wo Tuti Island am dichtesten besiedelt war.

Zum Glück ist es Nacht. Da dürfte kaum jemand unterwegs sein.

Die Bäume der Obstplantage wurden vom bewohnten Teil der Insel abgelöst. Ein- und zweistöckige Ziegelbauten in verschiedensten Bauformen warteten in 100 Metern Entfernung. Die Fahrbahn wurde kurz vor der Ortseinfahrt deutlich schmaler. John sah sich gezwungen, das Tempo zu drosseln.

»Bauvorschriften gibt's hier wohl nicht«, murmelte er.

Die Straße beschrieb eine scharfe Rechtskurve und führte weiter nach Süden. John behielt die gemäßigte Geschwindigkeit notgedrungen bei. Kaum hatten sie die

Biegung hinter sich gelassen, tauchte der Laster vor ihnen auf, der seine halsbrecherische Flucht durch die bewohnte Gegend fortsetzte.

»Der Bastard bringt noch jemanden um, bevor wir ihn einholen«, raunte er.

»Dann fahr schneller.« Amira brachte es auf den Punkt.

»Jawohl, Ma'am.« Unabhängig davon, dass er sich von ihr angezogen fühlte, erinnerte sie ihn in ihrer Zielstrebigkeit an Logan. Sofort verscheuchte er den Gedanken an seinen Freund, denn er wollte nicht abgelenkt werden. Er hoffte, dass das SEAL-Team seinen Job anständig erledigte.

Der SUV schoss nach vorn. Gebäude sausten verschwommen am Fenster vorbei. Der Lastwagen kam näher.

Noch 40 Meter … 30 …

Die Lampen der Hängebrücke blitzten weniger als eine Meile entfernt auf. Der Tacho überwand die 100-km/h-Marke. John hoffte inständig, dass niemand um diese Uhrzeit auf die Idee kam, einen kleinen Nachtspaziergang zu machen.

Noch 20 Meter … zehn …

Der Fahrer des Lastwagens trat auf die Bremse. Die roten Lichter machten John für einen Augenblick panisch.

»Was zur Hölle treibt der da?«, fragte Amira, als John ebenfalls eine Vollbremsung hinlegte und der SUV über die Straße schlitterte. Das Heck des Lasters wurde immer größer, bis es die gesamte Windschutzscheibe ausfüllte.

»Festhalten. Das wird knapp.« John biss die Zähne zusammen.

Rutschend kam der Geländewagen schräg hinter dem Lkw zum Stehen. John blickte in den Seitenspiegel auf der

Fahrerseite des Trucks. Ein älterer Chinese beäugte ihn mit einer Mischung aus Hass und Belustigung, einen Arm aus dem Fenster gestreckt.

Was zum Teufel hat der vor? Kaum hatte er den Gedanken beendet, folgte ein ominöser Knall.

Ein rundes Objekt landete auf der Haube des Mercedes. Während John noch überlegte, womit sie es zu tun hatten, brüllte Amira: »Zurück! Zurück!«

Der Lastwagen fuhr an und ließ sie mit seinem tödlichen Geschenk allein.

Schlagartig wurde John klar, wieso der Fahrer im Camp eine Blendgranate verwendet hatte – er wollte nicht, dass der Lastwagen oder sein Inhalt beschädigt wurde. Das konnte nur eins bedeuten: Der ONERING befand sich definitiv auf dem Lkw.

John legte den Rückwärtsgang ein und trat das Gaspedal durch, in der Hoffnung, dass die plötzliche Bewegung die Granate von der Motorhaube rollen ließ.

Amira schnallte sich mit einer flüssigen Bewegung los und lehnte sich zum Fenster hinaus, um die rollende Granate in der Mitte der Motorhaube zu erwischen. Sie lag knapp außer Reichweite. Die Bewegung entfernte sie weiter von ihrem Arm. Leider nicht weit genug.

Als ihr klar wurde, dass höchstens noch ein, zwei Sekunden blieben, bis die Granate – keine Blendgranate, sondern ein echter Sprengsatz – detonierte, warf sich Amira aus dem Fenster auf die Motorhaube. Sie dehnte ihren schlanken Körper, so weit es eben ging, streckte den Arm aus, rollte sich nach links ab, verdreht wie ein Korkenzieher.

Nur noch ein paar Zentimeter … Ha, hab sie! Amira schnappte sich die Granate und stieß sich mit Schwung von der Motorhaube ab. Sie wirbelte durch die Luft und warf im Fallen die Granate so weit weg, wie sie eben konnte.

Das tödliche Geschoss verschwand jenseits der Motorhaube. John trat voll auf die Bremse, als es explodierte.

WUMM!

Splitter, Ziegelbrocken und Zement prasselten harmlos auf sie herab. Die umstehenden Gebäude hatten die Sprengkraft weitgehend abgefangen.

John starrte Amira erstaunt an. Sie stand da, klopfte sich den Staub vom schwarzen, eng anliegenden Kampfanzug und lächelte ihn durch die Windschutzscheibe so entspannt an, als würde sie ihn zu einem Date abholen.

Das ist so ziemlich das Heißeste, was ich je gesehen habe.

Sie kam zurück zum SUV und sprang hinein. »Schnappen wir uns dieses Arschloch. Wegen dem hab ich mir die Hose ruiniert.«

John entdeckte einen etwa acht Zentimeter langen Riss, der ihren muskulösen linken Oberschenkel enthüllte. »Wirst du's überleben?«

»Werd ich«, antwortete Amira nüchtern. »Er allerdings nicht.«

John nickte, als das Fahrzeug nach vorn schoss. »Ach übrigens, deswegen hab ich mich ans Steuer gesetzt.«

»Wie meinst du das?«

»Na, was du da gerade gemacht hast, hätt ich auf keinen Fall hinbekommen.« Staunend betrachtete er sie.

»Danke.« Verlegen mied sie Johns aufrichtig begeisterte Miene. »Aber ich hab gesehen, wie du eben gekämpft hast. Auch nicht schlecht.«

»Ich geb mein Bestes.«

Der SUV schoss an den Häusern vorbei. Der Lastwagen hatte mittlerweile eine Viertelmeile Vorsprung herausgearbeitet und war am Ende der Insel angekommen. Direkt vor der Brücke wurde er langsamer und steuerte nach links. Er geriet in eine bedrohliche Schieflage, als er über die Kreuzung raste.

»Wir sollten uns mehr anstrengen. Er ist gleich bei der Auffahrt. Anders kommt man nicht auf die Brücke«, sagte Amira.

John erreichte nur Augenblicke später die Kreuzung, steuerte den SUV gekonnt um die Kurve und erreichte die Auffahrt, die in eine scharfe Kurve mündete. Der Lastwagen rauschte in einem Tempo hindurch, bei dem ihn der Fahrer gerade noch unter Kontrolle hatte.

Warte nur!

Mit jeder Sekunde holten sie ein paar Meter auf. Ihr Vordermann erreichte das Ende der Zufahrt und gab auf der knapp eine halbe Meile langen, glatt asphaltierten Betonbrücke Vollgas. Der Mercedes schoss wenig später auf die vierspurige Fahrbahn und schloss zu dem Lkw auf, wobei John sorgsam darauf achtete, genug Abstand zur schwarz-gelben Mittelleitplanke zu halten.

»Hab ich dich«, sagte John mehr zu sich selbst.

Zu dieser nächtlichen Stunde herrschte nur spärlicher Verkehr. In beiden Richtungen waren lediglich vereinzelte Fahrzeuge unterwegs. Erst jetzt bekamen sie die wilde Verfolgungsjagd mit, die sich in ihrer Mitte abspielte.

»Jetzt oder nie«, verkündete John.

Amira dachte schon einen Schritt weiter: »Versuch, ihn am Leben zu lassen«, sagte sie und dachte an die wertvollen Informationen, die sie ihrer Jagdbeute entlocken konnten. Mit einer taktischen Steyr-Maschinenpistole aus ihrer Ausrüstung eröffnete sie das Feuer auf das bewegliche Ziel, wobei sie kurze, kontrollierte Garben auf die linken Hinterreifen des Lkw abgab.

Die Blitze des Mündungsfeuers tanzten über das Innere der Windschutzscheibe und vermischten sich mit der gedämpften Beleuchtung der Hängebrücke zu einem geheimnisvollen Fluoreszieren. In Verbindung mit dem ohrenbetäubenden Widerhall der Schüsse und den ausgeworfenen Patronenhülsen, die wie ein Miniaturfeuerwerk durch das Innere des SUV schossen, kam sich John wie in der Höllenversion einer Technoparty vor.

Amiras Kugeln traktierten weiterhin die Reifen des Lastwagens, trafen Gummi und Metall und übersäten den Straßenbelag mit Funken. Der Fahrer spähte zum Fenster hinaus und lenkte scharf nach links, um den Mercedes gegen die niedrige Mauer zu drängen, mit der die Gegenspuren separiert wurden.

John ließ sich zurückfallen, während Amira das 30-schüssige Magazin leerte, auswarf und ein neues einlegte. Der Truck befand sich direkt vor ihnen. Amira eröffnete wieder das Feuer. Diesmal nahm sie die rechten Hinterreifen ins Visier.

Die Projektile hämmerten erneut in kontrollierten Salven gegen das andere Fahrzeug, schlugen in Gummi und Metall der Hinterachse ein. Die Maschinenpistole verstummte. Das Magazin verlangte ein weiteres Mal nach einem Austausch.

Für einen Moment glaubte John, der ganze Aufwand wäre umsonst gewesen. Sie hatten knapp die Hälfte der Strecke über die Brücke zurückgelegt. Ihnen lief die Zeit davon.

Wumm! Wumm!

Mit einem lauten Schlag explodierten die beiden rechten Hinterreifen des Trucks vor ihnen. Sie wurden komplett zerfetzt, während der Mann am Steuer verzweifelt versuchte, die Geschwindigkeit aufrechtzuerhalten. Gummistücke verteilten sich über die Fahrbahn wie tote Hautfetzen. Der Lastwagen schleuderte in weiträumigen, langsamen Bewegungen von einer Seite auf die andere; ein schwerfälliges Monster, angeschlagen und taumelnd.

Da er die Fahrt auf den blanken Felgen fortsetzte, sackte das Heck einige Zentimeter nach unten. Funken stoben unter dem Truck hervor, blanker Stahl zerkratzte die Oberfläche der Brücke.

»Oh-oh.«

»Yeah.« Amira verfolgte fasziniert, wie sich die Zerstörung in Zeitlupe entfaltete.

Der Fahrer versuchte noch, die Kontrolle zurückzugewinnen, doch es war längst zu spät. Der mächtige Laster driftete träge zur Seite und hielt im weiten Bogen auf das Geländer zu. Das flache Fahrerhaus des chinesischen Lkw krachte dagegen und bremste den Schwung. Zu seinem Glück hatten die Konstrukteure der Brücke zwei Geländer vorgesehen: eins für die Straße selbst, ein weiteres für den Fußweg, der auf beiden Seiten am äußeren Rand entlangführte.

Verbogene Metallstücke durchlöcherten den Unterboden des Trucks und zerstörten die Vorderachse. Die Front des Fahrerhauses schlug auf den Fußweg und schlitterte auf die zweite Barriere zu.

Ein einsamer Fußgänger hatte seinen Spaziergang unterbrochen, um das Chaos zu beobachten. Gerade noch rechtzeitig merkte er, dass er gleich selbst ein Teil davon zu werden drohte. Während der Truck das Hindernis durchbrach, rannte er um sein Leben und wurde nur um wenige Zentimeter verfehlt.

Das Fahrerhaus hing mit einem Mal in 26 Metern Höhe über dem Nil frei in der Luft. Teile des Außengeländers brachen weg und stürzten in das dunkle Wasser.

»Puh, das war knapp.« John drehte sich zu Amira um, nachdem er den SUV hinter dem Wrack des Lastwagens zum Stehen gebracht hatte.

»Es ist noch nicht vorbei«, sagte Amira verblüfft.

»Was?« Er drehte sich zum Truck um.

Das Knirschen von Metall, das zerrissen und verbogen wurde, hallte über die Brücke. Die Todeszuckungen des mechanischen Monsters hoben das Heck des zerstörten Fahrzeugs langsam in die Luft. Der Lkw, mehr oder weniger zu einer gigantischen Wippe degradiert, balancierte unsicher auf der Kante, rutschte Zentimeter um Zentimeter vorwärts und schien sich nach dem feuchten Grab in der Tiefe zu sehnen.

40

Bis Logan und das SEAL-Team den Tunnel erreichten, war die zweite Hälfte des Angriffskommandos bereits im Inneren angelangt. Sie hatten die Tür aufgebrochen und die Schlüssel für den Jeep und den Lastwagen an einem hölzernen Haken gefunden, der neben den Fahrzeugen an der Wand befestigt war.

Ein SEAL, etwas jünger als Logan, kam auf ihn zu und streckte ihm die Hand hin. »Mr. West, ich bin Lieutenant Reed. Schön, Sie kennenzulernen. Ich hab schon viel von Ihnen gehört, sowohl offiziell als auch inoffiziell.«

Bevor Logan zum Antworten kam, meinte Chief Sorenson: »Sir, Sie werden Ihrer Sammlung von Anekdoten eine weitere hinzufügen können, wenn Sie hören, was er und Mr. Matthews eben geleistet haben.«

»Ehrlich?« Lieutenant Reed schien aufrichtig interessiert.

»Wir haben lediglich ein paar Probleme aus der Welt geschafft, weiter nichts«, übte sich Logan in Understatement.

»So kann man das natürlich auch nennen«, erwiderte Chief Sorenson trocken.

»Erzählen Sie mir später davon, denn wir müssen hier raus. Die Wachen sind entweder tot oder vor Angst wie gelähmt. Ich will nicht so lange bleiben, bis einer von denen auf dumme Ideen kommt. Also: einladen und weg hier.«

»Hört sich nach einem guten Plan an, Lieutenant.«

»Chief, ich nehm den Jeep und drei Männer mit. Der Rest des Teams soll bei Ihnen im Truck mitfahren. Wenn wir mindestens zehn Meilen Abstand haben, werd ich per Funk einen Helikopter anfordern, der uns rausholt. Einverstanden?«

»Roger, Sir.« Sorenson wandte sich an Logan und Cole. »Wollen Sie fahren, Mr. West?«

»Nein danke, Chief. Das letzte Mal, als ich einen Siebentonner fuhr, bin ich damit von einer verdammten Staumauer im Irak gesegelt. Das lief nicht besonders gut.«

»War sowieso nicht ernst gemeint. Nichts für ungut, ich fahre.«

»Scherzen Sie ruhig. Ich hab's ernst gemeint.« Ein verhaltenes Grinsen stahl sich auf Logans Gesicht.

»Wieso überrascht mich das nicht? Ganz sicher, dass Sie früher nicht bei den SEALs gewesen sind?« Sorenson sprang auf den Fahrersitz.

Cole stieg ein und rutschte auf den mittleren Platz. Er schob sein AK-47 zwischen die Beine, den Lauf nach oben gerichtet. Logan folgte und kurbelte das Fenster auf seiner Seite herunter, um die Mündung des zweiten AK-47, das er aufgesammelt hatte, nachdem der Gigant ihm das erste ruiniert hatte, bei Bedarf durchs Fenster zu schieben.

Drei laute Schläge auf das Heck des Fahrerhauses informierten sie, dass der Rest des Teams sicher an Bord und abfahrbereit war.

»Wird schon schiefgehen.« Chief Sorenson drehte den Zündschlüssel um.

Der Motor des Mercedes-Benz sprang sofort an und erwachte mit Qualm aus dem senkrecht angebrachten Auspuff röhrend zum Leben.

»Deutsche Ingenieurskunst«, kommentierte Chief Sorenson. »Wenn man den ganzen Dritte-Reich-Übermenschen-Holocaust-Scheiß ignoriert, sind die Krauts gar nicht so übel«, schob er sarkastisch hinterher.

Er hupte einmal kurz und der Jeep vor ihnen fuhr los. Der Mercedes schloss sich an, passierte die Einfahrt des Tunnels und das vordere Tor, ohne dass ein einziger Schuss abgegeben wurde.

»Kein Abschiedsgruß? Das überrascht mich.« Logan dachte an den Chinesen, den er an diesem Tag getroffen hatte. Er konnte kaum glauben, dass der sie einfach kampflos ziehen ließ. Bei der Flucht hatte er ihn nirgends zu Gesicht bekommen. *Der Bastard hat sich bestimmt irgendwo versteckt oder ist tot. Umso besser.* »Wachsam bleiben. Einer der Befehlshaber im Gefängnis schien mir nicht der Typ zu sein, der uns so einfach entkommen lässt.«

»Logan, wir sind immer wachsam«, erwiderte Chief Sorenson ohne einen Anflug von Humor. »Das sollten Sie wissen.«

»Ohne Zweifel. Ach, was ich noch fragen wollte: Wie habt ihr's eigentlich ins Gefängnis und zu den Wachtürmen geschafft?«

»Haben uns in fünf Klicks Entfernung vom Helikopter absetzen lassen und dann vorgearbeitet. Da das Gelände so abgelegen ist, gestaltete sich das nicht weiter schwierig. Wir brachten uns mit einem Vier-Mann-Team an jeder Ecke in Position, erledigten alle Posten in den Türmen, schnitten ein Loch in den Zaun – er war nicht elektrisch gesichert – und kletterten hoch. Die ursprüngliche Planung lautete, ins Innere des Komplexes vorzudringen. Auf den Satellitenbildern war zu sehen, dass es von den Türmen aus entsprechende Zugänge gibt. Dann hätten wir uns den Weg durch die Anlage gebahnt und nach Ihnen gesucht. Durch Ihr kleines Feuergefecht haben Sie diese Idee wortwörtlich in der Luft zerfetzt.«

»Das war nicht so beabsichtigt.« Logan schielte in den Außenspiegel, in dem das Gefängnis schrittweise kleiner wurde und in der Dunkelheit zurückblieb. *Auf Nimmerwiedersehen.* Dann richtete er seine Aufmerksamkeit auf die einspurige, staubige Piste, die sich am Nil entlangschlängelte, der weniger als 30 Meter entfernt auf der linken Seite floss.

»Zwei von unserem Team an der östlichen Mauer hatten eine bessere Übersicht als wir«, fuhr der Chief fort, während er auf der gewundenen Straße hinter dem Jeep herfuhr. »Der Lieutenant fand, Sie könnten die Deckung der Dunkelheit gebrauchen. Also haben wir die Lichter für Sie gelöscht. Sobald unsere Jungs mitbekamen, wie Sie beide aus dem Fenster sprangen, erteilte der Lieutenant den Befehl, dass wir uns in den Hof abseilen, um Sie zu holen. Den Rest kennen Sie.«

»Ich wollte mich bei Ihnen bedanken, Chief«, sagte Cole. »Ich weiß den Aufwand zu schätzen. Ich weiß, ihr Jungs verdient damit euer Geld – verdammt, ihr lebt quasi dafür –, aber ihr habt uns den Arsch gerettet.«

»Dito, Chief. Das war exzellente Arbeit«, fand Logan. »Hoffentlich schaffen wir es ohne weiteren Zwischenfall zur US-Botschaft.«

»Die liegt etwas mehr als 80 Meilen entfernt. Deswegen haben wir einen CH-53 des Marine Corps etwa 20 Meilen von hier in Bereitschaft. Der sammelt uns gleich ein und bringt uns auf sicheren Boden.«

»Die Botschaft hatte einen CH-53 vor Ort?«, fragte Logan ungläubig.

»Negativ. Ihnen entgeht nichts, oder? Pures Glück. Aktuell stehen sogar *zwei* zur Verfügung, sie wurden kürzlich zur Unterstützung einer USAID-Mission angefordert. Die Crew besteht aus Marines, aber die fliegen in Zivil, um die Einheimischen nicht gegen sich aufzubringen. Ich glaube, sie haben sich sogar Bärte wachsen lassen und tragen die Haare länger, als es den Vorschriften entspricht.« Da es die Marines mit den Körperpflegevorschriften genauer nahmen als andere Einheiten der Streitkräfte, schien ihn das nicht zu begeistern. »Die Vögel haben allerdings keine Waffen an Bord. Das wurde so zwischen uns und der sudanesischen Regierung vereinbart«, beendete Sorenson seine Ausführungen.

»Ich hatte ja keine Ahnung«, meinte Logan.

»Wir waren genauso geschockt, dachten uns dann aber: Was soll's? Dann können wir genauso gut davon profitieren. Und die Marines freuten sich, uns helfen zu können, obwohl sie ihren Leuten in der Heimat wohl kaum davon erzählen können, wenn alles vorbei ist.«

»Da bin ich mir sicher, dass die sich gefreut haben.« Logan starrte in die pechschwarze Finsternis. »Wie lange noch, bis wir sicheres Terrain erreichen?«

»Etwa zehn Minuten«, antwortete Chief Sorenson. Über das Mikrofon, das er um den Hals trug, erkundigte er sich bei seinem vorgesetzten Offizier im vorausfahrenden Jeep: »Wie sieht es bei Ihnen aus, Sir?«

Der Truck polterte durch ein Schlagloch, aber die Stoßdämpfer des Mercedes fingen die Erschütterung erfolgreich ab.

Ein tiefes Dröhnen aus der Ferne schwoll an und drang in die Fahrerkabine ein.

Logan lief es kalt den Rücken hinab. *O nein! Bitte nicht!*

»Chief.« Logan verbarg seine aufkeimende Sorge hinter der gewohnt coolen Fassade. »Bitte sagen Sie mir, dass Ihr Lieutenant bereits den Helikopter angefordert hat und der zu uns unterwegs ist.«

»Eine Sekunde.« Chief Sorenson fragte Lieutenant Reed über Funk. »Negativ, wieso?«

»Weil sich ein Hubschrauber nähert. Ich kann ihn hören. Er ist bald hier.«

»Klasse«, entfuhr es Cole. »Das hat uns grad noch gefehlt.«

»Chief, geben Sie das an den Lieutenant und die Männer auf der Ladefläche weiter. Weisen Sie sie an, die Scheinwerfer des Jeeps auszuschalten. Halten Sie es genauso. Wir haben nicht zufällig einen M79 an Bord, oder?« Die 40-Millimeter-Granatwerfer aus der Vietnam-Ära zählten nach wie vor zu den bevorzugten Waffen der SEALs.

»Doch, haben wir. Was schwebt Ihnen vor?«

»Kommt drauf an.«

»Roger.« Der Chief informierte seinen vorgesetzten Offizier. Dann wechselte er den Funkkanal, setzte die Männer hinten auf der Ladefläche über die bevorstehende Ankunft des Helikopters in Kenntnis und befahl ihnen, die beiden M79 an Bord zu laden.

»Und jetzt?« Chief Sorenson verlangsamte das Tempo und ging auf sicheren Abstand zum Jeep, ohne ihn aus dem Blick zu verlieren.

»Jetzt warten wir, ob er uns findet«, antwortete Logan in beunruhigend gefasstem Tonfall. »Ich wäre schockiert, wenn er's nicht schafft, da der Feind garantiert mit Nachtsichtgeräten fliegt. Wenn sie da sind, schießen wir ihn vom Himmel. Und zwar folgendermaßen …«

Lau Gang beobachtete die Fahrzeuge durch das Nachtsichtgerät, das ihm der Co-Pilot gereicht hatte, während sich die beiden Wagen ihren Weg nordwärts bahnten. Der schwer gepanzerte russische Mi-24-Kampfhelikopter – einer von sechs, die die sudanesische Regierung angeschafft hatte – behielt eine Angriffsdistanz von zwei Meilen bei. Eine Strecke, die die fliegende Kriegsmaschine in kürzester Zeit zurücklegen konnte, sobald Gang den Befehl dazu gab.

Er war wütend auf sich selbst, weil er zugelassen hatte, dass die Situation dermaßen außer Kontrolle geriet. Immerhin hatten sie ihre primäre Mission im Sudan abgeschlossen. Normalerweise hielt er bei einer Operation alle Fäden in der Hand, doch in den letzten zehn Minuten hatte er gleich an zwei Fronten eine unliebsame Überraschung erlebt. Zunächst mal einen Anruf von Liu aus einem der Lastwagen, der ihn darüber informierte, dass der Rest seines Teams bei einem Angriff auf das Camp niedergemacht worden war und er versuchte, von der Insel zu entkommen, bevor die Amerikaner ihn gefangen nahmen. Der Anruf traf nur Sekunden nach einem Kontakt mit dem Kontrollraum des Gefängnisses ein, der von Gewehrlärm unterbrochen wurde. Die Leitung – und wahrscheinlich auch der Wachmann – war plötzlich tot gewesen.

Irgendwie hatten die Amerikaner und ihre Verbündeten es geschafft, ihre beiden vermissten Agenten zurückzuholen und den Aufenthaltsort des ONERING in Erfahrung zu bringen. Und das fast gleichzeitig. Er konnte und durfte nicht zulassen, dass sie ihm den Sieg so kurz vor der Ziellinie aus den Händen rissen. Liu sicherte er zu, sich auf den Weg zu machen, sobald er mit den fliehenden Amerikanern fertig war.

Es wäre so einfach gewesen, den Piloten anzuweisen, den Konvoi mithilfe einer der Raketen zu zerstören, von denen sie etliche an Bord hatten, oder mit der doppelläufigen 23-Millimeter-Kanone.

Gang wollte jedoch mindestens einen oder zwei Amerikaner lebend, um sie zu verhören und herauszufinden, was sie wussten. Er war sich des damit verbundenen Risikos vollauf bewusst. Logan West und Cole Matthews fuhren entweder im Lastwagen oder im Jeep mit. Es gab keine Möglichkeit, Genaueres in Erfahrung zu bringen. In Gedanken ging er rasend schnell mehrere Alternativen durch.

Die beiden Fahrzeuge setzten ihren Weg am Nilufer fort. Noch schienen sie die Präsenz des Helis nicht zu bemerken, aber das dürfte sich bald ändern.

»Holen Sie sie ein und fliegen Sie neben dem Jeep her. Ich will alle vier Insassen sehen. Bleiben Sie am Fluss, aber schalten Sie sowohl Innen- als auch Außenbeleuchtung ab. Die werden hören, dass wir kommen, aber wir wollen es ihnen nicht zu leicht machen, uns zu sehen. Und selbst wenn, was können sie schon machen?« Er wollte dem Piloten befehlen, den Jeep abzuschießen, falls er Logan oder Cole nicht darin entdeckte.

»Roger«, bestätigte der Pilot der sudanesischen Luftwaffe. »Tun Sie, was immer Mr. Lau verlangt«, hatte ihn das Büro des Verteidigungsministers ausdrücklich angewiesen. Er war ein talentierter Pilot und auf dem Mi-24 ausgebildet worden. Seit seine Regierung ihn vor sechs Jahren angeschafft hatte, flog er damit. Er genoss jede Minute, die er an Bord der mächtigen Kriegsmaschine verbrachte, und fühlte sich darin unverwundbar, besonders gegen die Rebellen in Darfur. Einige der

Luftschläge, die er auf Dörfer ausgeführt hatte, kamen ihm nachträglich vor wie ein Videospiel – nur eben mit realen Gegnern. Dank der Aufzeichnungen der FLIR-Bordkamera konnte er jede Sekunde jedes beliebigen Angriffs erneut durchleben und sich an der gewaltigen Feuerkraft des mechanischen Vogels erfreuen. Ihm wäre im Traum nicht eingefallen, seinen Job als Pilot zu gefährden. Also setzte er die Befehle eines VIPs an Bord natürlich vorbehaltlos um, wie man es ihm aufgetragen hatte.

Während er die kollektive Blattverstellung neben dem Sitz mit der linken Hand regulierte, drückte er gleichzeitig den Steuerknüppel mit der Rechten nach vorn. Der Hubschrauber neigte sich vornüber und beschleunigte. Aus einer Flughöhe von 300 Metern schoss er auf die Ziele hinab.

Gang betrachtete die karge, exotische Landschaft, die vom Mondlicht beschienen wurde. Er sehnte sich nach den üppig grünen Hügeln seiner Heimat, wusste aber, dass er sie möglicherweise nie wiedersah. Es sei denn, er schloss seine Mission im Sudan erfolgreich ab.

Der Mi-24 hatte den Abstand zu den beiden Fahrzeugen gerade halbiert, als deren Scheinwerfer schlagartig erloschen. Kurz darauf steuerten sie an einer Biegung des Flusses nach rechts und verschwanden hinter einem niedrigen Hügel. Es spielte keine Rolle. Noch 30 Sekunden, dann waren sie an den Amerikanern dran und er konnte eingreifen und diesem Katz-und-Maus-Spiel ein vorzeitiges Ende bereiten. Die Situation ließ sich ohnehin einfacher kontrollieren, wenn nur noch eins der Fahrzeuge übrig war – und entsprechend weniger Soldaten der amerikanischen Kommandotruppe.

»Steuern Sie über den Fluss und starten Sie den Anflug

von dort. Die sollen uns nicht von oben kommen sehen«, befahl Gang. Er gedachte jeden sich bietenden taktischen Vorteil auszunutzen. Die Anhöhe, hinter der die Wagen am Boden gerade verschwunden waren, kam ihm gerade recht.

Von dem Moment an, in dem er den Helikopter gehört hatte, der ihnen folgte, hatte Logan nach einer passenden Stelle für einen Hinterhalt Ausschau gehalten. Lieutenant Reed und Chief Sorenson stimmten mit ihm überein, dass darin die einzige Möglichkeit lag, zu entkommen.

Bald erkannte Logan, dass sie die besten Chancen hatten, den Vogel vom Himmel zu holen, wenn sie in dem Hohlweg hinter dem Hügel zwischen den umliegenden Felsen Deckung suchten.

Lieutenant Reed und Chief Sorenson brachten die Fahrzeuge zum Stillstand. Alle Teammitglieder verließen den Truck und den Jeep. Sie nahmen nur ihre Waffen mit und sprinteten hintereinander zum Graben neben der Straße, wo sie parallel zum Fluss auf den Gegner lauerten. Die perfekte Position inklusive einer ausgedehnten Killzone. Logan und Cole waren die Letzten, die ihre Plätze einnahmen. Sekunden bevor der Helikopter wie ein mechanischer Sensenmann über ihnen auftauchte, hechteten sie in die Senke.

Das Dröhnen der Rotoren zerstörte die relative Ruhe der Landschaft. Der Boden bebte, als sich das Luftfahrzeug ihrer Position näherte. Logan bemerkte, dass sich auf der vorher ruhigen Oberfläche des Nils Wellen bildeten.

Gleich ist es so weit. Der Plan war einfach, aber riskant. Ihnen blieben nur Sekunden, um den taktischen Vorteil zu nutzen.

Logan wartete und atmete schwer, als er über Kimme und Korn des AK-47 zielte. Auf eine Stelle, die sich etwa 20 Meter hinter den geparkten Fahrzeugen befand, direkt am Ufer.

Der Lärm, der über den Fluss und vom Hügel widerhallte, wurde mit jeder Sekunde lauter.

Die SEALs waren in Position und brauchten keine Ratschläge von ihm. Oder wie Chief Sorenson es so nett ausdrückte: »Wir haben das voll im Griff. Lehnen Sie sich einfach zurück und genießen Sie die Show.«

Der Hubschrauber schob sich hinter der Anhöhe hervor und schwebte knapp fünf Meter über dem Nil. Ein schwarzes Phantom, das ein ohrenbetäubendes Röhren von sich gab und mit dem Rotor so viel Wasser aufwirbelte, dass es die parkenden Fahrzeuge damit eindeckte. Der Helikopter behielt seine Position bei und wandte ihnen die rechte Flanke zu wie ein lebendiges, atmendes Raubtier, das seine Beute vor dem Angriff geduldig einschätzte.

Niemand von ihnen hatte damit gerechnet, mit einem der gefürchtetsten Kampfhubschrauber der Welt konfrontiert zu werden, aber es hätte nichts an ihrem Plan geändert. Anhand der Silhouette, der Waffen, die an zwei abgewinkelten Vorsätzen befestigt waren, und des bulligen, niedrigen Cockpits, das ihm unter sowjetischen Piloten den Spitznamen ›Krokodil‹ eingebracht hatte, identifizierte Logan das Letzte, was er hatte sehen wollen: einen russischen Mi-24-Hind-Kampfhelikopter. *Leck mich!*

Wegen der schwer gepanzerten Außenhülle bezeichnete man ihn auch als fliegenden Panzer. Logan wusste, dass er nur drei Schwachpunkte besaß: den Heckrotor, den Luftansaugstutzen unter dem Hauptrotor und einen

Öltank in der Nähe des Rumpfs. Der Hind rotierte mit hoher Geschwindigkeit. Seine Nase wies jetzt direkt auf die Fahrzeuge, die Außenbeleuchtung war immer noch erloschen, auch wenn Logan das gedimmte Leuchten der Instrumententafel im Inneren des Cockpits ausmachen konnte. Sobald das Biest die Drehung abgeschlossen hatte, wusste Logan, dass ihnen nur eine Option blieb.

»Zielt knapp unter den Rotor!«, schrie er über den Lärm hinweg.

Aus einem Graben zwischen der Straße und dem Hügel dahinter eröffneten zwei SEALs das Feuer mit den M79-Granatwerfern, während der Rest des SEAL-Teams gemeinsam mit Logan und Cole den Beschuss mit Automatikwaffen einleitete.

Die beiden 40-Millimeter-Granaten rauschten auf den Hind zu, während der Pilot einen Moment zu spät erkannte, dass er mitten in einen Hinterhalt geflogen war.

Die Salven aus 16 automatischen Waffen schafften es fast, das Dröhnen der Rotoren zu übertönen, doch das Gewehrfeuer diente lediglich der Ablenkung. Logan wusste, dass die Panzerung des Hind allem, selbst Kaliber-50-Beschuss, standhielt. Ihre einzige Chance bestand in der Zielsicherheit ihrer SEAL-Grenadiere.

Die beiden SEALs warteten nicht ab, bis die Granaten getroffen hatten. Sie kippten den Lauf und ließen die beiden Patronenhülsen der hochexplosiven Ladung herausfallen, bevor sie nachluden und gleichzeitig den Lauf zurück nach oben klappten. Sie waren so geübt darin, dass sie bereits mit dem Nachladen fertig waren, bevor die beiden Granaten ihr Ziel erreichten.

Zwei Explosionen erschütterten den Hind direkt oberhalb des Cockpits. Der Bordschütze erwiderte das Feuer und deckte sie mit einer erbarmungslosen Salve aus den zerstörerischen doppelläufigen 12,7-Millimeter-Kanonen ein. Zu seinem Pech zog der Pilot in diesem Moment nach oben und die großkalibrigen Geschosse schlugen nahezu wirkungslos in den Hügel hinter den SEALs ein. Staub und Steine regneten auf die Männer herab.

Der Hind stieg ein paar Meter höher. Der Pilot mühte sich, aus der Todeszone zu entkommen.

Nur einen Augenblick später wurde der Hind direkt unter dem Rotor von zwei weiteren Granaten getroffen. Die Explosion schleuderte Granatsplitter als Querschläger vom Dach der Pilotenkabine direkt in den Ansaugstutzen auf der rechten Seite. Eine Stichflamme schoss empor und Rauch quoll aus der Öffnung des Ansaugstutzens.

Logan hörte, wie einer der SEALs triumphierend jubelte und die Besatzung des Kampfhubschraubers verspottete. Trotzdem hielten sie konzentriert den Beschuss aufrecht.

Der riesige Hubschrauber war verwundet, aber noch nicht außer Gefecht. Der zweite Motor auf der linken Seite lief unter Volllast, um den Verlust auszugleichen. Der Vogel schwebte nach oben und entfernte sich über den Fluss, wobei er eine schwarze Rauchspur hinter sich herzog.

Die SEALs stellten das Feuer ein. Logan hörte Lieutenant Reed sagen: »Nicht schlecht, Parker. Ich nehme mal an, selbst ein Stadtjunge aus Chicago hat ab und an mal Glück.«

»Sie können mich mal, Sir, bei allem Respekt. Das war kein Glück«, konterte Petty Officer Parker die provokante Bemerkung.

»Ohne Scheiß, Sir«, sagte der zweite Grenadier. »Wir können schließlich nicht beide Glück haben. Wir sind einfach so gut.«

Chief Sorenson lachte. »Da ist was dran, Sir.«

»Schon gut.« Lieutenant Reed blickte gleichzeitig ernst und stolz drein, als er sich an die beiden SEALs wandte. »Eine verdammt anständige Leistung. Hoffentlich stürzen diese Wichser ab und verbrennen.«

»Amen, Sir«, sagte Sorenson. »Ich schlage vor, wir steigen wieder ein und fahren zehn Minuten weiter nach Norden, um sicherzugehen, dass diese Idioten nicht wiederkommen. Dort können wir uns dann einsammeln lassen. Was meinen Sie?«

»Ich halte das für eine gute Idee, Chief.« Reed fragte Logan und Cole: »Wie geht es Ihnen beiden? Ein bisschen Spaß gehabt?«

»Wie in alten Zeiten, Lieutenant«, versicherte Logan.

»Was mich angeht, weiß ich jetzt, wie sich die Mudschaheddin in Afghanistan beim Abschuss eines russischen Helikopters gefühlt haben müssen«, sagte Cole. »Das war ziemlich beeindruckend und ein wenig verrückt.«

»So erledigen wir die Dinge hier, Mr. Matthews«, entgegnete der Lieutenant. »Ein bisschen verrückt zu sein, bringt einen manchmal ziemlich weit. Und jetzt nichts wie weg hier. Höchste Zeit, euch zwei VIPs zur Botschaft zu schaffen.«

41

»Ich schnapp mir den Fahrer, du holst das Gerät.« Amira sprang eilig aus dem Mercedes. Sie war schon zwei Schritte vom Geländewagen entfernt, bevor John auch nur die Hand zum Türgriff ausgestreckt hatte. *Schauen wir mal, ob er mithalten kann.* Ein verschmitztes Lächeln huschte über ihr wunderschönes Gesicht und die blauen Augen funkelten.

»Bin unterwegs!«, rief er und hetzte über die Brücke.

Amira erreichte die Beifahrerseite des gefährlich weit über dem Abgrund hängenden Trucks und überließ es John, den ONERING zu suchen. Die hintere Stoßstange hing bereits auf Hüfthöhe und sie hörte, wie das Metall auf der Brückenkante knirschte. *Wir haben nicht viel Zeit.*

Langsam und vorsichtig näherte sie sich dem Fahrzeug, sorgfältig darauf bedacht, kein unnötiges Geräusch zu verursachen, während sie über die vom Lastwagen zerstörten Überreste des ersten Geländers kletterte. Der Rückspiegel auf der Beifahrerseite tauchte auf. Wegen des ungünstigen Winkels ließ sich die Reflexion unmöglich erkennen. Sie wusste, dass sie wahrscheinlich in eine Falle lief, fühlte sich in ihrer Konzentration für jede Überraschung gewappnet, die der Fahrer für sie auf Lager hatte.

Wumm!

Amira zuckte zusammen, bevor sie merkte, dass das Geräusch von John verursacht worden war, der gerade die

Heckklappe des Lasters geöffnet hatte. *Sei nicht so schreckhaft.*

Sie erreichte die Beifahrertür und wartete vor dem offenen Fenster. Weitere Geräusche von der Ladefläche des Trucks, aber keine aus der Fahrerkabine. *Vielleicht ist er tot? Oder er zielt mit einer Knarre auf dich und wartet, dass du dein Gesicht zeigst, damit er's dir wegblasen kann.*

Sie konnte sich nicht von der Fahrerseite her nähern, denn dann hätte sich der Gegner lediglich aus dem Fenster lehnen und das Feuer auf sie eröffnen müssen. Über das Dach zu klettern schied ebenfalls aus, das machte zu viel Krach. Nein, es ging nur so. Hoffentlich wurde der Fahrer, falls er noch lebte, durch Johns Rumoren abgelenkt. Wenn nicht, fand sie es bald heraus.

Amira balancierte den schwarzen Stiefel auf die Einstiegsleiste unter der Tür und packte den Griff mit der linken Hand, während sie mit der anderen eine 9-Millimeter-Pistole von SIG Sauer zückte, ideal geeignet für den Nahkampf. Die taktische Steyr-MP hatte sie im SUV gelassen. Mit einer Pistole hantierte sie genauso tödlich wie mit ihren Dolchen. Ihr Berufsethos verlangte ihr die meisterhafte Beherrschung aller Werkzeuge ihres einzigartigen Handwerks ab.

Jetzt oder nie. Sie streckte sich, um über den Spiegel ins Wageninnere zu spähen.

Blut lief über das Gesicht des Mannes, der gegen die Tür geprallt war. Ein chinesischer Agent im mittleren Alter, der wie ein erfahrener Veteran wirkte. Er hielt eine schwarze Pistole auf sie gerichtet. Ihre Augen trafen sich und er eröffnete das Feuer.

Der Lärm der drei Schüsse wurde durch die Enge der Fahrerkabine verstärkt. Die Kugeln schlugen in den

Stahlrahmen neben dem Fenster ein und sie spürte die Vibrationen im Arm, als sie sich schleunigst duckte.

Da krieg ich nie 'ne saubere Schusslinie, ohne dass mir der Kopf weggeknallt wird. Ihr Unterbewusstsein ergänzte: *Das wird John ganz und gar nicht gefallen.*

Unter dem Fahrzeug ertönte ein knirschendes Quietschen. Die Fahrerkabine neigte sich nach vorn. Amira sprang auf die Einstiegsleiste, als die Mitte der Fahrerkabine gerade durch die zweite Brüstung brach und sich in die Nachtluft schob.

Sie stellte fest, dass dies unweigerlich ihre letzte Chance war, erhob sich aus der Deckung und zielte mit der SIG Sauer. Wie vermutet hatte die abrupte Bewegung des Fahrzeugs den Chinesen in Panik versetzt und ihn von der Gefahr ihres Angriffs abgelenkt. Er mühte sich ab, den Sicherheitsgurt zu lösen, der ihn am Aussteigen hinderte.

Als er sich wieder berappelt hatte, blickte Yin Liu auf und sah in die Augen der Killerin, deren Oberkörper vom Fenster eingerahmt wurde wie ein in der Luft schwebender Racheengel. Die Pistole lag auf dem Sitz neben ihm, dem Kampf gegen den Gurt geschuldet. Ihm wurde klar, dass nicht genug Zeit blieb, sich zu verteidigen. Er verlegte sich aufs Überleben und tat das Einzige, was ihm einfiel: Er hob die Hände, um sich zu ergeben.

Amira sprang nicht darauf an. Die auf seinen Kopf gerichtete Pistole rührte sich keinen Millimeter.

»Was jetzt?«, fragte der Mann auf Englisch.

Sie überlegte einen Moment. »Wirf mir dein Handy rüber. Das auf dem Armaturenbrett.«

Sie hat nicht um meine Pistole gebeten. Vielleicht ist es noch nicht ganz aus, dachte Liu. Langsam streckte er den Arm bis zu der Stelle aus, an der die Windschutzscheibe auf die PVC-Oberfläche traf. Er nahm das Telefon und warf es ihr vorsichtig zu. Es landete kurz vor ihrer ausgestreckten Hand und fiel auf den Beifahrersitz, wo es aufgrund des Winkels der Fahrerkabine nach vorn rutschte. Am Rand des Sitzes blieb es liegen.

Amiras Blick blieb unerschütterlich. Sie wechselte die Pistole behutsam in die linke Hand und lehnte sich weiter in die Fahrerkabine, ließ ihn dabei keine Sekunde aus den Augen. Ihr rechter Arm tastete auf der Sitzfläche nach dem Gerät, bis sie das harte Gehäuse des Mobiltelefons berührte.

Der Lastwagen neigte sich noch weiter nach vorn. Amira spürte, dass das Handy über die Kante in den Fußraum zu rutschen drohte. *Verdammt!*

Blitzschnell löste sie den Blick vom Fahrer und ließ die Hand nach vorn schnellen, um das Telefon im Fallen zu erwischen. Dieser Moment war alles, was er brauchte.

Yin Liu wusste, dass die unerwartete Bewegung diesmal ihm einen Vorteil verschafft hatte, so wie einige Augenblicke zuvor seiner tödlichen Angreiferin. Die Hand griff nach der Pistole und mit den Augen visierte er bereits das Ziel an, während er den Arm mit der Waffe hob.

Die Frau lächelte ihn an. Ihre Lippen bildeten eine allwissende Linie, die sich nur an den Enden leicht nach oben neigte und ihre Schönheit betonte. Sie hatte damit gerechnet. *Sie ist gut, besser als ich,* dachte er in der Sekunde, bevor seine Welt in Schwärze umschlug.

Die Kugel traf ihn oberhalb des rechten Auges. Blut spritzte über die Kopfstütze. Als der Sicherheitsgurt nachgab, sackte sein Körper nach vorn, rutschte vom Sitz und landete als lebloser Haufen aus Fleisch und Knochen unterhalb des Lenkrads.

Pech gehabt! Amira verstaute die Pistole im Holster, das sie rechts an der Hüfte trug. Für sie hatte außer Frage gestanden, dass er sein Glück versuchte. *Ich wäre fast enttäuscht gewesen, wenn er's nicht getan hätte.*

»John!«, schrie Amira. Sie kletterte auf der Leiste in Richtung Heck, das mittlerweile noch höher in die Luft ragte. »Hast du das Teil? Der Fahrer ist tot und die Karre rauscht gleich in die Tiefe und geht baden.«

Sie sprang vom Laster auf die Brücke und rannte zum Heck. Dort balancierte John Quick auf der Stoßstange und erwartete sie mit einem spöttischen Grinsen. Er hielt einen riesigen schwarzen Peli-Koffer in der Hand, etwa so groß wie ein Spind in der Umkleide.

»Wieso hast du so lange gebraucht?«, fragte er schnippisch. »Hilfst du mir bitte mal kurz?«

»Während du nach der Bundeslade gesucht hast, hab ich uns das Handy des Fahrers besorgt, damit wir die Daten auswerten können.« Sie lächelte und präsentierte triumphierend ihre Beute.

»Na ja, solange du damit nicht jemanden anrufst, der mir hilft, schlage ich vor, dass du es kurz wegsteckst, damit ich dir das Case zureichen kann. Wie gesagt, ich bin nicht scharf auf ein Bad im Nil. Ich *war* heute schon schwimmen.«

»Jammer nicht rum. Her damit!« Amira stopfte das Handy in eine Tasche an ihrer Weste.

John ließ das schwere Case wortlos über die Kante der Ladefläche rutschen.

Amira packte es etwa auf Schulterhöhe und stützte es am Oberkörper ab. John ließ los. Sie trat einen Schritt zurück und ging vorsichtig in die Knie, um den Rücken zu entlasten. Dann stellte sie das schwere Case ab.

»Na also, war doch nicht so …« war alles, was John herausbrachte, bevor es laut krachte und das hintere Chassis in zwei Hälften brach. Das verbogene Geländer hielt dem Gewicht des Lkw nicht länger stand.

Ohne Vorwarnung rutschte das Fahrzeug nach vorn. John sprang von der Ladefläche und flog durch die Luft. Da nichts seinen Aufprall dämpfte, prallte er hart auf den Asphalt. Die Luft wurde ihm aus der Lunge gepresst.

Er keuchte erstickt und rollte sich ab, nur um mit der attraktiven Amira Cerone konfrontiert zu werden, die belustigt auf ihn herabsah.

»Willst du etwa die ganze Nacht hier rumliegen? Lass uns lieber dieses brisante Equipment in den SUV laden und von dieser elenden Brücke verschwinden, bevor noch Cops oder andere Spinner auftauchen.« Sie hielt ihm eine Hand hin. »Komm schon. Hoch mit dir.« Seine Lunge kämpfte weiterhin damit, ihren Sauerstoffvorrat aufzufüllen.

»Danke«, murmelte er zwischen zwei kurzen Atemzügen.

Sie packte ein Ende des Peli-Case am Hartplastikgriff, er übernahm die andere Seite. Während sie sich langsam mit ihrer Last zum Heck des SUV vorarbeiteten, lobte Amira: »Übrigens ein toller Sprung.«

»Danke, auch wenn ich normalerweise einen Salto einbaue.« Er feixte, wieder ganz der Alte.

»Aha. Das kannst du ja in Ruhe üben, wenn wir in der Botschaft angekommen sind.« Sie luden die Kiste in den SUV und schlossen die Ladeklappe. »Aber zuerst sollten wir das Team über Funk kontaktieren und rausfinden, wo sie gerade sind. Sag denen, dass wir mit dem Paket auf dem Weg sind. Wir treffen sie an der Botschaft.

Außerdem sollten wir den Stationschef darüber informieren, was passiert ist. Der soll in Washington anrufen und der Zentrale berichten, was hier gelaufen ist.«

Als John sich auf den Fahrersitz niederließ, drehte er sich zu ihr. »Sonst noch was, wo ich schon mal dabei bin?«

»Da fällt mir bestimmt was ein«, meinte Amira verschmitzt und sah ihm tief in die Augen.

Sein Herz raste bei ihren Worten. Er hoffte, dass sie nicht mitbekam, wie er rot wurde. *Die Kleine hat dich am Haken, John.*

42

Botschaft der Vereinigten Staaten
Khartum

Der CH-53E senkte sich auf die Helikopterlandezone hinter dem Hauptgebäude der Botschaft. Normalerweise kam sie zum Einsatz, um Personal und US-Staatsbürger zu evakuieren. Diesmal wurden zwei ungeheuer müde Passagiere und 16 zufriedene SEALs der U. S. Navy abgesetzt.

Logan lief die Rampe des Helikopters hinunter, behielt den Kopf unten und wandte sich nach links, wie man es ihm vor zehn Jahren am Ende der Ausbildung für Offiziersanwärter eingetrichtert hatte. »Geh nach rechts und du bekommst einen Haarschnitt, von dem du dich nie wieder erholst, Rekrut«, hatte der Crew-Chief ihn bei seinem ersten Flug in einem Super Stallion angeherrscht. *Manches vergisst man eben nie.*

Cole sprang direkt hinter ihm aus dem Helikopter. Im Gänsemarsch näherten sie sich dem Hauptgebäude, vor dem David Cross und ein anderer Mann, den sie nicht kannten, auf sie warteten.

»Mr. West, Mr. Matthews, ich kann Ihnen nicht sagen, wie erleichtert wir sind, Sie beide unversehrt zu sehen.« David wirkte enorm erleichtert. Er schüttelte erst Logan, dann Cole die Hand.

»Mr. West, mein Name ist Wendell Sharp«, stellte sich

sein Begleiter vor, ein älterer Afroamerikaner mit grauen Haaren.

»Verdanken wir Ihnen unsere Rettung?«, erkundigte sich Logan.

»Wir haben bei der Koordination geholfen, aber ansonsten war es das Verdienst des JSOC. Wir hatten alle Hände voll mit anderen Problemen zu tun. Wir erzählen Ihnen mehr drüber, sobald wir drin sind«, sagte Wendell.

»Mr. Sharp …« Cole machte eine kurze Pause. »Waren Sie zufällig vor sechs Jahren in Algerien?«

Wendell sah Cole an. »Das war ich tatsächlich.« Er schwieg kurz und fügte hinzu: »Aber ich erinnere mich nicht an Sie.«

»Wir haben dort ein Ziel ausgeschaltet. Ein örtlicher Extremist, der eine Ölraffinerie angriff und mehrere Geiseln nahm, unter anderem zwei Amerikaner. Wir sind uns nie begegnet, aber die Informationen, die Sie damals geliefert haben, waren sehr hilfreich. Mein Team hat sie quasi auswendig gelernt, inklusive des Aufenthaltsorts und der Einzelheiten über die Geiseln. Danke noch mal dafür.«

»Ich bin nur froh, dass die ganze Geschichte gut ausgegangen ist. Das kann man ja leider nicht immer behaupten.«

»Wohl wahr.«

»Kommen Sie. Wir gehen rein und bringen Sie auf den neuesten Stand. Außerdem warten ein paar Freunde von Ihnen, die sich freuen dürften, Sie zu sehen.«

Logan wollte sich gerade einschalten, als Lieutenant Reed und Chief Sorenson an ihnen vorbei zur Glastür liefen.

»Lieutenant Reed, Chief Sorenson, warten Sie mal!«, rief er über den Lärm der Rotoren hinweg, die gerade langsamer wurden, da der Pilot den Motor auslaufen ließ.

Die beiden SEALs drehten sich in seine Richtung. Chief Sorenson sagte etwas zu seinem kommandierenden Offizier. Sie änderten die Richtung und blieben vor ihnen stehen.

»Mr. West, was können wir diesmal für Sie tun?«, fragte Chief Sorenson gut gelaunt.

»Eigentlich gar nichts, Chief. Ich wollte Ihnen und Ihrem Team nur noch mal persönlich danken. Wir hatten früher bei der Force Recon einen ähnlichen Job, deswegen wissen wir es umso mehr zu schätzen.«

Die beiden SEALs tauschten einen Blick. Lieutenant Reed sagte: »Mr. West, nach allem, was ich so über Sie gehört habe, müssen wir wohl eher Ihnen danken. Für Ihren Einsatz im Irak, meine ich. Ich habe einen Geheimbericht über die Operation in Al-Anbar gelesen. Saubere Arbeit.«

»Und was noch wichtiger ist«, ergänzte Chief Sorenson in ernstem Ton. »Wären Sie gescheitert, hätte uns das in diesem Teil der Welt erneut in Gefahr gebracht und in einen Krieg mit Gott weiß wie vielen Ländern hineingezogen. Also sind es tatsächlich wir, die Ihnen zu Dank verpflichtet sind.«

Logan war darauf nicht vorbereitet. Die Erschöpfung aufgrund des schmerzlich langen Tages machte sich langsam bemerkbar, jetzt, wo die Wirkung des Adrenalins nachließ. Er nickte. Das musste als Reaktion genügen. Die beiden schienen Verständnis dafür zu haben.

»Was Sie vorhin mit diesem Monster angestellt haben, war übrigens schon den Eintrittspreis wert«, meinte Chief Sorenson. »Diese Geschichte werde ich meinen Jungs zu Hause in Dam Neck erzählen. Darauf können Sie einen lassen.«

»Es gibt nichts Schöneres, als in einer der geheimsten Einheiten des US-Militärs Berühmtheit zu erlangen«, meinte Logan scherzhaft. »Also, was haben Sie als Nächstes vor?«

»Wir gehen rein, möbeln unsere Ausrüstung auf und dann gibt es eine kurze Nachbesprechung. Hoffentlich treiben wir noch irgendwo was Warmes zum Essen auf, bevor wir uns aufs Ohr legen. Morgen früh geht es mit einer C-17 weiter. Das Außenministerium hat einen ›Diplomatenflieger‹ für uns organisiert.« Mit einem Finger deutete er die Anführungszeichen an.

»Ich schicke Ihnen unseren Koch. Das ist wohl das Mindeste, was ich tun kann«, meinte Wendell.

»Das hört sich gut an, Sir. Wissen wir sehr zu schätzen. Mr. West, Mr. Matthews, es war mir ein Vergnügen«, verabschiedete sich Lieutenant Reed.

»Kann ich nur unterschreiben«, klinkte sich Chief Sorenson ein. »Und zwar die Sorte Vergnügen, mit der man's zu tun kriegt, wenn man erst aus einem Geheimgefängnis flieht und sich hinterher ein Feuergefecht mit einem Hind-Kampfhubschrauber liefert.« Unvermittelt wurde er ernst. »Wir sehen uns, Gentlemen.«

Im Weggehen drehte sich der Chief noch einmal an der Glastür um und setzte zu einer letzten bissigen Bemerkung an: »Ich würde Ihnen ja gern den Rat geben, sich künftig aus Schwierigkeiten rauszuhalten, aber ich weiß, dass das bei euch Marines sowieso keinen Sinn hat.«

»Verdammter Froschmann«, stichelte Logan.

»Elender Jarhead«, schoss der Chief zurück und verschwand im Gebäude, ohne Logan die Möglichkeit zum Kontern zu geben.

Logan betrat den Konferenzraum des Stationschefs. Als er seinen engsten Freund erblickte, fiel die Anspannung des Tages sofort von ihm ab.

Logan West und John Quick hatten zusammen schon so viele Kämpfe überstanden, dass ihnen längst der Überblick fehlte. Sie waren Zeugen geworden, wie die ihnen anvertrauten Marines einen brutalen Tod durch die Hände von Aufständischen im Irak starben. Dabei wurden ihnen die wahren Schrecken des Krieges und der vernichtende Tribut, den sie emotional und psychologisch forderten, vor Augen geführt. Doch sie beide waren entkommen. Der eine tauchte anschließend auf den Grund einer Flasche ab und verlor die Kontrolle. Der andere floh in die Einsamkeit der Wildnis Montanas, um sich selbst zu vergessen.

Doch das Schicksal hatte andere Pläne für sie geschmiedet und führte sie wieder zusammen, als Cain Frost einen persönlichen Rachefeldzug gegen die iranische Regierung einleitete, den Logan und John in letzter Minute vereitelten. Jeder hätte für den anderen sein Leben geopfert, ohne lange nachzudenken. John hatte es auf dem Soldatenfriedhof von Karthum unter Beweis gestellt, als er Logan und Cole Zeit für die Flucht verschafft hatte. Was sie verband, war enger als jegliche Familienbande. Logan wurde das in aller Deutlichkeit bewusst, als er seinen Freund, seinen Bruder, zum ersten Mal nach seiner Gefangennahme wiedersah.

John blickte konzentriert auf den Bildschirm des Laptops, der auf einem massiven Kirschholztisch stand. Als er mitbekam, wie Logan hereinkam, Cole und die zuständigen CIA-Einsatzoffiziere im Schlepptau, stand er auf und kam auf ihn zu.

So standen sie sich gegenüber. Logan musterte ihn von Kopf bis Fuß. »Bin ich froh, deine hässliche Visage zu sehen«, sagte er mit belegter Stimme. »Sieht aus, als wärst du noch in einem Stück. Ich bin nur froh, dass du es da rausgeschafft hast.« Er packte John an den Armen und zeigte offen seine große Zuneigung. Seine grünen Augen strahlten das vom Kampf abgehärtete Gesicht seines Freundes an. »Was du für uns auf dem Friedhof getan hast, war das Selbstloseste, was ich je erlebt habe.« Er stockte. Seine Stimme klang fest, aber emotional aufgeladen. »Du weißt, dass ich dasselbe für dich täte, jederzeit.«

John Quick, der normalerweise stets einen spitzen Kommentar auf Lager hatte, nickte bloß. Die zur Schau gestellte Zuneigung bremste seinen Hang zum Sarkasmus aus. »Ich weiß, Bruder, ich weiß.«

Logan umarmte ihn. »Du weißt, dass ich dich liebe, oder?«

John lächelte und löste sich aus der Umarmung. »Ich liebe dich auch. Aber komm jetzt nicht auf falsche Ideen.«

»Keine Angst, du bist nicht mein Typ.« Logan ließ ihn los. »Wer ist denn deine neue Freundin?« Er betrachtete neugierig die umwerfend hübsche Frau, die schweigend vor ihm stand. Sie hatte wunderschöne hellblaue Augen und war wohl afrikanischer Abstammung, aber Logan konnte ihre Herkunft nicht genau einordnen. Er registrierte eine innere Stärke, die sich hinter ihrem athletischen Äußeren verbarg. Einen Augenblick später begriff er. Nachdem er fast sein ganzes Leben in der Gegenwart von ausgebildeten Killern mit starken moralischen Prinzipien zugebracht hatte, ließ es sich unmöglich übersehen. *Sie ist Agentin. Nicht von den Special Forces, irgendwas anderes.*

»Logan, darf ich dir Amira Cerone vorstellen? Die LEGION-Agentin dieser Botschaft. Sie ist der Grund, wieso ich nicht gleich auf dem Friedhof geblieben bin. Logan, ich schwör's dir, sie ist so tödlich wie du. Ehrlich.«

Amira quittierte das unerwartete Lob mit einem schroffen Blick. »Schmeicheleien bringen dich bei mir nicht weiter.« Und an Logans Adresse: »Er will einfach nur nett sein.«

Logans Neugier war in Respekt umgeschlagen, als der Name des Geheimprogramms fiel. »Das bezweifle ich. John kann man einiges vorwerfen, aber er übertreibt selten. Wie auch immer, es ist mir eine Freude und eine Ehre, Sie kennenzulernen. Danke, dass Sie ihm geholfen haben. Das werde ich nie vergessen.«

Amira nickte kurz. Sie war die offene Wertschätzung, die ihr Logan entgegenbrachte, nicht gewöhnt. Wegen des Grads an Geheimhaltung, den ihr Job erforderte, beschränkte sich die Wertschätzung, die sie normalerweise erhielt, auf verbindliche E-Mails von einem der stellvertretenden Direktoren und ein regelmäßiges Gehalt der Klasse GS14, das auf ihr Konto bei einer Bank in Falls Church eingezahlt wurde. Ironischerweise war sie so oft außer Landes, dass sie kaum Gelegenheit fand, die beträchtlichen Ersparnisse zu genießen, die sich darauf angesammelt hatten.

Logan ließ ihre Hand los und sondierte die Umgebung. Sein Blick blieb an dem schwarzen Peli-Koffer hängen, der auf dem Tisch stand. »Ist es das, was ich denke?«

»Ja«, verriet John. »Während du auf deinem kleinen Wellness-Trip im Sudan warst – davon musst du mir übrigens später ausführlich berichten –, haben wir den ONERING geborgen. Oh, und im Zuge dessen noch sämtliche chinesische Söldner erledigt. Keine Ahnung, für wen die gearbeitet haben.«

»Eine chinesische Spezialeinheit und chinesische Geheimagenten«, verriet Amira. »Keine gewöhnliche Einheit, sondern Elitetruppen. Wir waren nur taktisch geschickter und haben sie in einem unaufmerksamen Moment auf dem falschen Fuß erwischt. Das kann selbst den Besten passieren.«

»Ja. Das stimmt.« Logan erinnerte sich lebhaft an den Hinterhalt der Aufständischen 2004 in Falludscha. »Aber was den Punkt betrifft, ihr hättet alle erwischt, muss ich dir leider widersprechen.«

»Wieso?«, fragte John.

»Auf dem Friedhof trieb sich so ein Kerl mit kurzen schwarzen Haaren rum. Höchstens Mitte 20, aber er war derjenige, der das Ganze koordinierte. Ich hab ihn beobachtet und bin mir ganz sicher, dass er das Sagen hatte. Ich erzähl dir später von ihm, aber ...«

»Wir müssen vielleicht gar nicht bis später warten«, unterbrach Amira. »Einen aus dem Team haben wir lebend auf dem Friedhof erwischt. Wir haben ihn verhört, nachdem ihr beide geschnappt wurdet. Als wir kurz davorstanden, seinen Willen zu brechen, kam die Meldung aus Washington, dass sie euren Aufenthaltsort und den des ONERING ermittelt haben. Aus diesem Grund haben wir ihn erst mal links liegen gelassen. Er erholt sich gerade im Krankenflügel von einer Operation. Ich bin sicher, er wird reden.«

»Operation?«, fragte Logan. »Was haben Sie mit ihm angestellt?«

»Ich hab ihm einen Finger abgeschnitten«, verriet Amira im Plauderton.

Logan starrte sie einen Moment mit offenem Mund an und seine Bewunderung wuchs noch ein Stück. Ihm fiel Johns Bemerkung ein, wie tödlich diese Lady war.

»Gut«, sagte er schließlich. »Was den Anführer des Teams vom Friedhof betrifft, so hatten wir eine nette kleine Begegnung mit einem Hind-Helikopter, als wir zusammen mit den SEALs aus dem Gefängnis geflohen sind. Wenn er derjenige ist, der das Kommando führte, wette ich darauf, dass er sich ebenfalls an Bord befand. Er ist also noch irgendwo da draußen. Keine Ahnung, wo genau.«

»Dabei können wir eventuell auch behilflich sein«, sagte Amira. »Einem der Toten hab ich das Handy abgenommen. Der Speicher wurde bereits ausgelesen und alle Daten nach Langley übermittelt, um dort mithilfe digitaler Forensik alles auszuwerten, inklusive Anrufrückverfolgung und Geodaten. Ich wette, so kommen wir auch an die Kontaktdaten von dem Kerl ran. Ist bloß die Frage, wie schnell Langley sich bei uns meldet.«

»Ausgezeichnete Arbeit, Miss Cerone«, freute sich Logan. »Jetzt würd ich gern Mike in Vegas anrufen, um zu hören, wie er so vorankommt.«

Im Raum brach eine merkwürdige Stille aus. Logan merkte, wie sich die Stimmung veränderte. John stieß ein hörbares Seufzen aus.

»Was ist los?«, fragte Logan. »Spuck's aus, John. Es wird nicht besser, wenn du's mir schonend beibringst.«

»Es gab einen Angriff auf das MGM Grand Casino. Dutzende Tote. Auf den ersten Blick islamische Extremisten, so wie sie gekleidet waren, inklusive schwarzer Masken, aber ich hab da so meine Zweifel.«

»Wieso? Diese Typen sind doch glücklich, wenn sie ein paar Amerikaner abschlachten können, egal wo.«

»Mir kommt es ziemlich unglaubwürdig vor, dass die Chinesen oder die Russen mit einer Zelle radikaler Terroristen zusammenarbeiten. Besonders die Russen, wenn man bedenkt, was die für Probleme hatten, die islamischen Extremisten in Tschetschenien zu bekämpfen.«

»Guter Gedanke«, sagte Logan.

»Ja, manchmal hab ich einen«, entgegnete John schnippisch. »Ich schätze, dass es ein professionelles Team war, das bezahlt wurde, um es wie einen Terrorangriff aussehen zu lassen. Und das bringt mich zum nächsten Punkt. Es scheint Teil eines großen Ganzen zu sein, das wir bislang noch nicht durchschauen.«

Logan schüttelte angewidert den Kopf. »Diese Bastarde waren uns also die ganze Zeit einen Schritt voraus. Wir müssen zurückschlagen, und zwar mit allen Mitteln.«

»Zumindest in Vegas ist das Geiselrettungsteam des FBI im Einsatz. Die Jungs von Lance Foster. Als Letztes hörten wir von denen, dass sich die Terroristen mit den Geiseln in einem Theater verschanzt haben, in dem eine Show des Cirque du Soleil aufgeführt wird.«

»Eine Sekunde mal. Wo steckt dann Mike?«, hakte Logan nach.

»Ich hab schon versucht, ihn anzurufen. Am Telefon ging keiner ran, also hab ich's über D.C. probiert. Die haben mich ins Büro des Direktors durchgestellt.«

»Du hast mit seinem Onkel geredet?«

»Nein. Mit einem seiner Assistenten. Jake war gerade nicht im Büro. Der meinte, er solle uns ausrichten, dass Mike einer weiteren Spur nachgeht, die vor den Toren von Vegas zu einer Firma namens American Elemental führt, einer Mine für seltene Erden.«

»Seltene Erden? Was zur Hölle hat unser Einsatz mit seltenen Erden zu tun?«, wollte Logan wissen.

»Es kommt noch schlimmer«, kündigte John an. »Du hast ja noch nicht danach gefragt, wie wir den ONERING lokalisiert haben. Nachdem du gefangen genommen wurdest, haben die Chinesen ihn aktiviert, eine supergeheime amerikanische Weltraumwaffe gekapert und damit ein chinesisches Ölfeld zerstört, auf dem Probebohrungen durchgeführt wurden.«

»*Was?*« Logan konnte es kaum fassen.

»Und rate mal, wem sie's in die Schuhe geschoben haben«, sagte John voller Verachtung. »Die Chinesen haben eine Notfallsitzung des UN-Sicherheitsrats anberaumt, um Sanktionen gegen *uns* zu verhängen. Das ist natürlich ein Ablenkungsmanöver, aber wir sind die Einzigen, denen das bewusst ist. Es sei denn, wir können es mithilfe der Daten des ONERING nachweisen.«

»Ich will das Teil nicht mal anrühren«, meinte Logan. »Es hat heute nichts als Tod und Leid über uns und unser Land gebracht. Tolkien wäre stinksauer. ›Ein Ring, sie zu knechten‹, Scheiße, eher ›ein Ring, um eine globale Katastrophe auszulösen‹. Was für eine gottverdammte Schweinerei. Wir müssen ihn nur in einem Stück zurück zur DARPA kriegen. Sollen *die* sich doch damit rumschlagen.«

»Also, was jetzt?«, fragte Wendell Sharp. Bisher hatte er geschwiegen, aber sie mussten zu einer Entscheidung über das weitere Vorgehen gelangen. Wenn es ihr Gegner darauf anlegte, die Wahrheit zu verschleiern, musste er entsprechende Gegenmaßnahmen einleiten.

Logan überlegte einen Moment, bevor er eine Antwort gab. Er blickte sich im Raum um, sah seine Freunde und neuen Verbündeten an. Menschen, die bereit waren, für die richtigen Ideale und Prinzipien zu kämpfen und dafür sogar ihr Leben zu opfern.

»Das SEAL-Team hat eine C-17, die vom Außenministerium für sie gechartert wurde und morgen früh abfliegt«, verkündete er. »Wir haben hier erreicht, was wir erreichen wollten. Fliegen wir mit dem ONERING und unserem Gefangenen in die USA zurück. Um die politischen Konsequenzen sollen sich Washington und das Außenministerium kümmern. Unser Job hier ist erledigt.«

Das kollektive Nicken bestätigte ihn darin, dass alle seine Einschätzung teilten. Es war schon genug Blut auf sudanesischem Boden vergossen worden. Es wurde Zeit, in die Heimat zurückzukehren.

TEIL 6

EINE ÜBERWÄLTIGENDE AUSSICHT

AMERICAN-ELEMENTAL-GELÄNDE, WILD HORSE MOUNTAIN

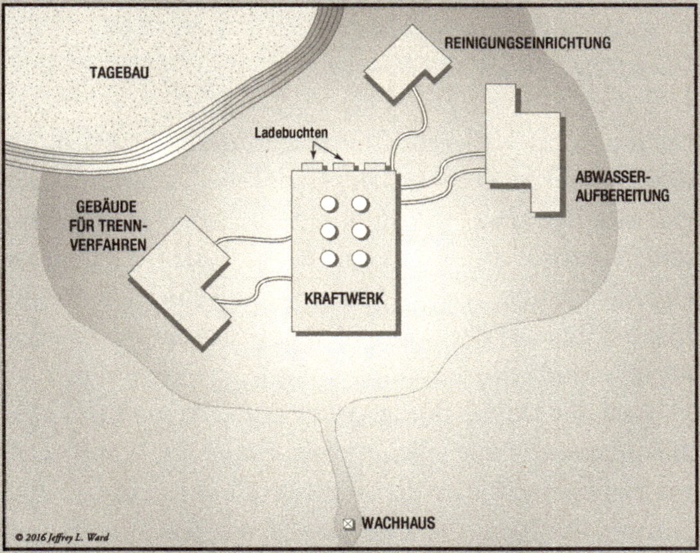

43

American-Elemental-Gelände
Wild Horse Mountain, Nevada

Nachdem der schwarze Chevrolet Suburban sich durch den Verkehr in Vegas gekämpft und die Stadt hinter sich gelassen hatte, war der Rest der Fahrt bis zur Mine für seltene Erden absolut ereignislos verlaufen. Es ging im Grunde genommen 30 Meilen geradeaus in Richtung Nordwesten auf der Route 95 bis zur Ausfahrt, die extra für den weitläufigen Komplex angelegt worden war.

Nach der Unterhaltung, die er mit seinem Onkel über die mögliche Natur ihres Informationslecks – *im Grunde ein beschissener Verräter* – geführt hatte, nutzte Mike Benson die Zeit, um den Kopf freizubekommen und seine Gedanken zu sortieren. Die Fahrt hatte ihm auch Gelegenheit gegeben, sich mit der Security in Wild Horse in Verbindung zu setzen. Leider hatten ihm Anrufe bei den auf der Homepage der Firma angegebenen Nummern nur eine automatische Ansage der Telefongesellschaft beschert: »Der Anschluss, den Sie gewählt haben, ist momentan nicht erreichbar. Bitte versuchen Sie es zu einem späteren Zeitpunkt noch einmal. Vielen Dank für Ihren Anruf.«

Ein schlechtes Omen, aber statt das Schlimmste zu unterstellen, hatte Agent Marcus den CEO der Firma über das Einsatzbüro kontaktiert. Der versicherte ihr, es sei nicht weiter ungewöhnlich, dass telefonisch niemand zu erreichen war, da sie mit den Bauarbeiten begonnen hatten. Häufig beschädigte schweres Gerät dann eine der Glasfaserleitungen, die unterirdisch quer über das Gelände verliefen und durch einen großen Rohrkanal ins 30 Meilen entfernte Indian Springs führten.

Der CEO versprach, Matt Stillman anzurufen, den Chef der kleinen Security-Mannschaft, nur um sich zu vergewissern, dass alles in Ordnung war. Kaum fünf Minuten später meldete er sich und berichtete, in der Anlage sei nichts Ungewöhnliches vorgefallen. Das Team wisse bereits, dass die Kommunikation gekappt war, und habe jemanden aus Indian Springs angefordert, der innerhalb der nächsten Stunde eintreffen sollte, um die Leitung zu reparieren. Er habe Matt gebeten, noch einmal einen Rundgang durch die Hauptgebäude zu machen und ihm anschließend Bericht zu erstatten.

Alles schien in bester Ordnung zu sein, aber Mike glaubte nicht an Zufälle. Nicht vor dem Hintergrund der Attacke auf das MGM Grand.

»Lance, mir gefällt das trotzdem nicht. Ganz egal, was der CEO meint.« Mike stimmte sich mit dem Kopf des HRT Red Teams vom FBI ab, das auf Terrorabwehr und gefährliche Geiselbefreiungen spezialisiert war. Lance Foster war eine imponierende Gestalt, ein Afroamerikaner Mitte 40, mit beeindruckend muskulöser Statur und adrett rasiertem Ziegenbart.

»Ich weiß, Sir.« Lance sprach Mike aufgrund seiner Position mit ›Sir‹ an, obwohl sie beide seit Jahren enge Freunde waren. »Du magst von der Position her ein Schlipsträger sein, aber wir wissen doch beide, dass du immer einer von uns bleibst und es dir in den Fingern juckt, sobald irgendwo was faul ist«, sagte Lance schmunzelnd.

»Stimmt. Das hast du gut zusammengefasst. Rechne mit dem Schlimmsten.«

»Keine Sorge, Bruder. Mein Team und ich, wir halten dir den Rücken frei.« Er zeigte mit dem Daumen über die Schulter. Dort saßen Special Agent Jason Champion, ein ehemaliger Navy SEAL und Spezialist für Sprengstoffbeseitigung, und Tommy Chaney, früherer Delta Force und exzellenter Scharfschütze, in der dritten Sitzreihe des Suburban.

Die beiden Mitglieder des HRT, jeder für sich genommen eine Tötungsmaschine auf zwei Beinen, lehnten sich gegeneinander, lächelten und winkten dem stellvertretenden Direktor des FBI zu, als wären sie die englische Queen, die auf einer Kutsche saß und dem Volk zuwinkte.

»Ich bin hier nur von Kindern umgeben. Nichts gegen Sie, Agent Marcus.« Mike schüttelte den Kopf.

»Kein Problem, Sir. Das sind quasi meine großen Brüder.« Agent Marcus zeigte sich wenig beeindruckt von dem leicht pubertären Gewitzel, obwohl sie sich insgeheim fragte, was sie überhaupt in diesem Fahrzeug zu suchen hatte.

Als Tochter einer Kinderärztin und eines Rechtsanwalts hatte sie sich schon im zarten Alter von neun Jahren für den Beruf ihres Vaters interessiert. In einem Vorort von Chicago gelangte sie auf der High School zum Ergebnis, später keine Kriminellen verteidigen zu wollen, sondern sie wegzusperren, am besten für immer. In dieser Entscheidung wurde sie auf tragische Weise bestätigt, denn eines Abends wurde ihr Vater vom Partner eines früheren Klienten beim Verlassen seiner Anwaltskanzlei erschossen. Ein Racheakt, weil es ihrem Dad nicht gelungen war, die Todesstrafe für den Klienten zu vermeiden, der die Ermordung einer koreanischen Familie in Auftrag gegeben hatte, inklusive zweier kleiner Kinder.

Ihr Zorn, den sie allerdings professionell im Zaum hielt, hatte Agent Marcus dazu getrieben, sich um einen Platz im legendären Violent Criminal Apprehension Program des FBI zu bemühen. Ihr Plan hatte vorgesehen, während ihrer Dienstzeit in Vegas zu brillieren, um sich dann bei erster Gelegenheit beim ViCAP zu bewerben.

Im Moment saß sie jedoch in einem gepanzerten Suburban und kutschierte den stellvertretenden Direktor, den Chef des HRT Red Teams des FBI und zwei erstklassig ausgebildete Schützen durch die Gegend. *Damit hab ich nicht gerechnet,* dachte sie, während sich der Wagen einem geöffneten Tor am Ende der staubigen Piste näherte.

Das offenbar erst kürzlich gebaute Wachhäuschen teilte die Zufahrt in der Mitte und war mit kugelsicherem Glas geschützt. Ein Schlagbaum hinderte unbefugte Besucher am Weiterkommen. Sie brachte die schwarze Geländelimousine zum Stehen. Hinter dem Wachhaus erstreckte sich das weitläufige Firmengelände von American Elemental. Die staubige Straße führte leicht bergab und ermöglichte es ihnen, die Dimensionen der Anlage zu erfassen.

Mehrere Gebäude verschiedener Formen und Größen ragten wie gigantische Tetris-Bausteine ineinander verschachtelt in die Höhe. Sie erinnerten an ganz normale, wenn auch riesige Lagerhallen. Agent Marcus wusste allerdings, dass darin die einzelnen Abschnitte des Produktionsprozesses für seltene Erden untergebracht waren. Mehrere Schornsteine, Belüftungssysteme und Wasserleitungen verliefen zwischen den Gebäuden.

Eine komplexe Kraftwerkanlage aus mehreren Bauten und gewaltigen Abluftschloten bildete den Mittelpunkt des Areals. Um den Komplex verteilten sich Stahlträger, von denen Stromleitungen zu den umliegenden Blöcken führten.

Wie ein riesiger Erector-Baukasten, erinnerte sie sich an eins ihrer Lieblingsspielzeuge aus Kindheitstagen.

Ganz in der Nähe gab es ein riesiges Loch in der Erde, mindestens 800 Meter breit – die Erzlagerstätte. Von hier aus konnte man nur die ersten zehn Meter sehen, eine Reihe schmaler Straßen führte in die enorme, schüsselförmige Vertiefung. Die Pfade aus Erde und Stein verliefen spiralförmig abwärts und verschwanden außer Sichtweite in dieser Grube mitten in der Wüste.

»Wow«, meldete sich Lance vom Rücksitz. »Eine imposante Aussicht, inklusive einer Unmenge möglicher Ziele, die die bösen Jungs in die Luft jagen könnten.«

»Kannst du laut sagen«, bemerkte Mike, während ein junger Wachmann mit Uniform und einer 9-Millimeter-Glock aus dem Wachhaus zu ihrem Fahrzeug kam.

Agent Marcus ließ das Fenster hinunter und stellte sich vor, bevor der Typ seinen Spruch aufsagen konnte.

»Ich bin der stellvertretende Direktor des FBI, Mike Benson.« Der junge Mann zog die Augenbrauen hoch, als er den Titel hörte. »Ich glaube, wir werden erwartet. Ihr Vorstandschef bat mich, nach Matt Stillman zu fragen. Er soll uns über das Gelände führen.«

Auf dem Rücksitz klingelte ein Handy.

»Ja, Sir, ich wurde über Ihr Kommen informiert.« Die Stimme des Jungen klang so piepsig, als würde er noch das College besuchen. »Mr. Stillman ist noch nicht zurück. Ich habe bereits versucht, ihn zu erreichen, als ich Sie kommen sah. Er sollte längst wieder hier sein.«

Mike und Agent Marcus tauschten einen kurzen Blick, während Lance Foster den Anruf entgegennahm.

»Hier Special Agent Foster.« Eine Pause, während er seiner Nummer zwei lauschte. »Die Leitung ist verschlüsselt, Danny. Legen Sie los.«

»Wie heißen Sie, mein Junge?«, fragte Mike.

»Eugene Wabash, Sir«, erwiderte der Wachmann. »Wieso?«, fragte er vorsichtig nach.

»Okay, Eugene. Wir brauchen Ihre Hilfe. Wann haben Sie das letzte Mal mit Ihrem Boss gesprochen?«, fragte Mike. Vom hinteren Sitz hörte er: »Prima, Danny. Gute Arbeit. Ich werde es dem Deputy Director ausrichten. Ich bin sicher, er wird ähnlich erleichtert sein wie ich.«

»Etwa vor zehn Minuten, Sir«, antwortete Eugene. »Er hatte gerade in allen Hauptgebäuden nach dem Rechten gesehen und war unterwegs zum Kraftwerk. Er hat nichts Ungewöhnliches berichtet. Im Moment arbeitet nur eine Rumpfbelegschaft. Die sind gerade fertig mit der Wasseraufbereitungsanlage. Ansonsten ist alles erledigt. Nur die Festnetzleitung funktioniert nach wie vor nicht. Bisher hat uns keiner gesagt, wann der Schaden behoben ist.«

Mike merkte, wie sich bei ihm eine gewisse Sorge bemerkbar machte. Noch keine ausgewachsene Panik. Eher vergleichbar mit einem Hund, der an der Hintertür kratzte, um aus der Kälte ins Haus gelassen zu werden.

»Verstanden, Danny. Die Forensiker sollen ihr Ding machen. Teilen Sie Special Agent Hunt mit, dass wir gerade bei der Anlage angekommen sind. Wir stehen vor dem Haupttor und melden uns, sobald wir uns ein wenig umgesehen haben. Um's noch mal zu sagen: prima Arbeit. Die nächste Runde geht auf mich. Out.«

Nach dem Telefonat wartete Lance darauf, dass Mike sein Gespräch mit dem Wachmann beendete, um die Neuigkeiten weiterzugeben.

»Eugene, können Sie uns zeigen, in welcher Richtung das Kraftwerk liegt? Ich schätze mal, es ist das Gebäude im Zentrum der Anlage mit den vier großen Schornsteinen?«

Eugene nickte.

»Haben Sie noch eins von diesen Funkgeräten, das Sie mir leihen könnten? Sie müssen natürlich hierbleiben und das Tor bewachen, aber ich muss Sie ja irgendwie erreichen können.«

»Natürlich, Sir. Eine Sekunde.« Eugene zog sich von der Scheibe zurück.

Mike drehte sich um und blickte in das lächelnde Gesicht von Lance Foster. *Gott sei Dank. Das müssen gute Neuigkeiten sein.* »Schieß los«, sagte er und hoffte, dass seine Vermutung zutraf.

»Es ist vorbei«, sagte Lance. »Danny und sein Team haben die Angreifer ausgeschaltet. Alle vier sind tot. Es hat keine weiteren Opfer gegeben, auch keine Zivilisten. Die Forensiker sind soeben eingetroffen und nehmen sich den Tatort vor. Die Verletzten werden gerade ins Valley Medical und die umliegenden Universitätskliniken transportiert.«

»Wie?« Vergangene Erfahrungen hatten Mike die harte Wirklichkeit von Geiselbefreiungsaktionen gelehrt, besonders wenn die Angreifer gar nicht verhandeln wollten, was bei diesen Terroristen der Fall gewesen war.

»Die Verbrecher haben die Eingänge und Hinterausgänge zum Theater gesichert. Aber das Theater ist riesig.

Hunderte Sitzplätze und eine gigantische Bühne. Es gibt Stege, die darüber hinwegführen und für Luftakrobatik verwendet werden. Danny und sein Team haben festgestellt, dass einer dieser Stege direkt unter einem Luftschacht für Heizung und Klimaanlage vorbeiführt. Dort haben sie vier Scharfschützen eingeschleust, die von den Terroristen nicht entdeckt wurden. Er meinte, es sei verblüffend leicht gewesen, weil die Typen kein einziges Mal nach oben geschaut hätten. Vermutlich kannten sie das Gebäude nicht richtig. Anfängerfehler. Die Geiseln veranstalteten genug Lärm, sodass unsere Jungs nicht bemerkt wurden. Außerdem bewegten sie sich in einer Höhe von mehr als 20 Metern und im Dunkeln, oberhalb der Scheinwerfer. Die Penner hatten keine Chance. Danny gab den Befehl, sobald alle Schützen in Position waren, und sie haben die Geiselnehmer alle gleichzeitig ausgeschaltet. Mit blitzsauberen Kopfschüssen«, berichtete Lance stolz.

»Fantastisch. Die beste Nachricht, seit die ganze Sache angefangen hat.« Mike wurde von einer Flutwelle der Erleichterung durchströmt.

»Ohne Scheiß«, sagte Lance, mit dem er diesen kurzen Moment des Triumphs teilte. Dann lachte er. »Zuerst seien die Zivilisten geschockt gewesen, als die Terroristen durch die Kopfschüsse tot umfielen, meinte Danny. Aber die Eingänge konnten sofort geräumt und alle evakuiert werden. Als die Geschichte vorbei war, freuten sie sich einfach, am Leben zu sein.«

»Kann ich mir vorstellen«, sagte Mike. »Irgendeine Idee, wer diese Bastarde waren?«

»Negativ, aber es waren definitiv *keine* islamischen Terroristen. Sobald alle Zivilisten aus dem Theater evakuiert waren, rissen sie den Toten die Masken vom Kopf. Laut Danny sahen sie eher europäisch aus. Fingerabdrücke und DNA-Proben werden in Kürze mit den internationalen Datenbanken abgeglichen.«

»Hoffen wir mal, dass das genauso glatt läuft«, meinte Mike, als Eugene mit einem schwarzen Funkgerät in der Hand zurückkehrte.

»Bitte sehr, Sir.« Der Wachmann drückte es Agent Marcus in die Hand. »Ich habe es auf Kanal drei geschaltet. Allzeit bereit.«

Mike spitzte die Ohren. »Was haben Sie da gerade gesagt, Eugene?«

»Allzeit bereit, Sir«, antwortete Eugene vorsichtig.

»In welcher Abteilung der Streitkräfte waren Sie, auch wenn ich es mir schon denken kann?« Mikes Augenbrauen zuckten belustigt in die Höhe.

»In der einzigen, die zählt, Sir. Natürlich beim Marine Corps«, verkündete der Wachmann stolz und lächelte zum ersten Mal.

»Was hat der Mistkerl da gerade gesagt?«, rief einer der beiden Männer vom HRT mit vorgegaukelter Empörung von der hinteren Sitzreihe.

Eugenes Lächeln verblasste. Mike brach in Gelächter aus. »Ich hab einen ehemaligen SEAL und einen von der Delta Force dabei. Ich glaube, Sie haben gerade ihre Gefühle verletzt.«

Eugene riss die Augen auf, gab jedoch nicht klein bei. »Das sind auf jeden Fall harte Hunde, wenn dem so ist. Hinter mir liegt eine Tour in Afghanistan, da bin ich auch ein- oder zweimal mit den SEALs zusammengetroffen. Von den Deltas hab ich zwar nicht viel gesehen, aber natürlich hört man so einiges.«

Er streckte den Kopf ein Stück durchs Fenster, was Agent Marcus unangenehm fand, da sie seine grinsende Fratze nun direkt vor der Nase hatte. »Nichts für ungut. Ich liebe das Marine Corps eben über alles.«

Jason Champion und Tommy Chaney tauschten einen Blick. Jason, der ältere der beiden Veteranen, meinte: »Kein Problem. Es ist eine Freude, jemanden zu treffen, der in den Bergen gedient hat.« Er nickte und hob die Hand zum Salut, als würde er eine Hutkrempe berühren.

Eugene quittierte die Geste mit einem kurzen Nicken und trat vom Fahrzeug weg.

»Jetzt, wo alle Komplimente ausgetauscht sind, noch eine letzte Frage. Eugene, sind die Lastwagen von der Wäscherei heute gekommen?«

»Ja. Vor etwa einer halben Stunde. Alle beide. Wieso?« Die Frage schien ihn aus dem Konzept zu bringen.

»Ist Ihnen was Besonderes aufgefallen? Andere Fahrer vielleicht?«

»Stimmt, beide Fahrer waren tatsächlich neu. Ich hab sie darauf angesprochen und sie meinten, in der Wäscherei habe es ein paar Krankheitsfälle gegeben.«

»Fuhr sonst noch jemand im Wagen mit?«, bohrte Mike nach.

»Negativ, Sir. Jedenfalls ist mir niemand aufgefallen. Allerdings habe ich die Ladefläche nicht kontrolliert. Wir arbeiten schon seit Jahren mit der Firma zusammen. Seit Baubeginn der Anlage.«

»Danke, Eugene. Halten Sie sich bereit und geben Sie Bescheid, wenn die Telefonleitung wieder funktioniert.« Und an Agent Marcus gerichtet: »Wir müssen weiter. *Sofort!*«

44

»Vorn parken oder lieber hinter dem Gebäude, Sir?«, fragte Agent Marcus, während sie den Suburban auf das Kraftwerk zusteuerte.

Mike begutachtete die nähere Umgebung und sagte zu Lance auf dem Rücksitz: »Ich schätze mal, es gibt hinten eine Laderampe. Wenn die Typen dort sind, sollten wir sie überraschen. Was hältst du von der Idee, dass wir uns aufteilen? Wer ist dein bester Schütze?«

»Chaney«, sagte Lance, ohne zu zögern. »Sorry, Champion, aber es stimmt, wenn auch nur knapp.«

»Kein Problem, Boss«, meinte Special Agent Champion. »Ich kann dafür besser mit Sprengstoff umgehen.«

Mike nickte. »Agent Marcus, Chaney und ich gehen vorn rein. Du und Champion, ihr nehmt euch die Rückseite vor.« Er sah Lance in die Augen und sagte: »Egal wie gut die sind, du bist besser. Damit sind die Teams ausgeglichen besetzt.«

»Warst schon immer ein cleverer Hurensohn«, stellte Lance fest.

»Kann sein. Vielleicht habe ich auch alle nur verarscht, damit sie mich zum stellvertretenden Direktor ernennen.« Mike lächelte verschmitzt.

»Aha«, kommentierte Lance, als das Fahrzeug vor dem riesigen Gebäude hielt.

Es war über 100 Meter lang und vier Stockwerke hoch. Mike sah keinerlei Fenster. Eine einsame Doppeltür befand sich auf ihrer Seite in der Mitte. *Im Prinzip ein rechteckiger Sarg mit Aluminiumwänden.*

Sie stiegen aus und sammelten sich mit gezogenen Waffen hinter dem schwarzen SUV. Alle trugen kugelsichere Westen, auf denen in großen gelben Lettern ›FBI‹ stand.

»Folgendes: Falls es kein anderer Reinigungsdienst sein sollte, von dem wir nichts wissen, sind diejenigen, die diese Laster gestohlen haben, schon auf dem Gelände. Wir müssen davon ausgehen, dass wir es mit mindestens zwei, vielleicht auch vier Tangos zu tun kriegen, möglicherweise mit Sprengstoff ausgestattet. Jeder gilt als potenzieller Feind. Keine Risiken eingehen.«

Die Erleichterung über das Ende der Geiselnahme im MGM Grand Casino war verflogen. Selbst die junge Frau, Agent Marcus, wirkte zu allem entschlossen. *Die sollte man mal im Auge behalten, wenn sie auf der Karriereleiter weiter hochklettert,* dachte Mike.

»Gut. Legen wir los. Absolute Funkstille. Wir treffen uns drinnen.« Er musste sie nicht vor Friendly Fire warnen. Er wusste, wie gut sie ausgebildet waren und dass sie auf höchstem professionellem Level operierten.

Als sich das Team trennte, lächelte Lance. »Wir sehen uns auf der anderen Seite, Bruder.«

»Nicht wenn ich dir zuvorkomme, mein Freund. Also dann …« Special Agent Lance Foster und Special Agent Jason Champion waren bereits hinter der südöstlichen Ecke verschwunden.

Das wird um einiges kniffliger, als ich dachte, ging Mike auf, sobald sie durch die doppelte Schwingtür eintraten.

Das Innere glich einer riesigen Höhle, mindestens so groß wie ein Football-Feld. Und um das Ganze noch ein wenig zu erschweren, war das Kraftwerk mit riesigen Maschinen zur Produktion von Energie und Dampf vollgestopft, die miteinander verbunden waren. Ein mechanisches Wirrwarr bis rauf zur Decke.

Direkt vor ihnen standen zwei riesige rechteckige Maschinen, die ihnen die Sicht auf die restliche Fläche versperrten. Mindestens zehn Meter über ihnen ragten zwei große zylindrische Kamine durchs Dach.

Mit nach oben gerichteter Glock schwor Mike sein Team auf das weitere Vorgehen ein. »Chaney, geben Sie uns Deckung mit dem M4. Wir arbeiten uns an der äußeren Wand vor, um diesem Chaos aus Maschinen auszuweichen. Wenn jemand was sieht, Handsignale benutzen. Marcus, Sie decken unsere Rückseite.«

»Bin dran.« Special Agent Chaney nahm rasch die führende Position ein.

Sie schoben sich lautlos an der Außenmauer entlang, drangen schrittweise in den hinteren Teil der Anlage vor. Da das Kraftwerk noch nicht voll einsatzfähig war, arbeiteten die Maschinen nur mit geringer Leistung. Dennoch übertönte das Dröhnen der Turbinen jeden ihrer Schritte.

Auf halber Strecke blieb Special Agent Chaney neben zwei riesigen flachen Scheiben stehen und hob die Faust, um zu signalisieren, dass alle sofort anhalten sollten. Mike und Agent Marcus stoppten direkt hinter ihm.

Chaney spähte in Richtung Gebäuderückseite. Mit dem M4 an der Schulter, dem Blick nach vorn gerichtet und der linken Hand am vorderen Griff der Waffe winkte er mit der Rechten Mike zu sich.

Die Anspannung wuchs. Mike schlich leise heran, bis er direkt neben Special Agent Chaney stand, der mit der freien Hand nach vorn deutete.

»Jackpot«, flüsterte er.

Mike blickte in die angezeigte Richtung auf unzählige Rohrleitungen und Maschinerie. *Was zur Hölle hat er entdeckt?*

Als ob er in seinen Gedanken las, navigierte ihn Chaney mit leiser Stimme: »Dahinter, etwa 25 Meter weiter. Sehen Sie sie?«

Mike verengte die Augen zu Schlitzen und nach ein paar Augenblicken hatte er sie entdeckt. Wie eine gemalte optische Täuschung, die ihr wahres Bild erst nach und nach freigab, wurde die Szene, die er betrachtete, deutlicher. Die Lage gestaltete sich noch dramatischer als erwartet.

Durch das verwirrende Durcheinander aus Verbindungen und merkwürdig geformten Bauteilen erkannte man zwei Gestalten in weißen Overalls hinter den zwei Lieferwagen der Wäscherei. Sie unterhielten sich so leise, dass man den Inhalt des Gesprächs über das konstante Wummern hinweg nicht verfolgen konnte. Die hinteren Türen zur Ladefläche standen offen. Mehrere große Ölfässer – gelbe und blaue – drängten sich aneinander. *O nein. Genau wie damals in Oklahoma City. Bestimmt eine Mischung aus Dünger und Benzin. Das macht den ganzen Laden hier platt.*

Als wäre es nicht schon beängstigend genug, fielen ihm ein paar Beine auf, die zu einem Körper gehörten, der mit dem Gesicht nach unten ausgestreckt auf dem Boden lag. *Diese Schweine! Das muss Matt Stillman sein.*

Das Gefühl entschlossener Zielstrebigkeit, das seine gesamte Karriere befeuert hatte, machte sich bemerkbar. Innerhalb eines Sekundenbruchteils traf er eine Entscheidung. Sosehr er einen dieser Bastarde lebend schnappen wollte, um ihm auf den Zahn zu fühlen – und exakt das gedachte er zu tun, falls ihm einer in die Hände fiel –, mehr noch gierte er nach sofortiger, brutaler Vergeltung für die schreckliche Tat, die diese Männer begangen hatten. Sie verdienten es schlicht und ergreifend nicht, am Leben zu bleiben. Dieses Recht hatten sie in der Sekunde verwirkt, als sie das von Matt Stillman nahmen.

Mike sah Tommy Chaney an und registrierte dieselbe Wut im Gesicht des ehemaligen SEALs. Es gab nur eine Möglichkeit, sich Genugtuung zu verschaffen.

»Okay. Wir erledigen sie. Keine Vorwarnung. Ich gebe Agent Marcus Bescheid«, sagte Mike.

»Gut.« Mehr hatte Chaney nicht zu sagen.

Mike drehte sich um, weil er Agent Marcus in den Plan einweihen wollte, da bemerkte er einen chinesischen Mann im weißen Overall, der aus etwa fünf Metern Entfernung eine Waffe auf ihren Hinterkopf gerichtet hielt. Erst jetzt fiel ihm sein fatales Versäumnis auf. *Es gibt mehr als zwei. Sie haben mindestens einen losgeschickt, um die Operation abzusichern. Der Bastard muss sich zwischen den Maschinen versteckt haben. Wir sind direkt an ihm vorbeigelaufen.*

Mikes Gedanken rasten. Er reagierte augenblicklich, zog Agent Marcus zu Boden und brachte parallel seine Glock in Anschlag. So gut Mike war, er war nicht schnell genug.

Ein widerhallender Schuss zerriss die Stille und die Situation eskalierte.

Die Kugel verfehlte die zu Boden stürzende Agent Marcus, aber Mike spürte einen brennenden Schmerz unter dem rechten Arm, als er den Abzug seiner Waffe durchreißen wollte.

Wumm! Wumm!

Agent Marcus wirbelte auf dem Boden in eine sitzende Position, richtete ihre Waffe auf den Möchtegernkiller und drückte ab.

Rote Blüten entfalteten sich durch die FBI-Munition auf dem Overall des Mannes. Er fiel auf die Knie, die schwarze Pistole klapperte auf dem Boden.

Der hasserfüllte Blick auf dem Gesicht des Agenten wich einem Ausdruck von Belustigung. Fast schien er es amüsant zu finden, dass ihn jemand angeschossen hatte.

Hinter Mike drehte sich auch Special Agent Chaney herum und mischte seinen M4 unter das Stakkato des Schusswechsels.

Drei wohlplatzierte Kugeln nahmen dem chinesischen Schützen das Leben. Sie trafen ihn an Nase und Hinterkopf. Mit einem üblen nassen Klatschen stürzte er vornüber.

»Los!«, spornte Mike sein Team an, während er hilflos auf die Knie sank. Der Schmerz in der rechten Körperhälfte lähmte ihn völlig. Mit der Linken tastete er unter den Arm – die Kugel hatte die Oberkante der kugelsicheren Weste zerfetzt und war in seinen Körper eingedrungen. *Ein, zwei Zentimeter tiefer, dann wäre nichts passiert.*

»Oh, Scheiße!« Chaney bemerkte jetzt erst, dass es Mike erwischt hatte. Er eilte zu ihm und inspizierte die Wunde. »Wie schlimm ist es?«

»Ich werd's überleben«, brachte Mike mit verzerrter Miene hervor, auch wenn er da nicht so sicher war. Alles war nass und warm vom Blut.

»Er hat mich seitlich erwischt, genau über der Weste. Ein beschissener Glückstreffer.«

Aus ihrer Zielrichtung hörte man Schreie auf Chinesisch.

»Geht lieber. Da bricht gleich die Hölle los«, meinte Mike. Wie auf Befehl lösten sich erste Schüsse von der Rückwand des Kraftwerks. »Agent Marcus wird mir helfen. Wir kommen sofort nach. Los!«

45

Die Special Agents Lance Foster und Jason Champion hatten das Kraftwerk von der entgegengesetzten Seite ohne besondere Vorkommnisse betreten. Ein weitläufiger Ladebereich, in dem man mehrere Anhänger abstellen konnte, erstreckte sich über den hinteren Teil des Komplexes. Das Ladedock war so gewaltig, dass es über drei große Wellblechtore verfügte. Zwei davon waren heruntergelassen, das mittlere jedoch nach oben gefahren. Auf diese Weise konnte man einen Blick auf die Dunkelheit dahinter erhaschen.

Statt eine sofortige Entdeckung zu riskieren, entschieden sie sich für eine unverschlossene Tür an der Seite, um hineinzugelangen. Sie verharrten im Schatten einer zylindrischen Maschine, die mindestens zehn Meter lang und fünf Meter breit war.

Von dort aus entdeckten sie die zwei Fahrzeuge der Wäscherei und hörten flüsternde Stimmen, die von der anderen Seite der Lieferwagen zu kommen schienen. Sie wollten zu einer Stelle schleichen, die eine bessere Sicht bot, um die konkrete Bedrohungslage abschätzen und den Gegner direkt ausschalten zu können. Doch dann hatte die Schießerei in der Mitte des Gebäudes begonnen, sodass der Plan wie so viele andere die erste Konfrontation mit der Realität nicht überlebte.

Lance versuchte, den Tumult zu seinem Vorteil auszunutzen, und reagierte prompt. Er schlängelte sich am

Rand entlang und forschte nach einer Stelle, von wo aus er direkte Sicht auf die Hecks der Lastwagen bekam. Er stieß auf eine Lücke im Maschinenpark, schlüpfte hindurch und scannte die Umgebung mit dem M4 im Anschlag.

Bingo.

Zehn Meter vor ihm standen zwei chinesische Männer in weißen Overalls. Er fragte sich, wem sie etwas zuriefen, dann begriff er: *Shit, die haben hier noch mehr Leute.*

Lance drehte sich um, um den vor der Lücke kauernden Special Agent Champion zu warnen, doch dazu kam es nicht mehr.

Zwei Schüsse ertönten und im linken Oberschenkel seines Kollegen erschien ein Loch. Der verwundete HRT-Agent ging mit schmerzverzerrtem Gesicht zu Boden und zielte mit seinem Sturmgewehr in Richtung des Schützen.

Lance ging in die Hocke und registrierte eine Bewegung durchs Rotpunktvisier, etwa fünf Meter entfernt hinter ein paar voluminösen Rohrsystemen und Leitungen. Er eröffnete das Feuer und hoffte, dass wenigstens einige der Geschosse ihren Weg durch das stählerne Labyrinth fanden.

Er glaubte, eine schemenhafte Gestalt stürzen zu sehen, war jedoch nicht ganz sicher, bis Jasons Stimme ertönte: »Sie haben den Wichser erwischt, Boss, aber ich fürchte, mein Bein ist im Arsch.«

Lance machte einen Schritt auf den verwundeten Agenten zu, als ein lauter Schlag durch den Maschinenpark hallte. Er wirbelte herum. Die Türen des Lastwagens neben ihm waren geschlossen worden und beide Chinesen verschwunden. *Das kann nichts Gutes bedeuten. Definitiv nicht.*

Verdammt! Er musste eine furchtbare Entscheidung treffen, aber glücklicherweise machte Special Agent Champion es ihm leicht.

»Schnappen Sie sich diese Arschlöcher!«, drängte er. »Ich übe so lange Druck auf die Wunde aus, bis Sie wieder da sind.«

»Erschießen Sie jeden, der nicht zu unserer Sorte gehört.«

»Sie meinen schlecht gelaunte FBI-Beamte?«, witzelte Jason trotz der Schmerzen.

»Genau.« Lance fuhr herum und hielt durch die Lücke auf die Trucks zu.

Mike hielt die Glock in der Linken, den rechten Arm hatte er Agent Marcus über die Schulter gelegt, die all ihre Kraft aufwenden musste, damit er nicht stürzte, während sie so schnell wie möglich zu den Lkws liefen.

Er hörte eine leise Stimme von weit her. Ihm ging auf, dass sie aus dem Motorola-Funkgerät kam, das ihm Eugene vorhin gegeben hatte. *Ja, Eugene. Das sind Schüsse, die du da hörst. Bleib einfach kurz dran, ich meld mich gleich.*

Special Agent Chaney ging voran, sicherte jede Ecke und dunkle Nische, während er den Weg zu den Lastwagen auskundschaftete. Als sie sich gerade in Bewegung setzen wollten, erwachte ein Motor brüllend laut zum Leben.

»Oh, Scheiße!«, fluchte Mike durch zusammengebissene Zähne. »Halten Sie sie auf, wenn's irgendwie geht!«

Special Agent Chaney umrundete eine enorme Maschine, während Lance Foster aus einer Lücke etwa zehn

Meter zu seiner Linken schoss. Die beiden HRT-Agenten hatten kurzen Augenkontakt, bevor sie den Abzug betätigten.

Projektile schredderten die Blechhaut des Trucks, der einen Satz nach vorn machte. Er nahm Fahrt auf, unbeeindruckt vom oberflächlichen Schaden durch die Einschüsse, und fegte durch das geöffnete Tor die Rampe hinab. Weitere Salven folgten, ohne die geringste Wirkung zu zeigen.

Die beiden HRT-Agenten stellten den Beschuss ein und näherten sich dem zweiten Lastwagen, der merkwürdigerweise zurückgelassen worden war.

»Das gefällt mir gar nicht, Boss«, sagte Tommy Chaney. »Der stellvertretende Direktor wurde getroffen. Ich weiß nicht, wie ernst es ist, aber wir haben einen der Gegner getötet.«

Wie auf Kommando kamen Agent Marcus und Mike hinter den Maschinen hervor.

»Wir haben ebenfalls einen erwischt, aber Champion ist am Oberschenkel verletzt«, berichtete Lance. »Falls sich in den nächsten paar Minuten kein Arzt darum kümmert, könnte er das Bein verlieren. Also schauen wir besser mal in den Lieferwagen rein, womit wir es zu tun haben.«

Auf der Ladefläche empfing sie ein Subnotebook, verbunden mit einer ganzen Batterie von Kabeln, die zu mehreren kleinen Blöcken einer weißlichen Masse führten. *Das ist C4!*, fluchte Lance innerlich. Der Computer und der Sprengstoff standen auf einem blauen Fass. Mehrere weitere Fässer verteilten sich darum. Eine rote Digitaluhr zählte rückwärts: *2:55 … 2:54 … 2:53 …*

Agent Marcus sog erschrocken die Luft ein.

Mike griff nach dem Funkgerät am Gürtel und mühte sich ab, es an den Mund zu heben, da seine Kraft durch den Blutverlust nachließ. Eugene brüllte los wie ein wild gewordener Stier. Er schnitt ihm das Wort ab. »Eugene, hören Sie zu. Wir haben keine Zeit mehr.« Die aufgeregte Stimme verstummte. *Guter Mann. Weiß, wann er die Klappe halten und die Ohren spitzen muss.*

»Einer der Lieferwagen von der Wäscherei ist auf dem Weg zu Ihnen. Sie müssen ihn um jeden Preis aufhalten. Haben Sie mich verstanden? Da ist eine Bombe drin. Sollte er entkommen, wird er eine Menge Menschen töten. Tun Sie, was immer nötig ist, um ihn zu stoppen. Töten Sie notfalls den Fahrer. Egal. Ich schicke zwei Agenten zu Ihnen, um Sie zu unterstützen, aber fürs Erste sind Sie auf sich allein gestellt.«

Kurze Stille. *Bitte, Gott, hoffentlich ist er mutig genug, das durchzuziehen.*

»Verstanden«, sagte Eugene, der sich mit seinem Schicksal abzufinden schien. »Ich melde mich, wie's gelaufen ist.«

»Sie sind ein guter Mann, Eugene. Einmal Marine, immer Marine. Viel Glück!« Mike reichte das Funkgerät an Lance weiter, setzte sich auf den Boden und betrachtete Matt Stillmans Leiche, die etwa drei Meter entfernt mit dem Gesicht nach unten dalag. Er hatte zwei Treffer in den Rücken kassiert.

»Himmel, Mike, bist du okay?«, erkundigte sich Lance besorgt.

2:33 … 2:32 …

»Keine Zeit, sich um mich zu sorgen«, stellte Mike fest. »Schnapp dir Chaney und hilf Eugene an der Einfahrt. Marcus kann sich um Champion kümmern. Ich erledige das mit dem Truck.«

»Wie?« Lance grübelte, wie sein Boss und langjähriger Freund das anstellen wollte.

Agent Marcus reichte Lance die Schlüssel zum Suburban, der vor der Halle abgestellt war.

»Keine Sorge. Ich hab alles im Griff. Ihr kümmert euch um die beiden Kerle in dem Lastwagen, der Richtung Eugene fährt. Er hat eure Hilfe nötiger als ich.«

Lance zögerte einen Moment, Sorge stand ihm ins Gesicht geschrieben, was Mike nicht entging.

»Das ist keine Bitte, alter Freund. Verschwende keine weitere Zeit und hilf dem Jungen.«

Lance Foster blickte seinen Boss und Freund ein letztes Mal an, nickte und wandte sich an Special Agent Chaney: »Sie haben den Mann gehört. Wir müssen los.« Ein letzter Blick zu Mike. »Wir sehen uns.«

»Auf jeden Fall, Bruder.« Mike war nicht ganz sicher, wann das der Fall sein würde.

Die beiden Kämpfer des HRT spurteten die Rampe hinunter in den nachmittäglichen Sonnenschein.

2:14 … 2:13 …

»Helfen Sie mir mal auf, Agent Marcus.«

Die junge Agentin beugte sich zu ihm hinunter und half ihm auf die Beine, wobei sie mit seinem Gewicht zu kämpfen hatte.

»Danke. Ich weiß, es ist nicht einfach. Uns bleibt kaum noch Zeit. Helfen Sie mir zur Fahrertür. Wir müssen uns beeilen.«

Während sie ihm beim Zurücklegen der wenigen Schritte half, sagte sie: »Danke, Sir. Sie haben mir da hinten das Leben gerettet. Und das sag ich nicht so daher. Ich hätte tot sein können.«

Sie waren fast bei der Fahrerkabine angekommen.

»Gern geschehen, aber das war pures Glück. Ihre Instinkte sind hervorragend, auch wie Sie reagiert haben, nachdem ich Sie zur Seite gestoßen hatte. Aber manchmal braucht man eben Glück. Auf jeden Fall bin ich froh, dass ich mich umgedreht habe. Sie sind eine gute Agentin. Von der Sorte brauchen wir so viele, wie wir kriegen können.«

»Danke, Sir.«

Sie erreichten die Fahrertür und Mike entfuhr ein lautes »Gott sei Dank!«.

»Was denn?«, fragte sie.

»Die Schlüssel. Ich hatte darauf spekuliert, dass sie stecken. Immerhin haben wir ihre kleine Party unterbrochen und sie zum überstürzten Aufbruch gezwungen. Wie gesagt: Glück.«

»Was jetzt?«

»Jetzt, Agent Marcus, werde ich Sie um etwas bitten, das Sie sicher nicht gerne tun werden. Aber damit das klar ist: Sie können es mir sowieso nicht ausreden. Ich werde meinen Willen bekommen.« Ein entschlossenes Lächeln breitete sich auf Mikes blassem Gesicht aus.

Agent Sheila Marcus empfand das erste Mal an diesem Tag echte Verzweiflung, als sie die Anweisungen ihres Vorgesetzten ausführte.

46

Eugene hatte Angst. Afghanistan war das eine, aber da war er zumindest von anderen Marines, seinen Kameraden und treuen Waffenbrüdern, umgeben gewesen – der wahre Grund, wieso er oder sonst jemand in einem Kriegseinsatz überhaupt bei der Stange blieb. Es mochte als Krieg gegen die Taliban begonnen haben, aber als Eugene vor Ort eintraf, wusste niemand mehr so genau, worin überhaupt das strategische Ziel des Einsatzes bestand. Doch egal, wie schlimm es wurde – und es wurde oft ziemlich schlimm –, er wusste immer die anderen Marines an seiner Seite.

Die Gedanken an seine Freunde, besonders an diejenigen, die es nicht nach Hause geschafft hatten, sorgten schließlich dafür, dass er sich aus seiner Starre löste.

Im hinteren Fenster des Wachhäuschens zeichnete sich der weiße Lieferwagen ab, noch einige Hundert Meter entfernt, aber zunehmend schneller. Das Fahrzeug wirbelte eine Menge Staub von der Fahrbahn auf und schoss auf ihn zu. Instinktiv ließ er die Schranken auf beiden Seiten herunter, wenngleich er wusste, dass sie bei einem Durchbruch sein Tempo nicht nennenswert verlangsamten. Seine einzige Chance sah er in dem weißen Pick-up, einem Ford F-350 Super Duty, der ihnen als Dienstfahrzeug zur Verfügung stand.

Er rannte aus dem Wachhaus zum Pick-up, wobei er sein Ziel aus dem Augenwinkel verfolgte. Weniger als 150

Meter entfernt. *Das wird knapp. Komm schon, Gott, ich könnte ein bisschen Hilfe brauchen.*

Der Ford parkte quer hinter dem Gebäude mit der Kühlerhaube in Richtung der Spur, auf der man aufs Gelände fuhr. Sein Boss hatte gemeint, auf diese Weise sei es leichter, auf Zwischenfälle in der Einrichtung zu reagieren. *Und das ist ein beschissen großer Zwischenfall!*

In der Hoffnung, nicht gesehen zu werden, stieg er auf der Beifahrerseite ein. Wer immer die bösen Jungs waren, er zählte darauf, dass sie es eilig hatten.

Er rutschte auf den Fahrersitz und schnallte sich an. Was er vorhatte, würde wehtun. *Ich hoffe, der Airbag bricht mir nicht die Nase,* dachte er abwesend, während er den PS-starken Motor anließ, den Rückwärtsgang der Automatik einlegte, den Fuß auf der Bremse, und wartete.

75 Meter … 60 Meter …

Der Lastwagen raste auf der Fahrspur, die vom Gelände führte, auf ihn zu. Er starrte nachdenklich auf die Glock in der rechten Hand, als wäre es die Police seiner Lebensversicherung. Seit Wochen hatte er sie nicht mehr abgefeuert, reinigte sie wegen des vielen Sands und des Staubs jedoch regelmäßig.

30 Meter … 25 Meter …

Jetzt erkannte er, dass zwei Männer im Fahrerhaus saßen. Kurz durchzuckte ihn nackte Angst, als er registrierte, dass der auf der Beifahrerseite eine Maschinenpistole in der Hand hielt.

Großartig, dachte Eugene. *Ach, scheiß drauf. Irgendwann muss jeder sterben. So war's wenigstens nicht umsonst. Semper fi, ihr Hurensöhne!*

Eugene Wabash, Afghanistanveteran, Ex-Marine, College-Student und Wachmann, nahm den Fuß von der Bremse und trat das Gaspedal durch. Der Pick-up reagierte sofort und das Fahrzeug schoss nach hinten auf den weißen Wäschereitruck zu. Das Timing war perfekt und der von einem V8-Motor angetriebene Wagen überwand die wenigen Meter innerhalb von Sekunden.

Die Ladefläche krachte gegen die Fahrerseite und Eugene wurde in den Sitz zurückgepresst, sein Kopf knallte gegen die Kopfstütze. Er trat das Gaspedal bis zum Anschlag durch und der Motor heulte auf. Vom Schwung des Wäschereilastwagens mitgerissen, fuhren beide Fahrzeuge für einen Sekundenbruchteil nebeneinanderher und krachten dann durch die herabgelassene Schranke, vereint im Kampf, die Fahrerseiten aneinandergepresst, aber in verschiedene Richtungen. Eugene spähte durch das Fenster in den Truck hinein.

Ein wütend aussehender Mann blickte ihm entgegen, rief etwas, das er nicht hören konnte und das ihm herzlich egal war. Eugene hob die Glock und drückte ab. *Fick dich!*

Das erste Projektil durchschlug den linken Unterarm des Mannes. Eugene wurde mit einem schmerzhaft überraschten Blick belohnt. Das nächste erwischte den Fahrer an der Schulter, aber erst Nummer drei beendete die einseitige Unterhaltung. Es traf den anderen links unterhalb des Kiefers und ließ ihn nach vorn auf das Lenkrad sacken.

Genauso schnell trennten sich die beiden Wagen wieder voneinander. Der Pick-up kam rückwärts auf der Ausfahrt zum Stehen, während der weiße Lkw von der Straße abkam und über das felsige Gelände holperte, bevor er ebenfalls stoppte.

Eugene umklammerte das Lenkrad des Ford und spürte das Adrenalin, das ihn durchflutete. *Okay. Du bist am Leben. Du hast einen von denen erwischt. Und jetzt mach, dass du aus der Karre rauskommst. Du sitzt hier wie zum Abschuss freigegeben.*

Er stieg aus und kniete sich erst mal hin, weil er vom Aufprall und dem Schlag auf den Hinterkopf noch leicht benommen war. Er hörte das Knirschen und Quietschen von Metall und realisierte eine Sekunde zu spät, worum es sich handelte.

Weg hier!, schrie eine innere Stimme, als sich die Beifahrertür des Trucks öffnete. Eugene rappelte sich genau in dem Moment auf, als der zweite Mann hinter dem Truck auftauchte. Er war mit dunklem Blut beschmiert, das einen scharfen Kontrast zum weißen Overall bildete, den er trug, aber es war eher die schwarze Maschinenpistole in seinen Händen, die Eugene alarmierte.

Der Gegner eröffnete das Feuer, und der junge Wachposten hastete zur Front des Pick-ups, um Deckung zu suchen, während die Geschosse die Karosserie durchschlugen, die Scheiben zum Bersten und die Reifen zum Platzen brachten.

Auf wundersame Weise unverletzt, versteckte Eugene sich hinter dem Kotflügel und wartete, bis der Beschuss verstummte. Als es so weit war, stand Eugene auf und suchte mit der Glock im Anschlag nach einem Ziel. Sein Konterpart war hinter dem Lkw in Deckung gegangen. *Bestimmt lädt er nach.*

Er bückte sich, visierte die Beine des Mannes an und dachte bei sich: *Wieso nicht?* Dann legte er sich auf den Boden und gab drei gezielte Schüsse ab.

Die ersten beiden wirbelten nur Staub auf, aber der dritte durchschlug den linken Knöchel des Mannes und riss ihn zu Boden. Mit der Maschinenpistole in der Hand starrte er hasserfüllt in Eugenes Richtung und schoss unter dem Lastwagen hindurch. Eugene ging hinter dem Reifen in Deckung und wartete, bis der zweite Patronenhagel endete.

Ich sollte besser warten, bis die Kavallerie eintrifft. Ich hab getan, worum mich der Typ vom FBI gebeten hat – den Truck aufgehalten und den Fahrer erschossen. Jetzt behalt ich einfach diesen Wichser im Auge und warte.

Die Geschosse, die weiterhin unablässig den Pick-up durchsiebten, bestätigten ihn in seinem Entschluss. Er betete, dass bald Hilfe kam.

47

Mike Benson blieb nicht mehr viel Zeit – der Countdown auf dem Timer der gewaltigen Lkw-Bombe, die er steuerte, war unter die 40-Sekunden-Marke gesunken.

Zuerst hatte er geglaubt, alles komme in Ordnung, aber sobald er Special Agent Chaney hinter der zweiten Bombe hergeschickt hatte, zeigten sich bei ihm die typischen Symptome eines Schocks – Schwäche, flache Atmung und Schüttelfrost.

Es blieb einfach nicht genug Zeit, um die Schussverletzung zu behandeln, und er war ziemlich sicher, dass sie tödliche Folgen hatte. Die komplette Innenseite seiner kugelsicheren Weste war blutgetränkt, das durchgeweichte Hemd klebte ihm an der Brust.

Unter diesen Umständen hatte er die bestmögliche Entscheidung getroffen, indem er Agent Marcus befahl, sich um Special Agent Champion zu kümmern. Er wollte keine Opfer bei dieser Operation, abgesehen von seinem eigenen. Für Champion fühlte er sich verantwortlich und diese Last wog so schwer, dass sie sich nur mit seinem Leben ausgleichen ließ.

Nur weil er starb, musste er nicht mit einem erbärmlichen Winseln von der Bildfläche abtreten. Er ging vielleicht nicht mehr so häufig selbst in den Einsatz, aber das brachte der Posten als stellvertretender FBI-Direktor nun mal mit sich. Trotzdem konnte er es locker mit den besten Agenten aufnehmen. Seine Wut gegenüber denjenigen, die den Tod Unschuldiger in Kauf nahmen, ließ er allerdings immer nur dann aufblitzen, wenn er es für unbedingt notwendig hielt.

Und das ist einer dieser Momente, dachte er, während er den Truck die Rampe hinuntersteuerte und durch das geöffnete Tor in die gleißende Wüstensonne raste. Ihm fiel nur ein Ziel ein, um die riesige Explosion, die gleich über die Anlage hereinbrechen würde, halbwegs abzuschwächen: die Mine.

Er trat aufs Gaspedal und seine Gedanken landeten zuerst bei Corey, dann bei seinem Onkel Jake und schließlich bei Logan. Es war Logan, um den er sich die meisten Sorgen machte. Sein Freund kannte zwar keine Angst, kämpfte jedoch ständig gegen innere Dämonen, die Geister von Falludscha und den brennenden Hass, der ihn zu zerstören drohte, wenn er es zuließ.

Es gab wohl keinen Zweiten auf diesem Planeten wie Logan West. So loyal und aufrichtig, wie es ein Mann in der heutigen Welt nur sein konnte.

Mike wusste, der Zorn, den Logan in sich trug, erwuchs nicht aus Ärger oder Frust. Dahinter steckte blindwütige Verachtung für die Gräueltaten, mit denen Kriminelle überall auf der Welt das Leben Unschuldiger zerstörten.

Und mein Tod wird ihn auf einen persönlichen Rachefeldzug führen. Doch obwohl er seinem Ende ins Auge blickte, lächelte Mike. *Gott steh dem armen Bastard bei, der für die Ereignisse der letzten paar Tage verantwortlich ist. Logan wird ihn aufspüren und dafür bezahlen lassen, als wäre er der Sensenmann persönlich.* Er hoffte nur, dass Logan sich nicht von seinem Groll zerfressen ließ. Er vertraute seinem Freund diesbezüglich und beschloss, sich der eigenen Sterblichkeit zu stellen. Zielstrebig raste er seinem Untergang entgegen.

Er musste sich konzentrieren, da ihm langsam schwarz vor Augen wurde. Vor ihm klaffte die riesige Grube, in der die seltenen Erden abgebaut wurden. Noch 40 Meter bis zum Abgrund. *Gleich ist es so weit, Mike …*

Der Lastwagen schoss unaufhaltsam auf das Loch zu, rumpelte über Dreck und Kies.

Mike versuchte, den Kopf freizubekommen, wollte seinen inneren Frieden finden, bevor er starb. Er spürte die geistige Klarheit, von der Überlebende einer Nahtoderfahrung häufig berichteten, und verfolgte mit angehaltenem Atem, wie die Kante immer näher kam. Sein Blick fiel auf den Abgrund, der in grenzenlose Tiefen zu führen schien.

Und dann passierte es – ein Teil seines Verstands begehrte auf, weigerte sich, das vermeintlich Unausweichliche zu akzeptieren. *Das ist ja wie bei Thelma und Louise. So tret ich auf keinen Fall von der Bildfläche ab …* Das Leben war kostbar, und wenn es ihm noch etwas Zeit schenkte, gedachte er, sie zu nutzen. Er wusste ganz genau, was er in diesen wenigen Sekunden tun wollte.

Er stieß die Tür auf, während die rollende Bombe in Richtung Ziel raste. *Na dann mal los. Logan wäre bestimmt stolz auf mich.*

Beherzt und mit völlig klarem Kopf sprang Mike Benson aus der Kabine des Lastwagens und überlegte, was ihn wohl zuerst umbrachte – die Schusswunde oder die Wucht des Aufpralls.

48

Eugene wurde langsam ungeduldig. Aus seiner quasi liegenden Haltung konnte er nicht erkennen, ob Hilfe anrückte. Das FBI hatte ihm versichert, in einer oder zwei Minuten da zu sein. Nicht zu wissen, was sein Gegner auf der anderen Seite des Lastwagens trieb, zehrte ziemlich an den Nerven. Da der heftige Beschuss aufgehört hatte, beschloss er, das Risiko einzugehen, nach dem Rechten zu schauen. Er beugte sich ein Stück weiter nach unten, um einen Blick auf den Mann zu erhaschen, den er angeschossen hatte.

Dazu erhielt er jedoch keine Gelegenheit, denn in diesem Moment verwandelte sich der relativ ruhige Nachmittag – so ruhig er nach einem Schusswechsel und der Kollision zweier Wagen eben sein konnte – in ein donnerndes Inferno aus Lärm und Chaos.

Buuuummmm!

Eugene richtete sich erschrocken auf, seine Aufmerksamkeit völlig in Anspruch genommen von der Staubwolke, die über der Mine wie eine dunkle, brodelnde Masse aufstieg. Steine und Felsbrocken flogen auf die Straße, während sich ein Schatten über die Anlage senkte. Die Sonne wurde vorübergehend ausgelöscht. Die Druckwelle schwappte über das Gelände hinweg. *Was zur Hölle haben die in diese Lastwagen gepackt?*

Ein leises Geräusch gewann an Intensität. Eine zweite Erschütterung ging durch den Boden. *O nein, ein Erdbeben!*

Unter seinen Füßen bebte die Welt. Er stand hinter dem Pick-up auf und machte probeweise ein paar Schritte, bis er sich nicht mehr so wacklig auf den Beinen fühlte. Seine irrationale Angst wich nüchterner Überlegung, als eine zweite Staubwolke aus der Grube aufstieg und das Zittern nachließ.

Das ist kein Erdbeben, du Idiot. Die erste Explosion hat einen Erdrutsch in der Grube ausgelöst. Verflucht …

Wie gebannt vom staubverhüllten Himmel vergaß Eugene für einen Augenblick, dass er eben noch in eine Schießerei verwickelt gewesen war. Deshalb bemerkte er den Verletzten nicht, der hinter dem Lastwagen hervorgehumpelt kam und einen blutigen Fuß hinter sich herschleifte, die schwarze Maschinenpistole in der ausgestreckten Hand. Der andere erreichte die Mitte der Fahrbahn, wobei der Erdrutsch seine linkischen Bewegungen unhörbar machte. Purer Fanatismus stand ihm ins Gesicht geschrieben.

Eugene nahm überhaupt nicht wahr, dass er nur noch Sekunden zu leben hatte.

Das heisere Bellen einer Autohupe riss ihn aus seiner Trance. Ihm wurde schlagartig bewusst, in welcher Gefahr er schwebte. Um seinen tödlichen Fehler zu kompensieren, wirbelte er eiligst herum und konzentrierte sich auf eine simple Frage: *Wo ist er?*

Der verwundete Chinese hatte ihn bereits im Visier. Er lächelte Eugene durch eine Fratze aus purem Hass an und zielte mit der Maschinenpistole auf sein Gesicht. *Was für ein Tod!* Ihm blieb nichts mehr zu tun, außer darauf zu warten, dass der Mann den Abzug seiner Waffe betätigte.

Plötzlich schoss ein schwarzer Suburban hinter der Wachbude hervor und lenkte aufgrund seiner

Geschwindigkeit und seines Momentums zwangsläufig Eugenes Aufmerksamkeit auf sich. Aus dem Augenwinkel registrierte er, dass der Mann im weißen Overall sich ebenfalls in Richtung des Fahrzeugs gedreht hatte. Er schien den SUV für die aktuell größere Bedrohung zu halten.

Eugene zuckte zusammen, als der Mann mit der Maschinenpistole losballerte. Geschosse durchschlugen Motorhaube und Windschutzscheibe, doch seine Retter wurden nicht langsamer.

Da er wegen des verwundeten Knöchels nicht fliehen konnte, schrie der chinesische Agent frustriert auf und setzte seinen sinnlosen Beschuss fort.

Schreie und Schüsse endeten abrupt, als der Suburban mit Tempo 90 in den Asiaten hineinraste.

Gleichermaßen entsetzt und erstaunt verfolgte Eugene, wie der Kühlergrill des Suburban die Hüfte und beide Beine des Mannes zerschmetterte. Er fuhr im Grunde *durch* ihn, nicht *über* ihn. Der Oberkörper wurde durch den brutalen Aufprall auf die Motorhaube zertrümmert. Blut spritzte über die Frontscheibe.

Der SUV bremste ruckartig, als dem Fahrer aufging, dass er den gewünschten Effekt erzielt hatte. Der Tote wurde brutal nach hinten geschleudert. Arme und Beine wirbelten durch die Luft, während er mindestens fünf Meter weit flog. Er landete mit einem widerlichen Klatschen und verdrehten Gliedmaßen. Von dem Menschen, der er gerade noch gewesen war, blieb nichts übrig.

Während Eugene die Szene mit offenem Mund verfolgte, kam der SUV rutschend zum Stehen. Die Tür auf der Fahrerseite flog auf. Der große Schwarze, den er vorhin auf dem Rücksitz hinter dem stellvertretenden

FBI-Direktor bemerkt hatte, stieg aus und betrachtete die leblosen Überreste. Aus der Beifahrertür folgte einer der Schützen, die ebenfalls hinten gesessen hatten – Chaney oder Champion, Eugene wusste nicht mehr, welcher von beiden es war. Er hielt ein Sturmgewehr auf den Möchtegernkiller gerichtet.

Zufrieden, dass der Bewaffnete nicht länger eine Bedrohung darstellte, wandte sich der Typ mit dem Ziegenbart grinsend an ihn. »Sie dachten wohl, wir hätten Sie vergessen? Keine Chance, mein Freund. Sie waren offenbar auch nicht gerade untätig. Gute Arbeit, mein Junge.«

Normalerweise nicht auf den Mund gefallen, starrte Eugene ihn bloß fassungslos an und rang nach den passenden Worten, um seine Dankbarkeit auszudrücken.

»Danke« war alles, was ihm einfiel.

»Nein, ich danke Ihnen. Ob Sie's glauben oder nicht, Marine, Sie sind ein Held.«

Eugene nickte wie betäubt. Die Schlacht um Wild Horse Mountain war zu Ende.

49

Agent Marcus hatte zunächst versucht, Druck auf die Schusswunde in Special Agent Champions Oberschenkel auszuüben, um sie bis zum Eintreffen des Notarztes mithilfe der Blutgerinnung zumindest halbwegs zu verschließen. Jeder, der Schusswunden nicht nur aus dem Fernsehen kannte, wusste, dass man solche Verletzungen nur im äußersten Notfall abbinden sollte, weil man sonst im schlimmsten Fall den Verlust des entsprechenden Körperteils riskierte. Nachdem jedoch sämtliche Bemühungen, die Blutung zu stoppen, fehlgeschlagen waren, hatte sie den schwarzen Nylongürtel des Agenten um seinen Oberschenkel gezurrt. Dann schien mit einem Mal die Erde entzweizubrechen.

Die durchdringende Explosion erschütterte das Kraftwerk so stark, dass sie davon ausging, ihre Rettungsmaßnahmen seien überflüssig gewesen – sie würden sowieso beide sterben. Schwere Maschinen hatten sich aus ihren Verankerungen losgerissen und einer der gewaltigen Schornsteine, die durch die Decke in den Himmel ragten, wies einen diagonalen Riss bis zum Boden auf.

Aber sie waren nicht getötet worden. Also musste es Benson gelungen sein, den Truck in die Mine zu stürzen und die brutale Wucht der Detonation so zumindest abzuschwächen.

Sobald sie sicher war, dass das Gebäude nicht über ihnen einzustürzen drohte, hatte sie Special Agent Champion für einen Moment sich selbst überlassen. Er war noch bei Bewusstsein und redete über Funk mit seinem Boss, der ihn gerade informierte, dass man es geschafft hatte, den zweiten Lastwagen zu sichern.

Das ist eine Win-win-Situation, dachte sie und ging nach draußen. Sie hoffte, dass der stellvertretende FBI-Direktor irgendwie mit dem Leben davongekommen war.

Aufgewirbelter Staub und Dreck schwängerten die Luft. Ein beißender Geruch, den sie nicht einordnen konnte, stieg ihr in die Nase. Sie wusste, in welcher Richtung die Mine zu finden war, und arbeitete sich durch die Kraterlandschaft zur Abbaustelle vor.

Der Staub verzog sich dank des aufgekommenen Winds schrittweise. Allmählich klarte die Sicht auf. Ein paar Meter weiter erhaschte sie einen Blick auf die Kante der Grube und Mike Benson, der mit dem Rücken zu ihr davorsaß.

Die Erleichterung ließ ihren Puls in die Höhe schnellen. Die restliche Entfernung legte sie rennend zurück. *Er lebt. Gott sei Dank, er lebt!*

»Sir, das war ein …« Ihre Stimme erstarb, denn er konnte die Worte jetzt und auch in Zukunft nicht hören. Benson war tot.

Der stellvertretende FBI-Direktor hatte die Beine nach vorn ausgestreckt. Der Kopf war auf die Brust gesackt und die braunen Augen starrten blicklos in den Abgrund. Die rechte Hand umklammerte fest ein Handy, das auf dem rechten Oberschenkel lag.

Als sie ihn so ansah, wurde ihr klar, dass er aus dem Fahrzeug gesprungen sein musste, wie durch ein Wunder überlebt hatte und inmitten des durch die Explosion verursachten Chaos zäh genug gewesen war, um einen Anruf zu erledigen. Agent Marcus unterdrückte ein Schluchzen.

Beim Blick auf das Handy stellte sie fest, dass der Timer für die verstrichene Gesprächsdauer noch aktiv war. *O Gott. Die Verbindung steht noch.*

Behutsam löste sie das Handy aus seinen Fingern und las den Namen auf dem Display. Zunächst konnte sie damit nichts anfangen, doch dann dämmerte es ihr. Sie erinnerte sich an eine Unterhaltung, die sie früher am Tag in Special Agent Hunts Büro aufgeschnappt hatte.

Aus Respekt für den privaten Charakter dieser letzten bewussten Handlung Bensons beendete sie die Verbindung, steckte das Telefon in die Tasche und schloss seine Augenlider. Sie wusste nicht, was sonst zu tun blieb – die zweite Bombe war gesichert, die Gegner tot und Special Agent Champion außer Lebensgefahr. Sie kehrte zu ihm zurück und trauerte im Stillen um den Mann, der ihr Leben in so kurzer Zeit so entscheidend beeinflusst hatte.

Ganz egal, was noch passierte: Seine Entscheidung, ihr Leben zu retten und sein eigenes zu opfern, würde ihre Handlungen für den Rest ihres Lebens bestimmen. Ihre Seele war nun mit einer Art Schuldschein belegt, den sie mit Worten und Taten gleichermaßen zu begleichen gedachte.

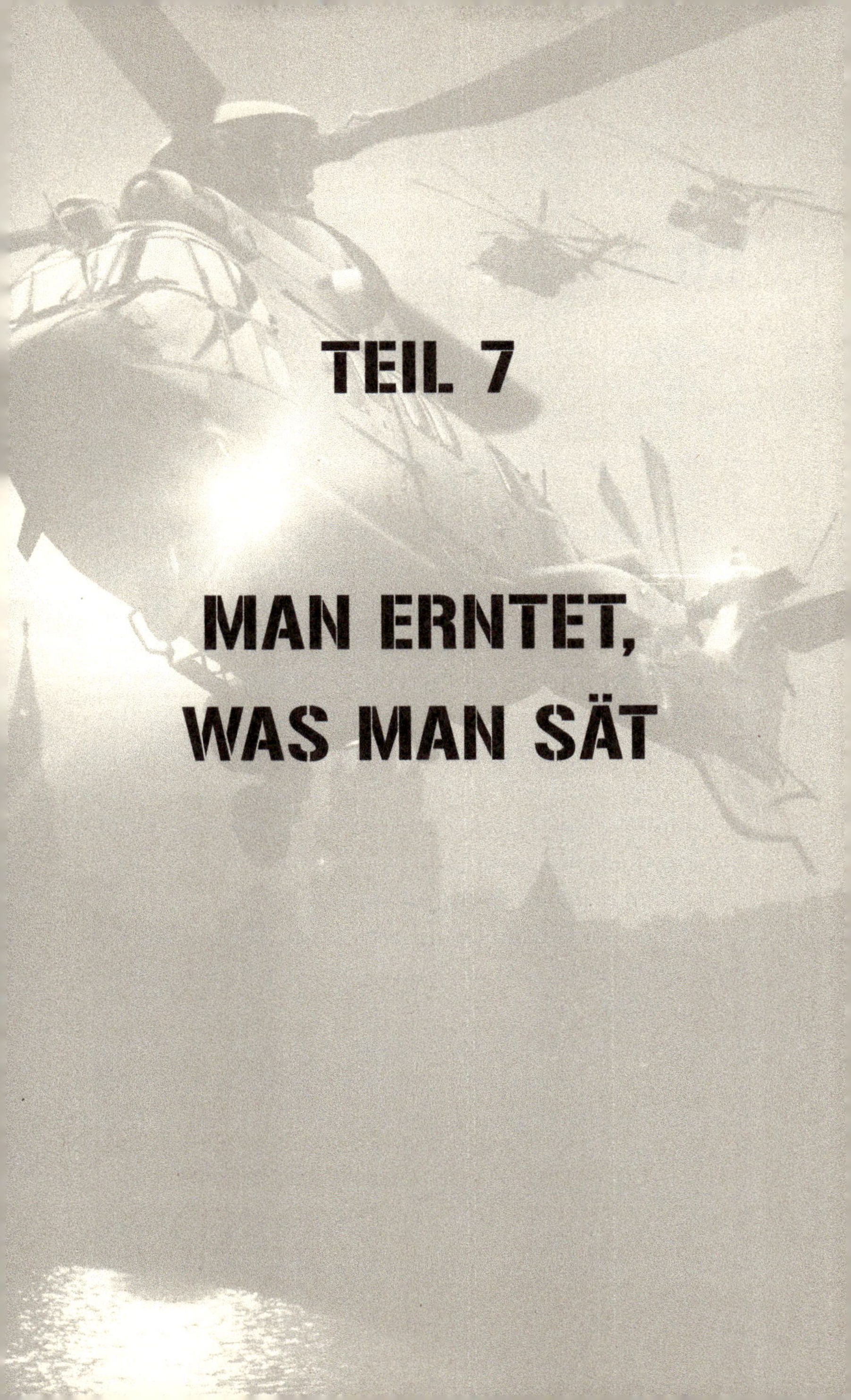

TEIL 7

MAN ERNTET, WAS MAN SÄT

50

Botschaft der Vereinigten Staaten
Khartum

»Logan«, sagte eine drängende Stimme. »Logan, wachen Sie auf.«

West, der von den gewaltigen und gewalttätigen Anstrengungen des Tages völlig erschöpft war, setzte sich auf der Ledercouch auf, die er kurzerhand zum Bett umfunktioniert hatte. Die Neonröhren erwachten flackernd zum Leben. Er kniff die Augen vor dem grellen Licht zusammen.

»Okay, okay«, meinte er brüsk. »Ich bin wach. Was ist los?«

Wendell Sharp stand mit einem undefinierbaren Gesichtsausdruck in der Tür.

Was hat er denn?, überlegte Logan.

»Ein Anruf für Sie in meinem Büro. Sie müssen ihn entgegennehmen.« Wendells Stimme klang beunruhigend emotionslos.

»Wie spät ist es?« Logan wusste, dass er auf die Frage, was los war, sowieso keine Antwort erhielt. Der Stationschef würde es ihm nicht sagen. Er musste schon ans Telefon gehen.

»Kurz nach zwei morgens.«

Was immer auch mitten in der Nacht seine sofortige Aufmerksamkeit erforderte, es musste wichtig sein. Sie hatten die Mission erfüllt, den ONERING in ihre Gewalt gebracht und warteten darauf, Khartum mit dem Flugzeug zu verlassen. Eilig schnürte er die sandfarbenen taktischen Oakley-Stiefel und erhob sich von der Couch, um dem CIA-Offizier zu folgen.

Sie durchquerten einen kurzen Korridor, an den mehrere Büros angrenzten, die aktuell alle von Logans schlafenden Kollegen belegt wurden. In Wendells Büro gab der Mann ihm zu verstehen, er solle sich an den Schreibtisch setzen. Dort wartete ein schwarzes Telefon Unheil verkündend auf ihn.

Was zur Hölle geht hier vor? Es konnte jedenfalls nichts Gutes sein. Er fürchtete, dass ihm eine lange Nacht bevorstand.

»Wendell, könnten Sie bitte John wecken?«, fragte Logan höflich. Seine Instinkte verrieten ihm, dass er seinen engsten Freund und Ratgeber bald brauchte.

Wendell nickte und verließ wortlos den Raum.

Was es auch ist, er weiß es bereits.

Logan nahm das Mobilteil vorsichtig in die Hand, als holte er damit einen unaussprechlichen Schrecken in die Wirklichkeit. Und so war es auch.

Logan holte tief Luft. »Hallo?«

»Logan, hier spricht Jake Benson.« Mikes Onkel, der FBI-Direktor, klang erschöpft. Aber da schwang noch etwas in seiner Stimme mit, das Logan nicht genau benennen konnte.

»Sir, was ist los?«, fragte Logan vorsichtig. »Wir haben gehört, die Situation im MGM sei unter Kontrolle, alle Terroristen tot und die Geiseln in Sicherheit. Wie Sie wissen, kehren wir morgen mit dem Paket in einem Flieger in die Staaten zurück.«

»Ich weiß. Darum geht es nicht. Es geht um Mike.«

In dem Moment, in dem die Worte laut ausgesprochen wurden, wusste Logan Bescheid. Eine monströse Stahltür schlug knallend in seinem Kopf zu. *Mike ist tot.*

Er schloss die Augen, ein Rauschen dröhnte in seinem Kopf, überwältigte ihn beinahe, während er den Details lauschte. Logan war Realist und verzichtete deshalb darauf, zu verdrängen oder zu leugnen, was Jake ihm erzählte. Der Tod war in ihrem Metier ein ständiger Begleiter; ein Klischee, das er gleichermaßen verabscheute und als ständige Mahnung mit sich herumtrug. Er selbst war mehr als einmal dem Abgrund knapp entkommen. Doch einer seiner engsten Freunde – jemand, der für ihn zur Familie gehörte, ein Geistesverwandter und Waffenbruder, der gegen die Welle des Bösen ankämpfte, die ihre Welt bedrohte; jemand, der sein Leben und seine Karriere riskiert hatte, um Sarah zu retten, ein guter Mann – war gestorben.

Der emotionale Schmerz kam augenblicklich. Ein unerwartet brutaler Schlag, der drohte, ihn zu Boden zu reißen. Er musste sich dagegenstemmen, um seine Emotionen unter Kontrolle zu bekommen. Jetzt war nicht die Zeit für Trauer. Er atmete tief ein und aus, gestattete jedem einzelnen Atemzug aus abgestandener Luft, die zügellosen Flammen, die in ihm loderten, zu ersticken. Ein wildes Monster, das man bei Bedarf von der Kette lassen konnte, tobte und rebellierte. *Bald … jetzt noch nicht.*

»Logan, es tut mir so leid. Ich weiß, wie nahe ihr beiden euch gestanden habt.«

»Danke, Sir, dass Sie mich persönlich angerufen haben. Ich weiß das sehr zu schätzen. Ich weiß, wie viel Mike Ihnen bedeutet hat. Mein Beileid für Ihren Verlust.«

»Danke, mein Sohn. Es ist unser aller Verlust. Er war etwas Besonderes, ein Mann mit Charakter und Überzeugungen.«

»Ich weiß. Das gehörte zu den vielen Seiten, die ich an ihm geliebt habe.«

»Das ist gut, Logan, denn es sind diese Seiten, an die du dich erinnern musst. Uns stehen dunkle Zeiten bevor.« Jakes Tonfall veränderte sich abrupt, schlug ins Emotionslose um. »Wir unterhalten uns, wenn du wieder da bist. Oh … und noch etwas.«

»Worum geht es, Sir?«, entgegnete Logan.

»Hör auf, mich Sir zu nennen. Es ist mir egal, wo wir sind oder wem wir gegenüberstehen. Für dich bin ich ab sofort Jake, bis einer von uns seinen letzten Atemzug macht. Du warst für Mike wie ein Bruder. Damit gehörst du für mich ab sofort zur Familie.«

Logan bekam kein Wort heraus. Die Gefühle hielten seine Stimme in Würgehaft. Die offenen Worte von Mikes Onkel überwältigten ihn dermaßen, dass er nicht wusste, was er darauf erwidern sollte. *Was hab ich denn getan, um so eine Loyalität hervorzurufen? Womit verdiene ich diese Ehre?*

John erschien in der Tür. Ihm musste er die traurige Neuigkeit als Nächstem beibringen. Die Last dieser Verantwortung half ihm, die Fassung wiederzuerlangen. Endlich schaffte er es, eine Antwort zu geben.

Gleichzeitig kehrte die Wut zurück und hämmerte ununterbrochen gegen die Tür, flehte darum, freigelassen und gegen diejenigen entfesselt zu werden, die sie verdient hatten.

»Danke, ich kann mit Worten gar nicht ausdrücken, was mir das bedeutet«, sagte er schließlich.

»Ich weiß. Vergiss es nicht, denn ich meine es genau so, wie ich es gerade gesagt habe. Jetzt solltest du erst mal schlafen. Wir reden weiter, wenn du in Washington bist. Gute Reise, Logan.«

»Danke, Jake. Wir sehen uns bald, aber ich glaube, wir müssen noch etwas erledigen, bevor wir uns auf den Heimweg machen.« Logan starrte zu Boden, bevor er John in die Augen blickte.

Jake ahnte, was Logan mit seinen Worten andeutete. »Wenn es etwas mit Mikes Schicksal zu tun hat, dann werde ich dich nicht davon abhalten. Diese Monster verdienen keine Schonung. Die haben die Figuren für dieses tödliche Spiel in Position gebracht. Höchste Zeit, dass wir es ihnen nach den gleichen Regeln heimzahlen.«

»Verstanden. Wir passen auf. Bis bald.« Logan trennte die Verbindung.

»Logan, was ist los?« John musterte ihn besorgt.

»Du solltest dich besser hinsetzen«, sagte Logan. »Es ist schlimm … wirklich schlimm.«

Logan erzählte ihm alles. Von Sekunde zu Sekunde klang seine Stimme fester. Er beendete den Bericht mit dem Kampf gegen die vier chinesischen Agenten in der Förderanlage für seltene Erden.

»Noch mehr Chinesen, die uns angreifen?« Johns Trauer war mittlerweile vollständig der Wut gewichen, die seine Seele folterte.

»Genau.« Logan wartete darauf, dass sein Freund die unvermeidliche Frage stellte.

»Aus der Art, wie du das Gespräch beendet hast, schließe ich, dass wir heute noch nicht abreisen?«

»Stimmt, das tun wir tatsächlich nicht. Aber wir sind auf die Unterstützung von ein paar Freunden angewiesen.

Außerdem muss Amira so schnell wie möglich mit Langley sprechen.«

»Gut. Denn ich will diese Wichser, die für alles verantwortlich sind, liebend gern umbringen. Wenn sie uns helfen kann, die Verantwortlichen zu identifizieren, wird sie es tun. Sie tickt nämlich genau wie du.«

Logan lächelte, aber es war kein warmherziges Lächeln. Eher ein durch und durch bösartiges Grinsen. Wer in diesem Moment in seine intensiv funkelnden grünen Augen schaute, hätte geschworen, dem Tod ins Gesicht zu blicken.

51

Am nördlichen Ufer des Blauen Nil
Khartum

Mehrere erst kürzlich gebaute Hochhäuser verteilten sich zwischen Khartums meist ärmlichen und größtenteils aus Flachbauten bestehenden Vierteln. Die Wolkenkratzer verfügten über den zusätzlichen Vorteil, dass Sicherheitspersonal zum Schutz ihrer Bewohner beitrug. Dabei handelte es sich größtenteils um reiche Ausländer, die in Khartum Geschäfte machten, oder Lokalpolitiker, die sich damit noch weiter von den Bürgern abgrenzten, deren Interessen sie eher halbherzig vertraten.

Ihr Ziel war ein zehnstöckiges Gebäude, der mittlere von drei geplanten Luxuskomplexen. Die beiden daneben befanden sich noch im Bau.

Langley hatte sich selbst übertroffen und ihnen die Ortungsergebnisse eines Handys geliefert, von dem aus mit dem Apparat telefoniert worden war, den Amira dem toten Agenten auf der Brücke abgenommen hatte. Die telefonischen Aktivitäten waren auffällig genug, um die CIA-Analysten zu der Schlussfolgerung zu veranlassen, dass es sich bei dessen Besitzer mit »großer Wahrscheinlichkeit« um das Mitglied eines chinesischen Teams für Geheimoperationen handelte – oder zumindest um jemanden, der mit einer solchen Organisation in enger Verbindung stand. Logan hielt nicht viel von solchen

Formulierungen. Sein Bauchgefühl besagte, dass sie es mit dem jungen Anführer vom Friedhof zu tun hatten.

Nach ihrer Flucht aus dem Black Hole und dem Überfall auf die Tuti-Insel ging Logan davon aus, dass der chinesische Bastard Zuflucht im Haus seines sudanesischen Kollaborateurs gesucht hatte. Blieb nur noch die Frage, ob diese Verschwörung bis in Kreise der sudanesischen und der chinesischen Regierung hineinreichte.

Die Analysten in Langley hatten sich eine Liste der Bewohner des Hochhauses verschafft und sie mit bekannten sudanesischen Regierungsoffiziellen abgeglichen. Besonders durch eine Übereinstimmung ergab plötzlich alles einen Sinn.

Namir Badawi, der Kopf von Al Amn Al-Dakhili, bewohnte eine gesicherte Penthouse-Suite mit Aussicht auf den Blauen Nil und den Präsidentenpalast, in dem sich sein Büro befand. Die Beteiligung dieses Mannes erklärte die Unterstützung, die die Chinesen aus sudanesischen Regierungskreisen erhalten hatten, zumindest als sie Logan und Cole in das abgelegene Gefängnis verschleppt hatten.

Der logische nächste Schritt lautete deshalb, herauszufinden, was genau der Chef der inneren Sicherheit des Sudans über die ganze Sache wusste. Eine ähnlich große Rolle spielte die Frage, wer sich mit ihm in diesem Apartment aufhielt. Im Grunde war sie sogar von entscheidender Bedeutung.

Aber um das zu beantworten, mussten sie zunächst Namir Badawi und seinen Gast gefangen nehmen – eine taktische Herausforderung, die durch die Präsenz der Security-Mannschaft zusätzlich erschwert wurde. Mit mehr Zeit für Planung und Aufklärung hätten sie sicher eine Möglichkeit gefunden, vom Dach her in das Gebäude einzudringen und ihn aus der Suite zu entführen. Aber Zeit war ein Luxus, über den sie nicht verfügten. Nachdem Langley ihnen ein umfassendes Dossier über Badawi zur Verfügung gestellt hatte – inklusive aktueller Fotos –, verlegten sie sich auf eine simplere Alternative: Sie würden ihn auf der Straße vor dem Haus schnappen.

Da seine Wohnung so dicht am Arbeitsplatz lag, gingen sie davon aus, dass er zu Fuß zum Präsidentenpalast ging, einen Fahrer hatte oder ein Taxi nahm. Sich selbst ans Steuer zu setzen und einen Wagen durch das Verkehrschaos von Khartum zu steuern, kam für einen Mann in seiner Position nicht infrage.

Unterstützung erhielten Logan, John, Amira und Cole von Chief Sorenson und Lieutenant Reed, die beide über Kampferfahrung in dicht besiedelten Gebieten verfügten und sich dank ihrer gebräunten Haut und den Vollbärten unauffällig unter die örtliche Bevölkerung mischen konnten. Der Umstand, dass der Rest der Gruppe sich seit Tagen nicht rasiert hatte, erleichterte die Tarnung zusätzlich.

Bevor sie die Botschaft verließen, hatten sie alle ihre Gesichter mit Dreck eingerieben und ihre Haare verwuschelt, die Männer waren in die hierzulande üblichen Stoffhosen und weißen Hemden geschlüpft. Lange, fließende Gewänder, die man problemlos abstreifen konnte, komplettierten die Outfits und halfen zudem, ihre Waffen zu verbergen. Als nicht muslimische Ausländer erwartete man zwar von ihnen nicht, dass sie sich auf die konservative, traditionelle Art der sudanesischen Männer kleideten. In diesem Fall half es aber, unerwünschte Aufmerksamkeit zu vermeiden.

Wegen der allgegenwärtigen Müllberge auf den Straßen und der Unmengen weißer Autos, die um den Block herum parkten und in die man sich unauffällig einreihen konnte, stellte sie die Einrichtung eines Beobachtungspostens vor keine nennenswerte Herausforderung, schon gar nicht mitten in der Nacht. Logan und John kurvten mit einer weißen Limousine um den Block und fanden auf Anhieb eine Parklücke, etwa 50 Meter vom Hochhaus entfernt auf der anderen Straßenseite. Cole, Chief Sorenson und Lieutenant Reed verschanzten sich in einem weißen Bus in direkter Nähe des Ausgangs. Amira tarnte sich als obdachlose Frau, die ein Lager aus Pappkartons und Zeitungspapier zwischen zwei heruntergekommenen Gebäuden direkt gegenüber von Badawis Wohnturm bezog.

Es war mittlerweile kurz vor sieben. Der erste Gebetsruf des Tages, der *Fadschr,* hatte die Menschen vor etwa einer Stunde geweckt. Bald ging die Sonne auf. Während Logan die Vorderseite des Hochhauses observierte, wanderten seine Gedanken zu Mike und den vielen gemeinsam absolvierten Operationen, konzentrierten sich schließlich auf den Showdown im Irak vor zwei Jahren. Die Erinnerungen befeuerten sein Verlangen nach Gerechtigkeit, auch wenn ihm bewusst war, dass die raubtierähnliche Gier nach Blut, die der Verlust seines Freundes ausgelöst hatte, einen Großteil seiner Motivation ausmachte.

»Hast du wirklich vor, sie lebend zu schnappen?« Anlass für Johns Frage waren ihre Erfahrungen auf einem Gelände der Aufständischen im Irak. »Normalerweise bist du nicht gerade scharf drauf, Gefangene zu machen.«

Logan hatte sich über diesen Punkt einige Gedanken gemacht. Sosehr es ihn danach verlangte, den persönlichen

Rachedurst zu stillen, so wichtig schien es ihm im Gegenzug, Badawi und seinen Freund lebend zu schnappen, um jede erdenkliche Information aus ihnen herauszuquetschen.

»Es hängt alles davon ab, wie sie reagieren. Aber ja, grundsätzlich will ich sie gefangen nehmen. Wir haben es hier mit einer globalen Verschwörung zu tun, vermutlich koordiniert von den Chinesen unter Beteiligung der Russen, Nordkoreaner und Sudanesen. Die vier toten Attentäter in Vegas nicht zu vergessen. Wir tappen nach wie vor im Dunkeln, was den Hintergrund dieser Wichser betrifft. Ich war nie ein großer Fan von *Akte X*, aber das Ganze wirkt, als hätte sich die ganze Welt auf die USA eingeschossen.« Logans Stimme klang mit jedem Wort entschlossener. »Sosehr ich diese Bastarde vom Antlitz der Erde fegen will, ich werde mich zusammenreißen.« Er sah seinem Freund fest in die Augen. »Und das Gleiche erwarte ich von dir.«

»Verstanden, Bruder. Wir töten sie nur, wenn uns keine andere Wahl bleibt. Wird sich zeigen, ob sie uns eine lassen.«

»Die Tür geht auf«, kam Amiras geflüsterte Ankündigung über den verschlüsselten Funkkanal ihrer taktischen Funkgeräte. Ein Feind, der SIGINT – also Funkaufklärung – betrieb, hätte das Signal abfangen, aber niemals den Inhalt des Gesprächs dechiffrieren können.

Logan und John nahmen zwei Gestalten ins Visier, die unter der Markise des Eingangsbereichs standen, aber auf 50 Meter Entfernung ließ sich nicht genau erkennen, ob es sich um ihre Zielpersonen handelte.

»Kannst du bestätigen, dass es Badawi ist?«, vergewisserte sich Logan.

»Eine Sekunde«, erwiderte Amira, als die beiden Männer das Ende der Überdachungen erreichten und in den verblassenden Lichtschein einer Straßenlaterne traten, die in den nächsten Minuten ausgeschaltet wurde. »Jackpot. Badawi bestätigt. Der zweite Mann ist Chinese, jung, kurze schwarze Haare. Sieht aus wie der Typ aus dem Hubschrauber, der vom Friedhof wegflog.«

»Bingo«, antwortete Logan. »Wir sind am Zug. Los geht's.«

Die beiden Männer passierten das schwarze Sicherheitstor und mischten sich in den Strom der Fußgänger, der so früh am Morgen noch überschaubar war. Die Menschen trabten auf den Gehsteigen hin und her, ohne etwas von dem Katz-und-Maus-Spiel zu ahnen, das sich in ihrer Mitte abspielte.

Badawi und sein Mitverschwörer orientierten sich nach rechts und näherten sich Logans und Johns Position.

»Auf mein Zeichen.« Logan wartete auf den passenden Moment. Präzises Timing war entscheidend.

Noch ein paar Sekunden …

Die beiden Männer schlenderten gemächlich und plauderten dabei angeregt. Im schummrigen Licht des aufziehenden Tages wurden sie zunehmend deutlicher erkennbar. Logan hatte Namir Badawis Gesicht auf den CIA-Fotos studiert. Der zweite Mann interessierte ihn allerdings deutlich mehr.

Die kurzen dunklen Haare, die muskulöse Statur, die durch locker sitzende Hosen und ein weit geschnittenes weißes Hemd kaschiert wurde – es schien, als trug jeder im Sudan die gleiche allgemein akzeptierte Variante westlicher Kleidung –, und ein jugendlich wirkendes Gesicht, das die Erfahrung und die professionelle Reife verbarg, über die er verfügte: Es war der Mann vom Friedhof.

15 Meter …

»Go« war alles, was Logan sagte. Die beiden Fahrzeuge rollten langsam aus den Parklücken, in denen sie auf beiden Straßenseiten gelauert hatten.

Fünf Sekunden später, und die Operation wäre fehlerlos verlaufen. Leider gehörten Glück und unvorhersehbare Umstände zu den beiden Variablen, die man nicht vorausberechnen konnte.

Logan und sein Team hatten den alten Mann übersehen. Nun war es zu spät. Da er rechtzeitig vor Sonnenaufgang die örtliche Moschee erreichen wollte, um sein Gebet zu sprechen, hatte er nicht auf den Verkehr geachtet und war zwischen zwei parkenden Fahrzeugen hindurch direkt vor den weißen Minivan von Lieutenant Reed gelaufen.

Die Reifen quietschten auf dem Asphalt, als der Alte erschrocken aufblickte und den Van bemerkte, der auf ihn zukam. Jedes Mitglied des Teams, Logan eingeschlossen, drehte sich in Richtung des unerwarteten Geräuschs. Das lag in der menschlichen Natur, aber sie verloren dadurch ihr Überraschungsmoment.

Das Fahrzeug kam weniger als einen halben Meter vor dem alten Mann zum Stehen. Er glotzte sie entsetzt durch die Windschutzscheibe an. Einen Moment später hob er beiläufig und seelenruhig die Hand und überquerte die Straße. Die Tatsache, nur Sekunden von einer Reise ohne Rückfahrt ins Paradies entfernt gewesen zu sein, schien ihn nicht sonderlich zu beunruhigen.

»Shit«, fluchte Amira über Funk und Logan richtete seinen Blick auf die Zielpersonen, deren Augen zwischen dem weißen Auto, das in ihre Richtung rollte, und dem nachfolgenden Minivan hin und her schnellten.

Namir Badawi blickte Logan direkt in die Augen. Der Abstand zwischen ihnen betrug weniger als zehn Meter. Der Moment schien sich ewig in die Länge zu ziehen und Logan begriff, dass der andere ihn erkannte. Seine Miene schlug von unbekümmerter Aufmerksamkeit in höchste Alarmbereitschaft um. *Wir sind erledigt,* stellte Logan fest, gab allerdings noch nicht auf.

»Los, sofort!«, schrie er und beschleunigte in Richtung der beiden Männer. Die Reaktion kam zu spät. Namir Badawi sagte hastig etwas zu seinem jüngeren Begleiter. Das Duo teilte sich auf und stürmte in unterschiedliche Richtungen davon.

Namir kletterte über das eiserne Tor, während sein Begleiter an Amira vorbei über die Straße auf die nächste Gasse zurannte.

»Ich häng mich an China«, entschied sie und nahm über den Bürgersteig die Verfolgung auf.

»Gut, wir nehmen Badawi.« Logan rumpelte mit der weißen Limousine auf den Gehweg, sprang aus dem Wagen und spurtete in Richtung Absperrung.

»Wir unterstützen Amira«, beschloss Cole. Der Minivan wendete, um sich an den chinesischen Agenten dranzuhängen.

»Wieso laufen wir diesen Wichsern immer hinterher?« John folgte Logan über den Zaun. Die Verfolgung zu Fuß in Haditha stand ihm wieder vor Augen.

»Pures Glück, schätze ich.« Logan landete auf den Füßen und beobachtete, wie Badawi hinter dem nächsten Gebäude verschwand. *Wo zur Hölle will der hin? Da ist doch nur der Nil.*

52

Namir war stinksauer auf Gang. Der junge Agent hätte niemals gestern Nacht an seiner Tür klingeln dürfen, besonders nicht, wenn man sich in Erinnerung rief, was im Gefängnis vorgefallen war. Namir hatte versucht, das Fiasko unter den Teppich zu kehren, und dafür gesorgt, dass die Nachricht vom Ausbruch nicht auf dem Tisch irgendwelcher Minister landete, die dann ihrerseits den Präsidenten informierten. Bisher war es ihm gelungen, die Sache geheim zu halten, aber er ging davon aus, dass früher oder später etwas durchsickerte.

Mehrere der Wachen waren tot und Dutzende Insassen – größtenteils Rebellen aus Darfur – entkommen. Ironischerweise hatte eine feindliche Streitmacht der Amerikaner auf ihrem Boden eine Attacke gestartet, ohne dass er etwas dagegen unternehmen konnte. Schließlich war die Existenz des Black Hole streng geheim. Erfuhr die Öffentlichkeit davon, drohten katastrophale Folgen.

Der Angriff auf die Tuti-Insel hatte die Angelegenheit weiter verkompliziert.

Namir kümmerte sich gemeinsam mit dem Justizminister, dem er als Einzigem vertraute, darum, dass die Leichen der chinesischen Agenten so lange wie möglich nicht identifiziert wurden. Den Bewohnern der Insel tischte man das Märchen auf, bei einer Razzia der sudanesischen Polizei in einem Camp von Kriminellen seien mehrere der Verdächtigen getötet worden. In einer

Stadt, die so groß war wie Khartum, war die Geschichte zumindest nicht völlig abwegig.

Namir war davon ausgegangen, dass Gang einen Plan B für seinen eigenen Geheimdienst hatte. Dass die Chinesen ihre Aktivitäten auf afrikanischem Boden verstärkten, galt als offenes Geheimnis. Entsprechend geschockt reagierte er, als Gang auf der Suche nach einem kurzfristigen Versteck vor seinem Apartment auftauchte. Namir bestand darauf, dass Gang lieber die chinesische Botschaft aufsuchte. Auf diesem Weg hatte er ursprünglich auch den Kontakt zu Namir hergestellt.

Erst nach längerem Nachbohren ließ Gang die Bombe platzen: Obwohl er und seine Einheit aus verschiedenen Organisationen beim chinesischen Militär und Geheimdienst rekrutiert worden waren, hatte die oberste Führung in Peking ihre Operation nicht offiziell abgesegnet. Namir fühlte sich vor den Kopf gestoßen. Er war so wütend über diese Täuschung, dass er einen Augenblick lang überlegte, den Chinesen in seiner Wohnung zu erschießen. Gang schien mit dieser Reaktion gerechnet zu haben. Gelassen erinnerte er den Direktor des Al Amn Al-Dakhili daran, dass sein Land wie versprochen von der Operation profitiert habe.

Dass es stimmte, hatte Namir noch wütender gemacht. Die Vorteile überwogen tatsächlich die Risiken, aber die Tatsache, dass man einen erfahrenen Agenten wie ihn derart hinters Licht geführt hatte, machte ihn fassungslos.

Namir verlangte nach Antworten, aber Gang blieb sie ihm schuldig und verwies auf die ominöse Existenz einer global operierenden Organisation, die seit Jahren weltpolitische Zwischenfälle verursachte. Sie verfolgte eine weitreichende Vision für den gesamten Planeten, die weit über ein simples Ölabkommen zwischen dem Sudan und China hinausging. Gang betonte, dass die Interessen der Organisation und jene von Namir und seinem Heimatland auf diesem Teil des Kontinents eng miteinander verstrickt waren. Je länger das so blieb, desto stärker profitierten beide Seiten von dieser Beziehung, behauptete er.

Als ihm klar wurde, dass es keinen Sinn hatte, etwas übers Knie zu brechen – was der Jüngere ihm da auftischte, übertraf seine kühnsten Erwartungen, obwohl er mit so einigem gerechnet hatte –, ließ er die Angelegenheit zunächst einmal auf sich beruhen. Beide Männer verbrachten die Nacht in unruhigem Schlummer.

Am nächsten Tag setzten sie ihre erbitterte Diskussion fort, zumindest bis zu dem Moment, als der Minivan um ein Haar den alten Mann auf der Straße umgefahren hätte.

Es waren nicht der bärtige Fahrer und seine Begleiter, die den Hinterhalt verrieten. Westler mit Bärten waren in Khartum nichts Ungewöhnliches. Sie bemühten sich um eine weitestmögliche Anpassung und scheiterten in der Regel. Nein, das zweite Auto vor ihnen, *ebenfalls* mit Ausländern als Insassen, öffnete ihm die Augen. Vor allem in Verbindung mit der Tatsache, dass beide Fahrzeuge in seine Richtung kamen. In seiner Branche mündeten solche vermeintlichen Zufälle oft genug in einen tödlichen Ausgang. Jahrelange Ausbildung und eine berufsbedingte Paranoia hatten ihm sofort verraten, dass etwas nicht stimmte.

Er wies Gang an, loszurennen und so lange auf weiteren Kontakt zu verzichten, bis sie beide in Sicherheit waren. Namir zweifelte nicht daran, dass er sich daran hielt. Immerhin waren sie beide Profis auf ihrem Gebiet und gleichermaßen gefährlich.

Deswegen habe ich immer einen Plan B, dachte er, als er an seinem Wohnhaus vorbeirannte und vorsichtig losen Pflastersteinen und Müllsäcken auswich. Für den Moment kam es erst einmal darauf an, seine Verfolger abzuhängen. Er brauchte sich gar nicht umzusehen, um zu wissen, dass die Amerikaner ihm folgten. Die lauten Schritte in seinem Rücken bestätigten es.

Renn besser schneller. Namir steigerte das Tempo.

Lau Gang hastete über die Straße und bewegte sich diagonal von Namir weg auf eine Gasse zu. Zu seiner Rechten fiel ihm eine Bewegung auf und er riskierte einen kurzen Blick. Eine Obdachlose kam aus einem schmalen Pfad gerannt und beteiligte sich an der Verfolgungsjagd.

Das ist die Frau vom Flugplatz, registrierte er, ohne darüber nachzudenken. Es war nicht ihr Aussehen, das sie verriet – sie hatte es gekonnt verändert –, sondern die Art, wie sie sich bewegte. Die Geschmeidigkeit und Anmut, die sie förmlich über den Boden gleiten ließ, während sie rannte.

Gang hatte das Zusammentreffen mit der mysteriösen Frau in der Nähe des Flugplatzes mit einem starken Fernglas von Weitem beobachtet. Er hatte mitbekommen, wie schnell sie Chang getötet hatte. Nicht viele Menschen gingen so tödlich ans Werk. Und diesmal hatte sie es auf ihn abgesehen.

Er wusste nicht, wer sie war – diese Information hatte ihm der Amerikaner vorenthalten –, wohl aber, dass sie von der CIA als Profikillerin eingesetzt wurde.

Ihm war schleierhaft, wie der US-Geheimdienst ihn so rasch aufgespürt hatte, aber was brachte es, sich darüber den Kopf zu zerbrechen? Vielleicht ging es ihnen um

Namir und er war nur zufällig mit ins Netz gegangen. Er musste so oder so ein Versteck finden und außer Landes fliehen.

Die Gasse endete und er fand sich vor einer ausladenden Freifläche mit eingeebnetem Erdreich wieder, dem Bauplatz für ein weiteres Apartmentgebäude. Auf der anderen Straßenseite gab es zahlreiche Wohnhäuser und Läden, die als kurzfristiger Unterschlupf lockten. *Allerdings schaff ich es niemals da rüber, ohne dass es jemand mitbekommt.*

Zu seiner Rechten erstreckte sich weiteres Baugelände über die gesamte Länge des staubigen Areals. Die Arbeiten steckten noch in der Frühphase. Man hatte Stahlträger aufgestellt, erste Stockwerke errichtet und vereinzelte Wände hochgezogen. Um diese Uhrzeit war noch niemand am Werkeln, entsprechend ausgestorben wirkte die Umgebung. Nicht dass es ihn gestört hätte. Er nutzte die willkommene Deckung, um sich in den nördlichen Teil Khartums vorzuarbeiten.

Hinter dem Gebäudeskelett flitzte er die schmale Baustellenzufahrt entlang. Als er das hintere Ende erreichte, tauchte der weiße Minivan etwa 40 Meter entfernt am Ende der schmalen Seitengasse auf. Der Fahrer bremste abrupt, als er ihn entdeckte.

So viel zum Thema Deckung! Gang improvisierte gern und entschied sich spontan für eine andere Vorgehensweise, die ihm ohnehin mehr lag: auf den Gegner warten und kämpfen. Die Aussicht, diesen Amerikanern Schmerzen zuzufügen, besonders der Frau, ließ ihn vor lauter Vorfreude erschauern. Sie konnten ihm definitiv nicht das Wasser reichen.

Abrupt blieb Gang stehen und wandte sich dem Minivan zu. Sobald er sicher war, dass die Augen des

Fahrers auf ihn gerichtet waren, tat er etwas denkbar Unerwartetes. Er zeigte zunächst auf den Minivan, dann auf sich und schließlich in das Gebäude.

Die Botschaft war eindeutig: *Kommt und holt mich.*

Während der Minivan in die Straße einbog, tauchte Lau Gang in dem Labyrinth aus Beton und Stahl ab.

53

Schüsse prallten vom Beton neben Logans Kopf ab. Er lugte um die hintere Ecke des Apartmentkomplexes, ging in Deckung und sah zu John, der sich neben ihm an die Wand drückte.

»Badawi steht 20 Meter entfernt auf einem Hang, der hinter dem Gebäude zu einer Baumreihe führt«, sagte Logan. »Ich hab keine Ahnung, wo er hinwill. Bereit?«

»Auf dein Zeichen?« John schwang seinen M1911, Kaliber 45, nach jahrelanger Kampferfahrung mit seinem Freund gedanklich bereits einen Schritt weiter.

»Hm-hm.« Auch Logans Kimber wartete schussbereit in der Hand.

»Eins … zwei … drei.« Logan lief in gebückter Haltung um die Ecke, die Waffe im Anschlag auf der Suche nach dem Gegner.

John trat neben Logan. Schüsse hallten von den Wänden wider, als er in kurzer Frequenz den Colt abfeuerte.

Logan schoss ebenfalls, bis er den Finger irritiert vom Abzug löste. Badawi war verschwunden.

»Wo ist er hin?«

»Finden wir's raus.« Logan sprintete auf die Bäume zu.

An der Rückseite des Gebäudes befanden sich mehrere Terrassen mit Betonboden, durch Pflastersteine miteinander verbunden. In der Mitte der Wohnanlage reflektierte das glasklare Wasser eines ovalen Pools das Morgenlicht.

»Das Schwein kann nirgends hin.« Mit erhobenen Waffen näherten sie sich einer kleinen Lücke in der Baumreihe. Sie rechneten mit einer Falle von Badawi.

Das Geräusch eines kleinen Motorboots, das angelassen wurde, löste das Rätsel.

Logan und John hasteten den Pfad entlang und erreichten das Ufer des Nils. An zwei kleineren Piers warteten mehrere Außenborder, große hölzerne Kanus und Segeljachten auf ihre Besitzer.

Badawi legte mit einem weißen Boot vom Pier ab und nahm Fahrt auf. Logan wusste, ihnen blieb nur eine Option.

»Du oder ich?«, fragte Logan ruhig.

»Hab ihn im Visier«, kam die leise Antwort. Logan trat zur Seite, um seinem Freund freie Sicht zu geben.

Der Colt bewegte sich im Einklang mit dem Wasserfahrzeug. John zielte sorgfältig auf die Umrisse Badawis am Steuerruder. Er entspannte sich kurzzeitig, wie er es schon unzählige Male vorher getan hatte, und atmete kurz aus, um jede unnötige Bewegung zu vermeiden. Er existierte nur für diesen Moment. Ein Jäger auf Menschenjagd, der die Stille genoss, bevor er Beute machte. Sanft betätigte er den Abzug und die Kanone in seiner Hand schickte einen einzelnen röhrenden Knall über das Wasser.

Ein Aufschrei folgte und Namir Badawi kippte nach rechts, verlor die Balance und den Halt am Ruder. Das Boot drehte nach links ab und der Verwundete wurde durch die Luft geschleudert. Er segelte über die Backbordseite und landete im schlammigen Nilwasser. Unterdessen setzte das Boot seine Fahrt auch ohne Besatzung fort. Der Abstand zu Badawi, der sich abmühte, über Wasser zu bleiben, wuchs.

»Ich bin dran«, meinte Logan. »Guter Schuss übrigens. Hier, halt mal.« Er grinste und reichte John seine hoch geschätzte Kimber-Halbautomatik. »Ich will schließlich nicht, dass sie nass wird.«

Er rannte zum anderen Ende des Piers und hechtete mit einem vollendeten Kopfsprung in den Fluss.

»Angeber.« John sah zu, wie Logan sich mit kräftigen Armzügen und Beinschlägen zu ihrem Opfer vorarbeitete.

Im Inneren des Rohbaus war es warm, muffig und still. Stahlträger, Fußböden und Wände schufen teilweise Abgrenzungen. Der Geruch von Staub und kürzlich ausgehärtetem Beton hing in der Luft.

Amira hatte das Gelände betreten, nachdem der chinesische Agent sich ins Erdgeschoss geduckt hatte und im Inneren der verschachtelten Struktur verschwunden war.

Sie hatte sich mit Cole und den beiden SEALs am Eingang abgestimmt. Dabei gelangten sie zu dem Ergebnis, dass sich durch die Aufteilung in Zweierteams mehr Fläche in kürzerer Zeit abdecken ließ. Dem Stereotyp eines schlechten Horrorfilms entsprechend allein loszuziehen, hätte höchstens dazu geführt, dass sie einer nach dem anderen ausgeschaltet wurden.

Amira und Cole waren auf die Grundzüge einer Treppe gestoßen und erkundeten den zweiten Stock. Die zwei SEALs blieben im Erdgeschoss, um für den unwahrscheinlichen Fall, dass die Zielperson abhauen wollte, eine Flucht zu verhindern. Allerdings deuteten seine Gesten von gerade eben darauf hin, dass er es auf einen offenen Schlagabtausch anlegte. *Der will sich mit uns messen. Entweder ist er wirklich so gut oder selbstmörderisch veranlagt. Womöglich sogar beides.* Die beiden

Dolche am Gürtel verschafften Amira ein beruhigendes Gefühl, obwohl sie sich momentan auf ihre schwarze SIG Sauer verließ.

Sie überlegte für einen Moment, was John und Logan wohl gerade machten, verbannte dann aber sämtliche anderen Gedanken aus ihrem Kopf, um nicht abgelenkt zu werden. Die Erfahrung lehrte sie, dass es am besten war, zu 100 Prozent im Hier und Jetzt zu sein. Alles andere artete für sie und das Team gegebenenfalls zu einer Katastrophe aus. Das hätte sie sich nie verziehen.

»Der Typ lockt uns entweder in eine Falle oder ist gar nicht mehr auf dem Gelände«, meinte Cole zu ihrer Rechten. Er überblickte das Chaos aus Metall und Holz, das ineinander zu verschmelzen schien, je länger man es anstarrte.

»Das glaube ich nicht. Er ist garantiert noch da und wartet auf eine Gelegenheit, um zuzuschlagen«, erwiderte Amira leise.

Kaum hatte sie diese Worte ausgesprochen, als ein lautes Scheppern aus dem Erdgeschoss kam, gefolgt von einem Schmerzensschrei und einem Geräusch, das klang, als ob Rohre auf den Betonboden fielen.

»Verflucht!«, stieß sie hervor.

Die nächste Treppe befand sich etwa zehn Meter vor ihnen. *Nicht genug Zeit. Das überstehen die nicht, wenn er so viel draufhat, wie ich vermute.*

»Nimm die Treppe«, sagte Amira kurz angebunden zu Cole. »Ich nehm den direkten Weg.«

Sie rannte zur Kante des gegossenen Betonbodens und spähte in die Tiefe – es gab an dieser Stelle noch keine Außenwände, nur Rahmen und Streben, um die Struktur provisorisch zu stabilisieren. Ein Blick über die Schulter verriet ihr, dass Cole bereits zur Treppe sprintete. *Guter Mann. Dem muss man nichts zweimal sagen.*

Sie drehte sich, machte einen Schritt rückwärts über die Kante und hielt sich im Fallen mit gestreckten Armen daran fest. Einer der Vorteile, wenn man nur 57 Kilo wog – auch wenn es sich um durchtrainierte Muskelmasse handelte. Von solchen Manövern konnten schwerere Männer nur träumen. Ihr geringes Gewicht verringerte die Belastung für die Gelenke. Sie löste den Griff und ließ sich die kurze Distanz zum ersten Stock hinunterfallen. Dort wiederholte sie das gleiche Manöver, um das Erdgeschoss zu erreichen, während sich das Aufeinandertreffen der SEALs und der Zielperson dem Höhepunkt näherte.

Weniger als fünf Meter entfernt, in einem Bereich, in dem eine Menge Werkzeug herumlag und Werkbänke aufgebaut waren, lieferte sich der junge Mann, den sie kurz auf dem Soldatenfriedhof in Khartum gesehen hatte, einen brutalen Faustkampf mit dem Älteren des Zweigespanns, Chief Sorenson. Der jüngere Lieutenant lag mit dem Gesicht nach unten auf dem Beton, die Arme über den Kopf gestreckt. Sie war nicht ganz sicher, ob er tot oder lediglich bewusstlos war. In Anbetracht des 50 Zentimeter langen Metallstücks, mit dem der Angreifer herumfuchtelte, hoffte sie auf Letzteres.

Er schwang das Rohr in einer diagonalen Bewegung. Amira erkannte den Schlag als das, was er war – eine Finte. Chief Sorenson wich nach hinten aus, aber sein Gegner forcierte die Attacke, drehte sich nach links, setzte den rechten Fuß mit der Ferse zu Sorenson gewandt auf und führte mit dem linken Bein einen geraden Rückwärtskick aus.

Die Bewegung kam so übergangslos, dass der Chief nicht den Hauch einer Chance hatte, den Treffer abzuwehren. Er wurde auf den Solarplexus getroffen und gegen eine metallene Werkbank geschmettert. Sein Rücken krümmte sich über der Arbeitsfläche. Als er benommen nach vorn taumelte, holte der Mann mit dem Rohrstück aus, schwang es in hohem Bogen und touchierte mit dem Schlag wuchtig den linken Kiefer. Sorensons Körper erschlaffte.

Sie wusste, dass SEALs Experten im unbewaffneten Nahkampf waren, aber dieser Gegner war zu geschickt für sie. *Sie hatten keine Chance.*

Der Mann, der Amiras Anwesenheit bisher nicht bemerkt hatte, trat vor Chief Sorenson und hob das Rohr.

»Das würde ich an deiner Stelle schön bleiben lassen.«

Der Kopf des Mannes schnellte herum. Eisige braune Augen fixierten sie. Die SIG Sauer, die in seine Richtung zeigte, ignorierte er vollständig.

»Du«, stellte er in perfektem Englisch fest. »Die Frau vom Flugplatz. Du hast einen meiner Männer getötet. Er war ein exzellenter Soldat und Kommunikationsoffizier.«

»Dann hätte er schneller reagieren sollen. Und du hättest ihn mir nicht auf den Hals hetzen dürfen. Genau genommen bist *du* an seinem Tod schuld.«

»Wer bist du?«, fragte er mit einem bedrohlichen Unterton. »Ich weiß, du bist von der CIA, eine ausgebildete Killerin, aber das ist alles.«

Die Frage erwischte Amira unvorbereiteter, als es jeder Schlag hätte tun können. *Eigentlich dürfte er gar keine Ahnung haben, wer ich bin oder was ich mache.*

»Wir wissen genauso über dich Bescheid, auch wenn wir nicht wissen, wie du heißt.« Amira verlegte sich aufs

Necken. »Ich verrat dir meinen Namen, wenn du mir deinen verrätst.«

»Ihr amerikanischen Frauen seid so arrogant und anmaßend. Ihr bildet euch ernsthaft ein, gleichberechtigt zu sein.« Der Mann schnaubte verächtlich, wobei er seine Metallwaffe senkte.

»Ach, das ist nur Einbildung?«, provozierte Amira. »Hör mal, ich hab da eine Idee, mein Hübscher. Ich heiße Amira. Wieso klären wir das Thema Geschlechterdiskriminierung nicht auf altmodische Weise … mit den Fäusten?«

»Wenn du drauf bestehst.« Er lächelte bösartig. »Ich bin Gang. Merk dir den Namen, wenn du mich gleich um Gnade anwinselst.«

»Wie du meinst, Gang.« Amira hielt die Pistole in Richtung Decke, legte sie dann auf einen Holztisch neben sich. »Aber da wirst du dich schon ein bisschen anstrengen müssen.«

Sie zog die Dolche aus den Scheiden und wirbelte damit vor sich in der Luft herum. Langsam näherte sie sich ihrem Gegner.

»Sie sind wunderschön«, kommentierte Gang. »Zumindest weiß ich jetzt, was du auf dem Flugplatz benutzt hast.«

Gang ließ das Rohr fallen und wechselte zu einem schwarzen Kampfmesser mit spitz zulaufender Klinge und Wellenschliff.

»Gleiches Recht für alle«, fand Amira.

»Genug geredet.« Gang hielt das Messer mit der Spitze nach oben in der Rechten.

Amira antwortete nicht, sondern kam näher, den linken Dolch normal in der Hand, genau wie Gang; den rechten jedoch mit der Klinge nach unten. Sie hatte festgestellt, dass diese Technik – auch wenn sie anfangs schwer zu meistern war – ihr die Möglichkeit gab, sowohl zuzustechen als auch ausholende Schneidbewegungen durchzuführen.

»Kann ich ihn nicht einfach erschießen und das war's?«, ertönte eine Stimme links von ihr. Cole Matthews hatte das Erdgeschoss erreicht und richtete den M4 auf Gangs Kopf. »Ich schieß ihm in die Beine. Wir brauchen ihn schließlich noch, bis er geplaudert hat.«

Gang funkelte ihn an. Hass drang aus jeder Pore seines Körpers.

»Auf keinen Fall. Egal was passiert. Verstanden?« Amira behielt den Gegner im Auge.

»Wenn du drauf bestehst.«

»Gut.« Amira wandte ihre Aufmerksamkeit wieder Gang zu. »Und denk dran, von dem hier brauchen wir nicht unbedingt Informationen. Wir haben ja noch Henry.«

Gangs Augen weiteten sich, als er den Namen von einem seiner Männer hörte.

»Ganz genau, Gang. Wir haben einen deiner Jungs. Und jetzt rate mal, was wir machen werden … wir nehmen ihn mit. Ich bin sicher, wenn wir mit ihm durch sind, kennen wir all deine dreckigen Geheimnisse.«

»Aber dieser Bastard ist der Anführer«, gab Cole zu bedenken. »Wir brauchen ihn.«

»Stimmt«, entgegnete Amira. »Aber er wird keinesfalls freiwillig mitkommen. Stimmt doch, Gang?«

Die Worte schienen etwas in dem jungen Befehlshaber auszulösen. Er antwortete so, wie es nur jugendliche Arroganz vermochte – indem er in Aktion trat.

Er sprang auf Amira zu, die Klinge zischte durch die Luft, während Cole danebenstand und nur zuschaute, wie er es versprochen hatte. *Ich könnte schwören, sie ist so was wie Logans verschollen geglaubte Schwester.*

54

Logan erreichte Namir Badawi, der sich anstrengte, über Wasser zu bleiben und dabei das traditionelle Gewand abzustreifen, das er über der normalen Kleidung trug. Er ruderte wild mit den Armen. Dass Logan auf ihn zuschwamm, bekam er gar nicht mit – bis es zu spät war.

Namir gelang es, sich das Gewand über den Kopf zu ziehen und es wegzuschleudern, sodass es davongetrieben wurde. Gerade wollte er nachschauen, wie weit er vom Ufer entfernt war, da begrüßte ihn ein brutaler Schlag ins Gesicht.

Schmerz zuckte ihm durch den Schädel. Das Nasenbein schien gebrochen zu sein. *Was in Allahs Namen?* Ein Arm, so dick wie ein Ast, schlang sich um seinen Hals und er konnte nicht mehr klar denken, weil die Blutzufuhr zum Kopf schlagartig unterbrochen wurde.

»Sie wurden angeschossen«, raunte ihm eine Stimme gelassen ins Ohr. »Sie kommen jetzt mit uns, Mr. Badawi. Wenn ich Sie wäre, würde ich mich nicht wehren und unnötig Energie verschwenden. Die werden Sie später noch brauchen.«

Die Botschaft war eindeutig, aber Namir wehrte sich umso heftiger und versuchte, einen Blick auf seinen Angreifer zu erhaschen. Grüne Augen blitzten neben ihm auf, klar und durchdringend. Ein bedrohliches Gesicht tauchte in seinem Blickfeld auf, während ihm Wasser in den Mund schwappte. *Wer ist dieser Teufel mit den Schlangenaugen?*

Gleichsam als Antwort auf seine stumme Frage erhöhte sich der Druck des Arms. Er driftete schrittweise in die Bewusstlosigkeit. Als ihm klar wurde, dass es sinnlos war, sich zu wehren, hörte er damit auf. Unmittelbar danach lockerte sich der Griff um seine Kehle ein wenig.

»Kluger Mann«, lobte die Stimme. »Aber ich hätte auch nichts anderes erwartet vom Leiter der Abteilung für innere Sicherheit des Sudan.«

Woher weiß dieser Mann, wer ich bin? Das muss Gangs Schuld sein. Die Amerikaner sind ihm garantiert bis zu meiner Wohnung gefolgt.

Namir hustete und bemühte sich, eine Antwort herauszubringen. Er schnappte nach Luft, während er langsam rückwärts in Richtung Ufer gezogen wurde.

Wer auch immer sein Gegner war, er schien ein guter Schwimmer zu sein. Jedenfalls kamen sie zügig voran.

Seine anfängliche Panik ließ nach und Momente seines Lebens und seiner Karriere zogen an seinem geistigen Auge vorbei – seine harte Kindheit, die Widerstände, die er überwunden hatte, die Operationen, die er geplant und durchgeführt hatte, die Position, die er nun innehatte. Und doch wurde er gerade wie ein Stück Fleisch durch einen feuchten Dschungel geschleift. Wie war er in diese missliche Lage geraten? Dieser Kampf ereignete sich in seiner eigenen Heimat, nicht in der dieses arroganten Invasoren. Obwohl ihn sein Gegner fest im Griff hatte, gewann er sein Selbstvertrauen zurück. Egal wie, er musste das Blatt wenden. Ein Namir Badawi gab nicht einfach klein bei. Er war keine Marionette, bei der jemand anders die Fäden zog.

»Wer bist du?« Verächtlich schnappte er nach Luft, während er den Körper komplett entspannte. Er ließ die Arme schlaff hängen und hoffte, den Gegner so in Sicherheit zu wiegen.

Logan spürte, wie Namirs Widerstand nachließ, blieb aber wachsam. Stets höchste Aufmerksamkeit walten zu lassen, gehörte zu seinen festen Prinzipien im Job. Mochte der Feind seine Deckung ruhig vernachlässigen, er selbst würde es nie tun.

»Jemand, der ein persönliches Interesse an Ihrer Zusammenarbeit mit den Chinesen hat.« Der Hass in Logans Stimme war unüberhörbar. Seine Beinschläge wurden kräftiger, er wollte Badawi schnell ans Ufer bringen.

»Sie haben da ein ganz schönes Durcheinander angerichtet. Haben die nationale Sicherheit und das internationale Ansehen meines Landes beschädigt und sind anscheinend in mehrere Attacken auf die USA verwickelt.« Logans Stimme änderte sich, sein Tonfall wurde bedrohlich und scharf. »Angesichts all dessen würde ich Sie am liebsten an Ort und Stelle ertränken. Das hätten Sie verdient ... sofortige Gerechtigkeit.« Er drückte fester zu, um seinen Worten Nachdruck zu verleihen.

»Wieso ... tust du's ... nicht einfach?«, fragte Namir zwischen gequälten Atemzügen.

»Weil Sie Informationen haben, die wir brauchen.« Er sah John mit verschränkten Armen etwa 30 Meter entfernt erwartungsvoll am Ufer stehen. »Es ist eigentlich ganz einfach. Ihr Leben bedeutet mir nichts, aber die Informationen, *die* sind wertvoll.«

Über den Dächern der Stadt erschallte der harmonische Gesang des *Adhan,* der Ruf zum *Sabah,* dem zweiten islamischen Morgengebet.

Der Gebetsruf und die Verachtung, die sein Gegner für Namir Badawis Leben übrighatte, mobilisierten seine Überlebensinstinkte, zusätzlich befeuert vom tief verwurzelten Glauben. *Wenn es dein Wille ist, Allah, soll es so geschehen. Dann werde ich ehrenvoll sterben.*

Namir fühlte, wie die Hand um seine Kehle ihre Position veränderte und ein kleiner Spalt zwischen seinem Hals und dem Arm des Feindes entstand. Er griff behände an den Gürtel und zog einen kleinen Faustdolch. Die Klinge ragte zwischen Mittelfinger und Ringfinger hindurch, wenn er die Faust schloss.

Allah ist auf meiner Seite. Wie konnte sein Widersacher nur so sorglos sein?

Was er nicht bemerkte, war der lange, dunkle Schatten, der sich knapp unter der Oberfläche auf sie zubewegte – zugleich der Grund, wieso Logan abgelenkt war.

Gang griff mit einer Sequenz von Hieben und Stößen an, wobei er den Körperschwerpunkt tief nach unten verlagerte und mit jedem Schlag einen Schritt nach vorn machte.

Amira tänzelte weg und wich den Attacken aus, während sie das Messer abwechselnd mit beiden Dolchen konterte. Das *Klang-Klang-Klang* der aneinanderschlagenden Stahlklingen erzeugte fast eine Art Melodie.

Cole verfolgte fasziniert, wie die beiden Kämpfer ihre Waffen mit tödlicher Präzision schwangen. *Meine Güte, das sieht aus wie in einem alten Jackie-Chan-Film. Wenn es nur nicht so beschissen real wäre.*

Liebend gern hätte er Gang eine Kugel durchs Knie gejagt, aber Amira hatte darauf bestanden, dass er sich raushielt. Ihre Entschlossenheit trieb ihn dazu, ihren

Willen zu respektieren, auch wenn ihm nicht wohl dabei war.

Plötzlich wurde Amira gegen einen hohen Werkzeugschrank auf Rädern gedrängt, während Gang seine Attacken forcierte. Er führte eine Finte mit der Klinge in Richtung Gesicht aus und versuchte, denselben Kick anzubringen wie gegen Chief Sorenson.

Amira schien darauf vorbereitet zu sein. Sie machte eine Vierteldrehung nach links und führte einen Hieb nach unten. Die Klinge drang durch den Stoff und traf den Wadenmuskel.

Gang grunzte vor Schmerz, ansonsten ließ er sich keine Schwäche anmerken. Er setzte das verwundete Bein auf den Boden und erwischte Amira mit der Rückseite der Faust rechts im Gesicht.

Sie drehte sich weg, brachte den Werkzeugschrank zwischen sich und den Gegner und schüttelte die Wirkung des Schlags ab. *Lass dich nicht noch mal so treffen. Gut, er ist verletzt, aber trotzdem stark und fast so wendig wie du.*

Gang grinste sie böse an, doch sie ignorierte ihn. Sie war daran gewöhnt, dass Männer versuchten, sie einzuschüchtern. Bislang hatten sie damit nie Erfolg gehabt und sie würde nicht zulassen, dass es bei Gang anders lief. Dazu war sie zu gut ausgebildet, sowohl körperlich als auch mental.

Mal sehen, was sein verwundetes Bein noch aushält.

Mit dem Dolch in der Linken hieb sie auf Gangs Gesicht ein, der instinktiv zurückwich. Doch statt eine weitere Serie folgen zu lassen, sprang sie vor und landete einen blitzschnellen Drehkick auf die verwundete Wade.

»Aaah! Schlampe!« Gangs vorderes Bein knickte weg und er stürzte aufs Knie.

Die Öffnung in der Deckung ausnutzend, schoss Amira hinter ihn und zog den Dolch in ihrer Linken über seinen Oberarm. Sie wurde mit einem weiteren schmerzerfüllten Stöhnen belohnt.

Sie trat einen Schritt von ihm weg und bewegte sich in die Raummitte, wodurch er sich drehen musste, um sie im Blick zu behalten. Eine Werkbank und ein Tisch standen nun zwischen ihnen.

»Schon genug?« Ein Glitzern in Amiras Augen verriet Gang, wie sehr sie diese Konfrontation genoss. »Ich mach dir dieses Angebot nur einmal: Leg das Messer weg, komm freiwillig mit und du überlebst. Ansonsten bist du in den nächsten paar Minuten tot.«

Wer zur Hölle ist dieser weibliche Teufel?, rätselte Gang ungläubig. Mit ihren Kontern hatte sie einfach Glück gehabt, auf keinen Fall konnte sie an diese Taktiken anknüpfen. Ihre Arroganz machte ihn schier rasend. Er fühlte sich an ein Mädchen erinnert, nach dem er sich in der Schule verzehrt hatte.

Yi Sun hatte all seine Avancen abgeschmettert und er lernte eine wertvolle Lektion über Frauen – sie hielten sich durch die Bank für besser als ihr männliches Gegenstück. Bald darauf war Yi Sun mit einem anderen Jungen liiert – den Namen hatte Gang für den Moment vergessen, aber was er nicht vergessen hatte, waren die zwei gebrochenen Arme, die er dem Jungen bescherte. Gefolgt von der Warnung, ihn niemals bei seinen Eltern oder seinen Lehrern zu verpetzen. Der Junge hatte sich nie wieder mit Yi Sun getroffen. Für Gang gipfelte die Episode in einem Gefühl der Befriedigung und Macht, was ihn an der Schwelle zum Erwachsenwerden dauerhaft prägte.

Und hier war nun eine weitere wunderschöne Frau, die auf ähnliche Art Herablassung und Überlegenheit zur Schau stellte wie Yi Sun. Dafür würde er diese dunkelhäutige Hure bezahlen lassen.

Gang starrte sie über den hölzernen Tisch hinweg an. Er brauchte etwas, das er zu seinem Vorteil einsetzen konnte. Da sie sich offenbar einbildete, ihn mit Attraktivität und Wortgewandtheit zur Aufgabe bewegen zu können, hielt er eine Lektion in Unterwerfung für angebracht.

Er fand, wonach er gesucht hatte. Statt sie mit einer Antwort zu bedenken, stürzte er auf das Objekt zu, das er für seine Rettung hielt.

Amira war insgeheim erleichtert, dass Gang ihre Offerte abgelehnt hatte. Männer wie ihn kannte sie zur Genüge. Es steckte nichts Gutes mehr in ihm, das sie einer Rettung für wert befand. Ihrer Erfahrung nach gab es für grausam veranlagte Männer seines Alters keine Hoffnung mehr, den Deckmantel grotesker Menschlichkeit abzulegen, den sie als Schutzschild vor sich hertrugen und als Rechtfertigung für das Chaos, das sie in der Gesellschaft anrichteten.

Gangs linke Hand schoss in Richtung Tisch und er schnappte sich die Nagelpistole, die auf der Holzplatte lag. Die Finger schlossen sich um den Griff, doch weiter kam er nicht.

Mit atemberaubender Geschwindigkeit, so schnell, dass Gang es nicht wirklich mitbekam, durchstieß der Dolch in Amiras rechter Hand sein Handgelenk und nagelte ihn am Tisch fest. Die Klinge kappte Sehnen und Bänder. Seine Hand öffnete sich reflexartig, während er unter Qualen aufschrie.

Gang blickte sie mit einer Mischung aus Entsetzen, Wut und Angst an. Amira wusste, dass es Zeit wurde, ihn von seinem Leid zu erlösen. Er leistete bis zum bitteren Ende Widerstand und wollte sie mit dem Messer im freien Arm erwischen. Die Attacke kam ihr nicht einmal nah, da der Dolch im Handgelenk seinen Bewegungsspielraum massiv einschränkte.

Amira überließ ihn seinen hilflosen Bemühungen und rotierte nach links.

Als sie die Drehung vollendet hatte, stand sie genau dort, wo sie hinwollte – neben Gang. Sie verlagerte den zweiten Dolch in ihrer Hand. Die Klinge zeigte nun nach außen, von ihr weg. Mit der Faust vollführte sie einen Rückhandschlag und versenkte nach einer finalen Rotation den Dolch mit einem Übelkeit erregenden Geräusch im Hinterkopf des Chinesen.

Amira zog die Klinge heraus. Gang klatschte mit dem Gesicht voran auf das raue Holz. Sein Oberkörper prallte vom Tisch ab und er blieb in einem schiefen Winkel hängen, die Hand durch den ersten Dolch fixiert. Sie löste die blutige Schneide ebenfalls mit einem Ruck. Gangs Leiche fiel zu Boden.

»Verflucht!« Cole schnaufte, als er den Gesichtsausdruck der Jägerin erfasste. Die Brutalität und das Können, das sie gerade zur Schau gestellt hatte, ließen ihn ehrfurchtsvoll erstarren.

Amira wischte das Blut von den Klingen und verstaute die Dolche in ihren Hüllen. Sie griff in Gangs Taschen, um ihn von Geldbeutel und Handy zu entledigen.

»Dann wollen wir doch mal sehen, ob wir unsere Freunde aufwecken können. Danach hauen wir ab«, sagte sie. »Das Morgengebet ist fast vorbei. Nicht mehr lange, und die ersten Arbeiter trudeln auf der Baustelle ein.«

»Was ist mit ihm?«, erkundigte sich Cole.

»Den lassen wir hier. Er nützt uns nichts mehr.« Amira beugte sich zu Lieutenant Reed, der zu ihrer Erleichterung leise stöhnte. Beiden SEALs dürfte alles wehtun, wenn sie wieder bei vollem Bewusstsein waren. Mindestens einem von ihnen hatte der Asiate den Kiefer gebrochen. Im Gegensatz zu ihm kehrten sie allerdings nach Hause zurück.

55

Logan hatte das im Wasser lauernde Krokodil schon entdeckt, als er anfing, Namir in Richtung Ufer zu ziehen. Ihm wurde klar, dass das Planschen und das Blut das Raubtier angelockt haben mussten.

Auch während seiner Unterhaltung mit Namir behielt er das Wirbeltier stets im Auge, während es wie eine riesige Schlange gemächlich in ihre Richtung glitt. Logan schätzte die Länge des Ungetüms auf mindestens fünf Meter, konnte jedoch nur einen vagen Umriss des Körpers erkennen. Es war der Kopf, der ihm am meisten Sorgen bereitete – über einen Meter lang und mit messerscharfen Zähnen gerüstet, die sich wie ein Schraubstock um ihre Beute spannten. Hatten sie einen erst mal gepackt, gab es kein Entkommen.

Das Krokodil hatte die Entfernung pünktlich zu Beginn des Morgengebets auf drei Meter verkürzt. Logan sah sich zu einer Entscheidung gezwungen: *Überleben oder Sterben.*

Für einen Mann, der auf extreme, schonungslose Weise praktisch veranlagt war, fiel ihm die Wahl nicht schwer. Er wollte Namir Badawi festsetzen und verhören, aber das konnte er sich abschminken, wenn sie beide tot waren.

Andere Männer hätten es als Mord bezeichnet, für Logan fiel es in die Kategorie Überleben. Einzig sein Gewissen zählte. Er wusste, dass er heil davonkam, wenn er tat, was er sich vorgenommen hatte: Namir Badawi einen Schnitt quer über die Brust verpassen und ihn als morgendliche Opfergabe den reptilienhaften Nilgöttern darbieten.

Er lockerte den Griff des linken Arms um Namirs Hals, griff an die Hüfte und zog das Mark-II-Kampfmesser aus der Nylonscheide.

Genau diesen Moment wählte Namir, um zu handeln und damit über ihr gemeinsames Schicksal zu entscheiden. Er wand sich heftig in Logans Griff, sein rechter Arm durchpflügte die Wasseroberfläche und bewegte sich in einem Bogen auf Logans Gesicht zu, als wollte er ihm einen Fausthieb verpassen. Wasser tropfte wie ein flüssiger Vorhang von seinem Arm.

Logan hatte den anstrengenden Taucher-Nahkampfkurs des Marine Corps mit Auszeichnung abgeschlossen und unzählige Stunden damit verbracht, die Männer seiner Force-Recon-Einheit im Unterwassernahkampf zu trainieren. Er fühlte sich in Flüssen und Seen zu Hause. Eine Umgebung, vor der er Respekt hatte und die er im Laufe seiner Karriere schon mehr als einmal in einen taktischen Vorteil umgemünzt hatte.

Logan nahm einen tiefen Atemzug, packte Namirs Handgelenk mit beiden Händen, klemmte den Torso des wehrhaften Gegners zwischen seine Beine und presste kräftig, während er Namirs Handgelenk zu sich heranzog. Der Schwung drückte sie beide unter die Oberfläche.

Er schob den Arm über die Rückseite des Handgelenks seines Gegners und übte Druck mit der rechten Hand aus. Eher spürte er, wie Namirs Handgelenk knirschend brach, als dass er es hörte. Ein gedämpfter Schrei mit ausströmenden Luftblasen war seine prompte Belohnung. *Das hast du dir selbst eingebrockt.*

Er löste den Faustdolch aus Namirs nutzlos gewordener Hand und schlang den linken Arm um den Hals des Gegners. Seine Beine setzte er weiterhin ein, um Namirs Oberkörper an Ort und Stelle zu fixieren.

Ihm war klar, dass nur noch wenige kostbare Sekunden blieben, bis das Krokodil sie erreichte. Also stieß er den Dolch in Namirs Seite. Der Körper versteifte sich wie vom Blitz getroffen. Logan führte so kräftige Beinschläge wie möglich aus, um mit Namir im Schlepptau zurück an die Oberfläche des Nils zu gelangen.

Logan schaute suchend in die Richtung, in der das Monster zuletzt gewesen war. Ihm gefror regelrecht das Blut in den Adern. Das Krokodil befand sich weniger als einen Meter von ihnen entfernt. Der reine Horror dieser Nähe ließ Logan zusammenzucken.

Die Oberseite des Kopfes blieb weiterhin das Einzige, was vom Krokodil über Wasser sichtbar war. Die verschlagenen Augen fixierten beide Männer. Aber es war der Schatten seines riesigen Körpers unter der Oberfläche, der einen einsamen Gedanken durch Logans Geist schickte: *Schwimm!*

Seine Furcht wich Entschlossenheit, einer körperlich spürbaren Empfindung, die ihn antrieb und ihm den Mut gab, im Angesicht lähmenden Schreckens zu handeln.

Logan ließ Namir los, drehte sich um und tauchte den Arm tief vor sich ein, als er mit wilden Schwimmzügen so viel Wasser wie möglich wegschaufelte, um seine Flucht zu beschleunigen.

Sein Kontrahent stieß einen schrillen Schrei aus, der Logan erschauern ließ. *Ah, jetzt hat er das Viech auch entdeckt!*

Logan hörte ein lautes Platschen, gefolgt von einem dumpfen Schlag, als ob ein Koffer zugeschlagen wurde, nur lauter.

Der Schrei wurde augenblicklich leiser. Logan stellte voller Entsetzen fest, was das Raubtier getan hatte: zugeschnappt und die Kiefer um Namirs Kopf geschlossen.

Um Gottes willen, Logan, schwimm, wie du noch nie im Leben geschwommen bist. So willst du nicht sterben.

Logan ruderte mit Armen und Beinen wie ein olympischer Schwimmer, der den Wettkampf seines Lebens absolvierte.

Das Platschen in seinem Rücken hielt an. Er wagte es nicht, sich umzusehen.

Nach einigen Sekunden eines entsetzlichen Kampfes, der sich akustisch deutlich bemerkbar machte, verstummte Namir abrupt. Gnädigerweise, wie Logan fand.

»Schwimm zum Pier! Los!«, hörte er John ganz in der Nähe brüllen.

Er sah nicht nach oben und nicht zurück. Wie so oft in seinem Leben verfolgte Logan West kompromisslos ein einziges Ziel: Überleben. Er musste zum Pier und sich in Sicherheit bringen.

Sein Herz pochte wild in der Brust, aber er atmete kontrolliert unter Wasser aus und jedes Mal ein, wenn sein Kopf kurz auftauchte. Er merkte, wie das Platschen hinter ihm nachließ – inzwischen weiter entfernt. Allerdings konnte das genauso gut bedeuten, dass das Krokodil nunmehr ihn ins Visier nahm, um seine Gier nach Fleisch zu stillen.

Aber das spielte keine Rolle. Nur seine Schwimmzüge waren wichtig. *Weiter so! Du bist fast da!*

Johns Stimme wurde lauter und er spürte, dass er gleich am Pier war. Schließlich wurde er etwas langsamer und riskierte einen kurzen Blick nach oben …

Zwei starke Arme kamen in seine Richtung und griffen an seine Unterarme. Logan umklammerte seinerseits Johns Arme. Sobald sein Partner zog, stieß er sich mit einem Beinschlag nach oben.

Der Pier befand sich fast einen Meter über dem Wasserspiegel. Augenblicke später lag Logan mit der Brust voran auf den rauen Planken, die Beine baumelten noch im Wasser. John griff hinter ihn und riss an der Hose, um Logans Unterleib aus der Gefahrenzone zu hieven.

Logan wälzte sich auf den Rücken. Sein Brustkorb hob und senkte sich und er mühte sich ab, Atemfrequenz und Herzschlag auszubremsen. John saß neben ihm, die Hand auf seiner Schulter, wie um ihm zu versichern, dass er nichts mehr von dem Monster im Fluss zu befürchten hatte.

»Wo ist es?«, keuchte Logan und stützte sich auf die Ellbogen. Er sah zu der Stelle, an der das Krokodil angegriffen hatte.

Das Wasser hatte dort einen dunklen Farbton angenommen, eine ungesunde Mixtur aus Braun und Blutrot, aufgewühlt vom jüngsten Intermezzo. Namir war verschwunden, in die Tiefen eines feuchten Grabs geschleift, wo sein Körper Bissen für Bissen von dem Lauerjäger verzehrt wurde.

»Nachdem es ihn am Kopf erwischt hat, hat es ihn hin und her geschleudert. Ich bin mir ziemlich sicher, dass sein Genick gebrochen ist. Nach ein paar Drehungen um die eigene Achse ist es mit ihm abgetaucht.« John schaute Logan an.

»Er hat es bis zur letzten Sekunde nicht bemerkt. Ich

hab das Biest sofort entdeckt und kam auf die Idee, ihn zu verwunden und als Köder zu missbrauchen, um selbst zu entkommen«, gestand Logan. »Aber er kam mir zuvor und griff mich mit einem versteckten Faustmesser an. Dadurch klärte sich das Ganze von allein.«

John studierte Logan einen Moment und vollzog das moralische Dilemma nach, mit dem sich sein engster Kumpel konfrontiert gesehen hatte. »Das war die beste Entscheidung, die du in der Situation hättest treffen können. Das unterscheidet dich von so ziemlich jedem anderen – du ziehst so was durch, selbst wenn es hart ist.«

»Ich weiß, aber was selbst mir Angst macht, ist, wie rasch ich sie getroffen habe. Es gab kein Zögern, kein Hadern, weil er schließlich ein Mensch ist.«

»Dieser Geistesgegenwart verdankst du schon mehrfach dein Leben«, sagte John ernst. »Du hast die richtige Wahl getroffen und warst bereit, zu tun, was nötig ist.«

Logan nickte und stand auf. Wasser tropfte von seiner durchgeweichten Kleidung.

»Da fällt mir noch was Wichtiges ein.« John grinste verschlagen. »Hast du nicht gewusst, dass es verboten ist, die Tiere zu füttern?«

Logan konnte sich ein Lachen nicht verkneifen. Für einen Moment vergaß er darüber sogar seine Müdigkeit und seine Anspannung. Er schüttelte den Kopf, dankbar dafür, so eine innige Verbindung zu John zu haben. *Ich kann mich glücklich schätzen, Mitstreiter wie ihn zu haben.*

Doch dann musste er an Mike denken und wurde schlagartig ernst.

»Lass uns rausfinden, wie es unseren Teamkollegen ergangen ist, und dann nichts wie weg. Hiermit ist unser Urlaub im Sudan beendet.«

TEIL 8

ARES

56

Arlington-Nationalfriedhof
Virginia

Vor einer kleinen Gruppe von Familienmitgliedern und engsten Freunden nahm Logan Haltung an, als sieben Marines aus ihren Gewehren jeweils drei Schüsse zum traditionellen 21er-Salut abfeuerten.

Sarah West stand neben ihrem Mann, die schwarzen Handschuhe vor sich verschränkt. Sie wusste, gleich blies ein Trompeter zum Zapfenstreich. Sie hatte an sämtlichen Beerdigungen der Marines teilgenommen, die 2004 in Falludscha gestorben waren, und kannte den zeremoniellen Ablauf auch Jahre später noch auswendig.

John, Amira und Cole standen dicht zusammengedrängt in der kalten Dezemberluft. Sogar Mikes Ex-Frau Corey und Special Agent Lance Foster hatten sich aus diesem traurigen Anlass eingefunden. Vor ihnen stand Mikes Onkel, FBI-Direktor Jake Benson.

Die herzzerreißend melancholische Melodie wurde den Hügel hinuntergetragen und hüllte die Beerdigungsgesellschaft mit dem Gefühl tiefen Verlusts und überwältigender Trauer ein. Selbst die härtesten Kämpfer unter ihnen, nicht zuletzt Logan, waren zu Tränen gerührt, während der Trompeter *Butterfield's Lullaby* schmetterte.

Nach Verstummen des Instruments falteten zwei Marines die amerikanische Flagge, die über Mikes Sarg lag, und reichten sie Jake Benson, der sie andächtig entgegennahm.

Schlank und knapp zwei Meter groß bot er mit den scharf geschnittenen Gesichtszügen, der steilen Adlernase und den grau melierten Haaren einen imposanten Anblick. Während Mike die Statur eines Footballspielers besessen hatte, umgab Jake Benson die Aura eines Staatsmannes. In Wahrheit waren er und Mike aus demselben Holz geschnitzt gewesen, aber so wie Mike seine Physis eingesetzt hatte, setzte Jake auf natürlichen Charme und Charisma, um die trügerischen politischen Untiefen in Washington zu umschiffen.

Jake wich einen Schritt zurück und beobachtete mit bebenden Lippen, wie Mikes verzierter Sarg in die heilige Erde hinabsank.

Dieser Begräbnisplatz war normalerweise für aktive oder pensionierte Mitglieder der Streitkräfte reserviert, deren Ehepartner und Kinder, handverlesene Offizielle, Richter des Obersten Gerichtshofs und andere Auserwählte. Der Heeresbeauftragte der US-Regierung hatte auf Drängen des Präsidenten für Mikes Beerdigung eine Ausnahme gemacht. Eine Grabstätte im südlichen Teil desselben Abschnitts, in dem John F. Kennedy begraben lag, wurde festgelegt. Knapp östlich vom Grab des unbekannten Soldaten lag das Areal wunderschön an einem ruhigen Hügel. Ein angemessener Platz für einen Nationalhelden.

Die Trauerzeremonie war beendet. Die Gruppe stand um den Sarg versammelt, wohl wissend, dass sich nach dem Verlassen der Grabstätte ein Gefühl von Endgültigkeit einstellte.

Die Gäste der zeremoniellen Bestattung hatten sich im Vorfeld darauf verständigt, an seinem Sarg nicht zu sprechen. Alles, was sie hätten sagen können, schien zu schwach oder aufgesetzt für einen Mann wie Mike. Der Schock über den Verlust saß noch zu tief. Seit seinem Tod waren gerade mal sechs Tage vergangen.

Das FBI hatte für Ende der Woche eine große Gedenkfeier geplant, an der nach Logans Informationen Hunderte, wenn nicht sogar Tausende teilnehmen würden. Mikes Karriere umspannte einen Bogen von mehr als 20 Jahren. Entsprechend hatte er bei vielen Agenten in unterschiedlichsten Organisationen innerhalb des Federal Bureau einen bleibenden Eindruck hinterlassen. Nicht zuletzt bei Special Agent Sheila Marcus, die ihn als Letzte lebend zu Gesicht bekommen hatte.

Sie war gebeten worden, bei der Beerdigung ein paar Worte zu sprechen. Logan hatte die feste Absicht, hinterher mit ihr zu reden. Er wollte jedes Detail über Mikes letzte Minuten auf Erden erfahren, auch wenn er sicher war, dass dieser so gestorben war, wie er gelebt hatte – als Krieger.

Die Gruppe näherte sich einer Kolonne schwarzer Stretch-Limousinen, die sie zum Capital Grille fahren sollte, Mikes Lieblings-Steakhaus in Washington. Dort sollte der Leichenschmaus stattfinden. Jake trat neben Logan und zog ihn auf die Seite.

»Logan, hast du mal einen Moment?« Seine Augen schimmerten feucht.

»Natürlich. Worum geht's?«

»Das hört sich jetzt vielleicht komisch an, aber ich möchte, dass du mit John, Cole und Amira bei mir mitfährst«, sagte Jake. »Wir müssen noch einen kurzen Zwischenstopp vor dem Essen einlegen.«

»Ist alles okay?« In Logans Stimme mischte sich Sorge.

»Ja, aber es gibt etwas, das wir tun müssen, und es kann nicht warten.«

Logan betrachtete das Gesicht des Mannes. Was immer es war, es schien ebenso ernst wie dringend zu sein.

»Gut, ich hole die andern.«

»Wir sehen uns am Wagen.« Jake ging davon, die Flagge behutsam zwischen den Fingern.

Logan lief zu seiner Familie. An seinem Gesichtsausdruck merkten sie sofort, dass etwas nicht stimmte.

»Was ist los, Schatz?« Sarah legte ihre Hand auf den Arm ihres Mannes.

»Ich bin mir nicht ganz sicher.« Logan lächelte seine wunderschöne, brünette Frau an. »Aber Jake will, dass John, Cole, Amira und ich vor dem Leichenschmaus einen kleinen Abstecher mit ihm machen.« Während er ihre Namen nannte, suchte er jeweils Blickkontakt.

»Klingt nach was Geschäftlichem«, meinte John.

»Aber warum muss es ausgerechnet jetzt erledigt werden und kann nicht warten?«, wollte Cole wissen.

Logan zuckte mit den Achseln. »Keine Ahnung, aber wir dürften es bald rausfinden.«

»Wir sehen uns gleich im Restaurant. Ich liebe dich.« Er lehnte sich zu seiner Frau in den Wagen und küsste sie auf den Mund.

»Ich liebe dich auch.« Sarah strahlte ihn an.

»Dann mal los, Leute. Hören wir uns an, was der Mann vorhat.« Gemeinsam gingen sie zu der wartenden Limousine.

57

Eine Viertelstunde später standen Logan, John und die anderen im Gebäude des Finanzministeriums im prunkvollen Konferenzraum direkt gegenüber vom Büro des Ministers.

Außer ihnen und Jake Benson war nur noch eine andere Person anwesend – der Direktor der CIA, Sheldon Tooney. Ein Mann mit legendärem Ruf, der sich seine Sporen in den letzten Tagen des Kalten Krieges verdient hatte. Beim Fall der Mauer war er Stationschef in Berlin gewesen.

Cole und Amira reagierten kurzzeitig geschockt, sich der Nummer eins der Central Intelligence Agency gegenüberzusehen – ihrem obersten Vorgesetzten. Lächelnd blickte er ihnen vom Tisch entgegen, als sie den Raum betraten.

Bekannt für sein Händchen im zwischenmenschlichen Umgang – eine Seltenheit bei hochrangigen Beamten –, stand er auf und begrüßte sie. Er war Anfang 60, hatte stets auf sich geachtet und bewegte sich leichtfüßig und selbstsicher.

»Schön, Sie zu sehen, Miss Cerone«, sagte Direktor Tooney. Sie begegneten sich nicht zum ersten Mal. Jedem aktiven LEGION-Agenten hatte er schon einmal die Hand geschüttelt. Er betrachtete es als Selbstverständlichkeit, seine wertvollsten Aktivposten persönlich zu kennen und ihnen zu verdeutlichen, für wie wichtig er ihre Arbeit hielt. »Als ich die Nachricht zur Aktivierung herausgab, wusste ich: Wenn jemand es schafft, dieses Flugzeug zu finden, dann einer der LEGION-Agenten.« Er lächelte gutmütig. »Und ich behielt recht.«

»Aber, Sir, woher wussten Sie, dass das Flugzeug in Khartum auftaucht?«, hakte Amira nach. »Eine Zeit lang glaubte ich, LEGION wäre kompromittiert worden und ich sollte gezielt scheitern, um den Gegner abzulenken.«

»Miss Cerone, sind Sie *jemals* gescheitert?« Direktor Tooney hob fragend die Augenbrauen.

Sie antwortete nicht, nahm das Lob wie üblich schweigend entgegen.

»Wir haben Glück gehabt. Nichts weiter«, fuhr der Direktor fort.

»Sie machen Scherze, Sir«, sagte Cole ungläubig.

»Ganz und gar nicht, Mr. Matthews. Sie kennen das Geschäft. Manchmal braucht man selbst als Vollprofi ein Quäntchen Glück. Sobald uns klar wurde, dass der nordkoreanische Frachter ein Ablenkungsmanöver darstellte, veranstalteten unsere Analysten ein Brainstorming, wo sich das Zielobjekt befinden und wie es dort hingelangen könnte. Die Frage nach dem ›Wo‹ ließ sich unmöglich beantworten, aber alle stimmten in der Einschätzung überein, dass es höchstwahrscheinlich mit einer privaten Chartermaschine transportiert wird. Nach diesem aufwendigen Ablenkungsmanöver hätten sie es keinesfalls per Schiff befördert. Also glichen wir alle infrage kommenden Flüge miteinander ab und stellten eine Liste möglicher Destinationen zusammen. In Anbetracht der Sensibilität der Operation entschied ich, alle LEGION-Agenten in die Nähe der möglichen Zielorte zu beordern.« Er sah Amira an.

»Da hatte ich wohl ziemliches Glück, was?«

»Mit Glück hatte das nichts zu tun. Sie sind eine der talentiertesten Agentinnen in unseren Rängen«, widersprach der Direktor. »Ich weiß, wir haben uns lange nicht gesehen, und auch wenn mir bewusst ist, dass Sie sich mit solchen Worten schwertun: Ich möchte Ihnen aus tiefstem Herzen meinen Dank aussprechen für das, was Sie getan haben. Sie üben einen der schwierigsten und wichtigsten Jobs aus, nicht nur innerhalb dieser Behörde, sondern im ganzen Land. Ich kann Ihnen gar nicht oft genug danken, wie gut Sie Ihre Aufgaben erfüllen.«

Er wandte sich an Cole. »Für Sie gilt dasselbe, Mr. Matthews. Auch wenn Ihre Position etwas anders gelagert ist, verfügen Sie beide über Fertigkeiten, die wir dringend brauchen, besonders in der aktuellen Lage.«

»Danke, Sir«, antwortete Cole. »Da wir gerade erst angekommen sind: Haben Sie eine Vorstellung, worum es bei der Sache eigentlich geht?«

Direktor Tooney lächelte und schielte auf den stählernen Chronografen an seinem Handgelenk. »Das habe ich tatsächlich. Sofern ich nicht aufgrund meines hohen Alters die Uhr falsch abgelesen habe, werden Sie alle es sehr bald erfahren.«

Wie aufs Stichwort schwang die Haupttür zum Konferenzsaal auf und zwei Agenten des Secret Service traten ein, gefolgt von der letzten Person, mit deren Anwesenheit sie in dieser Situation gerechnet hätten: Preston R. Scott, der Präsident der Vereinigten Staaten von Amerika.

Preston Scott gehörte in der Demokratischen Partei zu den Ausnahmen. Als ehemaliger Air-Force-Offizier, der während Desert Storm Missionen mit einer A-10 geflogen

war, verstand er die Notwendigkeit von Kriegen und welche großen Opfer sie einem abverlangten. Er zählte zu den Nachkommen einer langen Reihe militärischer Führungspersönlichkeiten und stammte aus Georgia. Es hieß, einer seiner Vorfahren habe gemeinsam mit Robert E. Lee im konföderierten Heer gedient. Die Legende machte ihn bei seinen Wählern umso beliebter, insbesondere in den Südstaaten.

Bei Finanzthemen galt er als konservativ – ein Angehöriger der Blue-Dog-Koalition –, bei Fragen rund um Verteidigung und Wirtschaft entsprachen seine Standpunkte eher jenen der Republikaner. Doch es waren die sozialen Belange, die seinen moralischen Kompass prägten, und letztlich war er als Demokrat in die Politik eingestiegen.

Sosehr er die Politik der Republikaner respektierte, er war davon überzeugt, ihre Agenda und die damit einhergehende Intoleranz, die sie hervorrief, seien Altlasten, die sie überwinden mussten. Sein moderater Ansatz schien die richtige Mischung zu sein. Er sammelte damit bei Vertretern beider Parteien Pluspunkte. Es half außerdem, dass er körperlich fit und für einen Mann Anfang 50 extrem gut aussehend war. Seine dichten schwarzen Haare trug er kurz geschnitten, sorgfältig frisiert und doch stets leicht verwuschelt.

Er stellte sich bei allen Anwesenden vor und schüttelte ihnen die Hand, nachdem er den zwei ihm zugeteilten Bodyguards genaue Instruktionen gegeben und sie anschließend weggeschickt hatte. Was hier besprochen wurde, ging nur die Anwesenden etwas an.

Er saß am Kopf des Tischs und formulierte prägnant und direkt, ohne dabei aufgesetzt oder theatralisch zu wirken.

»Miss Cerone, meine Herren, es war eine schwere Woche für dieses Land und ganz besonders für Sie, wenn es um den Verlust von Mike Benson geht«, begann der Präsident seine kleine Ansprache. »Wissen Sie, ich kannte ihn kaum, aber seinen Onkel kenne ich gut. Nicht nur Jake, auch Ihnen will ich mein aufrichtiges Beileid aussprechen. Dieses Land hat einen wahren Helden und Patrioten verloren – und das FBI einen ausgezeichneten Vorgesetzten. Und Sie müssen künftig auf einen engen Freund verzichten. Nichts von dem, was ich sage, kann diesen Verlust wettmachen.«

Seine ehrliche Anteilnahme war spürbar. Jeder von ihnen verspürte bereits eine gewisse Verbundenheit zu dem Staatsoberhaupt, obwohl sie ihn erst vor wenigen Momenten kennengelernt hatten.

»Aber das ist nicht der Grund, weshalb ich Sie alle hergebeten habe. Zunächst einmal habe ich diesen Ort für unser Treffen ausgewählt, weil ich direkt nebenan wohne.« Vom Osteingang des Weißen Hauses führte ein Weg direkt zum Gebäude des Finanzministeriums. Er wurde rund um die Uhr von einer Security-Mannschaft bewacht. »Wenn ich diesen kurzen Spaziergang unternehme, bleibt er meistens unbemerkt. Außerdem werden hier keinerlei Aufzeichnungen geführt, wer das Gebäude betritt oder verlässt. Ich muss mich nirgends eintragen, Sie ebenfalls nicht. Deshalb wird es nie einen Beleg geben, dass diese Zusammenkunft stattgefunden hat.«

Er konzentrierte seine Aufmerksamkeit auf Logan, John, Cole und Amira. »Ich stand die ganze Woche über mit Jake und Sheldon in regelmäßigem Kontakt. Sie hielten mich auf dem Laufenden, was den ONERING angeht, unterrichteten mich, dass die Chinesen und die

Sudanesen federführend an der Übernahme von THORS HAMMER beteiligt waren und er missbraucht wurde, um uns zu schaden. Feige schob man uns die Verantwortung für die Attacke auf ein chinesisches Ölbohrungsprojekt im Sudan in die Schuhe.«

Er machte eine Pause und legte die Hände auf den Tisch. »Ehrlich gesagt fällt es mir schwer zu glauben, dass wir sorglos genug waren, eine so gefährliche Waffe in die Hände unserer Feinde fallen zu lassen, die sie prompt schamlos gegen uns eingesetzt haben. Im Moment befindet sich das Außenministerium im Katastrophenmodus und versucht, den UN zu verdeutlichen, dass uns keinerlei Schuld an diesem Vorfall trifft. Das Prekäre ist: Chinesen, Sudanesen, Russen und, man mag es kaum glauben, selbst die Nordkoreaner streiten vehement jede Beteiligung an den Vorkommnissen der vergangenen Woche ab. Soweit es für uns nachvollziehbar ist, entspricht das sogar in sämtlichen Fällen der Wahrheit. Die Russen haben die Existenz und die Identitäten der Teammitglieder in Alaska bestätigt und uns eine Akte über jeden Mann ausgehändigt, der getötet wurde – etwas, das die russische Regierung vorher noch nie getan hat. Sie bestehen darauf, ihre Agenten nicht aktiviert zu haben, obwohl sie einräumten, dass der entsprechende Befehl aus Moskau kam. Sie haben selbst keine Erklärung dafür. Dasselbe gilt für die Chinesen.«

Niemand sagte etwas, als der Präsident verstummte. Die Schlussfolgerung lag auf der Hand, aber er fasste sie trotzdem in Worte: »Die Einzelperson oder die Gruppe, die hinter dem Ganzen steckt, verfügt über unglaubliche Ressourcen und Einfluss. So etwas auf höchster Ebene hinter dem Rücken *mehrerer* Regierungen durchzuziehen? Um ehrlich zu sein, mir jagt das gehörige Angst ein. Was die UN betrifft, da könnte ich zwar in die Vollversammlung marschieren und den Mitgliedern ein Video zeigen, wie die chinesische Einheit die Attacke im Sudan einleitet, aber sie würden mir trotzdem nicht glauben. Diese Organisation ist inzwischen derart korrupt, dass ich mich frage, wieso wir überhaupt noch zulassen, dass sie ihren Hauptsitz in unserem Land hat.«

Alle lauschten gebannt seinem Vortrag, bei dem er kein Blatt vor den Mund nahm.

Ich will mir gar nicht ausmalen, womit dieser Mann täglich fertigwerden muss, dachte Logan. *Killer und Krokodile sind vermutlich dankbarere Gegner als Parlamentarier und Staatsmänner.*

»Kommen wir zum Kern der Sache, der ungeschönten Realität, der wir uns stellen müssen: Wir befinden uns im Krieg mit einem namenlosen Feind, einer geheimen Organisation, die über Mittel und Kontakte verfügt, um wie eine Weltmacht zu agieren. Sie hat uns bereits die ersten Treffer zugefügt – die falschen Beschuldigungen im Nachgang der Attacke im Sudan, den Ablenkungsangriff auf das MGM Grand, der inszeniert war, als würden islamistische Terroristen dahinterstecken, und schließlich die bei American Elemental eingeschleusten Bomben.«

»Sir, haben Sie eine Ahnung, wieso American Elemental angegriffen wurde?«, fragte Logan unvermittelt. Die übrigen Zwischenfälle, so schrecklich sie auch gewesen sein mochten, konnte er nachvollziehen, aber was die Förderanlage für seltene Erden betraf, tappte er noch weitgehend im Dunkeln.

»Ich fürchte, wir kennen den Grund«, schaltete sich Jake ein. »Und er macht das Ganze noch verwirrender.«

Er machte eine kurze Pause. »Die Gegner verfolgten dabei eine exakt gegenteilige Strategie zum Vorfall im Sudan. Es war eine Attacke auf *unserem* Staatsgebiet, die den Chinesen in die Schuhe geschoben werden sollte. Wir halten es für ein zweitrangiges Motiv, dass die vollständige Zerstörung der Anlage uns hinsichtlich der Zulieferung seltener Erden von der Gnade der Chinesen abhängig gemacht hätte. Im Vordergrund steht offenbar, Amerika und China gezielt gegeneinander aufzuhetzen.«

»Mein Gott«, raunte Logan im Flüsterton. »Zwei Supermächte, die sich an die Gurgel gehen. Das bringt nicht nur die weltweite Sicherheitslage, sondern auch die globale Wirtschaft aus dem Gleichgewicht.«

»Ich weiß.« Die Stimme des Präsidenten klang plötzlich härter. Zorn schwang darin mit und seine Vergangenheit als Kampfpilot blitzte durch. »Aber dazu wird es nicht kommen. Nicht wenn wir ein Wörtchen mitzureden haben. Dazu müssen wir allerdings entschlossen zurückschlagen. Ich möchte, dass jeder von Ihnen diesen Kampf für mich führt.«

Nicht zu fassen! Der mächtigste Mann der freien Welt hatte sie gerade um Hilfe gebeten. Er lehnte sich im Sessel zurück und ließ die Konsequenzen erst einmal auf sie wirken.

Logan war der Erste, der antwortete. »Was genau sollen wir für Sie tun, Sir?«

Der Präsident lächelte, anscheinend nicht überrascht, dass Logan die Initiative ergriff. »Jeder in diesem Raum – und niemand sonst, sofern Sie sich nicht dazu entschließen, Helfer zu rekrutieren – wird künftig Teil des bestgehüteten Geheimnisses meiner Regierung sein. Eine Spezialeinheit, die allein mir gegenüber zur Rechenschaft verpflichtet ist, aber auf sämtliche Ressourcen des Justizministeriums, der Geheimdienste und selbst des Militärs zurückgreifen kann, falls es Ihnen nötig erscheint. Ich nenne diese Einheit Ares, nach dem griechischen Kriegsgott.« Sein Tonfall änderte sich erneut und er betonte jede einzelne Silbe, um seine Entschlossenheit zu verdeutlichen. »Denn genau das ist es, was wir hier gerade führen: einen *Krieg.*«

Die Überzeugung, die aus seinen Worten sprach, verfehlte ihre Wirkung bei den Anwesenden nicht. Keiner hegte die geringsten Zweifel: Der Präsident war zu allem bereit.

»Sir, der Einfluss dieser Verschwörung könnte mindestens bis in die vorhergehende Administration zurückreichen, vielleicht sogar noch wesentlich weiter«, meinte Logan. »Haben Sie je in Betracht gezogen, dass diese Organisation, wer immer die sind, bereits das Debakel mit Cain Frost zu verantworten haben könnte?«

»Wir vermuten genau wie Sie, dass das der Fall ist. Deswegen sind wir den Schweinehunden nie auf die Spur gekommen, die ihn hier in Washington in die Luft gejagt haben. Es sind Phantome«, sagte der Präsident. »Und das muss sich ändern. Wir müssen in die Offensive gehen, überall auf der Welt, wo es nötig ist. Mit vollem Einsatz. Wir müssen sie aus den Schatten hervorlocken. Das Schicksal unserer Demokratie, vielleicht sogar die Zukunft der gesamten Welt, hängt von uns ab.«

Unter anderen Umständen hätte der letzte Satz wie ein abgedroschenes Klischee geklungen. Nach den Ereignissen der letzten Tage schien es eher die schreckliche Wahrheit zu sein.

»Lassen Sie es mich noch einmal ganz deutlich sagen: Ihr Präsident bittet Sie persönlich um Ihre Hilfe. So Gott will, wird niemand je davon erfahren, und selbst wenn, wäre es mir egal. Ich will, dass Sie *alles* unternehmen, was nötig ist, um herauszufinden, wer hinter dieser Verschwörung steckt. Schrecken Sie nicht davor zurück, Konventionen, Gesetze oder selbst Ihre moralischen Grundsätze zu brechen. Diesen Luxus können wir uns nicht länger leisten.«

»Mr. President, nur um das klarzustellen«, hakte John nach. »Sie geben uns also eine unbeschränkte Vollmacht und Zugriff auf alle notwendigen Ressourcen, um die Verbrecher zu jagen, die unser Land angegriffen haben?« *Klingt fast zu schön, um wahr zu sein. Da muss es doch einen Haken geben.*

»Genau so ist es, Mr. Quick«, bestätigte der Präsident. »Und ich setze noch einen drauf: einen Gnadenerlass des Präsidenten für jeden von Ihnen, bereits von mir unterschrieben und von Jake und Sheldon beglaubigt. Solange Sie nicht gerade einen Völkermord begehen, halte ich Ihnen den Rücken frei.«

Jetzt verstehe ich, wie dieser Mann so viele Menschen auf seine Seite gezogen hat. Er folgt klaren Überzeugungen und verfügt über ein ungeheures Charisma. Was für eine bemerkenswerte Kombination!, fand Logan. Er kaufte dem Präsidenten jedes einzelne Wort ab. Männer wie ihn kannte er aus seiner Zeit beim Militär. Zu behaupten, dass man solche Qualitäten bei einem Politiker eher selten antraf, war in etwa so, als nannte man den Papst ›ein bisschen religiös‹.

»Also, was halten Sie davon?«, kam der Präsident auf den Punkt. »Kann ich auf Ihre Unterstützung zählen?«

»Auf jeden Fall, Sir«, erwiderte Logan, ohne zu zögern. Er hatte seine Entscheidung schon vor einigen Minuten getroffen. »Es wäre uns eine Ehre.«

Die anderen stimmten fast genauso schnell zu.

»Gut, denn Sie sollen morgen schon anfangen. Ehren Sie heute Ihren verstorbenen Freund und lassen Sie sich dann auf einen Neuanfang ein. Wir werden uns sicher ab und zu treffen, aber aufgrund des extrem vertraulichen Charakters dieser Unternehmung werde ich mich in der Regel mit Jake und Sheldon abstimmen.« Verschmitzt schob er hinterher: »Seien Sie also nicht beleidigt, wenn ich nicht jeden Tag vorbeischaue. Ich bin ein ziemlich beschäftigter Mann. Sie wissen schon, unser Land regieren und so.«

Sinn für Humor hat er auch noch? Mich wundert langsam nichts mehr.

»Sollte niemand weitere Fragen haben, sind wir hier fertig. Jake und Sheldon werden Ihnen alles Notwendige zur Verfügung stellen – und ich meine *alles* –, was Sie brauchen.« Der Präsident machte Anstalten aufzustehen.

»Sir, ich hätte da noch eine Frage. Ich überlege mir schon die ganze Zeit, wieso neben uns zwar die Direktoren des FBI und der CIA anwesend sind, nicht aber der nationale Sicherheitsberater. Sollte der nicht in eine solche Planung involviert sein?«

Der Gesichtsausdruck des Präsidenten wechselte ähnlich rasch wie die Wetterverhältnisse auf hoher See. An die Stelle des Lächelns trat ein leicht angeekelter Ausdruck.

»Mr. West, Sie sind ein äußerst cleverer Mann, viel cleverer als mein nationaler Sicherheitsberater«, antwortete Preston Scott. »Jake kann Ihnen die Details erläutern. Ist damit alles geklärt? Ich muss nämlich gleich in einen Helikopter steigen, um ein Flugzeug zu erwischen, das mich zu einem fünftägigen G8-Gipfel in Griechenland bringt. Ich werde versuchen, einen Teil des Schadens zu reparieren, der den USA zugefügt wurde. Entsprechend wichtig war es mir, vor meiner Abreise dieses Gespräch zu führen.«

Alle Anwesenden erhoben sich, als der Präsident zur Tür trat. Er drehte sich ein letztes Mal zu ihnen um, bevor er am goldenen Knauf drehte.

»Danke noch einmal. Und viel Glück.«

Damit verschwand er so plötzlich, wie er gekommen war. Er verfügte über eine beeindruckende Präsenz, deren Fehlen sich sofort bemerkbar machte.

Für einige Sekunden wurden nur Blicke, aber keine Worte gewechselt. Selbst die Chefs der Geheimdienste spürten die schwere Last der Aufgabe, die sie gerade übernommen hatten. Ein Ehrfurcht gebietendes Unterfangen mit weitreichenden Folgen im Fall eines Scheiterns.

»Da hat's mir doch glatt zum ersten Mal im Leben die Sprache verschlagen«, sagte John schließlich.

»Immerhin hast du sie gerade wiedergefunden.« Amira lächelte ihn an, ihre hellblauen Augen funkelten.

»Ja, aber das zählt nicht, weil ich nichts Witziges auf der Pfanne habe.«

Logan ließ sich die letzte Bemerkung des Präsidenten noch einmal durch den Kopf gehen. Zunächst musste er jedoch ein anderes Thema ansprechen.

»Was ist mit Henry Cho?«, fragte er Jake und Sheldon. Er meinte den jungen chinesischen Agenten, der sich aktuell in einer gut gesicherten medizinischen Einrichtung in Langley von einer Operation erholte. Der chirurgische Eingriff, um seinen Finger wieder anzunähen, war erst kurz vor der kritischen 25-Stunden-Marke vorgenommen worden – dem Zeitpunkt, nach dem ein Körperteil für gewöhnlich als verloren galt. In seinem Fall bezifferten die Ärzte die Wahrscheinlichkeit, dass er den Großteil der früheren Kraft und Beweglichkeit zurückerlangte, auf rund 80 Prozent.

Die beiden Direktoren tauschten einen Blick. Sheldon erklärte: »Wir haben noch keine Entscheidung getroffen, was mit ihm passiert. Seine Regierung weiß nicht, dass wir ihn haben. Nach allem, was er uns im Rahmen der Verhöre erzählt hat, scheint er tatsächlich keine Ahnung zu haben, dass in Wirklichkeit eine andere Organisation die Fäden gezogen hat.«

»So etwas Ähnliches dachte ich mir schon«, sagte John. »Können wir mit ihm reden?«

»Das lässt sich arrangieren.«

»Gut. Ich hab da schon konkrete Vorstellungen, wie man mit ihm umspringen muss.«

»Weitere fehlende Gliedmaßen?«, bohrte Logan trocken nach.

»Diesmal nicht. Außerdem reden wir ja nur von einem Finger, noch dazu vom kleinsten«, konterte John.

»Wie du meinst.« Logan wandte seine Aufmerksamkeit Jake zu. »Nachdem das geklärt wäre, interessiert mich noch, wieso der Präsident so abfällig reagiert hat, als ich ihn auf seinen nationalen Sicherheitsberater ansprach.«

Jake nickte. »Da gibt es etwas, das wir euch sagen müssen. Rein zufällig ist es auch der erste Punkt auf unserer To-do-Liste.«

Hatten sie bisher den Auftritt des Präsidenten für die größte Überraschung des Tages gehalten, wurden sie jetzt eines Besseren belehrt.

58

Jonathan Sommers betrat die Eingangshalle seiner renovierten dreistöckigen Stadtvilla in der Dumbarton Street in Georgetown. Er fühlte sich ausgelaugt. Die endlosen Stunden im Weißen Haus – so zielführend sie für seine Agenda auch sein mochten – waren eine gnadenlose Plackerei. Doch nun nahte das große Finale, das die letzten vier Jahre wettmachte, in denen er sein Leben und seine Freiheit riskiert hatte. Eine neue Weltordnung stand bevor und er wollte zu denjenigen gehören, die den Grundstein dafür legten.

Mit 38 Jahren war er der jüngste leitende Berater des Präsidenten und das jüngste Kabinettsmitglied, aber er bekleidete einen der vertrauenswürdigsten Posten der Regierung. Mit seinem kindlichen Charme und der raschen Auffassungsgabe hatte er sich in eine Position hochgearbeitet, die ihm mehr Macht verlieh, als es sich die meisten Menschen vorstellen konnten. Dass er hartnäckig daran arbeitete, ebendiese Macht zu untergraben, beunruhigte ihn nicht im Mindesten.

Mit einem Top-Abschluss von der Harvard Kennedy School und einem Doktorgrad in internationalen Beziehungen mit Schwerpunkt nationale Sicherheit verstand er die harten Realitäten der neuen globalen Machtstrukturen wie kein Zweiter. Länder konnten nicht länger in einem Vakuum operieren. Die beschleunigte Schlagzahl der Nachrichten und der Aufstieg der sozialen

Medien hatten die Möglichkeit, Diplomatie auf altertümliche Art zu betreiben, auf ewig zunichtegemacht.

Seine Karriere war mit Beginn des Aufstands im Irak in kometenhafte Sphären katapultiert worden. Das Weiße Haus hatte ihn vom Fleck weg engagiert und aus einer prestigeträchtigen Anstellung bei einer von Amerikas führenden Denkfabriken freigekauft, um den Präsidenten in internationalen Angelegenheiten zu beraten. In einer Phase, in der sich die Verantwortlichen im Pentagon zunehmend auf die Geschehnisse im Nahen Osten konzentrierten. Seine Aufgabe, die ihm der letzte Präsident übertragen hatte, war denkbar simpel formuliert gewesen: »Lassen Sie den Rest der Welt nicht hängen.« Das hatte er zwar nicht getan, aber der Aufmerksamkeit des früheren Staatsoberhaupts war entgangen, dass er seit seinem letzten Semester in Harvard auf mehreren politischen Hochzeiten tanzte.

An einem Dienstagabend in einem Pub am Harvard Square, als er gerade die Seminararbeit eines talentierten – wenn auch etwas desillusionierten – Masterstudenten korrigierte, hatte sich plötzlich ein höflicher Mann Mitte 40 neben ihn gesetzt. Er trug eine Brille mit dünnem Drahtgestell und wie maßgeschneidert sitzende Kleidung, die perfekt zu einem Mitglied der intellektuellen Elite passte. Er sprach ein deutliches und akzentfreies Englisch. Trotzdem beschlich Jonathan der vage Eindruck, dass er nicht in Amerika zur Welt gekommen war.

So wie Jonathan als ›der Amerikaner‹ bekannt wurde, nannte er den Mann mit der Brille bis heute ›den Anwerber‹.

Der Mann erzählte ihm eine Geschichte, bei der er sich spontan an einen Agentenfilm aus Hollywood erinnert fühlte: Er repräsentiere eine Organisation, deren ultimatives Ziel die Rettung des Planeten sei, und zwar nicht vor Klimaerwärmung oder abstrakten Bedrohungen, sondern vor der wirtschaftlichen und politischen Sklaverei und real existierenden Sklaventreibern. Jonathan hatte anfangs nur verächtlich geschnaubt, fast wäre er sogar in Gelächter ausgebrochen. Sein Gegenüber reagierte nicht etwa beleidigt, sondern verlegte sich darauf, einen Abriss von Jonathans bisherigem Leben und seinen Leistungen im Rahmen des Studiums vorzutragen, was er dermaßen überzeugend tat, dass er persönliche Beweggründe und Ziele besser auf den Punkt brachte, als Jonathan selbst es vermocht hätte.

Eine Stunde später, als Jonathan längst nicht mehr nach Lachen zumute war, lag die nackte Wahrheit vor ihm auf dem Tisch eines Pubs – die Versprechung einer schönen neuen Welt. An Ort und Stelle hatte er eine Entscheidung gefällt und sie nie bereut, auch wenn er seitdem mehr als nur einen Verrat geplant und in die Wege geleitet hatte.

Piep-piep-piep.

Er schloss die Vordertür und tippte den Code auf der Schalttafel der Alarmanlage ein. Der angenehme Geruch des Kaminfeuers vom Vorabend stieg ihm in die Nase.

Ja, hier bin ich zu Hause, noch *zumindest …*

Er schaltete das Licht im Flur an und ging in die Küche, wo er sein Smartphone auf dem Granit der Arbeitsfläche ablegte.

»Willkommen zu Hause, Mr. Sommers«, drang eine Stimme aus dem dunklen Wohnzimmer auf der anderen Seite.

Nackte Angst packte Jonathan Sommers. Er wirbelte herum und wollte in Richtung Flur laufen, wo eine geladene 9-Millimeter-Beretta in der Schublade der Kommode lag.

John Quick trat aus der Bibliothek im vorderen Teil des Hauses in den Gang. »Suchen Sie etwa die?« Er hielt die Pistole in der schwarz behandschuhten Faust. »Tja, da muss ich Sie leider enttäuschen.«

Im Wohnzimmer gingen die Lichter an. Jonathan drehte sich um. Zwei Männer, die er kannte, standen in den hinteren Ecken des Raums. Schlagartig wurde ihm klar, dass es mit seiner Laufbahn als Doppelagent vorbei war.

Trotz seines rasenden Herzschlags versuchte er, die Fassung zu bewahren. Er wusste, wer diese Besucher waren. Sie anzubetteln, brachte nichts.

»Mr. Matthews, ich hätte Ihnen ja einen Drink angeboten, aber ich glaube nicht, dass Sie zum Plaudern gekommen sind. Mr. West trinkt ja ohnehin nicht mehr«, sagte Jonathan.

»Legen Sie die Hände auf den Küchentresen, während ich Sie durchsuche.« John verpasste Jonathan einen groben Stoß von hinten. »Wenn Sie auch nur eine unüberlegte Bewegung machen, werde ich Sie mit Vergnügen umlegen. Verstanden, Sie verräterischer Hurensohn?«

Das anheimelnde Gefühl von Sicherheit, das er beim Betreten seines Hauses verspürt hatte, war der Gewissheit der Niederlage gewichen.

»Ich verstehe.« Jonathan schwieg, während seine Taschen durchsucht wurden und man ihn nach Waffen abtastete.

Logan und Cole kamen in die Küche. Logan baute sich vor ihm auf.

Jonathan hatte die Akte des Marine Corps über diesen Mann gelesen sowie ein psychologisches Profil, welches das FBI auf seinen Wunsch nach der Episode mit Cain Frost in Auftrag gegeben hatte. Er fühlte sich, als würde er von einem kaltblütigen Raubtier gemustert. *Es sind diese Augen!* Ihn fröstelte.

»Beinahe wären Sie ungeschoren davongekommen«, sagte Logan in wohl kalkulierter Unbekümmertheit. »Wir wussten die ganze Zeit – Sie natürlich auch, denn immerhin sind Sie es selbst –, dass es einen Verräter in Regierungskreisen geben muss, aber wir fanden nicht heraus, um wen es sich handelte. Jemand hat Cain damals an der Haditha-Talsperre einen Tipp gegeben, und nur jemand ganz oben und wir – weil wir dabei gewesen sind – waren in den Plan eingeweiht. Ich wette, das waren Sie. Habe ich recht?«

Jonathan schwieg. Reden brachte ihn nur in größere Schwierigkeiten.

»Colin Davies hat uns schließlich auf Ihre Spur gebracht«, verriet Logan.

Wie das?, dachte Jonathan. *Ich habe persönlich dafür gesorgt, dass seine Festplatte zerstört wird. Es gibt keine Beweise für unsere Kommunikation.*

»Mr. Davies hat Ihnen grundsätzlich vertraut, aber eine Datei angelegt, die er auf einem Google-Cloud-Server unter falscher Identität speicherte. Er skizzierte darin die drei Treffen mit Ihnen, genauso wie die beiden Handy-Telefonate. Leugnen ist zwecklos, Arschloch.«

Jonathan blieb stumm.

»Wissen Sie, was mich wirklich sauer macht?«, fragte John leise. »Bevor wir auf diese Datei gestoßen sind, hielten wir alle Colin Davies für den Verräter, der den ONERING geklaut hat, um ihn an die Russen zu verticken. Aber das lag in Ihrer Absicht, oder? Bis wir aus den Gesprächsprotokollen erfuhren, dass *Sie* ihn dazu angestiftet haben. Sie gaukelten ihm sogar vor, er würde einen hilfreichen Beitrag leisten, indem er einen Testlauf der Apparatur vor dem entscheidenden Einsatz ermöglichte. Davies ist in meinen Armen gestorben. Er sah mir dabei in die Augen und ich habe ihm versprochen, denjenigen zu finden, der ihm das angetan hat. Wissen Sie, was, Arschloch? Es ist mir gelungen. Jetzt werden Sie dafür bezahlen, was Sie ihm und zahllosen anderen angetan haben.«

»Aber bevor wir dazu kommen, werden Sie uns alles über die Organisation erzählen, für die Sie all die Jahre gearbeitet haben«, sagte Logan mit versteinerter Miene. »Wir wissen, dass Sie hinter der Aktivierung des russischen Teams für die Operation in Alaska stecken.«

Jonathan antwortete nicht.

»Von mir aus. Spielen Sie den Feigling. Keine Sorge, wir kriegen die Wahrheit schon noch aus Ihnen raus. Oh, falls Sie es noch nicht wussten, ich bin Experte, wenn es darum geht, das Schweigen eines Verdächtigen in ein stillschweigendes Einverständnis umzumünzen. Das werden Sie später noch am eigenen Leib zu spüren bekommen.«

Blanke Panik erfasste Jonathan. In seinem Magen bildete sich ein Knoten und er fühlte sich wie gelähmt. *Was haben die mit mir vor?*

»Also, es wird folgendermaßen ablaufen. Wir bringen Sie an einen sicheren Ort. Niemand – und ich meine niemand – wird sich fragen, wo Sie abgeblieben sind. Dafür haben wir gesorgt«, erklärte Logan.

»Der Präsident erwartet mich in sechs Stunden zum morgendlichen Briefing«, unternahm Jonathan einen letzten verzweifelten Versuch, mutig zu erscheinen.

John prustete los. Cole und Logan wechselten belustigte Blicke.

»Was glauben Sie, wer uns geschickt hat, Mr. Sommers?«

Die Endgültigkeit der Niederlage drang in alle Winkel seines Verstands vor. Jonathan Sommers ließ den Kopf hängen.

»Schauen Sie mich an.«

Keine Reaktion.

»Ich sagte, Sie sollen mich anschauen.«

Jonathan hob den Blick, starr vor Angst, was ihn erwartete.

»Gut«, zischte Logan. Sowohl sein Gesicht als auch jedes seiner Worte transportierten grenzenlose Verachtung und Abscheu ohne das geringste Mitleid. »Sie verdienen es, sich für den Rest Ihres erbärmlichen Lebens so zu fühlen, egal wie kurz es noch sein mag.«

»Was?« Jonathan konnte kaum noch klar denken, Angst lähmte ihn, nachdem er Logans letzte Aussage verarbeitet hatte. Der brillante Akademiker und Verräter schrumpfte zu einem stammelnden Häufchen Elend zusammen.

»Kannst loslegen«, sagte Logan zu John.

Jonathan Sommers fühlte ein Stechen seitlich am Hals, dann wurde ihm schwarz vor Augen.

Logan blickte auf den nationalen Sicherheitsberater des Präsidenten hinab.

»Lasst uns dieses Stück Scheiße hier wegschaffen. Ihr zwei und Amira bringt ihn zurück ins Büro.«

Die LEGION-Agentin wartete in einer Geländelimousine um die Ecke auf ihr Zeichen. Sie würden Sommers durch den Hintereingang zum Fahrzeug bringen. Die Überwachungskameras in der schmalen Gasse hatten sie vorübergehend aus dem Verkehr gezogen.

»Ich mach mal einen Spaziergang um den Block, um sicherzugehen, dass niemand was gesehen oder gehört hat. Wenn alles im grünen Bereich ist, hol ich den anderen Wagen und wir treffen uns draußen.« Logans Auto, ein schwarzer Chevy Tahoe, zugelassen auf eine Scheinfirma, parkte einige Blocks weiter in der Wisconsin Avenue.

»Das werden ein paar anstrengende Tage«, meinte er. »Also, legen wir los.«

John und Cole luden sich den Bewusstlosen auf die Schultern, während Logan eine SMS an Amira absetzte. Sie hatten keine Zeit zu verlieren. Vor ihnen lag eine Menge Arbeit.

59

Logan gab den Alarmcode ein, sah sich noch ein letztes Mal um und verließ die Stadtvilla durch den Hintereingang. Vorher hatten sie zu dritt dafür gesorgt, dass sich das Erdgeschoss wieder im ursprünglichen Zustand befand.

Sie waren zwei Stunden vor Sommers eingetroffen, um sämtliche Räume nach Beweisen für seinen Verrat zu durchsuchen. Zu ihren Fundstücken gehörte neben einem Laptop auch der Inhalt eines Safes in der Bibliothek. Die für das Alarmsystem des Gebäudes verantwortliche Firma hatte den Einbau erledigt, was das Knacken massiv erleichterte.

Einer der Vorteile von Ares bestand nämlich darin, dass das FBI über Möglichkeiten verfügte, an Informationen wie Codes für Alarmanlagen und Safes zu gelangen, ohne dass der Verdächtige etwas davon erfuhr. *Terrorismus* und *Spionage* waren nützliche Schlagworte, die in Branchen mit engen Regierungskontakten viele lästige Hindernisse aus dem Weg räumten.

Die Tür fiel ins Schloss. Er drehte den Schlüssel herum und schlenderte die Gasse entlang. Nichts rührte sich. Er hörte leisen Verkehrslärm mehrere Blocks entfernt auf der Wisconsin Avenue, aber in dieser Vorstadtoase im Herzen von Georgetown blieb alles ruhig.

Eine halbe Stunde lang durchquerte er die Nachbarschaft auf verschiedensten Routen und blieb ab und zu kurz stehen, um auf Schritte zu lauschen und sich zu vergewissern, dass ihm niemand folgte.

Als er sicher war, keine ungebetene Gesellschaft zu haben, ging er weiter zur P Street und über die Kreuzung zwischen P und Thirty-First. Auf dem Weg zu seinem Chevy schob er ein paar In-ear-Kopfhörer unter die tief ins Gesicht gezogene schwarze Wollmütze. Er holte sein Smartphone aus der Tasche, fand, wonach er suchte, und drückte auf ›Play‹.

Lautes Windrauschen attackierte sein Gehör. Zweimal wurde gehustet, dann ertönte Mike Bensons Stimme, quasi aus dem Reich der Toten.

»Bruder, ich hab nicht viel Zeit. Ich weiß, dass du die ganzen Einzelheiten später erfahren wirst. Also ist es nicht wichtig, wie es passiert ist. Ich sterbe, das weiß ich.«

Logan kniff die Augen zusammen. Der Fatalismus in Mikes Stimme machte ihm zu schaffen, jedes Mal, wenn er der letzten Botschaft seines Freundes lauschte. Der Mut, den er unter Beweis gestellt hatte, die Selbstverständlichkeit, mit der er sein Schicksal akzeptierte, die Tatsache, dass er von allen Menschen in den letzten Sekunden seines Lebens ausgerechnet ihn angerufen hatte – all das überwältigte ihn.

»Du und ich kennen uns schon lange. Wir sind so was wie Familie. Ich liebe dich, Bruder.«

Mike verstummte für einen Moment. Die ungefilterten Emotionen schienen ihn kurzzeitig zu überfordern. Eine weitere Welle der Trauer über den Verlust riss Logan in die Tiefe.

»Wenn du zurück bist … hey, ich weiß, dass du es schaffen wirst, Typen wie du sind einfach nicht totzukriegen … dann musst du mit meinem Onkel reden. Er wird dir alles erzählen, was wir wissen. Und noch wichtiger, er wird deine Hilfe brauchen. Das ganze Land wird deine Hilfe brauchen, genau wie damals, vor zwei Jahren. Du und John, ihr seid die außergewöhnlichsten Männer, denen ich je begegnet bin. Es war mir eine Ehre, euch gekannt zu haben. Ihr müsst rausfinden, wer hinter alldem steckt, denn ich glaube, die Sache wird noch viel schlimmer. Ich glaube fest an dich, Bruder.«

Jedes Wort riss eine weitere tiefe Wunde in Logans Seele. Die schiere Wut, die er empfand, weil einer seiner engsten Freunde, sein Bruder, ihm genommen worden war, erreichte ungeahnte Ausmaße. Er riss sich zusammen, um den entscheidenden letzten Teil der Nachricht zu verdauen.

»Bevor ich diese sterbliche Hülle hinter mir lasse, Logan, musst du mir eins versprechen. Wenn diese Sache vorbei ist, verlier dich nicht im Hass und in der Gewalt.«

Logan lächelte. Nicht weil ihn der Appell amüsierte, sondern weil Mike ihn so gut gekannt hatte und genau verstand, wie er tickte.

»Du tust, was du tun musst. Gott stehe jenen bei, die dir in die Quere kommen. Den Zorn, den du fühlst, den körperlich spürbaren Durst nach Rache … nutz sie zu deinem Vorteil. Und wenn du diejenigen gefunden hast, die unsere Art zu leben bedrohen, eliminiere sie mit aller Härte.«

Logan hatte nicht den geringsten Zweifel, dass er genau das tun würde: *die Bedrohung eliminieren*. Schon allein, weil er es Mike schuldig war, ihm diesen letzten Wunsch zu erfüllen.

»Aber jetzt kommt das Wichtigste, Bruder. Wenn du es erledigt hast und die Sache wirklich vorbei ist, musst du zu Sarah zurückkehren und dir ein eigenes Leben aufbauen.« Mike lachte gequält. »Kein normales Leben. Ich weiß, das ist für einen wie dich unmöglich. Dafür bist du nicht geschaffen. Aber ein Leben, das du mit Sarah teilen kannst. Du brauchst sie, und sie liebt dich. Sie kann dir helfen, die Finsternis in Schach zu halten. Lass nicht zu, dass das Böse und die Monster dieser Welt dich zu etwas machen, das du nicht bist. Du bist ein guter Mensch, Logan West. Vergiss das *nie*«, erklärte Mike mit Nachdruck. Nach einem erstickten Husten fügte er hinzu: »Das bist du dir selbst schuldig.«

Danach kam nicht mehr viel. Genau wie bei den 20 Malen zuvor versetzte ihm das Abhören der Aufzeichnung einen Stich mitten ins Herz.

»Ich glaube, mir bleibt nicht mehr viel Zeit, Bruder. Ich hab gesagt, was ich zu sagen hatte. Richte John und Sarah liebe Grüße aus. Ich glaub, ich werde jetzt einfach ein bisschen hier sitzen. Schade, dass du es nicht sehen kannst. Ich habe eine überwältigende Aussicht.« Eine lange Pause, in der Mike mühsam Luft holte. »Ich liebe dich, Logan. Wir sehen uns auf der anderen Seite.«

Logan hörte, wie das Handy weggelegt wurde. Das Rauschen des Windes ließ nach. Ein tiefes, donnerndes Echo folgte. Eine halbe Minute später hörte er Schritte und eine weibliche Stimme. Wegen des Hintergrundlärms verstand er kein Wort, ging aber davon aus, dass es Agent Marcus war, die Mike gefunden hatte. Er wollte – nein, er *musste* – mit ihr reden. Dann brach die Verbindung ab.

Er blieb einen Moment stehen, um seine aufgewühlten Gedanken zu beruhigen. Inzwischen hatte er die Wisconsin Avenue erreicht, nur wenige Blocks von seinem abgestellten Wagen entfernt. Die Straßenlaternen flackerten und die

Tränen in seinen Augen schufen einen diffusen Lichtkreis um jede einzelne.

Er zog die Kopfhörer aus dem Ohr, und die gewohnte akustische Kulisse einer Nacht im Nordwesten von D. C. umgab ihn. Motorenlärm. Fußgänger, die nach Hause oder zu Freunden und Geliebten unterwegs waren. Taxifahrer, die auf der anderen Straßenseite zusammenstanden und durcharbeiteten, um sich über Wasser zu halten. Ein Schmelztiegel von Menschen und ihren alltäglichen Beschäftigungen.

Logan lächelte, die banale Hektik um ihn herum bestärkte ihn in seiner eisernen Entschlossenheit. Es war seine Pflicht, nein, es lag in seiner *Verantwortung*, diese Leute zu beschützen.

Der SUV parkte in der Nähe einer Straßenlaterne, die nicht funktionierte. Er hatte sie tags zuvor mit einem gezielten Steinwurf außer Gefecht gesetzt.

Was er wusste, aber keiner der Menschen um ihn herum, war eine einfache, fundamentale Wahrheit: Die Vereinigten Staaten befanden sich im Krieg. Eine Tatsache, und zwar eine, die er sich in jedem wachen Moment vor Augen halten würde, bis alles vorbei war. Die ersten Einschläge hatten sich bereits ereignet. Nun wurde es Zeit, zurückzuschlagen, und zwar prompt und entschlossen. Sie mussten ihrem Feind eine unmissverständliche Botschaft übermitteln.

Wir sind am Zug, dachte Logan und tauchte in den Schatten ab.

EPILOG

ASSOCIATED PRESS – Das Weiße Haus äußerte sich gestern bestürzt über den unerwarteten Tod des nationalen Sicherheitsberaters, Jonathan Sommers. Seine Leiche wurde in einem Gebüsch unweit einer beliebten Laufstrecke im Georgetown Waterfront Park gefunden. Untersuchungen ergaben, dass Mr. Sommers aus kurzer Distanz zwei Mal in die Brust geschossen worden war. Der Körper wies Spuren einer Auseinandersetzung auf, was darauf hindeutet, dass er sich gegen seine(n) Angreifer zur Wehr setzte. Mr. Sommers galt als begeisterter Jogger. An der Strecke entlang des Potomac River, wo man ihn fand, ereigneten sich in den letzten Wochen mehrere versuchte Raubüberfälle.

»Nach derzeitigem Stand der Ermittlungen gehen wir davon aus, dass er zufälliges Opfer eines Raubüberfalls wurde, der außer Kontrolle geriet«, sagte D. C.-Polizeipräsident Albert Mackey auf einer Pressekonferenz. »Wir ermitteln weiterhin in alle Richtungen und stehen in engem Kontakt zum Weißen Haus. Wir sind alle schockiert über das Ausmaß der Gewalt und werden unermüdlich daran arbeiten, den oder die Verbrecher der gerechten Strafe zuzuführen.«

REUTERS – Die Bewohner der südlichen Regionen des Sudan haben sich beim ersten landesweiten Referendum nahezu einstimmig für eine Unabhängigkeit vom Nordsudan ausgesprochen. Mit 99 Prozent Ja-Stimmen in sämtlichen Stimmbezirken war es ein Erdrutschsieg für ein Volk, das seit Jahrzehnten unter Krieg sowie religiösen und ethnischen Auseinandersetzungen leidet.

Obwohl es noch etliche Hürden zu beseitigen gilt und die Kämpfe entlang der Grenze zum Norden eine ständige Bedrohung für die Bevölkerung darstellen, gilt die Entdeckung des größten Ölvorkommens weltweit als wesentlicher Schritt zur finanziellen Unabhängigkeit. Zum jetzigen Zeitpunkt beansprucht China nach wie vor die alleinigen Rechte an der Erschließung der Ölreserven. Die Verhandlungen, sowohl mit dem Norden als auch mit dem Süden Sudans, im Interesse der Schaffung eines Klimas von Frieden und Wohlstand, werden jedoch fortgesetzt.

Danksagungen

Liebe Leser,

Treueschwur schlägt eine gänzlich andere Richtung ein als der Vorgänger *Overwatch,* bei dem die Ursprünge von Logan, John und Mike (RIP) im Mittelpunkt standen. Ich halte es für meine Pflicht, ehrlich zu euch zu sein, denn ohne euch gäbe es die Welt von Logan West gar nicht. Folgendes: Dieser Teil verfolgt die Absicht, das fiktive Schlachtfeld für die nächsten Etappen der Handlung vorzubereiten. Wie bei allen guten Spannungsbögen entwickelt sich die Lage zunächst deutlich zum Schlimmeren, bevor sich eine Lösung des bedrohlichen globalen Konflikts abzeichnet, der innerhalb und außerhalb der Hallen der Macht ausgefochten wird. Ich habe diese Reihe von Anfang an auf fünf Bände angelegt, von denen jeder die Grundhandlung vorantreiben, aber auch als in sich abgeschlossener Roman funktionieren soll. Ich hoffe, ihr habt diese Reise genossen, denn sie hat sich exakt so entwickelt, wie es mir vorschwebte. Das bin ich euch schuldig und ihr solltet es umgekehrt auch von mir erwarten. Okay, das wäre geklärt.

Nun zu einem anderen wichtigen Punkt, nämlich all jene zu nennen, ohne deren Mitarbeit dieser Roman nicht das wäre, was er geworden ist. Als Erstes möchte ich Megan Reid danken, meiner exzellenten Lektorin, die mit ihrem wachsamen Auge dafür sorgt, dass die Story auf den Punkt kommt. Ein riesengroßes Dankeschön! Wir sind zwar nicht immer einer Meinung, aber der ständige Input und das Ausbremsen meiner kreativen Entgleisungen sind ein entscheidendes Erfolgsrezept für die Logan-West-Thriller.

Zweitens gilt mein Dank dem Team West bei Emily Bestler Books und Atria Books, natürlich auch PR-Mann David Brown und Hillary Tisman, der zuständigen Marketingleiterin, Emily Bestler selbst und allen anderen, die hinter den Kulissen unermüdlich arbeiten. Danke für die ungezählten Stunden an Planung, Vorbereitung und Koordination, die zum Erfolg des Gesamtprojekts beitragen.

Drittens möchte ich meinem Agenten Will Roberts von The Gernert Company danken. Danke, dass ich bei dir Dampf ablassen durfte und du mich auf das Wesentliche hingewiesen hast, wenn ich mich mal wieder verzettelte. Du schaffst es immer wieder, mir Dummheiten auszureden.

Und zu guter Letzt möchte ich mich bei meiner Frau bedanken, deren Job deutlich härter ist als meiner. Sie muss unsere Kinder großziehen, während ich in Logan Wests fiktiver Welt spielen gehe. Danke für deine unermüdliche Unterstützung, dafür, dass du meine Launen im Griff hast, wenn es nötig ist, und jeden Tag dafür sorgst, dass unser Haushalt funktioniert. (Dafür auch ein Dankeschön von den Kids.) Ohne dich wäre ich nicht da, wo ich heute bin.

Das war's fürs Erste, Leute. Bis zum nächsten Mal …

matthewbetley.com

Matthew Betley hat einen Bachelor in Psychologie der Miami University in Oxford, Ohio, mit den Nebenfächern Politik und Soziologie. Er diente zehn Jahre als Offizier der Marines und war nach 9/11 u. a. in Dschibuti stationiert und auch im Irak.

In dem actiongeladenen Debüt *Overwatch* (2016) stellt er uns den unbeugsamen Marine Logan West vor, der seine Widersacher um die ganze Welt jagt. Es gibt viele talentierte Thriller-Autoren, aber es ist selten, dass ein Newcomer so bejubelt wird wie Matthew Betley. Er wurde sofort verglichen mit Größen wie Vince Flynn und Brad Thor und hat schon Verträge für weitere Romane mit Logan West unterschrieben.

Zuletzt erschienen in der Reihe FESTA ACTION:

James P. Sumner: *True Conviction – Der Auftragskiller*
Robert Bidinotto: *Hunter – Ich bin das Recht*
Vince Flynn: *American Assassin – Wie alles begann*
Brad Taylor: *All Necessary Force – Todeszone USA*
Brad Thor: *Die Löwen von Luzern*
Tom Young: *Der Sturm des Mullahs*
Dalton Fury: *Orden für die Toten*
Vince Flynn: *Kill Shot – In die Enge getrieben*
Simon Gervais: *The Thin Black Line – Wir werden töten*
Scott McEwen mit Thomas Koloniar: *Sniper Elite – Vernichtet Amerika*
Matthew FitzSimmons: *The Short Drop – Ein bitterer Tod*
Brad Taylor: *Von Feinden umzingelt*
Tom Young: *Stummer Feind*
Stephen Hunter: *Der 47. Samurai*
Dalton Fury: *Auf zum Angriff*
Matthew Betley: *Overwatch – Jagd auf Logan West*
Marc Cameron: *Akt des Terrors*
Brad Thor: *Der Pfad des Mörders*
Ben Coes: *Auge um Auge*
Vince Flynn: *Pursuit of Honor – Codex der Ehre*
Matthew Reilly: *Der Große Zoo von China*
Vince Flynn: *Transfer of Power – Der Angriff*
Mark Greaney: *The Gray Man – Unter Beschuss*
John Gilstrap: *Keine Gnade*
Joshua Hood: *Clear by Fire – Suchen & vernichten*
Matthew Reilly: *Das Turnier*
Scott McEwen mit Thomas Koloniar: *Sniper Elite – Der Wolf*
Vince Flynn: *The Last Man – Die Exekution*
Vince Flynn: *Survivor – Die Abrechnung*
Matthew Betley: *Treueschwur*

Festa: If you don't mind sex and violence and lots of action

Niemand veröffentlicht härtere Thriller als Festa. Werke, die keine Chance haben, in großen Verlagen veröffentlicht zu werden, weil sie zu gewagt sind, zu neuartig, zu extrem.

Statt der üblichen Matt- oder Glanzfolie haben die Bücher von Festa eine raue, lederartige Kaschierung. Sie symbolisiert die Härte und sexuelle Gewagtheit unseres Programms. Diese »Bücher im Ledermantel« sind auch sehr widerstandsfähig – die Bücher wirken nach dem Lesen noch wie neu.

Unsere erfolgreichsten Buchreihen:

HORROR & THRILLER – Moderne Meister des Genres

FESTA ACTION – Blockbuster zum Lesen

DARK ROMANCE – *Erotik Romance*-Bestseller aus den USA

FESTA EXTREM – Wenn Lesen zur Mutprobe wird …

Wegen der brutalen und pornografischen Inhalte erscheinen die Titel als Privatdrucke ohne ISBN und werden nur ab 18 Jahre verkauft. Sie können nur direkt beim Verlag bestellt werden.

Festa steht beim Thema harte Spannung für viele Jahre bewährte Qualität. Darauf geben wir sogar eine Zufriedenheitsgarantie. Dieser Service ist für einen Buchverlag einzigartig.

Warum tun wir das?

Frank Festa: »Wir wollen, dass die Leser unsere Bücher lieben. Das geht nur mit Qualität. Und als Spezialist für Horror und Thriller aus Amerika können wir in dem Bereich diese Qualität garantieren – so einfach ist das.«